HACKERS × EZ Japan

해커스 JLPT N2 한 권으로 합격

Hackers Academia 著　吳羽柔、劉建池、關亭薇、陳靖婷 譯

徹底分析並呈現JLPT最新命題走向的《JLPT新日檢N2一本合格》

「請推薦『只要看這本書，就能通過檢定』的教材。」

「該試的我都試了，為什麼還是感覺停滯不前呢？」

「該怎麼準備聽解才好，實在摸不著頭緒。」

大部分的日文學習者在準備 JLPT N2 時，經常遭遇到瓶頸。為解決這些學習者的困擾，Hackers Academia 經過數年的考題分析，終於出版了符合最新命題趨勢的《JLPT 新日檢 N2 一本合格》。

Hackers Academia 不斷努力，希望能幫助學習者，只用一本書便充分準備好 JLPT 測驗，並一次取得合格。另外，本書彌補了現有教材的不便和不足之處，不僅是幫助學習者通過考試的工具，還盡力成為協助學習者理解日本，並能與日本人溝通的橋樑。

符合 JLPT N2 最新命題走向的教材！

為了能通過 JLPT N2，關鍵在於確實掌握最新的命題走向。Hackers Academia 為此進行了深度分析，並將所有題型的解題策略撰寫在此書中。

本書收錄詳盡的解析，即使自學也完全沒問題！

在學習或寫題目的過程中，最重要的就是題目的詳解。為什麼答案要選這個？為什麼其他選項有誤？得確實弄清楚每個選項，才能逐步累積實力。《JLPT 新日檢 N2 一本合格》收錄了所有試題的中文對照、詳解和詞彙整理，有助於學習者完美應對考試。

讓聽力實力極速提升的 MP3 音檔！

本書不僅提供模試完整聽解科目 MP3 音檔，也收錄不同聽解題型的 MP3 音檔，方便學習者自由選擇想要反覆聆聽的試題，針對不熟悉的考題複習。不論是 JLPT 新手、或是有一定程度的學習者，都能有效提升聽力實力。

希望你透過《JLPT 新日檢 N2 一本合格》成功通過 JLPT N2，不僅提升了日文能力，還能實現更遠大的目標和夢想。

CONTENTS

讀解

聽解

主本詳解

模擬試題暨詳解 [別冊]

JLPT N2必考單字文法記憶小冊 [別冊]

掃 QRcode 進入EZ Course官網：

1. 全書 MP3 音檔（含單字文法記憶小冊）
2. 實戰模擬試題 4 _ 線上題本
3. 實戰模擬試題 4 _ 線上互動答題詳解

《JLPT新日檢N2一本合格》

傳授日檢合格秘笈！

01. 徹底掌握最新命題走向及解題策略！

掌握各大題的重點攻略！

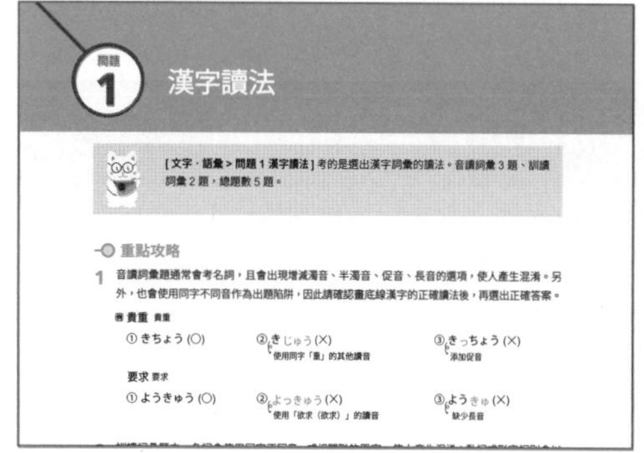

問題 1 漢字讀法

[文字．語彙＞問題 1 漢字讀法] 考的是選出漢字詞彙的讀法。音讀詞彙 3 題、訓讀詞彙 2 題，總題數 5 題。

重點攻略

1 音讀詞彙題通常會考名詞，且會出現增減濁音、半濁音、促音、長音的選項，使人產生混淆。另外，也會使用同字不同音作為出題陷阱，因此請確認畫底線漢字的正確讀法後，再選出正確答案。

例 貴重 貴重

① きちょう (O)　② きじゅう (X) 使用同字「重」的其他讀音　③ きっちょう (X) 添加促音

要求 要求

① ようきゅう (O)　② よっきゅう (X) 使用「欲求（欲求）」的讀音　③ ようきゅ (X) 缺少長音

徹底分析 JLPT N2 最新命題走向，並整理出重點攻略。

學習解題步驟！

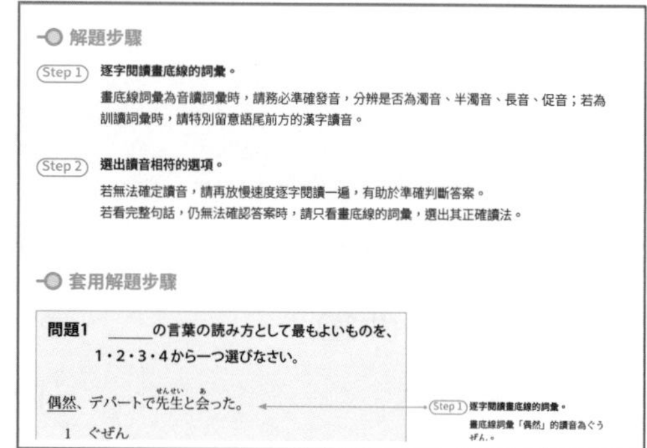

解題步驟

Step 1 逐字閱讀畫底線的詞彙。

畫底線詞彙為音讀詞彙時，請務必準確發音，分辨是否為濁音、半濁音、長音、促音；若為訓讀詞彙時，請特別留意語尾前方的漢字讀音。

Step 2 選出讀音相符的選項。

若無法確定讀音，請再放慢速度逐字閱讀一遍，有助於準確判斷答案。
若看完整句話，仍無法確認答案時，請只看畫底線的詞彙，選出其正確讀法。

套用解題步驟

問題1 ＿＿＿の言葉の読み方として最もよいものを、1・2・3・4から一つ選びなさい。

偶然、デパートで先生と会った。

1 ぐぜん

Step 1 逐字閱讀畫底線的詞彙。
畫底線詞彙「偶然」的讀音為ぐうぜん。

每道題目都收錄了最有效的解題步驟。透過熟悉在實際考場可以使用的各解題步驟後，便能有效地應對實戰。

學習應用解題步驟！

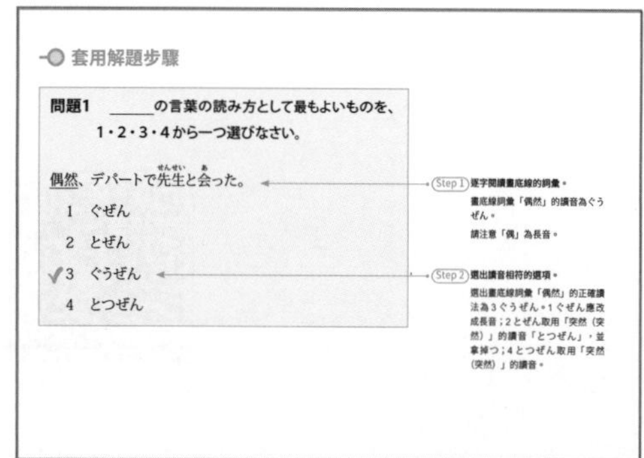

套用解題步驟

問題1 ＿＿＿の言葉の読み方として最もよいものを、1・2・3・4から一つ選びなさい。

偶然、デパートで先生と会った。

1 ぐぜん
2 とぜん
✓3 ぐうぜん
4 とつぜん

Step 1 逐字閱讀畫底線的詞彙。
畫底線詞彙「偶然」的讀音為ぐうぜん。
請注意「偶」為長音。

Step 2 選出讀音相符的選項。
選出畫底線詞彙「偶然」的正確讀法為 3 ぐうぜん。1 ぐぜん應改成長音；2 とぜん取用「突然（突然）」的讀音「とつぜん」，並拿掉つ；4 とつぜん取用「突然（突然）」的讀音。

將學習的重點攻略和解題步驟，應用到各題型的題目中。透過解題，能更清楚體會並吸收。

藉由實力奠定，提升解題能力！

實力奠定

請選出適當的漢字讀法。

01 圧倒
① あっとう　② あっどう　③ あつとう　④ あつどう

02 貴重
① きじゅう　② きちょう　③ きっじゅう　④ きっちょう

03 倒れる
① みだれる　② やぶれる　③ つぶれる　④ たおれる

04 撤退

為了能直接使用之前學習的重點攻略和解題步驟，提供比實戰題目更簡單的型態，撰寫大量習題，充分鞏固和提高解題實力。

02. 累積基本功與實戰感！

仔細背誦重點整理與常考詞彙！

重點整理與常考詞彙

濁音、半濁音易混淆詞彙 001 問題 1 漢字讀法＿重點整理與常考詞彙 01.mp3

※'00 為歷屆考題出題年度。

か・が	間隔	かんかく	間隔	感激	かんげき	感激
	願望'16	がんぼう	願望	損害'15	そんがい	損害、損失
き・ぎ	企画'15	きかく	企劃	競争	きょうそう	競爭
	返却'12	へんきゃく	返還	行事'15	ぎょうじ	儀式、活動
け・げ	継続'14	けいぞく	持續、繼續	検証	けんしょう	驗證
	原書	げんしょ	原著	減少	げんしょう	減少
こ・ご	倉庫	そうこ	倉庫	冷蔵庫	れいぞうこ	冰箱、冷藏室
	相互'10	そうご	互相、相互	連合	れんごう	聯合、聯盟

根據命題走向和各大題攻略，彙整出解題時必備的重點與常考詞彙。並在 2010 年至今曾出現在歷屆試題中的詞彙旁標示出題年度，以便集中背誦。

學會N2必考文法，強化日文實力！

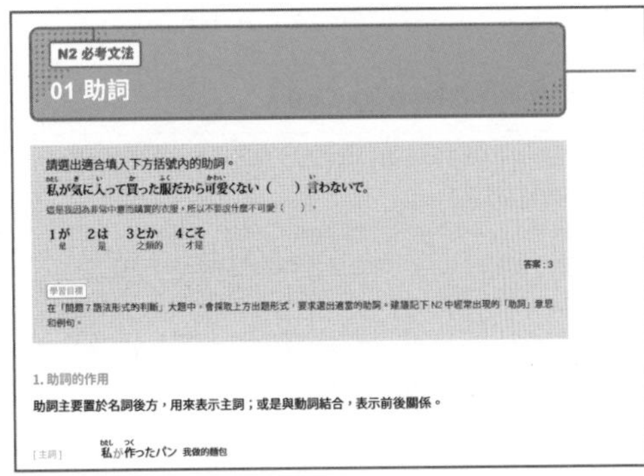

N2 必考文法

01 助詞

請選出適合填入下方括號內的助詞。

私が気に入って買った服だから可愛くない（　　）言わないで。

這是我因為非常中意而購買的衣服，所以不要說什麼不可愛（　　）。

1が 是　2は 是　3とか 之類的　4こそ 才是

答案：3

學習目標

在「問題 7 語法形式的判斷」大題中，會採取上方出題形式，要求選出適當的助詞。建議記下 N2 中經常出現的「助詞」意思和例句。

1. 助詞的作用

助詞主要置於名詞後方，用來表示主詞；或是與動詞結合，表示前後關係。

[主詞]　私が作ったパン 我做的麵包

收錄作答文法題時必備的基礎文法和各類詞性重點，有助於提升整體的日文實力。

透過實戰測驗來鞏固合格實力！

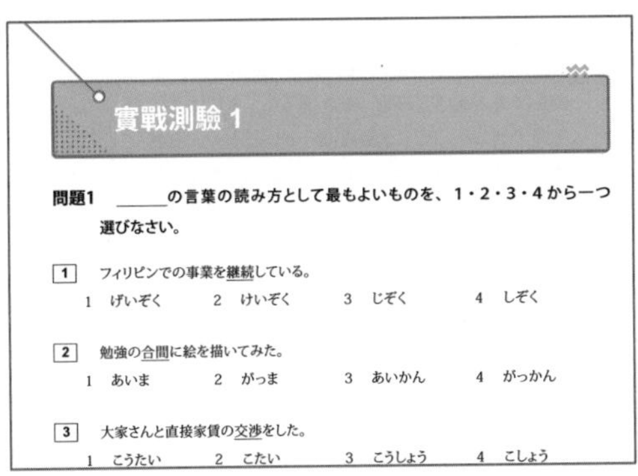

實戰測驗 1

問題1　＿＿＿の言葉の読み方として最もよいものを、1・2・3・4から一つ選びなさい。

1　フィリピンでの事業を継続している。
1 げいぞく　2 けいぞく　3 じぞく　4 しぞく

2　勉強の合間に絵を描いてみた。
1 あいま　2 がっま　3 あいかん　4 がっかん

3　大家さんと直接家賃の交渉をした。
1 こうたい　2 こたい　3 こうしょう　4 こしょう

以實際出題走向為基礎撰寫而成的眾多實戰測驗，應用先前學習的內容，提升實力，考場上各種類型皆迎刃而解。

4回實戰模擬試題，實戰感極大化！

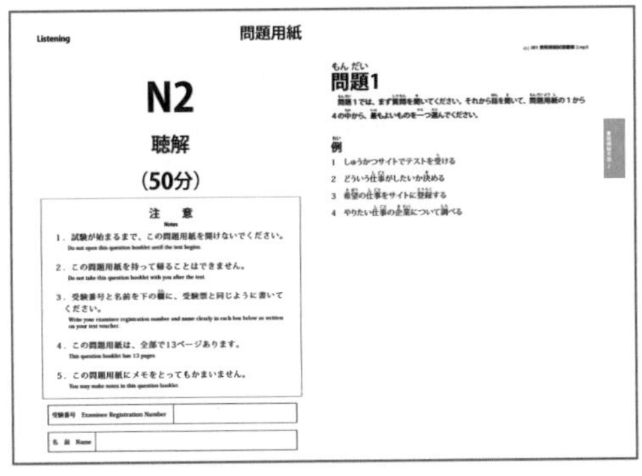

Listening

問題用紙

N2

聴解

（50分）

注　意

Notes

1．試験が始まるまで、この問題用紙を開けないでください。

2．この問題用紙を持って帰ることはできません。

3．受験番号と名前を下の欄に、受験票と同じように書いてください。

4．この問題用紙は、全部で13ページあります。

5．この問題用紙にメモをとってもかまいません。

受験番号 Examinee Registration Number

名前 Name

問題1

例

1 しゅうかつサイトでテストを受ける

2 どういう仕事がしたいか決める

3 希望の仕事をサイトに登録する

4 やりたい仕事の企業について調べる

透過書中收錄 3 回＋線上 1 回，共 4 回的實戰模擬試題。既能大幅提升實戰感，又能確認自身的實力。到了實際考場也不會驚慌，可以盡情發揮實力。

《JLPT新日檢N2一本合格》

傳授日檢合格秘笈！

03. 提供詳盡解析，大幅提升解題實力！

實際上考場可立即應用的解題說明！

3

這次的選舉在執政黨大獲全勝下落幕。

解析 「圧勝」的讀音為 3 あっしょう。請注意あっ為促音、しょう為長音。

單字 **圧勝 あっしょう** 名 大獲全勝 | **今回 こんかい** 名 這次
選挙 せんきょ 名 選舉 | **与党 よとう** 名 執政黨

4

閱讀小說，並在心中描繪其情景。

解析 「描く」的讀音為 4 えがく。

以快速解題步驟為基礎，提供實際上考場可立即應用的解題說明。

不僅解說正確答案，也包含錯誤選項的解說！

10

保險公司每天打電話來勸誘加入保險。

解析 「かんゆう」對應的漢字為 4 勧誘。先分辨「勧（かん）」和「観（かん）」，刪去選項 2 和選項 3，再分辨「秀（しゅう）」和「誘（ゆう）」，刪去選項 1。

單字 **勧誘 かんゆう** 名 勸誘 | **保険会社 ほけんがいしゃ** 名 保險公司
加入 かにゅう 名 加入

11

儘管手（　　）靈巧還是不斷練習，最後終於成為外科醫師。

解析 本題要選出適當的字詞，搭配括號後方的單字「器用だ（靈

不僅針對正確答案，還提供錯誤選項的詳盡解析，幫助學習者充分理解其他選項為何有誤。

提供中文對照，有助於理解日文的句型結構！

63-65

[63] 動物園入園費便宜，受到許多人青睞。像是東京的上野動物園和北海道的旭川動物園，由於可以看到平時看不到的貓熊、北極熊等稀有動物，人氣特別高。因此假日總是聚集了許多來自全國各地的人，相當擁擠。

另一方面，[63] 也有些動物園可免費入園。免費的動物園乍聽之下或許會覺得沒什麼了不起，但可沒這回事。即便沒有稀有動物，也有獅子、大象等大型動物，還有可以親身接觸兔子、天竺鼠等小動物的廣場。[64] 此外，雖然是免費，但花草維持得相當整齊，春天到夏天可欣賞到櫻花、玫瑰花，秋天則可欣賞到紅葉。不僅如此，許多動物園更

收錄自然且在地化的中文翻譯，對照中文的同時，有助於理解日文的句型結構和文章語意。

不需要字典的詞彙整理！

單字 **動物園 どうぶつえん** 名 動物園
入園料 にゅうえんりょう 名 入園費 | **人気 にんき** 名 人氣
例えば たとえば 副 例如 | **東京 とうきょう** 名 東京
上野 うえの 名 上野 | **北海道 ほっかいどう** 名 北海道
旭川 あさひかわ 名 旭川 | **普段 ふだん** 副 平時
～ことができる 能夠～ | **パンダ** 名 貓熊 | **シロクマ** 名 北極熊
めずらしい い形 稀有的 | **特に** 副 尤其 | **そのため** 因此
休日 きゅうじつ 名 假日 | **全国 ぜんこく** 名 全國
集まる あつまる 動 聚集 | **混む こむ** 動 擁擠
一方 いっぽう 名 另一方面 | **無料 むりょう** 名 免費
大した たいした 了不起的 | **～てしまう**（遺憾語氣）
～かもしれない 或許～ | **ライオン** 名 獅子 | **ゾウ** 名 大象
ウサギ 名 兔子 | **モルモット** 名 天竺鼠

詳細整理出題本上出現的所有詞彙和文法，毋需另外查字典，也能直接確認意思。

04. 活用Hackers與EZ Course獨有的學習資料訣竅！

JLPT N2必考單字句型記憶小冊&MP3

為了通過 N2，需要學會的必考詞彙和文法，集結成方便攜帶、30 天可以學成的輕薄小冊。搭配免費線上音檔，隨時隨地都能學習，可以更有效地背誦詞彙和句子。

聽解問題學習用MP3&模擬試題用MP3

- 001 問題1 漢字讀法_重點整理與常考詞彙 01.mp3
- 002 問題1 漢字讀法_重點整理與常考詞彙 02.mp3
- 003 問題1 漢字讀法_重點整理與常考詞彙 03.mp3
- 004 問題1 漢字讀法_重點整理與常考詞彙 04.mp3
- 005 問題1 漢字讀法_重點整理與常考詞彙 05.mp3
- 006 問題1 漢字讀法_重點整理與常考詞彙 06.mp3
- 007 問題1 漢字讀法_重點整理與常考詞彙 07.mp3
- 008 問題1 漢字讀法_重點整理與常考詞彙 08.mp3

包含主本單字與句型、例句、單元習題 MP3，以及實戰模擬試題的完整聽解科目 MP3。

線上模擬試題使用方式

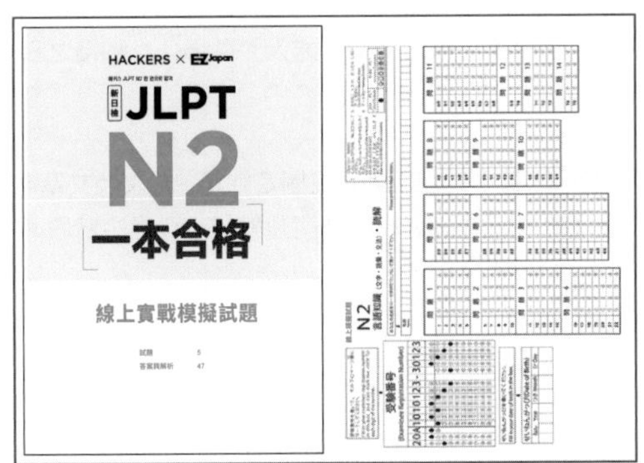

透過讀者認證後，可選擇於 EZ Course 官網直接下載 PDF 檔，自行列印紙本練習。亦可使用 EZ Course 獨家的互動式作答練習，每答完一題，可即時看到該題之正確答案、詳解和單字教學。

JLPT介紹

何謂 JLPT?

JLPT 是 Japanese-Language Proficiency Test 的縮寫，以客觀判斷認可非日語母語人士的日語考試。該測驗由日本國際交流基金會與日本國際教育支援協會共同舉辦，為世界認可的測驗。其報考目的除測驗日語能力外，也運用在大學入學、求職、加薪、晉升和資格認定等方面。

JLPT 級數

JLPT 級數		認證基準
最高級	N1	可閱讀話題廣泛之報紙社論、評論等論述性較複雜及較抽象之文章，並能理解其文章結構及內容。能閱讀各種話題內容較具深度之讀物，並能理解其事情的脈絡及詳細的表達意涵。在廣泛的情境下，可聽懂常速且連貫之對話、新聞報導及講課，且能充分理解話題走向、內容、人物關係及說話內容之論述結構等，並確實掌握其大意。
	N2	能看懂報紙、雜誌所刊載之各類報導・解說、簡易評論等主旨明確之文章。能閱讀一般話題之讀物，並可理解事情的脈絡及其表達意涵。除日常生活情境外，在大部分的情境中，能聽懂近常速且連貫之對話、新聞報導，亦能理解其話題走向、內容及人物關係，並可掌握其大意。
	N3	可看懂日常生活相關內容具體之文章。能掌握報紙標題等之概要資訊。日常生活情境中所接觸難度稍高之文章經換個方式敘述，便可理解其大意。在日常生活情境中，面對稍接近常速且連貫之對話，經結合談話之具體內容及人物關係等資訊後，便可大致理解。
	N4	可看懂以基本語彙及漢字描述之貼近日常生活相關話題之文章。能大致聽懂速度稍慢之日常會話。
最初級	N5	能看懂以平假名、片假名或一般日常生活使用之基本漢字所書寫之固定詞句、短文及文章。在課堂上或周遭等日常生活中常接觸之情境中，如為速度較慢之簡短對話，可從中聽取必要資訊。

測驗科目與測驗時間

級數	第 1 節		休息	第 2 節
N1	言語知識（文字・語彙・文法）・讀解 110 分鐘		約 20-45 分鐘	聽解 55 分鐘
N2	言語知識（文字・語彙・文法）・讀解 105 分鐘			聽解 55 分鐘
N3	言語知識（文字・語彙） 30 分鐘	言語知識（文法）・讀解 70 分鐘		聽解 40 分鐘
N4	言語知識（文字・語彙） 25 分鐘	言語知識（文法）・讀解 55 分鐘		聽解 35 分鐘
N5	言語知識（文字・語彙） 20 分鐘	言語知識（文法）・讀解 40 分鐘		聽解 30 分鐘

* 自 2020 年第 2 回（12 月）測驗起，N4 和 N5 題數減少，測驗時間也隨之減少。自 2022 年第 2 回（12 月）測驗起，N1 聽解題數減少，測驗時間也隨之減少。

合格標準

級數	合格分數／總分	科目		
		言語知識 （文字・語彙・文法）	讀解	聽解
N1	100 分／ 180 分	19 分／ 60 分	19 分／ 60 分	19 分／ 60 分
N2	90 分／ 180 分	19 分／ 60 分	19 分／ 60 分	19 分／ 60 分
N3	95 分／ 180 分	19 分／ 60 分	19 分／ 60 分	19 分／ 60 分
N4	90 分／ 180 分	38 分／ 120 分		19 分／ 60 分
N5	80 分／ 180 分	38 分／ 120 分		19 分／ 60 分

* JLPT 的合格標準為總分達合格分數以上，且各分項成績達各分項合格分數以上。如有一科分項成績未達門檻，無論總分多高，也會判定為不合格。

JLPT介紹

JLPT 測驗內容

不同的級數，總題數會有 1~4 題的差異。

科目		大題	題數				
		級數	N1	N2	N3	N4	N5
語言知識	文字・語彙	漢字讀法	6	5	8	7	7
		漢字書寫	-	5	6	5	5
		詞語構成	-	5	-	-	-
		前後關係	7	7	11	8	6
		近義替換	6	5	5	4	3
		用法	6	5	5	4	-
		合計	25	32	35	28	21
	文法	語法形式的判斷	10	12	13	13	9
		句子的組織	5	5	5	4	4
		文章語法	5	5	5	4	4
		合計	20	22	23	21	17
讀解		內容理解（短篇）	4	5	4	3	2
		內容理解（中篇）	9	9	6	3	2
		內容理解（長篇）	4	-	4	-	-
		綜合理解	2	2	-	-	-
		論點理解（長篇）	4	3	-	-	-
		信息檢索	2	2	2	2	1
		合計	25	21	16	8	5
聽解		問題理解	6	5	6	8	7
		重點理解	7	6	6	7	6
		概要理解	6	5	3	-	-
		語言表達	-	-	4	5	5
		即時應答	14	12	9	8	6
		綜合理解	4	4	-	-	-
		合計	37	32	28	28	24
總題數			107	107	102	85	67

* 自 2020 年第 2 回（12 月）測驗起， N4 和 N5 題數減少。

從開始報考 JLPT 到查詢成績

1. JLPT 報名、測驗日期、查詢成績日程表

	報名時間	測驗日期	成績查詢
當年度的第 1 回	4 月初	7 月第一個星期日	8 月底
當年度的第 2 回	9 月初	12 月第一個星期日	1 月底

* 報名截止日後，約有一個星期的時間可以追加報名。正確考試日程可上 JLPT 台灣官網（https://www.jlpt.tw）確認。

2. JLPT 測驗報名方法

網路報名

請先至 JLPT 台灣官網（https://www.jlpt.tw）註冊會員。

報名流程：[登入]>[我要報名]>[填寫資料與選擇級數]>[上傳照片]>[繳費]>[確認繳費及報名審核狀態]

3. JLPT 應試用品

准考證

身分證件
(身分證、駕照、護照等)

文具
(鉛筆或自動鉛筆、 橡皮擦)

手錶

4. 確認 JLPT 測驗結果

(1) 成績查詢

第 1 回測驗預定於 8 月下旬、第 2 回測驗預定於隔年 1 月下旬提供網路查詢成績服務，請至 JLPT 台灣官網（https://www.jlpt.tw）查詢。

(2) 成績單、合格證書領取方法

第 1 回測驗於 10 月上旬、第 2 回測驗於 3 月上旬，待日方送來「認定結果及成績證明書」（成績單）後，經由台灣測驗中心以掛號郵寄給應試者；合格者同時寄發「日本語能力認定書（合格證書）」。

(3) 證書有效期限

證書並無效期限制，但部分企業或機構仍會要求提供 2 年內的證書。

JLPT N2介紹

JLPT N2 測驗科目與測驗時間

入場		14:00 以前
第 1 節	言語知識（文字・語彙）	14:00~15:45
	言語知識（文法）	
	讀解	
休息時間		15:45~16:30
第 2 節	聽解	16:30~17:25

* 聽解並無額外提供畫卡時間，因此在聽完一道題目後，必須馬上畫記答案。

測驗結果

* JLPT 合格者可獲得「日本語能力認定書（合格證書）」與「日本語能力試驗認定結果及成績證明書」。不合格的情況下，僅能領取「日本語能力試驗認定結果及成績證明書」。
* 「日本語能力試驗認定結果及成績證明書」中能得知各科目的分數和總分、百分等級排序，以及參考資訊，當中標示文字・語彙和文法科目的答對率，顯示自己的實力區間。

〈認定結果及成績證明書〉

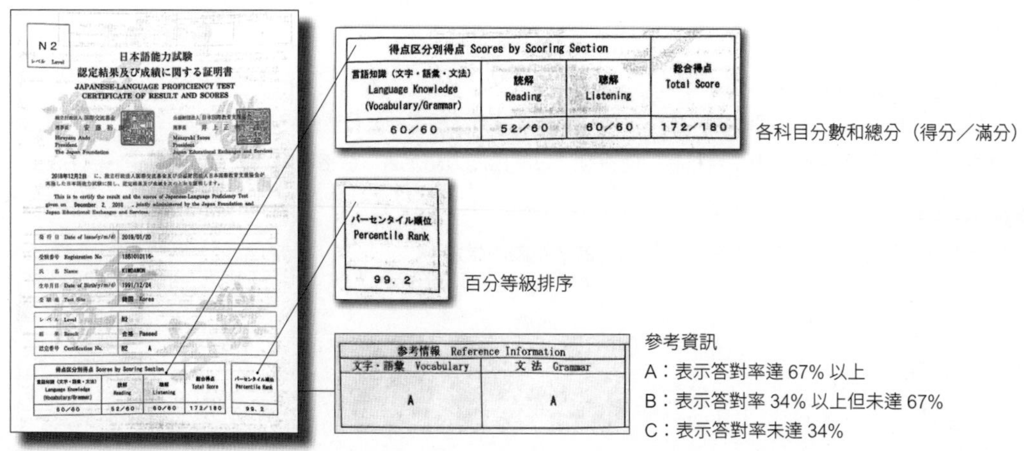

學習者好奇的 JLPT N2 相關問題 BEST5

01. 有辦法靠自學準備 N2 嗎？

完全可以只靠自學通過 N2。

為了眾多想靠自己準備 JLPT N2 的學習者，本書精準分析各大題型的命題走向，並收錄重點攻略、解題步驟、如何套用解題步驟、實力奠定試題、實戰模擬試題等，透過有系統的學習，逐步培養通過日檢的能力。另外，還額外提供詳盡的中文對照、題目解析、詞彙整理，完全可以靠自己準備。

02. 漢字的音讀、訓讀、甚至是寫法都得記下來嗎？

比起漢字，更重要的是要記下 N2 測驗中會考的單字。

日檢並不會考漢字各自的發音、或是要求直接寫出正確的漢字，因此不需要刻意去記下每個漢字的音讀、訓讀和寫法。本書彙整出 [文字・語彙] 大題的常考單字，方便學習者專注於背誦重點詞彙。

03. 就算把 JLPT 的文法通通背下來，還是沒辦法選出答案，麻煩提供一下解題技巧。

請確實學會日文的基礎文法和句型，並懂得掌握文章脈絡和句型結構。

JLPT 文法題考的是選出適合填入句子或文章裡的文法形式，或是排列出正確的句子，因此必須懂得如何掌握文章脈絡和句型結構，才能選出答案。本書的「N2 必考文法」單元幫助學習者再次複習日文基礎文法。另外，還收錄各文法的連接方式與例句，方便學習如何使用文法，以及該用於什麼樣的情境。

04. 明明看得懂讀解的文章，卻還是選不出答案，該怎麼辦才好？

只要能掌握 JLPT N2 讀解文章和考題的出題模式，便能順利選出答案。

JLPT N2 讀解的文章涵蓋心理、藝術、人生、經濟等各式各樣的主題，選項並不會直接沿用文中使用的詞句，而是使用同義詞，或採取換句話說的方式改寫。本書收錄「實力奠定」和「實戰測驗」試題，有助於學習者充分熟悉讀解的文章和題目特性。

05. 我很常看動畫和日劇，可以不用特別準備聽解嗎？

請務必熟悉 JLPT N2 聽解大題的各題型和解題技巧。

即使很常看動畫或日劇，日文聽力具備一定的程度，還是需要準備聽解。因為 JLPT 測驗有特定的出題模式，掌握各大題的題型，才能更加快速輕鬆地選出答案。本書徹底分析命題走向，為學習者提供清晰的重點整理和解題步驟。

JLPT N2測驗題型與測驗準備方法

言語知識 文字•語彙

1. 問題類型

問題		題數	題號	考題內容
問題 1	漢字讀法	5	第 1 題 ~5 題	選出漢字詞彙的正確讀法。
問題 2	漢字書寫	5	第 6 題 ~10 題	選出平假名詞彙正確的漢字寫法。
問題 3	詞語構成	5	第 11 題 ~15 題	選出適當的接頭詞或接尾詞，組合成適當的複合詞。
問題 4	前後關係	7	第 16 題 ~22 題	根據文意，選出最適合填入括號內的詞彙。
問題 5	近義替換	5	第 23 題 ~27 題	選出與畫底線處意思相近的詞句。
問題 6	用法	5	第 28 題 ~32 題	選出題目詞彙在句子中的正確用法。

* 題數依據 JLPT 官方網站上公告的內容，實際題數可能有 1~2 題的差異。

2. 準備方法

> 背單字時，請留意正確「讀法」和「漢字」。

日文包含濁音、半濁音、拗音、促音、長音等各種發音，且一個漢字可能不止有一種音讀或訓讀的發音方式，因此學習單字時，務必要記下正確的讀法。另外，日文當中有許多外型相像的漢字，容易使人產生混淆，因此背誦時，請務必留意漢字的筆畫和整體外型。

> 背單字時，請留意意思相近的單字和其正確用法。

日文中有些單字的意思相近，用法卻完全不同。因此建議可以把意思相近的單字放在一起背誦，並釐清用法差異，有助於提升學習效率。

言語知識 文法

1. 問題類型

問題		題數	題號	考題內容
問題 7	語法形式的判斷	12	第 33 題 ~44 題	根據文意，選出適當的語法形式。
問題 8	句子的組織	5	第 45 題 ~49 題	將四個選項排列出適當的順序。
問題 9	文章語法	5	第 50 題 ~54 題	根據文意，選出適合填入空格的功能詞、詞句或文法句型。

* 題數依據 JLPT 官方網站上公告的內容，實際題數可能有 1~2 題的差異。

2. 準備方法

> 助詞、副詞、連接詞等具備一定功能的詞彙，請務必熟記其意思和用法。

無論是題目要求根據文意，選出適當的助詞、副詞、連接詞，又或者是想要看懂句子、掌握文意時，功能詞都扮演關鍵的角色。因此請務必熟記各類功能詞的意思，並搭配例句學習用法。

> 請務必熟記 N2 必考文法的意思、連接方式以及用法。

文法大題的考題通常是圍繞著文法句型出題，因此得先學會文法，才能理解題目的意思，造出正確的句子。另外，根據文法的連接方式，可以優先刪去不適當的選項，因此請務必熟記各文法的意思和連接方式，並搭配例句學習用法。

JLPT N2測驗題型與測驗準備方法

讀解

1. 問題類型

問題		題數	題號	考題內容
問題 10	內容理解（短篇）	5	第 55 題 ~59 題	閱讀各類主題的短篇隨筆或應用文後，選出筆者的主張、文章的目的等。
問題 11	內容理解（中篇）	9	第 60 題 ~68 題	閱讀各類主題的中篇文章後，根據部分內容或全文脈絡，選出筆者的想法，其中一段的相關細節等。
問題 12	綜合理解	2	第 69 題 ~70 題	閱讀兩篇主題相同的文章後，比較雙方的見解和主張。
問題 13	論點理解（長篇）	3	第 71 題 ~73 題	閱讀各類主題的長篇文章後，根據部分內容或全文脈絡，選出筆者的想法、其中一段的相關細節等。
問題 14	信息檢索	2	第 74 題 ~75 題	看完廣告、手冊、相關資訊等內容後，比較當中的重點，或是選出符合指定條件的項目。

* 題數依據 JLPT 官方網站上公告的內容，實際題數可能有 1~2 題的差異。

2. 準備方法

> 閱讀人生教訓、環境、美術、心理、經濟等各類主題的文章，學習相關單字。

讀解文章經常出現隨筆，探討生活中學到的教訓。除此之外，還涵蓋環境、美術、心理、經濟等各類主題的專欄文章或相關報導，有時也會擷取單行本中的文章。因此建議平常多閱讀各類主題的文章，並善用本書附贈的《JLPT N2 必考單字句型記憶小冊》，學習相關單字。

聽解

1. 問題類型

問題		題數	題號	考題內容
問題 1	問題理解	5	第 1 題 ~5 題	聽完對話後，選出在對話結束後做出的行動為何。
問題 2	重點理解	6	第 1 題 ~6 題	聽完兩人對話或單人獨白後，從中找出題目中提及的重點。
問題 3	概要理解	5	第 1 題 ~5 題	聽完雙人對話或單人獨白後，掌握主旨或概要資訊。
問題 4	即時應答	12	第 1 題 ~12 題	聽完題目後，選出適當的答覆。
問題 5	綜合理解	4	第 1 題 ~4 題	聽完對話後，整合多項資訊，並選出結論。

* 題數依據 JLPT 官方網站上公告的內容，實際題數可能有 1~2 題的差異。

2. 準備方法

> 練習邊聽邊記下重點筆記。

聽解考題中，經常會在對話中間出現答題重點，或在對話最後改變想法，還有些考題不會在試題本上印出題目和選項內容，必須清楚記下對話內容，才有辦法選出正確答案。因此建議平常練習聽力時，就要根據對話的脈絡，用日文或中文快速寫下重點。

> 把單字按照日常生活中經常接觸到的地點和情境分類。

聽解考題中，經常出現主管和下屬、老師和學生、學長姐和學弟妹、店員和客人，在公司、學校、家裡或售票處等地的對話。也會出現工作上的指示、請求、通電話、電視訪談、大學授課等，這些都是日常生活中常見的地點、互動關係和情境。因此建議善用本書附贈的《JLPT N2 必考單字文法記憶小冊》，根據不同的地點和情境，學習相關單字，有助於更快速、更準確地聽懂聽力的內容。

學習計畫

報名完日檢後！朝合格邁進的 **3 個月** 學習計畫

* 用於 4 月 ~6 月或 9 月 ~11 月為期三個月的學習計畫，應對 7 月和 12 月的日檢。
* 建議學習順序：《JLPT N2 必考單字句型記憶小冊》背誦必考單字和文法句型 → 各大題深入學習 → 實戰模擬試題

	第 1 天	第 2 天	第 3 天	第 4 天	第 5 天	第 6 天
第 1 週	□___月___日	□___月___日	□___月___日	□___月___日	□___月___日	□___月___日
	[記憶小冊] 單字 1~2 日	[記憶小冊] 單字 3~4 日	[記憶小冊] 單字 5~6 日	[記憶小冊] 單字 7~8 日	[記憶小冊] 單字 9~10 日	[記憶小冊] 單字 11~12 日
第 2 週	□___月___日	□___月___日	□___月___日	□___月___日	□___月___日	□___月___日
	[記憶小冊] 單字 13~14 日	[記憶小冊] 單字 15~16 日	[記憶小冊] 單字 17~18 日	[記憶小冊] 單字 19~20 日	[記憶小冊] 單字 21~22 日	[記憶小冊] 單字 23~24 日
第 3 週	□___月___日	□___月___日	□___月___日	□___月___日	□___月___日	□___月___日
	[記憶小冊] 單字 25 日	[記憶小冊] 單字 26~27 日	[記憶小冊] 單字 28~29 日	[記憶小冊] 單字 30 日	[文字語彙] 問題 1	[文字語彙] 問題 1- 背誦為主
第 4 週	□___月___日	□___月___日	□___月___日	□___月___日	□___月___日	□___月___日
	[文字語彙] 問題 2	[文字語彙] 問題 2- 背誦為主	[文字語彙] 問題 3	[文字語彙] 問題 3- 背誦為主	[文字語彙] 問題 4	[文字語彙] 問題 4- 背誦為主
第 5 週	□___月___日	□___月___日	□___月___日	□___月___日	□___月___日	□___月___日
	[文字語彙] 問題 5	[文字語彙] 問題 5- 背誦為主	[文字語彙] 問題 6	[文字語彙] 問題 6- 背誦為主	[N2 必考文法] 01~03	[N2 必考文法] 04~07
第 6 週	□___月___日	□___月___日	□___月___日	□___月___日	□___月___日	□___月___日
	[N2 必考文法] 08	[N2 必考文法] 09	[N2 必考文法] 10	[N2 必考文法] 11	[文字語彙] 重點整理複習	[N2 必考文法] 總複習
第 7 週	□___月___日	□___月___日	□___月___日	□___月___日	□___月___日	□___月___日
	[文法] 問題 7	[文法] 問題 7	[文法] 問題 8	[文法] 問題 8	[文法] 問題 9	[文法] 問題 9
	[聽解 問題 1] 只聽「實力奠定」MP3			[聽解 問題 2] 只聽「實力奠定」MP3		
第 8 週	□___月___日	□___月___日	□___月___日	□___月___日	□___月___日	□___月___日
	[文法] 總複習	[讀解] 問題 10	[讀解] 問題 10	[讀解] 問題 11	[讀解] 問題 11	[讀解] 問題 12
	[聽解 問題 3] 只聽「實力奠定」MP3			[聽解 問題 4] 只聽「實力奠定」MP3		
第 9 週	□___月___日	□___月___日	□___月___日	□___月___日	□___月___日	□___月___日
	[讀解] 問題 12	[讀解] 問題 13	[讀解] 問題 13	[讀解] 問題 14	[讀解] 問題 14	[讀解] 總複習
	[聽解 問題 5] 只聽「實力奠定」MP3			-	[文字語彙 重點整理] 問題 1	

第 10 週	□___月___日	□___月___日	□___月___日	□___月___日	□___月___日	□___月___日
	[聽解] 問題 1	[聽解] 問題 1	[聽解] 問題 2	[聽解] 問題 2	[聽解] 問題 3	[聽解] 問題 3
	[文字語彙 重點整理] 問題 2		[文字語彙 重點整理] 問題 3		[文字語彙 重點整理] 問題 4	
第 11 週	□___月___日	□___月___日	□___月___日	□___月___日	□___月___日	□___月___日
	[聽解] 問題 4	[聽解] 問題 4	[聽解] 問題 5	[聽解] 問題 5	[聽解] 總複習	[實戰模擬試題] 1 解題
	[文字語彙 重點整理] 問題 5		[文字語彙 重點整理] 問題 6		[必考文法] 08	[必考文法] 09
第 12 週	□___月___日	□___月___日	□___月___日	□___月___日	□___月___日	□___月___日
	[實戰模擬試題] 1 複習	[實戰模擬試題] 2 解題	[實戰模擬試題] 2 複習	[實戰模擬試題] 3 解題	[實戰模擬試題] 3 複習	[實戰模擬試題] 1-3 複習
	[必考文法] 10	[必考文法] 11	[必考文法] 總複習	[文法] 總複習	[讀解] 總複習	[聽解] 總複習

* 想改成 6 個月學習計畫的人，請將一天的學習份量分成兩天。

已經收到准考證了？還不算太遲！**1 個月** 學習計畫

* 考前一個月的學習計畫，請利用 6 月和 11 月為期一個月的時間專心準備。

	1 日	2 日	3 日	4 日	5 日	6 日
第 1 週	□___月___日	□___月___日	□___月___日	□___月___日	□___月___日	□___月___日
	[文字語彙] 問題 1	[文字語彙] 問題 2	[文字語彙] 問題 3	[文字語彙] 問題 4	[文字語彙] 問題 5	[文字語彙] 問題 6
第 2 週	□___月___日	□___月___日	□___月___日	□___月___日	□___月___日	□___月___日
	[N2 必考文法] 08~09	[N2 必考文法] 10~11	[文法] 問題 7	[文法] 問題 8	[文法] 問題 9	[聽解] 問題 1
第 3 週	□___月___日	□___月___日	□___月___日	□___月___日	□___月___日	□___月___日
	[聽解] 問題 2	[聽解] 問題 3	[聽解] 問題 4	[聽解] 問題 5	[讀解] 問題 10	[讀解] 問題 11
	[文字語彙] 問題 1	[文字語彙] 問題 2	[文字語彙] 問題 3	[文字語彙] 問題 4	[文字語彙] 問題 5	[文字語彙] 問題 6
第 4 週	□___月___日	□___月___日	□___月___日	□___月___日	□___月___日	□___月___日
	[讀解] 問題 12	[讀解] 問題 13	[讀解] 問題 14	[實戰模擬試題] 1	[實戰模擬試題] 2	[實戰模擬試題] 3
		[聽解] 問題 1	[聽解] 問題 2	[聽解] 問題 3	[聽解] 問題 4	[聽解] 問題 5

* 隨書附贈《JLPT N2 必考單字句型記憶小冊》，建議專攻背不熟的單字和文法，前 3 週每天搭配 MP3 讀 2 日的份量，最後一週則每天讀 5 日的份量。

文字・語彙

問題 1 漢字讀法
問題 2 漢字書寫
問題 3 詞語構成
問題 4 前後關係
問題 5 近義替換
問題 6 用法

問題 1

漢字讀法

[文字・語彙 > 問題 1 漢字讀法] 考的是選出漢字詞彙的讀法。音讀詞彙 3 題、訓讀詞彙 2 題，總題數 5 題。

重點攻略

1 音讀詞彙題通常會考名詞，且會出現增減濁音、半濁音、促音、長音的選項，使人產生混淆。另外，也會使用同字不同音作為出題陷阱，因此請確認畫底線漢字的正確讀法後，再選出正確答案。

例 貴重 貴重

① きちょう (○)　② きじゅう (×) 使用同字「重」的其他讀音　③ きっちょう (×) 添加促音

要求 要求

① ようきゅう (○)　② よっきゅう (×) 使用「欲求（欲求）」的讀音　③ ようきゅ (×) 缺少長音

2 訓讀詞彙題中，名詞會使用同字不同音或相關聯的單字，使人產生混淆；動詞或形容詞則會以符合前後文意的單字讀音，或語尾相同的單字作為出題陷阱，因此答題時，請務必把重點放在畫底線詞彙的讀音上。

例 恥をかいた 感到丟臉

① はじ (○)　② はず (×) 使用形容詞「恥かしい」的讀音　③ はし (×) 缺少濁音

合格を祝った 恭喜合格

① いわった (○)　② いのった (×) 使用符合題意的「祈る（祈禱、祈求）」的讀音　③ うらなった (×) 使用語尾相同的「占う」的讀音

3 音讀詞彙題會考名詞的讀音，背單字時請特別留意是否有濁音、半濁音、促音或長音；訓讀詞彙題則會考訓讀名詞、動詞、い形容詞或な形容詞的讀音，請務必認真熟記。

解題步驟

Step 1 逐字閱讀畫底線的詞彙。

畫底線詞彙為音讀詞彙時，請務必準確發音，分辨是否為濁音、半濁音、長音、促音；若為訓讀詞彙時，請特別留意語尾前方的漢字讀音。

Step 2 選出讀音相符的選項。

若無法確定讀音，請再放慢速度逐字閱讀一遍，有助於準確判斷答案。
若看完整句話，仍無法確認答案時，請只看畫底線的詞彙，選出其正確讀法。

套用解題步驟

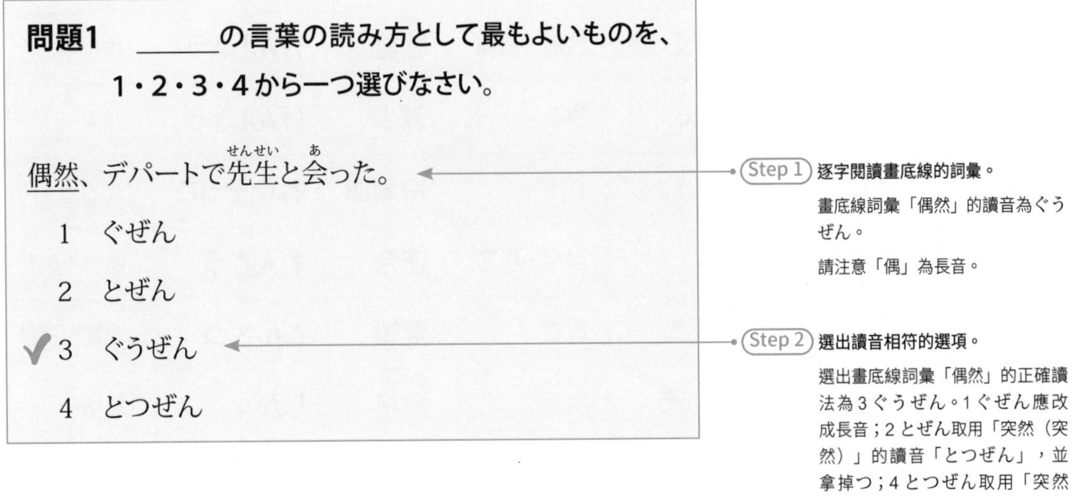

問題1 ＿＿＿の言葉の読み方として最もよいものを、1・2・3・4から一つ選びなさい。

偶然、デパートで先生(せんせい)と会(あ)った。

1 ぐぜん
2 とぜん
✔3 ぐうぜん
4 とつぜん

Step 1 逐字閱讀畫底線的詞彙。
畫底線詞彙「偶然」的讀音為ぐうぜん。
請注意「偶」為長音。

Step 2 選出讀音相符的選項。
選出畫底線詞彙「偶然」的正確讀法為3ぐうぜん。1ぐぜん應改成長音；2とぜん取用「突然（突然）」的讀音「とつぜん」，並拿掉つ；4とつぜん取用「突然（突然）」的讀音。

問題1 ＿＿＿從1、2、3、4中選出正確的讀音。

我偶然在百貨公司遇到老師。

單字 **偶然 ぐうぜん** 副 偶然 | **デパート** 名 百貨公司

重點整理與常考詞彙

濁音、半濁音易混淆詞彙

001 問題 1 漢字讀法__重點整理與常考詞彙 01.mp3

※'00 為歷屆考題出題年度。

か・が	間隔	かんかく	間隔	感激	かんげき	感激
	願望 '16	がんぼう	願望	損害 '15	そんがい	損害、損失
き・ぎ	企画 '18	きかく	企劃	競争	きょうそう	競爭
	返却 '12	へんきゃく	返還	行事 '15	ぎょうじ	儀式、活動
け・げ	継続 '14	けいぞく	持續、繼續	検証	けんしょう	驗證
	原書	げんしょ	原著	減少	げんしょう	減少
こ・ご	倉庫	そうこ	倉庫	冷蔵庫	れいぞうこ	冰箱、冷藏室
	相互 '10	そうご	互相、相互	連合	れんごう	聯合、聯盟
さ・ざ	再度 '18	さいど	再度	混雑	こんざつ	混亂、擁擠
し・じ	現象 '15	げんしょう	現象	資格	しかく	資格
	姿勢 '13	しせい	姿勢、態度	瞬間	しゅんかん	瞬間
	障害	しょうがい	障礙	省略 '15	しょうりゃく	省略
	抽象 '12	ちゅうしょう	抽象	異状	いじょう	異狀
	拡充 '13	かくじゅう	擴充	現状	げんじょう	現狀
	寿命	じゅみょう	壽命	除外	じょがい	除外
	補充	ほじゅう	補充	用心 '14 '18	ようじん	注意、留意
す・ず	香水	こうすい	香水	洪水	こうずい	洪水
せ・ぜ	当選	とうせん	當選	推薦	すいせん	推薦
	精算 '18	せいさん	精算、細算	当然	とうぜん	當然

※'00 為歷屆考題出題年度。

そ・ぞ	空想	くうそう	空想、假想	幻想	げんそう	幻想
	現像	げんぞう	顯影	臓器	ぞうき	內臟
た・だ	極端 '14	きょくたん	極端	交代 '12	こうたい	交替
	個体	こたい	個體	辞退 '12	じたい	辭退
	拡大	かくだい	擴大、放大	広大	こうだい	廣大
	盛大だ	せいだいだ	盛大	脱落	だつらく	脫落、脫離
と・ど	相当 '12	そうとう	相當、相應	対等	たいとう	對等
	鈍感	どんかん	遲鈍	領土	りょうど	領土
は・ば	破片 '12 '18	はへん	碎片	判断	はんだん	判斷
	現場	げんば	現場	裁判	さいばん	裁斷、判決
ひ・び	批評 '16	ひひょう	批評	比例 '13	ひれい	比例
	警備 '18	けいび	警備	平等	びょうどう	平等
ほ・ぼ	奉仕	ほうし	貢獻	貿易 '14	ぼうえき	貿易
	防災 '10	ぼうさい	防災	防止	ぼうし	防止
半濁音	運搬	うんぱん	搬運	反復	はんぷく	反覆

複習試題 請選出適當的漢字讀法。

01 現象 ⓐげんしょう ⓑげんじょう
02 洪水 ⓐこうすい ⓑこうずい
03 裁判 ⓐさいはん ⓑさいばん
04 連合 ⓐれんこう ⓑれんごう
05 反復 ⓐはんぷく ⓑはんぶく
06 拡充 ⓐかくしゅう ⓑかくじゅう
07 用心 ⓐようしん ⓑようじん
08 空想 ⓐくうそう ⓑくうぞう

答案：01 ⓐ 02 ⓑ 03 ⓑ 04 ⓑ 05 ⓐ 06 ⓑ 07 ⓑ 08 ⓐ

長音、促音易混淆詞彙

002 問題 1 漢字讀法＿重點整理與常考詞彙 02.mp3

※ '00 為歷屆考題出題年度。

きゅ・きゅう	永久 '17	えいきゅう	永久	至急 '11	しきゅう	緊急
きょ・きょう	拒否 '15	きょひ	拒絕	距離 '15	きょり	距離
	免許	めんきょ	執照、許可	協力	きょうりょく	協力
こ・こう	故障	こしょう	故障、障礙	誇張	こちょう	誇大
	証拠	しょうこ	證據	交渉	こうしょう	交涉、往來
	好調 '17	こうちょう	順遂、狀態好	事項	じこう	事項
しゅ・しゅう (じゅ・じゅう)	特殊 '19	とくしゅ	特殊	柔軟だ '15 '17	じゅうなんだ	柔軟、靈活
しょ・しょう (じょ・じょう)	処理 '18	しょり	處理	軽傷 '19	けいしょう	輕傷
	症状 '16	しょうじょう	症狀	焦点 '12	しょうてん	焦點
	援助 '14	えんじょ	援助	削除 '12	さくじょ	刪除
	徐行	じょこう	慢行	秩序	ちつじょ	秩序
	補助	ほじょ	補助	実情	じつじょう	實情、真情
	出場	しゅつじょう	出場、參賽	心情	しんじょう	心情
そ・そう	相違 '15	そうい	差異	装置 '12	そうち	裝置
ちゅ・ちゅう	中継 '13	ちゅうけい	中繼、轉播	夢中 '12	むちゅう	入迷
ちょ・ちょう	著者	ちょしゃ	作者	挑戦	ちょうせん	挑戰
と・とう	戸棚	とだな	櫥櫃	見当 '13	けんとう	估計、方位
	逃亡 '13	とうぼう	逃亡	病棟	びょうとう	醫院病房
ふ・ふう	負担 '19	ふたん	負擔	豊富 '11 '17	ほうふ	豐富
	開封	かいふう	拆封	工夫	くふう	費心思、設法

※'00 為歷屆考題出題年度。

ほ・ほう	保護	ほご	保護	情報	じょうほう	情報、資訊
も・もう	模様	もよう	圖樣、狀況	消耗	しょうもう	消耗
ゆ・ゆう	快癒	かいゆ	痊癒	経由	けいゆ	經過
	油断['15'19]	ゆだん	大意	勧誘['13]	かんゆう	勸誘
	有益	ゆうえき	有益	有名	ゆうめい	有名
	有力	ゆうりょく	有力、有希望	誘惑	ゆうわく	誘惑
よ・よう	歌謡	かよう	歌謠	幼稚['14]	ようち	幼稚
促音っ	圧勝['14]	あっしょう	壓倒性勝利	圧倒['19]	あっとう	勝過、壓制
	活気['11]	かっき	活力	格好['13]	かっこう	外觀、裝束
	勝手だ['10'17]	かってだ	任意、方便	学館	がっかん	學舍
	吉兆	きっちょう	吉兆	早速	さっそく	立刻
	実行	じっこう	執行	撤退	てったい	撤退
	徹底	てってい	徹底	発揮['10'18]	はっき	發揮
	密接['11]	みっせつ	密切、緊密	密閉['17]	みっぺい	密閉

複習試題 請選出適當的漢字讀法。

01	経由	ⓐけいゆ	ⓑけいゆう	05	豊富	ⓐほうふ	ⓑほうふう
02	早速	ⓐさつそく	ⓑさっそく	06	幼稚	ⓐよち	ⓑようち
03	焦点	ⓐしょてん	ⓑしょうてん	07	消耗	ⓐしょうも	ⓑしょうもう
04	誇張	ⓐこちょう	ⓑこうちょう	08	逃亡	ⓐとぼう	ⓑとうぼう

答案：01 ⓐ 02 ⓑ 03 ⓑ 04 ⓐ 05 ⓐ 06 ⓑ 07 ⓑ 08 ⓑ

有兩種讀音的漢字

003 問題 1 漢字讀法__重點整理與常考詞彙 03.mp3

※ '00 為歷屆考題出題年度。

漢字	詞彙	讀音	中文	詞彙	讀音	中文
下 [か] [げ]	下線	かせん	底線	下旬 '19	げじゅん	下旬
強 [きょう] [ごう]	勉強	べんきょう	讀書、學習	強引だ	ごういんだ	強制
言 [げん] [ごん]	言動	げんどう	言行	遺言	ゆいごん	遺言
作 [さ] [さく]	作用	さよう	作用	制作	せいさく	製作
示 [し] [じ]	示唆	しさ	暗示、啟發	提示	ていじ	提出
直 [じき] [ちょく]	正直	しょうじき	正直、誠實	垂直 '17	すいちょく	垂直
	率直だ '11	そっちょくだ	率直	直接 '16	ちょくせつ	直接
執 [しつ] [しゅう]	執筆	しっぴつ	執筆、寫作	執着	しゅうちゃく	執著
重 [じゅう] [ちょう]	厳重だ	げんじゅうだ	嚴厲、莊嚴	重量	じゅうりょう	重量
	貴重だ '16	きちょうだ	貴重	尊重 '10	そんちょう	尊重
人 [じん] [にん]	求人 '17	きゅうじん	徵才	役人	やくにん	官員、公務員
治 [ち] [じ]	治療 '10 '16	ちりょう	治療	政治	せいじ	政治
定 [てい] [じょう]	推定	すいてい	推定、假定	勘定	かんじょう	計算、付帳
模 [も] [ぼ]	模型	もけい	模型	模索	もさく	摸索
	模範 '13	もはん	模範、模型	規模 '10	きぼ	規模

包含相同漢字的詞彙

004 問題 1 漢字讀法__重點整理與常考詞彙 04.mp3

※'00 為歷屆考題出題年度。

漢字	詞彙	讀音	中文	詞彙	讀音	中文
解 [かい]	解散['13]	かいさん	解散	解消['11]	かいしょう	解除
害 [がい]	災害	さいがい	災害	損害['15]	そんがい	損害
	被害	ひがい	受害、受災	妨害	ぼうがい	妨礙
求 [きゅう]	要求['11]	ようきゅう	要求、需求	欲求	よっきゅう	欲求、欲望
経 [けい]	経費	けいひ	經費	経理	けいり	會計、治理
激 [げき]	過激だ	かげきだ	激進、過度	刺激['19]	しげき	刺激
潔 [けつ]	簡潔だ['16]	かんけつだ	簡潔	清潔['13]	せいけつ	清潔
構 [こう]	構想	こうそう	構想	構造	こうぞう	構造、結構
然 [ぜん]	偶然['14'19]	ぐうぜん	偶然	突然['11]	とつぜん	突然
調 [ちょう]	調整	ちょうせい	調整、協調	調節['11]	ちょうせつ	調節
優 [ゆう]	優秀だ['11]	ゆうしゅうだ	優秀	優勝	ゆうしょう	優勝
容 [よう]	容器	ようき	容器	容姿['16]	ようし	樣貌
利 [り]	利益['11]	りえき	利潤、得利	利口['18]	りこう	聰明、伶俐

複習試題 請選出適當的漢字讀法。

01 **勘定** ⓐ かんじょう ⓑ かんてい
02 **利口** ⓐ りこう ⓑ りえき
03 **遺言** ⓐ ゆいげん ⓑ ゆいごん
04 **厳重だ** ⓐ げんちょうだ ⓑ げんじゅうだ
05 **構想** ⓐ こうぞう ⓑ こうそう
06 **作用** ⓐ さよう ⓑ さくよう
07 **下旬** ⓐ かじゅん ⓑ げじゅん
08 **妨害** ⓐ ぼうがい ⓑ ひがい

答案: 01 ⓐ 02 ⓐ 03 ⓑ 04 ⓑ 05 ⓑ 06 ⓐ 07 ⓑ 08 ⓐ

漢字讀法題常考訓讀名詞

005 問題 1 漢字讀法__重點整理與常考詞彙 05.mp3

※ '00 為歷屆考題出題年度。

身體	脚	あし	腳	頭	あたま	頭
	息	いき	呼吸	顔	かお	臉
	肩 '12	かた	肩	毛色	けいろ	髮色、毛色
	腰	こし	腰	咳	せき	咳嗽
	肌	はだ	肌膚	羽	はね	羽毛、翅膀
	膝	ひざ	膝	肘	ひじ	肘
	骨	ほね	骨頭	胸	むね	胸
位置	穴	あな	孔洞	裏	うら	背面、反面、後面
	表	おもて	正面、前面	隅	すみ	角落
	隣 '10	となり	隔壁	幅	はば	寬度、幅度
自然	岩	いわ	岩石	海	うみ	海
	景色 '10	けしき	景色	坂	さか	坡道
	砂	すな	砂	空	そら	天空
	種	たね	種子	田畑	たはた	田地
	泥	どろ	泥	波	なみ	波浪
	蓮	はす	蓮花	世の中 '13	よのなか	世界上
旅行	合図 '14	あいず	信號、暗號	香り	かおり	香氣
	境	さかい	境界	旅	たび	旅行
	旗	はた	旗	迷子	まいご	迷路
	都	みやこ	首都、都市	昔	むかし	往昔

※'00 為歷屆考題出題年度。

外型／程度	丸	まる	圓	大幅['14]	おおはば	大幅
	小型	こがた	小型	半ば	なかば	中央、中途
心理	当たり前	あたりまえ	當然	勢い['12]	いきおい	氣勢、趨勢
	今更	いまさら	事到如今、現在才	癖	くせ	習慣、傾向
	罪	つみ	罪	恥['19]	はじ	恥辱
料理	噂	うわさ	傳聞	煙	けむり	煙
	粉	こな	粉	汁	しる	湯汁、汁液
	束	たば	束	強火['17]	つよび	大火
	中身	なかみ	內容物、本質	箸	はし	筷子
	蓋	ふた	蓋子	湯気	ゆげ	水蒸氣
地區	地元['11'18]	じもと	當地	本場	ほんば	原產地、主產地
家	合間	あいま	間隔、空間	大家	おおや	房東、屋主
	鍵	かぎ	鑰匙	坂道	さかみち	坡道
	残高	ざんだか	餘額	針['12]	はり	針

複習試題 請選出適當的漢字讀法。

01	旗	ⓐはき	ⓑはた	05	煙	ⓐけずり	ⓑけむり
02	腰	ⓐこつ	ⓑこし	06	束	ⓐたば	ⓑむれ
03	地元	ⓐじもと	ⓑちもと	07	合図	ⓐあいず	ⓑあいま
04	湯気	ⓐゆげ	ⓑゆうき	08	恥	ⓐはじ	ⓑはず

答案：01 ⓑ 02 ⓑ 03 ⓐ 04 ⓐ 05 ⓑ 06 ⓐ 07 ⓐ 08 ⓐ

漢字讀法題常考動詞 ①

006 問題 1 漢字讀法__重點整理與常考詞彙 06.mp3

※'00 為歷屆考題出題年度。

～う	扱う'12	あつかう	操作、處置、對待	争う'15	あらそう	競爭、爭執
	祝う'11	いわう	慶祝、祝福	失う	うしなう	失去、錯失
	敬う	うやまう	尊敬	占う	うらなう	占卜
	覆う'17	おおう	覆蓋、遮蓋	補う'11	おぎなう	補足、補償
	叶う'11	かなう	實現	競う'16	きそう	競爭
	従う'17	したがう	遵從、遵循	救う'17	すくう	救助、拯救
	戦う	たたかう	爭鬥、戰鬥	整う	ととのう	齊備、完整
	伴う	ともなう	陪伴	担う	になう	擔負
	願う'11	ねがう	祈求、請求	払う	はらう	去除、驅趕、支付
	養う'18	やしなう	養育、療養	雇う	やとう	雇用、借用
～える	与える'11	あたえる	給予	教える	おしえる	教導、告知
	抱える'12'17	かかえる	抱、承擔	数える	かぞえる	計數、列舉
	考える	かんがえる	思考	支える	ささえる	支持、支撐
	備える'10	そなえる	準備、具備	蓄える'14	たくわえる	積蓄
	整える	ととのえる	整頓、準備	震える	ふるえる	震動、顫抖
	吼える	ほえる	吼叫	迎える'18	むかえる	迎接
～げる	焦げる'16	こげる	燒焦	下げる	さげる	垂掛、降低
	妨げる	さまたげる	妨礙	仕上げる'12	しあげる	完成

※'00 為歷屆考題出題年度。

～く	抱く	いだく	環抱、抱持	描く	えがく	描繪、描寫
	驚く['15]	おどろく	驚嚇、驚訝	輝く	かがやく	閃耀
	傾く['13]	かたむく	傾斜、衰落	乾く	かわく	乾燥
	効く	きく	有效、發揮功能	叩く	たたく	敲打、拍打
	嘆く	なげく	悲嘆、感嘆	除く['14]	のぞく	去除、排除
	省く['18]	はぶく	省略、節省	開く	ひらく	打開、開業
～す	隠す['13]	かくす	隱藏	越す	こす	跨越、超越
	耕す	たがやす	耕種	浸す	ひたす	浸泡
	見逃す['19]	みのがす	錯過、寬恕	戻す['14]	もどす	復原
	催す['16]	もよおす	舉辦、引起	汚す	よごす	弄髒
	止す	よす	中止	略す['12'17]	りゃくす	省略
～ぶ	転ぶ	ころぶ	滾動、跌倒	叫ぶ	さけぶ	喊叫
	学ぶ	まなぶ	學習、模仿	結ぶ	むすぶ	打結、結交

複習試題 請選出適當的漢字讀法。

01	**抱える**	ⓐ たくわえる	ⓑ かかえる	**05**	**叫ぶ**	ⓐ ころぶ	ⓑ さけぶ
02	**略す**	ⓐ りゃくす	ⓑ よごす	**06**	**妨げる**	ⓐ しあげる	ⓑ さまたげる
03	**伴う**	ⓐ ととのう	ⓑ ともなう	**07**	**覆う**	ⓐ おおう	ⓑ になう
04	**輝く**	ⓐ かたむく	ⓑ かがやく	**08**	**耕す**	ⓐ もよおす	ⓑ たがやす

答案：01 ⓑ 02 ⓐ 03 ⓑ 04 ⓑ 05 ⓑ 06 ⓑ 07 ⓐ 08 ⓑ

漢字讀法題常考動詞 ②

007 問題 1 漢字讀法__重點整理與常考詞彙 07.mp3

※ '00 為歷屆考題出題年度。

～む	傷む '14	いたむ	痛、受損	恨む	うらむ	怨恨、抱怨
	囲む '15	かこむ	圍繞	噛む	かむ	咬
	絡む	からむ	纏繞、糾纏、牽扯	悔む	くやむ	後悔
	頼む	たのむ	委託、請求	積む '13	つむ	堆疊、累積
	憎む '15 '19	にくむ	憎恨	恵む '15	めぐむ	施捨、救濟
～める	暖める	あたためる	加熱	薄める	うすめる	稀釋
	納める '16	おさめる	繳納、收下、結束	固める	かためる	使固化、鞏固
	極める	きわめる	達到極致	定める '19	さだめる	決定、制定、穩定
	覚める	さめる	醒、清醒	占める '12	しめる	佔據
	攻める	せめる	攻擊、態度積極	責める '13	せめる	責備、催促
	染める	そめる	染色	努める '13	つとめる	盡力
	眺める	ながめる	眺望、凝視	含める '10 '15	ふくめる	包含、說明
	褒める	ほめる	稱讚	認める	みとめる	看見、認可
～る	焦る '10	あせる	焦急	怒る '17	いかる	憤怒
	祈る	いのる	祈禱	映る '19	うつる	映出、顯現
	劣る '14 '16	おとる	次於、比不上	削る '13	けずる	削、削減
	凍る '17	こおる	凝結、冷	探る	さぐる	摸索、探求
	縛る	しばる	綑綁、束縛	絞る '17	しぼる	擰、榨、剝削

※'00 為歷屆考題出題年度。

	湿る['18]	しめる	濕	迫る['11]	せまる	逼近、接近
	頼る['10]	たよる	依靠	握る['17]	にぎる	握、掌握
	光る	ひかる	發光、出眾	破る['17]	やぶる	破壞、突破
～れる	憧れる['19]	あこがれる	憧憬	溢れる	あふれる	溢出、滿溢
	荒れる	あれる	氣候惡化、荒廢、粗魯	恐れる	おそれる	害怕
	訪れる['12]	おとずれる	拜訪、到來	隠れる	かくれる	隱藏
	枯れる	かれる	乾枯、成熟	崩れる	くずれる	倒塌、變形
	壊れる	こわれる	毀壞、故障	優れる	すぐれる	優秀
	倒れる	たおれる	倒塌、病倒	潰れる	つぶれる	壓壞、破產、被破壞
	外れる	はずれる	脫離、落空、偏離	離れる['18]	はなれる	遠離、相隔
	触れる['10]	ふれる	碰觸、觸及	乱れる['10 '17]	みだれる	亂
	破れる['14]	やぶれる	破裂、被破壞	敗れる['11]	やぶれる	敗北
	汚れる	よごれる	髒、弄髒	別れる	わかれる	別離、分手

複習試題 請選出適當的漢字讀法。

01	映る	ⓐ おとる	ⓑ うつる	05	破れる	ⓐ こわれる	ⓑ やぶれる
02	覚める	ⓐ さめる	ⓑ せめる	06	倒れる	ⓐ くずれる	ⓑ たおれる
03	外れる	ⓐ はずれる	ⓑ はなれる	07	悔む	ⓐ くやむ	ⓑ にくむ
04	隠れる	ⓐ みだれる	ⓑ かくれる	08	占める	ⓐ しめる	ⓑ ふくめる

答案: 01 ⓑ 02 ⓐ 03 ⓐ 04 ⓑ 05 ⓑ 06 ⓑ 07 ⓐ 08 ⓐ

漢字讀法題常考い・な形容詞

008 問題 1 漢字讀法__重點整理與常考詞彙 08.mp3

※'00 為歷屆考題出題年度。

～い	粗い	あらい	粗、粗糙	淡い	あわい	清淡、些微
	偉い	えらい	偉大、非常	幼い '17	おさない	幼小
	辛い '10	からい	辣、鹹、嚴格	可愛い	かわいい	可愛
	清い	きよい	清澈、清廉	怖い '18	こわい	恐怖
	渋い	しぶい	澀的、古樸的	狡い	ずるい	狡猾
	鋭い '15	するどい	銳利、敏銳、強烈	高い	たかい	高、昂貴
	名高い	なだかい	著名	苦い	にがい	苦、痛苦
	憎い '15	にくい	可恨	鈍い '18	にぶい	鈍、遲鈍
	酷い	ひどい	殘酷、極度	深い	ふかい	深、程度大
	古い	ふるい	老舊	分厚い	ぶあつい	厚
	醜い	みにくい	醜陋	弱い	よわい	弱、程度小
	若い	わかい	年輕、幼小	悪い	わるい	差勁、不好
～しい	怪しい '16	あやしい	怪異、可疑	嬉しい	うれしい	開心
	可笑しい	おかしい	可笑、怪異、可疑	恐ろしい	おそろしい	可怕、驚人
	大人しい	おとなしい	順從、老實、沉著	重々しい	おもおもしい	莊重、沉重
	悲しい	かなしい	悲傷	厳しい	きびしい	嚴厲、緊迫、艱困
	悔しい '14	くやしい	遺憾、後悔	詳しい '14	くわしい	詳盡
	険しい	けわしい	陡、危險、嚴厲	寂しい	さびしい	寂寞、空虛
	親しい	したしい	親密、熟悉	図々しい	ずうずうしい	厚顏無恥
	騒々しい '14	そうぞうしい	騷亂	逞しい '15	たくましい	強壯、旺盛

※'00 為歷屆考題出題年度。

	乏しい['12'15]	とぼしい	缺乏、貧窮	馬鹿馬鹿しい	ばかばかしい	無意義、荒謬
	激しい['11]	はげしい	激烈、強烈	貧しい	まずしい	貧困、貧乏
	眩しい	まぶしい	耀眼	空しい	むなしい	空虛、徒勞
	目覚しい	めざましい	驚人	珍しい	めずらしい	稀奇
	喧しい['14]	やかましい	吵鬧、繁雜	優しい	やさしい	溫柔、溫和
	弱弱しい	よわよわしい	虛弱	若々しい	わかわかしい	年輕
～ましい	厚かましい	あつかましい	厚顏無恥	勇ましい['19]	いさましい	勇敢、大膽
	羨ましい	うらやましい	羨慕	望ましい	のぞましい	期望
～やかだ	鮮やかだ['15]	あざやかだ	鮮明、精湛	穏やかだ['17]	おだやかだ	安穩、沉著
	細やかだ	ささやかだ	規模小、簡單	爽やかだ	さわやかだ	清爽、嘹亮
	和やかだ['18]	なごやかだ	溫和	賑やかだ	にぎやかだ	熱鬧

複習試題 請選出適當的漢字讀法。

01	鈍い	ⓐ にぶい	ⓑ するどい	05	可笑しい	ⓐ あやしい	ⓑ おかしい
02	騒々しい	ⓐ ずうずうしい	ⓑ そうぞうしい	06	憎い	ⓐ ずるい	ⓑ にくい
03	厚かましい	ⓐ あつかましい	ⓑ やかましい	07	望ましい	ⓐ いさましい	ⓑ のぞましい
04	乏しい	ⓐ とぼしい	ⓑ まずしい	08	和やかだ	ⓐ なごやかだ	ⓑ おだやかだ

答案：01 ⓐ 02 ⓑ 03 ⓐ 04 ⓐ 05 ⓑ 06 ⓑ 07 ⓑ 08 ⓐ

實力奠定

請選出適當的漢字讀法。

01 圧倒
① あっとう ② あっどう ③ あつとう ④ あつどう

02 貴重
① きじゅう ② きちょう ③ きっじゅう ④ きっちょう

03 倒れる
① みだれる ② やぶれる ③ つぶれる ④ たおれる

04 撤退
① てってい ② てったい ③ てつてい ④ てつたい

05 恥
① はし ② はす ③ はじ ④ はず

06 現象
① げんしょう ② げんじょう ③ けんしょう ④ けんじょう

07 妨害
① さいがい ② ひがい ③ そんがい ④ ぼうがい

08 祝う
① うらなう ② ねがう ③ かなう ④ いわう

09 秩序
① ちつじょう ② しつじょう ③ ちつじょ ④ しつじょ

10 空しい
① むなしい ② うれしい ③ かなしい ④ おそろしい

11 事項

① じこ　② じこう　③ じっこ　④ じっこう

12 鈍感

① とんがん　② どんがん　③ とんかん　④ どんかん

13 握る

① うめる　② せまる　③ にぎる　④ つまる

14 砂

① すな　② いわ　③ なみ　④ うみ

15 和やかだ

① おだやかだ　② あざやかだ　③ なごやかだ　④ にぎやかだ

16 言動

① ごんどう　② げんどう　③ こんどう　④ けんどう

17 容姿

① よき　② よし　③ ようき　④ ようし

18 勧誘

① かんゆう　② がんゆう　③ かんゆ　④ がんゆ

19 抱える

① そなえる　② そろえる　③ かかえる　④ とらえる

20 誇張

① こちょう　② こじょう　③ こうちょう　④ こうじょう

答案 詳解 p.394

實戰測驗 1

問題1　＿＿＿の言葉の読み方として最もよいものを、1・2・3・4から一つ選びなさい。

1　フィリピンでの事業を継続している。

1　げいぞく　2　けいぞく　3　じぞく　4　しぞく

2　勉強の合間に絵を描いてみた。

1　あいま　2　がっま　3　あいかん　4　がっかん

3　大家さんと直接家賃の交渉をした。

1　こうたい　2　こたい　3　こうしょう　4　こしょう

4　卒業論文で食糧問題を扱うつもりだ。

1　あらそう　2　うらなう　3　あつかう　4　やしなう

5　あなたから電話が来て、正直驚きました。

1　しょうじき　2　しょうちょく　3　そっじき　4　そっちょく

答案 詳解 p.394

實戰測驗 2

問題1 ＿＿＿の言葉の読み方として最もよいものを、1・2・3・4から一つ選びなさい。

1 全ての国民は、法の下に平等である。

1 びょうとう　2 びょどう　3 びょうどう　4 びょとう

2 脚の形について悩む必要はないと思う。

1 こし　2 はだ　3 はね　4 あし

3 音量が勝手に上がったり下がったりする。

1 かって　2 かってい　3 かつて　4 かつてい

4 激しい運動をすると頭痛がする。

1 まずしい　2 きびしい　3 はげしい　4 くわしい

5 会社の指示で、支店を訪問します。

1 じし　2 しじ　3 でいし　4 ていじ

答案 詳解 p.394

實戰測驗 3

問題1　＿＿＿の言葉の読み方として最もよいものを、1・2・3・4から一つ選びなさい。

1　願望が現実になってほしい。

1　かんぼ　　2　けんぼ　　3　がんぼう　　4　げんぼう

2　その海の景色は絵のように美しかった。

1　けいいろ　　2　けいしき　　3　けいろ　　4　けしき

3　10年以内に経済を回復させると決意（けつい）を固めた。

1　かためた　　2　さだめた　　3　おさめた　　4　きわめた

4　ご返却される本はこちらに置いてください。

1　へんかん　　2　へんきゃく　　3　へんがん　　4　へんぎゃく

5　この化粧品は肌に刺激を与えません。

1　しげき　　2　さげき　　3　しつげき　　4　さつげき

答案 詳解 p.395

實戰測驗 4

問題1　＿＿＿の言葉の読み方として最もよいものを、1・2・3・4から一つ選びなさい。

1　一日中仕事をしていて肩が痛くなった。

1　ほね　　2　ひざ　　3　あたま　　4　かた

2　今年はたくさんの優秀な人材が入社した。

1　ゆしゅ　　2　ゆしょ　　3　ゆうしゅう　　4　ゆうしょう

3　怪しい行動をしている人がいて警察を呼んだ。

1　くやしい　　2　おかしい　　3　むなしい　　4　あやしい

4　まだ分からないから極端に考えない方がいい。

1　きょくたん　　2　こくたん　　3　きょくだん　　4　こくだん

5　お互いに契約条件を提示した。

1　じし　　2　でいし　　3　しじ　　4　ていじ

答案 詳解 p.395

漢字書寫

[文字・語彙 > 問題 2 漢字書寫] 考的是選出平假名詞彙的漢字寫法。平假名對應的漢字發音方式分成音讀和訓讀，音讀詞彙題3題、訓讀詞彙題2題，總題數為5題。

重點攻略

1 平假名對應的漢字發音為音讀時，該平假名通常是名詞。選項中會出現外型相似的漢字、同音或發音類似的漢字、意思相近的漢字作為出題陷阱。因此，請確認選項中漢字的外型、讀音、意思後，再選出答案。

例 ほしょう 保證

① 保証 (○)　② 保正（ほしょう） (×) 使用外型相似字「正」　③ 補証（ほしょう） (×) 使用同音字「補」

例 こうか 硬幣

① 硬貨 (○)　② 固貨（こか） (×) 使用意思相近字「固（硬的）」　③ 硬価（こうか） (×) 使用同音字「価」

2 平假名對應的漢字發音為訓讀時，該平假名可能是動詞或い形容詞。選項通常會使用意思相近的漢字作為出題陷阱，有時還會出現日文中不存在的詞彙混淆視聽。因此，請確認選項中漢字的讀音和意思後，再選出答案。

例 はげしい 激烈的

① 激しい (○)　② 険しい（けわしい） (×) 使用意思相近詞「険しい（險峻的）」　③ 暴しい（あばしい） (×) 日文中不存在的詞彙

3 若想不到平假名對應的漢字，可以先確認整句話的含義，優先刪去不適當的選項和用字有誤的選項。

4 背漢字詞彙時，請分辨外型相像的漢字、同音或發音類似的漢字、意思相近的漢字，並逐一熟記。

解題步驟

(Step 1) **閱讀畫底線的平假名詞彙，回想該詞彙的意思，並寫出對應的漢字。**

回想平假名詞彙的意思，並快速寫下腦中想到的漢字。假如不清楚該詞彙的意思或對應的漢字時，才閱讀整句話確認意思。

(Step 2) **選出平假名對應的漢字選項。**

當無法肯定平假名對應的漢字為何時，讀音為音讀者，可以觀察各選項的漢字外型，依循腦中的印象，選出正確答案；讀音為訓讀者，可以試著確認各選項漢字的讀音、語尾變化、詞彙意思，採用刪去法選出答案。

套用解題步驟

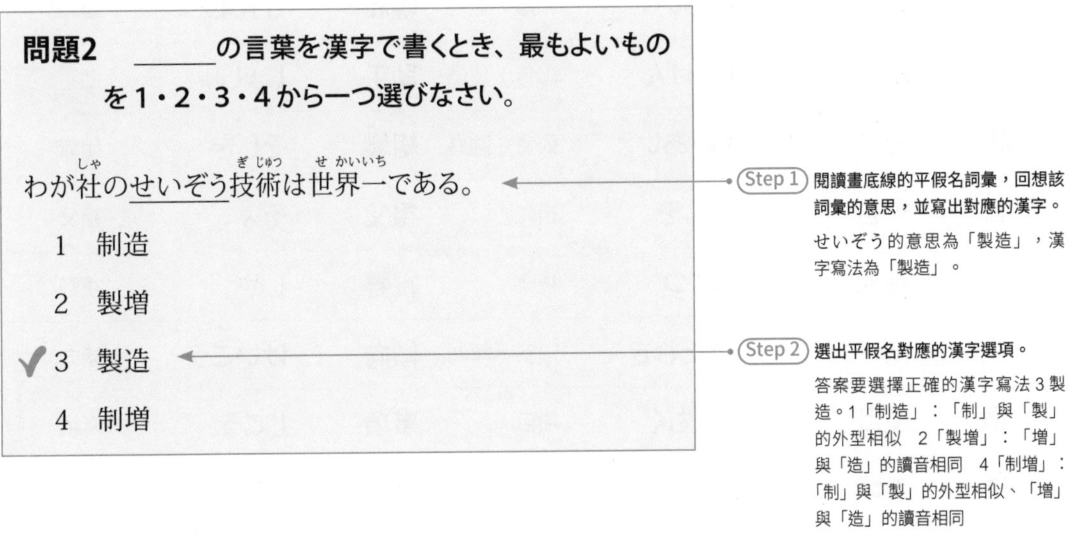

問題2 ＿＿＿の言葉を漢字で書くとき、最もよいものを1・2・3・4から一つ選びなさい。

わが社（しゃ）のせいぞう技術（ぎじゅつ）は世界一（せかいいち）である。

1 制造
2 製増
✓3 製造
4 制増

(Step 1) **閱讀畫底線的平假名詞彙，回想該詞彙的意思，並寫出對應的漢字。**

せいぞう的意思為「製造」，漢字寫法為「製造」。

(Step 2) **選出平假名對應的漢字選項。**

答案要選擇正確的漢字寫法3製造。1「制造」：「制」與「製」的外型相似　2「製増」：「増」與「造」的讀音相同　4「制増」：「制」與「製」的外型相似、「増」與「造」的讀音相同

請從1、2、3、4中選出＿＿＿的正確漢字寫法。

我們公司的生產技術是世界第一。

單字 **製造 せいぞう** 名製造、生產 | **わが社 わがしゃ** 名我們公司 | **技術 ぎじゅつ** 名技術 | **世界一 せかいいち** 名世界第一

重點整理與常考詞彙

外型相似的漢字詞彙 ①

009 問題 2 漢字書寫__重點整理與常考詞彙 01.mp3

※'00 為歷屆考題出題年度。

漢字	詞彙	讀音	意思	詞彙	讀音	意思
賃	運賃'10	うんちん	票價、運費	家賃	やちん	房租
貸	貸間	かしま	出租的房間	貸家	かしや	出租的屋子
援	援助'14	えんじょ	援助	救援	きゅうえん	救援
暖	暖かい	あたたかい	溫暖	暖房	だんぼう	暖氣
緩	緩い	ゆるい	和緩、鬆弛	緩和	かんわ	緩和
助	助言	じょげん	忠告、建議	助手	じょしゅ	助手
組	組合	くみあい	公會、同夥	組織'12	そしき	組織
祖	先祖	せんぞ	祖先	祖父	そふ	祖父
視	視察	しさつ	視察	視野'11	しや	視野
傾	傾き	かたむき	傾斜、傾向	傾向	けいこう	傾向
項	項目	こうもく	項目	事項	じこう	事項
頃	手頃	てごろ	合適、適手	年頃	としごろ	年齡
暮	暮らす'10	くらす	生活	暮れ	くれ	日暮、季末
慕	慕う	したう	思慕	追慕	ついぼ	追思
募	応募	おうぼ	應徵、報名	公募	こうぼ	公開募集
義	義務	ぎむ	義務	主義	しゅぎ	主義
儀	儀式	ぎしき	儀式	礼儀'10	れいぎ	禮儀
議	異議	いぎ	異議	議決	ぎけつ	議決
象	気象	きしょう	氣象	対象	たいしょう	對象
像	映像	えいぞう	影像	仏像	ぶつぞう	佛像

※'00 為歷屆考題出題年度。

徴	象徴['11]	しょうちょう	象徵	特徴	とくちょう	特徵
微	微妙だ	びみょうだ	微妙	微笑む	ほほえむ	微笑
製	作製	さくせい	製作	製造['16]	せいぞう	製造
制	制限	せいげん	限制	制度	せいど	制度
登	登校	とうこう	上學	登録['11]	とうろく	登錄、登記
答	回答	かいとう	回答	答案	とうあん	答案
豊	豊富['11'17]	ほうふ	豐富	豊かだ['18]	ゆたかだ	富饒
録	付録	ふろく	附錄	録音	ろくおん	錄音
緑	緑陰	りょくいん	綠蔭	緑地	りょくち	綠地
証	証明	しょうめい	證明	保証['16]	ほしょう	保證
正	正解	せいかい	正確答案	訂正['14]	ていせい	訂正
招	招く['16]	まねく	邀請、招手	招待['13]	しょうたい	邀請
召	召し上がる	めしあがる	吃（敬語）	召す	めす	召見
催	催し['16]	もよおし	集會、活動	催促['13]	さいそく	催促
推	推薦	すいせん	推薦	推定	すいてい	推定

複習試題 請選出適當的漢字寫法。

01 うんちん ⓐ 運貨 ⓑ 運賃
02 ほうふ ⓐ 豊富 ⓑ 登富
03 しょうたい ⓐ 招待 ⓑ 召待
04 えんじょ ⓐ 援助 ⓑ 緩助
05 せいぞう ⓐ 製造 ⓑ 制造
06 れいぎ ⓐ 礼義 ⓑ 礼儀
07 おうぼ ⓐ 応募 ⓑ 応慕
08 たいしょう ⓐ 対像 ⓑ 対象

答案：01 ⓑ 02 ⓐ 03 ⓐ 04 ⓐ 05 ⓐ 06 ⓑ 07 ⓐ 08 ⓑ

外型相似的漢字詞彙 ②

010 問題 2 漢字書寫＿重點整理與常考詞彙 02.mp3

※'00 為歷屆考題出題年度。

腕	腕'15	うで	手臂	腕前	うでまえ	能力、技藝
腹	腹	はら	腹	空腹	くうふく	空腹
胸	胸	むね	胸	胸部	きょうぶ	胸部
寄	寄付'13	きふ	捐贈	年寄り	としより	老人
奇	奇数	きすう	奇數	奇妙だ'12	きみょうだ	奇妙
距	距離'15	きょり	距離	遠距離	えんきょり	遠距離
拒	拒絶	きょぜつ	拒絕	拒否'15	きょひ	拒絕
講	休講	きゅうこう	停課	講義'13	こうぎ	課程
構	結構だ	けっこうだ	出色、良好	構成	こうせい	構成、構造
快	快晴	かいせい	晴朗	快い'13'16	こころよい	愉快、爽快
決	決意	けつい	決心	決行	けっこう	堅決進行
順	順位	じゅんい	順序	順調'15'16	じゅんちょう	順利
訓	家訓	かくん	家訓	訓練	くんれん	訓練
抗	抗議	こうぎ	抗議	抵抗'12	ていこう	抵抗
航	航海	こうかい	航海	航空	こうくう	航空
討	討議	とうぎ	討論	討論'11'17	とうろん	討論
計	会計	かいけい	結帳、會計	設計	せっけい	設計
拾	拾う'14	ひろう	撿拾、選取	拾得	しゅうとく	拾獲
拡	拡散	かくさん	擴散	拡充'13	かくじゅう	擴充
払	支払う	しはらう	支付	払い込む	はらいこむ	繳納、支付

※'00 為歷屆考題出題年度。

爆	原爆	げんばく	原爆	爆弾	ばくだん	炸彈
暴	暴れる	あばれる	鬧、胡鬧	乱暴	らんぼう	粗暴
比	比較	ひかく	比較	比率	ひりつ	比率
批	批判'14	ひはん	批判	批評'16	ひひょう	批評
評	評判'10	ひょうばん	評價、名聲	評論	ひょうろん	評論
平	平等	びょうどう	平等	不平'17	ふへい	不滿
福	幸福	こうふく	幸福	福祉	ふくし	福祉
副	副業	ふくぎょう	副業	副詞	ふくし	副詞
面	対面	たいめん	面對面	面積	めんせき	面積
画	企画'18	きかく	企劃	区画	くかく	分區
倒	倒産	とうさん	倒閉、破產	面倒だ'14'19	めんどうだ	麻煩
到	到達	とうたつ	到達	到着	とうちゃく	抵達
陽	太陽	たいよう	太陽	陽気だ'19	ようきだ	開朗、有朝氣
揚	揚げる	あげる	油炸、舉高	浮揚	ふよう	漂浮

複習試題 請選出適當的漢字寫法。

01	きょり	ⓐ 距離	ⓑ 拒離	05	ていこう	ⓐ 抵抗	ⓑ 抵航
02	かいけい	ⓐ 会計	ⓑ 会討	06	きふ	ⓐ 奇付	ⓑ 寄付
03	ようきだ	ⓐ 揚気だ	ⓑ 陽気だ	07	こうぎ	ⓐ 講義	ⓑ 結構
04	じゅんちょう	ⓐ 順調	ⓑ 訓調	08	めんどうだ	ⓐ 面到だ	ⓑ 面倒だ

答案: 01 ⓐ 02 ⓐ 03 ⓑ 04 ⓐ 05 ⓐ 06 ⓑ 07 ⓐ 08 ⓑ

外型相似的漢字詞彙 ③

011 問題 2 漢字書寫＿重點整理與常考詞彙 03.mp3

※'00 為歷屆考題出題年度。

次	相次ぐ '10	あいつぐ	陸續	目次	もくじ	目次
欠	欠如	けつじょ	欠缺	欠乏	けつぼう	缺乏
適	快適だ	かいてきだ	舒適	適度 '12	てきど	適度
摘	摘む	つまむ	捏	指摘 '15	してき	指出錯誤
滴	滴	しずく	水滴	水滴	すいてき	水滴
敵	素敵だ	すてきだ	極好	匹敵	ひってき	匹敵
測	観測	かんそく	觀測	推測	すいそく	推測
則	規則	きそく	規則	原則	げんそく	原則
側	側面	そくめん	側面、一面	両側	りょうがわ	兩側
観	外観	がいかん	外觀	客観	きゃっかん	客觀
権	棄権	きけん	棄權	特権	とっけん	特權
勧	勧告	かんこく	勸告	勧誘 '13	かんゆう	勸誘
崩	崩れる	くずれる	崩潰、失去平衡	崩壊	ほうかい	崩壞
岸	沿岸	えんがん	沿岸	海岸	かいがん	海岸
検	検査	けんさ	檢查	検事	けんじ	檢察官
険	冒険	ぼうけん	冒險	保険	ほけん	保險
在	在籍 '17	ざいせき	登錄於學校或團體	滞在	たいざい	停留、居留
存	依存	いぞん	依存、依賴	保存 '18	ほぞん	保存
消	消費	しょうひ	消費	消防	しょうぼう	消防
削	削減	さくげん	削減	削除 '12	さくじょ	消除

※'00 為歷屆考題出題年度。

幼	幼い['17]	おさない	年幼	幼児	ようじ	幼兒
加	増加	ぞうか	增加	追加['12]	ついか	追加
功	功績	こうせき	功績	成功	せいこう	成功
想	想像	そうぞう	想像	理想	りそう	理想
相	外相	がいしょう	外交部長	相撲	すもう	相撲
捕	逮捕	たいほ	逮捕	捕獲	ほかく	捕獲
補	補給	ほきゅう	補給	補充	ほじゅう	補充
郊	近郊	きんこう	近郊	郊外	こうがい	郊外
効	効率	こうりつ	效率	有効['10]	ゆうこう	有效
断	判断	はんだん	判斷	油断['15'19]	ゆだん	大意
継	跡継ぎ	あとつぎ	繼承	受け継ぐ	うけつぐ	繼承
輸	輸出	ゆしゅつ	出口	輸入	ゆにゅう	進口
愉	愉悦	ゆえつ	愉悅	愉快['16]	ゆかい	愉快
転	転ぶ	ころぶ	滾動、跌倒	転勤['19]	てんきん	調職
軽	軽傷['19]	けいしょう	輕傷	手軽だ['14]	てがるだ	簡單、輕易

複習試題 請選出適當的漢字寫法。

01	おさない	ⓐ 幼い	ⓑ 功い	05	しょうひ	ⓐ 消費	ⓑ 削費
02	すいそく	ⓐ 推側	ⓑ 推測	06	そうぞう	ⓐ 相像	ⓑ 想像
03	てんきん	ⓐ 転勤	ⓑ 軽勤	07	たいほ	ⓐ 逮捕	ⓑ 逮補
04	ほけん	ⓐ 保検	ⓑ 保険	08	ゆにゅう	ⓐ 愉入	ⓑ 輸入

答案：01 ⓐ 02 ⓑ 03 ⓐ 04 ⓑ 05 ⓐ 06 ⓑ 07 ⓐ 08 ⓑ

同音或發音類似的漢字詞彙

012 問題 2 漢字書寫__重點整理與常考詞彙 04.mp3

※ '00 為歷屆考題出題年度。

演 [えん]	演技 '19	えんぎ	演技	演出	えんしゅつ	表演、演出
園 [えん]	園芸	えんげい	園藝	田園	でんえん	田園
師 [し]	講師 '15	こうし	講師	牧師	ぼくし	牧師
士 [し]	紳士	しんし	紳士	武士	ぶし	武士
困 [こん]	困難	こんなん	困難	貧困	ひんこん	貧困
混 [こん]	混血	こんけつ	混血	混乱 '15	こんらん	混亂
影 [えい]	陰影	いんえい	陰影	撮影 '10 '12	さつえい	攝影
映 [えい]	映画	えいが	電影	映写	えいしゃ	放映
営 [えい]	営業	えいぎょう	營業	経営	けいえい	經營
栄 [えい]	栄養	えいよう	營養	繁栄	はんえい	繁榮
世 [せ/せい]	出世 '10	しゅっせ	成功、發跡	世紀	せいき	世紀
成 [せい]	成績	せいせき	成績	成長 '12	せいちょう	成長
剣 [けん]	剣道	けんどう	劍道	真剣だ '13	しんけんだ	認真
健 [けん]	健康	けんこう	健康	保健	ほけん	保健
検 [けん]	検討	けんとう	考慮	点検 '18	てんけん	檢查
賢 [けん]	賢人	けんじん	賢人	賢明だ	けんめいだ	賢明
造 [ぞう]	改造	かいぞう	改造	製造 '16	せいぞう	製造
増 [ぞう]	増減	ぞうげん	增減	増大	ぞうだい	增大
続 [ぞく]	接続 '14	せつぞく	連接、串接	連続	れんぞく	連續
属 [ぞく]	金属	きんぞく	金屬	所属	しょぞく	隸屬、歸屬

※'00 為歷屆考題出題年度。

漢字	單字	讀音	中文	單字	讀音	中文
節 [せつ]	音節	おんせつ	音節	節約['17]	せつやく	節約
切 [せつ]	切開	せっかい	切開	適切だ	てきせつだ	適當
即 [そく]	即位	そくい	即位	即座に['13'19]	そくざに	立刻
速 [そく]	速達	そくたつ	快遞、快速抵達	速力	そくりょく	速度
照 [しょう]	参照['16]	さんしょう	參照	対照	たいしょう	對照、對比
象 [しょう]	印象	いんしょう	印象	対象	たいしょう	對象
称 [しょう]	対称	たいしょう	對稱	名称	めいしょう	名稱
治 [ち]	治安	ちあん	治安	治療['10'16]	ちりょう	治療
知 [ち]	知性	ちせい	知性	未知	みち	未知
保 [ほ]	保証['16]	ほしょう	保證	保障	ほしょう	保障
補 [ほ]	補強	ほきょう	補強	補助	ほじょ	補助
収 [しゅう]	回収	かいしゅう	回收	領収書['17]	りょうしゅうしょ	收據
就 [しゅう]	就業	しゅうぎょう	開始工作	就任	しゅうにん	上任
情 [じょう]	感情	かんじょう	感情	苦情['17]	くじょう	抱怨、投訴
上 [じょう]	上司	じょうし	上司	上昇['10]	じょうしょう	上升

複習試題 請選出適當的漢字寫法。

01 せつぞく ⓐ 接続 ⓑ 接属

02 ちりょう ⓐ 治療 ⓑ 知療

03 そくざに ⓐ 速座に ⓑ 即座に

04 さつえい ⓐ 撮影 ⓑ 撮映

05 しんけんだ ⓐ 真剣だ ⓑ 真賢だ

06 こんなん ⓐ 混難 ⓑ 困難

07 せつやく ⓐ 節約 ⓑ 切約

08 ほじょ ⓐ 保助 ⓑ 補助

答案：01 ⓐ 02 ⓐ 03 ⓑ 04 ⓐ 05 ⓐ 06 ⓑ 07 ⓐ 08 ⓑ

意思相近或相反的漢字詞彙 ①

013 問題 2 漢字書寫＿重點整理與常考詞彙 05.mp3

※ '00 為歷屆考題出題年度。

漢字	詞彙	讀音	中文	詞彙	讀音	中文
汗	汗	あせ	汗	汗かき	あせかき	出汗
泡	泡	あわ	泡沫	気泡	きほう	氣泡
湿	湿っぽい '14	しめっぽい	濕	湿気	しっけ	濕氣
暴	暴れる	あばれる	鬧、胡鬧	暴露	ばくろ	曝光、曝露
騒	騒ぐ	さわぐ	吵鬧、騷動	騒音	そうおん	噪音
荒	荒い '17	あらい	粗暴、兇猛	荒れる	あれる	粗魯、混亂
乱	乱れる '10 '17	みだれる	亂、紊亂	内乱	ないらん	內亂
破	破れる '14	やぶれる	破裂、被打破	破壊	はかい	破壞
薄	薄い	うすい	薄、淡	薄弱だ	はくじゃくだ	薄弱
濃	濃い '19	こい	濃、深	濃度	のうど	濃度
技	演技 '19	えんぎ	演技	技術 '18	ぎじゅつ	技術
劇	演劇	えんげき	戲劇	喜劇	きげき	喜劇
演	開演	かいえん	開演	主演	しゅえん	主演
講	開講	かいこう	開始上課	講堂	こうどう	禮堂
催	開催 '10	かいさい	舉辦	催促 '13	さいそく	催促
場	開場	かいじょう	開場	式場	しきじょう	儀式會場
利	勝利	しょうり	勝利	有利だ '17	ゆうりだ	有利
得	得る '12	える	獲得	損得	そんとく	損益

※'00 為歷屆考題出題年度。

害	害する	がいする	損害、妨害	迫害	はくがい	迫害
損	損する['19]	そんする	損失	損失	そんしつ	損失
罪	罪する	つみする	治罪、處罰	犯罪	はんざい	犯罪
毒	毒する	どくする	毒害	消毒	しょうどく	消毒
役	現役	げんえき	現役、現任	役目['18]	やくめ	職務、角色
格	性格	せいかく	性格	体格['14]	たいかく	體格
説	演説['18]	えんぜつ	演說	説明書	せつめいしょ	說明書
導	導く['12]	みちびく	引導	指導	しどう	指導
総	総売上['11]	そううりあげ	總營收	総額['18]	そうがく	總額
統	系統['18]	けいとう	系統	伝統['10]	でんとう	傳統
減	減らす	へらす	減少	軽減	けいげん	減輕、減少
縮	縮む['11'14]	ちぢむ	縮、收縮	縮小	しゅくしょう	縮小
原	原稿	げんこう	原稿	原発	げんぱつ	核能發電、原發
本	本日	ほんじつ	本日	本物['19]	ほんもの	真品

複習試題 請選出適當的漢字寫法。

01	あせ	ⓐ汗	ⓑ泡	05	がいする	ⓐ害する	ⓑ損する
02	うすい	ⓐ薄い	ⓑ濃い	06	そうおん	ⓐ騒音	ⓑ暴音
03	えんげき	ⓐ演技	ⓑ演劇	07	みだれる	ⓐ荒れる	ⓑ乱れる
04	しょうどく	ⓐ消毒	ⓑ犯罪	08	ちぢむ	ⓐ縮む	ⓑ減む

答案:01 ⓐ 02 ⓐ 03 ⓑ 04 ⓐ 05 ⓐ 06 ⓐ 07 ⓑ 08 ⓐ

意思相近或相反的漢字詞彙 ②

014 問題 2 漢字書寫__重點整理與常考詞彙 6.mp3

※ '00 為歷屆考題出題年度。

介	介護'18	かいご	看護、護理	紹介	しょうかい	介紹
看	看護	かんご	看護、照顧	看板	かんばん	招牌
硬	硬い	かたい	硬、強硬	強硬だ	きょうこうだ	強硬
固	固める	かためる	使硬化、鞏固	頑固だ	がんこだ	頑固
軟	軟らかい	やわらかい	柔軟	柔軟だ'15'17	じゅうなんだ	柔軟
興	興味	きょうみ	興趣	復興	ふっこう	復興
趣	趣旨	しゅし	主旨	趣味'19	しゅみ	興趣、喜好
険	険しい	けわしい	陡峭、嚴厲	危険	きけん	危險
激	激しい'11	はげしい	激烈	感激	かんげき	感激
極	極み	きわみ	極致、盡頭	極端'14	きょくたん	極端
請	請う	こう	請求、祈求	申請	しんせい	申請
誘	誘う'11	さそう	邀約、引誘	誘導	ゆうどう	誘導
勧	勧める	すすめる	勸、勸誘	勧告	かんこく	勸告
招	招く'16	まねく	邀請、招手	招来	しょうらい	招致、請來
貨	貨物	かもつ	貨物	硬貨'16	こうか	硬幣
価	高価	こうか	高價	定価	ていか	定價
束	束ねる'18	たばねる	綑、紮	結束	けっそく	綑綁、團結
包	包む	つつむ	包、包覆	包装	ほうそう	包裝
結	結ぶ	むすぶ	打結、結交	結論	けつろん	結論

※'00 為歷屆考題出題年度。

更	更新	こうしん	更新、換新	変更['11]	へんこう	變更
改	改める['13]	あらためる	改變、修改	改正['12]	かいせい	改正、修改
換	換える	かえる	更換、交換	換気	かんき	使空氣流通
替	替える	かえる	更換、更替	着替える	きがえる	換衣服
達	達する['18]	たっする	到達	達成	たっせい	達成
至	至る['12]	いたる	抵達	至急['11]	しきゅう	緊急、快速
能	機能['11]	きのう	機能、功能	高性能['14]	こうせいのう	高性能
験	実験	じっけん	實驗	受験生	じゅけんせい	考生
完	完成['12]	かんせい	完成	完了['15]	かんりょう	完成、結束
極	極刑	きょっけい	極刑	積極的だ['12]	せっきょくてきだ	積極
拡	拡散	かくさん	擴散	拡張['19]	かくちょう	擴張
通	通じる['10]	つうじる	通、理解	通路	つうろ	道路
約	解約['18]	かいやく	解約	予約制['10]	よやくせい	預約制
沢	光沢	こうたく	光澤	贅沢['13]	ぜいたく	奢侈

複習試題 請選出適當的漢字寫法。

01	けわしい	ⓐ 険しい	ⓑ 激しい	05	こうか	ⓐ 硬価	ⓑ 硬貨
02	しゅみ	ⓐ 興味	ⓑ 趣味	06	かくちょう	ⓐ 拡張	ⓑ 通帳
03	たばねる	ⓐ 束ねる	ⓑ 結ねる	07	かんき	ⓐ 換気	ⓑ 替気
04	へんこう	ⓐ 変改	ⓑ 変更	08	さそう	ⓐ 請う	ⓑ 誘う

答案：01 ⓐ 02 ⓑ 03 ⓐ 04 ⓑ 05 ⓑ 06 ⓐ 07 ⓐ 08 ⓑ

實力奠定

請選出適當的漢字寫法。

01 とうろく

① 登緑　② 登録　③ 答緑　④ 答録

02 かいさい

① 開催　② 開演　③ 門催　④ 門演

03 ほしょう

① 補正　② 保正　③ 補証　④ 保証

04 くらす

① 墓らす　② 募らす　③ 幕らす　④ 暮らす

05 うんちん

① 揮賃　② 運貸　③ 運賃　④ 揮貸

06 たばねる

① 束ねる　② 結ねる　③ 繋ねる　④ 包ねる

07 しっき

① 汚気　② 汗気　③ 泡気　④ 湿気

08 しょうひ

① 削備　② 削費　③ 消備　④ 消費

09 そんする

① 損する　② 失する　③ 害する　④ 災する

10 やわらかい

① 固らかい　② 硬らかい　③ 軟らかい　④ 和らかい

11 はんだん

① 伴断　② 判断　③ 伴継　④ 判継

12 かんそく

① 勧測　② 観測　③ 勧側　④ 観側

13 あれる

① 壊れる　② 荒れる　③ 乾れる　④ 粗れる

14 きょうみ

① 興味　② 興未　③ 趣味　④ 趣未

15 はげしい

① 極しい　② 険しい　③ 激しい　④ 酷しい

16 さわぐ

① 暴ぐ　② 騒ぐ　③ 喧ぐ　④ 煩ぐ

17 こうぎ

① 講義　② 構義　③ 講議　④ 構議

18 みだれる

① 乱れる　② 荒れる　③ 破れる　④ 壊れる

19 せつぞく

① 持属　② 接属　③ 持続　④ 接続

20 かいご

① 介獲　② 看護　③ 看獲　④ 介護

答案 詳解 p.396

實戰測驗 1

問題2　＿＿＿の言葉を漢字で書くとき、最もよいものを１・２・３・４から一つ選びなさい。

6　上司に態度をしてきされた。

1　指摘　　2　指適　　3　示摘　　4　示適

7　事業のはんえいを願っている。

1　範栄　　2　範営　　3　繁栄　　4　繁営

8　急に壁がくずれてびっくりした。

1　暴れて　　2　激れて　　3　崖れて　　4　崩れて

9　この作品はこうぼで選ばれたものです。

1　攻募　　2　公募　　3　攻慕　　4　公慕

10　彼の表情はいつもかたい。

1　軟い　　2　柔い　　3　強い　　4　硬い

答案 詳解 p.396

實戰測驗 2

問題2 ＿＿＿の言葉を漢字で書くとき、最もよいものを１・２・３・４から一つ選びなさい。

6 その件はけんとうする必要があります。

1 剣答　2 剣討　3 検答　4 検討

7 ボランティア活動に参加してゴミひろいをした。

1 払い　2 拡い　3 拾い　4 給い

8 先生にこうりつのいい勉強方法を教えてもらった。

1 効率　2 郊率　3 効卒　4 郊卒

9 不公平な規則はあらためるべきだ。

1 換める　2 改める　3 替める　4 更める

10 経済をふっこうさせるための対策を考えている。

1 複興　2 復興　3 復趣　4 複趣

答案 詳解 p.396

實戰測驗 3

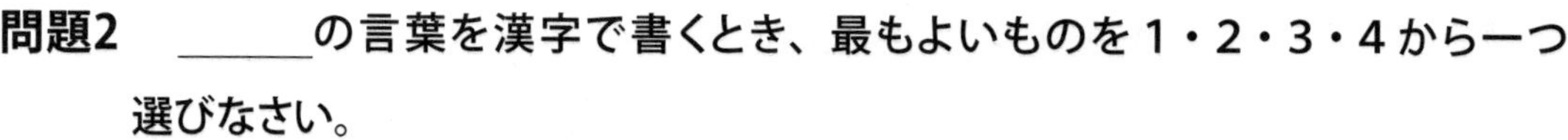

問題2 ＿＿＿の言葉を漢字で書くとき、最もよいものを１・２・３・４から一つ選びなさい。

6 ジョギングをかいてきに行うために新しいスニーカーを買った。

1 快適　2 決適　3 快敵　4 決敵

7 彼は彫刻のように美しい容姿（ようし）に加えてえんぎも上手である。

1 演劇　2 演技　3 寅技　4 寅劇

8 勤務時間をへらして家族との時間を確保した。

1 縮らして　2 減らして　3 織らして　4 滅らして

9 空港であばれていた彼を見て警備員が駆け付けた。

1 乱れて　2 破れて　3 汚れて　4 暴れて

10 この会社は人を重視するけいえいで知られている。

1 経栄　2 軽栄　3 経営　4 軽営

答案 詳解 p.397

實戰測驗 4

問題2　＿＿＿の言葉を漢字で書くとき、最もよいものを1・2・3・4から一つ選びなさい。

6　自社の本が安く買えるのは出版社で働く人のとっけんです。

1　特勧　　2　特権　　3　持勧　　4　持権

7　医者が運動をすすめていたのでジムに登録した 。

1　勧めて　　2　招めて　　3　誘めて　　4　請めて

8　最近話題になった映画を見て、その内容をひひょうする。

1　比平　　2　批評　　3　比評　　4　批平

9　会場周辺の警備をかためるために警察官の数を増やした。

1　強める　　2　頑める　　3　固める　　4　軟める

10　屋外プールは来月からかいじょうするそうだ。

1　問演　　2　問場　　3　開演　　4　開場

答案 詳解 p.397

詞語構成

[文字 ・ 語彙 > 問題 3 詞與構成] 考的是選出適當的接頭詞（前綴）或接尾詞（後綴），組合成派生詞；或是選出適當的詞彙，組合成複合詞。總題數為 5 題，難度較高的考題約莫 3 題。

重點攻略

1 題目要求組合成派生詞時，選項會出現意思相近的接頭詞或接尾詞作為出題陷阱。因此，請根據括號前後方連接的詞彙，選出最適當的接頭詞或接尾詞。

例 (　　) 公式

① 非 (〇)　　② 未 (╳)　　③ 無 (╳)

「公式（正式）」前方加上接頭詞「非（非）」，可組合成派生詞「非公式（非正式、非公開）」。

医学 (　　)

① 界 (〇)　　② 帯 (╳)　　③ 区 (╳)

接尾詞「界（界）」指的是一定範圍內的群體，前方加上「医学（醫學）」，可組合成派生詞「医学界（醫學界）」。

2 題目要求組合成複合詞時，請根據括號前方連接的詞彙，選出最適當的答案。

例 心 (　　)

① 細い (〇)　　② 深い 深的 (╳)　　③ 厚い 厚的 (╳)　　④ 浅い 淺的 (╳)

「心（心）」和「細い（纖細的）」可組合成複合詞「心細い（不安的）」。

3 檢視完括號前後方的詞彙後，如有兩個或兩個以上的選項列入考量時，請閱讀整句話，根據文意選出適當的選項，組合成派生詞或複合詞。

例 医者(いしゃ)は (　　) 収入(しゅうにゅう)で人気(にんき)の職業(しょくぎょう)だ。 醫生是個（　　）收入又受歡迎的職業。

① 高 (〇)　　② 低 (╳)
（高收入）　　（低收入）

4 該大題中常考的派生詞和複合詞，建議直接當成一個單字熟記。

解題步驟

Step 1 **看選項，確認各選項的意思。**

先看選項，確認各選項的意思。

Step 2 **檢視括號前後方的詞彙，選出最適合填入括號的答案。**

檢視括號前後方的詞彙，選出最適當的選項，組合成符合文意的派生詞或複合詞。

套用解題步驟

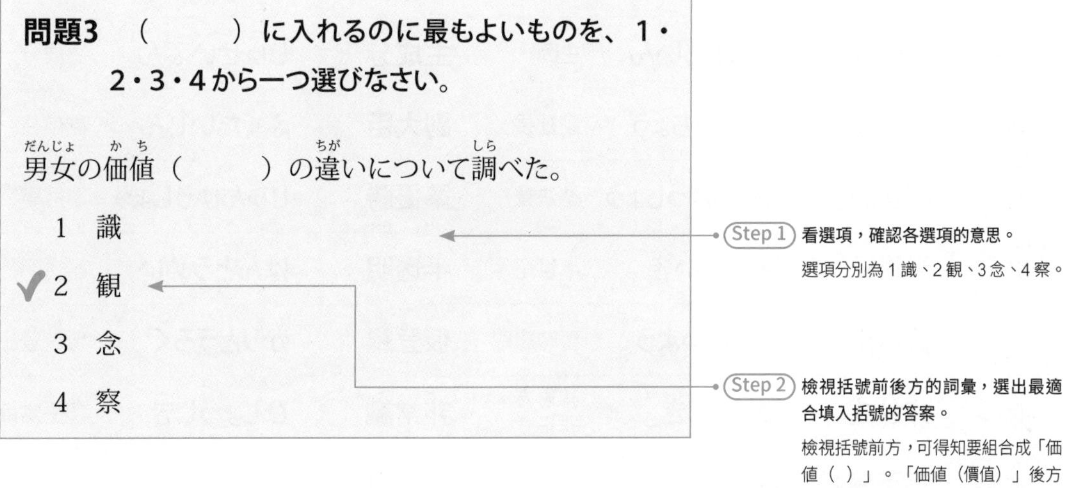

問題3　（　　　）に入れるのに最もよいものを、1・2・3・4から一つ選びなさい。

男女（だんじょ）の価値（かち）（　　　）の違（ちが）いについて調（しら）べた。

1　識

✔2　観

3　念

4　察

Step 1 **看選項，確認各選項的意思。**

選項分別為 1 識、2 観、3 念、4 察。

Step 2 **檢視括號前後方的詞彙，選出最適合填入括號的答案。**

檢視括號前方，可得知要組合成「価値（ ）」。「価値（價值）」後方加上「観（觀）」，可組合成「価値観（價值觀）」，因此答案要選接尾詞 2 観。

問題 3 從 1、2、3、4 中選出最適合填入（　　）中的詞彙。

根據男女價值(　　)的差異進行了調查。

1　識　　　**2　觀**

3　念　　　4　察

單字 **価値観 かちかん**名價值觀｜**男女 だんじょ**名男女｜**違い ちがい**名差異｜**調べる しらべる**名調查

重點整理與常考詞彙

「詞語構成」大題常考接頭詞與派生詞

015 問題 3 詞語構成__重點整理與常考詞彙 01.mp3

※ '00 為歷屆考題出題年度。

接頭詞	詞彙	讀音	中文	詞彙	讀音	中文
総（そう）～	総売上 '11	そううりあげ	總營收	総人口	そうじんこう	總人口
諸（しょ）～	諸外国 '12 '17	しょがいこく	海外各國	諸事情	しょじじょう	各種原因
	諸条件	しょじょうけん	各種條件	諸問題 '10 '14	しょもんだい	各種問題
主（しゅ）～	主原因	しゅげんいん	主因	主成分 '16	しゅせいぶん	主成分
副（ふく）～	副社長 '10 '15	ふくしゃちょう	副社長	副大臣 '18	ふくだいじん	副部長
準（じゅん）～	準決勝 '13	じゅんけっしょう	準決賽	準優勝 '11	じゅんゆうしょう	準冠軍
半（はん）～	半世紀	はんせいき	半世紀	半透明 '12	はんとうめい	半透明
仮（かり）～	仮採用 '12	かりさいよう	暫時錄取	仮登録	かりとうろく	暫時登記
非（ひ）～	非公式 '11	ひこうしき	非官方、非正式	非常識	ひじょうしき	超乎常識
不（ふ/ぶ）～	不正確 '17	ふせいかく	不正確	不器用	ぶきよう	笨拙
未（み）～	未経験 '14	みけいけん	無經驗	未使用 '16	みしよう	未使用
	未提供	みていきょう	未提供	未発表	みはっぴょう	未發表
無（む）～	無許可	むきょか	未經許可	無計画 '18	むけいかく	無計畫
	無責任 '15	むせきにん	無責任、不負責任	無表情	むひょうじょう	面無表情
悪（あく）～	悪影響 '15 '19	あくえいきょう	負面影響	悪条件 '11	あくじょうけん	惡劣條件
好（こう）～	好対照	こうたいしょう	明顯對比	好都合	こうつごう	方便、合適
高（こう）～	高学歴	こうがくれき	高學歷	高収入 '10	こうしゅうにゅう	高收入
	高水準 '16	こうすいじゅん	高水準	高性能 '14	こうせいのう	高性能
最（さい）～	最先端	さいせんたん	最先進	最有力 '13	さいゆうりょく	最有優勢
多（た）～	多機能	たきのう	多功能	多趣味	たしゅみ	興趣繁多

※ '00 為歷屆考題出題年度。

低(てい)～	低価格['12]	ていかかく	低價	低カロリー['17]	ていカロリー	低卡路里
薄(うす)～	薄味	うすあじ	味道淡	薄暗い['13]	うすぐらい	昏暗
前(ぜん)～	前社長['17]	ぜんしゃちょう	前任社長	前町長['19]	ぜんちょうちょう	前任町長
初(しょ)～	初対面	しょたいめん	初次見面	初年度['17]	しょねんど	第一年
来(らい)～	来学期['18]	らいがっき	下學期	来シーズン['10'11]	らいシーズン	下一季
現(げん)～	現時点	げんじてん	現在	現段階['11]	げんだんかい	現階段
真(ま)～	真新しい['15]	まあたらしい	嶄新	真後ろ['17]	まうしろ	正後方
	真冬	まふゆ	隆冬	真夜中['12]	まよなか	大半夜
再(さい)～	再開発['16]	さいかいはつ	再開發	再提出['13]	さいていしゅつ	再次提出
	再評価	さいひょうか	再次評價	再放送['10]	さいほうそう	重播
異(い)～	異形態	いけいたい	特異型態	異文化['16]	いぶんか	異文化
旧(きゅう)～	旧校舎	きゅうこうしゃ	舊校舍	旧制度['10]	きゅうせいど	舊制度
名(めい)～	名演技	めいえんぎ	精湛演技	名場面	めいばめん	經典片段

複習試題 請選出適合填入括號內的字詞。

01	(　)開発	ⓐ 再	ⓑ 現	05	(　)都合	ⓐ 好	ⓑ 高
02	(　)経験	ⓐ 未	ⓑ 最	06	(　)影響	ⓐ 悪	ⓑ 仮
03	(　)優勝	ⓐ 準	ⓑ 副	07	(　)成分	ⓐ 半	ⓑ 主
04	(　)新しい	ⓐ 初	ⓑ 真	08	(　)表情	ⓐ 不	ⓑ 無

答案: 01 ⓐ 02 ⓐ 03 ⓐ 04 ⓑ 05 ⓐ 06 ⓐ 07 ⓑ 08 ⓑ

文字・語彙
問題3 詞語構成

「詞語構成」大題常考接尾詞與派生詞 ①

016 問題 3 詞語構成__重點整理與常考詞彙 02.mp3

※'00 為歷屆考題出題年度。

接尾詞	單字	讀音	中譯	單字	讀音	中譯
〜界（かい）	医学界['11]	いがくかい	醫學界	自然界	しぜんかい	自然界
〜観（かん）	結婚観['16]	けっこんかん	婚姻觀	人生観	じんせいかん	人生觀
〜率（りつ）	就職率['10]	しゅうしょくりつ	就業率	進学率['18]	しんがくりつ	升學率
	成功率['15]	せいこうりつ	成功率	投票率['12]	とうひょうりつ	投票率
〜力（りょく）	記憶力	きおくりょく	記憶力	集中力['10]	しゅうちゅうりょく	集中力
〜式（しき）	組み立て式	くみたてしき	組合式	日本式['16]	にほんしき	日本式
〜風（ふう）	会社員風['17]	かいしゃいんふう	上班族風格	ビジネスマン風['12]	ビジネスマンふう	商務人士風格
	ヨーロッパ風	ヨーロッパふう	歐洲風格	和風['15]	わふう	日式風格
〜流（りゅう）	アメリカ流['19]	アメリカりゅう	美式	日本流['12]	にほんりゅう	日本式
〜色（しょく）	国際色['12]	こくさいしょく	國際色彩	政治色['19]	せいじしょく	政治色彩
〜派（は）	演技派	えんぎは	演技派	慎重派	しんちょうは	謹慎派
〜制（せい）	会員制['17]	かいいんせい	會員制	予約制['10]	よやくせい	預約制
〜下（か）	管理下['16]	かんりか	管理下	制度下	せいどか	制度下
〜元（もと）	送信元['18]	そうしんもと	收件者	発行元	はっこうもと	發行者
〜街（がい）	住宅街['17]	じゅうたくがい	住宅區	商店街['10]	しょうてんがい	商店街
〜場（じょう）	スキー場['18]	スキーじょう	滑雪場	野球場	やきゅうじょう	棒球場
〜賞（しょう）	作品賞	さくひんしょう	作品獎	文学賞['11]	ぶんがくしょう	文學獎
〜感（かん）	緊張感	きんちょうかん	緊張感	責任感	せきにんかん	責任感

※'00 為歷屆考題出題年度。

接尾語	單字	讀音	中譯	單字	讀音	中譯
～性（せい）	危険性['14]	きけんせい	危險性	柔軟性	じゅうなんせい	柔軟性
～状（じょう）	液体状	えきたいじょう	液體狀	クリーム状['11]	クリームじょう	乳霜狀
	招待状['15]	しょうたいじょう	邀請函	年賀状	ねんがじょう	賀年卡
～順（じゅん）	アルファベット順['12]	アルファベットじゅん	字母順序	年代順['16]	ねんだいじゅん	年代順序
～類（るい）	雑誌類	ざっしるい	雜誌類	食器類['13]	しょっきるい	餐具類
～別（べつ）	学年別['18]	がくねんべつ	依學年分類	専門別	せんもんべつ	依主修分類
～代（だい）	修理代	しゅうりだい	修理費	電気代	でんきだい	電費
～賃（ちん）	手間賃	てまちん	人工費	電車賃['14]	でんしゃちん	電車票錢
～費（ひ）	交通費	こうつうひ	交通費	制作費	せいさくひ	製作費
～金（きん）	奨学金	しょうがくきん	獎學金	保証金	ほしょうきん	保證金
～料（りょう）	原稿料	げんこうりょう	稿費	宿泊料	しゅくはくりょう	住宿費
～度（ど）	加速度	かそくど	加速度	優先度	ゆうせんど	優先程度
～量（りょう）	降水量	こうすいりょう	降水量	収穫量	しゅうかくりょう	收穫量
	消費量	しょうひりょう	消費量	生産量	せいさんりょう	產量

複習試題 請選出適合填入括號內的字詞。

		ⓐ	ⓑ			ⓐ	ⓑ
01	記憶（ ）	ⓐ 力	ⓑ 感	05	柔軟（ ）	ⓐ 性	ⓑ 制
02	人生（ ）	ⓐ 界	ⓑ 観	06	送信（ ）	ⓐ 場	ⓑ 元
03	国際（ ）	ⓐ 風	ⓑ 色	07	招待（ ）	ⓐ 状	ⓑ 賞
04	文学（ ）	ⓐ 賞	ⓑ 状	08	緊張（ ）	ⓐ 感	ⓑ 性

答案: 01 ⓐ 02 ⓑ 03 ⓑ 04 ⓐ 05 ⓐ 06 ⓑ 07 ⓐ 08 ⓐ

「詞語構成」大題常考接尾詞與派生詞 ②

017 問題 3 詞語構成__重點整理與常考詞彙 03.mp3

※ '00 為歷屆考題出題年度。

～集（しゅう）	作品集 '14	さくひんしゅう	作品集	写真集	しゃしんしゅう	攝影集
～団（だん）	応援団 '15	おうえんだん	加油團	バレエ団	バレエだん	芭蕾舞團
～産（さん）	カリフォルニア産	カリフォルニアさん	加州產	国内産	こくないさん	國產
～地（ち）	出身地	しゅっしんち	出生地、故鄉	生産地	せいさんち	產地
～署（しょ）	警察署	けいさつしょ	警察局	税務署	ぜいむしょ	稅務局
～版（ばん）	限定版	げんていばん	限定版	日本語版	にほんごばん	日語版
～発（はつ）	東京駅発 '13	とうきょうえきはつ	東京車站發車	成田発	なりたはつ	成田出發
～的（てき）	具体的だ	ぐたいてきだ	具體的	政治的だ	せいじてきだ	政治的
～家（か）	建築家	けんちくか	建築師	福祉家	ふくしか	慈善家
～証（しょう）	社員証	しゃいんしょう	員工證	領収証	りょうしゅうしょう	收據
～おき	一日おき '11 '14	いちにちおき	每隔一天	二メートルおき	にメートルおき	每隔兩公尺
～がち	遅刻がち	ちこくがち	經常遲到	病気がち	びょうきがち	容易生病
～ごと	皮ごと	かわごと	連皮一起…	丸ごと	まるごと	整個、全部
～ぶり	20年ぶり	20ねんぶり	睽違20年	久しぶり	ひさしぶり	久違
～連れ（づ）	親子連れ '13	おやこづれ	家長帶小孩	家族連れ '17	かぞくづれ	攜家帶眷
～切れ（ぎ）	期限切れ '14	きげんぎれ	過期	在庫切れ	ざいこぎれ	無庫存
～離れ（ばな）	現実離れ '15	げんじつばなれ	不切實際	政治離れ	せいじばなれ	不碰政治
～立て（た）	出来立て	できたて	剛做好	焼き立て	やきたて	剛烤好

※ '00 為歷屆考題出題年度。

字尾	詞語	讀音	意思	詞語	讀音	意思
～建(だ)て	一戸建て	いっこだて	獨棟	三階建て	さんがいだて	三層樓的房屋
～沿(ぞ)い	川沿い	かわぞい	沿著河岸	線路沿い '14	せんろぞい	沿著鐵路
～扱(あつか)い	子供扱い	こどもあつかい	當小孩對待	犯人扱い	はんにんあつかい	當犯人對待
～づらい	頼みづらい '19	たのみづらい	難以請託	話しづらい	はなしづらい	難以說話
～付(つ)き	条件付き	じょうけんつき	附條件	朝食付き	ちょうしょくつき	附早餐
～漬(づ)け	醤油漬け	しょうゆづけ	醬油醃漬	勉強漬け '16	べんきょうづけ	全心念書
～済(ず)み	支払い済み	しはらいずみ	已付款	使用済み	しようずみ	使用完畢
～全般(ぜんぱん)	音楽全般 '13	おんがくぜんぱん	所有音樂	教育全般	きょういくぜんぱん	跟教育有關的一切
～気味(ぎみ)	風邪気味 '13	かぜぎみ	感冒徵兆	疲れ気味	つかれぎみ	稍微有點累
～一色(いっしょく)	反対派一色	はんたいはいっしょく	全是反對者	ムード一色 '14	ムードいっしょく	氛圍一致
～不明(ふめい)	原因不明	げんいんふめい	原因不明	行方不明	ゆくえふめい	行蹤不明
～際(ぎわ)	死に際	しにぎわ	臨終	別れ際 '19	わかれぎわ	離別時
～明(あ)け	年明け	としあけ	新年、年初	夏休み明け '13	なつやすみあけ	暑假結束後

複習試題 請選出適合填入括號內的字詞。

		ⓐ	ⓑ			ⓐ	ⓑ
01	家族（ ）	ⓐ 沿い	ⓑ 連れ	05	風邪（ ）	ⓐ 一色	ⓑ 気味
02	作品（ ）	ⓐ 団	ⓑ 集	06	行方（ ）	ⓐ 不明	ⓑ 済み
03	期限（ ）	ⓐ 切れ	ⓑ 離れ	07	朝食（ ）	ⓐ 漬け	ⓑ 付き
04	三階（ ）	ⓐ 立て	ⓑ 建て	08	遅刻（ ）	ⓐ がち	ⓑ ごと

答案：01 ⓑ 02 ⓑ 03 ⓐ 04 ⓑ 05 ⓑ 06 ⓐ 07 ⓑ 08 ⓐ

「詞語構成」大題常考複合詞 ①

🔊 018 問題 3 詞語構成__重點整理與常考詞彙 04.mp3

※ '00 為歷屆考題出題年度。

複合詞	前項		後項
取(と)り上(あ)げる 拿起、採納	取(と)る 拿取	+	上(あ)げる 舉起、提高
取(と)り入(い)れる 收穫、採用	取(と)る 拿取	+	入(い)れる 放入
取(と)り掛(か)かる 著手	取(と)る 拿取	+	掛(か)かる 從事、懸掛
取(と)り消(け)す 取消、撤銷	取(と)る 拿取	+	消(け)す 消除
取(と)り付(つ)ける 安裝	取(と)る 拿取	+	付(つ)ける 黏貼、附加
書(か)き上(あ)がる 寫完	書(か)く 寫	+	上(あ)がる 完成、舉起
書(か)き込(こ)む 填入	書(か)く 寫	+	込(こ)む 放入
書(か)き直(なお)す 重寫	書(か)く 寫	+	直(なお)す 重來、修正
持(も)ち帰(かえ)る 帶回去	持(も)つ 拿、持有	+	帰(かえ)る 回去
持(も)ち込(こ)む 帶入	持(も)つ 拿、持有	+	込(こ)む 放入
打(う)ち明(あ)ける 坦承	打(う)つ 打	+	明(あ)ける 明亮
打(う)ち合(あ)わせる 商討	打(う)つ 打	+	合(あ)わせる 使相合
取(と)り扱(あつか)う 操作、對待	取(と)る 拿取	+	扱(あつか)う 使用、對待
取(と)り換(か)える 更換	取(と)る 拿取	+	換(か)える 更換
取(と)り組(く)む 全心從事	取(と)る 拿取	+	組(く)む 組合
取(と)り出(だ)す 取出	取(と)る 拿取	+	出(だ)す 拿出
取(と)り留(と)める 保住	取(と)る 拿取	+	留(と)める 固定、留下
書(か)き入(い)れる 寫入	書(か)く 寫	+	入(い)れる 放入
書(か)き出(だ)す 寫出	書(か)く 寫	+	出(だ)す 拿出
持(も)ち上(あ)げる 舉起、抬起	持(も)つ 拿、持有	+	上(あ)げる 舉起、提高
持(も)ち切(き)る 持續討論	持(も)つ 拿、持有	+	切(き)る 切、中斷
持(も)ち出(だ)す 帶出去、提起	持(も)つ 拿、持有	+	出(だ)す 拿出
打(う)ち上(あ)げる 發射	打(う)つ 打	+	上(あ)げる 舉起、提高
打(う)ち切(き)る 中止	打(う)つ 打	+	切(き)る 切、中斷

※'00 為歷屆考題出題年度。

複合詞	前項		後項
追(お)いかける 追趕	追(お)う 追逐	+	かける 作用、懸掛
追(お)い出(だ)す 驅逐	追(お)う 追逐	+	出(だ)す 拿出、使出去
乗(の)り遅(おく)れる 錯過車班	乗(の)る 乘坐	+	遅(おく)れる 晚、遲
乗(の)り越(こ)える 跨越	乗(の)る 乘坐	+	越(こ)える 超越、跨越
見(み)上(あ)げる 仰望、抬頭看	見(み)る 看	+	上(あ)げる 舉起、提高
見(み)慣(な)れる 看慣	見(み)る 看	+	慣(な)れる 習慣
買(か)い上(あ)げ 購買	買(か)う 買	+	上(あ)げる 舉起、提高
買(か)い忘(わす)れ 忘記買	買(か)う 購買	+	忘(わす)れる 忘記
心細(こころぼそ)い 不安、膽怯	心(こころ) 心	+	細(ほそ)い 纖細

複合詞	前項		後項
追(お)い越(こ)す 超越	追(お)う 追逐	+	越(こ)す 超越、跨越
追(お)いつく 追上、追逐	追(お)う 追逐	+	つく 附著、跟隨
乗(の)り換(か)える 轉乘	乗(の)る 乘坐	+	換(か)える 更換
乗(の)り継(つ)ぐ '18 繼續乘坐	乗(の)る 乘坐	+	継(つ)ぐ 持續
見直(みなお)す 重新檢視、刮目相看	見(み)る 看	+	直(なお)す 重來、修正
見逃(みのが)す '19 錯過、看漏	見(み)る 看	+	逃(のが)す 逃跑
買(か)い出(だ)し 採購	買(か)う 購買	+	出(だ)す 拿出
心強(こころづよ)い '12 放心	心(こころ) 心	+	強(つよ)い 強壯
心弱(こころよわ)い 怯懦、消沉	心(こころ) 心	+	弱(よわ)い 弱

複習試題 請選出適合填入括號內的字詞。

01	取り( )	ⓐ掛ける	ⓑ掛かる	05	見( )	ⓐ入れる	ⓑ逃す
02	持ち( )	ⓐ切る	ⓑ組む	06	心( )	ⓐ上げ	ⓑ強い
03	追い( )	ⓐつく	ⓑこえる	07	取り( )	ⓐ消す	ⓑ消える
04	買い( )	ⓐ忘れ	ⓑ細い	08	打ち( )	ⓐ慣れる	ⓑ明ける

答案: 01 ⓑ 02 ⓐ 03 ⓐ 04 ⓐ 05 ⓑ 06 ⓑ 07 ⓐ 08 ⓑ

「詞語構成」大題常考複合詞 ②

019 問題 3 詞語構成__重點整理與常考詞彙 05.mp3

※ '00 為歷屆考題出題年度。

複合詞	意思	前項	意思		後項	意思
飛(と)び上(あ)がる	飛起、跳起	飛(と)ぶ	飛	+	上(あ)がる	上升
飛(と)び立(た)つ	飛離	飛(と)ぶ	飛	+	立(た)つ	站立、升起
呼(よ)び込(こ)む	喚入	呼(よ)ぶ	叫喚	+	込(こ)む	放入
落(お)ち込(こ)む '19	掉入、消沉	落(お)ちる	掉落	+	込(こ)む	放入
思(おも)い込(こ)む	深信	思(おも)う	思考	+	込(こ)む	放入
建(た)て付(つ)ける	門窗的開關情形	建(た)てる	建立	+	付(つ)ける	黏貼、附加
使(つか)いこなす	運用自如	使(つか)う	使用	+	こなす	掌握、處理
詰(つ)め合(あ)う	聚集在一處	詰(つ)める	填滿	+	合(あ)う	合、相配
引(ひ)き受(う)ける	承擔	引(ひ)く	拉	+	受(う)ける	承受
当(あ)てはまる '16	適當、適合	当(あ)てる	配合	+	はまる	填補
色違(いろちが)い	顏色不同	色(いろ)	顏色	+	違(ちが)う	不同
重苦(おもくる)しい	沉悶	重(おも)い	重	+	苦(くる)しい	痛苦

複合詞	意思	前項	意思		後項	意思
飛(と)び下(さ)がる	跳下	飛(と)ぶ	飛	+	下(さ)がる	下降
呼(よ)びかける	呼喚、呼籲	呼(よ)ぶ	叫喚	+	かける	作用、懸掛
呼(よ)び出(だ)す	叫出	呼(よ)ぶ	叫喚	+	出(だ)す	拿出、使出去
落(お)ち着(つ)く	冷靜、沉著	落(お)ちる	掉落	+	着(つ)く	抵達
思(おも)い切(き)る '14	下定決心	思(おも)う	思考	+	切(き)る	切、中斷
建(た)て直(なお)す	重新建立	建(た)てる	建立	+	直(なお)す	重來、修正
使(つか)い込(こ)む	久用、侵占	使(つか)う	使用	+	込(こ)む	放入
詰(つ)め込(こ)む	填滿	詰(つ)める	填滿	+	込(こ)む	放入
引(ひ)き返(かえ)す '19	折返、回復原樣	引(ひ)く	拉	+	返(かえ)す	返回
入(い)れ込(こ)む	放入、著迷	入(い)れる	放入	+	込(こ)む	放入
裏切(うらぎ)る	背叛	裏(うら)	背後、內側	+	切(き)る	切、中斷
送(おく)り込(こ)む	送去	送(おく)る	送	+	込(こ)む	放入

※ '00 為歷屆考題出題年度。

複合詞	前項		後項
切り換える 切換	切る 切、中斷	+	換える 更換
探し回る 四處尋找	探す 尋找	+	回る 旋轉、巡迴
狡賢い 狡猾	狡い 狡猾	+	賢い 聰明
付け加える 附加	付ける 黏貼、附加	+	加える 追加
泣き出す 開始哭泣	泣く 哭泣	+	出す 拿出、使出去
働き手 '18 工作者	働く 勞動、工作	+	手 手、人
振り込む 撒入、匯款	振る 揮、丟	+	込む 放入
蒸し暑い 悶熱	蒸す 蒸	+	暑い 熱
寄り添う 貼近、依偎	寄る 靠近	+	添う 陪伴
組み立てる 組合	組む 結合	+	立てる 站立、升起
差し支える '14 妨礙	差す 發生	+	支える 堵塞、障礙
付き合う 陪伴、交往	付く 陪伴	+	合う 合、相配
解き始める 開始解決	解く 解答、解開	+	始める 開始
走り回る 四處奔跑	走る 奔跑	+	回る 旋轉、巡迴
話しかける 搭話	話す 說話	+	かける 作用、懸掛
迷い犬 走失的狗	迷う 迷路	+	犬 狗
申し込む 申請	申す 說話	+	込む 放入
割り込む '16 擠進	割る 切開	+	込む 放入

複習試題 請選出適合填入括號內的字詞。

		ⓐ	ⓑ
01	使い（ ）	ⓐ 違う	ⓑ 込む
02	裏（ ）	ⓐ 切る	ⓑ 立つ
03	呼び（ ）	ⓐ 着く	ⓑ 出す
04	詰め（ ）	ⓐ 越える	ⓑ 込む
05	走り（ ）	ⓐ 回る	ⓑ 換える
06	建て（ ）	ⓐ 直す	ⓑ 返す
07	付き（ ）	ⓐ 合う	ⓑ 思う
08	重（ ）	ⓐ 苦しい	ⓑ 賢い

答案: 01 ⓑ 02 ⓐ 03 ⓑ 04 ⓑ 05 ⓐ 06 ⓐ 07 ⓐ 08 ⓐ

實力奠定

請選出最適合填入括號內的字詞。

01 （　　）公式

① 非　② 不　③ 未　④ 無

02 送信（　　）

① 原　② 根　③ 元　④ 素

03 乗り（　　）

① 遅れる　② 変える　③ 連れる　④ 送れる

04 （　　）先端

① 高　② 上　③ 最　④ 長

05 作品（　　）

① 集　② 典　③ 類　④ 全

06 （　　）売上

① 総　② 合　③ 集　④ 満

07 会員（　　）

① 要　② 制　③ 下　④ 上

08 （　　）社長

① 古　② 前　③ 後　④ 信

09 建て（　　）

① 治す　② 直る　③ 治る　④ 直す

10 自然（　　）

① 界　② 帯　③ 区　④ 囲

11 (　　) 段階

① 直　② 近　③ 当　④ 現

12 取り (　　)

① 貼れる　② 付ける　③ 着ける　④ 届ける

13 アメリカ (　　)

① 性　② 刑　③ 流　④ 質

14 (　　) 制度

① 旧　② 直　③ 来　④ 先

15 就職 (　　)

① 割　② 率　③ 量　④ 料

16 (　　) 優勝

① 準　② 後　③ 次　④ 副

17 管理 (　　)

① 下　② 降　③ 低　④ 高

18 持ち (　　)

① 刺す　② 繋ぐ　③ 貼る　④ 切る

19 別れ (　　)

① 際　② 間　③ 期　④ 刻

20 (　　) シーズン

① 次　② 後　③ 来　④ 明

答案 詳解 p.398

實戰測驗 1

問題3　（　　　）に入れるのに最もよいものを、1・2・3・4から一つ選びなさい。

11　日本のお米は、なぜ寒い地域で生産（　　　）が多いのですか。

1　数　　2　性　　3　料　　4　量

12　自分の意見をしっかり伝えるために、その理由を具体（　　　）に書くといい。

1　様　　2　的　　3　状　　4　性

13　新製品発表会で、新製品が予想以上に（　　　）性能であることにおどろいた。

1　良　　2　最　　3　上　　4　高

14　この家具は組み立て（　　　）なので、車で持ち帰ることができます。

1　方　　2　制　　3　法　　4　式

15　至らないところもあると思いますが、よろこんでお引き（　　　）します。

1　受け　　2　刺し　　3　回し　　4　変え

答案 詳解 p.398

實戰測驗 2

問題3　（　　　）に入れるのに最もよいものを、1・2・3・4から一つ選びなさい。

11　（　　　）事情により、本日はお休みをいただきます。

1　主　　2　多　　3　般　　4　諸

12　もっと若者の力で商店（　　　）を元気にしていこう。

1　街　　2　地　　3　町　　4　村

13　忙しい時ほど、優先（　　　）をつけて一つずつ終わらせる。

1　位　　2　度　　3　番　　4　号

14　山田（やまだ）氏は、女性では初の外務省（がいむしょう）の（　　　）大臣に任命（にんめい）された。

1　次　　2　副　　3　後　　4　来

15　あのグループの歌手は男性だそうだけど、ずっと女性が歌っていると思い（　　　）いた。

1　すぎて　　2　あがって　　3　こんで　　4　はまって

答案 詳解本 詳解 p.399

實戰測驗 3

問題3　（　　　）に入れるのに最もよいものを、1・2・3・4から一つ選びなさい。

11　（　　　）採用(さいよう)の終了まで残り3日となったが、その後も続けるかどうかは分からない。

1　偽　　2　仮　　3　作　　4　借

12　日本でも借金や奨学（　　　）などの返済(へんさい)は学生のプレッシャーになっている。

1　賃　　2　料　　3　費　　4　金

13　ひと月ごとにはがせる、（　　　）透明のカレンダーシールを愛用している。

1　全　　2　反　　3　半　　4　逆

14　田中(たなか)選手は、実力があって（　　　）年度からポジションを確保していた。

1　未　　2　再　　3　非　　4　初

15　ロケットが打ち（　　　）られる姿を多くの人々がテレビを通して見ていた。

1　上げ　　2　下げ　　3　曲げ　　4　投げ

答案 詳解 p.399

實戰測驗 4

問題3 （　　　）に入れるのに最もよいものを、1・2・3・4から一つ選びなさい。

11 今回の旅行ではホテルではなくて和（　　　）の旅館で泊まることにした。

1 流　　2 風　　3 版　　4 型

12 彼が出した書類が不十分で、（　　　）提出を求めるしかなかった。

1 再　　2 複　　3 来　　4 初

13 彼は後押ししてくれた応援（　　　）に向かって喜びのジャンプを披露（ひろう）した。

1 量　　2 風　　3 団　　4 集

14 その製品は（　　　）価格にも関わらず、多様な機能を備えていて人気が高い。

1 重　　2 大　　3 小　　4 低

15 丸をつけたところは全部書き（　　　）ないと申し込みができない。

1 回ら　　2 込ま　　3 取ら　　4 治さ

答案 詳解 p.400

前後關係

[文字 · 語彙 > 問題 4 前後關係] 考的是根據文意，選出最適合填入括號內的詞彙，針對名詞、動詞、形容詞、副詞平均出題。總題數為 7 題。

重點攻略

1 題目要求選出適當的名詞時，選項會出現意思相近的詞彙或包含相同漢字的詞彙作為出題陷阱。因此，請根據括號前後方連接的字詞，選出最符合文意的詞彙。

例 現実(げんじつ)を（　　）した作品(さくひん)　(　　) 現實的作品

① 反映(はんえい) 反映 (〇)　　② 放映(ほうえい) 播放 (×)

使用包含相同漢字「映」的詞彙

2 題目要求選出適當的動詞或形容詞時，請根據括號前後方連接的字詞，選出最符合文意的詞彙。

例 海(うみ)に（　　）しまった　(　　) 海中。

① しずんで 沉入 (〇)　　② ころんで 摔倒 (×)

例 彼(かれ)の（　　）返事(へんじ)　他 (　　) 回答。

① あいまいな 含糊的 (〇)　　② 鈍感(どんかん)な 遲鈍的 (×)

3 題目要求選出適當的副詞時，出題詞彙以擬聲語、擬態語為主，請根據括號前後方連接的字詞，選出最符合文意的詞彙。

例 のどが（　　）だ　喉嚨 (　　)。

① からから 乾燥貌 (〇)　　② ぺらぺら 流暢貌 (×)

4 該大題中常考的詞彙，可與經常搭配使用的字詞一併記下。

解題步驟

Step 1 閱讀選項，確認意思和詞性。

先看選項，回想各選項的意思，並確認詞性。此時可以在選項旁標註一下意思。

Step 2 檢視括號前後方的字詞，選出最適合填入括號的答案。

先確認括號前後方，選出最適合填入的選項。若候補選項有 2 個時，再閱讀整句話，選出符合文意的選項。

套用解題步驟

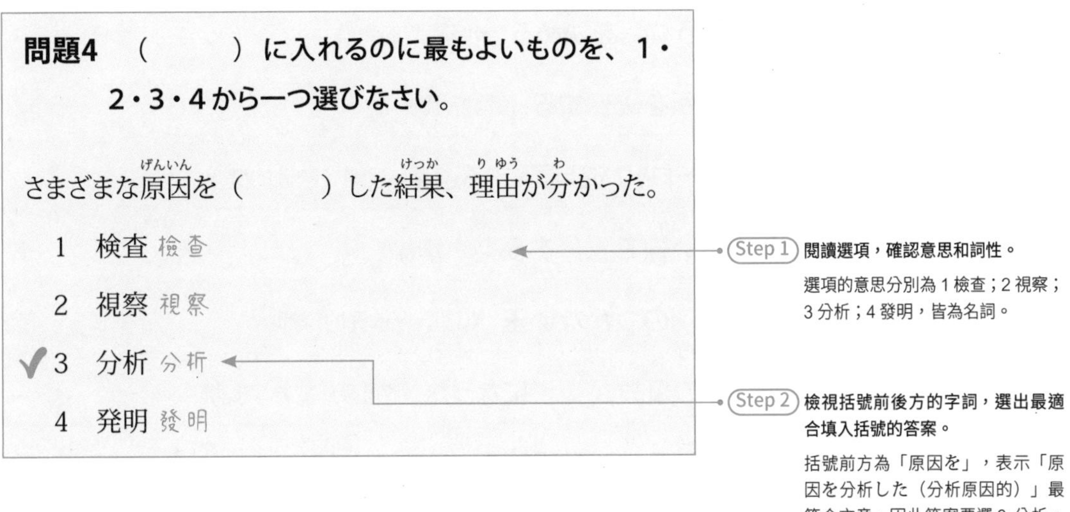

問題4 （　　　）に入れるのに最もよいものを、1・2・3・4から一つ選びなさい。

さまざまな原因（げんいん）を（　　　）した結果（けっか）、理由（りゆう）が分（わ）かった。

1 検査 檢查
2 視察 視察
✔3 分析 分析
4 発明 發明

Step 1 閱讀選項，確認意思和詞性。
選項的意思分別為 1 檢查；2 視察；3 分析；4 發明，皆為名詞。
Step 2 檢視括號前後方的字詞，選出最適合填入括號的答案。
括號前方為「原因を」，表示「原因を分析した（分析原因的）」最符合文意，因此答案要選 3 分析。其他選項的用法為：1 サンプルを検査する（檢查樣品）；2 現地を視察する（視察當地）；4 機械を発明する（發明機器）。

問題 4　請從 1、2、3、4 中選出最適合填入（　）中的詞彙。

在(　　　)各種原因之後，了解了理由。

1 檢查	2 視察
3 分析	4 發明

單字 **さまざまだ** [な形] 各式各樣的 | **原因 げんいん** [名] 原因 | **結果 けっか** [名] 結果 | **理由 りゆう** [名] 理由 | **検査 けんさ** [名] 檢查 | **視察 しさつ** [名] 視察 | **分析 ぶんせき** [名] 分析 | **発明 はつめい** [名] 發明

重點整理與常考詞彙

「前後關係」大題常考名詞

020 問題 4 前後關係 _ 重點整理與常考詞彙 01.mp3

※'00 為歷屆考題出題年度。

詞彙	中文	例句	翻譯
意欲（いよく）'13	積極度、企圖心	勝利（しょうり）への意欲（いよく）を見（み）せた	展現出對勝利的企圖心
引用（いんよう）	引用	参考文献（さんこうぶんけん）を引用（いんよう）する	引用參考文獻
改善（かいぜん）'11	改善	悪（わる）い生活習慣（せいかつしゅうかん）を改善（かいぜん）する	改掉不良生活習慣
覚悟（かくご）	覺悟	戦（たたか）う覚悟（かくご）を決（き）める	做好戰鬥的覺悟
確保（かくほ）'17	確保	場所（ばしょ）を確保（かくほ）する	預留好場地
活躍（かつやく）	活躍	ヨーロッパで活躍（かつやく）する選手（せんしゅ）	活躍於歐洲的選手
区分（くぶん）	分隔	白（しろ）い線（せん）で区分（くぶん）する	以白線隔開
区別（くべつ）	區別	区別（くべつ）のつかない玉（たま）	無法區分差異的球體
契機（けいき）'17	契機	その事故（じこ）が契機（けいき）になった	那個意外成為了契機
検診（けんしん）	檢查	病院（びょういん）で検診（けんしん）を受（う）ける	在醫院接受檢查
栽培（さいばい）'19	栽培	野菜（やさい）を栽培（さいばい）している	正在栽培蔬菜
参観（さんかん）	參觀	授業（じゅぎょう）を参観（さんかん）する	參觀教學
指示（しじ）	指示	説明書（せつめいしょ）の指示（しじ）に従（したが）う	遵從說明書的指示
持続（じぞく）	持續	持続可能（じぞくかのう）な開発（かいはつ）をする	進行具永續性的開發
地元（じもと）'11'18	當地、出生地	地元（じもと）に帰（かえ）りたい	想回故鄉
邪魔（じゃま）'16	妨礙	通（とお）る人（ひと）の邪魔（じゃま）になる	會妨礙行人
上達（じょうたつ）	進步	水泳（すいえい）が上達（じょうたつ）する	游泳能力進步了
職場（しょくば）	職場	職場（しょくば）の仲間（なかま）と話（はな）し合（あ）う	與職場夥伴對話
操作（そうさ）	操作	機械（きかい）を操作（そうさ）する	操作機械
続出（ぞくしゅつ）'10'18	持續出現	感染者（かんせんしゃ）が続出（ぞくしゅつ）している	感染者持續出現

※'00 為歷屆考題出題年度。

單字	中文	例句
続行（ぞっこう）	繼續執行	契約を続行する　契約持續
通訳（つうやく）	口譯	英語を通訳する　進行英文口譯
強み（つよみ）'11	優勢	彼の強み　他的優勢
点検（てんけん）'18	檢修	エレベーターを点検している　檢修電梯
導入（どうにゅう）'14	導入	サマータイムを導入する　導入夏令時間
特色（とくしょく）'15	特色	わが校の特色です　我們學校的特色
納得（なっとく）	認可	納得がいかない　無法認可
根元（ねもと）	根部	くさって根元が黒くなった　腐爛且根部發黑
反映（はんえい）'11	反映	時代を反映する　反映時代
普及（ふきゅう）'10'16	普及	電気自動車が普及する　電動車普及
分析（ぶんせき）'11'17	分析	データを分析する　分析數據
分担（ぶんたん）'19	分擔	費用を分担する　分擔費用
本物（ほんもの）'19	真品	この展示品は本物ではない　這個展示品並非真品
名所（めいしょ）'17	知名景點	桜の名所に行く　去知名賞櫻景點
予測（よそく）'15	預測	データから予測できる　可根據數據進行預測

複習試題 請根據文意，選出適合填入括號內的詞彙。

01 悪い生活習慣を（　　）した。　ⓐ 変更　ⓑ 改善

02 そこに荷物を置くと、通る人の（　　）になるよ。　ⓐ 分担　ⓑ 邪魔

03 エレベーターを（　　）しているので、階段を利用してください。　ⓐ 検診　ⓑ 点検

04 マンションの屋上で野菜を（　　）しています。　ⓐ 栽培　ⓑ 制作

答案：01 ⓑ 02 ⓑ 03 ⓑ 04 ⓐ

「前後關係」大題常考片假名詞彙

021 問題 4 前後關係＿重點整理與常考詞彙 02.mp3

※ '00 為歷屆考題出題年度。

詞彙	中文	例句
アウト	出局	打者(だしゃ)をアウトにする 使打者出局
アピール['17]	展示、呼籲	面接(めんせつ)で自己(じこ)アピールする 在面試中展現自己的優點
アレンジ['18]	調整、配置	服(ふく)をアレンジして着(き)る 修改衣服後再穿
ウイルス	病毒	ウイルスに感染(かんせん)する 感染病毒
エラー	錯誤	エラーが発生(はっせい)する 發生錯誤
クレーム	客訴、抱怨	周(まわ)りからクレームが入(はい)る 接到周邊人士的抱怨
コマーシャル	廣告	コマーシャルデザイン 廣告設計
コレクション	收藏、時裝秀	パリコレクションに行(い)く 參加巴黎時裝秀
コンプレックス	情結、自卑感	コンプレックスがひどい 有很重的自卑感
サンプル	樣品	商品(しょうひん)のサンプルを作(つく)る 製作產品的樣品
シーズン['10]	季節	スキーのシーズン 滑雪季
ショック['16]	衝擊	ショックを受(う)ける 受到衝擊
ステージ	舞台	ステージから退場(たいじょう)する 離開舞台
スペース['18]	空間	駐車(ちゅうしゃ)スペースが足(た)りない 停車空間不足
スムーズだ['13]	順暢	スムーズに進(すす)む 順暢進行
タイミング	時機	使(つか)うタイミングを逃(のが)す 錯失了使用時機
ダイレクトだ	直接	ダイレクトに関(かか)わる 直接相關
ダウン	下降	大幅(おおはば)にダウンする 大幅下降
ダメージ	損害	ダメージを受(う)ける 受到損害
デザイン['15]	設計	独特(どくとく)なデザイン 獨特的設計

※'00 為歷屆考題出題年度。

トータル	全部、整體	トータルで見(み)たら損(そん)だ 整體而言是虧損的
ニーズ	需求	使用者(しようしゃ)のニーズ 使用者的需求
バランス '15 '17	平衡	バランスがいい 平衡很好
パンク '14	爆胎	車(くるま)がパンクする 車子爆胎
フォーマルだ	正式	フォーマルなワンピース 正式的連身洋裝
プラン '13	計畫	プランを立(た)てる 制定計畫
プレッシャー '19	壓力	プレッシャーを感(かん)じる 感受到壓力
フロア	地板	フロアマットを洗(あら)う 清洗地毯
フロント	櫃檯	ホテルのフロント 飯店櫃檯
ベーシックだ	基礎	ベーシックな知識(ちしき) 基礎知識
マイペース '10	我行我素	マイペースな性格(せいかく) 個性我行我素
モダンだ	現代	モダンな家(いえ) 當代風格的房子
ルール	規則	基本(きほん)のルールを守(まも)る 遵守基本規則
リーダー '16	領導者	チームのリーダー 隊伍的領袖
リラックス '14	放鬆	リラックスできる香(かお)り 讓人放鬆的香味

複習試題 請根據文意，選出適合填入括號內的詞彙。

01 この建物(たてもの)は駐車(ちゅうしゃ)(　　)が足(た)りなくて不便(ふべん)だ。　ⓐ マイペース　ⓑ スペース

02 期待(きたい)が外(はず)れて(　　)を受(う)けた。　ⓐ ショック　ⓑ パンク

03 仕事(しごと)と生活(せいかつ)の(　　)を取(と)りたい。　ⓐ プレッシャー　ⓑ バランス

04 お金(かね)を貯(た)めていても使(つか)う(　　)が分(わ)からない。　ⓐ タイミング　ⓑ ダメージ

答案：01 ⓑ 02 ⓐ 03 ⓑ 04 ⓐ

「前後關係」大題常考動詞

022 問題 4 前後關係 _ 重點整理與常考詞彙 03.mp3

※ '00 為歷屆考題出題年度。

單字	中文	例句
預(あず)ける	寄放、寄託	子供(こども)を預(あず)ける　將孩子托給他人照顧
当(あ)てはまる	符合	条件(じょうけん)に当(あ)てはまる　符合條件
言(い)い張(は)る	堅持主張	間違(まちが)いがあると言(い)い張(は)る　堅持有錯誤
行(い)き着(つ)く	到達	離婚(りこん)にまで行(い)き着(つ)く　走到離婚這一步
打(う)ち消(け)す '17	否定	うわさを打(う)ち消(け)す　否定傳聞
うなずく '19	點頭	子供(こども)は何度(なんど)もうなずいた　孩子連連點頭
埋(う)まる	填滿	定員(ていいん)が埋(う)まる　達到規定人數
衰(おとろ)える '19	衰退	記憶力(きおくりょく)が衰(おとろ)える　記憶力衰退
欠(か)かす '18	欠缺、遺漏	一(ひと)つも欠(か)かすことなく集(あつ)める　一個都不漏的收集起來
稼(かせ)ぐ	賺錢	お金(かね)を稼(かせ)ぐ　賺錢
偏(かたよ)る '12	偏頗	知識(ちしき)が偏(かたよ)っている　知識有所偏頗
枯(か)れる	枯萎	もみじが枯(か)れる　楓葉枯萎
悔(く)やむ '17	懊悔	過去(かこ)を悔(く)やんでいる　懊悔過去
こぼれる	溢出、灑落	中身(なかみ)がこぼれやすい　內容物容易溢出
冷(さ)める	冷卻	冷(さ)めて固(かた)くなったピザ　冷掉變硬的披薩
沈(しず)む	沉沒	気持(きも)ちが沈(しず)む　心情低落
過(す)ごす	度過	暗(くら)い日々(ひび)を過(す)ごす　過著黑暗的日子
蓄(たくわ)える '14	蓄積	エネルギーを蓄(たくわ)える　蓄積能源
つぶす '15	打發	ロビーで時間(じかん)をつぶした　在大廳打發時間
つまずく '13	絆倒	段差(だんさ)でつまずいた　因為高低差而絆倒

※'00 為歷屆考題出題年度。

單字	中譯	例句
詰(つ)める	塞滿	席(せき)を詰(つ)めて座(すわ)る 將座位坐滿
飛(と)び散(ち)る '18	飛散	破片(はへん)が飛(と)び散(ち)る 碎片飛散
濁(にご)る '15	混濁	オイルが白(しろ)く濁(にご)る 白色混濁的油
乗(の)り継(つ)ぐ '18	轉乘	北京(ぺきん)で飛行機(ひこうき)を乗(の)り継(つ)ぐ 在北京轉機
早(はや)まる	提早	始業時間(しぎょうじかん)が早(はや)まる 上班時間提早
払(はら)い込(こ)む	匯款	授業料(じゅぎょうりょう)を払(はら)い込(こ)む 匯出學費
腹立(はらだ)つ '14	氣憤	同級生(どうきゅうせい)の事(こと)で腹立(はらだ)つ 因為同學的事而生氣
引(ひ)き止(と)める '16	阻止	しつこく引(ひ)き止(と)める 執著地阻攔
塞(ふさ)がる	閉合、堵塞	唯一(ゆいいつ)のトンネルが塞(ふさ)がった 唯一的隧道塞住了
見習(みなら)う	學習	偉(えら)い人(ひと)を見習(みなら)う 學習偉大的人
目指(めざ)す '14	以…為目標	ハーバード大学(だいがく)を目指(めざ)す 以哈佛大學為目標
面(めん)する '15	面朝	道路(どうろ)に面(めん)している 面朝道路
潜(もぐ)る	潛	海(うみ)に潜(もぐ)る 潛入海中
雇(やと)う	雇用	バイトを雇(やと)う 雇用打工族
割(わ)り込(こ)む '16	擠進	強引(ごういん)に割(わ)り込(こ)む 硬是擠入

複習試題 請根據文意，選出適合填入括號內的詞彙。

01 最近(さいきん)、記憶力(きおくりょく)が（　　）きたのかよく覚(おぼ)えられなくて困(こま)る。　ⓐ 見習って　ⓑ 衰えて

02 娘(むすめ)が同級生(どうきゅうせい)の事(こと)ですごく（　　）いたので、話(はなし)を聞(き)いた。　ⓐ 打ち消して　ⓑ 腹立って

03 しつこく（　　）みたが、結局彼(けっきょくかれ)は退職(たいしょく)を希望(きぼう)した。　ⓐ 言い張って　ⓑ 引き止めて

04 その会社(かいしゃ)のシールは一(ひと)つも（　　）ことなく集(あつ)めている。　ⓐ 欠かす　ⓑ 濁る

答案：01 ⓑ 02 ⓑ 03 ⓑ 04 ⓐ

「前後關係」大題常考い・な形容詞

023 問題 4 前後關係 _ 重點整理與常考詞彙 04.mp3

※ '00 為歷屆考題出題年度。

單字	中文	例句
危うい	危急	命が危うい 命懸一線
くだらない	無趣	くだらない映画を見た 看了無趣的電影
悔しい '14	懊悔	勝てなかったことが悔しい 懊悔沒能獲勝
すっぱい	酸	レモンがすっぱい 檸檬很酸
鋭い '15	尖銳	鋭い歯にかまれた 被尖銳的牙齒咬到
そそっかしい '17	冒失	そそっかしい人である 是個冒失的人
頼もしい '16	值得信賴	頼もしい仲間 值得信賴的夥伴
辛い '13	痛苦	人間関係が辛い 人際關係令人難受
甚だしい	甚大	被害が甚だしい 受害甚大
もったいない	浪費、可惜	お金がもったいない 錢被浪費了
やかましい '14	圈鬧	やかましすぎるところ 過度喧鬧的場所
緩い	寬鬆	ブレスレットが緩い 手環太大
あいまいだ '10 '13 '19	曖昧不明	あいまいな返事 曖昧不明的回覆
安易だ '16	輕易	安易に決めないようにする 決定不輕易下決定
大げさだ '10 '16	誇張	笑い声が大げさで不自然だ 笑聲誇張不自然
温厚だ '10	敦厚	温厚で優しい人 敦厚且溫柔的人
活発だ '16	活躍	活発に活動する 活躍地活動
質素だ '11	簡樸	質素な生活をする 過簡樸的生活
人工的だ	人工的	人工的な音や光 人工的聲音與照明
盛大だ	盛大	盛大なパーティーを開く 舉辦盛大的派對

※ '00 為歷屆考題出題年度。

そっくりだ	一模一樣	顔がそっくりだ 長相一模一樣
的確だ	準確	的確に理解する 正確地理解
適度だ '12	適度	適度な運動は体にいい 適度的運動對身體有益
適当だ	適當	適当なタイミングに入る 在適當的時機進去
でたらめだ '18	荒唐	でたらめな話をするな 別說荒唐話
独特だ '18	獨特	独特な味がする 有獨特的味道
なだらかだ '16	平緩	なだらかな上り坂 平緩的上坡
ばらばらだ	四散	卒業して皆ばらばらになった 畢業後大家就四散各處了
敏感だ '18	敏感	彼は音に敏感だ 他對聲音很敏感
不安定だ '19	不安定	収入が不安定で心配だ 因為收入不穩定而擔憂
膨大だ	龐大	膨大な時間と手間 龐大的時間與人力
惨めだ	悽慘	惨めな人生を生きている 過著悽慘的人生
有望だ	有希望	将来有望な若者 未來有希望的年輕人
冷静だ '12	冷靜	どんな時でも冷静に考える 不管在什麼時候都要冷靜地思考
わがままだ	任性	わがままな子供を叱る 斥責任性的孩子

複習試題 請根據文意，選出適合填入括號內的詞彙。

01 一人でご飯を食べる時は（　　）すぎるところには行かない。 ⓐ やかまし ⓑ かしこ

02 試合に勝てなかったことが（　　）涙が出た。 ⓐ 鋭くて ⓑ 悔しくて

03 交通事故に遭って、彼は今命が（　　）状態です。 ⓐ 危うい ⓑ 険しい

04 今それを買うのはちょっとお金が（　　）と思いますが。 ⓐ はなはだしい ⓑ もったいない

答案：01 ⓐ 02 ⓑ 03 ⓐ 04 ⓑ

「前後關係」大題常考副詞

024 問題 4 前後關係 _ 重點整理與常考詞彙 05.mp3

※ '00 為歷屆考題出題年度。

副詞	意思	例句
あいにく '13	偏巧、不巧	あいにく仕事(しごと)がある 不巧有工作
予め(あらかじ) '14	提前	予め(あらかじ)予約(よやく)が必要(ひつよう)だ 必須提前預約
一気(いっき)に '14	一口氣	10キロを一気(いっき)に走(はし)る 一口氣跑10公里
うっかり	不經意	うっかり伝(つた)え忘(わす)れる 不小心忘記告知
うっすら	隱約	うっすらとしか聞(き)こえない 只能隱約聽見
うとうと '14	打瞌睡	勉強中(べんきょうちゅう)にうとうとする 在念書時打瞌睡
がらがら '11	空蕩	座席(ざせき)ががらがらだった 座位很空
ぎりぎり '17	勉強、差一點	大学(だいがく)にぎりぎり落(お)ちる 差一點就考上大學
ぐったり '16	精疲力竭	疲(つか)れでぐったりする 累得精疲力竭
くよくよ	煩惱	一人(ひとり)でくよくよ悩(なや)まないで 不要一個人苦惱
ぐらぐら	鬆脫	歯(は)がぐらぐらする 牙齒鬆動
ごちゃごちゃ '19	亂七八糟	家(いえ)の中(なか)がごちゃごちゃしている 家中亂七八糟
こつこつ '14	孜孜不倦	こつこつ努力(どりょく)する 孜孜不倦地努力
さっぱり '11	清爽	さっぱりした料理(りょうり) 清爽的料理
しっかり	確實	しっかりと確認(かくにん)する 確實確認
しっとり	潮濕	しっとりしたマフィン 口感濕潤的瑪芬
徐々(じょじょ)に '10	漸漸	徐々(じょじょ)に連絡(れんらく)がなくなる 漸漸就失去聯絡
すっかり	完全	すっかり忘(わす)れていた 忘得精光
すっきり '13	舒暢	泣(な)いてすっきりする 哭完之後心情舒暢
たっぷり '15	充分	生(なま)クリームたっぷりのケーキ 加滿鮮奶油的蛋糕

※ '00 為歷屆考題出題年度。

詞彙	中文	例句
着々(ちゃくちゃく)と '12 '18	逐步地	着々(ちゃくちゃく)と工事(こうじ)が進(すす)む 工程逐步且確實地進行
にっこり '18	微笑	赤(あか)ちゃんがにっこり笑(わら)う 嬰兒微笑
のびのび	快速地	のびのびと育(そだ)つ 快速自然地成長
のんびり '10 '16	悠閒地	のんびりコーヒーを飲(の)む 悠閒地喝咖啡
はっきり	明確地	はっきり断(ことわ)る 明確拒絕
ぴかぴか	發亮地	床(ゆか)をぴかぴかにする 地板閃閃發亮
ひそひそ '17	輕聲地	ひそひそ話(はなし)をする 輕聲說話
びっしょり '15	流汗貌	汗(あせ)でびっしょりになってしまう 滿身大汗
ぶらぶら '11	閒晃	駅(えき)の周辺(しゅうへん)でぶらぶらする 在車站周邊閒晃
ふんわり	鬆軟地	ふんわりした食(しょく)パン 鬆軟的吐司
ほかほか	熱呼呼地	ほかほかのご飯(はん) 熱呼呼的飯
ぼんやり '11	心不在焉	ぼんやりして元気(げんき)がない 心不在焉沒有精神
ますます	逐漸	人(ひと)がますます増(ふ)える 人逐漸增加
めっきり	明顯地	めっきり時間(じかん)が持(も)てなくなる 時間猛然變得越來越少
割(わり)と '11	意料之外	割(わり)とたくさん入(はい)るかばん 意外地容量很大的包包

複習試題 請根據文意，選出適合填入括號內的詞彙。

		ⓐ	ⓑ
01	引(ひ)き出(だ)しの中(なか)が物(もの)で(　　)だった。	ⓐ ごちゃごちゃ	ⓑ くよくよ
02	泣(な)いて(　　)したかったが、泣(な)くことができなかった。	ⓐ はっきり	ⓑ すっきり
03	最近(さいきん)、駅(えき)の周辺(しゅうへん)で(　　)している怪(あや)しい人(ひと)がいる。	ⓐ ぶらぶら	ⓑ がらがら
04	多少時間(たしょうじかん)がかかっても(　　)と確認(かくにん)した方(ほう)がいい。	ⓐ めっきり	ⓑ しっかり

答案：01 ⓐ 02 ⓑ 03 ⓐ 04 ⓑ

實力養定

請選出最適合填入括號內的字詞。

01 （　　　）がいかない成績だった。

① 納得　② 覚悟　③ 損得　④ 反抗

02 体力が（　　　）てきています。

① 抱え　② 散らかし　③ 衰え　④ 蓄え

03 病気を（　　　）に運動している。

① 機会　② 原因　③ 契機　④ 根拠

04 （　　　）したい時によく聞くピアノ曲がある。

① ショック　② デリケート　③ リラックス　④ ベーシック

05 競技を（　　　）する。

① 発案　② 続出　③ 発刊　④ 続行

06 （　　　）状態ですので、気をつけてください。

① 順調な　② 平気な　③ 不安定な　④ 安全な

07 新しい武器を（　　　）することにした。

① 導入　② 指導　③ 介入　④ 潜入

08 逃げたいという感情にまで（　　　）しまいました。

① 過ごして　② 行き着いて　③ 支えて　④ 膨らんで

09 （　　　）したせいで茶碗を割った。

① 油断　② 辞退　③ 確保　④ 贅沢

10 （　　　）笑顔で挨拶する。

① にっこり　② ぐったり　③ ぴったり　④ ぐっすり

11 経済的(けいざいてき)（　　　）が大(おお)きい。

① レシート　② ケース　③ シンプル　④ ダメージ

12 内科(ないか)（　　　）を行(おこな)います。

① 検診　② 調査　③ 点検　④ 復習

13 生命(せいめい)が（　　　）かもしれません。

① 険しい　② 激しい　③ 鋭い　④ 危うい

14 話(はなし)は（　　　）伝(つた)えた。

① しっかり　② しっとり　③ ふんわり　④ ばっさり

15 体質(たいしつ)は（　　　）できる。

① 改革　② 変更　③ 改善　④ 更新

16 人(ひと)の話(はなし)によく（　　　）くる人(ひと)がいる。

① 割り込んで　② 落ち込んで　③ 振り込んで　④ ずれ込んで

17 家事(かじ)と育児(いくじ)を（　　　）する。

① 指摘　② 分担　③ 持続　④ 退場

18 地震(じしん)で建物(たてもの)が（　　　）している。

① ばらばら　② ぐらぐら　③ がらがら　④ いらいら

19 国内(こくない)で（　　　）している外国人選手(がいこくじんせんしゅ)がいる。

① 確認　② 中堅　③ 普及　④ 活躍

20 指輪(ゆびわ)が（　　　）落(お)ちそうだ。

① 辛くて　② 緩くて　③ 鋭くて　④ 鈍くて

答案 詳解 p.401

實戰測驗 1

問題4 （　　　）に入れるのに最もよいものを、1・2・3・4から一つ選びなさい。

16 まだ間違いがあると木村（きむら）さんが強く（　　　）ので、最後にもう一度確認してみたら確かに間違いがあった。

1 問い直す　　2 言い張る　　3 後押しする　　4 勧める

17 初めて家具を組み立ててみたが、説明書の（　　　）に従って順番どおりに組み立てたら思っていたより簡単だった。

1 提示　　2 提供　　3 指摘　　4 指示

18 子供が生まれてからは毎日がとても忙しく、（　　　）自分の時間が持てなくなってしまった。

1 めっきり　　2 はっきり　　3 ばったり　　4 すっきり

19 今年の新入社員には将来（　　　）な若者が多く、今後が楽しみだ。

1 希望　　2 有効　　3 安全　　4 有望

20 スタッフみんなが時間をかけて準備してきたおかげで、イベントは（　　　）に進んでいる。

1 トータル　　2 フォーマル　　3 スムーズ　　4 ダイレクト

21 インドネシアでの新店オープンの際に、（　　　）パーティーが開かれた。

1 割高な　　2 盛大（せいだい）な　　3 大幅な　　4 大まかな

22 時間がたって（　　　）固くなってしまったピザほどまずいものはないと思う。

1 さまして　　2 ひやして　　3 さめて　　4 ちぢんで

答案 詳解 p.401

實戰測驗 2

問題4　（　　　）に入れるのに最もよいものを、1・2・3・4から一つ選びなさい。

16　こちらの商品は、ふたを開ける際に中身が（　　　）おそれがあるので注意してください。

1　落とす　　2　こぼれる　　3　出す　　4　消える

17　今日のお昼休みに銀行に行って、来月の授業料を（　　　）くるつもりです。

1　送り込んで　　2　入れ込んで　　3　申し込んで　　4　払い込んで

18　会場が混雑（こんざつ）してきたので、お客様に間をあけず（　　　）お座りいただくようにお願いした。

1　詰めて　　2　押して　　3　寄り添（そ）って　　4　近づいて

19　あまり遅刻が多いと（　　　）人だと思われて信用を失いますよ。

1　だらしない　　2　面倒な　　3　しつこい　　4　あわただしい

20　山へキャンプに行くと、（　　　）音や光がほとんどなくなるのでとてもリラックスした気分になれる。

1　人工的な　　2　人造的な　　3　災害的な　　4　公害（こうがい）的な

21　部長から山中（やまなか）さんへの伝言を、（　　　）していて伝え忘れてしまった。

1　すっかり　　2　さっぱり　　3　うっかり　　4　きっぱり

22　まずは商品の（　　　）を作ってからお客様に説明するのがいいだろう。

1　タイミング　　2　クレーム　　3　コンプレックス　　4　サンプル

答案 詳解 p.404

實戰測驗 3

問題4　（　　　）に入れるのに最もよいものを、1・2・3・4から一つ選びなさい。

16　最近、全国のスキー場で脚を怪我する人が（　　　）している。

1　参観　　2　失望　　3　指摘　　4　続出

17　楽しみにしていた映画なのに、夜遅かったので（　　　）しながら見た。

1　うとうと　　2　ぎりぎり　　3　ぴったり　　4　ごちゃごちゃ

18　このドラマは世界中で評判になった人気作で（　　　）が7以上続いた。

1　パターン　　2　ルール　　3　イメージ　　4　シーズン

19　プロポーズをされたが、まだ結婚する（　　　）がつかない。

1　思考　　2　専念　　3　覚悟　　4　油断

20　ボールペンで括弧の中に（　　　）語句または数字を入れなさい。

1　惨めな　　2　適当な　　3　有望な　　4　活発な

21　玉突き（たまつ）き事故で車が（　　　）になった現場に警察が来た。

1　ばらばら　　2　きらきら　　3　すらすら　　4　ぺらぺら

22　食生活が肉食に（　　　）いたので、野菜中心のお弁当を作って食べている。

1　潜って　　2　預けて　　3　面して　　4　偏って

答案 詳解 p.405

實戰測驗 4

問題4 （　　　）に入れるのに最もよいものを、1・2・3・4から一つ選びなさい。

16 あの格闘技（かくとうぎ）選手は強いイメージがあるけど、普段は（　　　）タイプの人だ。

1 温厚な　　2 適度な　　3 順調な　　4 的確な

17 中世と近世の封建（ほうけん）制度は明確に（　　　）されている。

1 提示　　2 区分　　3 引用　　4 反映

18 彼は温度の変化に（　　　）反応して頭痛を起こしたりする。

1 冷静に　　2 円満に　　3 敏感に　　4 濃厚に

19 昨日降り出した大雨できれいだった川が（　　　）しまった。

1 錆びて　　2 濁って　　3 枯れて　　4 上がって

20 植えたばかりなのに、ラベンダーの（　　　）が黒くなってしまった。

1 土地　　2 根元　　3 土台　　4 屋根

21 誕生日に（　　　）したケーキが食べたくて直接作ってみた。

1 しっかり　　2 のんびり　　3 ぼんやり　　4 ふんわり

22 自分の（　　　）を生かせる仕事に就きたいと思って転職（てんしょく）を決めた。

1 傷み　　2 強み　　3 緩み　　4 高み

答案 詳解 p.406

問題5 近義替換

[文字 ・ 語彙 > 問題 5 近義替換] 考的是選出與畫底線處意思相近的詞句。總題數為 5 題，主要針對詞彙出題，選出可替換的近義詞。名詞、動詞、形容詞和副詞平均出題。

重點攻略

1 畫底線處為單字時，答案要選同義詞或是意思相近的選項。

例 恐(おそ)ろしい経験(けいけん) 可怕的經歷。

① 怖(こわ)い 可怕的 (○)　② 楽(たの)しい 有趣的 (×)

2 畫底線處為句子時，答案要選最適合替換使用的選項，並確認兩者互換後不會改變句意。

例 毎日(まいにち)通勤(つうきん)している 每天上下班。

① 仕事(しごと)に行(い)っている 去工作。 (○)　② 勉強(べんきょう)に行(い)っている 去唸書。 (×)

3 有些陷阱選項，套入畫底線處後，整句話仍為語意通順的句子。因此請務必選出與畫底線處同義或意思相近的選項，不能只是單純把選項帶入。

例 やっかいな仕事(しごと)を頼(たの)まれた。 受託一份棘手的工作。

① 面倒(めんどう)な 麻煩的 (○)　② 専門的(せんもんてき)な 專業的 (×)　③ 楽(らく)な 輕鬆的 (×)

4 該大題中常考的詞彙，可搭配同義詞、近義詞一併記下。

解題步驟

Step 1 **閱讀畫底線字句，確認其意思。**

閱讀畫底線處，確認其意思即可，不需要讀完整句話。

Step 2 **閱讀選項，並選出與畫底線處同義或意思相近的選項。**

閱讀選項後，選出與畫底線處同義或意思最為相近的選項。若選項中並未出現與底線處同義的字詞時，請選出替換後不會影響原句語意的選項。

套用解題步驟

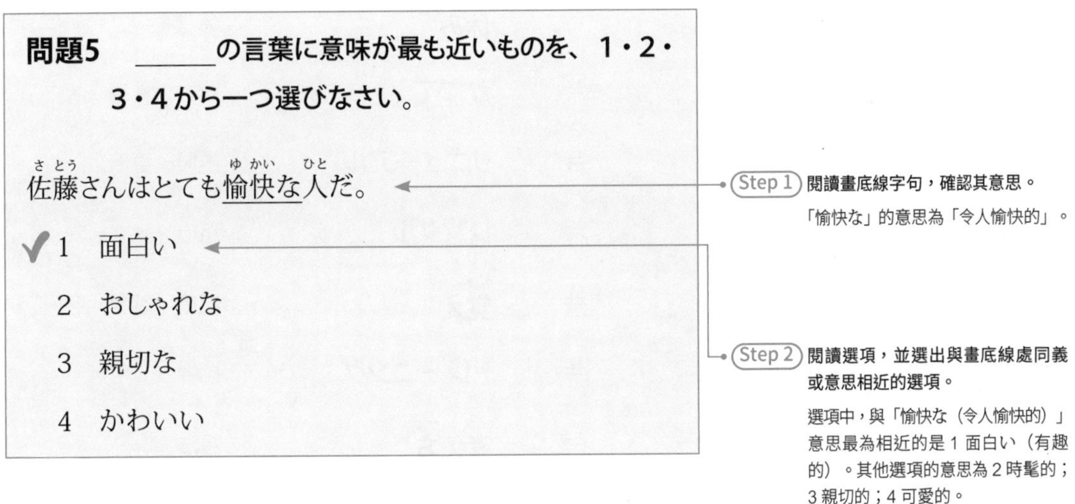

問題5 ＿＿＿の言葉に意味が最も近いものを、1・2・3・4から一つ選びなさい。

佐藤（さとう）さんはとても<u>愉快（ゆかい）な</u>人（ひと）だ。

✓1　面白い

2　おしゃれな

3　親切な

4　かわいい

Step 1 **閱讀畫底線字句，確認其意思。**

「愉快な」的意思為「令人愉快的」。

Step 2 **閱讀選項，並選出與畫底線處同義或意思相近的選項。**

選項中，與「愉快な（令人愉快的）」意思最為相近的是 1 面白い（有趣的）。其他選項的意思為 2 時髦的；3 親切的；4 可愛的。

問題 5　請從 1、2、3、4 選出意思最接近＿＿＿的詞彙。

佐藤先生是一位非常<u>令人愉快</u>的人。

1　有趣的　　2　時髦的

3　親切的　　4　可愛的

單字 **とても** 副 非常 | **愉快だ ゆかいだ** な形 愉快的 | **面白い おもしろい** い形 有趣的 | **おしゃれだ** な形 時髦的 | **親切だ しんせつだ** な形 親切的 | **かわいい** い形 可愛的

重點整理與常考詞彙

常考動詞與近義詞句

025 問題 5 近義替換__重點整理與常考詞彙 01.mp3

※'00 為歷屆考題出題年度。

あいさつ	打招呼、問候	≒	会釈（えしゃく）	點頭、打招呼
誤り（あやま）'17	錯誤、失誤	≒	間違っているところ（まちが）'17	錯誤之處
言いつけ（い）	囑咐、命令	≒	命令（めいれい）	命令
息抜き（いきぬ）'16	喘口氣	≒	休み（やす）'16	休息
以前（いぜん）'15	以前	≒	かつて'15	過去，曾經
改装（かいそう）	改裝	≒	リニューアル	改裝、更新
借り（か）'10	借	≒	レンタル'10	租借
記憶（きおく）'17	記憶	≒	覚え（おぼ）'17	記憶、感覺
訓練（くんれん）	訓練	≒	トレーニング	訓練
見解（けんかい）'10	見解	≒	考え方（かんが かた）'10	想法
効果（こうか）	效果	≒	インパクト	衝擊、影響
差し支え（さ つか）	不便、障礙	≒	問題（もんだい）	問題
雑談（ざつだん）'10	閒聊	≒	おしゃべり'10	聊天、說話
仕上げ（しあ）'12	做完、完成	≒	完成（かんせい）'12	完成
仕組み（しく）	結構	≒	構造（こうぞう）	構造
試験（しけん）	考試	≒	テスト	考試
システム	系統、體系	≒	制度（せいど）	制度
焦点（しょうてん）	焦點	≒	フォーカス	焦點
所有（しょゆう）'15	持有	≒	持ち（も）'15	持有
資料（しりょう）	資料	≒	データ	數據、資料

※'00 為歷屆考題出題年度。

詞彙	中文		詞彙	中文
揃い（そろい）'13	聚集、成套	≒	集まり（あつまり）'13	集會、群集
テーマ	主題、主軸	≒	主題（しゅだい）	主題
テクニック '18	技術、技巧	≒	技術（ぎじゅつ）'18	技術
テンポ '15	速度、節拍	≒	速さ（はやさ）'15	速度
独身（どくしん）	單身	≒	シングル	單身
日中（にっちゅう）'12	白天	≒	昼間（ひるま）'12	白天
ブーム '11	熱潮	≒	流行（りゅうこう）'11	流行
不平（ふへい）'17	不平、不滿	≒	文句（もんく）'17	抱怨
プラン '13	計畫	≒	計画（けいかく）'13	計畫
間際（まぎわ）'14	正要…之前	≒	直前（ちょくぜん）'14	正要…之前
ユニフォーム	制服	≒	制服（せいふく）	制服
リサイクル	回收	≒	再利用（さいりよう）	回收、再利用
レギュラー	常規、正式選手	≒	一軍（いちぐん）	一軍、正式選手
レベルアップ	升級、提高水準	≒	上達（じょうたつ）	進步

複習試題 請選出意思最為相近的詞彙。

01	記憶	ⓐ 覚え	ⓑ 借り	05	日中	ⓐ 昼間	ⓑ 以前
02	リニューアル	ⓐ 改装	ⓑ 構造	06	見解	ⓐ 雑談	ⓑ 考え方
03	システム	ⓐ 主題	ⓑ 制度	07	インパクト	ⓐ 効果	ⓑ 文句
04	ブーム	ⓐ 効果	ⓑ 流行	08	間際	ⓐ 直前	ⓑ 昼間

答案：01 ⓐ 02 ⓐ 03 ⓑ 04 ⓑ 05 ⓐ 06 ⓑ 07 ⓐ 08 ⓐ

常考動詞與近義詞句

026 問題 5 近義替換__重點整理與常考詞彙 02.mp3

※ '00 為歷屆考題出題年度。

詞彙	中譯		近義詞句	中譯
あなどる	侮辱	≒	軽視(けいし)する	輕視
慌(あわ)てる['18]	慌張	≒	じたばたする['18]	著急
生(い)かす	利用、發揮	≒	活用(かつよう)する	活用
うつむく['11'18]	低頭	≒	下(した)を向(む)く['11'18]	朝下
敬(うやま)う	尊敬	≒	大切(たいせつ)にあつかう	珍惜
遠慮(えんりょ)する	顧慮、避免	≒	やめる	停止
補(おぎな)う	補足、補上	≒	カバーする	彌補、掩護
抑(おさ)える	抑制、壓抑	≒	我慢(がまん)する	忍耐
落(お)ち込(こ)む['19]	低落	≒	がっかりする['19]	失望
回復(かいふく)する['11]	恢復	≒	よくなる['11]	變好
くみ取(と)る	意會、汲取	≒	理解(りかい)する	理解
くるむ	捲、包	≒	つつむ	包
削(けず)る	削除、削減	≒	減(へ)らす	減少
異(こと)なる['14]	不同	≒	違(ちが)う['14]	不同
怖(こわ)がる['17]	害怕	≒	臆病(おくびょう)になる['17]	變膽小
定(さだ)める['19]	決定	≒	決(き)める['19]	決定
収納(しゅうのう)する['15]	收納	≒	仕舞(しま)う['15]	收拾、結束
済(す)ます['13]	結束、完成	≒	終(お)える['13]	結束
揃(そろ)える['14]	使一致	≒	同(おな)じにする['14]	使相同
縮(ちぢ)む['11]	縮	≒	小(ちい)さくなる['11]	變小

※'00 為歷屆考題出題年度。

詞彙	中文		近義詞	中文
追加（ついか）する['12]	追加、增加	≒	足（た）す['12]	添加、補充
同情（どうじょう）する['19]	同情	≒	かわいそうだと思（おも）う['19]	覺得可憐
張（は）り切（き）る	充滿幹勁	≒	やる気（き）を出（だ）す	提起幹勁
引（ひ）き返（かえ）す['19]	折返、恢復原狀	≒	戻（もど）る['19]	返回、復原
ひどく疲（つか）れる['11]	非常疲倦	≒	くたくただ['11]	精疲力盡
ぶつかる['16]	撞擊	≒	衝突（しょうとつ）する['16]	撞擊、衝突
ぶつける['18]	擊中、使撞擊	≒	当（あ）てる['18]	擊中、打中
見下（みお）ろす	俯瞰、輕視	≒	見渡（みわた）す	眺望
むかつく['17]	生氣、反胃	≒	怒（おこ）る['17]	憤怒、生氣
譲（ゆず）る['17]	讓、讓步	≒	あげる['17]	給
許（ゆる）す	原諒	≒	勘弁（かんべん）する	原諒
用心（ようじん）する['14'18]	注意、警戒	≒	注意（ちゅうい）する['14] 気（き）をつける['18]	注意 留心
笑（わら）う	笑	≒	微笑（ほほえ）む	微笑

複習試題 請選出意思最為相近的詞彙。

01	慌てる	ⓐじたばたする	ⓑがっかりする	05	抑える	ⓐ我慢する	ⓑ衝突する
02	許す	ⓐ理解する	ⓑ勘弁する	06	引き返す	ⓐ足す	ⓑ戻る
03	異なる	ⓐ違う	ⓑうつむく	07	定める	ⓐ決める	ⓑ済ます
04	揃える	ⓐ同じにする	ⓑ小さくなる	08	おぎなう	ⓐ当てる	ⓑカバーする

答案：01 ⓐ 02 ⓑ 03 ⓐ 04 ⓐ 05 ⓐ 06 ⓑ 07 ⓐ 08 ⓑ

常考い・な形容詞與近義詞句

🔊 027 問題 5 近義替換__重點整理與常考詞彙 03.mp3

※ '00 為歷屆考題出題年度。

詞彙	中文		近義詞	中文
浅(あさ)い	淺、程度低	≒	不十分(ふじゅうぶん)だ	不充分
厚(あつ)かましい	厚臉皮	≒	ずうずうしい	厚顏無恥
思(おも)いがけない['13]	沒想到	≒	意外(いがい)だ['13]	意料之外
賢(かしこ)い['10] 優秀(ゆうしゅう)だ['11] 利口(りこう)だ['18]	聰明 優秀 機靈	≒	頭(あたま)がいい['10'11'18]	頭腦好、聰明
くどい['18]	冗長、煩人	≒	しつこい['18]	執著、煩人
細(こま)かい	細碎、細小	≒	いちいち	一個一個
騒々(そうぞう)しい['14]	嘈雜	≒	うるさい['14]	吵鬧
そそっかしい	冒失	≒	注意(ちゅうい)が足(た)りない	不夠留意
正(ただ)しくない['12]	不正確	≒	過(あやま)ちの['12]	錯誤的
乏(とぼ)しい	缺乏	≒	不足(ふそく)している	不足
相応(ふさわ)しい	相稱、合適	≒	適切(てきせつ)だ	適當
やかましい	喧鬧、吵鬧	≒	うるさい	吵鬧、囉嗦
あいまいだ['13]	曖昧不明	≒	はっきりしない['13]	不清不楚
明(あき)らかだ['14]	明顯、明確	≒	明確(めいかく)だ はっきりした['14]	明確 清楚
大(おお)げさだ['10]	誇張	≒	オーバーだ['10]	過頭
かわいそうだ['18]	可憐	≒	哀(あわ)れだ['18]	悲哀
静(しず)かだ	安靜	≒	ひっそりする	寂靜

※'00 為歷屆考題出題年度。

大変(たいへん)だ '19	重大、辛苦	≒	きつい ハードだ '19	強烈、累人 艱困
妥当(だとう)だ	妥當	≒	状況(じょうきょう)に合(あ)う	合乎狀況
でたらめだ	胡說八道	≒	本当(ほんとう)ではない	非事實
独特(どくとく)だ	獨特	≒	ユニークだ	獨特
にこやかだ	笑盈盈	≒	笑顔(えがお)だ	笑臉
卑怯(ひきょう)だ '16	懦弱、卑鄙	≒	ずるい '16	狡猾
ぶかぶかだ '10	寬鬆	≒	とても大(おお)きい '10	非常大
変(へん)だ '12 '15	怪異	≒	奇妙(きみょう)だ '12 妙(みょう)だ '15	奇妙 優秀、奇妙
稀(まれ)だ '17	極少	≒	ほとんどない '17	幾乎沒有
見事(みごと)だ	出色、漂亮	≒	すばらしい	極好
厄介(やっかい)だ	棘手、麻煩	≒	面倒(めんどう)だ	麻煩
愉快(ゆかい)だ '16	愉快	≒	面白(おもしろ)い '16	有趣
わがままだ '10 '17	任性	≒	自分勝手(じぶんかって)だ '10 勝手(かって)だ '17	隨心所欲 擅自

複習試題 請選出意思最為相近的詞彙。

01	浅い	ⓐ 厄介だ	ⓑ 不十分だ	05	ずるい	ⓐ きみょうだ	ⓑ ひきょうだ
02	ぶかぶかだ	ⓐ 勝手だ	ⓑ とても大きい	06	独特だ	ⓐ ユニークだ	ⓑ オーバーだ
03	意外だ	ⓐ 正しくない	ⓑ 思いがけない	07	稀だ	ⓐ くどい	ⓑ ほとんどない
04	頭がいい	ⓐ 優秀だ	ⓑ 細かい	08	はっきりしない	ⓐ あいまいだ	ⓑ 大げさだ

答案：01 ⓑ 02 ⓑ 03 ⓑ 04 ⓐ 05 ⓑ 06 ⓐ 07 ⓑ 08 ⓐ

常考副詞與近義詞句

028 問題 5 近義替換__重點整理與常考詞彙 04.mp3

※ '00 為歷屆考題出題年度。

詞彙	中譯		近義詞	中譯
相変わらず（あいかわらず） '13	依然如故	≒	依然として（いぜんとして） '13 前と同じで（まえとおなじで）	依然 跟之前一樣
あいにく	不湊巧	≒	残念ながら（ざんねんながら）	可惜
あたかも	彷彿、宛若	≒	まるで	簡直是
いきなり '11	突然	≒	突然（とつぜん） '11	突然
一生懸命（いっしょうけんめい） '13 '19	拼命	≒	必死に（ひっしに） '13 精一杯（せいいっぱい） '19	拚死 盡全力
いっせいに	一齊	≒	どっと	齊聲、一齊湧入
一層（いっそう） '19	更加	≒	もっと '19	更
いつも '16	總是	≒	常に（つねに） '16 しょっちゅう 年中（ねんじゅう）	經常 總是、始終 始終、一整年裡
おそらく '15	恐怕	≒	たぶん '15	大概
きわめて	極度	≒	非常に（ひじょうに）	非常
強いて（しいて）	硬是	≒	無理やりに（むりやりに）	勉強
じかに '16	直接	≒	直接（ちょくせつ） '16	直接
徐々に（じょじょに）	逐漸	≒	次第に（しだいに）	漸漸、陸續
すぐに '14	馬上	≒	たちまち '14	立刻
少し（すこし） '11 '15	少許	≒	わずかに '11 やや '15	些微、些許 些許、稍微
せいぜい	盡全力、盡可能	≒	精一杯（せいいっぱい）	盡全力

※'00 為歷屆考題出題年度。

相当（そうとう）'12	相當	≒	かなり'12	相當、頗
続々と（ぞくぞくと）	陸續	≒	相次いで（あいついで）	接連
大体（だいたい）'11'13	大致、幾乎	≒	ほぼ'11 およそ'13	幾乎 大概
直ちに（ただちに）'12	立即	≒	直ぐに（すぐに）'12	馬上
たびたび'10'16	多次	≒	何度も（なんども）'10'16	好幾次
たまたま'14	偶然、有時	≒	偶然（ぐうぜん）'14	偶然
近々（ちかぢか）	最近、近	≒	もうすぐ	馬上
当分（とうぶん）'18	當下、此刻	≒	しばらく'18	暫時
とっくに'17	很久以前	≒	ずっと前に（まえに）'17	很久以前
とりあえず'10	總之	≒	一応（いちおう）'10	暫且、大概
のろのろ	緩慢	≒	ゆっくり	慢慢
はっきり	清楚	≒	きっぱり	態度明確
自ら（みずから）'13	親自	≒	自分で（じぶんで）'13	自己做
やたらに	胡亂、隨便	≒	何も考えず（なにもかんがえず）	不經思考

複習試題 請選出意思最為相近的詞彙。

01	突然	ⓐ じかに	ⓑ いきなり	05	わずかに	ⓐ 少し	ⓑ はっきり
02	相当	ⓐ かなり	ⓑ たぶん	06	せいぜい	ⓐ ほぼ	ⓑ 精一杯
03	強いて	ⓐ 非常に	ⓑ 無理やりに	07	大体	ⓐ しばらく	ⓑ およそ
04	一層	ⓐ すぐに	ⓑ もっと	08	おそらく	ⓐ たぶん	ⓑ みずから

答案: 01 ⓑ 02 ⓐ 03 ⓑ 04 ⓑ 05 ⓐ 06 ⓑ 07 ⓑ 08 ⓐ

常考慣用語與近義詞句

029 問題 5 近義替換__重點整理與常考詞彙 05.mp3

※ '00 為歷屆考題出題年度。

あまり話(はな)さない '15	幾乎不說話	≒	無口(むくち)だ '15	沉默寡言
お勘定(かんじょう)は済(す)ませました '14	結完帳	≒	お金(かね)は払(はら)いました '14	付款完成
かかりつけの '19	常去的（醫師、醫院）	≒	いつも行(い)く '19	經常去的
かさかさしている '12	乾燥、缺乏水分	≒	乾燥(かんそう)している '12	乾燥
過剰(かじょう)である '17	過剩	≒	多(おお)すぎる '17	太多
体(からだ)が小(ちい)さい '15	體型小	≒	小柄(こがら)だ '15	體格小
考(かんが)えられる限(かぎ)りの	可想像到的	≒	あらゆる	所有
関心(かんしん)が薄(うす)い	不太有興趣	≒	関心(かんしん)が少(すく)ない	沒興趣
関心(かんしん)を持(も)つ '16	有興趣	≒	注目(ちゅうもく)する '16	關注
ささやくような '15	彷彿在低語	≒	小声(こごえ)で歌(うた)うような '15	彷彿低聲唱歌
ざっと見(み)る	快速掃視	≒	目(め)を通(とお)す	過目
じっとする '12	固定不動	≒	動(うご)かない '12	不動
品揃(しなぞろ)えがよい	品項齊全	≒	物(もの)の種類(しゅるい)がたくさんある	物品種類繁多
湿(しめ)っている '12	潮濕	≒	まだ乾(かわ)いていない '12	還沒乾
十分注意(じゅうぶんちゅうい)する '11	非常留意	≒	慎重(しんちょう)だ '11	慎重
優(すぐ)れている	優秀	≒	他(ほか)と比(くら)べていい	比其他的好
すっかり変(か)わる '18	完全改變	≒	一転(いってん)する '18	完全改變、突然改變
全部買(ぜんぶか)う '14	全部購買	≒	買(か)い占(し)める '14	買斷

※'00 為歷屆考題出題年度。

そわそわする	嘈雜、騷動	≒	落ちつかない	無法平靜
ただの	就只是	≒	普通の	普通的
ついている '16	走運	≒	運がよい '16	運氣好
照らし合わせる	比對、對照	≒	比較する	比較
不安になる '19	產生不安	≒	動揺する '19	動搖
物騒になる '19	危險、不安定	≒	安全ではない '19	不安全
プラスになる	有正面影響	≒	役に立つ	有幫助
ボリュームがある	有份量	≒	量が多い	數量多
役目を果たす	完成任務、完成職務	≒	仕事を終える	完成工作
安くゆずる '10	便宜售出	≒	安く売る '10	便宜販售
山のふもと '13	山麓	≒	山の下の方 '13	山腳下
やむを得ない '16	不得不	≒	仕方ない '16	沒辦法
夢が膨らむ	夢想變得更大	≒	夢が大きくなる	夢想變得更大
予想していない	沒有預料到	≒	思いがけない	沒想到

複習試題 請選出意思最為相近的詞彙。

01	プラスになる	ⓐ 役に立つ	ⓑ 運がよい
02	かかりつけの	ⓐ ただの	ⓑ いつも行く
03	過剰である	ⓐ 多すぎる	ⓑ 不安になる
04	物騒になる	ⓐ 夢が膨らむ	ⓑ 安全ではない

答案：01 ⓐ 02 ⓑ 03 ⓐ 04 ⓑ

實力養定

請選出意思最為相近的選項。

01 ブーム
① 緊張　② 効果　③ 流行　④ 好調

02 照らし合わせる
① 分析する　② 比較する　③ 測定する　④ 検査する

03 あいまいだ
① すっきりしない　② はっきりしない　③ 器用だ　④ 慎重だ

04 やむを得ない
① もったいない　② だらしない　③ ものたりない　④ しかたない

05 定める
① 改める　② やめる　③ 決める　④ せめる

06 うつむく
① 上を向く　② 前を見る　③ 下を向く　④ 後ろを見る

07 用心する
① 準備する　② 楽しむ　③ 頑張る　④ 気をつける

08 ついている
① 気が利く　② 運がよい　③ 役に立つ　④ しつこい

09 仕組み
① 構造　② 障害　③ 施設　④ 順序

10 せいいっぱい
① ぼんやり　② 一生懸命　③ 依然として　④ ばっちり

11 落ち込む

① びっくりする　② 心配する　③ がっかりする　④ 同情する

12 物騒になる

① 安全ではなくなる　② きれいじゃなくなる
③ うるさくなる　④ さびしくなる

13 くどい

① かたい　② しつこい　③ はげしい　④ つまらない

14 いっせいに

① つい　② ゆったり　③ どっと　④ ふと

15 テクニック

① 情報　② 個性　③ 技術　④ 知識

16 湿っている

① まだ乾燥していない　② 沈んでいる
③ まだ起きていない　④ 落ちている

17 利口だ

① 朗らかだ　② 勇ましい　③ 新ただ　④ 頭がよい

18 あなどる

① 補う　② 尊敬する　③ 見習う　④ 軽視する

19 およそ

① さらに　② だいぶ　③ だいたい　④ ともに

20 前と同じで

① スムーズに　② 相変わらず　③ しょっちゅう　④ 直ちに

答案 詳解 p.407

實戰測驗 1

問題5　＿＿＿の言葉に意味が最も近いものを、1・2・3・4から一つ選びなさい。

23　あの二人が結婚だなんてでたらめだよ。

1　本当の話ではない　　2　信じられない
3　おめでたい話だ　　4　気に入らない

24　最近、祖父の背が縮んできた気がする。

1　丸くなって　　2　のびて　　3　低くなって　　4　高くなって

25　今おしゃべりをしている暇はない。

1　仕事　　2　読書　　3　雑談　　4　討論

26　その仕事ならとっくに終わっています。

1　いつのまにか　　2　ほとんど　　3　さっき　　4　ずっと前に

27　あの歌手はささやくような歌い方が特徴だ。

1　大声で歌うような　　2　小声で歌うような
3　寝ているような　　4　笑っているような

答案 詳解 p.407

實戰測驗 2

問題5　＿＿＿の言葉に意味が最も近いものを、1・2・3・4から一つ選びなさい。

23　とりあえずホテルを予約した。

1　すぐに　　2　思い切って　　3　一応　　4　結局

24　厚かましいお願いで申し訳ないです。

1　ずうずうしい　　2　面倒（めんどう）な　　3　わがままな　　4　無理な

25　山本（やまもと）さんはそそっかしい人だ。

1　ユーモアが足りない　　2　勇気が足りない

3　自信が足りない　　4　注意が足りない

26　睡眠（すいみん）時間をけずって一生懸命勉強した。

1　無視して　　2　調査して　　3　長くして　　4　減らして

27　彼はドラムで見事な演奏をした。

1　妙な　　2　生き生きした　　3　すばらしい　　4　めずらしい

答案 詳解 p.408

實戰測驗 3

問題5　＿＿＿の言葉に意味が最も近いものを、1・2・3・4から一つ選びなさい。

23　姉はいつもきちんとプランを立てる。

1　目標　　2　計画　　3　戦略　　4　仮説

24　店内にはおしゃれな家具が揃っていた。

1　集まって　　2　並んで　　3　売られて　　4　飾られて

25　犬がそわそわしている気がする。

1　くたびれている　　2　悲しんでいる

3　調子がいい　　4　落ちつきがない

26　教授は資料をざっと見て机においた。

1　ながめて　　2　指して　　3　目を通して　　4　にらんで

27　近所にカラオケがあって毎晩騒々しい。

1　うるさい　　2　たのしい　　3　あかるい　　4　はではでしい

答案 詳解 p.408

實戰測驗 4

問題5　＿＿＿の言葉に意味が最も近いものを、1・2・3・4から一つ選びなさい。

23　上司の命令に逆らうことはできない。

1　批判　　2　言いつけ　　3　方針　　4　指導

24　誰も明確な結論を言えなかった。

1　あたらしい　　2　あいまいな　　3　こまかい　　4　あきらかな

25　やたらにお金を使ってしまった。

1　つねに　　2　何も考えず　　3　急に　　4　直接

26　大変でもやりがいがある仕事がいい。

1　あぶなくても　　2　むずかしくても　　3　きつくても　　4　いそがしくても

27　結婚式の司会という役目を果たした。

1　仕事を断った　　2　仕事を終えた　　3　仕事を続けた　　4　仕事を増やした

答案 詳解 p.409

問題 6

用法

[文字・語彙 > 問題 6 用法] 考的是選出該詞彙的正確用法。總題數為 5 題，出題詞彙以名詞為主，動詞、副詞和形容詞各出 2 題左右。

重點攻略

1 畫底線詞彙為名詞或動詞時，請留意該詞彙前方連接的內容，並根據文意，選出用法正確的選項。陷阱選項中，畫底線處通常適合填入其他意思相近的詞彙。

例 方針（ほうしん） 方針

① 政府（せいふ）の方針（ほうしん）が変（か）わった。 政府的方針改變了。 (○)

② 台風（たいふう）の方針（ほうしん）がそれた。 颱風的方針偏離了。 (╳)

方向（ほうこう） 正確用法為「方向（方向）」

例 さびる 生鏽

① 鉄（てつ）の棒（ぼう）は家（いえ）の外（そと）に置（お）いてあったので、さびてしまった。(○)

把鐵棒放在屋子外面，所以生鏽了。

② きれいだった川（かわ）の水（みず）がさびて濁（にご）っている。 清澈的河水生鏽，所以變得混濁。 (╳)

汚（よご）れて 正確用法為「汚れて（變髒）」

2 畫底線詞彙為形容詞時，請留意該詞彙後方的內容，確認兩者間的關係；畫底線詞彙為副詞時，則需留意其後方連接的內容，或是根據整句話的語意，選出用法正確的選項。

例 大（おお）げさ 誇大

① 小（ちい）さなことを大（おお）げさに言（い）った。 把一件小事誇大。 (○)

② 成績（せいせき）が大（おお）げさに伸（の）びた。 成績誇大地提升。 (╳)

大幅（おおはば）に 正確用法為「大幅に（大幅地）」

例 せめて 至少

① せめて1泊（ぱく）はしたい。 我想至少住一晚。 (○)

② せめて10時（じ）には着（つ）けない。 至少沒辦法在十點抵達。 (╳)

どうしても 正確用法為「どうしても（無論如何）」

3 該大題中常考的詞彙，可按照詞性搭配常見用法一併記下。

解題步驟

Step 1 **閱讀畫底線詞彙，確認其詞性和意思。**

閱讀畫底線詞彙，確認該詞彙的詞性和意思。此時可以在詞彙旁標註一下意思。

Step 2 **確認該詞彙前後方的內容、或是整句話的語意，選出該詞彙的正確用法。**

根據詞彙的詞性，確認其前後方、或是整句話的語意，選出用法最為適當的選項。閱讀各選項內容時，可在錯誤選項前方打上×；不太確定的選項前方打上△；肯定為答案的選項前方打上〇。只要出現〇的選項，就可以劃記答案，並移往下一題作答。

套用解題步驟

問題6　次の言葉の使い方として最もよいものを、1・2・3・4から一つ選びなさい。

延長 延長

1 悪天候(あくてんこう)で列車(れっしゃ)が運転(うんてん)をやめたため、旅行(りょこう)の出発(しゅっぱつ)が三日後(みっかご)に延長された。×

2 初(はじ)めの設計(せっけい)では2階(かい)建てだったが、3階(かい)建ての家(いえ)に延長(えんちょう)することになった。×

✔3 予定(よてい)の時間内(じかんない)に結論(けつろん)が出(で)ず、会議(かいぎ)が1時間(じかん)延長されることになった。〇

4 電車(でんしゃ)の中(なか)で居眠(いねむ)りをして、降(お)りる駅(えき)を一駅(ひとえき)延長してしまった。×

Step 1 **閱讀畫底線詞彙，確認其詞性和意思。**

畫底線詞彙「延長（延長）」主要用於表示時間長度增加，該詞彙為名詞，因此請確認該詞彙與其前方連接的內容。

Step 2 **確認該詞彙前後方的內容、或是整句話的語意，選出該詞彙的正確用法。**

1表示「旅遊出發時間延長至三天後」；2表示「延長成三層樓」；4表示「下車的站延長了一站」，三者的語意皆不通順，因此並非答案。3表示「會議延長一小時」為正確用法，故為正解。

問題6　請從1、2、3、4中選出最適合的詞彙。

延長

1　因為天候不佳導致列車停駛，旅遊出發時間延至三天後。
2　雖然一開始的設計是建兩層樓，變成延長成建三層樓了。
3　沒有在預定的時間內得出結論，因此會議延長了一小時。
4　在電車上打瞌睡，下車的站延長了一站。

單字 **延長 えんちょう** 名延長 | **悪天候 あくてんこう** 名惡劣天氣 | **列車 れっしゃ** 名列車 | **運転 うんてん** 名行駛 | **やめる** 動取消、放棄 | **出発 しゅっぱつ** 名出發 | **設計 せっけい** 名設計 | **予定 よてい** 名預定 | **結論 けつろん** 名結論 | **会議 かいぎ** 名會議 | **居眠りをする いねむりをする** 打瞌睡 | **降りる おりる** 動下車

重點整理與常考詞彙

「用法」大題常考名詞 ①

030 問題 6 用法__重點整理與常考詞彙 01.mp3

※ '00 為歷屆考題出題年度。

詞彙	中文	例句
合図（あいず）'14	信號、暗號	目（め）で合図（あいず）する 用眼睛打暗號、使眼色
言い訳（いいわけ）'14	藉口	とんでもない言い訳（いいわけ）をする 說出不合常理的藉口
維持（いじ）	維持	維持（いじ）していく 維持下去
違反（いはん）'11'19	違反	契約（けいやく）を違反（いはん）した 違反了契約
引退（いんたい）'16	退休、辭職	仕事（しごと）を引退（いんたい）する 辭去工作
延長（えんちょう）'16	延長	会議（かいぎ）が30分（ぷん）延長（えんちょう）された 會議被延長了30分鐘
温暖（おんだん）'15	溫暖	温暖前線（おんだんぜんせん）が通過（つうか）する 暖鋒通過
会見（かいけん）'14	會面	公式的（こうしきてき）な会見（かいけん）が行（おこな）われた 進行了官方會面
外見（がいけん）'10	外貌、外表	外見（がいけん）を気（き）にする 在乎外貌
回収（かいしゅう）	收回	投資（とうし）したお金（かね）を回収（かいしゅう）する 收回投資的資金
機嫌（きげん）	情緒	機嫌（きげん）が悪（わる）い 心情差
きっかけ'10'16	契機	決（き）めたきっかけがある 有下定主意的契機
愚痴（ぐち）'12	抱怨	友達（ともだち）の愚痴（ぐち）を聞（き）いてあげる 傾聽朋友的抱怨
掲示（けいじ）'13	告示	人（ひと）を雇（やと）う掲示（けいじ）が出（で）る 徵人公告被貼出
傑作（けっさく）	傑作	傑作（けっさく）を鑑賞（かんしょう）する 鑑賞傑作
限定（げんてい）'17	限定	人数（にんずう）を限定（げんてい）する 限定人數
交代（こうたい）'12	交替、換人	疲（つか）れて交代（こうたい）した 因為疲累所以換人
合同（ごうどう）'12	聯合、合併	二人（ふたり）で合同（ごうどう）する 兩人結盟
混乱（こんらん）'15	混亂	火災（かさい）で混乱（こんらん）する 因火災造成混亂
催促（さいそく）'13	催促	催促（さいそく）を受（う）ける 被催促

※'00 為歷屆考題出題年度。

單字	中文	例句
採用	錄取	採用説明会に行く 參加徵才說明會
作成 '15	製作	書類を作成した 製作了資料
視察	視察	現地を視察する 到當地進行視察
支持 '14	支持	全的に支持する 全面支持
失望	失望	彼に失望した 對他失望了
充満 '19	充滿	美味しそうな匂いで充満している 充滿著聞起來很美味的香氣
取材 '10	採訪	事件を取材する 採訪事件
初歩 '19	初學	英語を初歩から学ぶ 從初級開始學英文
真相	真相	真相はいつか明らかになる 真相總有一天會顯現
世間 '11	世界上	世間の話 世上的事
節約 '17	節約	経費を節約する 節省經費
先端	先進、尖端	先端素材を使う 使用先進材料
宣伝	宣傳	広告や宣伝に力を入れる 在廣告及宣傳上付出努力
専念 '13	專心	育児に専念する時期 專心育兒的時期
続出 '10 '18	陸續出現	事故が続出する 意外不斷發生

複習試題 請選出下方詞彙的正確用法。

01 きっかけ　ⓐ 文学を専攻したきっかけは特にない。　ⓑ 高性能の製品を作れるきっかけを教える。

02 取材　ⓐ 今年はいろんな野菜を取材した。　ⓑ 彼は今あの事件について取材している。

03 視察　ⓐ 来週から海外視察に行きます。　ⓑ 警察官は容疑者を視察している。

04 専念　ⓐ これはゴルフ専念の雑誌です。　ⓑ 仕事を休んで育児に専念している。

答案：01 ⓐ 02 ⓑ 03 ⓐ 04 ⓑ

「用法」大題常考名詞 ②

🔊 031 問題 6 用法__重點整理與常考詞彙 02.mp3

※ '00 為歷屆考題出題年度。

素材（そざい） '19	材料、素材	特殊（とくしゅ）な素材（そざい）を使う	使用特殊材料
立場（たちば）	立場	反対（はんたい）の立場（たちば）にいる	站在反對的立場
中断（ちゅうだん） '15	中斷	雨（あめ）で競技（きょうぎ）が中断（ちゅうだん）された	比賽被雨打斷了
注目（ちゅうもく） '10 '16	關注	注目（ちゅうもく）を集（あつ）める	受到關注
頂上（ちょうじょう） '17	巔峰、山頂	頂上（ちょうじょう）を目指（めざ）す	以山頂為目標
テキスト	教科書	数学（すうがく）のテキストを見（み）る	看數學教科書
手間（てま）	勞力	手間（てま）がかかる	費工
土台（どだい）	基礎、根基	土台（どだい）を固（かた）める	加強基礎
日課（にっか） '18	每日要做的事	日課（にっか）を済（す）ます	完成每日要做的事
熱中（ねっちゅう）	沉迷、熱衷	仕事（しごと）に熱中（ねっちゅう）している	沉迷於工作
廃止（はいし） '12 '19	廢止	制度（せいど）を廃止（はいし）する	廢止制度
発達（はったつ） '16	發達	技術（ぎじゅつ）の発達（はったつ）が速（はや）い	技術發展快速
発明（はつめい）	發明	世界的（せかいてき）な発明（はつめい）をした	做出了世界性的發明
範囲（はんい） '11	範圍	範囲（はんい）が広（ひろ）すぎる	範圍太廣了
反省（はんせい） '16	反省	自（みずか）ら反省（はんせい）する	自我反省
被害（ひがい）	受害、受災	被害（ひがい）が及（およ）ぶ	受到損害
表示（ひょうじ）	表現、展示	意思（いし）を表示（ひょうじ）する	展現意志
普及（ふきゅう） '10 '16	普及	スマホが普及（ふきゅう）する	智慧型手機普及
分解（ぶんかい）	分解	分解（ぶんかい）してみる	試著分解
分野（ぶんや） '13	領域	得意（とくい）の分野（ぶんや）	擅長的領域

※'00 為歷屆考題出題年度。

單字	中文	例句	翻譯
返信（へんしん）	回信	返信（へんしん）のメールが来（く）る	電子郵件的回信寄來了
放映（ほうえい）	播映	ドラマを放映（ほうえい）する	播映電視劇
方針（ほうしん）'11	方針	経営（けいえい）の方針（ほうしん）が変（か）わる	變更經營方針
補足（ほそく）'13	補充	補足（ほそく）説明（せつめい）をする	做補充說明
保存（ほぞん）'18	保存	冷蔵（れいぞう）保存（ほぞん）する	冷藏保存
味方（みかた）	同夥	両親（りょうしん）はいつも子（こ）どもの味方（みかた）である	父母永遠都會站在孩子這一邊
矛盾（むじゅん）'12	矛盾	矛盾（むじゅん）した発言（はつげん）をする	做出矛盾的發言
目上（めうえ）'16	上位者、地位較高者	目上（めうえ）の人（ひと）を敬（うやま）う	尊敬上位者
最寄（もより）'18	最近	最寄（もより）の塾（じゅく）に通（かよ）う	到最近的補習班上課
門限（もんげん）	門禁時間	門限（もんげん）に遅（おく）れる	超過門禁時間
行方（ゆくえ）'15	行蹤	行方（ゆくえ）不明（ふめい）になる	行蹤不明
油断（ゆだん）'15'19	大意	油断（ゆだん）してはいけない	不能大意
用途（ようと）'15	用途	用途（ようと）に合（あ）わせる	符合用途
利益（りえき）'11	利潤	会社（かいしゃ）の利益（りえき）を守（まも）る	守住公司的利潤
論争（ろんそう）'17	爭論	激（はげ）しい論争（ろんそう）をする	進行激烈爭論

複習試題 請選出下方詞彙的正確用法。

01 **中断**
ⓐ 中断された試合（しあい）がまた始（はじ）まる。
ⓑ 二人（ふたり）の関係（かんけい）は中断された。

02 **反省**
ⓐ いくら反省しても思（おも）い出（だ）せなかった。
ⓑ 今（いま）さら反省しても遅（おそ）い。

03 **廃止**
ⓐ もうすぐこのサービスは廃止になります。
ⓑ あの体育館（たいいくかん）は10月（がつ）になったら廃止される。

04 **普及**
ⓐ 最近（さいきん）スマホが広（ひろ）く普及している。
ⓑ 明日（あした）ここで食料品（しょくりょうひん）を普及します。

答案：01 ⓐ 02 ⓑ 03 ⓐ 04 ⓐ

「用法」大題常考動詞 032 問題 6 用法＿重點整理與常考詞彙 03.mp3

※'00 為歷屆考題出題年度。

飽（あ）きる	厭倦	もうその趣味（しゅみ）は飽（あ）きてやめた 我對那個興趣已經感到厭倦，所以放棄了
甘（あま）やかす '15	寵溺	子（こ）どもを甘（あま）やかす　寵溺小孩
抱（いだ）く	懷抱	大（おお）きな夢（ゆめ）を抱（いだ）く　懷抱巨大的夢想
受（う）け入（い）れる '11	接受	提案（ていあん）を受（う）け入（い）れる　接受提案
覆（おお）う '17	覆蓋、掩蓋	目（め）を覆（おお）う　蓋住眼睛
納（おさ）める '16	繳納、收納	税金（ぜいきん）を納（おさ）める　繳納稅金
惜（お）しむ	珍惜、惋惜	時間（じかん）を惜（お）しむ　珍惜時間
思（おも）いつく '15	想出、想起	アイディアを思（おも）いつく　想到主意
叶（かな）う '11	實現	夢（ゆめ）が叶（かな）う　夢想實現
築（きず）く	建築、構築	いい関係（かんけい）を築（きず）く　建立好關係
崩（くず）す	崩塌	バランスを崩（くず）す　失去平衡
凍（こご）える	凍僵	寒（さむ）くて体（からだ）が凍（こご）える　身體因寒冷凍僵
逆（さか）らう '14	違逆	先生（せんせい）に逆（さか）らう　違逆老師
さびる '16	生鏽	さびて茶色（ちゃいろ）になる　生鏽成褐色
しみる '19	刺痛、浸染	煙（けむり）が目（め）にしみた　煙刺痛眼睛
生（しょう）じる '16	產生	誤解（ごかい）が生（しょう）じる　產生誤解
属（ぞく）する '11	屬於	発表（はっぴょう）のグループに属（ぞく）する　屬於發表的組別
畳（たた）む '14	折疊	洗濯物（せんたくもの）を畳（たた）む　摺衣服
たまる	累積、儲蓄	お金（かね）がたまる　存錢
保（たも）つ '10	維持	平和（へいわ）を保（たも）つ　維持和平

※'00 為歷屆考題出題年度。

單字	中譯	例句
散(ち)らかす '12 '17	弄亂	部屋(へや)を散(ち)らかす 把房間弄亂
尽(つ)きる '19	完結、用盡	話(はなし)が尽(つ)きない 話說不完
詰(つ)まる '11	堵塞	洗面台(せんめんだい)が詰(つ)まって困(こま)る 洗手台堵住了很困擾
積(つ)もる	堆積、累積	雪(ゆき)が積(つ)もる 積雪
問(と)い合(あ)わせる '12	詢問、查詢	受付(うけつけ)に問(と)い合(あ)わせる 向服務台詢問
どける	移開	いすをどける 移開椅子
外(はず)す '10	脫下、離開	眼鏡(めがね)を外(はず)す 脫下眼鏡
果(は)たす '13	完成	先生(せんせい)の役割(やくわり)を果(は)たす 盡到老師的職責
塞(ふさ)ぐ '12	堵塞	道(みち)を塞(ふさ)ぐ 堵住道路
振(ふ)り向(む)く '15	回顧	後(うし)ろを振(ふ)り向(む)く 向後回頭
隔(へだ)てる '13	間隔、隔開	仲(なか)を隔(へだ)てる 關係疏遠
混(ま)じる '19	參雜、加入	アマチュアも混(ま)じっている 也參雜著業餘者
めくる '19	掀開、翻頁	ページをめくった 翻頁
呼(よ)び止(と)める '13	叫住	交通違反(こうつういはん)で呼(よ)び止(と)められる 因為違反交通規則被攔下來
略(りゃく)す '12 '17	省略	説明(せつめい)を略(りゃく)す 省略說明

複習試題 請選出下方詞彙的正確用法。

		ⓐ	ⓑ
01	思いつく	ⓐ 良(よ)い例文(れいぶん)が思いつかない。	ⓑ 時々過去(ときどきかこ)のことを思いつく。
02	しみる	ⓐ 予定(よてい)がしみてしまった。	ⓑ 煙(けむり)が目(め)にしみて痛(いた)い。
03	築く	ⓐ この建物(たてもの)は30年前(ねんまえ)に築いたのです。	ⓑ 幸(しあわ)せな家庭(かてい)を築く方法(ほうほう)がありますか。
04	かなう	ⓐ 一年間(いちねんかん)のプロジェクトが無事(ぶじ)にかなった。	ⓑ 先生(せんせい)になりたいという夢(ゆめ)がかなった。

答案: 01 ⓐ 02 ⓑ 03 ⓑ 04 ⓑ

「用法」大題常考い・な形容詞

033 問題 6 用法__重點整理與常考詞彙 04.mp3

※ '00 為歷屆考題出題年度。

單字	中文	例句
あわただしい '13	匆忙、忙碌	あわただしい時期(じき) 忙碌的時期
輝(かがや)かしい '15	耀眼、輝煌	輝(かがや)かしい実績(じっせき) 輝煌的成績
くどい '18	冗長、煩人	くどく話(はな)す 話說得很冗長
心強(こころづよ)い '12	令人安心	心強(こころづよ)い意見(いけん) 令人安心的意見
快(こころよ)い '13 '16	清爽、暢快	朝(あさ)の快(こころよ)い風(かぜ) 早晨清爽的風
騒(さわ)がしい	吵鬧、嘈雜	騒(さわ)がしいところは苦手(にがて)だ 我不喜歡嘈雜的地方
たくましい '15	健壯、堅韌	たくましい子(こ)ども 健壯的孩子
だらしない '19	邋遢、無節制	だらしない服装(ふくそう)をしている 穿著邋遢的服裝
鈍(にぶ)い '18	鈍、遲鈍	動(うご)きが鈍(にぶ)い 動作遲鈍
のろい	遲緩、遲鈍	反応(はんのう)がのろい 反應遲緩
等(ひと)しい '19	均等、等同	長(なが)さが等(ひと)しい 長度均等
相応(ふさわ)しい '10 '19	適合、相配	会社(かいしゃ)に相応(ふさわ)しい人(ひと) 適合公司的人
物足(ものた)りない '13	不足	授業(じゅぎょう)が物足(ものた)りない 課程有所不足
円満(えんまん)だ	圓滿	円満(えんまん)な解決法(かいけつほう)を探(さが)す 尋求圓滿的解決方式
大幅(おおはば)だ '14	大幅	大幅(おおはば)に成長(せいちょう)する 大幅成長
大(おお)まかだ	粗糙、大略	大(おお)まかな流(なが)れを説明(せつめい)する 說明大略流程
穏(おだ)やかだ '17	安穩、溫和	穏(おだ)やかな気候(きこう) 溫和的氣候
かすかだ '13	微弱、隱約	山(やま)がかすかに見(み)える 隱約能看見山
頑丈(がんじょう)だ '14	堅固、牢固	頑丈(がんじょう)な建物(たてもの)を建(た)てる 搭建堅固的建築物

※'00 為歷屆考題出題年度。

詞彙	中譯	例句	例句中譯
機敏（きびん）だ	機敏	機敏（きびん）な動作（どうさ）	機敏的動作
質素（しっそ）だ '11	簡樸	質素（しっそ）な生活（せいかつ）をする	過著簡樸的生活
柔軟（じゅうなん）だ '15 '17	柔軟、靈活	柔軟（じゅうなん）な態度（たいど）でのぞむ	以靈活的態度面對
順調（じゅんちょう）だ '15 '16	順利	順調（じゅんちょう）なスタート	順利的開頭
深刻（しんこく）だ '10	嚴重、重大	深刻（しんこく）な問題（もんだい）が起（お）こった	發生了嚴重的問題
率直（そっちょく）だ '11	直率	率直（そっちょく）な意見（いけん）を聞（き）かせる	提出直率的意見
多彩（たさい）だ '18	各式各樣	多彩（たさい）な活動（かつどう）を経験（けいけん）する	體驗各式各樣的活動
妥当（だとう）だ '14	妥當、適當	妥当（だとう）な意見（いけん）を出（だ）す	提出適當的意見
手（て）ごろだ	符合條件、方便取用	手（て）ごろな価格（かかく）で買（か）う	用實惠的價格購買
鈍感（どんかん）だ	遲鈍	匂（にお）いに鈍感（どんかん）になる	對氣味變得遲鈍
濃厚（のうこう）だ	濃厚、醇厚	濃厚（のうこう）な味（あじ）がする	味道醇厚
惨（みじ）めだ	悲慘	惨（みじ）めな姿（すがた）を見（み）せたくない	不想讓人看到悲慘的樣子
無駄（むだ）だ	沒用、浪費	無駄（むだ）な話（はなし）はしない	不說沒用的話
幼稚（ようち）だ '14	幼稚	幼稚（ようち）な文章（ぶんしょう）を書（か）く	寫幼稚的文章
冷静（れいせい）だ '12	冷靜	冷静（れいせい）な判断（はんだん）が必要（ひつよう）だ	需要冷靜的判斷

複習試題 請選出下方詞彙的正確用法。

		ⓐ	ⓑ
01	輝かしい	ⓐ 太陽（たいよう）が輝かしくて目（め）がまぶしい。	ⓑ 彼女（かのじょ）は輝かしい業績（ぎょうせき）を残（のこ）した。
02	心強い	ⓐ 心強くなって涙（なみだ）が出（で）てしまった。	ⓑ 優秀（ゆうしゅう）な部下（ぶか）と一緒（いっしょ）に働（はたら）いて心強い。
03	鈍い	ⓐ 幸（さいわ）いに締（し）め切（き）りが鈍くなった。	ⓑ 体調（たいちょう）が悪（わる）くて頭（あたま）が鈍くなった。
04	多彩	ⓐ スマートフォンには多彩な機能（きのう）がある。	ⓑ あの店（みせ）は料理（りょうり）が美味（おい）しくて量（りょう）も多彩だ。

答案：01 ⓑ 02 ⓑ 03 ⓑ 04 ⓐ

「用法」大題常考副詞

034 問題 6 用法＿重點整理與常考詞彙 05.mp3

※ '00 為歷屆考題出題年度。

あたかも	宛若	あたかも夢（ゆめ）のようだ　宛若夢一般
案外（あんがい）	意外、意想不到	案外（あんがい）簡単（かんたん）だ　意外地簡單
生（い）き生（い）き '13	生動	生（い）き生（い）きとした表現（ひょうげん）　生動的表現
いっせいに '17	一齊	いっせいに立（た）ち上（あ）がる　一齊起立
一旦（いったん） '15	暫且、一旦	一旦（いったん）停止（ていし）する　暫時停止
いらいら '12	焦急、急躁	いらいらした気持（きも）ち　急躁的情緒
いろいろ	各式各樣	いろいろ世話（せわ）になる　受到各種照顧
うろうろ	閒晃	街（まち）をうろうろする　在街上閒晃
大（おお）いに	非常、頗	大（おお）いに騒（さわ）ぐ　造成大騷動
がっかり '19	失望	がっかりしている　失望
ぎっしり	塞滿	ぎっしり詰（つ）まる　塞得滿滿的
きっぱり '18	清楚、明確	できないときっぱり断（ことわ）る　明確拒絕，表明做不到
決（けっ）して	絕對	決（けっ）して言（い）わない　絕不會說
再三（さいさん）	再三	再三（さいさん）見直（みなお）す　再三審視
さっさと '12	迅速	さっさと歩（ある）く　快速行走
すべて	全部	すべて気（き）に入（い）らない　全部都不滿意
ずらっと	排一長列	ずらっと並（なら）ぶ　排成一長列
精一杯（せいいっぱい） '19	盡全力	精一杯（せいいっぱい）頑張（がんば）る　盡全力努力
せっかく	難得、好不容易	せっかくの機会（きかい）　難得的機會
せめて '11	至少	せめて一回（いっかい）はやりたい　想至少做一次

※'00 為歷屆考題出題年度。

詞彙	中文	例句	例句中文
即座に '13 '19	立即、當場	即座に答える	立即回答
たびたび '10 '16	經常、屢屢	たびたび会う	經常見面
当然	當然	当然、先生に叱られた	當然被老師責罵了
とうとう	最終	とうとう完成する	最終完成了
特に	特別	今夏は特に暑い	今年夏天特別熱
とっくに '11 '17	從很久以前	彼ならとっくに出発した	如果是他的話早就出發了
何回も	好幾次	何回も繰り返す	重複好幾次
はきはき	明確、爽快	意見をはきはきと言う	明確地說出意見
ぺらぺら	流暢	英語をぺらぺらと話す	英文說得很流暢
ぼろぼろ	破爛、散落	服がぼろぼろになる	衣服變得破爛
やっと	終於、勉強	やっと間に合う	終於趕上
ようやく	終於	本をようやく見つけた	終於找到了書
よほど	非常、甚	よほどの寒さ	相當寒冷
わざと	故意、特別	わざと間違える	故意弄錯
わりに	相比、與預期相較	わりに安い	比預期便宜

複習試題 請選出下方詞彙的正確用法。

01	あたかも	ⓐ あたかも明日までに提出してください。	ⓑ あたかも他人のように振舞う。
02	わりに	ⓐ あなたの話はわりに分かります。	ⓑ 週末なのに店はわりにすいていた。
03	さっさと	ⓐ 雪がさっさと降って来た。	ⓑ さっさと仕事を終わらせよう。
04	ずらっと	ⓐ 人々がずらっと並んでいる。	ⓑ 雨がずらっと降っている。

答案：01 ⓑ 02 ⓑ 03 ⓑ 04 ⓐ

實力奠定

請選出下方詞彙的正確用法。

01 視察

① 被害復旧のため、地震が起きた地域を視察した。

② 原稿を視察した後のコメントを聞かせてください。

02 尽きる

① 力が尽きるまで何回も挑戦したい。

② 水をやるのを忘れて花が尽きてしまった。

03 反省

① 友達は窓側で何かを反省していた。

② 過去を反省して、新しく始めましょう。

04 輝かしい

① わがチームは優勝という輝かしい結果を残した。

② 外は日差しが強くて目が輝かしいかもしれません。

05 機敏

① 機敏に行動するためには迅速な判断力が求められます。

② 機敏な人は日常で不快感を覚えやすいそうです。

06 あたかも

① あたかも本当のことのように夢の話を真剣に話す。

② 海に来て泳げるかと思ったら、あたかも体調を崩してしまった。

07 手間

① この仕事は手間がかかるからやりたくない。

② 手間があってプレゼンの準備をした。

08 かなう

① 努力がかなって、大企業に合格した。

② 自分の会社を作りたいという夢がかなった。

09 補足

① 私の職業はようするに医師を補足する事務です。

② 補足してみたので、もう一度見てもらえますか。

10 物足りない

① 物足りないうわさを信じてそういうことを言ってはいけない。

② 最近のテレビ番組は何か物足りない気がする。

答案 詳解 p.410

實戰測驗 1

問題6　次の言葉の使い方として最もよいものを、1・2・3・4から一つ選びなさい。

28　いっせいに

1　よろしければ、明日は私といっせいに学校に行きませんか。
2　そのクラスの学生たちは、先生の合図でいっせいに問題を解き始めた。
3　私は、とてものどが渇いていたので、そのグラスの水をいっせいに飲んだ。
4　新しく買った掃除機は、スイッチを入れてもいっせいに動かない。

29　率直

1　公園へは、その道を率直に5分ほど歩けば到着します。
2　その子供は、小学校に通うようになって、急に率直になった。
3　この試験は、学校を通さず、自分で率直に申し込んでください。
4　彼女は、いつも率直に自分の意見を述べることができる。

30　とうとう

1　朝からずっとくもっていたけど、とうとう雨が降ってきた。
2　青かった空は、夕方にはとうとうオレンジ色に変化した。
3　駅へは歩いて行っても、とうとう10分で着きますよ。
4　その子供は、親の言うことをとうとう聞こうとしない。

31　回収

1　週末に風邪を引いたが、休みの日はよく寝たので、もう回収した。
2　有名な政治家が、回収の罪に問われている。
3　政府は、統計(とうけい)調査のために先月配った調査用紙を回収している。
4　その教授は、研究のために山でたくさんの虫を回収している。

32　傑作(けっさく)

1　その監督(かんとく)の作った作品には、傑作(けっさく)と呼ばれるものが多い。
2　その美術館の作品は調査の結果、本物ではなく傑作(けっさく)だと分かった。
3　私の住んでいる地域では、リンゴが傑作(けっさく)として売られている。
4　彼はこの作品の制作中に亡くなったため、結局これが傑作(けっさく)となった。

答案 詳解 p.411

實戰測驗 2

問題6　次の言葉の使い方として最もよいものを、1・2・3・4から一つ選びなさい。

28　あわただしい

1　私はあわただしい性格で、よく忘れものをしたり、約束を間違えたりする。
2　今朝はあわただしく時間が過ぎ、時計を見ると11時を回っていた。
3　急にあわただしく物が割れる音がして、びっくりした。
4　かえるが池にあわただしい数の卵を産んでいた。

29　どける

1　庭の草がのびてきたので、明日、どけるつもりだ。
2　急に飛んできたボールをどけることができなかった。
3　事故で動けなくなった車をどけたところだ。
4　暖かくなったので、首に巻いていたマフラーをどけた。

30　初歩

1　どれだけ時間が経っても初歩を忘れないことが大切です。
2　小学生のときから夏休みの初歩に宿題を終わらせると決めている。
3　何度も練習したはずなのに、初歩的なミスをしてしまい落ち込む。
4　毎月初歩の診察の際には、受付で保険証を見せる必要があります。

31　素材

1　この飛行機は、硬くて丈夫な素材を用いて作られています。
2　彼は幼い頃から演技の素材を認められ、映画に出たりしていた。
3　あの選手は常にマスクを被っていて素材を見せないことで有名です。
4　若者の数も減りつつあり、優秀な素材を確保することが難しい。

32　日課

1　その日にあった出来事は日課に残して、たまに読み直します。
2　謎に包まれた芸能人の日課生活を少しでいいから知りたいと思う。
3　毎年誕生日を迎えるたびに、日課が経つのはとても早いと感じる。
4　朝起きたら太陽を浴びながらヨガをすることが毎日の日課です。

答案 詳解 p.412

實戰測驗 3

問題6　次の言葉の使い方として最もよいものを、1・2・3・4から一つ選びなさい。

28　限定

1　いくら練習しても実力が上がらないため、限定を感じている。
2　政府が毎年人数を限定して許可を出す労働許可がある。
3　サービスロボットに適したロボットを限定し、コストを検討した。
4　人気が高かったためその演劇は再び上演（じょうえん）されることが限定した。

29　積もる

1　今週は予定がびっしりと積もっているので、暇がない。
2　雪の上ではアクセルを少しでも強めに積もると簡単にスリップする。
3　彼はモータースポーツの歴史において、最も注目を積もる勝利を記録した。
4　何年も使われていない机の上に、ほこりが厚く積もっていた。

30　発達

1　睡眠不足になると食欲を発達させるホルモンが出されるという。
2　温暖化によって海面が発達していることは明らかである。
3　AIが発達し続けたら、未来には人間の居場所がなくなるかもしれない。
4　両国の総生産量が発達するのでメリットがある貿易だ。

31　たびたび

1　昨年登場した新型の車が販売数1位になり、たびたびこの状態が続いた。
2　技術が発展して屋根に太陽光（たいようこう）パネルを設置するかたびたび見直した。
3　様々な経験をして、たびたび故郷に戻って役に立つ仕事をしてみたい。
4　あの先生からは授業態度についてたびたび指摘されている。

32　維持

1　高級な車は買うこと自体よりそれを維持する費用を考えなければならない。
2　迷い犬を維持したいが、旦那（だんな）がすごく嫌がって悩んでいる。
3　野生の動物が多くいるので、作物の維持には注意が必要だ。
4　食品の維持時によく使用される乾燥剤を利用しています。

答案 詳解 p.413

實戰測驗 4

問題6　次の言葉の使い方として最もよいものを、1・2・3・4から一つ選びなさい。

28　冷静

1　今年の春は通常より冷静で、花の開花が遅くなっている。
2　冷静にしておいたら今月末まで食べられる食品ですので、便利です。
3　冷静に考えてみたら、あんなにいらいらしたことが馬鹿(ばか)みたいだった。
4　恐竜(きょうりゅう)が絶滅したのは地球の冷静が原因だと言われる。

29　節約

1　来月のヨーロッパ旅行の経費を節約できる方法をネットで探している。
2　あの会社は人員節約のために、来年2,800人もリストラするそうだ。
3　高齢者や障害者の不自由を節約するバリアフリーのホテルです。
4　あの会社は赤字幅が徐々に節約している点を強調していた。

30　保つ

1　部屋をきれいに保つために一週間に一回は掃除をしている。
2　生徒は何があっても学校の規則を保つべきである。
3　伝染病が広がらないように防ぐための組織や制度が保っている。
4　実施方法など、大まかな方針が出るまで保っている状況です。

31　分野

1　測定をした分野では何の異常もなかったので安心した。
2　これはあらゆる分野で活躍している女性を紹介する本です。
3　記憶は大きく分けて長期記憶と短期記憶に分野できる。
4　A高校では資格(しかく)試験に備えた授業を選択分野として導入している。

32　がっかり

1　誰もいないのに人の声が聞こえてがっかりした。
2　ずっと悩んでいたことを彼に打ち明けて気持ちががっかりした。
3　毎日顔を合わせるのががっかりだった顧問(こもん)の先生にも今は感謝している。
4　この一週間頑張って勉強したが、思ったより成績が悪くてがっかりした。

答案 詳解 p.414

文法

N2 必考文法

01 助詞
02 副詞
03 連接詞
04 推測、傳聞表現
05 授受表現
06 被動、使役、使役被動詞
07 敬語表現
08 連接於名詞後方的文法
09 連接於動詞後方的文法
10 連接於名詞和動詞後方的文法
11 連接於多種詞性後方的文法

問題 7 語法形式的判斷

問題 8 句子的組織

問題 9 文章語法

N2 必考文法

01 助詞

請選出適合填入下方括號內的助詞。

私が気に入って買った服だから可愛くない（　　）言わないで。

這是我因為非常中意而購買的衣服，所以不要說什麼不可愛（　　）。

1 が 是　2 は 是　3 とか 之類的　4 こそ 才是

答案：3

學習目標

在「問題 7 語法形式的判斷」大題中，會採取上方出題形式，要求選出適當的助詞。建議記下 N2 中經常出現的「助詞」意思和例句。

1. 助詞的作用

助詞主要置於名詞後方，用來表示主詞；或是與動詞結合，表示前後關係。

[主詞]　私が作ったパン 我做的麵包

[前後關係]　春になると花が咲く。到了春天花朵便會盛開

2. N2必考助詞

から 從、由、因為	受付は明日から始まる。 從明天開始受理。
きり 只有、僅有	今持っているお金はこれきりです。 現在只有這些錢。
くらい/ぐらい 左右、程度	東京まで一時間ぐらいかかります。 到東京大概要花一小時左右。
こそ 才是、正是	今こそ重要な時期である。 現在正是重要的時期
しか 只、只有	日本語しか話せません。 只會說日語。
すら 甚至連	時間がなくて挨拶すらできなかった。 沒有時間，甚至連招呼都沒能打。

だけ 只是、只有	先生**だけ**私の話を聞いてくれた。 只有老師會聽我說的話。
で 1 在（動作地點） 2 利用（方法、手段） 3 因為（原因、理由） 4 在…之中（範圍） 5 總共、全部	1 公園の前**で**会いましょう。 在公園前見吧。 2 学校まで自転車**で**行きます。 騎腳踏車去學校。 3 風邪**で**会社を休みました。 因為感冒而向公司請假。 4 駅まで10分**で**行ける。 到車站只要十分鐘。 5 全部**で**いくらですか？ 全部多少錢？
と 1 引用 2 一…就…（條件）	1 社長は少し遅れる**と**言っていました。 社長說會稍微晚點到。 2 3月になる**と**新学期が始まる。 到了 3 月就會開始新的學期。
とか 之類的	時々は運動**とか**したほうがいいよ。 偶爾做點運動之類的比較好哦。

複習試題 請選出適合填入括號內的助詞。

01	風邪（　　）会社を休みました。	ⓐ で	ⓑ と
02	今持っているお金はこれ（　　）です。	ⓐ きり	ⓑ しか
03	時間がなくて挨拶（　　）できなかった。	ⓐ から	ⓑ すら
04	今（　　）重要な時期である。	ⓐ とか	ⓑ こそ
05	日本語（　　）話せません。	ⓐ しか	ⓑ ぐらい

答案：01 ⓐ　02 ⓐ　03 ⓑ　04 ⓑ　05 ⓐ

との 與…的	外国人との交流は楽しい。 與外國人的交流很開心。
とは 1 所謂…是 2 與… 3 吃驚（驚訝、生氣、感動）	1 助詞とは名詞と名詞の意味関係を表す。 所謂的助詞是表示名詞與名詞間的語義關係。 2 彼女とはもう連絡していません。 我已經和她沒有聯絡了。 3 私が優勝するとは夢にも思わなかった。 我做夢也沒有想到自己會獲得優勝。
なら 的話	寿司ならあの店がおいしいです。 要吃壽司的話那家店很好吃。
に 1 在（存在地點） 2 變成、往（變化或移動的終點） 3 在（時間） 4 每（比率、分母）	1 書類は机の上にあります。 資料在桌子上。 2 ちょっとスーパーに行ってくるよ。 我去一下超市哦。 3 授業は午前９時に始まります。 課程在早上９點開始。 4 週に一回会議をすることにしました。 決定每週開一次會。
の 的	彼女の演奏はすばらしかった。 她的演奏非常完美。
のに 明明	山田さんはお金がないのに、あるふりをしている。 山田明明沒有錢，卻裝得好像有一樣。
は 是	一番優秀な選手は誰ですか。 最優秀的選手是誰？
へ 往（移動場所、方向、對象）	来週出張で大阪へ行きます。 下週要去大阪出差。
ほか 除此之外	君が怒らせたんだから謝るほかない。 因為你惹他生氣了，所以只能道歉。
ほど 表示程度	この映画は涙が出るほど感動的だった。 這部電影讓人感動得都要落淚了。
まで 到…為止	東京から大阪まで行くには、新幹線、飛行機などの交通手段があります。 從東京到大阪有新幹線、飛機等交通方式。

も 也	開幕式には会長**も**いらっしゃいます。 會長也來到了開幕式。
よりも 比起…更	その件については田中さんが誰**よりも**よく知っている。 關於這件事田中先生比任何人都清楚。
を 表示動作對象	人数**を**確認してから決めましょう。 確認人數後再決定吧。

複習試題 請選出適合填入括號內的助詞。

01	開幕式には会長（　　）いらっしゃいます。	ⓐ に	ⓑ も
02	彼女（　　）もう連絡していません。	ⓐ とは	ⓑ との
03	君が怒らせたんだから謝る（　　）ない。	ⓐ ほか	ⓑ とか
04	彼女（　　）演奏はすばらしかった。	ⓐ は	ⓑ の
05	この映画は涙が出る（　　）感動的だった。	ⓐ ほど	ⓑ まで

答案：01 ⓑ　02 ⓐ　03 ⓐ　04 ⓑ　05 ⓐ

N2 必考文法

02 副詞

請選出適合填入下方括號內的副詞。

やる気のない子供に勉強しなさいとしつこく言うのは（　　）逆効果だ。

執著地要求沒有幹勁的孩子念書（　　）會造成反效果。

1 まさか 怎麼會　2 たとえ 假設　3 むしろ 反而　4 かりに 假如

答案：3

學習目標

在「問題 7 語法形式的判斷」大題中，會採取上方出題形式，要求選出適當的副詞。建議記下 N2 中經常出現的「副詞」意思和例句，亦有助於解答「問題 8 句子的組織」和「問題 9 文章語法」的考題。

1. 副詞的作用

副詞主要用來修飾動詞和形容詞，也可以用來修飾名詞或其他副詞，詳細說明被修飾對象的意義。

[修飾動詞]　ずっと使っていたかばんがとうとう壊れた。一直以來使用的包包終於壞掉了。（副詞：ずっと）

[修飾形容詞]　ずいぶん遠い道を歩いた。走了相當長的路。（副詞：ずいぶん）

[修飾名詞]　京都に行くなら、せめて1泊はしたい。要去京都的話想至少待一夜。（副詞：せめて）

[修飾副詞]　演説はもっとゆっくりしたほうがいいですよ。演講講得再更慢一點比較好。（副詞：もっと）

2. N2必考副詞

あたかも 宛若	彼はあたかも全て知っていたかのように話した。 他說得彷彿全部都知道一般。
いきなり 突然	いきなり名前が呼ばれてびっくりした。 突然被叫到名字嚇了一跳。
いくら 不論多少	いくら説明しても彼は分からないと言った。 不論怎麼說明他都說聽不懂。

いずれ 早晚、即將、最終	**いずれ**また、お伺いします。 近期會再拜訪您。
いったい 到底、究竟	**いったい**どうすればいいんだろう。 到底應該要怎麼辦才好。
おそらく 恐怕	**おそらく**試験に落ちると思います。 覺得恐怕會無法通過考試。
かえって 反而	薬を飲んだら、**かえって**風邪がひどくなった。 吃了藥之後感冒反而變得更嚴重。
必ずしも～ない 未必	お金持ちが**必ずしも**幸せだとは言え**ない**。 就算有錢也未必能說是幸福。
かりに 假設	**かりに**契約が結ばれなくても、あなたの責任ではありません。 假如沒能締結契約，也不是你的責任。
きっと 一定	今回は**きっと**就職できると思っていた。 覺得這次一定能夠找到工作。
けっして～ない 絕對不~	この建物は**けっして**安全では**ない**です。 這棟建築物絕對不安全。
ざっと 大略	教授は私のレポートを**ざっと**見て何も言わなかった。 教授大略看了我的報告後什麼都沒有說。
さっぱり 完全不	機械についてはさっぱりわからない。 我對機械一竅不通。

複習試題 請選出適合填入括號內的副詞。

01	薬を飲んだら、(　　) 風邪がひどくなった。	ⓐ かりに	ⓑ かえって
02	(　　) また、お伺いします。	ⓐ いくら	ⓑ いずれ
03	今回は (　　) 就職できると思っていた。	ⓐ きっと	ⓑ ざっと
04	(　　) 試験に落ちると思います。	ⓐ いきなり	ⓑ おそらく
05	この建物は (　　) 安全では (　　) です。	ⓐ けっして/ない	ⓑ いったい/ない

答案：01 ⓑ　02 ⓑ　03 ⓐ　04 ⓑ　05 ⓐ

さらに 更加	お祖母さんの体調は**さらに**悪くなった。 祖母的身體更加惡化了。
実は 其實	**実は**最近、人間関係に悩んでいます。 其實我最近正因人際關係所苦。
しばしば 經常	この道路は交通事故が**しばしば**起こる。 這條路經常發生車禍。
しみじみ 深感	今回の試合で練習の重要性を**しみじみ**感じた。 因為這場比賽而深深感受到練習的重要性。
少しも〜ない 一點也不	あの映画は**少しも**怖く**ない**ので子供が見てもかまわない。 那部電影一點也不恐怖，給兒童看也沒關係。
せいぜい 頂多	完成するまで**せいぜい**二日かかります。 要完成頂多花兩天。
せっかく 難得	**せっかく**の機会だからあきらめたくない。 不想放棄難得的機會。
そのうち 很快	今は下手でも**そのうち**上手になるだろう。 雖然現在還不擅長，不過很快就能變擅長了吧。
それほど 那種程度、那麼	**それほど**大きい事件ではないから心配しなくていいよ。 不是那麼嚴重的事件，所以不用擔心。
たいして〜ない 不太、不怎麼	鍋料理は**たいして**好きでも**ない**が、冬になったら食べたくなる。 雖然沒有特別喜歡火鍋料理，不過到了冬天就會想吃。
たしかに〜かもしれない 確實可能	**たしかに**彼女なら簡単にできる**かもしれません**。 確實她可能可以輕鬆做到。
ただ 只是	**ただ**気になっただけです。 只是有點在意。
たとえ 即使	**たとえ**お金がたくさんかかるとしても進めたいです。 即使要花很多錢還是想要進行。
たとえば 例如	デザートでしたら、**たとえば**コーヒー、ケーキなどがあります。 點心的話有咖啡、蛋糕之類的。
たぶん 大概	**たぶん**今日は帰りが遅くなりそうです。 今天大概會很晚回家。

ちっとも～ない 一點也不	課長の話は**ちっとも**面白く**ない**。 課長說的話一點也不有趣。
つい 不自覺、無意間	少しだけ飲もうと思っていたが、**つい**飲みすぎてしまった。 原本想說喝一點就好，卻不知不覺地喝多了。
つまり 也就是	この植物は枯れません。**つまり**、水をやらなくてもいいです。 這個植物不會枯萎。也就是說，不澆水也沒關係。
とうとう 最終	医者になりたいという夢が**とうとう**かなった。 終於實現了成為醫師的夢想。
どうも 總覺得、似乎	その話を聞くと**どうも**変な気分になる。 聽了這件事總覺得有點怪怪的。
どうやら～そうだ 總覺得、看來	今日は**どうやら**雨が降り**そうです**。 今天看來好像會下雨。
とっくに 老早之前	彼なら**とっくに**出発しました。 他早就出發了。
とても～ない 根本不	こんなおいしい料理は私には**とても**作れ**ない**。 這樣美味的料理我根本做不出來。
とにかく 總之	**とにかく**一度やってみよう。 總之試一次看看吧。

複習試題 請選出適合填入括號內的副詞。

01	今回の試合で練習の重要性を（　）感じた。	ⓐ しみじみ	ⓑ しばしば
02	その話を聞くと（　）変な気分になる。	ⓐ たとえ	ⓑ どうも
03	こんなおいしい料理は私には（　）作れ（　）。	ⓐ とても / ない	ⓑ たいして / ない
04	（　）の機会だからあきらめたくない。	ⓐ せっかく	ⓑ とにかく
05	今は下手でも（　）上手になるだろう。	ⓐ そのうち	ⓑ それほど

答案：01 ⓐ 02 ⓑ 03 ⓐ 04 ⓐ 05 ⓐ

なかなか 相當、不容易	仕事がなかなかうまくいかない。 工作進展得不怎麼順利。
なぜ～かというと 要說為什麼…是因為	なぜ遅れたかというと、電車が延着したからです。 要說為什麼會遲到，是因為電車誤點了。
なぜか 不知為何	最近なぜか故郷の家族がなつかしくなる。 最近不知為何很懷念在故鄉的家人。
果して 到底、究竟	果して今回は何人が合格できるだろうか。 究竟這次會有多少人合格呢？
まさか 居然、難道會	まさか彼が犯人だとは思わなかった。 沒想到他居然是犯人。
まさに 確實、正是	これはまさに私が読みたかった本です。 這正是我想看的書。
まして 何況、況且	大学生も解けないのに、まして小学生が解けるはずがない。 就連大學生也解不開了，更何況是小學生，更不可能解開。
まず 首先、先	予想はまずまちがいなかった。 首先預測是沒有錯的。
まもなく 馬上	まもなく２番線に電車がまいります。 ２號線的列車馬上就要進站了。
まるで 簡直是	入りたかった会社に入社できて、まるで夢のようだ。 能夠進想進的公司，簡直像做夢一般。
むしろ 反倒、倒不如	あの日本料理屋さんはむしろ中国人に人気だ。 那家日本餐廳反而受到中國人的歡迎。
めったに～ない 少見、很少	大学に落ちてから姉はめったに笑わない。 自從大學落榜之後，姊姊就很少笑了。
もし 如果、假設	もしよろしければここに名前を書いてください。 如果方便的話請在這裡寫上名字。
もちろん 當然	もちろん私もその意見には賛成だ。 當然我也贊成那個意見。
やがて 不久、馬上	景気はやがて回復するでしょう。 景氣馬上就會回復了吧。

やっと 終於	一年間準備した作品がやっと完成した。 花了一年準備的作品終於完成了。
ようやく 終於	ずっと探し回った末に、ようやく見つけた。 一直反覆尋找，最後終於找到了。

複習試題 請選出適合填入括號內的副詞。

01	（　　）彼が犯人だとは思わなかった。	ⓐ まさか	ⓑ まもなく
02	最近（　　）故郷の家族がなつかしくなる。	ⓐ もし	ⓑ なぜか
03	あの日本料理屋さんは（　　）中国人に人気だ。	ⓐ たぶん	ⓑ むしろ
04	大学生も解けないのに、（　　）小学生が解けるはずがない。	ⓐ まして	ⓑ まるで
05	景気は（　　）回復するでしょう。	ⓐ やがて	ⓑ やっと

答案：01 ⓐ　02 ⓑ　03 ⓑ　04 ⓐ　05 ⓐ

N2 必考文法

03 連接詞

請選出適合填入下方 ＿＿ 內的連接詞。

私(わたし)はいつも学校(がっこう)から帰(かえ)るとすぐに犬(いぬ)の散歩(さんぽ)に行(い)きます。＿＿、その日(ひ)は友達(ともだち)の家(いえ)に遊(あそ)びに行(い)くのが楽(たの)しみですっかり忘(わす)れました。

我每天放學回家之後就會馬上帶狗去散步。＿＿，那天因為太期待要去朋友家玩所以完全忘了這件事。

1 それに　然後　2 しかし　但是　3 または　或者　4 それどころか　反而

答案：2

學習目標

在「問題 7 語法形式的判斷」大題中，會採取上方出題形式，要求選出適當的連接詞。建議記下 N2 中經常出現的「連接詞」意思和例句。

1. 連接詞的作用

連接詞用來連接單字與單字或是句子與句子，表示承接、轉折、並列、選擇等關係，或用來補充說明、轉換話題、換句話說。

2. N2必考連接詞與種類

(1) 順接

こうして 因此、如此	二人(ふたり)は数日間徹夜(すうじつかんてつや)した。こうしてできたのがこの企画(きかく)だ。 兩人連續熬夜了好幾天，如此完成的即是這份企劃。
したがって 因此、所以	今(いま)の規則(きそく)は不公平(ふこうへい)だ。したがって改正(かいせい)する必要(ひつよう)がある。 現行的規則不公平，因此有必要修正。
すると 於是、然後	ネットで商品(しょうひん)を買(か)った。すると、送料(そうりょう)の請求(せいきゅう)が来(き)た。 在網路上購買了商品，於是被要求支付運費。
そうすれば 如此一來	考(かんが)え過(す)ぎないでください。そうすればストレスもなくなります。 請不要想太多，如此一來壓力也會消失。
そこで 於是、所以	社員(しゃいん)が増(ふ)えた。そこで新(あたら)しい事務所(じむしょ)を探(さが)してみた。 因為員工增加了，所以試著找了新的辦公室。
それで 所以、那麼	作文(さくぶん)が長(なが)すぎると言(い)われました。それで短(みじか)く直(なお)しました。 被說作文太長了，所以把它改短。

それなら 那樣的話	週末は割引になりませんか？**それなら**買いません。 週末沒有折扣嗎？那就不買了。
だから 因此、所以	毎日３時間しか寝ないで仕事をした。**だから**病気になったのだ。 因為工作到每天只睡三小時才會生病。

(2) 逆接

けれども 但是、可是	時間はある。**けれども**、お金がない。 有時間，但是沒有錢。
しかし 但是、然而	友達の名前を呼んだ。**しかし**、彼は振り向かなかった。 叫了朋友的名字，但是他沒有回過頭來。
それでも 儘管如此	このカバンは高すぎる。**それでも**買いたい。 這個包包太貴了，即使如此還是想買。
それなのに 即使如此	努力はしている。**それなのに**成績がよくない。 有在努力，但成績卻不好。
ところが 可是、但是	簡単に解決すると思っていた。**ところが**、まだ解決していない。 原本以為可以輕易解決，然而卻還沒解決。

複習試題 請選出適合填入括號內的連接詞。

01	今の規則は不公平だ。（　）改正する必要がある。	ⓐ したがって	ⓑ そうすれば
02	このカバンは高すぎる。（　）買いたい。	ⓐ それで	ⓑ それでも
03	簡単に解決すると思っていた。（　）、まだ解決していない。	ⓐ ところが	ⓑ そこで
04	考え過ぎないでください。（　）ストレスもなくなります。	ⓐ そうすれば	ⓑ それなのに
05	週末は割引になりませんか？（　）買いません。	ⓐ けれども	ⓑ それなら

答案：01 ⓐ 02 ⓑ 03 ⓐ 04 ⓐ 05 ⓑ

(3) 並列、選擇

あるいは 或	次の大会は東京**あるいは**大阪で開催されます。 下次的大會會在東京或大阪舉辦。
そして 還有	入りたい部署は営業部、総務部、**そして**人事部です。 想進的部門是業務部、總務部，還有人事部。
それとも 還是	ここで食べましょうか？**それとも**持ち帰りましょうか。 要在這裡吃嗎？還是要外帶呢？
または 或是	申し込みたい方はメール**または**電話で連絡ください。 欲申請者請以電子郵件或電話聯絡。
もしくは 或者	バス**もしくは**地下鉄で行きましょう。 坐公車或地下鐵去吧。

(4) 追加、補充

しかも 而且、並且	空が暗くなって、**しかも**雨も降り出した。 天色變暗了，而且還開始下起雨。
そのうえ 而且、還	新しい部屋は広いし、**そのうえ**日当たりもいい。 新房間很大，而且日照也很充足。
それどころか 何止	商品がまだ届いていません。**それどころか**、連絡もとれません。 商品何止還沒送達，甚至還連絡不上對方。
それに 而且、還有	あの店はいい商品がたくさんある。**それに**、店員も親切だ。 那家店有很多好商品。而且店員也很親切。
それにしても 可是、即使如此	多くなると言ってはいたけど、**それにしても**これは多すぎる。 雖然是有說會變多，不過這也太多了。
それには 為此	今回は絶対に優勝したい。**それには**毎日練習するしかない。 這次絕對要拿下勝利。為此只能每天練習。
ただ 只是、唯獨	仕事は楽しい。**ただ**少し難しい。 工作很快樂，只是有點難。
ただし 但是、不過	京都行きは5,300円です。**ただし**、往復は10%割引になります。 去京都要 5,300 日圓。不過來回票有打九折。

では 那麼	それは難しそうですね。**では**、こうすればどうでしょうか。 那個看起來很難。那麼這個如何呢？
なお 另外	9月23日までです。**なお**、詳しい説明はホームページを参考にしてください。 到 9 月 23 日為止。另外詳細說明請參考官網。
なぜなら 因為	今は何も言えない。**なぜなら**まだ決まってないから。 現在還什麼都不能說。因為還沒決定好。
もっとも 話雖如此	明日までに出してね。**もっとも**、今日出してくれたら嬉しいけどね。 請在明天之前交。不過如果今天交的話會更好。

(5) 轉換、換句話說

さて 轉換話題	時間になりました。**さて**、みなさん準備はできましたか。 時間到了。那麼各位準備好了嗎？
すなわち 即是	文章を書くことは、**すなわち**、考えることだ。 所謂的寫文章，即是思考。
それでは 那麼	かしこまりました。**それでは** 9月にセミナーを開くことにします。 瞭解了。那麼決定在九月舉辦研討會。
ところで 話說、可是	今日 6 時にチェックインします。**ところで**、荷物はここに置いてもいいですか。 會在今天 6 點登記入住。話說行李可以放在這裡嗎？

複習試題 請選出適合填入括號內的連接詞。

01	次の大会は東京（　）大阪で開催されます。	ⓐ あるいは	ⓑ しかも
02	9月23日までです。（　）、詳しい説明はホームページを参考にしてください。	ⓐ なお	ⓑ ただ
03	文章を書くことは、（　）、考えることだ。	ⓐ ところで	ⓑ すなわち
04	新しい部屋は広いし、（　）日当たりもいい。	ⓐ そのうえ	ⓑ それには
05	時間になりました。（　）、みなさん準備はできましたか。	ⓐ それに	ⓑ さて

答案：01 ⓐ　02 ⓐ　03 ⓑ　04 ⓐ　05 ⓑ

N2 必考文法

04 推測・傳聞表現

請選出適合填入下方括號內的文法。

渋滞のせいでいつも見ているテレビ番組が今日は（　　）。

因為塞車，平常看的電視節目今天（　　）。

1 見えても仕方ない
看了也沒用

2 見られないことだった
看不到的事了

3 見られそうにない
看樣子是看不到了

4 見えないことがあった
有了沒看過的事

答案：3

學習目標

在「文法」大題中，會採取上方出題形式，要求選出適當的文法。建議記下 N2 中經常出現的「推測、傳聞表現」用法和例句，有利於掌握文意。

1. そうだ可用於表示推測或傳聞，表示推測時，指依照直覺判斷做出的推測。

(1) 表示推測的そうだ

	名詞	い形容詞	な形容詞	動詞
現在肯定	-	おいしそうだ 好像很好吃	静かそうだ 好像很安靜	行きそうだ 好像會去
現在否定	人ではなさそうだ 好像不是人	おいしそうではない 好像不好吃	静かそうではない 好像不安靜	行きそうにない 行きそうもない 行きそうにもない 好像不去
過去肯定	-	おいしそうだった 好像很好吃	静かそうだった 好像很安靜	行きそうだった 好像去了
過去否定	人ではなさそうだった 好像不是人	おいしそうではなかった 好像不好吃	静かそうではなかった 好像不安靜	行きそうではなかった 好像不去

例 今すぐにでも行き**そうだ**。好像現在馬上就要去。

あれは人では**なさそうだ**。那個好像不是人。

あのケーキはおいし**そうだった**。那個蛋糕好像很好吃。

公園は静か**そうではなかった**。公園以前好像不太安靜。

(2) 表示傳聞的そうだ

	名詞	い形容詞	な形容詞	動詞
現在肯定	人だそうだ 聽說是人	おいしいそうだ 聽說很好吃	静かだそうだ 聽說很安靜	行くそうだ 聽說會去
現在否定	人ではないそうだ 聽說不是人	おいしくないそうだ 聽說不好吃	静かではないそうだ 聽說不安靜	行かないそうだ 聽說不去
過去肯定	人だったそうだ 聽說是人	おいしかったそうだ 聽說很好吃	静かだったそうだ 聽說很安靜	行ったそうだ 聽說去了
過去否定	人ではなかったそうだ 聽說不是人	おいしくなかったそうだ 聽說不好吃	静かではなかったそうだ 聽說不安靜	行かなかったそうだ 聽說沒去

例 今すぐにでも行く**そうだ**。聽說現在馬上就要去。

あれは人では**ないそうだ**。聽說那個不是人。

あのケーキはおいし**かったそうだ**。聽說那個蛋糕很好吃。

公園は静かでは**なかったそうだ**。聽說公園以前不安靜。

複習試題 請選出適合填入括號內的推測或傳聞表現。

01	マイクを取ったので、今から（　）。	ⓐ 話しそうだ	ⓑ 話すそうだ
02	太ってどうも（　）。	ⓐ 走れそうではない	ⓑ 走れそうにない
03	昨日見た赤い車はけっこう高い（　）。	ⓐ 車だったそうだ	ⓑ 車のそうだ
04	亡くなった友達の母親は（　）。	ⓐ 穏やかな人だったそうだ	ⓑ 穏やかな人そうだった
05	ここは桜の（　）。	ⓐ 名所そうだ	ⓑ 名所だそうだ

答案：01 ⓐ 02 ⓑ 03 ⓐ 04 ⓐ 05 ⓑ

2. らしい可用於表示推測或傳聞，表示推測時，指依照客觀根據做出的推測。

	名詞	い形容詞	な形容詞	動詞
現在肯定	人らしい 好像是人／聽說是人	おいしいらしい 好像很好吃／聽說很好吃	静からしい 好像很安靜／聽說很安靜	行くらしい 好像會去／聽說會去
現在否定	人ではないらしい 好像不是人／聽說不是人	おいしくないらしい 好像不好吃／聽說不好吃	静かではないらしい 好像不安靜／聽說不安靜	行かないらしい 好像不去／聽說不去
過去肯定	人だったらしい 好像是人／聽說是人	おいしかったらしい 好像很好吃／聽說很好吃	静かだったらしい 好像很安靜／聽說很安靜	行ったらしい 好像去了／聽說去了
過去否定	人ではなかったらしい 好像不是人／聽說不是人	おいしくなかったらしい 好像不好吃／聽說不好吃	静かではなかったらしい 好像不安靜／聽說不安靜	行かなかったらしい 好像沒去／聽說沒去

[推測]

例 旅行に行くと言っていたが、今行くらしい。之前有說要去旅行，好像是現在去。

影を見るとあれは人ではないらしい。看那個影子好像不是人。

前にも食べていたのを見ると、あのケーキはおいしかったらしい。看他之前也有吃，那個蛋糕好像很好吃。

ボランティアをした幼稚園の子どもは静かではなかったらしい。過去做志工服務的那家幼稚園的孩子好像不太安靜。

[傳聞]

例 山田さんは今日、旅行に行くらしい。山田先生說他今天去旅行。

記事によるとあれは人ではないらしい。根據報導所述那個不是人。

友達に聞くとあのケーキはおいしかったらしい。聽朋友說那個蛋糕很好吃。

公園で遊んでいた子どもは静かではなかったらしい。聽說在公園玩的孩子們不安靜。

注意! らしい置於名詞後方時，意思為「像是……一樣」。

例 彼は男らしい。他很有男人味

3. ようだ僅用於表示推測，指依照主觀感受做出的推測。

	名詞	い形容詞	な形容詞	動詞
現在肯定	人のようだ 好像是人	おいしいようだ 好像很好吃	静かなようだ 好像很安靜	行くようだ 好像會去
現在否定	人ではないようだ 好像不是人	おいしくないようだ 好像不好吃	静かではないようだ 好像不安靜	行かないようだ 好像不去
過去肯定	人だったようだ 好像是人	おいしかったようだ 好像很好吃	静かだったようだ 好像很安靜	行ったようだ 好像去了
過去否定	人ではなかったようだ 好像不是人	おいしくなかったようだ 好像不好吃	静かではなかったようだ 好像不安靜	行かなかったようだ 好像不去

例 スーツケースを持っているのを見ると、今から旅行に行く**ようだ**。從他拿著行李廂看起來，好像正準備去旅行。

形から見てあれは人では**ないようだ**。從外觀來看那個好像不是人。

微笑んでいるので、あのケーキはおいし**かったようだ**。因為他在微笑，那個蛋糕好像很好吃。

今、考えてみると、あまり静か**ではなかったようだ**。現在仔細想想，好像不太安靜。

注意! ようだ也可以用於比喻、或舉例。

例 この雪はまるで綿**のようだ**。這個雪簡直就像棉花一般。

あの人**のように**英語がペラペラ話せたらいいのに。真希望英文能說得像那個人一樣流利。

複習試題 請選出適合填入括號內的推測或傳聞表現。

01 今にでも（　）ような顔をしていますね。　ⓐ 泣き　ⓑ 泣く

02 この時間まで寝ているのを見ると、今日は学校を（　）ようだ。　ⓐ 休む　ⓑ 休み

03 警察として警察（　）行動をしてはいけない。　ⓐ らしくない　ⓑ のような

04 あの子はまるで人形（　）かわいいですね。　ⓐ ように　ⓑ のように

05 北海道から沖縄まで30分で行ける技術が登場した（　）。　ⓐ らしい　ⓑ ようだ

答案：01 ⓑ　02 ⓐ　03 ⓐ　04 ⓑ　05 ⓐ

N2 必考文法

05 授受表現

請選出適合填入下方括號內的文法。

私のことを考えながらこの指輪を（　　）思うと、とても幸せです。

一想到他是想著我（　　）這個戒指的，就覺得非常幸福。

1 買ってやったのかと　買給別人
2 買ってもらったのかと　收到了別人買的
3 買ってあげたのかと　買給別人
4 買ってくれたのかと　買給我

答案：4

學習目標

在「問題 7 語法形式的判斷」大題中，會採取上方出題形式，要求選出適當的文法。建議記下 N2 中經常出現的「授受表現」用法和例句，亦有助於解答「問題 8 句子的組織」和「問題 9 文章語法」的考題。

1. 授受表現

	給予		接收
動作的主體	第一人稱→第二、三人稱 第二人稱→第三人稱 第三人稱→第三人稱	第二、三人稱→第一人稱 第三人稱→第二人稱 第三人稱→第三人稱	第一人稱←第二、三人稱 第二人稱←第三人稱 第三人稱←第三人稱
與對方為對等關係時	あげる	くれる	もらう
對方地位較高時	さしあげる	くださる	いただく
對方地位較低時 (對方為動植物時)	やる	くれる	もらう

2. あげる, さしあげる, やる（給予）

例 姉はあい子さんにケーキをあげた。姐姐給了愛子小姐蛋糕。

彼はその絵を上司にさしあげた。他將那幅畫獻給上司。

弟は毎日犬にえさをやる。弟弟每天都餵狗吃飼料。

3. くれる, くださる（給予）

例 母は私に着物をくれた。母親給我和服。

部長が社員にお土産をくださった。部長給員工伴手禮。

4. もらう, いただく（接收）

例 彼女は姉に服をもらった。她收到姐姐給的衣服。

私は先生にいい本をいただいた。我收到老師送的好書。

5.「て形＋授受動詞」用法

て形連接授受動詞時，可用於表示「我為別人做某事」、或「別人為我做某事」。

例 春子さんを家まで送ってあげました。我把春子送回家。

ご案内をしてさしあげました。我來為您介紹。

例 両親が買ってくれた自転車です。這是父母買給我的腳踏車。

上司がほめてくださった。上司稱讚了我。

例 友達にお金を貸してもらった。朋友借我錢。

素敵な着物を貸していただいた。有人借我極美的和服。

複習試題 請選出適合填入括號內的授受表現。

01	先輩が手伝って（　　）。	ⓐ さしあげた	ⓑ くださった
02	友達に辞書を（　　）。	ⓐ 貸してもらった	ⓑ 貸してくれた
03	彼女は私にチョコレートを（　　）。	ⓐ くれた	ⓑ あげた
04	妹は山田さんに手紙を（　　）。	ⓐ くださった	ⓑ あげた
05	私は課長に資料を（　　）。	ⓐ いただいた	ⓑ やった

答案：01 ⓑ 02 ⓐ 03 ⓐ 04 ⓑ 05 ⓐ

N2 必考文法

06 被動、使役、使役被動動詞

請選出適合填入下方括號內的文法。

人前(ひとまえ)に立(た)つのが嫌(きら)いなのに全校生徒(ぜんこうせいと)の前(まえ)で発表(はっぴょう)（　　）。

明明很討厭站在人群前面，卻（　　）在全校學生面前演說。

1 される 被　2 させた 要求　3 させる 要求　4 させられた 被迫

答案：4

學習目標

在「文法」大題中，會採取上方出題形式，要求選出適當的文法。建議記下 N2 中經常出現的「被動、使役、使役被動」用法和例句，有利於掌握文意。

1. 被動、使役、使役被動用法

	被動	使役	使役被動
意義	被～、受害	要求～、令～	被迫～
第1類動詞	行かれる （別人）去（因此而受害）	行かせる 要求去	行かされる / 行かせられる 被迫去
第2類動詞	食べられる 被吃	食べさせる 要求吃	食べさせられる 被迫吃
する	される 被做	させる 要求做	させられる 被迫做
くる	こられる （別人）來（因此而受害）	こさせる 要求來	こさせられる 被迫來

2. 被動

(1) 用於表示直接承受對方的行為或動作。

例 この仕事(しごと)には高(たか)い語学力(ごがくりょく)が要求(ようきゅう)される。這份工作被要求具備高度語言能力。

私(わたし)は成績(せいせき)が大幅(おおはば)に伸(の)びて、先生(せんせい)に褒(ほ)められた。我的成績大幅提升，被老師稱讚了。

(2) 用於表示間接承受對方的行為或動作。

例 彼(かれ)は奥(おく)さんに逃(に)げられて、すっかり元気(げんき)をなくしてしまった。他的太太逃跑了，因此完全失去了活力。

私(わたし)の前(まえ)に次々(つぎつぎ)と料理(りょうり)が出(だ)されて、とても食(た)べきれなかった。料理一盤接一盤上到我面前，實在吃不完。

注意! れる/られる可以用來表示可能性或敬意。

例 ここでは高水準(こうすいじゅん)の医療(いりょう)が受(う)けられる。在這邊能接受高水準的醫療。

社長(しゃちょう)は毎朝(まいあさ)６時(じ)に起(お)きられる。社長每天早上六點起床。

3. 使役

(1) 用於表示要求對方按照命令或指示做出某項行為。

例 教師が学生に本を**読ませた**。老師要學生念書。

母は子どもを買い物に**行かせた**。媽媽要小孩去買東西。

(2) 用於表示許可、放任、讓步或感謝

例 そんなにこの仕事がやりたいのなら、**やらせて**あげる。

如果這麼想做這份工作的話，我就讓你做。

甘えて泣いているだけだから、そのまま**泣かせて**おきなさい。

他只是想撒嬌才哭的，就讓他繼續哭吧。

申し訳ありませんが、今日は早めに**帰らせて**いただけませんか。

不好意思，請問今天能讓我早點回去嗎？

両親が早くなくなったので、姉が働いて私を大学に**行かせて**くれた。

因為父母早逝，姐姐工作供我上大學。

4. 使役被動

(1) 用於表示強迫做某項行為或動作

例 私は先輩に無理にお酒を**飲まされた**。我被前輩硬灌了酒。

私は昨日、お母さんに３時間も勉強を**させられた**。昨天媽媽逼我念了三個小時的書。

複習試題 請選出適合填入括號內的被動、使役或使役被動用法。

01	今日は先生に（　　）すごく落ち込んでいる。	ⓐ しかられて	ⓑ しからせて
02	友達にお土産を（　　）。	ⓐ 頼まれました	ⓑ 頼まされました
03	誰かにお酒を無理に（　　）はいけません。	ⓐ 飲まれて	ⓑ 飲ませて
04	社長は体調が悪そうな彼を早めに（　　）。	ⓐ 帰らせた	ⓑ 帰らされた
05	父は母にタバコを（　　）苦しんでいます。	ⓐ やめられて	ⓑ やめさせられて

答案：01 ⓐ　02 ⓐ　03 ⓑ　04 ⓐ　05 ⓑ

N2 必考文法

07 敬語表現

請選出適合填入下方括號內的文法。

山田「田中部長、A社の鈴木様が（　　）。」 山田「田中部長，A 公司的鈴木先生（）。」

田中「そうか。じゃあ、すぐに行くから先にお茶を出しておいてくれる？」

田中「這樣啊。那我馬上就過去，你可以先倒個茶嗎？」

1 伺いました 拜訪了　**2 お目にかかりました** 見到面了　**3 ございました** 在了　**4 お越しになりました** 過來了

答案：4

學習目標

在「問題 7 語法形式的判斷」大題中，會採取上方出題形式，要求選出適當的文法。除此之外，讀解和聽解大題中，亦會出現相關用法，因此建議記下 N2 中經常出現的「敬語」用法和例句。

1.「尊敬語」爲抬高上位者地位的一種敬意表現。

變化方式	例句
お＋動詞ます形＋になる 動詞之尊敬表現	先生が先ほど出張から**お帰りになりました**。 老師剛剛結束出差回來了。
お＋動詞ます形＋ください 請～（～てください之尊敬表現）	ご利用になった本は元の場所に**お戻しください**。 使用完的書籍請歸回原位。
~てくださる 您為我～ （～てくれる之尊敬表現）	丁寧にご**説明してくださり**、ありがとうございます。 感謝您的詳細說明。
~させてくださる 讓我～ （～させてくれる之尊敬表現）	部長が私の意見をプロジェクトに**反映させてくださった**。 部長允許我在專案中提出自己的意見。

2.「謙讓語」降低自己地位的一種謙遜表現。

變化方式	例句
お/ご＋動詞ます形＋する（いたす） 動詞之謙讓表現	顧客リストはメールに添付して**お送りいたします**。 我將顧客清單夾帶於信件中寄給您。
~ていただく 讓～（～てもらう之尊敬表現）	お客様に**満足していただく**ために努力しております。 為了讓客人感到滿足而努力。
~させていただく 讓我做～（～させてもらう之尊敬表現）	急ですが、会議の日程を**変更させていただきます**。 雖然很突然，但請允許我更改會議日期。

3. 特殊尊謙敬語

一般動詞	尊敬語	謙讓語
会う 見面	お会いになる 見面（尊敬語）	お目にかかる 見面（謙讓語）
いる 在	いらっしゃる / おいでになる 在（尊敬語）	おる 在（謙讓語）
行く 去	いらっしゃる / おいでになる 去（尊敬語）	参る 去（謙讓語）
来る 來	いらっしゃる / おいでになる / お越しになる 來（尊敬語）	参る 來（謙讓語）
言う 說	おっしゃる 說（尊敬語）	申し上げる / 申す 說（謙讓語）
聞く 聽	お聞きになる 聽（尊敬語）	伺う 聽（謙讓語）
聞かせる 告訴	-	お耳に入れる 告訴（謙讓語）
見る 看	ご覧になる 看（尊敬語）	拝見する 看（謙讓語）
見せる 出示、讓別人看	-	お目にかける / ご覧に入れる 出示、讓別人看（謙讓語）
知っている 知道	ご存じだ 知道（尊敬語）	存じている 知道（謙讓語）
する 做	なさる 做（尊敬語）	いたす 做（謙讓語）
訪ねる 拜訪	お越しになる 來訪（尊敬語）	伺う / お邪魔する 拜訪、打擾（謙讓語）
食べる 吃 / 飲む 喝	召し上がる 吃／喝（尊敬語）	いただく 吃／喝（謙讓語）
引き受ける 接受	-	承る 接受（謙讓語）
分かる 瞭解	-	承知する / かしこまる 瞭解（謙讓語）

複習試題 請選出適合填入括號內的尊敬語、或謙讓語。

01 手紙をちょっと（　　）いただきます。　ⓐ 拝見させて　ⓑ ご覧させて

02 この件は社長の（　　）とおりに進めます。　ⓐ おっしゃった　ⓑ お耳に入れた

03 明日、御社の支店に（　　）よろしいでしょうか。　ⓐ お越しになっても　ⓑ 伺っても

04 ご遠慮なく温かいうちに（　　）ください。　ⓐ 召し上がって　ⓑ お召しになって

05 はい、事件はもう解決したと（　　）おります。　ⓐ 承って　ⓑ 存じて

答案：01 ⓐ 02 ⓐ 03 ⓑ 04 ⓐ 05 ⓑ

N2 必考文法

08 連接於名詞後方的文法

請選出適合填入下方括號內的文法。

災害時（　　）大切なのは冷静に行動することです。

（　　）發生災害時（　　）最重要的是要冷靜地行動。

1 に加えて　　2 において　　3 を通して　　4 をめぐって
加上　　在…時　　通過　　圍繞

答案：2

學習目標

在「問題 7 語法形式的判斷」大題中，會採取上方出題形式，要求選出適當的文法，且選項經常與助詞結合。建議記下 N2 中經常出現的文法句型和例句。

01 ～からして 從…就

接法　名詞 + からして

例句　この映画はタイトルからして面白そうなので公開が楽しみだ。
這部電影光看標題就感覺很有趣，所以我很期待它上映。

02 ～からすると / ～からすれば 從…來看

接法　名詞 + からすると/からすれば

例句　部長の性格からすると、許可してくれるはずがない。
從部長的個性來看，他不可能會同意。

03 ～さえ…ば 只要…就

接法　名詞 + さえ + 動詞假定形 + ば

例句　あなたさえよければ日程を変更してもかまいません。
只要你沒問題，更改日期也沒有關係。

04 ～次第で 依…、由…

接法　名詞 + 次第で

例句　私の努力次第で、人生が決まると思ってるよ。
我認為我的人生是依我所付出的努力而定的。

05 ～だって 連…

接法　名詞＋だって

例句　そんな難しいことは教授**だって**知らないだろう。
這麼難的事就連教授也不知道吧。

06 ～だらけ 滿是、淨是

接法　名詞＋だらけ

例句　戦争から帰ってきた彼の体は傷**だらけ**だった。
從戰場上回來的他遍體鱗傷。

07 ～でしかない 不過是…

接法　名詞＋でしかない

例句　彼女は有名な俳優だが、引退したら一人の人間**でしかない**。
即使她是知名演員，引退後也不過就是一個普通人。

08 ～といえば 說到…、提到…

接法　名詞＋といえば

例句　青森**といえば**、リンゴが思い浮かびます。
說到青森，就會想到蘋果。

複習試題 請選出適合填入括號內的文法。

		ⓐ	ⓑ
01	この映画はタイトル（　　）面白そうなので公開が楽しみだ。	ⓐ からして	ⓑ からすると
02	青森（　　）リンゴが思い浮かびます。	ⓐ といえば	ⓑ さえいえば
03	そんな難しいことは教授（　　）知らないだろう。	ⓐ でしか	ⓑ だって
04	彼女は有名な俳優だが、引退したら一人の人間（　　）。	ⓐ だらけだ	ⓑ でしかない
05	私の努力（　　）、人生が決まると思ってるよ。	ⓐ 次第で	ⓑ からすれば

答案：01 ⓐ　02 ⓐ　03 ⓑ　04 ⓑ　05 ⓐ

09 ～といった 等的…

接法　名詞＋といった

例句　この大学はアメリカ、中国、ロシアといった外国の学校と交流している。
這間大學有跟美國、中國、俄羅斯等國外學校進行交流。

10 ～といっても 雖說…

接法　名詞＋といっても

例句　昔のゲームといっても、今でも人気のゲームがたくさんある。
有很多雖然是以前推出，現在卻仍受歡迎的遊戲。

11 ～として／～としては／～としても 作為／作為／即使…也

接法　名詞＋として/としては/としても

例句　彼はリーダーとして何か物足りないと思います。
我覺得他作為領導者，好像有些什麼不足之處。

12 ～とともに 和…一起

接法　名詞＋とともに

例句　時代の変化とともに言語も人々の考え方も変わってきた。
隨著時代變化，語言與人們的思考方式也有所改變。

13 ～において 在…方面

接法　名詞＋において

例句　生物学において彼女より詳しい人はいません。
在生物學領域沒有人懂得比她更多。

14 ～に限って 只有…、偏偏

接法　名詞＋に限って

例句　いつも忙しい時に限って電話がかかってくる。
總偏偏在忙碌的時候打電話過來。

15 ～にかけては / ～にかけても 在…方面、論…

接法　名詞 + にかけては/にかけても

例句　足の速さ**にかけては**誰にも負けない自信があります。
論跑步速度，我有自信不輸給任何人。

16 ～に関して 有關…

接法　名詞 + に関して

例句　授業内容**に関して**質問がある人は研究室に来てください。
對授課內容有問題的人請來研究室。

17 ～に加えて 加上…、而且…

接法　名詞 + に加えて

例句　連日にわたる大雨**に加えて**台風まで近づいてきた。
除了連日的大雨之外，連颱風都要來了。

18 ～にこたえて 因應…、根據…

接法　名詞 + にこたえて

例句　妹は家族の期待**にこたえて**、大企業に就職した。
妹妹不負家族的期待，進到大企業工作。

複習試題 請選出適合填入括號內的文法。

01	彼はリーダー（　　）何か物足りないと思います。	ⓐ として	ⓑ といっても
02	生物学（　　）彼女より詳しい人はいません。	ⓐ に加えて	ⓑ において
03	いつも忙しい時（　　）電話がかかってくる。	ⓐ に限って	ⓑ にかけても
04	授業内容（　　）質問がある人は研究室に来てください。	ⓐ に関して	ⓑ にこたえて
05	足の速さ（　　）誰にも負けない自信があります。	ⓐ にかけては	ⓑ にこたえて

答案：01 ⓐ　02 ⓑ　03 ⓐ　04 ⓐ　05 ⓐ

19 ～にしたら 作為…來說、對…來說

接法　名詞 + にしたら

例句　彼にしたらその提案はかえって迷惑だったかもしれません。
對他來說那項提案可能反而造成了不便。

20 ～に備えて 為了…做準備

接法　名詞 + に備えて

例句　地震に備えて避難訓練を実施する必要がある。
為了因應地震來襲，有必要實施避難訓練。

21 ～にそって / ～にそい 沿著…、按照…

接法　名詞 + にそって/にそい

例句　説明書に書いてある順番にそって設置してください。
請按照說明書所寫的順序進行設置。

22 ～に対する 對…的

接法　名詞 + に対する

例句　物価上昇に対する国民の不満が高まっている。
國民對物價上漲的不滿持續高漲。

23 ～にとって 對於…來說

接法　名詞 + にとって

例句　政治家にとってこの機会は成功への近道である。
對政治家來說這次的機會是通往成功的捷徑。

24 ～に反して 與…相反

接法　名詞 + に反して

例句　専門家の予想に反して、今年の輸出はさらに減少した。
與專家預測相反，今年的出口量進一步減少。

25 ～にほかならない 正是…、不外乎是…

接法　名詞＋にほかならない

例句　夫婦にとって最も大事なのは、信頼と尊敬にほかならない。
對夫妻而言最重要的，不外乎是信賴與尊敬。

26 ～に基づいて 根據…、基於…

接法　名詞＋に基づいて

例句　交通カードの利用情報に基づいて、バス路線を調整した。
根據交通卡的使用資訊調整了公車路線。

27 ～によって 由於…、因為…

接法　名詞＋によって

例句　最近気温の変化によって風邪を引く人が増えている。
最近因氣溫變化而感冒的人持續增加。

28 ～にわたって 在…範圍內

接法　名詞＋にわたって

例句　花火大会が９月22日、23日の二日間にわたって開催される。
煙火大會在９月22日、23日兩天期間內舉行。

複習試題 請選出適合填入括號內的文法。

		ⓐ	ⓑ
01	交通カードの利用情報（　　）、バス路線を調整した。	ⓐ に基づいて	ⓑ にこたえて
02	花火大会が９月22日、23日の二日間（　　）開催される。	ⓐ にそって	ⓑ にわたって
03	最近気温の変化（　　）風邪を引く人が増えている。	ⓐ によって	ⓑ にとって
04	物価上昇（　　）国民の不満が高まっている。	ⓐ に対する	ⓑ にしたら
05	説明書に書いてある順番（　　）設置してください。	ⓐ に備えて	ⓑ にそって

答案：01 ⓐ　02 ⓑ　03 ⓐ　04 ⓐ　05 ⓑ

29 ～のことだから 因為…（判斷依據）

接法 名詞＋のことだから

例句 いつも遅刻する彼女**のことだから**、きっと遅れてくるだろう。
因為她總是遲到，這次大概也會晚到吧。

30 ～のもとで / ～のもとに 在…之下

接法 名詞＋のもとで/のもとに

例句 この動物は国の管理**のもとで**保護されています。
這個動物在國家的管理之下受到保護。

31 ～はさておき 暫不提…

接法 名詞＋はさておき

例句 費用の問題**はさておき**、まずは場所を決めましょう。
暫不提費用問題，我們先決定地點吧。

32 ～はともかく 姑且不論

接法 名詞＋はともかく

例句 その人の性格**はともかく**、この仕事に合うかが重要だ。
先不論個性，重要的是他適不適合這個工作。

33 ～を通して 通過…、透過…

接法 名詞＋を通して

例句 二人はサークル活動**を通して**知り合ったそうです。
聽說兩人是通過社團活動認識的。

34 ～をとわず 不論…、不管…

接法 名詞＋をとわず

例句 我が社は学歴**をとわず**、人柄と能力をもとに採用します。
敝公司不看學歷，只依據人品及能力選才。

35 ～を抜きにして(は) 撇開…

接法　名詞＋を抜きにして(は)

例句　この優勝は彼**を抜きにしては**語れません。
這次的勝利如果沒有他是不可能的。

36 ～を除いて(は) 除了…之外

接法　名詞＋を除いて(は)

例句　クラスの学生は私**を除いて**みんな日本人だった。
班上的同學除了我之外，大家都是日本人。

37 ～をはじめ 以…為首、…以及

接法　名詞＋をはじめ

例句　この本は、茶道**をはじめ**、色々な日本文化について書いてある。
這本書寫的內容是關於以茶道為首的各種日本文化。

38 ～をめぐって 圍繞…、關於…

接法　名詞＋をめぐって

例句　失敗の責任**をめぐって**、委員会が開かれた。
就失敗的責任歸屬召開委員會。

複習試題　請選出適合填入括號內的文法。

01	この動物は国の管理（　　）保護されています。	ⓐ をはじめ	ⓑ のもとで
02	費用の問題（　　）、まずは場所を決めましょう。	ⓐ としては	ⓑ はさておき
03	その人の性格（　　）、この仕事に合うかが重要だ。	ⓐ はともかく	ⓑ のことだから
04	我が社は学歴（　　）、人柄と能力をもとに採用します。	ⓐ をとわず	ⓑ にかけても
05	失敗の責任（　　）、委員会が開かれた。	ⓐ を通して	ⓑ をめぐって

答案：01 ⓑ　02 ⓑ　03 ⓐ　04 ⓐ　05 ⓑ

N2 必考文法

09 連接於動詞後方的文法

請選出適合填入下方括號內的文法。

いろいろと考えた(　　)、今回の旅行は中止することに決めた。

考慮了很多事情（　　），決定終止這次的旅行。

1 かのように　2 すえに　3 とたん　4 とおりに
彷彿　終於　瞬間　按照

答案：2

學習目標

在「問題 7 語法形式的判斷」大題中，會採取上方出題形式，要求選出適合置於た形或て形後方的文法。建議記下 N2 中經常出現的文法句型和例句。

01 ～たあげく 最後…、結果…

接法　動詞た形 + たあげく

例句　一週間も悩んだあげく、しばらく引越さないことにした。
煩惱了一個星期之後，決定暫時不要搬家。

02 ～た以上 既然…

接法　動詞た形 + た以上

例句　進学すると決めた以上、きちんと準備しなければならない。
既然決定繼續升學，就必須好好準備。

03 ～たかと思うと / ～たかと思ったら 才剛…就

接法　動詞た形 + たかと思うと/たかと思ったら

例句　落ち込んで泣いていたかと思ったら、今度は笑い始めた。
才剛因心情低落而哭泣，現在就又露出笑容了。

04 ～たすえに 經過…最後

接法　動詞た形 + たすえに

例句　色々考えたすえに私たちは離婚することにした。
經過深思熟慮後我們決定離婚。

05 ～たところ 之後…（契機）

接法　動詞た形＋たところ

例句　配送が可能か問い合わせたところ、できないと言われた。
詢問是否能夠運送後，對方回答無法。

06 ～たところだ 剛剛…

接法　動詞た形＋たところだ

例句　さっき夕食を食べたところで、お腹がいっぱいです。
我剛剛才吃過晚餐，肚子非常飽。

07 ～たとたん 剛…的瞬間

接法　動詞た形＋たとたん

例句　泥棒は警察を見たとたん、びっくりして逃げ出した。
小偷一看到警察就嚇了一跳連忙逃跑。

08 ～ている 正在…、已經…、反覆動作、狀態

接法　動詞て形＋ている

例句　政府は今、少子高齢化の対策を考えている。
政府現在正在思考少子高齡化的對策。

複習試題 請選出適合填入括號內的文法。

01	一週間も悩ん（　　）、しばらく引越さないことにした。	ⓐ だあげく	ⓑ だところ
02	落ち込んで泣いてい（　　）、今度は笑い始めた。	ⓐ たかと思ったら	ⓑ たすえに
03	配送が可能か問い合わせ（　　）、できないと言われた。	ⓐ あげく	ⓑ たところ
04	泥棒は警察を見（　　）、びっくりして逃げ出した。	ⓐ たとたん	ⓑ た以上
05	色々考え（　　）私たちは離婚することにした。	ⓐ たすえに	ⓑ たかと思うと

答案：01 ⓐ　02 ⓐ　03 ⓑ　04 ⓐ　05 ⓐ

9 ～てから …然後、…之後

接法　動詞て形＋てから

例句　集合時間を決めてから自由行動をしましょう。

決定好集合時間後就自由行動吧。

10 ～てからでないと 如果不…

接法　動詞て形＋てからでないと

例句　身分を確認してからでないと入場できません。

如果不先確認身分無法入場。

11 ～てからにする …之後再進行

接法　動詞て形＋てからにする

例句　出発は全員揃ってからにしますので、もうしばらく待機しましょう。

因為要等全員到齊後才出發，我們稍等一下吧。

12 ～てしまう 表示遺憾、困擾、後悔等感嘆

接法　動詞て形＋てしまう

例句　彼は長時間の労働による過労のせいか急に倒れてしまった。

他似乎是因為長時間勞動導致的過勞而突然倒下了。

13 ～てほしい 想要…、希望…

接法　動詞て形＋てほしい

例句　これは重要事項なので何回もチェックしてほしいです。

因為這是重要事項，希望你反覆檢查。

14 ～てみる 試試…

接法　動詞て形＋てみる

例句　たとえ失敗するとしても一度挑戦してみた方がいい。

即使會失敗還是試著挑戰一次比較好。

15 ～ても～なくても 不管…、不論…

接法　動詞て形 + ても + 動詞ない形 + なくても

例句　今更準備してもしなくてもたぶん結果は同じだと思う。
事到如今不管準備不準備大概都會是同樣的結果。

16 ～てもいい 可以…

接法　動詞て形 + てもいい

例句　すみません、この本をちょっと借りてもいいでしょうか。
不好意思，請問我可以借一下這本書嗎？

17 ～てはじめて 在…之後才

接法　動詞て形 + てはじめて

例句　実家を離れてはじめて親のありがたさが分かった。
離開老家之後才知道要感謝父母。

18 ～あまり 過度

接法　1 動詞辭書形 + あまり　　2 動詞た形 + たあまり

例句　時間がなくて急いだあまり、財布を忘れてしまった。
因為沒時間而過於匆忙，結果忘了帶錢包了。

複習試題 請選出適合填入括號內的文法。

		ⓐ	ⓑ
01	身分を確認し（　）入場できません。	ⓐ てからでないと	ⓑ てから
02	たとえ失敗するとしても一度挑戦し（　）方がいい。	ⓐ てしまう	ⓑ てみた
03	出発は全員揃っ（　）のでもうしばらく待機しましょう。	ⓐ てからにします	ⓑ ています
04	これは重要事項なので何回もチェックし（　）です。	ⓐ てしまったん	ⓑ てほしい
05	実家を離れ（　）親のありがたさが分かった。	ⓐ てもいい	ⓑ てはじめて

答案：01 ⓐ　02 ⓑ　03 ⓐ　04 ⓑ　05 ⓑ

19 ～一方だ 越來越…、持續…

接法　動詞辭書形＋一方だ

例句　アプリ業界の技術競争が激しくなる一方だ。

應用程式業界的技術競爭持續白熱化。

20 ～上は 既然…就…

接法　1 動詞辭書形＋上は　　2 動詞た形＋た上は

例句　会社を立ち上げる上は、相当な準備が必要だ。

既然決定成立公司，就必須做好相應的準備。

21 ～ことはない / ～こともない 不需要…

接法　動詞辭書形＋ことはない/こともない

例句　それほど怖い人ではないから緊張することはないよ。

他不是那麼恐怖的人，不需要緊張。

22 ～ことなく 不…

接法　動詞辭書形＋ことなく

例句　お父さんは家族のために、週末も休むことなく働いている。

為了家人，父親連週末也持續工作不休息。

23 ～しかない / ～しかあるまい 只好…

接法　動詞辭書形＋しかない/しかあるまい

例句　電車が延着したので、家まで歩いて帰るしかない。

因為電車誤點了，只好走路回家。

24 ～よりほかない 只能…、只好…

接法　動詞辭書形＋よりほかない

例句　正しくない規則でも従うよりほかないです。

就算是不正確的規則，也只能遵守。

25 ～までもない 用不著…、無須…

接法　動詞辭書形＋までもない

例句　彼女が世界一の選手であることは言うまでもない。
不用說，她當然是世界第一的選手。

26 ～まま（に） 隨意…、任憑…

接法　動詞辭書形＋まま(に)

例句　旅行中は足の向くまま気の向くまま歩き回った。
旅行時隨心所欲到處逛。

27 ～わけにはいかない 不能…

接法　動詞辭書形＋わけにはいかない

例句　決勝進出のため、この試合は負けるわけにはいかない。
為了進總決賽，這場比賽絕不能輸。

28 ～か～ないかのうちに 剛…就…

接法　動詞辭書形＋か＋動詞ない形＋ないかのうちに

例句　演劇が終わるか終わらないかのうちに立ち上がって拍手をした。
舞台劇一結束就馬上起立鼓掌。

複習試題 請選出適合填入括號內的文法。

01	それほど怖い人ではないから緊張する（　　）よ。	ⓐ 一方	ⓑ ことはない
02	電車が延着したので、家まで歩いて帰る（　　）。	ⓐ しかない	ⓑ までもない
03	彼女が世界一の選手であることは言う（　　）。	ⓐ までもない	ⓑ しかあるまい
04	アプリ業界の技術競争が激しくなる（　　）。	ⓐ ままだ	ⓑ 一方だ
05	正しくない規則でも従う（　　）です。	ⓐ よりほかない	ⓑ こともない

答案：01 ⓑ　02 ⓐ　03 ⓐ　04 ⓑ　05 ⓐ

29 ～かのようだ 就好像…似的

接法　1 動詞辭書形 + かのようだ　　2 動詞た形 + たかのようだ

例句　彼は靴の紐を結ぶかのようにその場にしゃがみこんだ。

他當場蹲了下來，好像在綁鞋帶似的。

30 ～からには / ～からは 既然…

接法　1 動詞辭書形 + からには/からは　　2 動詞た形 + たからには/たからは

例句　留学するからには、その国の文化を体験したほうがいい。

既然都留學了，體驗一下那個國家的文化會比較好。

31 ～ことがある 1. 有時…／2. 曾經…過

接法　1 動詞辭書形 + ことがある　　2 動詞た形 + たことがある

例句　たまに顔も洗わないで寝ることがあります。

我有時會不洗臉直接睡覺。

32 ～ことにする 決定…

接法　動詞辭書形 + ことにする

例句　外国人の友達を作るため、交流会に参加することにした。

為了交到外國朋友，我決定參加交流會。

33 ～とおりに 按照…

接法　1 動詞辭書形 + とおりに　　2 動詞た形 + たとおりに

例句　今は親の言うとおりにすることにした。

決定現在按照父母說的做。

34 ～べきだ 應該…

接法　動詞辭書形 + べきだ

例句　親に物を拾ったら持ち主に返すべきだと言われた。

父母說如果撿到東西就應該要還給失主。

35 ～ほうがよかった 如果…就好了

接法　1 動詞辭書形＋ほうがよかった　　2 動詞た形＋たほうがよかった

例句　彼女(かのじょ)にとっては今(いま)の仕事(しごと)を続(つづ)けるよりも転職(てんしょく)する**ほうがよかった**。

對她來說比起繼續做現在的工作，如果當初有換工作會比較好。

36 ～ようにする 設法做到…

接法　動詞辭書形＋ようにする

例句　課題(かだい)を明日(あした)までには提出(ていしゅつ)する**ようにして**ください。

請盡量在明天之前交出作業。

37 ～得(え)る/得(う)る 能…、可能…

接法　動詞ます形＋得る

例句　どんなに気(き)を付(つ)けていたとしても事故(じこ)は起(お)こり**得(え)る**。

不管再怎麼注意，還是有可能發生意外。

38 ～かけの 做一半的…、沒做完的…

接法　動詞ます形＋かけの

例句　食(た)べ**かけの**パンを置(お)いたまま出(で)かけて、母(はは)に怒(おこ)られた。

我把吃到一半的麵包擺著就出門了，因此被媽媽罵了。

複習試題 請選出適合填入括號內的文法。

01	留学(りゅうがく)する（　）、その国(くに)の文化(ぶんか)を体験(たいけん)したほうがいい。	ⓐ からには	ⓑ ことなく
02	彼女(かのじょ)にとっては今(いま)の仕事(しごと)を続(つづ)けるよりも転職(てんしょく)する（　）。	ⓐ ことがある	ⓑ ほうがよかった
03	今(いま)は親(おや)の言(い)う（　）することにした。	ⓐ からは	ⓑ とおりに
04	外国人(がいこくじん)の友達(ともだち)を作(つく)るため、交流会(こうりゅうかい)に参加(さんか)する（　）。	ⓐ ことにした	ⓑ こともない
05	食(た)べ（　）パンを置(お)いたまま出(で)かけて、母(はは)に怒(おこ)られた。	ⓐ かけの	ⓑ 得る

答案：01 ⓐ　02 ⓑ　03 ⓑ　04 ⓐ　05 ⓐ

39 ～がたい 難以…、不可…

接法　動詞ます形 + がたい

例句　彼はいつも怒ったような顔をしていて、近寄り**がたい**。

他總是露出一副彷彿在生氣的表情，讓人難以接近。

40 ～かねる 不能…、難以…

接法　動詞ます形 + かねる

例句　課長の意見ですが、私としては賛成し**かねます**。

我無法贊同課長的意見。

41 ～かねない 很可能…

接法　動詞ます形 + かねない

例句　彼女のあいまいな言い方は誤解を招き**かねない**。

她模稜兩可的說法有可能導致他人誤解。

42 ～そうもない / ～そうにない 不可能…

接法　動詞ます形 + そうもない/そうにない

例句　こんな給料では、20年働いても自分の家を買え**そうもない**。

這樣的薪水，就算工作 20 年也不太可能買間屬於自己的房子。

43 ～つつ 一邊…一邊…、儘管…

接法　動詞ます形 + つつ

例句　彼女はダイエットするといい**つつ**、運動は絶対しない。

雖然她說要節食減肥，卻絕對不運動。

44 ～つつある 正在…

接法　動詞ます形 + つつある

例句　手術が成功した後、おじいさんの病気は回復し**つつある**。

手術成功後，爺爺的病況持續在好轉中。

45 ～っこない 不可能…

接法 動詞ます形＋っこない

例句 一人で10人前を食べるなんて、できっこないよ。
一個人根本不可能吃下十人份的餐點。

46 ～次第 依…而定、立刻

接法 動詞ます形＋次第

例句 連絡が入り次第、すぐにお伝えします。
我一接到聯絡就馬上告訴您。

47 ～ようがない / ～ようもない 無法…

接法 動詞ます形＋ようがない/ようもない

例句 いくら考えてみても顧客を納得させようがない。
不管再怎麼想都無法獲得顧客的認可。

48 ～ざるを得ない 不得不…

接法 動詞ない形＋ざるを得ない

例句 論理的な彼の話を聞いて、私が間違っていたと認めざるを得なかった。
聽了他有邏輯的發言後，我不得不承認自己錯了。

複習試題 請選出適合填入括號內的文法。

01	いくら考えてみても顧客を納得させ（　）。	ⓐようにする	ⓑようがない
02	一人で10人前を食べるなんて、でき（　）よ。	ⓐつつある	ⓑっこない
03	彼女はダイエットするといい（　）、運動は絶対しない。	ⓐつつ	ⓑがたい
04	こんな給料では、20年働いても自分の家を買え（　）。	ⓐそうもない	ⓑざるを得ない
05	手術が成功した後、おじいさんの病気は回復し（　）。	ⓐかねる	ⓑつつある

答案：01 ⓑ 02 ⓑ 03 ⓐ 04 ⓐ 05 ⓑ

49 ～ないかぎり 除非…否則…

接法　動詞ない形＋ないかぎり

例句　努力し**ないかぎり**、志望大学には合格できない。

除非努力，否則無法考上志願的大學。

50 ～ないかな 多希望…、不知會不會…

接法　動詞ない形＋ないかな

例句　今年の誕生日にはお兄さんがカバンを買ってくれ**ないかな**。

今年生日不知道哥哥會不會買一個包包給我呢？

51 ～ないことには 如果不…

接法　動詞ない形＋ないことには

例句　自分で体験してみ**ないことには**何も身につかない。

如果不親自體驗過，就無法學到任何技能。

52 ～ないではいられない／～ずにはいられない 不得不…

接法　動詞ない形＋ないではいられない/ずにはいられない

例句　すごく寒くて、暖房をつけ**ないではいられなかった**。

實在太冷了，不得不開暖氣。

53 ～ないでもない 並非不…

接法　動詞ない形＋ないでもない

例句　気持ちは理解でき**ないでもない**が、さっきは君が悪かったと思う。

我並不是無法理解你的心情，但我認為剛剛是你錯了。

54 ～ないように 盡量不…

接法　動詞ない形＋ないように

例句　公共の場では人に迷惑をかけ**ないように**注意しなさい。

在公共場合請注意盡量不要造成他人困擾。

55 ～ずに 不…

接法　動詞ない形＋ずに

例句　医者は何も食べずに薬を飲んではいけないと言った。
醫生說吃藥前不能什麼都不吃。

56 ～も…ば …的話

接法　量詞＋も＋動詞假定形＋ば

例句　この本の厚さなら１日もあれば余裕で読み終える。
以這本書的厚度來看，只要一天就能輕鬆讀完了。

57 ～(よ)うとする 即將…

接法　動詞意志形＋とする

例句　寝ようとしたら友達が遊びに来て全然眠れなかった。
朋友在我正準備睡覺時過來玩，讓我完全睡不著。

58 ～(よ)うものなら 如果…的話

接法　動詞意志形＋ものなら

例句　また失敗をしようものなら、首になってしまうよ。
如果又失敗的話，會被開除喔。

複習試題 請選出適合填入括號內的文法。

01　また失敗をし（　　）、首になってしまうよ。　ⓐ ようがないと　ⓑ ようものなら

02　自分で体験してみ（　　）何も身につかない。　ⓐ ないことには　ⓑ ないでもない

03　寝（　　）友達が遊びに来て全然眠れなかった。　ⓐ ようとしないなら　ⓑ ようとしたら

04　今年の誕生日にはお兄さんがカバンを買ってくれ（　　）。　ⓐ ないかな　ⓑ ないではいられない

05　すごく寒くて、暖房をつけ（　　）。　ⓐ ずにはいられなかった　ⓑ ないでもなかった

答案：01 ⓑ　02 ⓐ　03 ⓑ　04 ⓐ　05 ⓐ

N2 必考文法

10 連接於名詞和動詞後方的文法

請選出適合填入下方括號內的文法。

年を取る(　　)、体が徐々に衰えてきた。

(　　)年紀增長，身體漸漸開始衰退。

1 において　在…方面
2 にあたって　在…情況下
3 にわたって　在…範圍內
4 にしたがって　隨著…

答案：4

學習目標

在「問題 7 語法形式的判斷」大題中，會採取上方出題形式，要求選出適合置於動詞變化形後方的文法。建議記下 N2 中經常出現的文法句型和例句。

01 ～以来 …以後、…以來

接法　1 名詞 + 以来　　2 動詞て形 + て以来

例句　1 事故**以来**、車に乗ることが怖くなってしまった。
自車禍以後，變得害怕搭車。
2 東京に来**て以来**、地元には一度も帰っていません。
到東京來之後，一次也沒有回去故鄉過。

02 ～うえで 1. 根據…／2. 在…時／3. 在…之後

接法　1 名詞の + うえで　　2 動詞辭書形 + うえで
3 動詞た形 + たうえで

例句　1 夫婦は同じ姓を使用することが法律の**うえで**決められている。
法律上規定夫妻需使用同樣姓氏。
2 学校生活を送る**うえで**友達と喧嘩しないことは重要である。
在學校生活中重要的是不要跟朋友吵架。
3 安全だと判断し**たうえで**許可を出しています。
判斷是安全的之後才給出許可。

03 ～おそれがある 有…危險、恐怕…

接法　1 名詞の + おそれがある　　2 動詞辭書形 + おそれがある

例句　1 そのビルは崩壊の**おそれがある**ので、ただいま立ち入り禁止です。
這棟大樓可能會崩塌，因此現在禁止進入。
2 売上の減少が続くと、倒産する**おそれがある**。
營業額持續減少的話，恐怕會倒閉。

04 ～がちだ 經常…、有…的傾向

接法　1 名詞＋がちだ　　2 動詞ます形＋がちだ

例句　1 幼い頃から野菜嫌いで偏食ばかりしているので便秘**がちだ**。
因為從小就不喜歡吃青菜、非常偏食，所以經常便秘。

2 ストレスを受けたときは辛いものを食べ**がちに**なる。
感受到壓力時會偏好吃辣的食物。

05 ～きり 1. 只有…／2. 一直…／3. 一…就再也沒…

接法　1 名詞＋きり　　2 動詞ます形＋きり
3 動詞た形＋たきり

例句　1 一度**きり**しかない人生、後悔はしたくありません。
僅有一次的人生，我不想要有後悔。

2 発表の準備を友達に任せ**きり**になって申し訳なく思う。
報告的準備總是交給朋友，覺得非常抱歉。

3 友達は、「着いたら連絡する」と言っ**たきり**、まだ連絡がない。
朋友說「到了之後聯絡你」之後，就沒有再聯絡我了。

複習試題 請選出適合填入括號內的文法。

01	売上の減少が続くと、倒産する（　）。	ⓐ ことにする	ⓑ おそれがある
02	東京に来て（　）、地元には一度も帰っていません。	ⓐ 以来	ⓑ きり
03	一度（　）しかない人生、後悔はしたくありません。	ⓐ きり	ⓑ さえ
04	安全だと判断した（　）許可を出しています。	ⓐ うえで	ⓑ かと思うと
05	ストレスを受けたときは辛いものを食べ（　）なる。	ⓐ つつ	ⓑ がちに

答案：01 ⓑ　02 ⓐ　03 ⓐ　04 ⓐ　05 ⓑ

06 ～ことになる 決定…、換言之…

接法　1 名詞という＋ことになる　　2 動詞辭書形＋ことになる

例句　1 今日も来ないとすると三日連続で欠席という**ことになります**ね。
如果今天也沒有來的話，就是連續三天缺席喔。

2 インフルエンザが流行していて始業日を延期する**ことになった**。
因為流行性感冒擴散，決定延後開學日。

07 ～最中 正在…、…中途

接法　1 名詞の＋最中　　2 動詞て形＋ている＋最中

例句　1 試験の**最中**に地震が起こって、急いで机の下に避難した。
考試中途發生地震，趕緊躲到桌子下避難。

2 社長が話している**最中**に携帯を見て怒られた。
因為在社長說話時看手機而被罵。

08 ～ついでに 順便…

接法　1 名詞の＋ついでに　　2 動詞辭書形＋ついでに
3 動詞た形＋たついでに

例句　1 アルバイトの**ついでに**ショッピングをして帰ってきた。
打工完順道去購物後才回家。

2 図書館に本を借りに行く**ついでに**、読み終わった本を返した。
去圖書館借書，順便歸還看完的書。

3 旅行先を決め**たついでに**ホテルの予約もその場で終わらせた。
決定旅行目的地的同時順便也當場預定好了旅館。

09 ～にあたって / ～にあたり 在…的情況下、在…的時候

接法　1 名詞＋にあたって/にあたり　　2 動詞辭書形＋にあたって/にあたり

例句　1 海外移住**にあたって**、ビザの取得などすべきことが山積みです。
要移居海外時，諸如取得簽證等應做的準備相當繁多。

2 事業を始める**にあたり**、皆さんにお願いがあります。
在創業之際，有件事想拜託各位。

10 ～にしたがって 按照…、隨著…

接法　1 名詞＋にしたがって　　2 動詞辭書形＋にしたがって

例句　1 コーチの指示**にしたがって**、チームのスケジュールを組む。
按照教練的指示排定隊伍的行程。

2. 社会が発展する**にしたがって**、社会問題も発生している。
隨著社會發展，社會問題也屢屢發生。

11 ～につれて 隨著…、伴隨…

接法　1 名詞＋につれて　　2 動詞辭書形＋につれて

例句　1 物価の上昇**につれて**、人々はより消費を控えるようになった。
隨著物價上漲，民眾的消費都變得更節制。

2 親子の対話は年齢が上がる**につれて**減少する傾向がある。
親子間的對話有隨著年齡增長而減少的傾向。

12 ～にともなって 隨著…、伴隨…

接法　1 名詞＋にともなって　　2 動詞辭書形＋にともなって

例句　1 地球温暖化**にともなって**、世界各地で火災が増えている。
隨著地球暖化，世界各地的火災都在增加。

2 オリンピックを開催する**にともなって**競技場を改修した。
隨著奧運的舉辦而重新整修了競技場。

複習試題 請選出適合填入括號內的文法。

01	試験の（　）に地震が起こって、急いで机の下に避難した。	ⓐ 最中	ⓑ ついで
02	図書館に本を借りに行く（　）、読み終わった本を返した。	ⓐ ついでに	ⓑ にしたがって
03	物価の上昇（　）、人々はより消費を控えるようになった。	ⓐ につれて	ⓑ において
04	地球温暖化（　）、世界各地で火災が増えている。	ⓐ にわたって	ⓑ にともなって
05	事業を始める（　）、皆さんにお願いがあります。	ⓐ につれて	ⓑ にあたり

答案：01 ⓐ　02 ⓐ　03 ⓐ　04 ⓑ　05 ⓑ

N2 必考文法

11 連接於多種詞性後方的文法

請選出適合填入下方括號內的文法。

彼のダンスは繊細（　　）情熱的で人をひきつけます。

他的舞蹈細膩（　　）充滿熱情，很吸引人。

1 なりに　2 というより　3 ながらも　4 どころか
與…相應的　與其…　卻…　哪裡…

答案：3

學習目標

建議注意各詞性後方適合連接的文法句型，並記下 N2 中經常出現的文法句型和例句。

※ 後方連接普通形時，包含名詞、な形容詞、い形容詞、動詞辭書形、ない形、た形、なかった形等變化。需要注意的是，名詞和な形容詞並非使用辭書形，需改成「名詞＋だ」和「な形容詞＋だ」。

01 ～うえに 而且…、加上…

接法
1 名詞の/である＋うえに
2 な形容詞語幹な/である＋うえに
3 い形容詞普通形＋うえに
4 動詞普通形＋うえに

例句
1 そのデータは誤りであるうえに測定方法も間違っていた。
這個數據有錯誤，而且量測方法也錯了。

2 彼はハンサムなうえに成績も優秀である。
他長得英俊，成績又很優秀。

3 低気圧のせいで頭が痛いうえに吐き気までする。
因為低氣壓的關係，除了頭痛外甚至還想吐。

4 ネットで調べたうえに、関連書籍も数冊読んでおきました。
除了用網路查之外，還讀了好幾本相關書籍。

02 ～うちに 在…之內、趁…的時候

接法
1 名詞の＋うちに
2 な形容詞語幹な＋うちに
3 い形容詞辭書形＋うちに
4 動詞辭書形/ない形ている＋うちに

例句
1 世界の平均気温が21世紀のうちに5度も上昇するそうだ。
聽說世界平均氣溫在 21 世紀之內上升了 5 度。

2 状況がこちらに有利なうちに少しでも多く得点を獲得しよう。
趁著狀況對我們有利時，盡可能多拿一些分數吧。

3 早いうちに問題を解決するためにみんなで意見を出しましょう。
為了盡早解決問題，大家一起提出意見吧。

4 普段からパスワードは忘れないうちにメモに書いています。
平常就會在還沒忘記密碼前，就把密碼寫在記事本上。

03 ～おかげで 幸虧…、多虧…、因為…

接法 1 名詞の＋おかげで　2 な形容詞語幹な/た形＋おかげで
3 い形容詞辭書形/た形＋おかげで　4 動詞た形＋おかげで

例句
1 不登校だった私は、いい先生の**おかげで**無事卒業できた。
過去逃學的我，多虧遇到了好老師才能順利畢業。
2 部屋が静かだった**おかげで**よい睡眠がとれて疲れが吹き飛んだ。
幸虧房間很安靜，我好好睡了一覺，疲勞一消而散。
3 校長の話が短かった**おかげで**早く集会が終わった。
因為校長的發言很短，集會很快就結束了。
4 虫歯を抜いた**おかげで**痛みがなくなり快適な生活を手に入れた。
因為拔掉了智齒，我不再疼痛，也擁有了更舒適的生活。

04 ～かぎり 盡量…、在…範圍內

接法 1 名詞の＋かぎり　2 な形容詞語幹な/である＋かぎり
3 い形容詞＋かぎり　4 動詞辭書形＋かぎり

例句
1 あの性格の**かぎり**秘密を隠しておくことはできなさそうだ。
以他的那種個性來看，好像無法隱瞞秘密。
2 実現可能である**かぎり**、私は夢を追いかけ続ける。
只要有可能實現，我就會持續追夢。
3 確実な証拠がない**かぎり**犯人として逮捕することは難しい。
在沒有確切證據的狀況下，很難將他視為犯人逮捕。
4 交通規制をする**かぎり**違反者の数は今後も増えないだろう。
只要確實執行交通規範，違規者的數量今後應該也不會增加吧。

複習試題 請選出適合填入括號內的文法。

		ⓐ	ⓑ
01	低気圧のせいで頭が痛い（　）吐き気までする。	ⓐついでに	ⓑうえに
02	実現可能である（　）、私は夢を追いかけ続ける。	ⓐきり	ⓑかぎり
03	不登校だった私は、いい先生の（　）無事卒業できた。	ⓐすえに	ⓑおかげで
04	世界の平均気温が21世紀の（　）5度も上昇するそうだ。	ⓐうちに	ⓑ最中

答案：01 ⓑ　02 ⓑ　03 ⓑ　04 ⓐ

05 ～かというと / ～かといえば 要說是不是…

接法 1 名詞(なの) + かというと/かといえば　2 な形容詞語幹 + かというと/かといえば
3 い形容詞普通形(の) + かというと/かといえば　4 動詞普通形 + かというと/かといえば

例句 1 深刻な悩みかというとそうでもないので、心配しないでください。
硬要說的話其實也不是很重大的煩惱，所以請不要擔心。

2 家事が得意かといえば正直得意な方ではありません。
要說我擅不擅長做家事，其實我並沒有很擅長。

3 暇だから見ているだけで面白いかといえば特別面白くはない。
只是因為閒著沒事才看的，要說有不有趣，其實也沒有特別有趣。

4 なんで約束に遅刻したかというと30分寝坊したからです。
要說我為什麼遲到，是因為我睡過頭 30 分鐘。

06 ～かどうか 是否…

接法 1 名詞 + かどうか　2 な形容詞語幹 + かどうか
3 い形容詞辭書形 + かどうか　4 動詞辭書形 + かどうか

例句 1 ここに落ちているハンカチが彼の物かどうか確認してくれる？
你可以幫我確定掉在這裡的手帕是不是他的嗎？

2 本気かどうかなんてその人の目を見ればすぐにわかります。
只要看那個人的眼睛，馬上就可以知道他是不是真心的。

3 結婚がいいかどうか実際にしてみるまで想像もできません。
結婚到底好不好，沒有實際試試看也無法想像。

4 明日、部長が会議に参加するかどうかご存じですか。
您知道明天部長是否會參加會議嗎？

07 ～かもしれない 也許…

接法 1 名詞 + かもしれない　2 な形容詞語幹 + かもしれない
3 い形容詞普通形 + かもしれない　4 動詞普通形 + かもしれない

例句 1 この状況では、これが唯一の解決法かもしれない。
在這個狀況下，這也許是唯一的解決辦法。

2 ウイルスは流行しており、事態は想像以上に深刻かもしれない。
病毒正在流行，事態可能比想像的更加嚴重。

3 自分は大丈夫だという思い込みは危ないかもしれない。
堅信自己沒問題的想法也許很危險。

4 まだ悩んではいますが、次の面接は受けるかもしれないです。
雖然我還在煩惱，不過我可能會參加下一次的面試。

08 ～からこそ 正是因為…

接法 1 名詞普通形 + からこそ　　2 な形容詞普通形 + からこそ
3 い形容詞普通形 + からこそ　　4 動詞普通形 + からこそ

例句
1 一生に一度のイベントだからこそ一番きれいな姿でいたい。
正因為是一生只有一次的事，才想要呈現最漂亮的姿態。
2 携帯電話は実用的だからこそ、世間一般に普及した。
正因為手機很實用，才會廣泛普及到全世界。
3 人柄が素晴らしいからこそ、大勢のファンに愛されている。
正因為他人品很好，才會受到大量粉絲愛戴。
4 国籍が違うからこそ、多様な考え方が可能なわけである。
正因為國籍不同，才有可能產生各式各樣的思維。

09 ～からといって 雖說…但是

接法 1 名詞普通形 + からといって　　2 な形容詞普通形 + からといって
3 い形容詞普通形 + からといって　　4 動詞普通形 + からといって

例句
1 祝日だからといって受験勉強をしない理由にはなりません。
雖然說是假日，也不能當作不準備考試的理由。
2 満員電車が嫌だからといって電車に乗らないわけにはいかない。
就算討厭人滿為患的電車，也不能不搭電車。
3 芸能人に詳しいからといって誰でも知っているわけではない。
雖說很瞭解有關藝人的事，但也不是誰的事都知道。
4 社員が増えたからといってすぐに業務の負担は減らない。
雖說員工人數增加了，但也無法馬上減輕工作負擔。

複習試題 請選出適合填入括號內的文法。

01	携帯電話は実用的だ（　　）、世間一般に普及した。	ⓐ かというと	ⓑ からこそ
02	明日、部長が会議に参加する（　　）ご存じですか。	ⓐ かどうか	ⓑ からといって
03	この状況では、これが唯一の解決法（　　）。	ⓐ かというと	ⓑ かもしれない
04	芸能人に詳しい（　　）誰でも知っているわけではない。	ⓐ からこそ	ⓑ からといって

答案：01 ⓑ 02 ⓐ 03 ⓑ 04 ⓑ

10 ～ことか 多麼…

接法　1 疑問詞＋な形容詞語幹な＋ことか　　2 疑問詞 ＋ い形容詞辭書形＋ことか
3 疑問詞＋動詞辭書形/た形＋ことか

例句　1 雲の隙間から見える月はなんときれいな**ことか**。
從雲隙間看見的明月，是多麼美麗啊。

2 あなたがそばにいてくれるだけでどれほど頼もしい**ことか**。
只要有你在身邊，我就會感到多麼地安心啊。

3 辛くて苦しいとき、この歌の歌詞に私は何度救われた**ことか**。
在艱辛痛苦的時候，這首歌的歌詞不知救了我多少次。

11 ～ことだし 因為…（陳述理由）

接法　1 名詞である＋ことだし　　2 な形容詞語幹な/である＋ことだし
3 い形容詞普通形＋ことだし　　4 動詞普通形＋ことだし

例句　1 いい天気である**ことだし**、お弁当を持ってピクニックに行こう。
天氣這麼好，我們帶便當去野餐吧。

2 怪我の回復も順調な**ことだし**、今日は訓練に参加しようかな。
受的傷在順利復原中，今天要不要參加訓練呢？

3 肌寒い**ことだし**風邪を引かないように今日は暖房を入れませんか。
天氣很冷，為了避免感冒，今天要不要開暖氣呢？

4 試験も終わった**ことだし**よかったらみんなでカラオケでもどう?
考試也結束了，如果方便的話大家要不要一起去唱卡拉 OK？

12 ～すぎず 不過度…

接法　1 名詞＋すぎず　　2 な形容詞語幹＋すぎず
3 い形容詞語幹＋すぎず　　4 動詞ます形＋すぎず

例句　1 慎重**すぎず**、時には大胆になってみることも大切だ。
不要太慎重，偶爾試著大膽一點也是很重要的。

2 単調**すぎず**適度に刺激のある毎日を過ごしたいと思う。
想要過不會太單調，有適度刺激的日子。

3 大き**すぎず**ちょうどいい大きさの加湿器を探しているところだ。
我正在找不會太大，大小適中的加濕器。

4 油断し**すぎず**緊張感を持って本番のテストに挑もう。
不要太大意，帶著緊張感面對正式的考試吧。

13 ～せいか 也許是因為…

接法　1 名詞の＋せいか　　2 な形容詞語幹な＋せいか
　　　3 い形容詞普通形＋せいか　　4 動詞普通形＋せいか

例句　1 熱の**せいか**頭が回らなくて思ったように宿題が進まない。
　　　也許是因為發燒，腦袋無法運轉，作業的進度不如預期。

2 夕食が豪華な**せいか**普段よりもたくさん食べてしまった。
可能因為晚餐很豪華，不小心吃得比平常還多。

3 教室が薄暗い**せいか**、いつもと雰囲気が違って怖い。
不知道是不是因為教室昏暗，與平常的氣氛不同，令人感到害怕。

4 壁の色を変えた**せいか**、部屋が明るくなった気がする。
不知是否因為換了牆壁顏色，感覺房間變明亮了。

14 ～だけでなく 不只…、不僅…

接法　1 名詞＋だけでなく　　2 な形容詞語幹な/である＋だけでなく
　　　3 い形容詞普通形＋だけでなく　　4 動詞普通形＋だけでなく

例句　1 このレストランは味**だけでなく**サービスも一流である。
　　　這間餐廳不僅美味，服務也是一流的。

2 最新のイヤホンは小型な**だけでなく**高品質なところがポイントだ。
最新的耳機除了小之外，高品質也是一大特點。

3 歴史の教科書は厚い**だけでなく**重くて持ち運びが大変だ。
歷史教科書不只很厚，還很重又難以攜帶。

4 見る**だけでなく**実際に体験してみたほうが理解が深まる。
除了用看的之外，實際體驗看看才能深入理解。

複習試題 請選出適合填入括號內的文法。

01	熱の（　）頭が回らなくて思ったように宿題が進まない。	ⓐ せいか	ⓑ おかげで
02	単調（　）適度に刺激のある毎日を過ごしたいと思う。	ⓐ すぎず	ⓑ かどうか
03	雲の隙間から見える月はなんときれいな（　）。	ⓐ ことだし	ⓑ ことか
04	試験も終わった（　）、よかったらみんなでカラオケでもどう？	ⓐ だけでなく	ⓑ ことだし

答案：01 ⓐ　02 ⓐ　03 ⓑ　04 ⓑ

15 ～だけに 正因為是…

接法 1 名詞な/である + だけに　　2 な形容詞語幹な/である + だけに
3 い形容詞普通形 + だけに　　4 動詞普通形 + だけに

例句 1 成人式の会場が地元であるだけにたくさん知り合いに会えた。
因為成年禮的會場在故鄉，所以才能見到很多認識的人。

2 娘が一生懸命なだけに私もできる限りのサポートをするつもりだ。
正因為女兒非常努力，我也打算盡可能地支持她。

3 道が狭いだけに車で通るときは注意して運転しなければいけない。
正因為道路很狹窄，開車經過時必須小心。

4 私が気を使ってあげただけに、責任をもって働いてほしい。
正因為我有照顧你，所以希望你負起責任好好工作。

16 ～だけのことはある 不愧是…

接法 1 名詞な + だけのことはある　　2 な形容詞語幹な + だけのことはある
3 い形容詞普通形 + だけのことはある　　4 動詞普通形 + だけのことはある

例句 1 あの人は表現力が豊かだ。さすが小説家なだけのことはある。
那個人有豐富的表現力，真不愧是小說家。

2 夫は何の臭いでも当てる。臭いに敏感なだけのことはある。
我先生不管什麼味道都聞得出來。真不愧是對氣味敏感的人。

3 ここのおかずはいつも売り切れる。他より安いだけのことはある。
這裡的小菜總是會賣完，真不愧是比別的地方便宜的店。

4 彼女の通訳を見ると、留学しただけのことはある。
看了她的口譯表現後，覺得她真的沒白留學一趟。

17 ～てしょうがない …得不得了

接法 1 な形容詞て形 + てしょうがない　　2 い形容詞て形 + てしょうがない
3 動詞て形 + てしょうがない

例句 1 手続きに必要な書類が複雑すぎて厄介でしょうがない。
辦手續所需的文件實在太複雜了，麻煩得不得了。

2 おばあさんが亡くなったことが悲しくてしょうがない。
奶奶過世讓我非常傷心。

3 テレビ番組のクイズの正解が気になってしょうがない。
我對電視節目上問題的解答非常好奇。

18 ～てたまらない …得不得了

接法 1 な形容詞て形 + てたまらない　　2 い形容詞て形 + てたまらない
3 動詞て形 + てたまらない

例句 1 来月行われる大会の予選のことを考えると不安でたまらない。
一想到下個月要舉辦的大會預選，就讓我緊張得不得了。

2 私の手をぎゅっと握る赤ちゃんがかわいくてたまらない。
緊抓著我的手的嬰兒，真的可愛得讓人受不了。

3 人の悪口ばかり言う彼を見ていると、腹が立ってたまらない。
看見總愛說別人壞話的他，就讓我生氣得不得了。

19 ～てならない …得不得了

接法 1 な形容詞て形 + てならない　　2 い形容詞て形 + てならない
3 動詞て形 + てならない

例句 1 息子がちゃんと一人暮らしできるかどうか心配でならない。
我非常擔心兒子是否能夠獨自生活。

2 大学のサークル勧誘があまりにもしつこくてならない。
大學中的社團的邀請也太過煩人了。

3 うちの犬は注射が苦手で、動物病院に行くのを嫌がってならない。
我家的狗不喜歡打針，因此極度討厭去動物醫院。

複習試題 請選出適合填入括號內的文法。

01	私の手をぎゅっと握る赤ちゃんがかわいく（　　）。	ⓐ てたまらない	ⓑ たまらない
02	息子がちゃんと一人暮らしできるかどうか心配（　　）。	ⓐ ならない	ⓑ でならない
03	手続きに必要な書類が複雑すぎて厄介（　　）。	ⓐ だしょうがない	ⓑ でしょうがない
04	ここのおかずはいつも売り切れる。他より安い（　　）。	ⓐ だけのことはある	ⓑ だけに

答案：01 ⓐ　02 ⓑ　03 ⓑ　04 ⓐ

20 ～というから 因為說…所以…

接法 1 名詞普通形/名詞＋というから　2 な形容詞普通形/語幹＋というから
3 い形容詞普通形＋というから　4 動詞普通形＋というから

例句 1 何事も初めが肝心**というから**、さっそく元旦に新年の計画を立てた。
有句話說凡事開頭都是最重要的，所以立刻在元旦就訂好了新年計畫。

2 彼女は甘いものが好きだ**というから**、ケーキを作ってプロポーズした。
她說她喜歡吃甜食，所以做了蛋糕求婚。

3 お弁当だけでは物足りない**というから**おにぎりも持たせせた。
因為他說只有便當感覺有點不夠，所以還讓他帶了飯糰。

4 いつかは機会が訪れる**というから**気長に待つことにしました。
有句話說機會總有一天會到來，所以決定耐心等待。

21 ～というのは 所謂…／是因為／表示主題

接法 1 名詞＋というのは　2 な形容詞普通形/語幹＋というのは
3 い形容詞普通形＋というのは　4 動詞普通形＋というのは

例句 1 パソコン**というのは**パーソナルコンピューターのことである。
所謂的桌電指的是個人電腦。

2 彼がたいくつだった**というのは**その表情からすぐにわかりました。
我之所以說他很無聊，是因為從他的表情就看得出來了。

3 騒がしい**というのは**まさにあの人のことを指す言葉だ。
所謂吵鬧，正是適合用來形容那個人的詞彙。

4 自分の過ちを認める**というのは**そう簡単にできることではない。
要承認自己的過錯並不是那麼簡單的事。

22 ～というものだ 也就是…（描述對事物本質的評價）

接法 1 名詞＋というものだ　2 な形容詞語幹＋というものだ
3 い形容詞普通形＋というものだ　4 動詞普通形＋というものだ

例句 1 何があっても子供を一番に考えるのが親**というものだ**。
所謂的父母，就是不管發生什麼事都以孩子為最優先的人。

2 困っている人がいれば助けるのが人として当たり前**というものだ**。
身而為人，遇到有困難的人給予幫助是理所當然的事。

3 気持ちを正直に話すことは大人でも難しい**というものだ**。
直率地表達情緒對大人而言也是很難的事。

4 経験したことも時間が経てばやがては忘れる**というものだ**。
過去經歷過的事最終也會隨著時間流逝而忘卻。

23 ～というように 就像…一樣

接法　1 名詞普通形/名詞 + というように　2 な形容詞普通形/語幹 + というように
3 い形容詞普通形 + というように　4 動詞普通形 + というように

例句　1 一つ仕上げるのに5時間**というように**時間を定めて仕事をしている。
我在工作時會訂好時間，例如完成一個工作要花5小時。
2 友達は何かが心配だ**というように**ため息ばかりついている。
朋友彷彿在擔心什麼一般，不斷地嘆氣。
3 女の子は嬉しい**というように**にっこりと微笑んでいた。
女孩微笑著，彷彿很欣喜一般。
4 部下は納得いかない**というように**不満そうな表情をしていた。
部下彷彿無法接受一般露出了看似不滿的表情。

24 ～というより 與其…還不如

接法　1 名詞普通形/名詞 + というより　2 な形容詞普通形/語幹 + というより
3 い形容詞普通形 + というより　4 動詞普通形 + というより

例句　1 彼の人生話を聞いて、共感**というより**憧れを抱いた。
聽了他的人生故事，比起有同感，不如說讓人嚮往。
2 文字を読むのが面倒だ**というより**興味がないので本は読まない。
與其說讀文字很麻煩，不如說沒興趣，所以我不看書。
3 この味噌汁は塩辛い**というより**むしろ水っぽい。
比起很鹹，不如說這個味噌湯簡直像水一樣。
4 先週の議会は話し合う**というより**もはや喧嘩に近かった。
上禮拜的議會比起對談恐怕更接近吵架。

複習試題 請選出適合填入括號內的文法。

01	パソコン（　）パーソナルコンピューターのことである。	ⓐ というのは	ⓑ というように
02	気持ちを正直に話すことは大人でも難しい（　）。	ⓐ というものだ	ⓑ ことになる
03	友達は何かが心配だ（　）ため息ばかりついている。	ⓐ というより	ⓑ というように
04	いつかは機会が訪れる（　）気長に待つことにしました。	ⓐ というから	ⓑ というのは

答案：01 ⓐ　02 ⓐ　03 ⓑ　04 ⓐ

25 **～というわけだ** 就是說…（表示結論）／因為…（理由）

接法　1 名詞普通形/名詞 + というわけだ　　2 な形容詞普通形/語幹 + というわけだ
　　　3 い形容詞普通形 + というわけだ　　4 動詞普通形 + というわけだ

例句　1 その単語がなぞを解くキーワードだ**というわけだ**。
　　　這個單字就是解開謎題的關鍵字。
　　　2 首相が大阪を訪問中だから警備が厳重だ**というわけだ**。
　　　因為首相正在拜訪大阪，所以警備森嚴。
　　　3 この品質とサービスから見ると安い**というわけだ**。
　　　從這個品質及服務來看很便宜。
　　　4 実家が近いから他支店に転勤を希望していた**というわけだ**。
　　　因為離老家近，所以希望能調職到其他的分店。

26 **～どころか** 哪裡…反而…（正相反的狀況）

接法　1 名詞 + どころか　　2 な形容詞語幹な + どころか
　　　3 い形容詞辭書形 + どころか　　4 動詞辭書形 + どころか

例句　1 私はゲームの操作**どころか**電源のつけ方すら分からない。
　　　別說是遊戲操作了，我連怎麼開電源都不知道。
　　　2 あの日の記憶は曖昧な**どころか**何ひとつ覚えていません。
　　　與其說那天的記憶模糊不清，不如說我什麼都不記得。
　　　3 彼は足が遅い**どころか**、学年で一番速いことで有名です。
　　　他哪有跑很慢，他因為是全年級跑最快的人所以很有名。
　　　4 彼は手伝う**どころか**、妨害しようとだけしている。
　　　他根本沒有幫忙，只有試著要妨礙我。

27 **～としたら** 要是…、如果…

接法　1 名詞普通形/名詞 + としたら　　2 な形容詞普通形 + としたら
　　　3 い形容詞普通形 + としたら　　4 動詞普通形 + としたら

例句　1 もしこの気持ちが恋だ**としたら**、どきどきするのも説明がつく。
　　　如果這樣的情感就是愛情，就能夠解釋為何心跳加速了。
　　　2 この犬が利口だ**としたら**、飼い主が倒れたら助けを呼ぶだろう。
　　　如果這隻狗很聰明的話，主人倒下的時候應該也會找人求助吧。
　　　3 その仮説が正しい**としたら**、日本の経済は今後さらに低迷する。
　　　如果這個假說是正確的，日本的經濟未來還會更低迷。
　　　4 一年に20パーセントずつ成長する**としたら**、5年で2倍になる。
　　　如果一年成長百分之二十的話，五年就會成長兩倍。

28 ～とする 如果…、假如…

接法　1 名詞普通形/名詞＋とする　2 な形容詞普通形＋とする
3 い形容詞普通形＋とする　4 動詞普通形＋とする

例句
1 財布を落としたのが駅だ**として**駅に届いているかはわからない。
如果你是在車站掉錢包的，不知道會不會送到車站去。

2 その記事が本当だ**とする**と人類はもうすぐ月に行けるようになる。
如果這篇報導是真的，人類馬上就能去月球了。

3 目的地までの道のりが遠い**とする**と、ここで一度休んでおくべきだ。
如果到目的地還有很遠的一段路，那就應該在這裡先休息一下。

4 息子のお小遣いを増やす**とする**と、家計を見直す必要がある。
如果要提高兒子的零用錢，就需要重新檢視家計支出。

29 ～とは言うものの 雖然…可是…

接法　1 名詞普通形/名詞＋とは言うものの　2 な形容詞語幹/普通形＋とは言うものの
3 い形容詞普通形＋とは言うものの　4 動詞普通形＋とは言うものの

例句
1 週末**とは言うものの**、仕事がたくさんあって休めなかった。
雖說是週末，但因為有很多工作沒辦法休息。

2 気の毒**とは言うものの**、誰もその青年に手を差し伸べはしない。
雖然很可憐，不過沒有人對那位青年伸出援手。

3 怖い**とは言うものの**、同時に興味があるというのも事実だ。
雖然恐怖，不過我確實也同時感興趣。

4 予算を増やす**とは言うものの**、どこから資金を補うかは不明だ。
雖然要增加預算，不過不知道要從哪裡補上資金。

複習試題 請選出適合填入括號內的文法。

01 財布を落としたのが駅だ（　　）駅に届いているかはわからない。　ⓐというのは　ⓑとして

02 一年に20パーセントずつ成長する（　　）5年で2倍になる。　ⓐどころか　ⓑとしたら

03 気の毒（　　）、誰もその青年に手を差し伸べはしない。　ⓐとは言うものの　ⓑとして

04 彼は足が遅い（　　）、学年で一番速いことで有名です。　ⓐどころか　ⓑなりに

答案：01 ⓑ　02 ⓑ　03 ⓐ　04 ⓐ

30 ～とは限らない 不見得、未必

接法 1 名詞普通形/名詞 + とは限らない　2 な形容詞普通形/語幹 + とは限らない
3 い形容詞普通形 + とは限らない　4 動詞普通形 + とは限らない

例句 1 誰も進まない道だとしても、それが間違いだ**とは限らない**。
就算是沒有人走過的路，也不見得就是錯誤的。

2 国民の総所得が高いからといって全国民が豊かだ**とは限らない**。
就算國民的總收入高也不代表全體國民都過得很富足。

3 一人でいることが必ずしも寂しい**とは限らない**。
一個人也不一定就會寂寞。

4 医者とは言え、すべての病気が分かる**とは限らない**。
就算是醫師也不見得知道所有的疾病。

31 ～ながらも 雖然…、但是…

接法 1 名詞 + ながらも　2 な形容詞語幹 + ながらも
3 い形容詞辭書形 + ながらも　4 動詞ます形 + ながらも

例句 1 私の宿題**ながらも**、友人がほとんどの問題を解いてくれた。
雖然這是我的作業，不過朋友幾乎幫我解開了所有問題。

2 不器用**ながらも**心の優しい兄は私の自慢です。
雖然笨拙但內心善良的哥哥是我的驕傲。

3 苦しい**ながらも**1キロを泳ぎきったことは彼の自信になった。
雖然痛苦，成功游完一公里讓他有了自信。

4 あのサッカー選手は怪我し**ながらも**最後まで走った。
那個足球員雖然受傷還是跑到了最後。

32 ～なければいけない / ～なければならない 必須…

接法 1 名詞ない形 + なければいけない/なければならない
2 な形容詞ない形 + なければいけない/なければならない
3 い形容詞ない形 + なければいけない/なければならない
4 動詞ない形 + なければいけない/なければならない

例句 1 気持ちを伝えるにはメールじゃなく手紙で**なければいけない**。
要表達情感的話一定要用手寫信而非電子郵件。

2 教師になりたければ教育に対して熱心じゃ**なければいけない**。
如果想成為老師，就必須對教育抱有熱情。

3 地元で一番の進学校に行くためには賢く**なければならない**。
必須要很聰明才能進入當地第一的升學學校。

4 どうにかしてみんなで彼女を慰める方法を考え**なければならない**。
大家不論如何都必須想個安慰她的方法

33 ～なりに 與…相應的、合適的

接法
1 名詞 + なりに
2 な形容詞語幹 + なりに
3 い形容詞普通形 + なりに
4 動詞普通形 + なりに

例句
1 結果はついてこなかったけど、彼**なりに**頑張ったと思う。
雖然沒得到應有的結果，但他還是以他的方式努力過了。
2 テニスは下手だが下手**なりに**人一倍練習を積み重ねてきた。
即使不擅長網球，還是累積了比他人多一倍的練習量。
3 所得が低い**なりに**節約をしながら生活をしている。
因為收入低，所以過著相應的節儉生活。
4 検定試験を受けるなら受ける**なりに**対策をしないといけない。
如果要考檢定考試，就要做好相應的準備。

34 ～に決まっている 一定…

接法
1 名詞 + に決まっている
2 な形容詞語幹 + に決まっている
3 い形容詞普通形 + に決まっている
4 動詞普通形 + に決まっている

例句
1 初めての給料で買うものといえば、両親へのプレゼント**に決まっている**。
要說用第一份薪水買什麼，一定是買要送父母的禮物。
2 昨夜から何も口にしていないのだからぺこぺこ**に決まっている**。
從昨天晚上到現在什麼都沒吃，一定餓扁了。
3 10キロもあるお米を持っているんだから重い**に決まっている**。
扛著十公斤的米絕對很重。
4 夫は動物が大嫌いで、犬を飼いたいと言ったら反対する**に決まっている**。
我先生非常討厭動物，所以如果說想養狗，他一定會反對。

複習試題 請選出適合填入括號內的文法。

01 所得が低い（　）節約をしながら生活をしている。 ⓐ なりに ⓑ としたら

02 不器用（　）心の優しい兄は私の自慢です。 ⓐ ながらも ⓑ なければいけない

03 誰も進まない道だとしても、それが間違いだ（　）。 ⓐ とする ⓑ とは限らない

04 どうにかしてみんなで彼女を慰める方法を考え（　）。 ⓐ なければならない ⓑ だけのことはある

答案：01 ⓐ 02 ⓐ 03 ⓑ 04 ⓐ

35 ～に越したことはない 莫過於…、最好是…

接法 1 名詞普通形 + に越したことはない　2 な形容詞語幹である + の + に越したことはない
3 い形容詞辭書形 + に越したことはない　4 動詞普通形 + に越したことはない

例句 1 絶対ではないが、依頼するのが専門家である**に越したことはない**。
雖然並非絕對，不過最好去委託專家。

2 手術後の経過が順調であるの**に越したことはない**。
手術後的狀況順利是再好不過的。

3 参考資料が足りないのは困るが、多い**に越したことはない**。
參考資料不足會讓人煩惱，當然是越多越好。

4 健康になるためには運動する**に越したことはない**。
要變健康的話沒有比運動更好的選項了。

36 ～にしては 就…來說

接法 1 名詞 + にしては　2 な形容詞語幹/普通形 + にしては
3 動詞普通形 + にしては

例句 1 アメリカ人**にしては**日本語の発音がいい。
他的日語發音以美國人來說算很好。

2 でたらめ**にしては**あまりにも話に真実味があるように思う。
以瞎扯的話來說，我覺得其內容好像太真實了。

3 遅くまでコーヒーを飲んでいた**にしては**すぐに眠りにつけた。
那天到很晚還在喝咖啡，算很快就睡著了。

37 ～にしても 即使…也…

接法 1 名詞 + にしても　2 な形容詞語幹 + にしても
3 い形容詞普通形 + にしても　4 動詞普通形 + にしても

例句 1 彼**にしても**こんなに難しいとは思わなかったはずだ。
就算是他，應該也沒想到會這麼難。

2 いくらかばんが邪魔**にしても**、手ぶらで行くわけにはいかない。
就算包包再怎麼礙事，也絕不能空著手去。

3 眠いのは仕方ない**にしても**やるべきことは先に終わらせないと。
即使無法控制睡意，也應該先完成該做的事才行。

4 仮にデータが消えてしまっていた**にしても**、保存してあるので問題ありません。
就算資料不見了，因為有先存檔，所以沒問題。

38 ～にすぎない 只是…、不過是…

接法　1 名詞＋にすぎない　2 な形容詞語幹である＋にすぎない
3 い形容詞普通形＋にすぎない　4 動詞普通形＋にすぎない

例句
1 19世紀に10億**にすぎなかった**人口は今や60億を超えた。
在 19 世紀時僅有 10 億人口，現在已經超過 60 億了。

2 信号無視による事故でないことのみが明らかである**にすぎない**。
只能明確判斷並非無視交通號誌造成的車禍。

3 実力不足というより、ただ相手が私たちより上手かった**にすぎない**。
比起實力不足，只能說對方比我們更擅長而已。

4 企業の戦略の一環として、一部人員を削減した**にすぎない**。
不過是作為公司策略的一環，削減部分人員罷了。

39 ～にせよ / ～にもせよ 即使…

接法　1 名詞＋にせよ/にもせよ　2 な形容詞語幹＋にせよ/にもせよ
3 い形容詞普通形＋にせよ/にもせよ　4 動詞普通形＋にせよ/にもせよ

例句
1 たとえ嘘**にせよ**、人を傷つけるような発言は控えるべきだ。
即使是謊話，也應該避免做出會傷人的發言。

2 どれほど心配**にせよ**、われわれにできることは残されていません。
即使再怎麼擔心，也沒有我們能做的事了。

3 どれほど若々しい**にせよ**、実際の年齢をあざむくことはできない。
即使看起來再怎麼年輕，也無法謊報實際年齡。

4 手術は終わった**にせよ**、しばらく安静が必要です。
即使手術結束了，暫時還是需要靜養。

複習試題 請選出適合填入括號內的文法。

01 信号無視による事故でないことのみが明らかである（　　）。　ⓐ にすぎない　ⓑ でしょうがない

02 彼（　　）こんなに難しいとは思わなかったはずだ。　ⓐ として　ⓑ にしても

03 手術は終わった（　　）、しばらく安静が必要です。　ⓐ せいか　ⓑ にせよ

04 参考資料が足りないのは困るが、多い（　　）。　ⓐ に越したことはない　ⓑ だけのことはある

答案：01 ⓐ　02 ⓑ　03 ⓑ　04 ⓐ

40 ～にちがいない 一定是…

接法　1 名詞＋にちがいない　2 な形容詞語幹＋にちがいない
3 い形容詞普通形＋にちがいない　4 動詞普通形＋にちがいない

例句　1 あの人は筋肉がすごい。きっと運動選手**にちがいない**。
那個人肌肉很結實。絕對是運動選手沒錯。

2 臭いも受け付けないのをみると、彼女は納豆が苦手**にちがいない**。
看她連味道都無法忍受，絕對討厭吃納豆。

3 あの人はいつも何かを心配しているので、用心深い**にちがいない**。
那個人總是在擔心東擔心西，一定是個小心謹慎的人。

4 上司は朝から顔色が悪かったから、早退する**にちがいない**。
上司從早上開始臉色就不太好，一定是早退了。

41 ～にとどまらず 不僅…、不限於…

接法　1 名詞＋にとどまらず　2 な形容詞語幹 な/である＋だけ＋にとどまらず
3 い形容詞＋だけ＋にとどまらず　4 動詞普通形＋にとどまらず

例句　1 火事の被害は火元の１階**にとどまらず**、建物全体に及んでいる。
火災受災處不僅止於一樓的起火點，整棟建築物都受到波及了

2 情報源が不確かなだけ**にとどまらず**、真実かどうかすらも不明だ。
不只不確定情報來源，連其真實性也不明。

3 後輩はそそっかしいだけ**にとどまらず**、やかましいところもある。
後輩不只很冒失，也有吵雜的一面。

4 問題点を追求する**にとどまらず**、解決へと導く姿勢が必要だ。
不僅要追求問題點，能導出解決問題的方向的心態也很重要。

42 ～にもかかわらず 雖然…但是…

接法　1 名詞＋にもかかわらず　2 な形容詞語幹＋にもかかわらず
3 い形容詞普通形＋にもかかわらず　4 動詞普通形＋にもかかわらず

例句　1 多数の反対**にもかかわらず**、法案は通過してしまった。
即使受到許多反對，法案還是通過了。

2 定期券はまだ有効**にもかかわらず**、改札を通れなかった。
雖然定期票還在有效期限內，卻過不了驗票口。

3 締め切り間近で忙しい**にもかかわらず**余裕そうに見える。
雖然截止期限快到了而很忙碌，但看起來卻還是不慌不忙的樣子。

4 独特な髪色で目立っている**にもかかわらず**一切気に留めない。
雖然特殊的髮色很顯眼，不過他卻根本都不在乎。

43 ～のみならず 不僅…也…

接法 1 名詞＋のみならず　2 な形容詞語幹(である)＋のみならず
3 い形容詞辭書形＋のみならず　4 動詞辭書形＋のみならず

例句
1 コンサート会場**のみならず**周辺までもファンで覆いつくされた。
不僅是演唱會場館，連周邊也滿是粉絲。
2 実用的**のみならず**経済的な製品は主婦に好まれる傾向がある。
不只要實用還要經濟實惠，這樣的商品多半很受主婦喜愛。
3 その大学は入試が難しい**のみならず**学費が高いことで有名だ。
這間大學不僅以入學考試很難聞名，連學費也是有名的貴。
4 犯人を取り逃がす**のみならず**、証拠資料も紛失してしまった。
不僅沒抓到犯人，連證據資料也弄丟了。

44 ～ばかりに 就因為…

接法 1 名詞である＋ばかりに　2 な形容詞語幹な/である＋ばかりに
3 い形容詞辭書形＋ばかりに　4 動詞た形＋ばかりに

例句
1 想像以上に快適な入院生活である**ばかりに**退院する気がなくなった。
因為住院生活比想像中還要舒適，讓人都不想出院了。
2 便利な**ばかりに**現代人はスマートフォンに依存しがちである。
因為手機很方便，現代人容易過度依賴手機。
3 彼は言葉が足りない**ばかりに**人に誤解されやすい。
他話說得不夠完整，因此容易遭人誤解。
4 彼を信じてしまった**ばかりに**裏切られて悲しい思いをした。
因為相信了他，所以被背叛時心中很難過。

複習試題 請選出適合填入括號內的文法。

01 締め切り間近で忙しい（　）余裕そうに見える。。
ⓐ にとどまらず
ⓑ にもかかわらず

02 想像以上に快適な入院生活である（　）退院する気がなくなった。
ⓐ ばかりに　ⓑ のみならず

03 上司は朝から顔色が悪かったから、早退する（　）。
ⓐ なければいけない
ⓑ にちがいない

04 情報源が不確かなだけ（　）、真実かどうかすらも不明だ。
ⓐ にとどまらず
ⓑ に決まっている

答案：01 ⓑ 02 ⓐ 03 ⓑ 04 ⓐ

45 ～はずだ 應該…

接法　1 名詞の/である＋はずだ　　2 な形容詞語幹な/である＋はずだ
　　　3 い形容詞普通形＋はずだ　　4 動詞普通形＋はずだ

例句　1 あんなにしっかりした性格だから、彼はきっと長男の**はずだ**。
　　　他的性格那麼可靠，應該是長子。

　　　2 ご褒美があるとすればもっと一生懸命な**はずだ**。
　　　如果能得到獎賞的話，應該能更加賣力。

　　　3 もし排水溝に生ごみが溜まっていたらたぶん生臭い**はずだ**。
　　　如果排水溝裡積有廚餘，應該會有腥臭味。

　　　4 彼は意地でもその株式を売ろうとはしない**はずだ**。
　　　無論發生什麼事，他應該都不會想賣掉那個股票。

46 ～はずがない / ～はずもない 不可能…

接法　1 名詞の/である＋はずがない/はずもない　　2 な形容詞語幹な/である＋はずがない/はずもない
　　　3 い形容詞普通形＋はずがない/はずもない　　4 動詞普通形＋はずがない/はずもない

例句　1 昼間から遊んでいるところからして彼が会社員の**はずがない**。
　　　看他從大白天就在玩樂，不可能會是上班族。

　　　2 いつも部屋が汚いのをみると親友は片づけが得意な**はずがない**。
　　　朋友的房間總是很髒亂，看起來他應該不太擅長整理。

　　　3 焼いてから１日経ってしまったおもちが柔らかい**はずもない**。
　　　烤好之後放了一天的年糕不可能很柔軟。

　　　4 まじめな山田さんにそんなことができる**はずもない**。
　　　個性認真的山田不可能會做那種事。

47 ～ままで 就那樣…、保持原樣

接法　1 名詞の＋ままで　　2 な形容詞語幹な＋ままで
　　　3 い形容詞辭書形＋ままで　　4 動詞た形＋ままで

例句　1 大人になんかならずに、いつまでも子供の**ままで**いたいと願う。
　　　我希望不要成為大人，一直當個小孩。

　　　2 公衆トイレを常に清潔な**ままで**保つのは容易ではありません。
　　　要維持公共廁所的整潔不是一件容易的事。

　　　3 あの子は昔から可愛い**ままで**何ひとつ変わっていない。
　　　她從以前就很可愛，一點也沒變。

　　　4 クーラーをつけた**ままで**出かけて、お母さんに怒られた。
　　　我把冷氣開著就出門，被媽媽罵了。

48 ～もかまわず 不顧…

接法 1 名詞＋もかまわず　2 な形容詞語幹な/である＋の＋もかまわず
3 い形容詞普通形＋の＋もかまわず　4 動詞普通形＋の＋もかまわず

例句
1 お母さんは人目**もかまわず**、スーパーで子供をしかっている。
那位母親不顧旁人眼光，在超市斥責小孩。
2 若者は親が反対なの**もかまわず**アメリカへの留学を決めた。
年輕人不顧父母的反對，決定去美國留學。
3 周りがうるさいの**もかまわず**必死に試験範囲を復習していた。
即使周遭都很吵雜，還是努力地複習考試範圍。
4 服に汚れがつくの**もかまわず**、一生懸命に掃除を手伝っている。
不顧衣服都沾上了髒汙，盡力幫忙打掃。

49 ～ものだ 就是…、本來就是…

接法 1 な形容詞語幹な＋ものだ　2 い形容詞辭書形＋ものだ
3 動詞辭書形＋ものだ

例句
1 人の記憶というものは時間とともに変化するので不確かな**ものだ**。
人的記憶本來就會隨著時間產生變化因此不可靠。
2 失敗したとしても前向きに頑張る人の姿はかっこいい**ものだ**。
就算失敗也積極努力，這樣的人看起來就是非常帥氣。
3 人は成長にともなって徐々に性格が変わる**ものだ**。
人的性格本來就會隨著成長而逐漸改變。

複習試題 請選出適合填入括號內的文法。

01 まじめな山田さんにそんなことができる（　）。　ⓐ はずもない　ⓑ にすぎない
02 クーラーをつけた（　）出かけて、お母さんに怒られた。　ⓐ ままで　ⓑ かぎり
03 人の記憶というものは時間とともに変化するので不確かな（　）。　ⓐ ことか　ⓑ ものだ
04 お母さんは人目（　）、スーパーで子供をしかっている。　ⓐ もかまわず　ⓑ のみならず

答案：01 ⓐ　02 ⓐ　03 ⓑ　04 ⓐ

50 ～ものがある 有…之處、有…的一面

接法　1 な形容詞語幹な＋ものがある　2 い形容詞辭書形＋ものがある
3 動詞辭書形＋ものがある

例句　1 あれほど努力していたのに不合格なのはかわいそうな**ものがある**。
明明那麼努力了卻還是沒通過，確實有其可憐之處。

2 この寒い中、一時間も外で待たされるのは辛い**ものがある**。
這麼寒冷的天氣被迫在外面等了一個小時，確實有其辛苦的一面。

3 このドラマは面白いわけではないが、何か人を引き付ける**ものがある**。
這個電視劇雖然也不算有趣，不過確實有什麼吸引人的地方。

51 ～ものだから 就是因為…

接法　1 名詞な＋ものだから　2 な形容詞語幹な＋ものだから
3 い形容詞普通形＋ものだから　4 動詞普通形＋ものだから

例句　1 ギターは初心者な**ものだから**、ゆっくり教えていただきたいです。
因為我剛開始學吉他，所以希望你慢慢教。

2 このネックレスがあまりに素敵な**ものだから**、思わず買ってしまった。
因為那條項鍊實在太美了，所以我想都沒想就買了。

3 彼の作るご飯は本当においしい**ものだから**、毎回食べ過ぎる。
因為他做的飯真的很好吃，所以我每次都吃得太多。

4 今度の事故は不注意で起こった**ものだから**、責任が重大だ。
這次的意外是因為不小心造成的，因此責任很重大。

52 ～わけがない 不可能…

接法　1 名詞な/である＋わけがない　2 な形容詞語幹な＋わけがない
3 い形容詞普通形＋わけがない　4 動詞普通形＋わけがない

例句　1 昨日まで元気だったのに食中毒な**わけがない**よ。
到昨天都還好好的，不可能會食物中毒吧。

2 皆に優しくて親切な彼がまさか意地悪な**わけがない**。
對所有人都溫柔親切的他，絕不可能心地壞。

3 あの川はにごってなくても底がよく見えないので浅い**わけがない**。
那條河即使不混濁也看不見河床，不可能很淺。

4 こんなに景気がいいのに、赤字になる**わけがない**。
景氣這麼好，不可能會有赤字。

53 ～わけだ 因此…、怪不得…

接法 1 名詞な + わけだ　　2 な形容詞語幹な + わけだ
3 い形容詞普通形 + わけだ　　4 動詞普通形 + わけだ

例句
1 父は10年間運動を欠かしていない。それだから健康な**わけだ**。
爸爸這 10 年來都有在運動，所以才很健康。
2 彼女はアナウンサーらしい。なるほど。それで発音が綺麗な**わけだ**。
她好像是主播。原來如此，怪不得發音這麼漂亮。
3 今日はお祭りがあるらしく、どうりで人が多い**わけだ**と思った。
今天好像有祭典，難怪有這麼多人。
4 彼はああやって毎日朝から晩まで練習していたから優勝した**わけだ**。
他就是因為那樣每天從早練習到晚，所以才會拿下優勝。

54 ～わりに 比較、格外…

接法 1 名詞の + わりに　　2 な形容詞語幹な + わりに
3 い形容詞普通形 + わりに　　4 動詞普通形 + わりに

例句
1 今日は日曜日の**わりに**市場に人が少なくて快適に買い物できた。
今天雖然是星期天，不過市場人很少，可以舒適地買東西。
2 この仕事は簡単な**わりに**お給料がいいのでとても人気だ。
這個工作雖然很簡單薪水卻不錯，所以非常搶手。
3 平日は忙しい**わりに**売り上げが伸びないでいるので悩んでいる。
平日雖然很忙收益卻沒有增加，所以很煩惱。
4 幼いころから習っていた**わりに**、上手ではない。
雖然從小就有學，卻不太擅長。

複習試題 請選出適合填入括號內的文法。

01 皆に優しくて親切な彼がまさか意地悪な（　）。　ⓐ わけだ　ⓑ わけがない
02 このドラマは面白いわけではないが、何か人を引き付ける（　）。　ⓐ はずもない　ⓑ ものがある
03 今日は日曜日の（　）市場に人が少なくて快適に買い物できた。　ⓐ わりに　ⓑ ままで
04 彼の作るご飯は本当においしい（　）、毎回食べ過ぎる。　ⓐ にとどまらず　ⓑ ものだから

答案：01 ⓑ　02 ⓑ　03 ⓐ　04 ⓑ

文法
必考文法

語法形式的判斷

[文法 > 問題 7 語法形式的判斷] 考的是根據文意，選出適當的語法形式，填入敘述句或對話中的括號。總題數為 12 題，助詞、副詞每回各出一題，並針對各類文法句型平均出題。

重點攻略

1 題目要求選出適當的助詞或副詞時，請留意括號前後方的內容，選出最適當的答案。

例 毎日（まいにち）、10分（ぶん）（　　）20分（ぶん）（　　）でもいいので、運動（うんどう）をしたほうがいい。
每天十分鐘、二十分鐘（　　），還是運動一下尤佳。

① とか／とか 像是…或是（○）　② やら／やら 又是…又是（×）

休（やす）みはどこかに行（い）くより（　　）家（いえ）で寝（ね）ていたい。
休假時，與其跑去某個地方，我（　　）在家睡覺。

① むしろ 寧願（○）　② たとえ 就算（×）

2 題目要求選出適當的文法句型時，請留意整句話的語意，選出最適當的答案。若看到不適合連接括號前方或括號後方的選項，請優先刪去。

例 あれこれ悩（なや）んだ（　　）、X社（しゃ）に行（い）くことにした。（　　）一番苦思後，決定去X公司。

① すえに 經過長時間～之後（○）　② ところに 正在～的時候（×）

3 括號置於句末，要求選出慣用的文法句型時，請根據整句話的語意，選出最適當的答案。這類題目經常會結合被動、使役、使役被動、授受的用法出題，因此難度稍高。

例 この机（つくえ）は傷（きず）ひとつないのを見（み）ると持（も）ち主（ぬし）に（　　）。
看這張桌子一點刮痕都沒有，主人（　　）。

① 大切（たいせつ）にされていたに違（ちが）いない 肯定很受（主人）珍惜。（○）
② 大切（たいせつ）にしてくれるに決（き）まっている 一定會好好珍惜。（×）

4 除助詞、副詞考題之外，亦會針對被動、使役、使役被動、授受表現、敬語表現出題。建議參考 N2 必考文法（p140-209），熟記助詞、副詞、敬語和各類文法的用法，有助於答題時刪去不適當的選項。

解題步驟

Step 1　**閱讀選項，確認各選項的意思，並判斷考題類型為何。**

閱讀選項，確認完各選項的意思後，再判斷題目考的是助詞、副詞、文法句型，還是敬語的用法。

Step 2　**閱讀句子或對話，並根據文意選出適當的答案。**

請留意括號前後方的內容或整句話的語意，選出符合文意的答案。若皆為文法使用上無誤的選項，請務必確認句子或對話的完整語意，再選出最適當的答案。

套用解題步驟

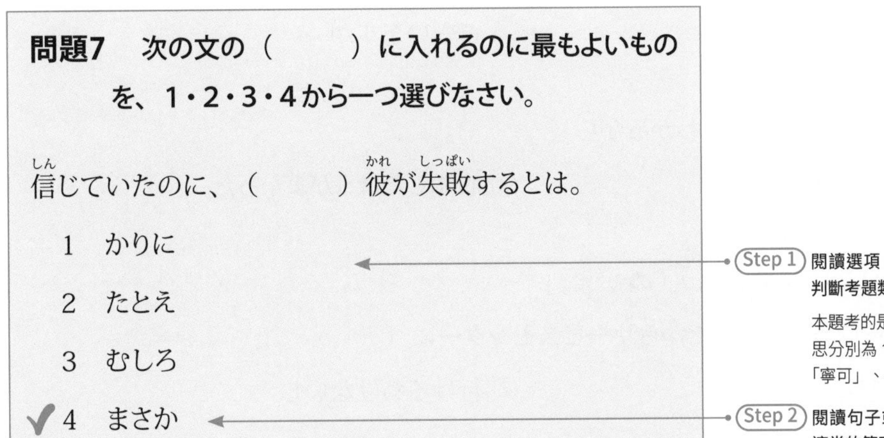

問題7　次の文の（　　）に入れるのに最もよいものを、1・2・3・4から一つ選びなさい。

信じていたのに、（　　）彼が失敗するとは。

1　かりに

2　たとえ

3　むしろ

✔4　まさか

Step 1　**閱讀選項，確認各選項的意思，並判斷考題類型為何。**

本題考的是副詞的用法，各選項的意思分別為 1「假如」、2「即使」、3「寧可」、4「沒想到竟然」。

Step 2　**閱讀句子或對話，並根據文意選出適當的答案。**

括號後方連接「彼が失敗するとは（沒想到他會失敗）」，加上まさか最符合文意，因此答案要選 4。

問題7　請從1、2、3、4之中，選出一個最適合填入(　　)的選項。

明明很相信他，沒想到他（　　）會失敗。

1　假如　　2　即使

3　寧可　　**4　竟然**

單字 **信じる しんじる** 動 相信 | **失敗 しっぱい** 名 失敗 | **かりに** 副 如果、暫且 | **たとえ** 副 就算 | **むしろ** 副 不如、寧願
まさか 副 竟然

實力奠定

請選出適合填入括號的選項。

01 彼（　　　）作ったケーキは感動するほどおいしかった。

① の　　② との

02 A「はい、木村です。」

B「A社の田中と申しますが、鈴木課長（　　　）。」

① いらっしゃいますか　　② ございますか

03 コピー機の使い方は誰でもわかるから（　　　）。

① 説明するまでもない　　② 説明したほうがよかった

04 A「あれ？パソコンの電源、入らないよ。」

B「え、どうしよう。日曜日だからサービスセンターに（　　　）。」

① 行かないわけじゃないし　　② 行けるわけないし

05 次の試験では100点を取ると約束した（　　　）、毎日夜遅くまで勉強すると決めた。

① 以上　　② あまり

06 A「山田さん、来週から出張だって。」

B「そうだよ。行きたくないけど上司に指示（　　　）から仕方ないな。」

① された　　② させられた

07 空いている席がなかったため、後ろに（　　　）。

① 立つこともなかった　　② 立つしかなかった

08 子供のころ、両親が家にいない時、となりの家のお姉さんに（　　　）。

① 遊んでもらいました　　② 遊んでくれました

09 多くの消費者のニーズ（　　　）、販売量を増やすことにしました。

① にくわえて　　② にこたえて

10 一生懸命勉強したのに、渋滞がひどくて試験の時間に（　　　）。

① 間に合ってもしかたない　　② 間に合いそうにない

11 A「どうぞ冷めないうちに（　　　）ください。」

B「ありがとうございます。」

① 召し上がって　　② いただいて

12 弟が大学に落ちてがっかりしている。姉（　　　）何をしてあげればいいか分からない。

① といって　　② として

13 子供は欲しがっていたおもちゃを買ってもらったのに（　　　）泣いてしまった。

① おそらく　　② かえって

14 外で遊んで帰ってよく洗わないと、ウイルスが繁殖して病気になり（　　　）。

① そうもない　　② かねない

答案 詳解 p.416

實戰測驗 1

問題7　次の文の（　　　）に入れるのに最もよいものを、1・2・3・4から一つ選びなさい。

33　彼が大統領になるなんて想像（　　　）できなかった。

1　すら　　2　だけ　　3　きり　　4　こそ

34　社長が変わったことによる組織改革（　　　）、社員の間ではいろいろなうわさが流れている。

1　次第で　　2　だけで　　3　をめぐって　　4　にもかかわらず

35　新しいことを始めるときには、できるかどうか（　　　）まずはやってみることが大切だ。

1　はさておき　　2　のせいで　　3　によって　　4　を抜きにしては

36　その車は勢いよく走りだしたかと（　　　）、すぐに故障してしまった。

1　思ってみると　　2　思ったら

3　思わないにしても　　4　思うにつれて

37　評判になっている小説を読んでみたら、（　　　）おもしろくなくて、がっかりした。

1　めったに　　2　まさか　　3　必ずしも　　4　たいして

38　A「この商品の発売日は変更した方がいいと思いませんか。」

B「そうですね。しかし、私一人では判断しかねますので、部長にも（　　　）みます。」

1　おっしゃって　　2　いらっしゃって　　3　うかがって　　4　いただいて

39　熱も（　　　）、今日は学校に行かずにゆっくり休もう。

1　出てきたことだし　　2　出ようがないので

3　出るにつれて　　4　出ようものなら

40 一か月間の出張が終わり、やっと家に帰れるので（　　　）。

1　うれしいはずがない　　2　うれしくてしょうがない

3　うれしいわけがない　　4　うれしいばかりではない

41 せっかく得た権利なのだから、無駄(むだ)に（　　　）。

1　しないではいられない　　2　しないでほしいものだ

3　しないわけにはいかない　　4　しなくてもいいものだ

42 売り上げが（　　　）、それだけを重視(じゅうし)していると決していい仕事はできないだろう。

1　大切だから　　2　大切だとは言うものの

3　大切なだけあって　　4　大切なばかりか

43 他人のミスを自分のせいにされて、本当に（　　　）。

1　くやしいだけのことはある　　2　くやしくならない

3　くやしいわけではない　　4　くやしくてたまらない

44 作業がうまく（　　　）、新しい仕事が次々に入ってくるものだ。

1　進みつつあるのに　　2　進んでいる場合において

3　進んでいないときにかぎって　　4　進められているのもかまわず

答案 詳解 p.417

實戰測驗 2

問題7　次の文の（　　　）に入れるのに最もよいものを、1・2・3・4から一つ選びなさい。

33　一時は美術の魅力にはまっていたこともあったが、作品の説明をする（　　　）詳しくはない。

1　だけ　　2　ほど　　3　しか　　4　には

34　このサイトはアメリカの記事やブログ（　　　）文章を翻訳し、日本語版として配信(はいしん)するサービスをしている。

1　として　　2　にくらべて　　3　といった　　4　にくわえて

35　彼女は悩んだ（　　　）編入(へんにゅう)の条件を満たすため、休学して試験の対策をすることに決めた。

1　とたん　　2　あまり　　3　すえに　　4　いじょう

36　俳優として国際映画祭まで招待されたあの人は、アイドルというより、（　　　）女優に近い。

1　かりに　　2　むしろ　　3　ちっとも　　4　さっぱり

37　活動計画を立てている最中に友達とおしゃべりをしていて先輩にうんと（　　　）。

1　叱られてしまった　　2　叱らせると思う

3　叱っただろうか　　4　叱れるようになった

38　子供の頃から庭に植(う)わっていた松の木が急に枯れてしまったので、（　　　）。

1　残念でほしかった　　2　残念でならなかった

3　残念でいられたかった　　4　残念でいようとした

39　SNSを（　　　）色々なコミュニティサイトの影響で、不正確な認識に基づく判断が多くなった気がする。

1　とわず　　2　こめて　　3　めぐって　　4　はじめ

40 そこに荷物を置くと、きっと通る人の邪魔に（　　　）。

1　なるにちがいない　　2　なったにすぎない
3　なるはずがない　　4　なったというものではない

41 結婚したばかりで、家を買うにはまだお金が足りないから（　　　）。

1　借りようとすることもない　　2　借りっこない
3　借りるしかあるまい　　4　借りたわけではない

42 （ピアノ教室で）

学生「この曲は難しくて私にはひけそうにないんですが。」
先生「練習を重ねて（　　　）ひけるかどうかわからないよ。」

1　みてはじめて　　2　みようものなら
3　みようとしなくても　　4　みてからでないと

43 新人社員の、「皆さんに（　　　）、うれしいです。」というあいさつに部署内の社員たちから温かい視線が注がれた。

1　なさって　　2　拝見して
3　おあいになれて　　4　お目にかかれて

44 A「あの新作映画、見に行こうと思ってるんだけど、どうだった?」

B「緊張感はないけど、人の心（　　　）よ。」

1　を動かすものがあった　　2　が動いたかいがあった
3　を動かしたわけがなかった　　4　が動くことはなかった

答案 詳解 p.419

實戰測驗 3

問題7　次の文の（　　　）に入れるのに最もよいものを、1・2・3・4から一つ選びなさい。

33　学生時代は仲の良い友達だった（　　　）、卒業してからはお互いに忙しくて連絡すらしなくなった。

1　ので　　2　とは　　3　のに　　4　から

34　この雑誌は表紙（　　　）素敵で、読まないとしてもただ買って部屋にかざるだけでもいいぐらいだ。

1　からして　　2　しだいで　　3　だって　　4　として

35　日本で働く外国人の増加（　　　）、日本語指導が必要な子どもの数も増えている。

1　について　　2　に沿って　　3　とともに　　4　をもとに

36　ヨーロッパ旅行で（　　　）お金を使いすぎてしまい、貯金がほぼゼロの状態になってしまった。

1　やがて　　2　やっと　　3　つい　　4　ただ

37　うちのチームは社内マニュアル公募展で優勝し、特別有給(ゆうきゅう)休暇（　　　）航空券までもらった。

1　はさておき　　2　のみならず　　3　もかまわず　　4　のことだから

38　留学したからといって、誰もが英会話の実力がぐんと（　　　）。

1　伸びているだけのことはある　　2　伸びているというわけだ
3　伸びるとは限らない　　4　伸びるに決まっている

39　自分でやりがいのある仕事を選ぶのがいいことは（　　　）。

1　言えるわけがない　　2　言わないでもない
3　言ってからにする　　4　言うまでもない

40 デパートに友達のプレゼントを買いに（　　　）ネットでみて気に入っていた財布も見に行った。

1　行ったら　　　　2　行くたびに

3　行ったところ　　　　4　行くついでに

41 簡単な料理でも作っている過程（かてい）を誰かに見られると（　　　）一人でいるうちに作っておくようにしている。

1　緊張しがたいといって　　　　2　緊張しがちなので

3　緊張しそうにないらしくて　　　　4　緊張しようとするから

42 （免税店で）

客　「ここで免税できますか。」

店員「はい、お客様。免税をご利用になれます。パスポートを（　　　）よろしいですか。」

1　拝見しても　　　　2　お目にかけても

3　ご覧になっても　　　　4　参っても

43 家に帰って玄関に（　　　）、魚の臭いが酷（ひど）くて慌てて窓を全部開けて換気した。

1　入ったかと思うと　　　　2　入ることなく

3　入るよりほかなくて　　　　4　入ったとたん

44 父はあれほど医者に（　　　）にもかかわらずタバコをやめようとしない。

1　注意した　　2　注意させた　　3　注意された　　4　注意させられた

文法　問題7　語法形式的判斷

答案 詳解 p.421

實戰測驗 4

問題7　次の文の（　　　）に入れるのに最もよいものを、1・2・3・4から一つ選びなさい。

33　（学校で）

学生「留学するという夢はあきらめます。英語の点数が伸びなくて。」

先生「夢は簡単にあきらめる（　　　）よ。あと1年間、がんばってみたら。」

1　ものではない　　2　わけがない　　3　はずがない　　4　どころではない

34　日本映画の歴史は、彼の存在（　　　）語れない。

1　があってこそ　　2　でないことには　　3　はともかく　　4　を抜きにしては

35　長期化した景気低迷（ていめい）から輸出の大幅な増加で景気は徐々に（　　　）。

1　回復しつつある　　2　回復するしかあるまい

3　回復しかねる　　4　回復するおそれがある

36　山川（やまかわ）さんは海外旅行の経験が豊富（ほうふ）な（　　　）、いろいろな国の文化を知っている。

1　だけに　　2　ばかりに　　3　せいで　　4　ものの

37　走るのが好き（　　　）好き（　　　）、毎朝起きたら近所の公園を走っている。

1　が／が　　2　で／で　　3　を／を　　4　も／も

38　一度、仕事を引き受けた（　　　）、最後まで責任を持って完成させなければならない。

1　あげく　　2　末は　　3　上は　　4　次第

39　この書類は、親のサインが必要なので、父に相談（　　　）。

1　したいものだ　　2　するだけのことはある

3　しないわけにはいかない　　4　せずにはいられない

40 契約書にサインした以上、注文を（　　　）だろう。

1　取り消すことはできない　　2　取り消すしかない
3　取り消そうとしている　　4　取り消しかねる

41 鈴木さんとはパーティーで名刺を交換した（　　　）、一度も会っていない。

1　ばかりで　　2　あまり　　3　のみ　　4　きり

42 彼はその作品を（　　　）自分が作ったかのようにインターネット上に発表した。

1　あたかも　　2　たとえて　　3　まさか　　4　あいにく

43 こちらの市立図書館の会議室は、18歳以上の市民でしたらどなたでも（　　　）ので、いつでもお申し出ください。

1　ご利用くださいます　　2　ご利用されます
3　ご利用いただきます　　4　ご利用になれます

44 天気がいい日にはここから富士山（　　　）、この公園は「富士見台公園」と呼ばれている。

1　を見たところ　　2　が見えることから
3　を見ようからには　　4　を見るによって

答案 詳解 p.423

實戰測驗 5

問題7　次の文の（　　　）に入れるのに最もよいものを、1・2・3・4から一つ選びなさい。

33　今年の新人賞の発表（　　　）、昨年の受賞者よりコメントをいただきたいと思います。

1　によって　　2　にあたり　　3　もかまわず　　4　にしたがって

34　面接試験を（　　　）最中に、携帯(けいたい)電話が鳴(な)り、不合格になってしまった。

1　受ける　　2　受けて　　3　受けている　　4　受けていて

35　A「娘から一人で海外旅行に行きたいと言われたんだけど。」

B「何でもできるしっかりした子だから、（　　　）いいんじゃない。」

1　行ってあげても　　2　行かせてあげても

3　行ってくれても　　4　行かせてくれても

36　今年の夏は水不足だ。（　　　）野菜が値上がりするだろう。

1　決して　　2　おそらく　　3　少しも　　4　まさか

37　何度もダイエットに失敗してきたが、今回（　　　）成功させると誓(ちか)った。

1　こそ　　2　きり　　3　しか　　4　なら

38　電話をしろと言われても、連絡先を知らないのだから（　　　）。

1　連絡しかねない　　2　連絡しようがない

3　連絡しがたい　　4　連絡しえない

39　セールと言っても、ただ安ければいい（　　　）。質も大切だ。

1　どころではない　　2　はずがない

3　というわけだ　　4　というものではない

40 彼女から誰(だれ)にも言わないでほしいと言われたが、誰(だれ)かに（　　　）たまらない。

1　話させたくて　　2　話してほしくて　　3　話したくて　　4　話しがたくて

41 目上の人にそんな失礼な言葉を使う（　　　）。

1　ことはない　　2　に越したことはない

3　べきではない　　4　よりほかない

42 （レストランで）

A「ご注文はこちらのセットですね。お飲み物は何に（　　　）か。」

B「コーヒーにします。」

1　いただきます　　2　なさいます　　3　めしあがります　　4　くださいます

43 忘れない（　　　）この本を読んだ感想をメモしておこう。

1　までに　　2　さいに　　3　あいだに　　4　うちに

44 A「この間の試験、だめだったよ。もう勉強、やめようかなあ。」

B「一度（　　　）あきらめるなんて、あなたらしくないね。」

1　失敗するほどで　　2　失敗したくらいで

3　失敗してこそ　　4　失敗した以上

答案 詳解 p.425

問題

8 句子的組織

[文法 > 問題 8 句子的組織] 考的是將四個選項排列出適當的順序後，選出適合填入★的選項。總題數為 5 題，★通常會置於第三格，有時也會置於其他格上，約出現 1 題。

重點攻略

1 請先排列需連接特定詞性或文法的選項，再根據文意排列其他選項。

例 ① かねない 可能　② 病気(びょうき)になり 引發疾病　③ 見(み)つかった 發現了　④ 症状(しょうじょう)が 症狀

→ ② 病気になり　① かねない　★④ 症状が　③ 見つかった　發現可能會引發疾病的★症狀。

「動詞ます形 + かねない」的意思為「可能、也許」。

2 有些題目只能按照文意排列出四個選項的順序。

例 ① も 也　② 息子(むすこ)さん 兒子　③ もう 已經　④ 大学生(だいがくせい) 大學生

→ ② 息子さん　① も　★③ もう　④ 大学生　令郎也★已經是大學生了

3 若僅排列出選項的順序，可能會無法順利連接前後的詞句。因此排出選項順序後，請務必要檢查整句話的語意是否通順。另外，若碰到難以直接排列出順序的選項，請先確認最前方和最後方空格連接的詞句，再試著按照文意排列選項。

例 結婚生活(けっこんせいかつ)を送(おく)る ＿＿ ＿＿ ★ ＿＿ のが大切(たいせつ)だ。

① 相手のことを 對方的事　② 考える 著想　③ うえで 為了…而…　④ 何よりも 比什麼都

→結婚生活を送る ③うえで ④何よりも ★①相手のことを ②考える のが大切だ。(○)

婚姻生活中最重要的事是為對方著想。

→結婚生活を送る ④何よりも ①相手のことを ②考える ③うえで のが大切だ。(×)

婚姻生活中最重要的事是為對方著想。

4 為了能迅速找出選項適合連接的詞性或文法，建議參考 N2 必考文法（p164-209），熟記各類文法的意思和連接方式。

解題步驟

Step 1 **閱讀選項，確認各選項的意思。**

閱讀選項，確認各選項的意思。建議於選項旁標註一下意思，這樣便能根據意思，迅速找出適合排列在一起的選項。

Step 2 **依照各選項的意思排出順序後，再確認整句話的語意是否通順。**

依照上一步驟各選項標注的意思排列出順序，請優先排列需連接特定詞性或文法的選項。若碰到難以直接排列出順序的選項時，請先確認最前方和最後方空格連接的詞句，按照文意排列後，再確認整句話的語意是否通順。

Step 3 **請依序寫下各空格的選項號碼，並選擇★對應的選項為答案。**

排列好正確的順序後，依序寫下各空格的選項號碼，並選擇★對應的選項為答案。

套用解題步驟

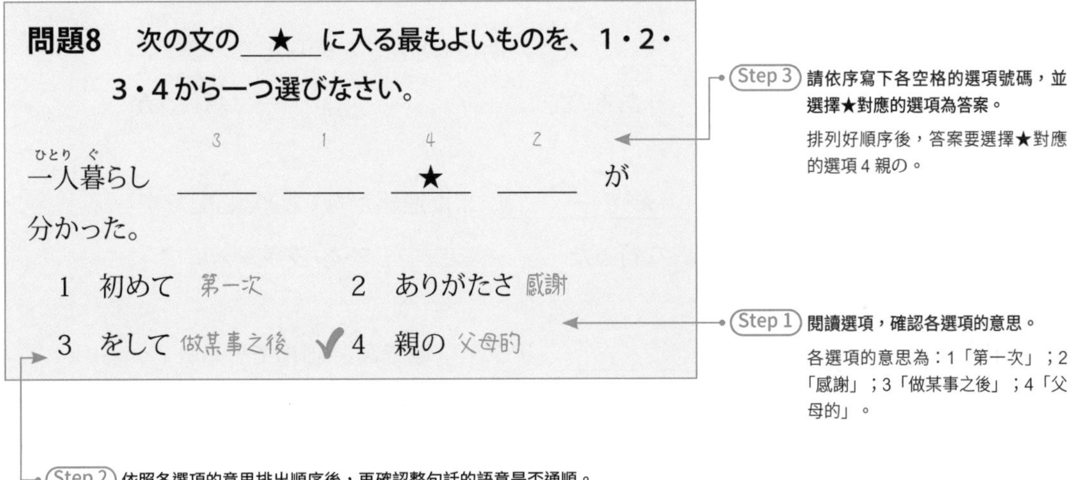
問題8　次の文の＿★＿に入る最もよいものを、1・2・3・4から一つ選びなさい。

一人暮らし(ひとりぐ) ＿3＿ ＿1＿ ＿★4＿ ＿2＿ が分かった。

1　初めて　第一次　　2　ありがたさ　感謝

3　をして　做某事之後　　✔4　親の　父母的

Step 3 **請依序寫下各空格的選項號碼，並選擇★對應的選項為答案。**

排列好順序後，答案要選擇★對應的選項 4 親の。

Step 1 **閱讀選項，確認各選項的意思。**

各選項的意思為：1「第一次」；2「感謝」；3「做某事之後」；4「父母的」。

Step 2 **依照各選項的意思排出順序後，再確認整句話的語意是否通順。**

選項 1「初めて」需置於於動詞て形後方，因此可以先排列出 3 をして 1 初めて（做某事之後第一次）。接著根據文意，再將其他選項一併排列成 3 をして 1 初めて 4 親の 2 ありがたさ（…之後才…對父母的感謝），整句話的意思為「獨自生活後，我才懂得對父母的感謝」。

問題8　從1、2、3、4之中，選出最適合填入＿★＿中的選項。

獨自生活後，我才第一次懂得對父母的感謝。

1　第一次　　2　感謝

3　做了……之後　　**4　父母的**

單字 **一人暮らし ひとりぐらし**图獨自生活｜**～をして初めて ～をしてはじめて** 做～之後才第一次～｜**ありがたさ**图感謝

親 おや图雙親

實力奠定

請選出適合填入★的選項。

01 1か月に1千万円を稼ぐなんて、_____ __★__ _____ ような話です。

① からすると　② 夢の　③ 私

02 職業を選ぶときは _____ __★__ _____ 向いているかどうかが大切だ。

① 自分に　② 給料は　③ ともかく

03 客がどんどん減っていて _____ __★__ _____ 状況だった。

① 閉店を　② ざるをえない　③ 考え

04 新しい _____ __★__ _____、人々の期待もどんどん膨らんでいる。

① 完成しつつ　② あるので　③ テーマパークが

05 娘が一週間前に _____ __★__ _____、まだ連絡がないので心配です。

① きり　② 行った　③ フランスに

06 山田さんの _____ __★__ _____、アジア全域で高い価格で売られている。

① 絵は　② 日本　③ のみならず

07 彼女は _____ __★__ _____、写真を撮って自分のSNSにアップしている。

① 美味しいものを　② たびに　③ 食べる

08 今回の成果は皆さんの努力が _____ __★__ _____ と思います。

① 出せた　② からこそ　③ あった

09 私は頭が悪いが、_____ __★__ _____ かけて勉強している。

① なりに　② 悪い　③ 時間を

10 彼は「望んでいた大学に ＿＿＿ ＿★＿ ＿＿＿」と言った。

① 嬉しくて　② しょうがない　③ 合格して

11 時間が経って、＿＿＿ ＿★＿ ＿＿＿ 忘れてしまった。

① 彼女の　② 顔すら　③ 初恋だった

12 経済は ＿＿＿ ＿★＿ ＿＿＿ 厳しくなり、悪くなる一方だ。

① 消費の減少　② 輸出も　③ に加えて

13 社会の発展 ＿＿＿ ＿★＿ ＿＿＿ とても重要なことである。

① にとって　② 発達は　③ 技術の

14 長い間悩んだ ＿＿＿ ＿★＿ ＿＿＿ 健太に決めた。

① 名前は　② 主人公の　③ あげく

15 「ここに ＿＿＿ ＿★＿ ＿＿＿」という貼り紙を家の前に貼った。

① 捨てないで　② ください　③ ゴミを

16 忙しくて先週から ＿＿＿ ＿★＿ ＿＿＿ あった本を結局、本棚に戻した。

① 読み　② 置いて　③ かけたまま

17 何かを ＿＿＿ ＿★＿ ＿＿＿ 自信を持つことから始めるべきだ。

① 自分に　② に先立って　③ 始める

18 幼いころから ＿＿＿ ＿★＿ ＿＿＿、彼は世界一の選手になった。

① 一生懸命　② 練習した　③ かいがあって

19 しっかり ＿＿＿ ＿★＿ ＿＿＿、一気に審査をパスした。

① だけの　② ことはあって　③ 準備した

20 この店ではカードは ＿＿＿ ＿★＿ ＿＿＿ のに、全員現金がなくて困った。

① 使えないので　② 払うしかない　③ 現金で

答案 詳解 p.426

實戰測驗 1

問題8　次の文の＿★＿に入る最もよいものを、1・2・3・4から一つ選びなさい。

(問題例)

あそこで ＿＿＿ ＿＿＿ ＿★＿ ＿＿＿ は山田(やまだ)さんです。

1　テレビ　　2　人　　3　見ている　　4　を

(解答のしかた)

1. 正しい文はこうです。

あそこで ＿＿＿ ＿＿＿ ＿★＿ ＿＿＿ は山田(やまだ)さんです。
1 テレビ　4 を　3 見ている　2 人

2. ＿★＿に入る番号を解答用紙にマークします。

(解答用紙)

(例)(れい)	①　②　●　④

45　友達からの依頼(いらい)を何回も断ったが、＿＿＿ ＿＿＿ ＿★＿ ＿＿＿ しまった。

1　あまりの　　2　引き受けて　　3　負けて　　4　しつこさに

46　明日の午後は、関東地方(かんとうちほう)に ＿＿＿ ＿＿＿ ＿★＿ ＿＿＿ した。

1　おそれがある　　2　予定をキャンセル
3　台風が来る　　4　ので

47　彼は昨日全然眠れなかったらしく、席に座ると ＿＿＿ ＿＿＿ ＿★＿ ＿＿＿ 寝てしまった。

1　始まるか　　2　のうちに　　3　始まらないか　　4　コンサートが

48　彼は若いが経験が豊富で、＿＿＿ ＿＿＿ ＿★＿ ＿＿＿ ある。

1　だけの　　2　ベテランと　　3　ことは　　4　呼ばれている

49　私達が便利な生活をし、＿＿＿ ＿＿＿ ＿＿＿ ＿★＿、地球温暖化が進んだと言われている。

1　エネルギーを　　2　ことから　　3　消費した　　4　多くの

答案 詳解 p.428

實戰測驗 2

問題8　次の文の ＿★＿ に入る最もよいものを、1・2・3・4から一つ選びなさい。

（問題例）

あそこで ＿＿＿ ＿＿＿ ＿★＿ ＿＿＿ は山田（やまだ）さんです。

1　テレビ　　2　人　　3　見ている　　4　を

（解答のしかた）

1．正しい文はこうです。

あそこで ＿＿＿ ＿＿＿ ＿★＿ ＿＿＿ は山田（やまだ）さんです。
　　　1　テレビ　4　を　3　見ている　2　人

2．＿★＿ に入る番号を解答用紙にマークします。

（解答用紙）　| （例（れい）） | ①　②　●　④ |

45　過労（かろう）で倒れて入院した。こんなことになるなら、＿＿＿ ＿＿＿ ＿★＿ ＿＿＿ よかったと思った。

1　なんでも積極的に　　2　絶対無理だと思うものは
3　引き受けようとするより　　4　最初からはっきり断った方が

46　うちの会社は３年間に渡って1000名以上の顧客（こきゃく）を ＿＿＿ ＿＿＿ ＿★＿ ＿＿＿ お祝いの催（もよお）しを行った。

1　目標を　　2　確実に確保する
3　見事に達成して　　4　という

47 必要な ＿＿＿ ＿＿＿ ＿★＿ ＿＿＿ あって、部屋をきれいに保（たも）つために一週間に一回は掃除することにした。

1 ものが　　2 慌ててしまう

3 ことが　　4 どうしても見つからなくて

48 姉は外では ＿＿＿ ＿＿＿ ＿★＿ ＿＿＿ 家では家事どころか、まったく何もしようとしない。

1 に反して　　2 ばかりに　　3 仕事　　4 夢中になるの

49 私が結婚してからも子育てを ＿＿＿ ＿＿＿ ＿★＿ ＿＿＿、子供を甘やかしすぎるので困っている。

1 親には　　2 せざるをえないが

3 感謝　　4 手伝ってくれる

答案 詳解 p.429

實戰測驗 3

問題8　次の文の＿★＿に入る最もよいものを、1・2・3・4から一つ選びなさい。

（問題例）

あそこで ＿＿＿ ＿＿＿ ＿★＿ ＿＿＿ は山田(やまだ)さんです。

1　テレビ　　2　人　　3　見ている　　4　を

（解答のしかた）

1．正しい文はこうです。

あそこで ＿＿＿ ＿＿＿ ＿★＿ ＿＿＿ は山田(やまだ)さんです。
1 テレビ　4 を　3 見ている　2 人

2．＿★＿に入る番号を解答用紙にマークします。

（解答用紙）

（例(れい)）	①	②	●	④

45　安いからといって衝動買(しょうどうが)いせず、ちゃんと ＿＿＿ ＿＿＿ ＿★＿ ＿＿＿ かどうか確認してから買った方がいい。

1　切れない　　2　うちに　　3　使用期限が　　4　使いきれる

46　ここのちゃんぽんは辛さの調節(ちょうせつ)はできるが、強い ＿＿＿ ＿＿＿ ＿★＿ ＿＿＿ 本当のおいしさを楽しめないと思う。

1　しては　　2　辛味を　　3　抜きに　　4　刺激を伴う

47 30年間勤めてきた職場を離(はな)れることが寂しくてしょうがないが、＿＿＿ ＿＿＿

＿★＿ ＿＿＿ のも事実だ。

1 心に描いてみると　　2 第二の人生の扉を開くことを

3 また夢が膨らんでくるという　　4 一方で引退した後夫婦で歩む

48 自尊心(じそんしん)が高い人は、自分が ＿＿＿ ＿＿＿ ＿★＿ ＿＿＿ 受け入れることができる。

1 自然と　　2 完璧では　　3 ないとしても　　4 それを

49 自分が持っているいろんな興味や適性を生かしながら、同時に ＿＿＿ ＿＿＿

＿★＿ ＿＿＿、増えている。

1 人が　　2 分野で　　3 あらゆる　　4 活躍している

答案 詳解 p.430

實戰測驗 4

問題8　次の文の＿★＿に入る最もよいものを、1・2・3・4から一つ選びなさい。

（問題例）

あそこで ＿＿＿ ＿＿＿ ＿★＿ ＿＿＿ は山田(やまだ)さんです。

1　テレビ　　2　人　　3　見ている　　4　を

（解答のしかた）

1. 正しい文はこうです。

あそこで ＿＿＿ ＿＿＿ ＿★＿ ＿＿＿ は山田(やまだ)さんです。 1 テレビ　4 を　3 見ている　2 人

2. ＿★＿に入る番号を解答用紙にマークします。

（解答用紙）

（例(れい)）	①　②　●　④

45　今度の選挙(せんきょ)では、私達のように ＿＿＿ ＿★＿ ＿＿＿ ＿＿＿ 候補者に投票(とうひょう)するつもりだ。

1　こたえてくれる　　2　期待に　　3　育てている人の　　4　子どもを

46　不正な会計処理をして、会社の経営状態(けいえいじょうたい)を ＿＿＿ ＿＿＿ ＿★＿ ＿＿＿ ことだ。

1　許しがたい　　2　なんて　　3　よく見せる　　4　実際よりも

47 前のアルバイトは、簡単な仕事だったが好きじゃなかった。今のアルバイトは、家から ＿＿＿ ＿＿＿ ＿★＿ ＿＿＿ とても気に入っている。

1 時給が高い　2 遠いのは　3 ところが　4 ともかくとして

48 いつも規則正しい生活をして、健康に気を付けているが、＿＿＿ ＿＿＿ ＿★＿ ＿＿＿、風邪（かぜ）をひいてしまった。

1 窓を開けた　2 まま寝た　3 昨日の夜は　4 せいで

49 父は毎日仕事が忙しい。しかし、仕事が休みの日に料理を作ることは ＿＿＿ ＿＿＿ ＿★＿ ＿＿＿ と、父が言っていた。

1 ストレス解消に　2 自分にとって　3 よい　4 なっている

文法 問題8 句子的組織

答案 詳解 p.431

實戰測驗 5

問題8　次の文の ＿★＿ に入る最もよいものを、1・2・3・4から一つ選びなさい。

（問題例）

あそこで ＿＿＿ ＿＿＿ ＿★＿ ＿＿＿ は山田（やまだ）さんです。

1　テレビ　　2　人　　3　見ている　　4　を

（解答のしかた）

1．正しい文はこうです。

あそこで ＿＿＿ ＿＿＿ ＿★＿ ＿＿＿ は山田（やまだ）さんです。
　　1 テレビ　4 を　3 見ている　2 人

2．＿★＿ に入る番号を解答用紙にマークします。

（解答用紙）

（例（れい））	①　②　●　④

45　彼は努力家で優秀（ゆうしゅう）な学生の一人だが、他人からの評価（ひょうか）を ＿＿＿ ＿＿＿ ＿★＿ ＿＿＿ 傾向がある。

1　あまり　　2　言えない　　3　自分の意見を　　4　気にする

46　この時期は、やっと ＿＿＿ ＿＿＿ ＿★＿ ＿＿＿、冬のコートは片付けないほうがいい。

1　また寒くなったりする　　2　こともあるから

3　かと思うと　　4　暖かくなってきた

47 これは長い時間をかけて作家が書いた小説だったが、社内で何度も議論(ぎろん)を ＿＿＿ ＿＿＿ ＿★＿ ＿＿＿ ことになった。

1　見送る　　2　末に　　3　重ねた　　4　本の出版を

48 開発中はすばらしい商品になると期待されていたが、重大な ＿＿＿ ＿＿＿ ＿★＿ ＿＿＿ ため、結局発売は延期された。

1　事故を　　2　故障　　3　起こしかねない　　4　が見つかった

49 通勤のために ＿＿＿ ＿＿＿ ＿★＿ ＿＿＿ と思うが、そうなると家賃(やちん)が高くなることが問題だ。

1　駅に近い　　2　借りるなら

3　に越したことはない　　4　アパートを

答案 詳解 p.432

文章語法

文章語法考的是根據文意，選出適合填入空格的詞句。一篇短文搭配 5 道題，針對具備一定功能的詞彙或文法句型出題。

重點攻略

1 題目要求選出連接詞、代名詞、指示詞、助詞等具備一定功能的詞彙時，請根據空格前後方連接的內容，選出最適合填入的選項。

例 一生懸命（いっしょうけんめい）走（はし）って来（き）た。[　　]、店（みせ）はもう閉（し）まった後（あと）だった。
拼命跑了過來，[　　]，店家已經關門了。

① しかし 但是（〇）　② または 或者（×）

2 題目要求選出適合填入的字詞時，請確認空格前後方連接的內容，選擇符合文意的關鍵字作為答案。

例 あの選手（せんしゅ）は練習（れんしゅう）に練習（れんしゅう）を重（かさ）ねて新記録（しんきろく）を更新（こうしん）した。歴史（れきし）に残（のこ）るこの[　　]。
那位選手透過不斷反覆練習，刷新了紀錄，這個將名留青史的[　　]。

① 記録（きろく） 紀錄（〇）　② 練習（れんしゅう） 練習（×）

3 題目要求選出文法句型時，請先確認各選項文法句型的意思，再選出適合填入空格的選項。尤其當空格置於句末時，請務必留意選項的主詞、時態，確認整句話的語意是否通順後，選出適當的選項。

例 あの技術（ぎじゅつ）は1994年（ねん）に開発（かいはつ）されて以来（いらい）、性能（せいのう）を改善（かいぜん）させながら今（いま）まで[　　]。
那項技術自1994年開發以來，在改善性能的同時[　　]至今。

① 使用（しよう）されている 一直被使用（〇）　② 使用（しよう）したいものだ 希望被使用（×）

4 該大題中，若只看空格所在的句子，沒辦法輕易選出答案，得確認空格前後方連接的句子，甚至是整個段落才行。因此閱讀該大題文章時，建議邊讀遍掌握全文脈絡。

5 建議參考 N2 必考文法（p140-209），熟記連接詞、副詞、助詞和各類文法的意思與用法。.

解題步驟

Step 1 **閱讀選項，確認各選項的意思，並判斷考題類型為何。**

閱讀選項，確認完各選項的意思後，再判斷題目考的是選出適當的功能詞、還是文法句型。

選項

1 それに 此外	2 しかし 但是
3 または 或者	4 それどころか 相反

功能詞（連接詞）

Step 2 **檢視空格前後方，掌握文意。**

閱讀句子前先回想整篇文章的脈絡，接著閱讀空格所在的句子和空格前後連接的句子，掌握文意。

選項 昔は、女性は社内の重要ポストには起用（きよう）されないなど、男女内での格差（かくさ）があった。

［　　］、今ではそういった社会のあり方を疑問（ぎもん）に思う人々が増えてきている。

與空格相反的內容

以前，不會任用女性擔任公司的重要職位，男女之間存在著差距。

［　　］現在有越來越多的人對這種社會面貌抱持懷疑態度。

Step 3 **選出最符合文意的選項。**

確認空格前後的句子和段落，選出最適合填入空格的內容。

選項

1 それに 此外　　✔ 2 しかし 但是

3 または 或者　　4 それどころか 相反

套用解題步驟

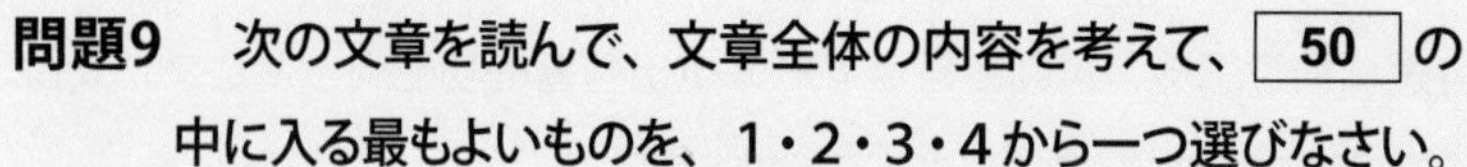
問題9　次の文章を読んで、文章全体の内容を考えて、 50 の中に入る最もよいものを、1・2・3・4から一つ選びなさい。

許される遅刻

日本の都会にある鉄道会社は、「遅延証明書」というものをしばしば発行している。「遅延証明書」とは、電車が10分以上遅れた場合に乗客に渡される小さな紙のことを言う。鉄道が遅れたことが原因で会社や学校に遅刻する場合には、その紙を提出することで遅刻を許してもらえるのだ。主にサラリーマンや学生によって 50 。

朝の通勤電車が遅れたとき、彼らは列車から降りると急いで改札付近の窓口に向かい、「遅延証明書」をもらうために行列を作る。たとえ、そこで10分以上かかったとしても問題ではない。これを手にすることで、彼らは安心して遅刻することができるのだ。

Step 2 檢視空格前後方，掌握文意。

50

1　利用することが多い

2　利用したことが少ない

✔3　利用されることが多い

4　利用させることが少ない

Step 1 閱讀選項，確認各選項的意思，並判斷考題類型為何。

Step 3 選出最符合文意的選項。

Step1 四個選項為 1 經常會使用、2 很少會使用、3 經常會使用（被動表現）、4 很少會使用（被動表現），表示要根據文意，選出適合置於句末的文法句型。

Step2 空格前方的段落主要針對誤點證明書解說；空格後方的段落則提及上班族和學生使用誤點證明書的原因。

Step3 空格前方提到：「会社や学校に遅刻する場合には、その紙を提出することで遅刻を許してもらえるのだ（因為電車誤點造成上班或上學遲到的時候，只要提交這張紙條，公司或學校就不會追究提出者遲到一事）」，表示上班族和學生需要使用誤點證明書，因此答案為 3 利用されることが多い 經常會使用（被動表現）。

問題9　請閱讀以下文章，根據整篇文章的內容，從各題1、2、3、4的選項中，選出最適合填入文中 50 空格內者。

被原諒的遲到

在日本都會區的鐵路公司，經常會發行「誤點證明書」。所謂的「誤點證明書」，是指在電車誤點10分鐘以上時發配給乘客的小紙條。因為電車誤點造成上班或上學遲到的時候，只要提交這張紙條，公司或學校就不會追究提出者遲到一事。主要是上班族和學生 50 。

早上通勤的電車誤點時，這些人一下電車就會匆忙走向剪票口附近的窗口，排隊領取「誤點證明書」。就算排隊會花超過10分鐘也沒有關係，因為只要拿到了「誤點證明書」，他們就可以安心地遲到了。

50

1　經常會使用

2　很少會使用

3　經常會使用（被動表現）

4　很少會使用（被動表現）

單字 **許す ゆるす**動原諒、許可｜**遅刻 ちこく**名遲到｜**日本 にほん**名日本｜**都会 とかい**名都市、都會區
鉄道会社 てつどうがいしゃ名鐵路公司｜**遅延証明書 ちえんしょうめいしょ**名誤點證明書｜**しばしば**副時常、經常
発行 はっこう名發行｜**以上 いじょう**名以上｜**遅れる おくれる**動晚、遲｜**場合 ばあい**名場合、狀況
乗客 じょうきゃく名乘客｜**原因 げんいん**名原因｜**遅刻 ちこく**名遲到｜**提出 ていしゅつ**名提出
主に おもに副主要、大部分｜**サラリーマン**名上班族｜**～によって** 由～（表示動作主體）
通勤電車 つうきんでんしゃ名通勤電車｜**彼ら かれら**名他們｜**列車 れっしゃ**名列車｜**降りる おりる**動下車
急ぐ いそぐ動急忙｜**改札 かいさつ**名剪票口｜**付近 ふきん**名附近｜**窓口 まどぐち**名窗口｜**～に向かう ～にむかう** 朝向～
～ために 為了～｜**行列 ぎょうれつ**名隊伍｜**たとえ**副即使｜**手にする てにする** 得到｜**安心 あんしん**名安心
～ことができる 能夠～

實力奠定

請根據文意，選出適合填入空格的選項。

(1)

子供の視野(しや)は、大人に比べて狭いと考えられている。一般的に大人の視野(しや)は左右150度程度なのに対し、6歳ほどの子供の視野(しや)は大人の約60%程度だという。子供たちがボールをつかむために飛び出す原因は「見えていない」からである。 01 子供の視野(しや)を体験できる道具で、大人が体験してみたところ、想像以上に狭い視界(しかい)に驚(おどろ)く人が 02 。「見えない」子供の特性を 03 が正しく理解することが、事故防止のためにとても重要だということがわかる。

01

① 実際に

② さらに

02

① 多くないそうだ

② 多いという

03

① 大人

② 子供

(2)

> 私はシティーホテルに対して偏見を持っている。見栄を張りたい客を王様のように迎えたり、大金を稼ごうとしたりするところだという偏見である。 04 ある総支配人から次のような話を聞き、シティーホテルに対する偏見がなくなった。「年末にご家族と一緒に一泊のみ宿泊されるお客様がいらっしゃいます。 05 とても贅沢で大きな出費だと思います。しかし、1年間一生懸命働いたごほうびとして、1年に一回だけお泊りになるそうです。そんなお客様がいらっしゃるからこそ最高のサービスとして非日常的な一日を提供 06 。」

04

① そこで

② ところが

05

① このホテルに泊まることは

② 家族と一緒に来ることは

06

① しなければいけないと思っています

② しないわけではありません

答案 詳解 p.433

實戰測驗 1

問題9　次の文章を読んで、文章全体の内容を考えて、 50 から 54 の中に入る最もよいものを、1・2・3・4から一つ選びなさい。

以下は、雑誌のコラムである。

牧場（ぼくじょう）で考えた敬語のこと

ぼくが馬の牧場（ぼくじょう）に通い始めて1年間、そこにはひとつの世界があった。

牧場（ぼくじょう）の人は暑い日も寒い日も外で馬の世話をする。馬の体は大きく、ブラシをかけるのも、シャワーで 50 のも、人間の子供より手がかかる。えさをたくさん食べるから、準備も大変だ。世話をするのを見ると、馬の方が人より立場が上のようだった。

51 、牧場（ぼくじょう）の人が馬に乗るときは、かなり厳しく、馬に接していた。時には足で蹴（け）り、むち（注1）で打つことさえもあった。牧場（ぼくじょう）の人によると、人といる時に決して馬の好きにさせないのは人の安全を守るためだそうだ。確かに、どんなに体の大きな男性でも、馬に蹴（け）られたら骨が折れてしまう。人といるときは常に人の言うことを聞かせ、 52 好きにさせないことで、危険が防げるわけだ。

最初、ぼくには、馬の世話を丁寧（ていねい）にすることと、馬をむちで打つことは真逆に見えた。しかし、反対に見えるどちらも、違うもの同士（どうし）（注2）が一緒に 53 中で必要だからしていることだ。それは馬と人、どちらか一方が上、下ということではない。つまり、人と馬は対等（たいとう）（注3）なのだ。人が常に馬にこうしろああしろと言うのは、人が馬より上だからではない。

このことを、ぼくは今後、他の人と何かする時に思い出したい。例えば、日本社会で敬語は物事をスムーズに行うために必要だ。だが、敬語を使うのは、相手が人として上だからなのか。対等だという意識があるなら、もっと気持ちよくできるのではないか。日本人であるぼくは牧場（ぼくじょう）での時間を通して、そんな当たり前のことを 54 。

（注１）むち：細長い、打つ道具。竹や革で作られ、馬などを打って進ませるときに使う

（注２）同士（どうし）：自分と相手。おたがい

（注３）対等（たいとう）：同じレベルであること

50

1　落とすべき　　2　洗ってやる　　3　流しかねない　　4　浴びさせる

51

1　それに　　2　だから　　3　ところが　　4　なぜなら

52

1　馬の　　2　人の　　3　男性の　　4　私の

53

1　生きたい　　2　生きよう　　3　生きていく　　4　生きてしまう

54

1　考えるべきだった　　2　考えたかもしれない

3　考えたにすぎない　　4　考えさせられた

答案 詳解 p.433

實戰測驗 2

問題9　次の文章を読んで、文章全体の内容を考えて、 50 から 54 の中に入る最もよいものを、1・2・3・4から一つ選びなさい。

以下は、雑誌のコラムである。

進化する「おせち」

おせちとはお正月に食べるお祝いの料理のことをいう。重箱という箱を積み重ねた入れ物にいろんなおせち料理がつめられる。一般家庭に広まったのは江戸時代であり、その歴史は長い。

50 、なぜおせちはお正月に食べられるのだろうか。それは、おせち料理が縁起(えんぎ)(注)がいいとされているため、それを食べることで新しい年を良いものにしたいという想いがあるからである。たとえば、魚の卵である「かずのこ」は卵が多いことから子孫繁栄、すなわち、子や孫が生まれ続けることを願う意味がある。また、黒豆は「マメ」の忠実だ、勤勉だという意味から、勤勉に働けるようにとの願いが込められている。昔の人は料理ひとつひとつに意味をつけて、一年に一度だけのごちそうとしておせちを **51** 。

しかし、最近のおせちは人々のニーズに合わせる形で変わりつつある。 **52** 、作るのに時間と手間がかかること、昔より一世帯の人数が減ったため量が多く余ること、食生活の変化にともないおせちを食べない家庭が増えていることなど多様である。そうした中で、少人数向けの１～２人前おせちや、ローストビーフなどのお肉などもつめた洋食風おせち、さらには、犬と一緒に楽しめる愛犬おせち **53** 新たな需要に応えるおせちも登場し始めた。

伝統は守るべきものだとは思うが、時代や人に合わせて変化していくのも悪くはないのではないかとも思う。人々の生活が時代の変化にともなって変化するように、伝統も時代や人とともに **54** 。

（注）縁起（えんぎ）がいい：何かよいことが起こりそうな様子

50

1　ところが　　2　それでも　　3　ところで　　4　それなのに

51

1　楽しんできたというわけだ　　2　楽しむに決まっている
3　楽しむはずもない　　4　楽しんでいるかのようだ

52

1　そうする理由が　　2　その理由は　　3　ある理由が　　4　ああなる理由は

53

1　において　　2　といえば　　3　によって　　4　といった

54

1　変化するみたいだ　　2　変化するものだ
3　変化するほうがよい　　4　変化するかもしれない

答案 詳解 p.435

實戰測驗 3

問題9　次の文章を読んで、文章全体の内容を考えて、[50]から[54]の中に入る最もよいものを、1・2・3・4から一つ選びなさい。

以下は、雑誌のコラムである。

日本生まれの即席麺

即席麺、いわゆるインスタントラーメンはお湯を注ぐだけで食べられる便利さで、発売されて以来、全世界で愛されている。それが誕生したのは、1954年の日本であった。発明者の安藤百福(あんどうももふく)は、終戦後、飢(う)え(注1)た人々がラーメン屋に行列を作って並んでいる光景をみて、すべての人に十分な食料が必要だと思ったそうだ。[50]誕生したのが即席麺だという。

値段が安いこと[51]、お湯のみで調理ができる利便性というのがその最大の長所であるが、それだけではない。一食分ずつ包装されていることから、持ち運びができ、衛生的である上に、保存性にも優れていることから非常食としても重宝(ちょうほう)(注2)される。宇宙飛行士が宇宙食として持っていく[52]。

販売当初の即席麺は袋で包装された袋タイプであったが、カップにお湯を注ぐだけのカップタイプが登場してからはそれが主流となった。やがて、特色が豊かな地方のラーメンの味の即席麺を生み出したり、有名なお店のラーメンの味を再現したりするなどして、味の高級化をはかりながら進化を続けてきた。お手ごろで便利なだけにとどまらず、[53]ことがより幅広い層に受け入れられることにつながったのではないだろうか。

近年では、打ったばかりの生の麺のような食感を売りとするものが人気を集めている。高品質のものを求める消費者からの需要に応える形で、誕生から65年たった今も日々新しい即席麺が店頭に並び、人々に愛され続けている。これからも即席麺は人々の期待に応えながら、[54]。

（注１）飢(う)えた人々：お腹をすかせた人々

（注２）重宝(ちょうほう)される：貴重なものとして大切にされること

50

1　それでも　　2　こうして　　3　そのうえ　　4　それとも

51

1　に加えて　　2　において　　3　に関して　　4　によって

52

1　ことになる　　2　だけのことはある

3　ものと思われる　　4　のも仕方がない

53

1　高級感のある商品にした　　2　特色化をはかった

3　どこでも楽しめるようにした　　4　味を追求してきた

54

1　進化し続けるにすぎない　　2　進化し続けるとは限らない

3　進化し続けるに違いない　　4　進化し続けるはずもない

文法

問題9　文章語法

答案 詳解 p.436

實戰測驗 4

問題9　次の文章を読んで、文章全体の内容を考えて、[50] から [54] の中に入る最もよいものを、1・2・3・4から一つ選びなさい。

以下は、新聞のコラムである。

騒音

「騒音」というとどんな音を思い浮かべるだろうか。空港から聞こえる飛行機のエンジンの音や町を走る車や電車の音から電話で話す人の声 [50] 、その種類は様々だ。私たちの日常にかかわりの深い騒音の一つと言えば、生活における騒音だろう。特にマンションなどの集合住宅の場合、近所の人と音のことでトラブルになったことがある人も少なくないのではないか。人が生活する上で出る音のほかにも、ピアノなどの楽器の音やペットの鳴き声などトラブルの原因となりえる音は色々あるが、スペースに限りがある都市であればあるほど [51] は多くなるように思われる。

先日、おもしろいニュースを見た。東京に新しく幼稚園を建設する計画が立てられていたが、その地域の住民から反対する意見が出たそうだ。[52] 、「子供の声がうるさいから」があげられていた。このニュースを見た時に子供の声が騒音だと思われていることにおどろいた。それ [53] 都市だからこそ起こる問題だと印象に残ったものだ。住む家やマンションを探す時に、大きな通りが近くないか、周りに遅くまで開いているお店がないかなどのほかに、幼稚園や保育園など子供が多い環境かどうかを気にする人もいるそうだ。

「騒音」も社会や町の変化につれて、その意味が変化するのかもしれない。しかし、子供の声や笑顔であふれる社会や町こそが明るい未来なのではないだろうか。特に日本は子供の数が少なくなりつつある。一度、「騒音」の意味について [54] 。

50

1　にかけて　　2　まで　　3　につき　　4　にわたって

51

1　生活の騒音　　2　近所の人　　3　音の種類　　4　音のトラブル

52

1　その理由から　　2　その理由にしては

3　その理由として　　4　その理由のわりに

53

1　にしたがって　　2　とともに　　3　にともなって　　4　につれて

54

1　考えてみるというわけである　　2　考えてみるべきではないか

3　考えてみるおそれがあるだろう　　4　考えてみるわけにはいかない

答案 詳解 p.438

實戰測驗 5

問題9　次の文章を読んで、文章全体の内容を考えて、 50 から 54 の中に入る最もよいものを、1・2・3・4から一つ選びなさい。

以下は、新聞のコラムである。

時間の感じ方

今年も気がつけばもう半年が過ぎてしまった。ついこの前「明けましておめでとうございます」と新しい年を迎えたばかりなのにと、時の経つ速さを感じる人も多いのではないだろうか。筆者も 50 一人である。10代より20代、20代より30代と、年を重ねるにつれてどんどんその速度が速くなるように感じる。なぜだろうと不思議に思って調べて 51 、おもしろいことが分かった。

52 子供のころの生活を思い出してみると、新学期、夏休み、旅行、遠足、運動会、冬休みと学校や家庭での行事がたくさんだ。毎年同じ行事をくり返しても、子供の一年間の成長は大きいため、毎年同じ経験をしていると感じることはないという。子供にとって毎日が新しい出来事の連続なのだ。新しい出来事が多いと、新しい情報も多い。つまり、時間あたりの新しい情報の量が 53a と言える。これが時間を長く感じる理由である。それに比べて、大人はある程度成長しきっているので、行事や毎日の仕事が習慣化しやすく、時間あたりの新しい情報の量が 53b 。この子供と大人の違いを「時間知覚の違い」と言うそうだ。

子供のころは、遠足が楽しみで眠れなかったものだ。わくわくして色々な新しい事を想像することが時間を長く感じさせていたのだ。大人になった今でも子供の様に時間を長く感じることができるのだろうか。もう一度子供に戻ったつもりで、何か新しいことにチャレンジして一日一日を楽しんで過ごしてみる 54 。

50

1　あの　　2　その　　3　あんな　　4　こんな

51

1　みるなら　　2　みようと　　3　みる時　　4　みたところ

52

1　例えば　　2　しかも　　3　あるいは　　4　要するに

53

1　a 少ない　b 多い　　2　a 多い　b 少ない

3　a 低い　b 高い　　4　a 高い　b 低い

54

1　に越したことはない　　2　のもいいかもしれない

3　おそれがあるだろう　　4　わけにはいかない

答案 詳解 p.439

讀解

問題 10 內容理解（短篇）
問題 11 內容理解（中篇）
問題 12 綜合理解
問題 13 論點理解（長篇）
問題 14 信息檢索

內容理解（短篇）

內容理解（短篇）考的是閱讀 200 字左右的短篇文章後，選出相關考題的正確答案。該大題有五篇文章，每篇文章考一道題，總題數為 5 題。其中有三至四篇文章為隨筆，內容涵蓋育兒、語言、科學等各類主題；一至兩篇為應用文，內容包含公告、諮詢、導覽等。

重點攻略

1 隨筆並沒有固定的格式，題目會針對筆者的想法或主張提問。筆者的想法或主張通常會出現在文章的後半段，因此閱讀文章時，請特別留意後半段的內容。

例 筆者(ひっしゃ)は、恐怖(きょうふ)や不安(ふあん)をどうとらえているか。　筆者如何看待恐懼和不安？
筆者(ひっしゃ)の考(かんが)えに合(あ)うのはどれか。　何者與筆者的想法相符？

2 應用文指的是以傳達資訊為目的的文章，包含電子郵件、明信片等形式。題目會針對文章的目的提問、或是要求選出相符或不相符的敘述。建議掌握全文脈絡後，再對照各選項與內文，選出正確答案。

例 この文章(ぶんしょう)を書(か)いた、一番(いちばん)の目的(もくてき)は何(なに)か。　撰寫該篇文章的主要目的為何？
この会社(かいしゃ)の割引(わりびき)サービスについて正(ただ)しいものはどれか。　關於該公司的優惠服務，何者為正確敘述？

3 選項並不會直接沿用文中使用的詞句，通常會使用同義詞，或採取換句話說的方式改寫，因此請仔細確認選項內容，選出正確答案。

4 該大題的文章涵蓋學習、業務、家庭、休閒娛樂、公告、導覽、產品、銷售等主題，建議參考《N2 必考單字文法記憶小冊》（p40~41），熟記相關詞彙。

解題步驟

Step 1　閱讀題目和選項，並標示出反覆出現的關鍵字。

閱讀題目，確認題目所問的內容後，標示出反覆出現於選項中的詞句。

題目　筆者の考えに合うのはどれか。　何者與筆者的想法相符？

選項　1 学習環境がよいと、子どもたちは自分からすすんで学ぶようになる。
如果學習環境佳，孩子便會主動學習。

2 学習環境がよいと、子どもたちは机やいすなどの掃除（そうじ）をすすんで行うようになる。
如果學習環境佳，孩子便會主動清掃課桌椅。

Step 2　找出文中提及關鍵字之處，仔細閱讀相關內容，找出答題線索。

題目詢問筆者的想法或主張時，請檢視文章的後半段；題目針對文章的目的提問、或是要求選出相符或不相符的敘述時，請找出文中提及關鍵字之處，並仔細閱讀相關內容，找出答題線索。

文章　机やいすなどを片付けたり、掃除（そうじ）を行うことで安全にすごせる環境を作ることにもなります。しかし、学習環境をととのえることで、子どもたちが勉強に集中しやすくなり、自分から興味をもって学習する環境を作ることにもなります。
也可透過整理桌椅、或是打掃，來營造安全的環境。但是，透過整頓學習環境，能讓孩子更容易專注於學習，並打造出一個自己感興趣的學習環境。

Step 3　確認文中答題線索，並選出與文中內容相符的選項。

確認文中答題線索，並選出與文中內容相符的選項。

題目　筆者の考えに合うのはどれか。　何者與筆者的想法相符？

選項　✓ 1 学習環境がよいと、子どもたちは自分からすすんで学ぶようになる。
如果學習環境佳，孩子便會主動學習。

2 学習環境がよいと、子どもたちは机やいすなどの掃除（そうじ）をすすんで行うようになる。
如果學習環境佳，孩子便會主動清掃課桌椅。

套用解題步驟

問題10　次の文章を読んで、後の問いに対する答えとして最もよいものを、1・2・3・4から一つ選びなさい。

自分らしく人生を生き抜いていく力を得る上で、「自分には優れた才能や専門分野がない」と感じている場合は、何をどう学んでいけば良いのだろうか。

プロになるほどではなくても、周囲の人よりも少し得意で、好きで気になるものを学び、それらを結び合わせていく。そのようにして学んだことを柱にして、その力を活用し、組織(そしき)に頼らない働き方を目指す。そんな風に、興味(きょうみ)を広げて学びながら働くことが自分らしく生きるための近道ではないだろうか。

Step 2 找出文中提及關鍵字之處，仔細閱讀相關內容，找出答題線索。

筆者の考えに合うのはどれか。

1　自分らしく生きるためには、柱を結び合わせることが大切だ。

✔2　自分らしく生きるためには、好きなことをいろいろと学びながら働くのが速い。

3　自分らしく生きるためには、プロにならなくてもいい。

4　自分らしく生きるためには、好きなことをたくさん見つけるのがいい。

Step 1 閱讀題目和選項，並標示出反覆出現的關鍵字。

Step 3 確認文中答題線索，並選出與文中內容相符的選項。

Step1 本文為隨筆，題目詢問筆者的想法。反覆出現在選項中的詞句為「自分らしく生きるため（為活出自己的人生）、好きなこと（喜歡的事物）」。

Step2 筆者於第二段提到：「周囲の人よりも少し得意で、好きで気になるものを学び、それらを結び合わせていく（比周圍的人做得更好一點、學習自己喜歡和好奇的事物，並將它們結合在一起）」。並於文末表示：「そんな風に、興味を広げて学びながら働くことが自分らしく生きるための近道ではないだろうか（如此一來，邊工作邊拓展興趣和學習，不就是活出自己人生的捷徑嗎？）」

Step3 筆者認為活出自己人生最快的方式，就是邊工作邊學習各類自己喜歡的事物，因此答案要選2 自分らしく生きるためには、好きなことをいろいろと学びながら働くのが速い（為活出自己的人生，最快的方式為邊工作邊學習各種自己喜歡的事物）。

問題 10　請閱讀以下文章，並針對文章後的提問，從 1、2、3、4 選項中選出最符合的回答。

要得到能夠活出屬於自己的人生的力量時，如果感覺到「自己缺乏優秀才能或專業能力」的話，應該學習什麼東西、又該怎麼學才好？

這時應該去學習自己認為跟周遭的人比起來稍微更擅長一點的東西，就算達不到專業水準也沒有關係，去學習自己喜歡及感興趣的事物，並將這些事物結合在一起。接著將習得的技能為核心，活用這些力量，努力達到不需要依靠組織的工作方式。像這樣一邊工作，一邊拓展自己的興趣去學習，即是一條能活出自我的捷徑吧。

下列何者符合筆者的想法？

1　要活出自我，必須要將柱子綁在一起。

2　要活出自我，最快的方式是一邊工作一邊學習各種自己喜歡的事物。

3　要活出自我不一定要成為專業人士。

4　要活出自我，最好要多尋找自己喜歡的事物。

單字 **人生　じんせい**名人生｜**生き抜く いきぬく**動活下去｜**力 ちから**名力量｜**得る える**動得到
～上で ～うえで 在～方面、在～時｜**優れる すぐれる**動優秀、出色｜**才能 さいのう**名才能
専門分野 せんもんぶんや名專業領域｜**感じる かんじる**動感覺｜**場合 ばあい**名場合、狀況｜**学ぶ まなぶ**動學習
プロ名專業者｜**周囲 しゅうい**名周圍｜**得意だ とくいだ**な形擅長的｜**気になる きになる** 在意、好奇
結び合わせる むすびあわせる動結合｜**柱 はしら**名柱子｜**活用 かつよう**名利用、活用｜**組織 そしき**名組織
頼る たよる動依賴｜**働き方 はたらきかた**名工作方式｜**目指す めざす**動以～為目標｜**興味 きょうみ**名興趣
広げる ひろげる動展開｜**生きる いきる**動生存｜**近道 ちかみち**名捷徑｜**速い はやい**い形快速的
見つける みつける動發現、找出

實力奠定

請針對題目選出適當的答案。

01

昔は、参考書を何冊も買う人が理解できなかった。一冊でもしっかりと勉強すれば、それで十分だと思ったからだ。しかし、本によって説明や整理の仕方が違い、何冊も見るたびに様々な内容について学ぶことができるということを知った。

筆者の考えに合うものはどれか。

① 多様な内容を勉強するため、いろんな参考書を見る必要がある。

② 一冊の参考書だけをしっかり勉強しても試験のための十分な勉強ができる。

02

好きなスポーツを観覧(かんらん)しながら応援するのもいいが、実際にやってみると、そのスポーツについてもっと理解を深めることができる。理解が深まるとより一層、観覧(かんらん)や応援が楽しく感じられるだろう。

筆者は、なぜ好きなスポーツを直接やってみるほうがよいと考えているか。

① 観覧(かんらん)して応援するより直接やるほうがもっと楽しいから

② 好きなスポーツがもっと詳しく理解できるから

03

外で遊ぶのが大好きなうちの子は、週末になると「遊園地に行きたい！」としつこく言う。友達家族に聞くと、家族そろって頻繁(ひんぱん)に遊園地に行くという。もちろん、子供と一緒に遊ぶ時間も重要だ。しかし、平日にいっしょうけんめい働いたごほうびとして週末はしっかり休みたい。

筆者は週末に子供と遊園地に行くことについてどう考えているか。

① 子供と一緒にいる時間が少ないから週末によく遊びに行ったほうがいい。

② 子供は楽しいけど本人は週末に休む時間が必要だ。

04

> 共用ゴミ箱撤去のお知らせ
>
> 事務室の玄関前に共用ゴミ箱を設置していましたが、分別がしっかりされてなく、臭いの原因になり、撤去する予定です。これからは、個人用のゴミ箱を利用し、ゴミを捨てる際は、一階のゴミ捨て場に直接持ってくるよう、ご協力お願いします。

この文章を書いた一番の目的は何か。

① 個人用のゴミ箱を準備するように知らせている。

② 共用ゴミ箱をきれいに使ってもらうことを求めている。

05

> 掃除機の問い合わせ
>
> 1か月前、貴社の掃除機を購入しましたが、一週間も経たないうちに壊れ、修理に出しました。しかし、修理を受けて三日も経っていませんが、また故障しました。故障が相次ぐ理由は、製品自体に問題があるからではないかと思います。新しい製品に交換できるか確認お願いします。

この文章を書いた一番の目的は何か。

① 故障した製品の再修理ができるかを聞くため

② 故障した製品を新しい製品に交換できるかを聞くため

06

> 新製品の先行予約についての案内
>
> 4月に新製品ミネラルクッションが発売される予定です。今日から３月15日まで先行予約をされた方には15%の割引と、特典として収納楽々ポーチを差し上げます。３月16日から発売前まで予約された方には、15%の割引を提供させていただきます。

新製品の先行予約について正しいものはどれか。

① 今日から３月15日まで予約すれば15％割引とおまけのポーチがもらえる。

② 今日から３月15日まで予約すれば15％割引だけが受けられる。

答案 詳解 p.442

實戰測驗 1

問題10　次の(1)から(5)の文章を読んで、後の問いに対する答えとして最もよいものを、1・2・3・4から一つ選びなさい。

(1)

犬が「成犬」になるのは犬が生まれてから一年半くらいだと言われています。小型、中型、大型の犬種によって多少変わりますが、その後、犬は一年に人間の4歳分ずつ、歳を重ねます。犬の成長は人間とは違い、あっという間に大人になってしまうのです。

犬が子供である時期は短いですが、その間にしっかり「しつけ(注)」をすることが大切です。そうしなければ、犬は人にかみ付いたり、人間との主従(しゅじゅう)関係をうまく築けなくなったりしてしまうのです。

（注）しつけ：礼儀や決まり、ルールなどを教えること

55　筆者の考えに合うものはどれか。

1　どんな犬でも成長の速さは変わらない。

2　犬の成長は人間より一年半くらい遅い。

3　犬との関わりは生まれてから一年半が重要である。

4　犬が生まれて一年半くらいしたら、しつけを始めるべきである。

(2)

以下は、ある会社が出したメールの内容である。

社員各位

現在、一階ロビーに設置されているコーヒーマシンは今週金曜日に撤去(注1)されることになりました。

今まで社員の皆様に無料でコーヒーを提供してきましたが、コーヒーマシンの利用者は減少傾向にあり、少ない利用者のために総務部員が毎日マシンを洗浄(注2)し、発注・管理するのが難しくなってまいりました。

今後は各自で飲み物を購入しに行く、または持参するなどしていただけますよう、お願いいたします。

総務部

admin-jp@abc.co.jp

（注1）撤去する：その場所から取る

（注2）洗浄する：洗う

56　この文書を書いた一番の目的は何か。

1　総務部員が減り、コーヒーマシンの管理が難しくなったことを知らせること

2　コーヒーマシンがなくなるので、来週からは飲み物を各自で用意することを知らせること

3　コーヒーマシンの利用者が減っているので、もっと使ってほしいというお願い

4　コーヒーマシンが故障しているので、各自で飲み物を用意してほしいというお願い

答案 詳解 p.443

(3)

小中学生にスマートフォンは必要でしょうか。最近、小中学生がスマートフォンを学校へ持ち込むことが検討され始めています。その理由は、地震と通学時間が重なり、親が子供の安全確認ができないことがあったためです。

しかし、身近にスマートフォンがあることで、子供達が授業に集中できなくなるかもしれません。また、外遊びの時間も減り、子供達の本来の学習の機会が奪われるおそれもあります。ですから、私は、このスマートフォンの規則の見直しには、賛成しかねます。

57 筆者は小中学生のスマートフォンについてどうとらえているか。

1 安全のために、小中学生も学校にスマートフォンを持ち込んだほうがいい。

2 親が安心するので、小中学校にスマートフォンを持ち込んだほうがいい。

3 小中学生にはスマートフォンの管理が難しいので、学校に持ち込まないほうがいい。

4 学習活動の機会が減るので、小中学生が学校にスマートフォンを持ち込まないほうがいい。

(4)

〒108-0074

東京都港区高輪1-2-3-2040

ルイーズ・村上(むらかみ)　様

ご優待セールのご案内(あんない)

いつもMonoショッパーズをご利用いただき、ありがとうございます。

年に一度のお得意様限定ご優待セールですが、本年は７月13日（土）に決定しました。

人気のファッション、アクセサリー雑貨の他、水着や浴衣などが最大70％オフで、どれでも５点以上購入(こうにゅう)されますと、表示されている値段から更に10％オフとなります。

ぜひこの機会をお見逃しなく。

なお、お得意様限定の特別セールにつき、セール会場となる店内への入場にはこちらのはがきが必要となりますので、ご注意ください。

58　このはがきで紹介されているセールの内容について、正しいものはどれか。

1　セールは、会員証を持参すれば会場へ入れて、すべてが７割引の値段で買える。
2　セールは、はがきを持参すれば会場へ入れて、５点以上買うとさらに安くなる。
3　セール会場にはだれでも入れて、５点以上買えばすべてが７割引となる。
4　セール会場では、レジではがきを見せればさらに全品１割引となる。

答案 詳解 p.444

(5)

「ほうれんそう」は、報告、連絡、相談のことで、仕事をスムーズにするための社会人の基本(きほん)だが、上司(じょうし)から部下への一方的な教育の方法と誤解されがちである。

ミスをしかられてばかりいたら、部下は緊張(きんちょう)して相談しづらくなってしまう。ミスが分かれば、一緒に解決していくのが上司の役目である。つまり、「ほうれんそう」を部下だけでなく上司からもしていけば、お互いの信頼関係が生まれ、働きやすい職場になっていくのである。

59 筆者の考えに合うのはどれか。

1 職場では、話しづらい雰囲気があるので、上司と部下のコミュニケーションは難しい。

2 職場では、信頼関係があるので、上司と部下のコミュニケーションは難しくない。

3 「ほうれんそう」は、上司から部下への教育の一つである。

4 「ほうれんそう」は、部下と上司がお互いにするコミュニケーションの方法である。

答案 詳解 p.445

實戰測驗 2

問題10　次の(1)から(5)の文章を読んで、後の問いに対する答えとして最もよいものを、1・2・3・4から一つ選びなさい。

(1)

日常を離れて、温泉に行きたいと思うことがある。箱根、草津、別府など、有名な温泉地があるが、住んでいる所から行くには遠く、宿泊をする場合は費用もかかるので、なかなか簡単には行けない。そんなときは、近い場所でゆっくりと大きなおふろに入れる「スーパー銭湯」がおすすめだ。館内にはレストランや横になって休めるところ、マッサージサービスなどもあり、わざわざ遠い所まで出かけなくても、十分楽しめるし、リフレッシュすることができる。週末や会社帰りに気軽に行くことができるのもいい点だ。

55　筆者の考えに合うものはどれか。

1　有名な温泉地は気軽に行けるのでおすすめだ。

2　有名な温泉地は費用がかかるので、行くのが難しい。

3　スーパー銭湯は会社の近くにあるので行きやすい。

4　スーパー銭湯は近い場所で楽しめるいい場所だ。

答案 詳解 p.445

(2)

以下は、あるオンラインショップが出したメールである。

> あて先：sameze@email.com
>
> 件　　名：お客様のポイントについて
>
> 送信日時：令和２年４月18日
>
> ---
>
> 先日のお客様の購入金額に応じて、1,400ポイントを付与(注1)いたしました。
>
> 　ポイントは、１ポイント１円として、お買い物の際にご利用が可能です。
>
> 　なお、来月末６月30日限りで保有ポイント全5,400ポイントのうち1,200ポイントがご購入の有無にかかわらず失効(注2)いたします。
>
> 　現在、オンラインショップでは、値下げ商品に加えて今シーズンの新商品も続々と登場中です。
>
> 　お得にご購入いただけるチャンスでございますので、ぜひポイントをご活用ください。

（注1）付与する：与える

（注2）失効：ここでは、使えなくなること

56　このメールを書いた、一番の目的は何か。

1　前回の買い物で、新しく1,400ポイントがもらえたことを知らせる。

2　買い物をしないと、1,200ポイントがなくなることを知らせる。

3　オンラインショップに、値下げ商品と新商品があることを知らせる。

4　オンラインショップでの買い物で、ポイントが使えることを知らせる。

(3)

最近は、携帯(けいたい)電話を持っている小学生も多い。調査によると、親の多くは家族との連絡のためだけに子どもに携帯(けいたい)電話を持たせている。しかし実際は、友達との連絡やインターネットを見るために使っている子どもが多いそうだ。親が気付かないうちに、犯罪の被害にあってしまうこともある。専門家は、携帯(けいたい)電話を使う際のルールを家族で話し合うことが大切だという。しかし、子どもの安全を守ることはそんなに簡単なことではないのではないか。

57 子どもの携帯(けいたい)電話の使用について、筆者の考えに合うのはどれか。

1 ルールを家族で話し合えば、子どもは安全に使うことができる。

2 子どもを危険から守ることは簡単なことではない。

3 子どもは親よりも携帯(けいたい)電話を上手に使うことができる。

4 家族との連絡を目的に与えれば、問題はない。

答案 詳解 p.446

(4)

私は親がいない子どもや親と一緒に住めない子どもが生活をする施設で働いている。ここで働くようになってから、親がいなくても、温かい職員のもとで安心して生活できると知った。だからといって、一般家庭のように育つというわけではない。例えば、お風呂が大きかったり、一斉(いっせい)に食堂で食事をしたりするなど、普通の家庭のサイズを知らないまま大人になることがそうだ。そのため、このような施設ではなく一般の家庭に引き取られて育てられるように、制度が見直されつつある。

58 筆者がこの施設で働いて、わかったことはどのようなことか。

1 この施設で育った子どもも一般家庭で育った子どものように育つ。

2 一般家庭にあるお風呂などのサイズを知らない子どもがいる。

3 施設では一般家庭のように安心して暮らせない。

4 制度が見直され、一般家庭で育てられる子どもが増えた。

(5)

先日、犬のあくびがかわいくて写真を撮ろうとしたが、間に合わなかった。思い出を記録する道具としてカメラは欠かせないが、いつでもカメラを持っているわけではないので、チャンスを逃してしまうことがある。しかし、人間は「覚えておく」ことができるので、いつでもどこでも感じたことを逃さずに記録できる。考え方によっては、人は皆、どんなカメラよりもすばらしい「心のカメラ」を持っているのかもしれない。

59 筆者の考えに合うものはどれか。

1 写真を撮るチャンスを逃す場合があるので、カメラはいつでも持ち歩いている。

2 カメラを持っていれば、いつでも思い出を記録できるので便利である。

3 人は覚えておくことができるが、カメラの記録能力のほうがすばらしい。

4 人は覚えておくことができ、どんなカメラよりもすばらしい記録能力を持っている。

答案 詳解 p.447

實戰測驗 3

問題10　次の(1)から(5)の文章を読んで、後の問いに対する答えとして最もよいものを、1・2・3・4から一つ選びなさい。

(1)

大学では様々な学問を、広く浅く勉強するのに対し、大学院では自分の研究分野をより深く研究します。ですから、大学院に進むと、自らの専門性を高められます。そして、研究を通して自分をさらに磨きたい、成果を出したいと考える人に囲まれた環境に身を置くことになるため、自分も何とかがんばらなければという気持ちが働き、研究活動に打ち込むようになります。そのような場を提供（ていきょう）してくれる大学院は、人としての成長につながる場所だと思います。

55　筆者の考えに合うのはどれか。

1　大学院は専門性を高めるための場所で、それ以外の目的はない。
2　大学院で学ぶことによって、研究だけでなく自分を成長させることもできる。
3　努力している人達の中で生活していると、自分の努力を足りないと思う。
4　同じ研究をしている人達と一緒に活動することは、大学院のいい点だ。

(2)

少子化の影響で、街の音楽教室の子供の数が減っているが、中高年の生徒数は増えているようだ。子供のころにピアノを習っていた私もすぐに上達すると期待して、教室に通い始めた。ところが、なかなか思ったように上手にならないのだ。「白鳥(はくちょう)の湖」という曲を弾いていて、気づいたことがある。美しい姿で泳ぐ白鳥(はくちょう)は、水面の下では、足を必死に動かし続けている。美しい曲が弾けるようになるには、何度も練習を繰り返さなければならないのだ。努力の積み重ねがあってはじめて、美しい音楽になるのである。

56 音楽について、筆者の考えに合うのはどれか。

1 美しい曲を弾くために、皆、目に見えないところで努力している。

2 中高年の生徒は、ピアノがなかなか上手にならないものだ。

3 子供の時に習った楽器を、大人になって弾くのは楽しい。

4 美しい曲を演奏するためには、努力の積み重ねが必要である。

答案 詳解 p.447

(3)

以下は、ある会社の社内文書である。

> 平成29年８月１日
>
> 社員各位
>
> 総務部課長
>
> **防災訓練についてのお願い**
>
> ９月１日は防災の日です。台風、地震に備えて準備をしましょう。
>
> 先日、お知らせした通り、防災訓練を実施いたします。訓練開始時に社内にいる方は、全員ご参加くださるようお願いいたします。
>
> つきましては、避難用リュックサックの中の品物をご確認の上、不足品がありましたら、８月10日までに各部でとりまとめ、総務部までご連絡ください。
>
> なお、訓練内容につきましては、７月25日のメールをご確認ください。
>
> 以上

57　この文書で、一番伝えたいことは何か。

1　防災訓練に備えて準備をしなければならないこと

2　避難用の品物の不足分の報告をすること

3　総務部から避難用の品物を受け取ること

4　防災訓練の全員参加をお願いすること

(4)

優先席に座っていたある日のことだ。目の前に年配の人が立っていたので席を譲ろうとしたら、「まだそんな年寄りじゃありませんよ」と感謝されるどころか、怒られてしまった。お年寄りに気がつかずに座っていると、「若いんだから立ちなさい」と周りから言われることもある。難しいところだ。席を譲られたらうれしいと思う人、譲られて不快な気持ちになる人と様々だ。一番いいのは自分が元気なら優先席に座らないことかもしれない。

58 筆者の考えに合うのはどれか。

1 席を譲るときは、周りから言われるまで待つ。
2 席を譲られても、感謝する人は少ないので譲らない。
3 席を譲られても、うれしいと思わない人もいる。
4 席を譲るのは難しいので、座らないようにしている。

答案 詳解 p.448

(5)

以下は、紅茶の販売店から届いたメールである。

お客様各位

いつもティーハウスをご利用いただき、ありがとうございます。

４月１日より、春の紅茶フェアを開催します。会員の皆様は普段のお買い物と同様に定価の10％引きで商品をご購入いただけますが、フェアの期間中に春の新商品をお求めいただいた会員様には、次回のお買い物にご使用いただける20％割引券を差し上げます。

皆様のご来店をお待ちしております。

https://tea-house.co.jp/fair

フェアの詳細は、ホームページよりご確認ください。

59　このメールで紹介されている会員サービスについて、正しいものはどれか。

1　紅茶フェアの期間に行くと、割引券がもらえる。

2　紅茶フェアの期間も、１割引きで商品が買える。

3　紅茶フェアの期間は、２割引きで買い物ができる。

4　紅茶フェアの期間は、新商品が３割引きで買える。

答案 詳解 p.449

內容理解（中篇）

內容理解（中篇）考的是閱讀500字左右的中篇文章後，選出相關考題的正確答案。該大題有三篇文章，每篇文章考3題，總題數為9題。若為難度較高的文章，則會考兩道題。文章屬於隨筆，筆者會針對特定議題提出比較、經驗或舉例說明。題目則會詢問筆者的想法或主張，或是針對其中一段的相關細節提問。

重點攻略

1 題目主要針對全文或其中一段的內容提問，包含詢問筆者的想法、或是相關細節。請先確認題目中的關鍵字詞，從文中找出相關內容後，選出內容相符的選項。

例 個性（こせい）について筆者（ひっしゃ）の考（かんが）えに合（あ）うのはどれか。 針對「個性」，何者與筆者的想法相符？

筆者（ひっしゃ）によると、「話（はな）し言葉（ことば）」の重要（じゅうよう）な特徴（とくちょう）は何（なに）か。 筆者認為「口語」的重要特性為何？

2 題目針對畫底線處提問時，請找出文中畫底線處的位置，確認前後方內容後，選出內容相符的選項。

例 誤解（ごかい）が生（しょう）じてとあるが、どのようなときに誤解（ごかい）が生（しょう）じるのか。
文中提到「產生誤會」，指的是什麼時候產生誤會？

この場合（ばあい）とはどんな場合（ばあい）か。 這種情況指的是什麼情況？

3 題目採「順序出題」方式，按照文章的段落依序出題。第一題對應文章前半段；第二題對應文章中後段；第三題對應文章後半段或整篇文章。因此請從頭開始閱讀文章，按照題目順序，依序找出相關答題線索，並選出正確答案。

4 該大題的文章涵蓋健康、疾病、書籍、考試、天氣、旅遊、溝通、人生等主題，建議參考《N2必考單字文法記憶小冊》（p41~43），熟記相關詞彙。

解題步驟

Step 1　閱讀題目，確認題目所問的內容，並標示解題關鍵字句。

請先閱讀題目，確認題目所問的內容、以及需要確認文中哪些內容後，再標示出題目中的關鍵字句。

題目　少子化社会の問題点について、筆者の考えに合うものはどれか。

針對少子化社會問題，何者符合筆者的想法？

Step 2　閱讀相關內容，並找出答題線索。

題目會按照文章的段落依序出題，因此請從頭開始閱讀文章，依序找出各題的相關答題線索。

文章　少子化社会が進行していくことにより若い世代の人口は減少しつづけ、社会の核となり働く労働者数が減少してしまいます。そうなると、将来的には日本経済に大きなダメージをもたらすことにもなりえます。

隨著少子化社會的到來，年輕一代的人口持續減少，使得社會核心勞動人力減少。若發生這種情況，將來可能會對日本經濟造成極大的損害。

Step 3　確認文中答題線索，並選出與文中內容相符的選項。

請再次確認一遍題目和各選項，並選出內容與答題線索相符的選項。選項並不會直接沿用文中使用的詞句，通常會使用同義詞，或採取換句話說的方式改寫，因此請仔細確認內文和選項內容，選出正確答案。

選項　1 少子化はそれまで増え続けていた人口の上昇を食い止めてしまうものである。

少子化將阻止一路以來持續不斷增加的人口。

✔ 2 少子化が進むことで、労働力が不足し、日本の財政に影響を及ぼすおそれがある。

少子化可能導致勞動力短缺，並影響日本的財政狀況。

套用解題步驟

問題11　次の文章を読んで、後の問いに対する答えとして最もよいものを、1・2・3・4から一つ選びなさい。

日本には梅雨(つゆ)の時期があります。江戸時代から使われている言葉で、雨期、つまり、雨がたくさん降る時期のことです。

5月上旬(じょうじゅん)から中旬(ちゅうじゅん)にかけて、沖縄(おきなわ)地方が梅雨(つゆ)に入ります。梅雨(つゆ)は徐々(じょじょ)に北上して、東京が梅雨(つゆ)入りするのはたいてい6月の始めごろです。梅雨(つゆ)は4週間から6週間ほど続きますが、その期間は曇りや雨の日が多くなり、晴れる日が少なくなります。雨が続くと気温も下がり寒くなりますが、晴れると気温は上昇し、蒸し暑くなります。この時期は湿気が多いからです。

Step 2 閱讀相關內容，並找出答題線索。

多くの人が、「日本では、梅雨(つゆ)の時期が一年で一番雨の量が多い」と思っています。しかし過去の統計(とうけい)をみると、実際は四国南部や東海地方、関東地方では、梅雨(つゆ)の時期よりも秋のほうが、降雨量が多いことが分かります。これらの地方は、台風の通り道になることが多いからです。

梅雨(つゆ)の時期に蒸し暑くなるのはなぜか。

1　東京は5月上旬に梅雨(つゆ)入りするから

Step 1 閱讀題目，確認題目所問的內容，並標示解題關鍵字句。

2　日本の梅雨(つゆ)の時期は長く続くから

✓3　梅雨(つゆ)の時期は湿度が高い日が多いから

4　晴れる日は少ないが、気温は高いから

Step 3 確認文中答題線索，並選出與文中內容相符的選項。

Step1 題目提及「梅雨の時期に蒸し暑くなるの（梅雨季變得悶熱）」，請在文中找出相關內容和原因。

Step2 第二段最後提及梅雨季悶熱的原因：「蒸し暑くなります。この時期は湿気が多いからです（變得悶熱。因為每年這個時候都很潮濕）」。

Step3 文中提及導致梅雨季悶熱的原因為潮濕，因此答案要選 3 梅雨の時期は湿度が高い日が多いから（因為在梅雨季時，溼度高的日子很多）

問題 11 請閱讀以下文章，並從 1、2、3、4 選項中，選擇最符合文章後提問的回答。

日本有梅雨季。梅雨季是從江戶時代開始出現的詞語，指雨季，也就是雨下得很多的時期。

沖繩地區會在5月上旬至中旬開始進入梅雨季。梅雨會漸漸北上，東京的大概會在6月初左右開始下梅雨。梅雨會持續4週到6週，雨季期間多是陰天或雨天，晴朗的日子會變少。持續下雨會造成氣溫下降變冷，不過一旦放晴氣溫就會上升，變得悶熱。這是因為這個時期空氣濕度很高的關係。

許多人會認為「梅雨季是日本一年間雨量最多的時期」。不過回溯過去的統計結果會發現，實際上在四國南部、東海地區及關東地區，秋季的降水量比梅雨季更多。這是因為這些地區容易落在颱風經過的路徑上。

為什麼梅雨季天氣會變悶熱呢？

1　因為東京在5月上旬開始下梅雨

2　因為日本的梅雨季很長

3　因為梅雨季裡濕度高的日子多

4　因為晴天雖然少，氣溫卻很高

單字 **日本 にほん**名日本｜**梅雨 つゆ**名梅雨｜**時期 じき**名時期｜**江戸時代 えどじだい**名江戶時代｜**雨期 うき**名雨季｜**つまり**接即是、也就是說｜**上旬 じょうじゅん**名上旬｜**中旬 ちゅうじゅん**名中旬｜**～にかけて** 到～為止｜**沖縄地方 おきなわちほう**名沖繩地區｜**梅雨に入る つゆにはいる** 進入梅雨季、梅雨季開始｜**徐々に じょじょに**副緩緩地｜**北上 ほくじょう**名北上｜**東京 とうきょう**名東京｜**たいてい**副大概、幾乎｜**始め はじめ**名初始｜**続く つづく**動持續｜**曇り くもり**名陰天｜**雨の日 あめのひ**名雨天｜**晴れる日 はれるひ**名晴天｜**気温 きおん**名氣溫｜**下がる さがる**動下降｜**上昇 じょうしょう**名上升｜**蒸し暑い むしあつい**い形悶熱｜**湿気 しっけ**名濕氣｜**量 りょう**名量｜**～と思う ～とおもう** 認為～｜**しかし**接但是｜**過去 かこ**名過去｜**統計 とうけい**名統計｜**実際 じっさい**名實際｜**四国 しこく**名四國｜**南部 なんぶ**名南部｜**東海地方 とうかいちほう**名東海地區｜**関東地方 かんとうちほう**名關東地區｜**降雨量 こううりょう**名降雨量｜**台風 たいふう**名颱風｜**通り道 とおりみち**名通道、路徑

實力奠定

請針對題目選出適當的答案。

01

> 潔癖症は、不潔なものを病的に恐れ、清潔さを追求する症状を言う。完璧を求め、融通が利かない症状もあるが、皆がそういうわけではない。潔癖症はストレス性恐怖症の一つで、現代の社会を生きる人には発症しやすく、うつ病とも関連がある。

筆者によると、「潔癖症」の主な特徴は何か。

① 不潔さを病的に恐れて清潔さを追求する。

② 完璧さを追求して融通が利かない。

02

> 会社帰りに運動をする会社員が多い。運動をすることは健康に良いが、注意する点がある。それは、必ず運動前に軽くでもいいので、ストレッチをすることだ。激しい運動は筋肉を驚かせる可能性があるからだ。特に会社員は一日中座りっぱなしのうえ、緊張した状態から突然動くと体に負担がかかるかもしれない。

会社員が運動をするとき、なぜ特に気をつけるべきか。

① 激しい運動は筋肉を驚かせるから

② 急に動くと体に無理をさせるから

03

> 試験の難易度を調整することは難しい。特に絶対評価の試験の場合は、前の試験と比べ、難易度に大きな差がないようにすることが大切だ。試験が易しいと合格しやすく、難しいと合格しにくい。もし、以前の試験と今回の試験の難易度が違うと、難しかった試験の合格者と易しかった試験の合格者の水準が異なるにも関わらず、合格という同じ結果を受け取る問題が発生する。

問題が発生するとあるが、どんな問題か。

① 合格者の水準が違うのに同じ合格の結果をもらう。

② 試験に不合格する人が多くなる。

04

月日（つきひ）が経つにつれて本屋に行くことが好きになった。本を読むのも楽しいし、適度な人ごみの中にいるのも好きだ。最近は本屋の中にカフェが入り、大好きなコーヒーも飲めるようになった。その中でも特に私は本屋の匂いが好きだ。本屋の匂いとは本屋にいる人の匂いでもなく、コーヒーの匂いでもない、新しい本の匂いだ。

本屋の匂いとあるが、何か。

① 新しい本の匂い

② 本屋にいる人々の匂い

05

雨の日には傘を準備しなければならないし、外部活動の妨げになるなどして、嫌がる人がいる。でも、私は雨の日が好きだ。雨の音を聞くと心身が安らぎ、窓から雨の日の景色を見ていると、なぜか気分が良くなる。しかし、外出する予定がある日には、雨はあまり好きではない。服が濡（ぬ）れ洗濯するのも面倒なうえ、家の中の湿気を取り除くことに手間がかかるからである。

雨の日について筆者の考えに合うものはどれか。

① 雨が降っている景色が好きで、雨の日は出かけたくなる。

② 雨の音を聞くことは好きだが、服が濡（ぬ）れたりすると不便だ。

06

外国に住んでいた頃、住民登録のために公共機関を訪ねたことがある。入口を通った後、どこに行けばいいのかわからず、職員に見える人に英語で尋ねてみた。しかし、その人は英語ができず、まともに対応してもらえなかった。やっと窓口にたどり着いたと思ったら、窓口の職員も英語での会話が通じなかった。帰国後、偶然公共機関を訪ねたとき、外国人が困った様子だった。手を差し伸べる人が誰もおらず、私から声をかけた。公共機関では外国語ができる職員がいて、手伝ってくれればいいのに、と思った。

この文章で筆者が言いたいことは何か。

① 公共機関に外国語が話せる人がいて、外国人を助けてほしい。

② 公共機関では外国人を親切に助けてほしい。

答案 詳解 p.450

實戰測驗 1

問題11　次の(1)から(3)の文章を読んで、後の問いに対する答えとして最もよいものを、1・2・3・4から一つ選びなさい。

(1)

夏になると夕方に突然、たくさんの雨が降ることがあります。夏の夕方の雨は夕立と呼ばれ、夏の風物詩(注)の一つでした。しかし最近、時間に関係なく、大雨が降るようになりました。これは、非常に狭い範囲で、短時間に、数十ミリ以上降るもので、局地的大雨、またはゲリラ豪雨と呼ばれており、近年、夏になると必ず発生しています。

この雨が問題なのは、なんといってもいつ降るかといった予測が難しいことです。朝、テレビをつけて天気予報を見たとき、晴れのマークがついていれば、ほとんどの人は出掛けるときに傘を持たずに家を出るでしょう。それなのに、急に気温が下がって、突然、大量の雨が降るのです。うっかり、傘を持たずに出かけた人たちが、屋根のある場所へ走って避難する姿もめずらしくなくなりましたし、「今日、天気予報では晴れだったよね？」などという会話もよく耳にするようになりました。

日本の夏のイメージは少し変化したように思います。今までは日本の暑い夏のイメージといえば、体を冷やすためのかき氷やうちわ、夏の夜空にあがるきれいな花火などが挙げられましたが、今では、「夏といえば雨！」と言えるほど雨の量が増加しました。ですから、夏はいつも傘を持ち歩くようにすると安心できるでしょう。

（注）風物詩：その季節だけに見られる物や事

60 夏の雨にはどのような特徴があるか。

1 短い時間に、狭い地域でたくさんの雨が突然降る。

2 狭い地域にたくさん降るが、突然降ることはない。

3 雨の量は多いが、降るのは夕方だけだ。

4 天気予報が晴れでも、必ず雨が降る時間がある。

61 局地的（きょくちてき）大雨と呼ばれている雨について、筆者はどのように述べているか。

1 大雨の日は避難（ひなん）する人が多い。

2 大雨の日は必ず寒い日である。

3 天気予報で晴れの日に発生する。

4 天気予報だけではわからない。

62 日本の夏のイメージは少し変化したとあるが、それはなぜか。

1 気温が年々高くなってきたから

2 突然降る雨が多くなったから

3 天気予報があたらなくなったから

4 雨の降る時間が長くなったから

答案 詳解 p.451

(2)

日本人が勤勉(きんべん)であることは世界でも有名である。しかし、日本人は本当に仕事が大好きなのだろうか。残業する場合、本当に仕事が終わらなくて残業している人もいるが、仕事がなくて帰りたいのに、まだ仕事をしている同僚や上司より先に帰ることが失礼だと思って帰れない場合もある。また、なんとなく定時ぴったりに帰るのはよくないと思う日本人が多いことも残業しなければならない理由になっているのではないだろうか。そして、その残業時間について残業代が支払われない企業があることも事実だ。これを「サービス残業」という。

また、最近は働きすぎることも問題となっている。サービス残業やストレスが原因で自殺したり、過労死(かろうし)してしまったりするケースがたびたびニュースで報道されるようになった。無理に残業をしなければならなくても、働いている人の多くは会社に文句を言わない。なぜならば、文句(もんく)を言うことで企業側から逆に注意をされ、職を失いかねないのだ。だから無理をしてしまう。

「サービス残業」という悪い慣習(かんしゅう)が人の命を奪(うば)いかねないというのは事実である。こうした状況が多くの人に知られるようになったことで、徐々にではあるが「ノー残業デー」等と決めて一切残業をしてはいけない日を作る企業も出てきた。日本人は昔からよく働くが、残業ばかりしないで家族や自分の時間をもっと大切にしてもよいのではないだろうか。企業も働く人も残業のあり方を真剣(しんけん)に見直していくべきだろう。

63 「サービス残業」とはどのような残業のことか。

1 同僚や上司と楽しく残業すること

2 お金が払われない残業のこと

3 お金が多く払われる残業のこと

4 文句を言わないで働くこと

64 <u>働きすぎることも問題</u>とあるが、それはなぜか。

1 無駄(むだ)な残業をしなければならないから

2 会社に文句を言えないから

3 職を失いかねないから

4 自殺や過労死(かろうし)につながるから

65 残業について筆者の考えに近いものはどれか。

1 残業はよくないので、定時で帰るべきだ。

2 残業はよくないし、日本人は仕事が好きではない。

3 残業もよいが、仕事以外のことも大切にするべきだ。

4 残業もよいが、企業がきちんとお金を払うべきだ。

答案 詳解 p.452

(3)

最近話題になっている本がある。筋トレ、つまり体を強くする筋肉トレーニングに関する本なのだが、トレーニングの仕方ではなく、なぜトレーニングが必要なのかが書かれている。その本によると、筋トレをすることによって、人生を変えることも可能だそうだ。実際、私も筋トレを始めてから、生活がかなり変わった。いや、生活だけでなく、考え方も変わったと思う。体を動かしていることで、気持ちがとても明るくなったのだ。自分の体を自分自身で作り上げていく楽しさは、自分ができることが増えていく楽しさでもある。

生活の中で変わったことの一つは、睡眠時間だ。筋トレのおかげでよく眠れるようになった。そのことをオーストラリア人の友人と話したのだが、その友人は１日に７時間は眠るようにしていると言っていた。毎日、仕事でとても忙しい人なので、「寝るのがもったいなくないか」と質問したら、笑われてしまった。「睡眠時間が足りないと、決断力(注)が鈍るでしょう?」と。その人はいい仕事をし、いい人生にするためには、頭の中をすっきりとさせるのに十分な睡眠時間こそが必要なのだと言っていた。

体を動かす楽しさと、適度な睡眠。一見、無駄に見えるこの二つは、忙しい現代人にこそ必要なものなのかもしれない。

（注）決断力が鈍る：何かを決めるのに時間がかかるようになる

66 トレーニングを始めて、筆者はどのように変わったと述べているか。

1 運動することを通して、気持ちが明るくなった。

2 自分の健康に注意するようになり、生活が変わった。

3 1日の生活の仕方が変わったので、寝る時間が増えた。

4 できることが増えて、仕事ができるようになった。

67 眠る時間を十分に取ることはなぜ必要なのか。

1 忙しい仕事をしていると、眠る時間が足りないから

2 眠る時間が足りないと、人生を変えることができないから

3 いろいろなことを、よく回る頭で決められるようになるから

4 自分の人生を決める力が弱くなると、いい仕事ができないから

68 この文章で筆者の言いたいことは何か。

1 トレーニングと十分な睡眠は忙しいから必要だが、時間の無駄(むだ)だ。

2 体を動かすことと十分に眠ることは、非常に大切なことだ。

3 人生では無駄(むだ)に見えることを大切にする時間が必要だ。

4 人生では楽しいと思うことをすることが睡眠と同じくらい必要だ。

答案 詳解 p.453

實戰測驗 2

問題11　次の(1)から(3)の文章を読んで、後の問いに対する答えとして最もよいものを、1・2・3・4から一つ選びなさい。

(1)

今の自分を変えたいと思っている人が少なくない現代、そのような本が売られていたり、またそのためのセミナーが実施されていたりもする。

本やセミナーで紹介されているのはだいたい、努力が必要だという内容であるが、果たして努力が持続（じぞく）する人はいったいどのぐらいいるのだろうか。私には無理だ。私と同じ意見の人も多いだろう。努力を長続き（ながつづ）させることは難しく、失敗に終わることが多いのではないか。なぜなら、努力というのはたいていつらいものだからだ。変化の過程はつらいものだというのが前提（ぜんてい）（注）なのだ。

では、どうすれば自分が変えられるのか。

自分を変えたいと思っている人はまず、どうやったら自分を変えられるか考えないことだ。「考えずにどうやって行動するの？」と思う人がいるかもしれない。しかし、考えることは変化を先延ばしにしているだけで意味がないのだ。またあれこれ考えてしまうのは、変化を恐れているからかもしれない。そのような準備時間など要らない。行動するために準備をするのではなく、行動しながら準備をするといい。行動をすると変化が感じられる。その変化の過程を楽しめると、自分を変えられるのだ。

（注）前提（ぜんてい）：ある出来事が成立するための基本となる条件

60 筆者によると、本やセミナーで紹介される内容はどんなことか。

1 自分を変えるためには努力が必要であるということ

2 努力をすることが長く続く人はあまりいないということ

3 努力というものは本来、つらいものであるということ

4 自分を変えるというのはつらい過程が必要だということ

61 私には無理だとあるが、何が無理なのか。

1 自分を変えること

2 努力をすること

3 努力し続けること

4 変化し続けること

62 自分を変える方法について、筆者の意見と合うのはどれか。

1 自分を変えるためには努力し続けることが大切だ。

2 自分を変えるための努力はつらいが、過程を楽しむといい。

3 どうやって自分を変えるか考えて、準備することが大切だ。

4 自分を変えたい人は考えないですぐに行動するといい。

答案 詳解 p.454

(2)

アフリカで誕生した人類は、３万８千～３万年前にどうやって大陸から日本列島まで来たのだろうか。当時は今よりも気温が低く、海の表面は今より80メートルほど低かったらしいが、それでも海は越えなければならなかった。海を渡った方法を探ろうと国立科学博物館のチームが、木をくりぬいただけの船で、台湾から沖縄まで渡る実験をし、無事に成功した。地図や時計を持たず、太陽や星の位置を頼りに方角を決め、200キロを丸２日近くこぎ続けたという。人類はこのように移動し、世界に広がったと証明できた。

しかし、人はなぜ、死の危険があるのに移動したのか。環境が悪くなり移動した場合もあっただろうが、人がもともと持つ好奇心が大きな理由ではないか。海の向こうに何があるのか。知りたい、行きたいという強い気持ちが冒険へ向かわせたのではないだろうか。そして、それを実現できたのは、人が力を合わせて協力する社会性のある動物だったからだろう。メンバーがみんなで力と知恵を出し、困難を越えて、目的を達成する。元の部分にそのDNAがあるからこそ、人類は多くの場所で町を作り、それを大きくしてきたのだ。大昔から伝えられてきたこの精神は、今後も変わることはないだろう。

（注１）くりぬく：中の物を抜いて出し、穴をあけること

（注２）達成する：目標や大きな物事をして成功すること

63 海を渡る実験では、どのようなことが分かったか。

1 人類が木をくりぬいただけの船で移動していたこと

2 人類がどのように移動し、世界に広がったかということ

3 人類が地図や時計を頼りに方角（ほうがく）を決めていたこと

4 人類が沖縄（おきなわ）から台湾（たいわん）まで丸2日近くこぎ続けたこと

64 筆者によると、人類が移動した一番の理由は何か。

1 死ぬかもしれないような冒険（ぼうけん）をしたいと思ったから

2 住（す）んでいるところの環境が悪くなったから

3 行ったことがない場所や知らないことに興味を持ったから

4 自分たちに社会性があるか知りたかったから

65 筆者によると、人類が世界中に広まった理由はどのようなことか。

1 目的を達成する知恵（ちえ）があったから

2 町を作るという困難を越えることができたから

3 力を合わせて協力する性質があったから

4 ずっと伝えられてきた精神があったから

答案 詳解 p.455

(3)

先日、大学時代の先輩に「一流の物を持て」と言われた。そればかりか、「一流の人と遊べ」とも注意された。私の持ち物や付き合う人にあきれているようだ。たしかに私が使う物は、使えれば何でもよく、高い物に全く興味がない。ブランド品など買ったことがない。社会人になって、多少お金がある今でも学生のような服装をしていて、昔からの気の合う仲間と遊んでいる。

先輩は一流の物を持ちたいという気持ちがその人の向上につながると言っていた。安くてもいい物に囲まれて、仲間と楽しむ人生はいけないのだろうか。どうやら先輩はそんな考え方が理解できないようだ。

一流と呼ばれる物の良さがわからないので、高級店に行ってみた。私が着ているようなＴシャツが5万円もした。しかし、自分の着ている物との違いがわからなかった。売っている店があるのだから、買う人がいるのだろう。私はそんな物を買う人のことは理解できないが、否定もしない。人にはそれぞれ好みがあり、そういう物が好きな人がいるというだけのことだ。

世の中には、先輩のように、こういう生き方がいいよと強く勧める人がいる。自分の生き方に自信があるからこのような言い方をするのだろうか。それとも、ないからそう言うのだろうか。

66 あきれているとあるが、何にあきれているのか。

1 筆者が一流の物を持ち、一流の人と付き合うこと

2 筆者が一流の物を持とうとするが、一流の人と付き合わないこと

3 筆者が一流の物を持とうとしないが、一流の人と付き合うこと

4 筆者が一流の物を持とうとせず、一流の人とも付き合わないこと

67 筆者の考える「先輩の考え方」と合うのはどれか。

1 一流の物を知るには、一流の物を売っている店に行くべきだ。

2 価値がわからない人は、一流の物を持たなくてもいい。

3 自身の向上のため、一流の物を手に入れたい気持ちを持つといい。

4 一流の物を持たない人の考え方は理解できるが、自分は持つ。

68 一流の物を持つことについて、筆者の考えに合うのはどれか。

1 一流の物の良さはわからないが、自分が向上できそうなので試したい。

2 一流の物を持ちたい気持ちはわからないが、悪いことだとは思わない。

3 自分の生き方に自信がある人が、一流の物を持とうとするようだ。

4 一流の物と呼ばれる物は、学生が着るような物との違いがないから不要だ。

答案 詳解 p.456

實戰測驗 3

問題11　次の(1)から(3)の文章を読んで、後の問いに対する答えとして最もよいものを、1・2・3・4から一つ選びなさい。

(1)

みなさんは人からほめられたとき、どのような返事をしていますか。相手の言葉をそのまま受け取ることができず、恥ずかしい気持ちになって、その内容を否定してしまうことがあるのではないでしょうか。子どものころから自慢するのはよくないと言われて育てられたため、ほめられても、それを否定してしまう人が少なくありません。

しかし、そうすることによって、ほめてくれた相手に実は失礼なことをしているのに気が付いていますか。相手を否定することによって「あなたの言っていることは間違っている」と言っているようなものなのです。

では、ほめられたらどのように言えばいいのでしょうか。その内容が正しいと思うなら、それを受け入れて一言、「ありがとうございます」と言えばいいのです。ほめられるということは、がんばった自分へのプレゼントなのです。自分でもがんばった、上手にできたと思うことを否定することは、自信をなくすことにつながります。反対に、ほめ言葉をそのまま受け取ることでいい気分になると、自信がつきます。

人はだれでもほめられたいと思っています。ですから、ほめられたときに否定する必要はありません。喜んでいる気持ちを言葉で相手に伝えるだけでいいのです。

60 筆者によると、ほめられたときにそれを受け入れられないのはなぜか。

1 ほめられても、受け入れないほうがいいと思っているから
2 自慢がよくないことだと言われながら、育てられたから
3 ほめられると恥ずかしいだけで、うれしくないから
4 他の人の意見をそのまま受け取るのはよくないから

61 そうするとあるが、どのようにすることか。

1 ほめられたことを受け入れること
2 ほめられたことを否定すること
3 ほめられたら、自慢すること
4 ほめられたら、「間違っている」と言うこと

62 筆者は、どうしてほめ言葉を受け入れたほうがいいと述べているのか。

1 受け入れれば、相手の言っていることが正しいとわかるから
2 ほめ言葉を受け取ることと、自慢することは同じことではないから
3 よくできた自分へのプレゼントであり、受け取ると自信につながるから
4 そうすることでほめ言葉を言ってくれた人が、いい気分になるから

答案 詳解 p.457

(2)

同僚が新人に仕事の説明をしているのを聞き、非常に感心したことがある。一対一で教えていたのだが、新人は聞きながら熱心にメモを取っていた。説明を終えた後、彼は「メモを見ても分からなかったらいつでも聞いて下さい」と言った。その言葉で、緊張していた新人が本当にホッとして、「ありがとうございます」と言うのがわかった。

「わからないことがあったらまたいつでも聞いて」とは、誰もが言えるかもしれない。私もよく言うし、気持ちの上でもその言葉にウソはない。しかし「メモを見てもわからなかったら」という具体的な一言は、決定的に響き方が違う。メモは取ったが理解できているかどうか、聞いた通りにできるかどうか不安に思う人は多いだろう。実際、仕事を始めると、メモを見てもわからないことはある。そんな時、本当に質問しやすくなる一言である。また、まじめにメモを取っていたことを評価し、その上でわからなくても大丈夫、と安心させる言葉だと思った。

具体的な言葉は、人に響く。具体的にほめられるとうれしいのが良い例だ。がんばったね、だけでなく、何を、どうがんばったのか、何がうれしいのか、簡単でも具体的な一言を加えれば、その言葉は相手に響き、仕事も人間関係もスムーズになる。そしてそれは、自分自身への評価を高めることにもなるはずだ。

63 新人が本当にホッとしてとあるが、どのようなことにホッとしたのか。

1 説明がわからないときは、いつでも質問できること

2 メモがうまく取れていなくても、評価してくれること

3 メモを取っていても、わからないときは質問できること

4 まじめにメモを取っていれば、間違っていてもいいこと

64 メモを取ることについて筆者はどのように述べているか。

1 熱心にメモを取るのは、わからないことが多くて緊張するからだ。

2 メモを取っても、仕事を始めるとわからないことが出てくる。

3 メモを取りながら、できるかどうか不安に思っている人がいる。

4 まじめにメモを取ると、質問しやすくなるので安心だ。

65 筆者によると、具体的な言葉にはどのような効果があるか。

1 相手への伝わり方が違うので、言わない時より相手はうれしくなる。

2 相手を評価するので、相手の緊張をなくし、安心させることができる。

3 言葉が響くので、仕事も人間関係もスムーズに評価できる。

4 仕事も人間関係もスムーズになり、言った人の評価も高くなる。

答案 詳解 p.458

(3)

九州を旅行した時のことである。普段働いている会社の人達にお土産を買って帰ろうと思って店に寄ったが、なかなか選ぶことができなかった。どのお菓子もどこかで見たような、どこにでもあるようなものばかりだったからだ。店の中を何度も行ったり来たりしながら悩んで、結局、一番人気があると言われたクッキーを買って帰った。

最近、どこの町を旅行しても、同じレストラン、同じコンビニエンスストアで、同じものを食べているような気になる。その土地にしかないものを選んで食べているし、その場所にしかない景色を見ているはずなのに、どこに行っても同じ町のように感じるのだ。どうして、こんなに均一化(注1)されてしまったのだろう。

以前の日本はこうではなかった。地方ごとに、その地域に合った物を、その地域にしかない店で売っていた。しかし、日本中にチェーン店が店を出し、同じ看板で同じ品物、同じメニューが並ぶようになったため、他の地域との違いが目立たなくなったのだろう。

日本は小さい国だ。しかし、地方文化の多様(注2)な国でもある。食も風景も、人々の様子も、北と南ではかなり違う。地方都市は、大都市と同じ風景を求めるのではなく、その土地の持っている良さを、もっとアピールすべきではないだろうか。

（注１）均一化：どれも同じにすること

（注２）多様な：いろいろな種類がある

66　筆者が旅行で選んだお菓子はどのようなものだったか。

1　他の町で見たことがあるもの
2　どこででも買えるようなもの
3　その土地にしかないもの
4　悩んで買ったおいしいもの

67　筆者が旅行で感じていることは何か。

1　どこに行ってもその土地にしかないものが選べる。
2　その土地にしかない物しか買えなくて不便だ。
3　地方都市ではチェーン店が多いが、目立たない。
4　どの町に行っても、同じような風景になってしまった。

68　地方都市について、筆者の考えに合うのはどれか。

1　地方文化はいろいろ違うので、その土地の良さをアピールすべきだ。
2　日本の北と南では文化が違うので、同じものを求めてはいけない。
3　大都市と同じものを求める気持ちはわかるが、同じ店を作るべきではない。
4　日本は小さい国なので、どの町も同じような町にする必要がない。

答案 詳解 p.459

綜合理解

綜合理解考的是閱讀 A 和 B 兩篇各 300 字左右的文章後，選出相關考題的正確答案。該大題有兩篇主題相同的文章，搭配相關考題 2 題。文章屬於隨筆，主要探討日常生活議題，例如電動車或公共圖書館等。題目會詢問兩篇文章提出的見解，考 1 至 2 題左右；或是詢問兩篇文章的共通點，考 0 至 1 題左右。

重點攻略

1 題目詢問兩篇文章提出的見解時，請在文中找出題目的關鍵字，將選項敘述與文章 A、B 相互對照，選出內容相符的選項。

例 AとBの筆者は、車社会の今後の可能性についてどのように考えているか。
A和B的筆者如何看待汽車公司未來的發展前景？

1　AもBも、車の台数はさらに増え、人々の生活に不可欠なものになるだろうと考えている。
A 和 B 都認為隨著汽車數量的增加，將會成為人們生活中不可或缺的東西。

2　Aは電気自動車の技術が向上すると考え、Bは将来個人で電気自動車を所有することになるだろうと考えている。
A 認為電動車的技術會提升；B 認為將來可能會擁有個人的電動車。

2 題目詢問兩篇文章的共通點時，請在文中找出與選項關鍵字相關的敘述，選出兩篇文章共同出現的內容。

例 AとBのどちらの文章にも触れられている点は何か。
A和B文章皆有涉及到的內容為何？

1　自動車所有の状況　汽車擁有現況

2　人々の自動車に対する関心　人們對汽車的興趣

3 讀完文章 A 後，閱讀文章 B 時，請確認當中是否有文章 A 出現過的內容，該動作有助於解題。

4 該大題的文章涵蓋科學、技術、報導、休息等主題，建議參考《N2 必考單字文法記憶小冊》（p43~44），熟記相關詞彙。

解題步驟

Step 1　閱讀題目，確認題目所問的內容，並標示解題關鍵字詞。

請先閱讀兩道題目，確認題目所問的內容，以及需要確認文中哪些內容後，再標示出題目中的關鍵字詞。關鍵字詞包含題目中「について（針對）」前方的內容，以及反覆出現在選項中的字詞。

題目　好きなことを仕事にすることについて、AとBはどのように述べているか。
針對把喜歡的事情當作工作，A和B如何敘述？

Step 2　請按照 A → B 順序閱讀文章，找出關鍵字詞，並確認相關內容。

閱讀文章 A 時，請仔細確認關鍵字詞前後出現的相關內容。接著閱讀文章 B 時，請找出同樣的關鍵字詞，並仔細確認前後方的相關內容。

A文章　好きなことを仕事にすることで、嫌いなことをするときよりもストレスがかかりにくい。また、仕事にやりがいを感じることができ、よりいっそう続けやすくなるだろう。
把喜歡的事情當作工作來做，比起做不喜歡的事，更不容易感受到壓力。另外，還能感受到工作的成就感，更容易持續做下去。

B文章　仕事となると好きなこととはいえ、多少のストレスを感じる場面もあるかもしれず、好きだったことが嫌いになってしまうなんてこともありえるだろう。
即使是喜歡的事情，當成工作的話，有時也許會感受到些許壓力，也有可能變成討厭喜歡的東西。

Step 3　檢視選項敘述，選出與文章 A, B 中內容相符的選項。

選項 ✓ 1　Aは働きがいを感じられると述べ、Bは好みが変わってしまうかもしれないと述べている。
A表示能感受到工作的成就感；B表示也許喜好會有所改變。

2　Aは仕事をやめにくくなると述べ、Bはストレスを少しも感じないだろうと述べている。
A表示不容易辭掉工作；B表示不會感受到任何壓力。

套用解題步驟

問題12　次のAとBの文章を読んで、後の問いに対する答えとして最もよいものを、1・2・3・4から一つ選びなさい。

A

日本の大学は卒業まで、通常４年間である。４年は長い。２〜３年すると違う学問に興味をもったり、将来なりたいと思っていた職業が変わることもあるだろう。だから大学は慎重に選ばなければならない。しかし、大学は勉強をするだけの場所ではない。例えば、文学を専攻しながら科学部というサークルに所属すれば、専攻している学問以外のことを学ぶこともできる。また、そうした勉強以外の活動の中で親しい仲間ができたり、様々な人間が集まる組織の中で意見がぶつかり合い、協調性が必要となったりすることもある。つまり、人間としてのコミュニケーション能力も鍛えられるのが大学のよいところだ。

Step 2 請按照 A → B 順序閱讀文章，找出關鍵字詞，並確認相關內容。

B

かつて就職活動では、大学でじっくりと学んだ「大卒」の者が企業から好まれていた。時間をかけて学ぶことができるのは良い。しかし、最近の就職事情は変わりつつある。例えば、通信制高校で情報技術を学び、身に付けた能力をメディアで発信したりする若者がいる。すると、それを見た企業の人が直接連絡をとって面接に進むことがあるというのだ。また、専門学校で集中的に学んで、早く社会へ出るチャンスをつかむ者もいる。こうした学び方は、必要な能力や知識を短期間で集中的に身に付けることができ、就職活動でアピールできる材料となる。

日本の大学について、AとBはどのように述べているか。

Step 1 閱讀題目，確認題目所問的內容，並標示解題關鍵字詞。

1　AもBも大学は効率が良いと述べている。

2　AもBも大学へは行くべきだと述べている。A

✔3　Aは勉強以外のことも学べると述べ、Bはじっくり学べると述べている。A B

Step 3 檢視選項敘述，選出與文章 A, B 中內容相符的選項。

4　Aは4年間が長すぎると述べ、Bは短すぎると述べている。A

Step1 題目針對「日本的大學」提問，因此請標示出關鍵字「日本の大学」，找出兩篇文章中的相關敘述。

Step2 文章 A 中間提到：「大学は勉強をするだけの場所ではない（大學不僅僅是一個讀書的地方）」，並於文末表示：「人間としてのコミュニケーション能力も鍛えられるのが大学のよいところだ（訓練人的溝通能力也是大學的優點）」；文章 B 開頭提到：「大学でじっくりと学んだ「大卒」の者が企業から好まれていた。時間をかけて学ぶことができるのは良い（在大學裡認真學習的「大學畢業生」備受企業的青睞，能夠花時間去學習是一件好事）」

Step3 綜合上述，答案要選 3 A は勉強以外のことも学べると述べ、B はじっくり学べると述べている（A 表示能夠學到讀書以外的事情；B 表示能夠認真學習）。

問題 12 請閱讀以下 A、B 兩篇文章，並針對文章後的問題從 1、2、3、4 選項中選出最適宜的回答。

A

日本的大學一般在畢業前要唸4年。4年很長。讀了2～3年後，有人會對其他的學問產生興趣，或改變自己未來的工作志願吧。因此在選大學時，必須慎重地做選擇。不過，大學並不只是讀書的地方。例如說，如果一邊主修文學，一邊參加科學社團的話，就可以學到除了自己主修的學問以外的事物。另外，在這種唸書以外的活動中結交親近的夥伴，或在集結了各式各樣的人們的組織裡互相切磋意見時，有時也需要具備協調性。也就是說，能訓練人的溝通能力就是大學的優點。

B

過去企業在徵才時，在大學內充分學習知識的「大學畢業生」比較受企業的青睞。能夠花時間學習是一件好事。不過，最近的就業市場正逐漸發生改變。舉例來說，據說有些年輕人是在通信制高中學習資訊科技，並將所學的能力透過媒體做宣傳。結果企業裡的人看到這樣的訊息，就直接連絡他，進入面試流程。另外，也有人是在職業學校裡集中地學習知識，並獲得能先一步進入社會的機會。這樣的學習方式，能夠在短時間內密集地習得必要的能力及知識，並成為在找工作時能夠自我宣傳的材料。

針對日本的的大學，A與B分別做了什麼敘述？

1　A和B都說大學的效率比較好。

2　A和B都說應該要唸大學。

3　A說大學也能學到唸書以外的事，B說大學能認真地學習。

4　A說4年太長了，B說太短了。

單字 **日本 にほん** 名 日本｜**卒業 そつぎょう** 名 畢業｜**通常 つうじょう** 名 普通、一般｜**学問 がくもん** 名 學問｜**興味 きょうみ** 名 興趣
将来 しょうらい 名 將來｜**職業 しょくぎょう** 名 職業｜**変わる かわる** 動 改變｜**～こともある** 也有～的狀況｜**だから** 接 因此
慎重だ しんちょうだ な形 慎重的｜**選ぶ えらぶ** 動 選擇｜**～なければならない** 必須～｜**場所 ばしょ** 名 地點
例えば たとえば 副 例如說｜**文学 ぶんがく** 名 文學｜**専攻 せんこう** 名 主修｜**科学部 かがくぶ** 名 科學社團｜**サークル** 名 社團
所属 しょぞく 名 歸屬於｜**以外 いがい** 名 以外｜**学ぶ まなぶ** 動 學習｜**～ことができる** 可以～｜**活動 かつどう** 名 活動
親しい したしい い形 親近｜**仲間 なかま** 名 夥伴｜**様々だ さまざまだ** な形 各式各樣的｜**人間 にんげん** 名 人類
集まる あつまる 動 集結｜**組織 そしき** 名 組織｜**意見 いけん** 名 意見｜**ぶつかり合う ぶつかりあう** 動 互相碰撞
協調性 きょうちょうせい 名 協調性｜**必要だ ひつようだ** な形 必要的｜**つまり** 副 即是、也就是說｜**コミュニケーション** 名 溝通
能力 のうりょく 名 能力｜**鍛える きたえる** 動 鍛鍊｜**かつて** 副 過去、往昔｜**就職活動 しゅうしょくかつどう** 名 就業活動
じっくり 副 緩慢而確實地｜**大卒 だいそつ** 名 大學畢業｜**企業 きぎょう** 名 企業｜**好む このむ** 動 喜好
時間をかける じかんをかける 花時間｜**就職事情 しゅうしょくじじょう** 名 就業情況｜**～つつある** 持續～
通信制高校 つうしんせいこうこう 名 通信制高中（日本教育制度之一）｜**情報技術 じょうほうぎじゅつ** 名 資訊技術
身に付ける みにつける 習得｜**メディア** 名 媒體｜**発信 はっしん** 名 發信、傳達資訊｜**若者 わかもの** 名 年輕人
すると 接 然後、於是｜**直接 ちょくせつ** 名 直接｜**連絡 れんらく** 名 聯絡｜**面接 めんせつ** 名 面試｜**進む すすむ** 動 進行、前進
専門学校 せんもんがっこう 名 職業學校｜**集中的だ しゅうちゅうてきだ** な形 集中的｜**社会 しゃかい** 名 社會｜**チャンス** 名 機會
つかむ 動 抓住｜**学び方 まなびかた** 名 學習方式｜**知識 ちしき** 名 知識｜**短期間 たんきかん** 名 短時間｜**材料 ざいりょう** 名 材料

實力奠定

請針對題目選出適當的答案。

01 A

中国では、警察犬のクローンが作られ、訓練を始め話題になっています。優秀だと言われている有名な警察犬のクローンを作り、訓練させた後、警察犬として活躍するということです。このようにすれば、多数の犬の中から素質がある犬を選ぶ手間を省くことができるため、効果的に優秀な警察犬を育成することができるのです。

B

最近、中国では「クローンペット」が作られているそうです。歳をとったり、病でもうすぐ息を引き取りそうなペットの代わりになるクローンを作ったりしますが、約6百万円の費用がかかるといいます。このペットを購入すれば、共に過ごしてきた家族の一員のようなペットが死んでも、その悲しみを少しは減らすことができることと思います。

AとBのどちらの文章にも触れられていることは何か。

① クローン産業が進む中で守るべきこと

② 動物のクローンを作ることの有効性

02 A

「フィルターバブル」という言葉があります。インターネット上では検索履歴(けんさくりれき)が「フィルター」され、似たような情報だけ表示されるため、まるで「泡」の中にいるように自分が見たいものだけを見るようになるという意味です。自分が必要とする情報だけにアクセスするうちに、周りは同じ価値観を持った人だけになってしまいます。結果的には偏った価値観を持つようになるため、注意が必要だと思います。

B

テレビのニュースは彼らが伝えたいことを見せたいように編集して、伝えているような気がして信じられません。信頼できるのは今現在起きていることをリアルタイムで知ることができるツイッターやインスタグラムです。また、SNSでは必要な情報だけを選択的に手に入れることができるので、情報があふれている現代社会ではかなり合理的だと思います。

AとBのどちらの文章にも述べられていることは何か。

① 選択的に情報を得ること

② テレビの必要がなくなること

答案 詳解 p.460

03 A

YouTubeに動画を載せ、活動する人を「YouTuber」と言います。「VTuber」とは、人ではない3Dまたは2Dのキャラクターが人の代わりに活動することを言います。自分自身ではなく、キャラクターを使ってYouTubeで活動することが可能になったため、性別や身体のハンディキャップを克服することができ、これからも「VTuber」の数は目に見えるほど増えていくことと予想されます。

B

「VTuber」になるのは、様々な障害があります。大体の人は YouTuberとして活動をすると収益(しゅうえき)を得られるため、YouTubeを始める人が多いです。しかし、「VTuber」は収益(しゅうえき)がない活動初期に3Dまたは2Dのキャラクターを作ることに大量の費用がかかります。人気を得る保証がない状況で、このような挑戦(ちょうせん)をする人はそれほど多くないことでしょう。

「VTuber」についてAとBはどのように述べているか。

① AはこれからVTuberが増えると予想し、 BはVTuberになりたい人があまり多くないと予想している。

② AはVTuberになるためには費用がたくさんかかると言って、 BはVTuberがキャラクターとして活動するなどの長所が多いと言っている。

04 A

> eスポーツを真のスポーツだと言えるのだろうかと、違和感(いわかん)を感じます。スポーツというと、走ったり、ボールを投げたりして体を動かすことが思い浮かびます。椅子(いす)に座って、コンピューターでゲームをする姿は、身体の運動としては見受けられないような姿です。

B

> eスポーツは判断力、戦略などが必要なスポーツです。戦闘(せんとう)状況に対応し、瞬間(しゅんかん)的(てき)かつ正確に操作しなければいけないし、チームのメンバーと話し合い、まるで一人で動いているようなチームワークも必要です。もちろん勝利のために多様な側面から戦略を立てなければなりません。精神的なスポーツもスポーツの一つとして認めるべきだと思います。

AとBは「eスポーツ」についてどのように述べているか。

① Aは精神的なスポーツもスポーツと言い、 Bは肉体的なスポーツだけをスポーツとして認めている。

② Aは eスポーツをスポーツと呼ぶことに違和感を感じ、 Bは eスポーツもスポーツとして認めるべきだと思っている。

答案 詳解 p.461

實戰測驗 1

問題12　次のＡとＢの文章を読んで、後の問いに対する答えとして最もよいものを、１・２・３・４から一つ選びなさい。

A

物を大事にすることは、とても立派なことだと思う。しかし、特別買い物好きでなくても、普通に暮らしていると、物はどうしても増えていく。着なくなった服、あまり使わない食器など、捨てるのはもったいないとためこんでいる人は多い。未練(注)や、大切なものへの愛着。理由は様々だが、「捨てる」には少々勇気が要る。どんなに小さな物でも、大げさにいえば、そのモノに自分の今までの人生を見るからだろう。

しかし、決心して、不要なものを片付けてしまおう、そして人生を変えよう、とすすめる本が人気である。片付けることは、今の生活に本当に必要なものを選ぶことである。自然と、物だけではなく、自分の心にとって大切なことが見えてくるかもしれない。

B

部屋を片付けると幸福になる、頭の良い子が育つなど、片付けについての本が大流行している。次々に出版され、多くの著者が様々な効果を語っている。確かに、今は使わないものでも、捨てる機会はなかなかない。片付けるだけで、それほどすばらしい変化があるのだろうか。

私は、昨年引越した際、荷物を半分以上処分した。それらの本が言うように、現在必要なものだけを残した。時には迷いつつ、捨てる物を決める作業は、家の片付けと同じである。もちろん、必要にせまられる引越しと、決断の大きさが違うことは分かるが、物への心の動きは似ていると思う。しかし、それだけで人生が好転するとは思わない。スッキリし、一仕事終えた後の満足感だけで十分だ。

（注）未練：あきらめきれないこと

69　ＡとＢのどちらの文章にも述べられていることは何か。

1　片付けについての本は信用できる。

2　片付けることは満足する作業である。

3　片付けることは必要な物を選ぶことである。

4　片付けることによって人生で大切なことがわかる。

70　片付けることと人生との関係について、ＡとＢはどのように述べているか。

1　ＡもＢも、不要な物を片付けることで人生が大きく変わると考えている。

2　ＡもＢも、不要な物を片付けるだけでは人生が大きく変わらないと考えている。

3　Ａは片付けることが人生に影響を与えると考え、Ｂはそんなに大きな影響を与えたりしないと考えている。

4　Ａは片付けることが過去を振り返る機会になると考え、Ｂは決断の大小にかかわりなく、大きな影響を与えると考えている。

答案 詳解 p.462

實戰測驗 2

問題12　次のＡとＢの文章を読んで、後の問いに対する答えとして最もよいものを、１・２・３・４から一つ選びなさい。

A

ランチの時間は私の楽しみのひとつです。勤務時間中、1時間だけ一人になることができるからです。職場の人間関係は決して悪くありませんが、一人になってひと休みすることが、私にとって、仕事の能率を上げるためにも重要です。少しの間、仕事から離れ、ぼんやりしたり、考え事をしたり、家族と連絡をとったり、短時間でもプライベートなことが自由にできると、気持ちがリフレッシュされ、精神も安定するように思います。結果、効率的に仕事にとりくめるのです。また、精神の安定は周囲の人との良好な関係にもつながります。仲間と一緒におしゃべりする休憩も楽しいかもしれませんが、労働をより良い状態で継続するためには、私には一人の時間が必要です。

B

私はパートタイムで働いている。時給で働いているので、一日のうちお昼休憩の1時間は、もちろん給与なしである。基本的には、その時間は何をしようと、個人の自由であると思う。同僚の中に、いつもどこかへ出かけて行って、一緒に食事をとらない人がいる。仕事上は、彼女は誰に対しても感じが良く、皆に好かれていると思う。何か理由があるのかと思い、先輩に聞いてみたのだが、一人になりたいだけでしょう、と言われた。分かる気もするが、休憩時間は職場の人とコミュニケーションを取る良い機会でもある。色々な話を聞いて、会社のことや、同僚のことをよりよく知っている方が安心して働くことができる。給与なしでも、お昼休憩は、仕事のためにも大事な時間である。

69 AとBのどちらの文章にも触れられている点は何か。

1 休憩時間の過ごし方は、仕事をする上で重要である。

2 給与が発生しない休憩時間は、職場にいる必要はない。

3 休憩時間は、プライベートなことをするための時間である。

4 休憩時間の過ごし方によって、仕事の能率は変わる。

70 AとBの筆者が考える、いい休憩時間の過ごし方について、正しいのはどれか。

1 AもBも、お昼の休憩時間は一人で過ごしたほうがいいと考えている。

2 AもBも、仕事仲間とコミュニケーションを取りたいと考えている。

3 Aは一人で過ごしたいと考えており、Bは同僚と話したほうがいいと考えている。

4 Aは同僚と話したほうが楽しいと考えており、Bは一人で過ごしてもいいと考えている。

答案 詳解 p.463

實戰測驗 3

問題12　次のAとBの文章を読んで、後の問いに対する答えとして最もよいものを、1・2・3・4から一つ選びなさい。

A

高級感があり、おしゃれなデザインが多いドラム式洗濯機は人気がある。しかし、洗濯機の役割は洗濯物をきれいに洗うことなのだから、本来はデザインがおしゃれでなくてもよい。

洗濯方法では、タテ型洗濯機ならたくさんの水を使うことで泥などもしっかり落とせてきれいに洗える。その点では、使用する水の量がより少ないドラム式は注意が必要だ。

また、ドラム式には乾燥機能もついているため、タテ型洗濯機に比べると値段が高くなる。乾燥機能がなくても良い場合もあるはずだから、本当に必要な機能なのか考えたいものだ。

それでもつい、デザインに目が行き、おしゃれなドラム式を選びたくもなるが、洗濯機の本来の役割であるきれいに洗えるかという点を確認して選ぶべきだ。

B

洗濯機には主に、正面から服などを入れるドラム式と上から出し入れするタテ型のものがあるが、ドラム式のおしゃれなデザインを好む人は多い。また、ドラム式なら乾燥機能もついているのでとても便利なのだ。本来、洗濯物は外に干せれば良いが、仕事などで干す時間がない人や、干す場所の環境や天気に左右されて思うように干せないこともある。そんな場合でも、乾燥機能がある洗濯機があれば安心だ。

タテ型洗濯機にも乾燥機能があるものもあるが、乾燥機能の電気代はドラム式より高い。乾燥機能をたくさん使うなら、ドラム式がよい。

ドラム式洗濯機は高いが、おしゃれで便利なのだ。多少高い買い物になるかもしれないが、自分に必要な性能がついている洗濯機を選んだほうがよい。

69 タテ型の洗濯機について、AとBはどのように述べているか。

1 AもBもデザインがおしゃれで人気があると述べている。

2 AもBも洗浄力があまり良くないと述べている。

3 Aは洗浄力に優れていると述べ、Bは乾燥機能の電気代が高いと述べている。

4 Aはおしゃれで高級だと述べ、Bは乾燥機能もついていて便利だと述べている。

70 洗濯機の選び方について、AとBはどのように述べているか。

1 AもBも乾燥機能がついているか確認すべきだと述べている。

2 AもBも最も安い値段のものを選ぶべきだと述べている。

3 Aは洗濯の機能を確認すべきだと述べ、Bは電気代を比較して選ぶべきだと述べている。

4 Aはきれいに洗えるかが大切だと述べ、Bは必要な機能があることが大切だと述べている。

答案 詳解 p.464

問題13 論點理解（長篇）

論點理解（長篇）考的是閱讀850字左右的長篇文章後，選出相關考題的正確答案。該大題有一篇文章，搭配相關考題3題。文章屬於隨筆，筆者會針對特定議題提出比較或自身經驗。題目則會詢問筆者的想法或主張，或是針對其中一段的相關細節提問。

重點攻略

1 題目主要針對全文或其中一段的內容提問，包含詢問筆者的想法，或是相關細節。請先確認題目所問的內容為筆者的想法、還是針對相關細節提問，從文中找出相關內容後，選出內容相符的選項。

例 感動（かんどう）について、筆者（ひっしゃ）の考（かんが）えに合（あ）うのはどれか。 針對「感動」，何者與筆者的想法相符？

筆者（ひっしゃ）は、どうして理系（りけい）に進（すす）んだのか。 筆者為什麼會選擇讀理工科？

2 題目針對畫底線處提問時，請找出文中畫底線處的位置，確認前後方內容後，選出內容相符的選項。

例 好（す）き嫌（きら）いがあってはいけないと筆者（ひっしゃ）が考（かんが）えているのはなぜか。

為什麼筆者認為「不應該有好惡之分」？

感動（かんどう）したことを現代（げんだい）に持（も）ち帰（かえ）ってくるとは、どのようなことか。

「把令人感動的東西帶回現代」，指的是什麼？

3 題目採「順序出題」方式，按照文章的段落依序出題。第一題對應文章前半段；第二題對應文章中後段；第三題對應文章後半段或整篇文章。因此請從頭開始閱讀文章，按照題目順序，依序找出相關答題線索，並選出正確答案。

4 該大題的文章涵蓋大眾文化、情感、心理等主題，建議參考《N2必考單字文法記憶小冊》（p44），熟記相關詞彙。

解題步驟

Step 1 **閱讀題目，確認題目所問的內容，並標示解題關鍵字句。**

請先閱讀題目，確認題目所問的內容、以及需要確認文中哪些內容後，再標示出題目中的關鍵字句

題目 孤独(こどく)であることについて、筆者の考えに合うのはどれか。

針對「孤獨」，何者與筆者的想法相符？

Step 2 **閱讀相關內容，並找出答題線索。**

題目會按照文章的段落依序出題，因此請從頭開始閱讀文章，依序找出各題的相關答題線索。

文章 孤独(こどく)を抱えているというのは寂しくて非常につらいと感じる人がほとんどであるだろうが、私は孤独(こどく)とは私たち人間を精神的にも成長させてくれるので決して欠かせないものだととらえている。

所謂孤獨，大概所有人都認為是寂寞到非常痛苦的感覺吧，但我認為所謂孤獨，是人類精神有所成長之不可或缺的存在。

Step 3 **確認文中答題線索，並選出與文中內容相符的選項。**

請再次確認一遍題目和各選項，並選出內容與答題線索相符的選項。選項並不會直接沿用文中使用的詞句，通常會使用同義詞，或採取換句話說的方式改寫，因此請仔細確認內文和選項內容，選出正確答案。

選項 ✓ 1 私たちの内面をより強くしてくれる。讓我們的內心變得更為強大。

2 自分を人と比べないようになる。不拿自己與他人做比較。

套用解題步驟

問題13　次の文章を読んで、後の問いに対する答えとして最もよいものを、1・2・3・4から一つ選びなさい。

最近、ニューヨーク市立図書館が、就職活動のためのネクタイやかばんを貸し出すサービスを始めたというニュースを見た。「若者は面接に行くための上等なネクタイやかばんをなかなか買えない、それで機会を失う人もいる。ということで、面接に限らず、卒業式や結婚式など様々な場面で役立ててほしい、見た目が良くなれば自信もつくだろう」と関係者が語っていた。すでに別の都市でも、同様のサービスがあるという。

仕事をすることは人間の自信に大きく関わると思う。その機会を、人生の可能性を、助けようというサービスである。今はネットで多くの情報が手に入る。単に知識を得るだけの場ならば、無数にあるだろう。そんな中で、公共図書館のこの新しい活動は、直接、文字を教えてくれるような感動を覚えた。個人の根本的な自信となる可能性を引き出す機会を平等に提供することは、公共図書館の本来の姿にふさわしいと思う。

Step 2 閱讀相關內容，並找出答題線索。

筆者の「公共図書館」の説明に最も合っているものはどれか。

Step 1 閱讀題目，確認題目所問的內容，並標示解題關鍵字句。

✔1　その人の可能性を引き出すために誰もが利用できる場所
2　本を読むためだけではなく、様々なサービスが受けられる場所
3　教育を受けられず文字が読めない人が文字を学べる場所
4　若者の就職支援をするなど新しいアイディアを提供する場所

Step 3 確認文中答題線索，並選出與文中內容相符的選項。

Step1 題目提及「公共図書館（公共圖書館）」，請在文中找出相關內容和筆者的說明。

Step2 筆者於文末表達自己對公共圖書館的想法：「個人の根本的な自信となる可能性を引き出す機会を平等に提供することは、公共図書館の本来の姿にふさわしいと思う（我認為能提供平等的機會，激發出個人最基本的自信，符合公共圖書館原本的特性）」

Step3 綜合上述，答案要選 1 その人の可能性を引き出すために誰もが利用できる場所（是任何人都可以為了激發個人潛能而使用的地方）。

問題 13 請閱讀以下文章，並針對文章後提問，從 1、2、3、4 選項中選出最符合的回答。

我看到了一則新聞說，最近紐約市立圖書館推出了租借工作面試時用的領帶和公事包的服務。相關人士說：「年輕人大多買不起面試時要用的高級領帶和公事包，也有人因此而錯失工作機會。因此這項服務不僅是提供給需要面試的人，也希望能在畢業典禮或結婚典禮等各式各樣的場合幫助到借用者。外表亮眼的話，也會讓人產生自信吧？」據說其他的城市也已經有提供相同的服務。

我認為工作和人們的自信有密切的關連性。這項服務能幫助借用者掌握機會及人生的可能性。現今在網路上就能得到許多的資訊，如果只是要獲取知識的話，有無數的地方能提供知識。而公共圖書館所推出的這個新活動，讓我感受到了彷彿直接由文字傳遞般的感動。我認為像這樣平等地向大眾提供能夠激發出個人最基礎的自信心的機會，十分符合公共圖書館最初成立的精神。

以下何者最符合作者對於公共圖書館的敘述？

1 是任何人都可以為了激發個人潛能而使用的地方

2 不只是能看書，還可以接受各種服務的地方

3 讓未受教育、無法閱讀文字的人學習文字的地方

4 能夠為年輕人就業等議題提供新的點子的地方

單字 **最近 さいきん**名最近 | **ニューヨーク**名紐約 | **市立 しりつ**名市立 | **就職活動 しゅうしょくかつどう**名就業活動
貸し出す かしだす動借出 | **サービス**名服務 | **始める はじめる**動開始 | **若者 わかもの**名年輕人 | **面接 めんせつ**名面試
ため名為了 | **上等だ じょうとうだ**な形高級的 | **なかなか**副不容易 | **それで**接因此 | **機会 きかい**名機會
失う うしなう動失去 | **ということで** 因此 | **～に限らず ～にかぎらず** 不限於～ | **卒業式 そつぎょうしき**名畢業典禮
結婚式 けっこんしき名婚禮 | **様々だ さまざまだ**な形各式各樣的 | **場面 ばめん**名場面、狀況
役立てる やくだてる動有用、有幫助 | **～てほしい** 希望（他人）做～ | **見た目 みため**名外表
自信もつく じしんもつく 也會產生自信 | **関係者 かんけいしゃ**名相關人士 | **語る かたる**動敘述、說 | **すでに**副已經
別 べつ名別的 | **都市 とし**名都市 | **同様 どうよう**名相同 | **関わる かかわる**動相關 | **人生 じんせい**名人生
可能性 かのうせい名可能性 | **助ける たすける**動幫助 | **ネット**名網路 | **多く おおく**名許多
情報 じょうほう名資訊 | **手に入る てにはいる** 到手、獲得 | **単に たんに**副單純地 | **知識 ちしき**名知識 | **得る える**動得到
無数だ むすうだな形無數的 | **公共 こうきょう**名公共 | **活動 かつどう**名活動 | **直接 ちょくせつ**名直接
感動を覚える かんどうをおぼえる 覺得感動 | **根本的だ こんぽんてきだ**な形根本的、基本的 | **引き出す ひきだす**動引出、帶出
平等だ びょうどうだな形平等的 | **提供 ていきょう**名提供 | **本来 ほんらい**名本來 | **姿 すがた**名姿態、樣貌
ふさわしいい形相符的、符合的 | **教育 きょういく**名教育 | **学ぶ まなぶ**動學習 | **支援 しえん**名支援

實力奠定

請針對題目選出適當的答案。

01

　時々、好きなタレント、嫌いなタレントなどのランキングが発表されることがある。その時、多数の芸能人が両方共にランクインする。この現象から、それほど個性的だということがうかがえる。この個性が「好き」または「嫌い」につながるのだ。個性的な人であるからこそ、タレントとして続けられるとも言えるだろう。

個性的な人であるからこそ、タレントとして続けられるとは、どのようなことか。

① 個性があると、「好き」や「嫌い」など人々の関心を引くことができない。

② 人々の好き嫌いに関わらず、続けられるかどうかは「個性」の有無によって決まる。

02

　小説の世界では、登場人物の顔が浮かぶほどキャラクターが明確に描かれている。小説家は周りの人を参考に登場人物を作ることが多いが、ある小説家は近所のおばあさんからこんな話を聞いたという。「先生と親しくなるのは怖いですね。小説になんて書くかわかりませんから。」小説の登場人物は独特であるほどおもしろいうえ、読者もそんな登場人物を望むがモデルになった本人にとっては、そうではないようだ。

モデルになった本人にとっては、そうではないようだとは、どのようなことか。

① 小説の中でどう書かれるか心配で、あまり好まれない。

② 小説で登場人物のキャラクターはとても重要なので、より詳しく書いてほしい。

03

　ロンドンを初めて訪れたとき、地下鉄のチケットを買う方法がわからず、日本のJCBデスクにガイドを頼んだ。手助けに来てくれたのは女性で、いろんな話をした。「ミス・サイゴン」というミュージカルの話になったとき、彼女はそこに出演していると言った。「何の役ですか」若い女性のエキストラが何人か登場していたことを思い出し、そう質問した。すると、彼女は「キムです」と答えた。私は息を飲み「うわ」と声を上げた。「主人公のキムですか」と質問すると、彼女は軽くうなずいた。

筆者はどうして声を上げたのか。

① エキストラだろうと思っていた女性が主役だったため

② とても好きなミュージカルの俳優に会えたため

04

高校2年生の頃、部長だった先輩との仲が悪くなり、バスケット部をやめた。元々ふらっと旅立(たびだ)つのが好きだったせいだろうか。英語以外の授業は楽しくないと感じ、何事もなかったかのように授業をさぼったりした。何も考えずに映画館に入って見たのが「真夜中(まよなか)のカウボーイ」だった。なんの予備知識もなかったのだが、映画館でやっている映画が少なく、偶然見ることになったのだった。

筆者はどうして「真夜中(まよなか)のカウボーイ」を見たのか。

① 英語が好きで、英語で見られる映画が見たかったため

② たまたま映画館に行ったため

05

何かをしながら、これが終わったらあれを整理しようと考えることが多い。一つか二つ程度なら記憶しておくことができる。しかし、電話やメールで作業が中断したとしたらどうだろう。電話やメールはそれ自体、何かを調査したり、説明したりし、処理しなければならないことが増えるのだ。全てのことを記憶に依存するのは危険である。理想的なのは、タスク管理ソフトウェアに入力することだが、そんな余裕がない。一番速(すみ)やかで、確実に記録を残すのは、ポストイットにメモし、目の前のモニター画面の下に貼る方法だ。終えたものはゴミ箱に捨てて、次のための空間を作ると良い。

ポストイットについて、筆者はどのように考えているか。

① 捨てなければならないゴミになってしまうのであまり好まない。

② 余裕がない時に使いやすい記憶方法である。

06

娘は有名なダンサーだ。小さいころからクラシックバレエを習ってきた。約30年前、私はロサンゼルスに行く機会があった。そこでタワーレコードを訪れた。その際、世界的に有名なバレエの踊り手のビデオがあった。日本では手に入れることが難しいと思い、娘のために20本ほどのビデオを買った。後に妻から聞いた話だが、娘はバレエの踊り手のビデオを見て、目を輝(かがや)かせていたという。その時、踊りに対する感性が育てられたのではないかと思う。

ビデオについて筆者はどのように考えているか。

① バレエのビデオを買ってきて、娘が有名なダンサーになれたと思う。

② ダンスとクラシックバレエは関係がないため、娘に何の影響もなかったと思う。

答案 詳解 p.465

實戰測驗 1

問題13　次の文章を読んで、後の問いに対する答えとして最もよいものを、1・2・3・4から一つ選びなさい。

ある60代女性が海外で行う結婚式に招待されたとうれしそうに話していた。招待した新婦は、十年以上前に日本の工場で働いていた同僚だった。二人はシフトが違っていたのでロッカーですれ違うだけの関係だったが、当時留学生の彼女がいつもコンビニのパンなどを食べているのを見かねて、ある時、弁当を２つ作り、持って行った。迷惑になるのではないかと心配したが、思いのほか喜んでくれたという。それ以来、弁当を１つ作るも２つ作るも大した違いはないので、自分が出勤する時は彼女の分も作り、ロッカーに入れていた。彼女は無事卒業し、祖国の企業に就職。以来、会うことはなかったが、この度ぜひ結婚式に来てほしいとの知らせを受けた、という話である。その話を聞いて、「この人はなんて親切な人だろう」と思った。おそらく、本当にその女性にとっては、弁当を２つ作ることは大変なことではなかったのだろう。だから突然の招待に感激したのだろう。だが客観的にみると、大変な親切である。

アメリカの著名なSF作家は、「最も尊い(注1)のは親切」「愛は負けても親切は勝つ」と言っている。また、別のSF作家は「人間を他のものと区別している特質は親切」という。奇しくも(注2)二人ともSF作家というのが興味深い。SFにはよく、人間とロボットを分けるものは何か、というテーマがあるが、二人とも「親切」が最上の人間らしさだと考えたのだろう。親切は誰にでもできる。上の話のような継続する、いわば(注3)壮大(注4)な親切でなくても、席をゆずるなど小さな親切には日々遭遇(注5)する。

私は、愛することも尊いと思うが、親切の方が手軽な気がする。見ず知らずの人を愛することはできないが、通りすがり(注6)の一瞬だけでも人に親切にすることは可能である。何かを見て見ぬ振りをすることも、一種の親切になり得る。愛は多少パワーが必要だし、善意となると少々大げさに感じるが、親切は容易にできる。そして重要なことは、対象がいてはじめて成り立つということである。他者の存在が必要なのである。そのことも二人のSF作家が人間らしさを考えた時、人間の弱さや孤独も含め「親切」と思い至った要因ではないだろうか。親切にすることは、容易でありながら最良の人間らしさなのだ。

（注１）尊(とうと)い：すぐれた価値がある

（注２）奇(く)しくも：偶然(ぐうぜん)にも、不思議にも

（注３）いわば：たとえて言えば、言ってみれば

（注４）壮大(そうだい)な：規模が大きく立派(りっぱ)なこと

（注５）遭遇(そうぐう)：思いがけなく出会うこと

（注６）通りすがり：偶然(ぐうぜん)そばを通ること、通りかかること

71 <u>客観的にみると、大変な親切である</u>とは、どういう意味か。

1　留学生だった同僚が無事に祖国(そこく)で就職できたこと

2　弁当を２つ作っていたこと

3　同僚だった60代の女性を結婚式に招待したこと

4　結婚するという知らせをしたこと

72 SF作家について、筆者の考えに最も合うものはどれか。

1　SF作家が愛や親切について書くのは不自然なことだ。

2　SF作家が人間の親切について語っているのは興味深いことだ。

3　SF作家は小説を書きながら、人間らしさについて日々考えている。

4　SF作家の特質は、人間とロボットを分けて考えることである。

73 親切について、筆者はどのように考えているか。

1　簡単にできないが、親切にする時は何かを見て見ぬふりをしなければならない。

2　親切は人間とロボットを区別するもので、誰にでもできることだ。

3　人間の弱さやさびしさが要因(よういん)となって、一瞬でも行うことができる。

4　相手がいてはじめて成り立つ、最も人間らしい行為(こうい)である。

答案 詳解 p.466

實戰測驗 2

問題13　次の文章を読んで、後の問いに対する答えとして最もよいものを、1・2・3・4から一つ選びなさい。

祖母はいつも笑顔で明るく、誰にでも親切で、私は子供の頃から祖母の家に行くのが大好きだった。成長するにつれ、単にやさしい祖母というよりも、一個人としてすばらしい素質の持ち主だと思うようになり、ますます尊敬している。

祖母は、小さな漁村(ぎょそん)で生まれた。父親は生まれる2か月前に病死(びょうし)、母親は赤ちゃんの祖母を知人にあずけて都会へ行ってしまったという。母親代わりに育ててくれた人がとてもかわいがってくれたと、祖母は何度も話してくれる。「かわいそうに思ったんだろうねえ」と、目を細めて懐(なつ)かしそうにうれしそうに話すのだ。一方、自分を置いていった母親のことも、後に会いに来てくれた、とその時のことをうれしそうに言う。聞いているこちらも幸せな気持ちになる語り方である。その後の人生も、貧乏(びんぼう)な生活をしたことや、結婚した相手（つまり私の祖父）が、病気で倒れて動けなくなったことなど、私には大変な苦労に思えるのだが、祖母が語ると、全てが良いエピソードに思える。

祖母はよく「今がいちばん幸せ」と言う。昔苦労したから今が幸せ、という意味ではなく、いつも、どんな状況でも、幸せを見出せる人なのだと思う。いつでも物事の良いところを感じ、記憶しているのだ。母親に捨てられたことよりも、育ててくれた人の深い愛情を覚えている。夫が動けなくなり苦労したことよりも、他の様々な出来事を幸運だったと思っている。誰かに教えられたわけではなく、無理して良い面を探そうというのでもなく、生まれながら自然にそういう性質だとしか思えない。がんばってそのように考えよう、生きよう、とする人も多い中、貴重(きちょう)な才能だ。

人は自分の人生を思う時、自然に記憶を選んでいると思う。何をどのように記憶しているかは、全く個人の自由である。同じ出来事でも人によって異なるエピソードになるのは必然(ひつぜん)(注)であろう。私は祖母のように、できるだけうれしさや喜びを記憶していたい。不快さよりも人の好意を、まずい食事よりもおいしい食事を覚えていたい。普通、人は悪い出来事をよく覚えているものだし、そのことが間違っているとは思わない。しかし、いつでもどこでも幸せを発見できる心は、本人だけでなく周囲の人も幸福にする力を持っている。

（注）必然：必ずそうなると決まっていること

71 筆者は祖母をどのような人だと考えているか。

1 筆者の成長とともに、すばらしい素質を持つようになった人

2 母親ではない人に育てられたことを、かわいそうだと思っている人

3 苦労したことをうれしいことにしようと努力している人

4 大変だったことでも、いい話として話すことができる人

72 貴重な才能とは、どのようなことか。

1 物事のいいところを見つけ出し、記憶する力

2 聞いている人を幸せな気持ちにさせる話し方

3 いつも笑顔で明るく、誰にでも親切な性格

4 悪い出来事もいい出来事に変えてしまう想像力

73 記憶することについて、筆者はどのように考えているか。

1 辛いことよりうれしいことや喜んだことを覚えておくには、才能が必要だ。

2 うれしさや喜びを記憶しておくことは、幸せになるために一番大切な事だ。

3 人は選んで記憶しているので、同じ出来事でも違うように覚えている。

4 周りの人を幸福にするために、悪い出来事は覚えておかないほうがいい。

答案 詳解 p.468

實戰測驗 3

問題13　次の文章を読んで、後の問いに対する答えとして最もよいものを、1・2・3・4から一つ選びなさい。

アニメのシナリオを書く仕事を始めて分かったのは、最近の人はとにかく待てないし、待たないということだ。一話30分のアニメ番組で、間にCMが入る場合、前半の約12分と後半の約12分で話の構成を考える。例えば「友達の二人がケンカをした」という話だとすると、全体の25分ほどで、ケンカして、CMが入って、最後は仲直りという話を考えるが、前半部分で仲直りまで書いてほしいと要求される。後半は、普通に仲の良い話でいいという。見る人は後半まで仲直りを待たされることがまんできない、という制作会社の判断である。今の人はトラブルをきらうともよく言われるが、とにかく解決まで30分待てないということに驚いた。一昨年大ヒットしたアニメ映画は、確かに約10分ごとに場面も話も変わる展開だった。

これはアニメに限った話ではない。現代の生活すべて、「待てない」「待たない」状態にある。インターネットをはじめ、技術の進歩が可能にしたこの状況に、私達は慣れすぎている。1分1秒でも速い方が好まれ、モノも情報も待たずとも手に入るようになったが、反対に相手からも早い対応が要求される。インターネット上での交流などがよい例だが、人の気持ちはそんなに早く反応できるものだろうか。もちろん、時間をかけるほうがいいという単純な話ではないが、今は「待つ」ことをあまりにも軽視していると思う。待つということは、考えるということだ。

例えば、食事に行こうと誘われて、うれしい、行きたいと思うその心の動きを、心で感じる時間は大事である。また、メールの返事が遅いときに、なぜすぐに返事をくれないのだろうといらいらするのではなく、相手の状況を想像してみるのはどうだろう。様々なことにすぐに反応するよりも、簡単なことでも自分の頭と心を使い、状況を広く深く取りこむことから、豊かな心が形成されると思う。豊かな心は、豊かな人間関係にもつながる。自分の心が形成されないままで、他人の心とつながるのは不可能だろう。今の時代、待つということは、意識してそうしなければならない訓練のようなものであるが、心にとっては必要不可欠なことだと思う。待つことも待ってもらうことも、勇気と理解が必要かもしれない。

71 前半部分で仲直りまで書いてほしいのは、なぜか。

1 仲がいい友達の話にしたいから

2 ケンカが終わったのを早く見たいから

3 トラブルが続くのが嫌だから

4 10分ごとに話が変わったほうがいいから

72 技術の進歩について、筆者の考えに合うのはどれか。

1 ほしいモノや情報が、すぐに自分に届くようになった。

2 インターネットを使ったやり取りに時間をかけなくなった。

3 速いことには慣れたが、気持ちが反応できなくなった。

4 待たなくてもいい生活によって、人々は考えなくなった。

73 待つことについて、筆者はどのように考えているか。

1 相手を待ちながらいらいらすると、豊かな心は作られない。

2 相手に待ってもらう時間を作ると、人間関係が豊かになる。

3 意識して行動することで、待つことが身に付く。

4 待つことは、心にとってなくてはならないことだ。

答案 詳解 p.470

問題14 信息検索

信息檢索是一篇文章搭配兩道指定條件或情境的考題。題目主要針對符合指定條件的商品、服務或店家內容提問，或是要求在指定情境下，確認要做的事情或需支付的費用等。

重點攻略

1 題目詢問符合指定條件的商品、服務或店家內容時，請在文中找出題目列出的所有條件，確認對應的選項內容後，選出正確答案。

例 ユンさんは土曜日（どようび）に友達（ともだち）と二人（ふたり）でレストランに行（い）こうとしている。値段（ねだん）は一人（ひとり）5,000円以下（えんいか）にしたい。ユンさんの希望（きぼう）に合（あ）うレストランはどれか。

尹先生週六打算跟朋友一起去餐廳，希望價格低於五千日圓，哪家餐廳符合尹先生的期望？

2 題目提供指定情境，詢問要做的事情或需支付的費用時，請在文中找出符合題目情境的內容，並選出相對應的選項。有時需要經過計算，才能得知需支付的多少費用。

例 カクさんは土曜日（どようび）の授業（じゅぎょう）に参加（さんか）できない。カクさんがしなければならないことはどれか。

郭同學週六不能上課，那郭同學要做的事情為何？

リーさんたちの料金（りょうきん）はどのようになるか。李先生一行人的費用為多少錢？

3 在文中找尋指定條件時，當中可能會出現「※」、「・」、「注意」等標示、或是表格下方列有注意事項或特殊事項，請務必仔細確認其內容。

4 該大題的文章涵蓋時間表、價目表、使用說明、公告、招募等主題，建議參考《N2 必考單字文法記憶小冊》（p44~45），熟記相關詞彙。

解題步驟

Step 1 **閱讀題目，並標示出題目列出的條件或情境。**

閱讀題目，確認題目所問的內容，並標示出題目列出的各項條件和情境。

題目 ゆうきさんは一人あたり４万５千円以下の旅行ツアーに参加したいと思っている。（條件①）朝食が出て（條件②）、窓からは海が見える部屋（條件③）がよい。ゆうきさんの希望に合うツアーは（題目所問的內容）どれか。

由希想要參加一人4萬5千日圓以下的旅行團。最好是含早餐、窗戶可以看到海景的房間。哪個行程符合由希的期望？

Step 2 **請在文中找出題目列出的條件、或符合題目情境的內容，並標示出來。**

請在文中找出題目列出的條件或符合題目情境的內容，並標示出來。若文中出現注意事項或特殊事項時，請仔細閱讀其內容。

文章

	料金/一人あたり	朝食	ホテルの特徴
沖縄ツアー	4万4,900円 條件①	6千円追加で朝食付き プランに変更可能	夜景が見えるお部屋と 海が見えるお部屋の中から お選びいただけます 條件③
✓ 四国ツアー	3万9,000円 條件①	朝食付き 條件②	瀬戸内海が一望できる オーシャンビュー 條件③

	費用／每人	早餐	飯店特色
沖繩旅行團	4萬4900日圓	可加6000日圓 換成含早餐行程	任選夜景房 或海景房
四國旅行團	3萬9000日圓	含早餐	一覽瀨戶內海的海景

Step 3 **答案要選符合題目列出的所有條件、或是與指定情境相符的選項。**

請選擇滿足所有條件的選項作為答案。

選項 1 沖縄ツアー 沖繩旅行團

✓ 2 四国ツアー 四國旅行團

套用解題步驟

問題14　以下はある大学に寄せられたアルバイト求人情報である。下の問いに対する答えとして最もよいものを、1・2・3・4から一つ選びなさい。

チャイさんは、平日の昼にできるアルバイトを探している。そして、土日のどちらかは休みたいと思っている。チャイさんに適切なアルバイトはどれか。

Step 1 閱讀題目，並標示出題目列出的條件或情境。

1　スーパーマーケットリンガーA時間帯

2　スーパーマーケットリンガーB時間帯

✔3　コーヒーショップらんらんB時間帯

4　コーヒーショップらんらんC時間帯

Step 3 答案要選符合題目列出的所有條件、或是與指定情境相符的選項。

<急募>アルバイト情報!!

Aコーヒー店✔

職　　種：店内接客

就業時間：A 7:00～11:00　B 11:00～14:00

　　　　　C 18:00～21:00

＊土日どちらかを含めた週2～OK

時 間 給：1,050円

＊就業時間はあなたの希望をお伺いします。応募の際、履歴書への明記をお願いします。ランチタイムに働ける方、大歓迎！

コーヒーショップ　らんらん

Step 2 請在文中找出題目列出的條件、或符合題目情境的內容，並標示出來。

Bスーパー

職　　種：レジ担当

就業時間：A 10:00～13:00　B 12:00～17:00

　　　　　C 17:00～20:00

＊土日勤務は必須

時 間 給：1,250円以上

スーパーマーケット　リンガー

Step1 本題要選出適合喬伊先生的打工，題目列出的條件如下：

(1) 平日白天

(2) 想要休星期六或星期日其中一天

Step2 符合第一項條件平日白天工作的是：咖啡廳 B 時段和超市 B 時段；符合第二項條件週末其中一天休息的是：咖啡廳一週上班兩次以上，包含週末其中一天。

Step3 咖啡廳 B 時段符合喬伊先生列出的所有條件，因此答案要選 3 コーヒーショップらんらん B 時間帯（蘭蘭咖啡店 B 時段）。

問題 14 以下是投至某間大學打工徵才資訊。針對以下問題，請從 1、2、3、4 的選項中，選出最適合的答案。

喬伊想找平日白天可以做的打工。然後希望六日其中一天可以休息。以下哪一份打工適合喬伊？

1 Ringa超市的A時段

2 Ringa超市的B時段

3 蘭蘭咖啡店的B時段

4 蘭蘭咖啡店的C時段

〈急徵〉打工資訊！！

A咖啡店

工作時間：

A 7:00～11:00　B 11:00～14:00　C 18:00～21:00

＊含週末其中一天在內，一週可排班兩天以上者

時　　薪：1050日圓

＊我們想知道您期望的工作時間。請於應徵時在履歷表寫明希望工作時間。非常歡迎能在午餐時間來打工的夥伴！

蘭蘭咖啡店

B超市

業務別：負責收銀台

工作時間：

A 10:00～13:00　B 12:00～17:00　C 17:00～20:00

＊六日必須上班

時　　薪：1250日圓以上

Ringa超市

單字 **平日** へいじつ 名 平日｜**探す** さがす 動 尋找｜**～と思う** ～とおもう 認為～｜**適切だ** てきせつだ な形 適當的｜**時間帯** じかんたい 名 時段｜**急募** きゅうぼ 名 緊急招募｜**アルバイト** 名 打工｜**情報** じょうほう 名 資訊｜**職種** しょくしゅ 名 職種｜**店内** てんない 名 店內｜**接客** せっきゃく 名 接待客人｜**土日** どにち 名 六日、周末｜**含める** ふくめる 動 包含｜**時間給** じかんきゅう 名 時薪｜**希望** きぼう 名 希望｜**伺う** うかがう 動 詢問（聞く之謙讓語）｜**応募** おうぼ 名 應徵｜**際** さい 名 時候｜**履歴書** りれきしょ 名 履歷表｜**明記** めいき 名 寫明｜**ランチタイム** 名 午餐時段｜**大歓迎** だいかんげい 名 非常歡迎｜**スーパー** 名 超市｜**レジ** 名 收銀台、結帳台｜**勤務** きんむ 名 工作｜**必須** ひっす 名 必要｜**以上** いじょう 名 以上

實力養定

請選出符合指定條件的選項。

01 マリアさんは日本語の塾に通おうとしている。週末の夜だけ時間があり、一日に２時間以上授業を受けたい。授業料は１万５千円以下で、先生は日本人がいい。マリアさんの希望に合うクラスはどれか。

① Ａクラス

② Ｂクラス

こんにちは！日本語教室

	Aクラス	Bクラス
授業時間	土曜 18:00~19:00 日曜 18:00~19:00	土曜 18:00~20:00
先生	△△さん(日本人)	□□さん(日本人)
授業料	1か月 1万 5千円	1か月 1万 3千円

・週末の授業に参加できない場合、平日の授業に参加することができます。

02 ケンさんは運動するために体育館の利用登録をしようとしている。毎日19時から22時まで利用して、施設はプールとテニスコートを使うつもりだ。テニスは屋外でやりたいと思っている。ケンさんが登録する体育館はどれか。

① Ａ棟

② Ｂ棟

体育館利用案内

	A棟	B棟
施設	・プール ・卓球台 ・テニスコート ・サッカー場	・プール ・テニスコート ・バドミントンコート ・トレーニングルーム
利用時間	08:00～22:00	09:00～23:00
料金	1か月8千円	1か月8千円

・A 棟は屋内・屋外両方使用でき、B 棟は屋内だけ使用できます。

請選出符合指定條件的選項。

03 ユンさんは新製品企画発表のために会議室を予約しようとしている。25人参加する予定である。今日は１月９日で、会議は１月15日に行われる。ユンさんは会議室を予約するために何をしたらいいか。

① 当日まで、ネットで予約してから管理部に行く。

② １月14日まで、参加者の名簿を準備して管理部に行く。

会議室予約案内

A会議室：15人まで入れます。（一回最大２時間利用可能）

B会議室：30人まで入れます。（一回最大３時間利用可能）

・利用日の一週間前まではネットで予約ができます。６日前からは直接管理部の窓口にて予約してください。

・当日予約はできません。

・B会議室を予約する場合は、参加者名簿を持参してください。

・マイクが必要な方は事前に管理部に来て、貸し出し名簿に名前を書いてから借りてください。

04 チャンさんはみどり大学の学生で、今、図書館で薬学の本を借りようとしている。学生証を持っていないチャンさんは、これからどうしたらいいか。

① ３階に行って、身分証を提示してから貸し出し申込書を作成した後、本を２冊借りる。

② ２階に行って、身分証を提示してから貸し出し申込書を作成した後、本を４冊借りる。

みどり大学図書館利用案内

利用時間：09:00〜21:00

貸出冊数：在学生の方５冊、一般の方３冊

貸出期間：２週間

延長回数：２回

・在学生の方が借りられる場合は、学生証が必要です。

・一般の方が借りられる場合は、身分証を提示して、貸し出し申込書を作成してください。

※ 在学生であっても、学生証を持っていない方は同様です。

・医学や薬学と関連した図書は３階を利用してください。

答案 詳解 p.471

實戰測驗 1

問題14　右のページはA市の成人式の案内状である。下の問いに対する答えとして最もよいものを、1・2・3・4から一つ選びなさい。

74　タマングさんは、友達と会ってから１月14日の成人式に出席することになっている。タマングさんはどうしたらいいか。

1　午前11時半に駐車場へ行って、友達を待つ。

2　午後12時半に駐車場へ行って、友達を待つ。

3　午前11時半にリハーサル室へ行って、友達を待つ。

4　午後12時半にリハーサル室へ行って、友達を待つ。

75　シーラさんはどうしても成人式に出席することができない。どうすれば記念品をもらえるか。

1　シーラさんの兄が案内状を会場に持って行き、成人式に出席する。

2　出席できない理由を、1月14日までに電話で市役所に伝える。

3　1月16日以降に、市民会館に案内状を持って行く。

4　2月末日までに、市役所の生涯学習・スポーツ課に案内状を持って行く。

Ａ市成人式のご案内

晴れやかに成人を迎えられるＡ市民の皆さまをお祝いするため、Ａ市主催の成人式を開催いたします。皆様のご参加をお待ちしております。

日　　時：平成(へいせい)31年１月14日（月(祝)・成人の日）
受　　付：午後１時15分～
式典開始：午後２時
終　　了：午後３時（予定）
会　　場：ドリームホール（市民会館）大ホールＡ市中町１－１－１
　※お車でのご来場は、ご遠慮ください。駐車場のご用意はございません。
　※式典会場内に、飲食物は持ち込めません。
　※市民会館に喫煙所はございませんので、喫煙はご遠慮ください。
　※当日は、ゲーム大会も行われます。

待ち合わせをなさる方は、市民会館別館２階のリハーサル室をご利用ください。＊正午～
式典中、リハーサル室は、中継会場になりますので、ご家族の方は式典の様子をこちらでご覧ください。

主　　催：Ａ市／Ａ市教育委員会
お問い合わせ：生涯学習・スポーツ課
電　　話：987-654-3210（直通）午前８時30分～午後５時30分

★この案内状は、記念品引換券を兼ねています★

＊成人式当日、ご来場の際に本案内状を受付にお渡しください。引き換えに、記念品をお渡しいたします。本案内状を忘れた場合、記念品はお渡しできません。

＊成人式に参加できない方は、本案内状をＡ市役所生涯学習・スポーツ課窓口（３階30番）にお持ちください。本状と引き換えに、記念品をお渡しいたします。代理の方でも構いません。土日祝日を除く、１月16日（水）午前９時30分～２月28日（木）午後４時30分までにお越しくださいますよう、お願いいたします。

答案 詳解 p.472

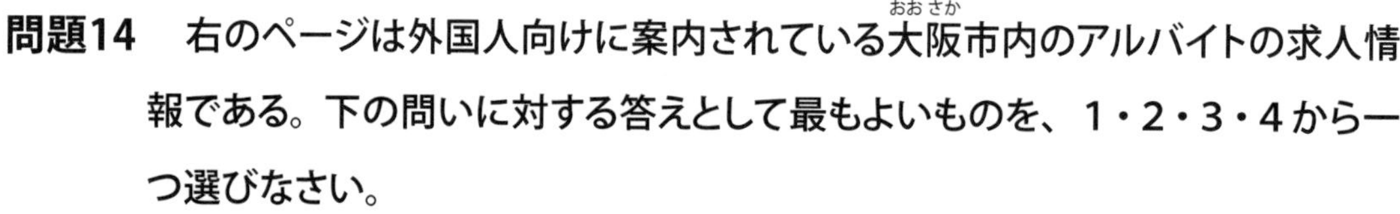

問題14　右のページは外国人向けに案内されている大阪市内のアルバイトの求人情報である。下の問いに対する答えとして最もよいものを、1・2・3・4から一つ選びなさい。

74　ウェイさんは、大阪中央大学の留学生である。大学がある梅田駅の近くでできるアルバイトを探している。12月は試験があり忙しいため、大学が春休みになる１月以降に開始する予定だ。右の表のうち、ウェイさんができるアルバイトはどれか。

1　①と②

2　③と④

3　①と⑥

4　②と⑥

75　カンさんは韓国人の留学生である。現在、土曜日と日曜日のみ午前６時から正午まで、コンビニでアルバイトをしている。今のアルバイトに慣れてきたため、もう少しアルバイトを増やしたいと考え、他の仕事を探すことにした。右の表のうち、カンさんができないアルバイトはどれか。

1　②と⑤

2　③と④

3　⑤と⑥

4　③と⑤

大阪市　アルバイト求人

11月25日現在

週2~4日の仕事		
	① 図書館での貸出業務	② 観光案内
時給	1,000円	1,200円
勤務地	梅田駅から徒歩10分 大阪市図書館	桜川駅から徒歩５分 観光案内所
勤務時間	(1) 10:00 – 16:00 (2) 14:00 – 20:00	(1) 8:00 – 15:00 (2) 14:00 – 20:00
期間	即日～長期　開始日応相談	１月中旬～
特徴	時間交替制・土日祝勤務あり	時間交替制・土日祝勤務あり
条件	簡単なパソコン作業	韓国語または中国語が話せること
短期の仕事		
	③ 試験監督	④ 郵便局での軽作業
時給	1,100円	1,350円～1,700円
勤務地	梅田駅から徒歩10分 大阪中央大学内	梅田駅から徒歩2分 梅田郵便局
勤務時間	9：00 – 16：00	21：00 – 6：00
期間	12月７日(土)・８日(日)の２日間	12月15日～１月15日のうち 週２～４日
特徴	給与即日払い	時間固定制・高時給
条件	—	深夜に勤務できること
長期の仕事		
	⑤ 大手企業での事務	⑥ データ管理・テスト
時給	1,200円	1,000円
勤務地	本町駅から徒歩２分 オオサカ株式会社	梅田駅から徒歩２分 情報システム会社
勤務時間	10：00 – 18：00	9：00 – 17：00のうち４時間程度
期間	即日～長期	１月下旬～３か月
特徴	時間固定制・月～金のみ	時間交替制・月～金のみ
条件	学生不可	簡単なパソコン作業

答案 詳解 p.474

實戰測驗 3

問題14　右のページは、あるスイミングクラブのホームページに載っている案内である。下の問いに対する答えとして最もよいものを、1・2・3・4から一つ選びなさい。

74　高校生のリーさんは、泳ぐことができないので水泳クラスに通って泳げるようになりたいと考えている。しかし、続けられるかどうかわからないので、何回か試してみたい。できるだけ安く体験できるのはどれか。

1　平日午前の短期クラス

2　平日午後の短期クラス

3　平日の体験クラス

4　週末の体験クラス

75　今度の週末、チェさんは子どもと二人で体験クラスに行き、シャワー室も利用したい。子どもは高校生である。チェさんたちの料金はいくらになるか。

1　3,000円

2　3,600円

3　4,100円

4　4,600円

ルートスイミングクラブ

短期教室のお知らせ

ルートスイミングクラブでは春の短期教室をご用意しました。

初心者から上級者まで、ご自身にあったレベルのレッスンを受けられます。興味はあるけれど、不安…という方には、体験クラスもございます。

それぞれのクラス終了後、一週間以内に本科コースへの入会手続きを完了された方は、1か月分の受講料が半額になります。この機会にぜひお試しください。

●春の短期クラス●　週1回60分、全4回コース

レベルに合ったクラスで、安心して始められます。コース終了後には、そのまま本科コースへ入ることも可能です。

	平日(月~金)		土曜・日曜	
	10時～11時	15時～16時	10時～11時	15時～16時
子ども(小学生以下)	4,000円	4,500円	5,000円	4,500円
中学生	4,500円	5,000円	5,500円	5,000円
大人(高校生以上)	5,500円	6,000円	6,500円	6,000円

●体験クラス●　60分、お1人様1回のみ

実際のクラスに入って、体験が1回できます。コース終了後にコーチより簡単なアドバイスをさせていただきます。クラスのお時間は曜日によって違いますので、お問い合わせください。

	平日(月～金)	土曜・日曜
子ども(小学生以下)	0円	1,300円
中学生	0円	1,600円
大人(高校生以上)	1,000円	1,800円

＊終了後にシャワー室の利用をご希望の場合、一人につき別途500円が必要です。

【お問い合わせ・予約受付】

ルートスイミングクラブ

両コース共通　03-1234-8301

答案 詳解 p.475

聽解

問題 1 問題理解

問題 2 重點理解

問題 3 概要理解

問題 4 即時應答

問題 5 綜合理解

問題
1 問題理解

問題理解考的是聽完兩人針對特定主題交談後，選出當中男生或女生下一步的行動。總題數為 5 題，針對接下來要做的事和最先要做的事提問。

重點攻略

1 對話開始前會先播放對話地點、對話者和題目，請趁此時掌握好題目重點。對話情境包含學校前後輩、老師與學生、公司主管與下屬間委託某件事、詢問方法、尋求建議、增減內容等，或是員工與顧客針對購票、報名的對話。有時選項會採圖示的方式。

2 題目詢問接下來要做的事時，聽力原文中會出現好幾件事情，答案要選最終決定要做的事。尤其當題目詢問需支付的費用時，金額經常反覆變動，因此請務必聽完全文後再選擇答案。

例 男の人はこのあと何をしますか。　男子接下來要做什麼？
女の人は今ここでいくら払いますか。　女子現在在此要付多少錢？

3 題目詢問最先要做的事時，請特別留意聽力原文中出現的時間、日期、事情的先後順序等相關內容，選出最先要做的事。

例 男の学生はこのあとまず何をしますか。　男學生接下來會先做什麼？
男の人は最初に何をしなければなりませんか。　男子最先應該做什麼？

4 選項通常會按照對話中提及的順序逐一列出，但是對話中不太會直接說出是否有完成某件事，而是採間接告知的方式。因此聆聽對話時，請確認各選項屬於已經完成的事、應該要做的事，還是可以選擇不做的事，再選出正確答案。

5 該大題的聽力內容涵蓋公司、教育、大學、估算、報名等主題，建議參考《N2 必考單字文法記憶小冊》（p46~47），熟記相關詞彙。

解題步驟

Step 1　請於聽力原文播出前，快速瀏覽選項，事先確認聽力中可能會提及的內容。

聽力原文中，通常會依照選項排序，逐一提及題本上列出的選項。因此，請務必在聽力原文播出前，事先看過選項，有助於掌握聽力原文的內容。

選項　1 授業の教科書を読む　閱讀課本

2 学校に教科書を取りに行く　去學校拿課本

Step 2　請邊聽題目，邊掌握題目的重點。而後聆聽對話時，請確認完成各項事情的先後順序。

請邊聽題目，邊掌握對話中誰是要做事的人，以及題目問的是什麼。而後聆聽對話時，請確認各項事情的先後順序。若當中提及應該要做的事，請在選項前打〇；提及已完成的事、或是不需要做的事時，請在選項前打╳。

題目　男の学生はこのあと何をしなければなりませんか。　男學生之後要做什麼？

對話　F：うーん、あとは、教科書を読んでくる宿題があったはずだよ。
恩，再來，應該有閱讀課本的作業。

M：え、まだ読んでないよ。教科書、学校に置いてきちゃったし。
什麼？我還沒讀，我把課本忘在學校了

ねえ、今ちょっと見せてくれない？すぐに読むからさ。
選項2打╳　選項1畫〇
那個，現在可以給我看一下嗎？我很快就會讀完

Step 3　請於題目播放第二遍時，邊聽題目，邊選出適當的選項。

請於題目播放第二遍時，邊聽題目，邊選出最終決定要做的事情。

選項　✔ 1 授業の教科書を読む　閱讀課本　O

2 学校に教科書を取りに行く　去學校拿課本　X

套用解題步驟

035 聽解問題1 問題理解_01 套用解題步驟.mp3

[題本]

問題1では、まず質問を聞いてください。それから話を聞いて、問題用紙の1から4の中から、最もよいものを一つ選んでください。

1 資料とボールペンを箱に詰める X

✔2 ファイルが届いているか確認する O

3 田中さんにファイルの注文をする X

4 だれかに手伝ってくれるように頼む X

Step 1 請於聽力原文播出前，快速瀏覽選項，事先確認聽力中可能會提及的內容。

[音檔]

会社で男の人と女の人が話しています。女の人はこのあとまず何をしなければなりませんか。

M：明日の午後の就職説明会のことなんだけど、ちょっとお願いしていいかな?

F：わかりました。配る資料は準備してありますか。

M：うん、[1]それはもう箱に入れてある。箱はまだここにあるけど。

F：あ、じゃ、それを会場に運んでおけばいいですね。ボールペンも配るんでしたっけ。

M：いや、今回はボールペンの代わりにファイルを配るんだよね。[3]ファイルは注文してあるから、今日届いているはずだけれど。

F：じゃ、届いているか確認しておきます。

M：お願い。届いていなかったら、田中さんに聞いてみて。持って行くのは明日でいいから、[2]確認だけ今日してくれる?

F：わかりました。荷物を運ぶのは午前中でいいんですよね。

M：うん。会場には田中さんも行くけど、彼も忙しいみたいだから。

F：大丈夫です。一人でできないときは、[4]誰かに頼みますから。

女の人はこのあとまず、何をしなければなりませんか。

Step 2 請邊聽題目，邊掌握題目的重點。而後聆聽對話時，請確認完成各項事情的先後順序。

Step 3 請於題目播放第二遍時，邊聽題目，邊選出適當的選項。

Step1 請瀏覽選項，確認對話中可能會出現與 1 把資料和原子筆裝進箱子裡、2 確認文件夾是否抵達、3 向田中訂購文件夾、和 4 麻煩別人幫忙 相關的內容。

Step2 聽完情境說明和題目後，再聆聽對話，確認女子最先要做的事為何。對話中提到資料已經裝箱，且已經訂好文件夾，因此請在選項 1 和 3 後方打 X；文件夾預計今日抵達，待明日才要請人幫忙，表示做事的順序為：確認文件夾是否抵達 → 麻煩別人幫忙，因此請在選項 2 後方畫 O、選項 4 後方打 X。

Step3 本題詢問的是女子最先要做的事。男子提出：「確認だけ今日してくれる？（今天能幫我確認一下嗎？）」，因此答案要選 2 ファイルが届いているか確認する（確認文件夾是否抵達）。

[題本]

問題 1 請先聽問題。然後聽完對話之後，從問題卷上 1 至 4 的選項中，選出最適合的答案。

1 將資料和原子筆裝進箱子裡
2 確認資料夾是否有寄達
3 向田中訂購資料夾
4 拜託他人來幫忙

[音檔]

男性和女性在公司裡對話。女性接下來必須先做什麼事？

M：有關明天下午的就業說明會，可以拜託妳幫忙嗎？
F：好的。要發的資料準備好了嗎？
M：嗯，資料我已經放進箱子裡了。不過箱子還在這邊。
F：啊，那只要把箱子運到會場就可以了吧。我記得這次也要發原子筆對嗎？
M：沒有，這次不發原子筆，改發資料夾。我已經有預訂資料夾了，今天應該會寄到才對。
F：那我先確認資料夾有沒有寄來。
M：麻煩妳了。如果沒有寄來的話，去問一下田中。明天再帶去就可以了，今天可以麻煩妳先做確認嗎？
F：好的。明天上午運過去就好了對嗎？
M：嗯。雖然田中也會去會場，不過他好像也很忙。
F：沒問題，如果我一個人運不過去會再找人幫忙。

女性接下來必須先做什麼事？

單字 **資料 しりょう** 名資料 | **詰める つめる** 動填滿、裝入 | **ファイル** 名資料夾 | **届く とどく** 動送達 | **確認 かくにん** 名確認
注文 ちゅうもん 名下訂單 | **手伝う てつだう** 動幫忙 | **就職説明会 しゅうしょくせつめいかい** 名就業說明會
配る くばる 動發放 | **準備 じゅんび** 名準備 | **会場 かいじょう** 名會場 | **運ぶ はこぶ** 動運送 | **今回 こんかい** 名這次
持って行く もっていく 帶著去 | **荷物 にもつ** 名行李 | **午前中 ごぜんちゅう** 中午之前

實力養定

036 聽解問題1 問題理解_02 .mp3

請聆聽對話，選出接下來要做的事。

01 ① 会議の資料をコピーする

② 部長に連絡する

02 ① サークルに参加する

② 交流会のスピーチを準備する

03 ① 3,400円

② 4,000円

04 ① ホームページのお知らせを見せる

② ホームページのお知らせを修正する

05 ① 就職説明会の日時を決める

② アンケートの結果を提出する

06 ① 上司とセミナーに行く

② 資料をメールで送る

07 ① レポートについて友達に伝える

② 世界の民族をもっと研究する

08 ① 1,800円

② 2,000円

09 ① クイズを作る

② 商品を買いに行く

10 ① 名簿のデータを発送する

② 新製品の企画を仕上げる

答案 詳解 p.477

實戰測驗 1

037 聽解問題1 問題理解_03 .mp3

問題1

問題１では、まず質問を聞いてください。それから話を聞いて、問題用紙の１から４の中から、最もよいものを一つ選んでください。

1番

1　名刺をかばんに入れる

2　レンタカーを予約する

3　支店に連絡する

4　パンフレットを送る

2番

1　1,000円

2　3,000円

3　4,000円

4　6,000円

3番

1 研修を受ける

2 幼稚園に行く

3 健康診断の結果を探す

4 幼稚園に電話をする

4番

1 女の人にピアノ教室を紹介する

2 子どもを迎えに行く

3 無料レッスンを申し込む

4 子どもに習いたいか聞く

5番

1 男の人に会社を紹介する

2 鈴木さんの連絡先を聞く

3 鈴木さんに連絡する

4 男の人に連絡先を伝える

答案 詳解 p.480

實戰測驗 2

038 聽解問題1 問題理解_04 .mp3

問題1

問題１では、まず質問を聞いてください。それから話を聞いて、問題用紙の１から４の中から、最もよいものを一つ選んでください。

1番

1 天気予報をチェックする

2 学校のホームページを見る

3 学校からのメールを確認する

4 学校に電話をする

2番

1 カードの番号を入力する

2 図書館カードを作る

3 本を借りる

4 中央図書館へ行く

3番

1　4,000円

2　3,500円

3　3,000円

4　1,000円

4番

1　大きい会議室を予約する

2　資料を印刷する

3　部長に返事をする

4　会議の参加者に連絡する

5番

1　ゲームのメンバーを集める

2　写真を集めて、編集する

3　学生課で教室を予約する

4　使ういすと机の数を数える

答案 詳解 p.485

實戰測驗 3

039 聽解問題1 問題理解_05 .mp3

問題1

問題１では、まず質問を聞いてください。それから話を聞いて、問題用紙の１から４の中から、最もよいものを一つ選んでください。

1番

1　来週の金曜日

2　来週の土曜日

3　再来週の水曜日

4　来月の土曜日

2番

1　360円

2　450円

3　3,600円

4　4,000円

3番

1　会議室を予約する

2　返事がまだの人にメールを送る

3　会議の資料をコピーする

4　昼食の用意をする

4番

1　内容を簡単にする

2　説明をくわしくする

3　写真や図を増やす

4　質問で気をつけることを書く

5番

1　スケジュールを作る

2　だれが何をするか決める

3　広告の相談をする

4　お金がいくら使えるか聞く

答案 詳解 p.489

問題 2

重點理解

重點理解考的是聽完兩人對話後，針對對話相關細節選出適當的答案。總題數為 6 題，近幾年的測驗中，有時只會出現 5 題。題目主要考的是說話者對特定議題的想法、理由、疑惑等。

重點攻略

1 對話前方會先播放情境說明和題目，聆聽時請特別留意疑問詞和關鍵字，並掌握題目重點。題目播完後，有 20 秒的時間可以閱讀選項，選項內容會依序出現在後續播放的對話中，因此請務必仔細閱讀選項，確認其內容。

2 聽力情境主要會出現朋友、前後輩、公司同事、老師和學生、主播和受訪者等，由兩個人針對特定議題進行討論，提出各自的想法、理由、疑惑、現在或未來的發展等。

例 男の人はどうしてこの店が気に入っていますか。 男子為什麼會喜歡上這家店？

先生はスピーチについて何が問題だったと言っていますか。
針對演講，老師認為有什麼問題？

男の学生の今の体調はどうですか。 男學生目前的身體狀況如何？

3 本大題中主要會使用疑問詞「どうして（為什麼）」、「理由（理由）」、「何が（什麼）」、「どんなこと（什麼樣的東西）」、「どう（如何）」、「いつ（何時）」詢問對話中提及的事情。當中最常出現的是以「どうして（為什麼）」提問的題目。

4 聆聽對話時，請特別留意與題目關鍵字有關的所有內容，並選出內容完全相符的選項。

5 該大題的聽力內容涵蓋學習、商務、商品、店鋪、料理、家、災害、環境等主題，建議參考《N2 必考單字文法記憶小冊》（p47~48），熟記相關詞彙。

解題步驟

Step 1 **聽完情境說明和題目後，請利用 20 秒的間隔時間快速瀏覽選項。**

聽完情境說明和題目後，請確認題目所詢問的對象和內容為何，並快速寫下關鍵字、疑問詞等解題重點。之後請利用 20 秒的間隔時間，瀏覽選項確認其內容。

情境說明和題目　男の学生と女の学生が話しています。男の学生は小説がどうだったと言っていますか。

男學生　小說　如何

男學生和女學生正在聊天，男學生認為小說如何。

選項　1 話の内容が暗かった　故事內容灰暗

2 登場人物が多すぎた　出場人物過多

Step 2 **請邊聽對話，邊留意題目的重點，並掌握答題線索。**

聆聽對話時，請留意題目重點，並掌握答題線索。對話中經常出現反轉，因此請務必耐心聽到最後。

對話　F：山田くん、この小説読んだことある？

山田，你有看過這本小說嗎？

M：うん。あんまりおもしろくなかったよ。

嗯，不是很好看。

F：え、なんで？話が暗いから？

咦？為什麼？因為故事很灰暗嗎？

M：いや、暗い話なのはいいんだけど、あまりにたくさんの登場人物が出てくるから混乱しちゃって。

不是，故事灰暗倒是無所謂，是因為出場人物太多，讓人很混亂。

Step 3 **請於題目播放第二遍時，邊聽題目，邊選出與答題線索相符的選項。**

題目播放第二遍時，請邊聽題目，根據對話中與題目疑問詞和關鍵字有關的答題線索，選出內容相符的選項。

題目　男の学生と女の学生が話しています。男の学生は小説がどうだったと言っていますか。

男學生和女學生正在聊天，男學生認為小說如何？

答案　1 話の内容が暗かった　故事內容灰暗

✔2 登場人物が多すぎた　出場人物過多

套用解題步驟

040 聽解問題2 重點理解_01 套用解題步驟 .mp3

[題本]

問題2では、まず質問を聞いてください。そのあと、問題用紙のせんたくしを読んでください。読む時間があります。それから話を聞いて、問題用紙の１から４の中から、最もよいものを一つ選んでください。

1 進学することになったから X

2 おじいさんの体調が悪いから X

✔3 結婚することが決まったから O

4 国で就職することになったから X

Step 1 聽完情境說明和題目後，請利用20秒的間隔時間快速瀏覽選項。

[音檔]

男の人と女の人が話しています。女の人はどうして帰国することになったのですか。

M：日本での就職、決まったんだってね。大手メーカーなんだって？

F：ええ、それが帰国することになりまして…。

M：え？ここで就職したいって言って、[1]大学院にも進学したのに？ご家族がご病気とか？

F：[2]祖父が1年前から体調を崩しているんですが、家族はしたいことをしなさいと言ってくれているので、そちらは大丈夫なんです。実は国にいるときから付き合っている人がいて、[3]その方と6月に結婚することになりまして。

M：そうなんだ。おめでとう。

F：急な話なんですが、相手のおばあ様がご高齢でお元気なうちにという話になったんです。

M：それはいいことだね。じゃあ、もう働かないの？

F：それがありがたいことなんですが、就職が決まった会社に相談したら、[4]国の支店で働けるようにしていただけたんです。

M：それはよかったね。これから忙しくなるね。

女の人はどうして帰国することになったのですか。

Step 2 請邊聽對話，邊留意題目的重點，並掌握答題線索。

Step 3 請於題目播放第二遍時，邊聽題目，邊選出與答題線索相符的選項。

Step1 本題詢問的是女生選擇回國的原因。各選項的重點為 1「升學」、2「爺爺身體不適」、3「結婚」、4「在自己國家就業」。

Step2 對話當中，女生提及她已經唸完研究所，且雖然她爺爺的身體狀況不太好，但家人都很體諒她，因此請在選項 1 和 2 後方打 X；女生提及她要在六月結婚，因此請在選項 3 後方打○；在回國後，才改成要回自己國家工作，並非回國的原因，因此請在選項 4 後方打 X。

Step3 本題詢問的是女生選擇回國的原因，女生表示：「その方と 6 月に結婚することになりまして（因為我六月要跟那個人結婚）」，因此答案為 3 結婚することが決まったから（因為已經決定要結婚）。

[題本]

問題 2 請先聽問題。接著請閱讀問題卷上的選項。考試將會提供閱讀時間。之後請聽對話，從問題卷上 1 至 4 的選項中，選出最適合的答案。

1 因為決定要升學了
2 因為爺爺的身體狀況不好
3 因為決定要結婚
4 因為決定要回國工作

[音檔]

男性和女性在對話。女性為什麼決定回國？

M：聽說妳在日本找到工作了？我聽說是一家知名製造商？
F：嗯，但我決定回國了……。
M：咦？但之前妳說想在這邊工作，還念了研究所耶？是家人生病了嗎？
F：雖然1年前我爺爺的身體狀況惡化，不過家人說希望我做自己想做的事，所以不是因為爺爺生病的關係。其實我有一個從以前還在故鄉的時候就持續在交往的對象，我跟他決定六月結婚。
M：原來如此。恭喜妳。
F：雖然很突然，不過因為對方的奶奶年紀很大了，所以就說要趁她還健康的時候結婚。
M：很不錯啊。那妳不打算工作了嗎？
F：幸運的是，我跟原本準備要去上班那間公司談過之後，他們讓我在我故鄉的分公司工作。
M：那真是太好了。接下來要開始忙起來了呢。

女性為什麼決定回國？

單字 **進学 しんがく**名升學 | **体調 たいちょう**名身體狀況 | **決まる きまる**動決定 | **就職 しゅうしょく**名就業
帰国 きこく名回國 | **日本 にほん**名日本 | **大手メーカー おおてメーカー**名知名製造商 | **大学院 だいがくいん**名研究所
祖父 そふ名爺爺 | **体調を崩す たいちょうをくずす** 身體狀況惡化 | **実は じつは**副其實
付き合う つきあう動交往 | **急だ きゅうだ**な形突然的 | **相手 あいて**名對方 | **高齢 こうれい**名高齡
元気だ げんきだな形有活力的 | **ありがたい**い形值得慶幸的、值得感謝的 | **相談 そうだん**名諮詢 | **支店 してん**名分店

實力奠定

🔊 041 聽解問題2 重點理解_02 .mp3

請聆聽對話，針對題目選出適當的選項。

01 ① 打ち上げに参加したくないから

② 病院の予約があるから

02 ① 絵を見るのが好きだから

② 絵に興味があるから

03 ① エレベーターがないから

② 見る必要がなくなったから

04 ① 花火をする約束をしたから

② 庭の木や花に水をやる予定だから

05 ① 思い出したくない記憶があるから

② アレルギーがあるから

06 ① いろんな講座(こうざ)があること

② イベントに参加(さんか)できること

07 ① 引(ひ)っ越(こ)しをするかどうか

② アルバイト先(さき)を変(か)えるかどうか

08 ① 手軽(てがる)なレシピの割(わり)にはすばらしい

② ねぎの甘(あま)みが良(よ)くておいしい

09 ① 通勤(つうきん)が大変(たいへん)なこと

② 週末(しゅうまつ)にも接待(せったい)などで働(はたら)くこと

10 ① 来週(らいしゅう)の月曜日(げつようび)

② 今週(こんしゅう)の金曜日(きんようび)

答案 詳解 p.493

實戰測驗 1

042 聽解問題2 重點理解_03 .mp3

問題2

問題２では、まず質問を聞いてください。そのあと、問題用紙のせんたくしを読んでください。読む時間があります。それから話を聞いて、問題用紙の１から４の中から、最もよいものを一つ選んでください。

1番

1　いつまでも若く見られたいから

2　仕事がないときひまだから

3　一人でじっくり考えたいから

4　年を取っても健康でいたいから

2番

1　引っ越しを頼む会社がなかったこと

2　うちの近くに転勤することになったこと

3　引っ越し先が便利な場所になかったこと

4　家賃が高くて条件に合わなかったこと

3番

1　管理人に犬や猫の飼育は禁止と言われたから

2　友達と話していた時にすすめられたから

3　コミュニケーションが取れるとわかったから

4　朝、早起きしたいと思っていたから

4番

1　来週の水曜日

2　来週の木曜日

3　再来週の月曜日

4　再来週の火曜日

5番

1　日本語の会話

2　面接

3　交通費

4　アルバイト

6番

1　全品割引になること

2　割引券がもらえること

3　野菜が割引になること

4　魚が割引になること

答案 詳解 p.496

實戰測驗 2

043 聽解問題2 重點理解_04 .mp3

問題2

問題２では、まず質問を聞いてください。そのあと、問題用紙のせんたくしを読んでください。読む時間があります。それから話を聞いて、問題用紙の１から４の中から、最もよいものを一つ選んでください。

1番

1　スケート場に通えなくなったこと

2　先輩の話を聞いたこと

3　友達を増やしたいと思ったこと

4　スキーの道具をもらったこと

2番

1　娘が忙しいから

2　朝食をとるから

3　健康にいいから

4　仕事のメールをするから

3番

1　飛行機代やホテル代が高いから

2　どこに行っても混んでいるから

3　母親が入院して手術をするから

4　父親が落ち着かなくて心配だから

4番

1　お店の売り上げを上げるため

2　持ち物を少しでも減らすため

3　ごみを減らして地球かんきょうを守るため

4　ビニール傘の忘れ物を少なくするため

5番

1　人に意見を聞く難しさ

2　友達への結婚のプレゼント

3　女の人が持っているもの

4　来週の結婚式にすること

6番

1　娘が病気だから

2　夫が早退したから

3　仕事が終わらないから

4　家で資料をまとめるから

答案 詳解 p.501

實戰測驗 3

044 聽解問題2 重點理解_05 .mp3

問題2

問題２では、まず質問を聞いてください。そのあと、問題用紙のせんたくしを読んでください。読む時間があります。それから話を聞いて、問題用紙の１から４の中から、最もよいものを一つ選んでください。

1番

1　研究発表の内容を問うため

2　授業の課題を減らしてもらうため

3　研究発表のリーダーになるため

4　研究発表のリーダーを変えてもらうため

2番

1　商品の説明が足りないこと

2　商品の説明が細かすぎること

3　目的が書かれていないこと

4　目的がくわしく書いてあること

3番

1　今の仕事がつまらないから

2　今の給料に不満があるから

3　両親の近くに住みたいから

4　経験を生かせる仕事がしたいから

4番

1　アパートがこわされるから

2　今のアパートは駅から遠いから

3　ウサギをかっているから

4　もっと広くて新しいところがいいから

5番

1　さいがいへの準備が足りないこと

2　さいがいの時にあわててしまうこと

3　こうずいが起きること

4　逃げる道順と場所を知らないこと

6番

1　ほかのカメラよりきれいな写真がとれる

2　場所がわかる機能が付いている

3　小さくて軽く、持ち運びがしやすい

4　写真をいろいろと編集できる

答案 詳解 p.506

概要理解

概要理解考的是聽完雙人對話或是廣播節目、演講、通知中單人所說的話後，確認概要資訊，等於要掌握當中的重點內容。總題數為5題，題目會針對主旨、中心思想、說話者的想法、行為目的提問。

重點攻略

1 該大題開頭僅會播放情境說明，不會播放題目。因此請於播放情境說明時，確認稍後可能會出現幾個人。接著於聆聽對話或單人獨白時，確認整段話的主題或重點。

例 ラジオで医師(いし)が話(はな)しています。 廣播節目上，醫生正在說話。
女(おんな)の人(ひと)と男(おとこ)の人(ひと)が学校(がっこう)で話(はな)しています。 女生和男生正在學校裡聊天。

2 聽力情境為單人獨白時，題目會針對主題、或中心思想出題。

例 医師(いし)は、何(なに)について話(はな)していますか。 醫生正在談論什麼？
この選手(せんしゅ)は1年(ねん)がどうだったと言(い)っていますか。 該選手對過去這一年有什麼看法？

3 聽力情境為雙人對話時，題目會針對情境說明中第二個提及的人的想法、或行為目的出題。

例 女(おんな)の人(ひと)は野菜(やさい)についてどう思(おも)っていますか。 女生對蔬菜有什麼看法？
男(おとこ)の人(ひと)は何(なに)をしに来(き)ましたか。 男生來做什麼？

4 該大題的試題本上不會出現任何字句，完全得靠聽力解題。因此聆聽聽力本文時，建議用日文或中文把重點寫下來。

5 該大題的聽力內容涵蓋商店、設施、養育、食物、興趣、自然、職場、學校等主題，建議參考《N2 必考單字文法記憶小冊》（p48~50），熟記相關詞彙。

解題步驟

Step 1 聆聽情境說明，確認稍後會播出雙人對話或是單人獨白，並預測可能會考的題目。

若為雙人對話，題目可能會針對情境說明中第二個提及的人想法或行為目的出題；若為單人獨白，題目可能會針對主題或中心思想出題。

情境說明　ラジオで女の人がお茶について話しています。
說話者只有一人／預測考題為中心思想

廣播節目上，女生正在談論茶的話題。

Step 2 聆聽聽力本文時，請確認重點內容，並簡單寫下筆記。

請仔細聆聽說話者正在說些什麼，在題本空白處簡單寫下聽到的單字或重點內容，並掌握整段話的脈絡。

音檔　女：最近働く女性の間でお茶を飲む人が増えてきたそうです。コーヒーのように眠気をさます効果はあまりありませんが、さまざまな香りを楽しめてリラックス効果も高いからだそうです。
喝茶的女性增加　沒有提神效果　各種香氣　放鬆效果

最近職場女性喝茶的人數有增加的趨勢。雖然茶不像咖啡具有提神效果，但能讓人享受到各種香氣，又具有良好的放鬆效果。

Step 3 聆聽題目和選項，選出適當的答案。

聆聽題目，確認題目問的是什麼。接著請於聆聽選項時，根據先前寫下的內容，邊對照邊選出最適當的答案。

題目　女の人は何について話していますか。　女生正在談論什麼？
主旨

選項　✔ 1 お茶が人気になった理由　茶備受歡迎的理由

2 お茶の飲み方　喝茶的方法

聽解 問題3 概要理解

套用解題步驟

045 聽解問題3 概要理解_01 套用解題步驟 .mp3

[題本]

問題3では、問題用紙に何もいんさつされていません。この問題は、全体としてどんな内容かを聞く問題です。話の前に質問はありません。まず話を聞いてください。それから、質問とせんたくしを聞いて、1から4の中から、最もよいものを一つ選んでください。

ーメモー

女子

高價旅行團　銷量增加

特別的經驗　享受風景和料理　當地獨有的東西

Step 2 聆聽聽力本文時，請確認重點內容，並簡單寫下筆記。

[音檔]

旅行会社の会議で、女の人が話しています。

Step 1 聆聽情境說明，確認稍後會播出雙人對話或是單人獨白，並預測可能會考的題目。

F：今年は、国内旅行全体の契約数は減ったものの、高価格のツアーの売上が増加しました。多少費用が高くなっても、特別な経験ができる旅行がしたいと思う人が増加しているためと考えられます。例えば、普通の乗車料金の倍の金額であっても、景色と料理を楽しみながらゆっくりと目的地へ向かう観光列車に人気が集まっています。ホテルを選ぶ際にも、宿泊費の安さよりも、その土地にしかない食べ物やサービスがあるかを重視するお客様が増えています。

女の人は何について話していますか。

Step 3 聆聽題目和選項，選出適當的答案。

1 国内旅行者が増えた原因

✓2 高価格ツアーが売れる理由

3 観光列車の魅力

4 旅行の価格とサービスの関係

Step1 情境說明中僅出現一名女子，因此題目預計會針對主旨、或此人的中心思想出題。

Step2 女子提到高價旅行團的銷量之所以會增加，是因為有越來越多人想在旅行中有特殊的體驗。像是搭乘觀光列車前往目的地，邊欣賞風景邊享用美食、或是重視當地獨有的美食和服務。

Step3 題目詢問女子正在談論什麼。「特別な経験ができる旅行（能有特殊體驗的旅行）」、「景色と料理を楽しみながらゆっくりと目的地へ向かう観光列車（搭乘觀光列車緩緩前往目的地，邊欣賞風景、邊享用美食）」、「その土地にしかない食べ物やサービスがあるかを重視（重視是否有當地獨有的美食和服務）」，三者皆為高價旅行團熱賣的理由，因此答案要選 2 高価格ツアーが売れる理由（高價旅行團熱賣的理由）。

[題本]

問題 3，問題卷上不會寫有任何內容。這個問題要問的事整體的內容，在對話之前沒有問題，請先聆聽對話，接著聽問題，並從 1 至 4 的選項中選出最適合的回答。

[音檔]

一名女士在旅行社會議上發言。

F：今年，雖然國內旅遊整體的合約數量減少，但高價行程的銷售額卻有所增加。 這可能是因為即使費用較高，卻有越來越多人渴望能擁有特別體驗的旅行，舉例來說，在享受風景和美食的同時，慢慢前往目的地的旅遊列車越來越受歡迎，即使價格是正常票價的兩倍。在選擇酒店時，越來越多客戶更重視該地區獨特的食物和服務，而不是低廉的住宿費用。

女人談論的內容和什麼有關？

1　國內旅遊者增加的原因

2　高價行程銷售佳的理由

3　觀光列車的魅力

4　旅行的價格與服務的關連

單字 **国内旅行** **こくないりょこう** 名國內旅行 | **全体** **ぜんたい** 名全體 | **契約数** **けいやくすう** 名契約數量 | **減る** **へる** 動減少
高価格 **こうかかく** 名高價 | **ツアー** 名行程 | **売上** **うりあげ** 名收益 | **増加** **ぞうか** 名增加 | **多少** **たしょう** 副有些
費用 **ひよう** 名費用 | **特別だ** **とくべつだ** な形特別的 | **経験** **けいけん** 名經驗 | **考える** **かんがえる** 動思考
例えば **たとえば** 副舉例 | **普通** **ふつう** 名普通 | **乗車料金** **じょうしゃりょうきん** 名乘車費 | **倍** **ばい** 名倍
金額 **きんがく** 名金額 | **景色** **けしき** 名景色 | **楽しむ** **たのしむ** 動享受 | **ゆっくり** 副慢慢地 | **目的地** **もくてきち** 名目的地
向かう **むかう** 動前往 | **観光列車** **かんこうれっしゃ** 名觀光列車 | **人気** **にんき** 名人氣 | **集まる** **あつまる** 動匯集
選ぶ **えらぶ** 動選擇 | **宿泊費** **しゅくはくひ** 名住宿費 | **土地** **とち** 名土地 | **サービス** 名服務 | **重視** **じゅうし** 名重視
お客様 **おきゃくさま** 名客人 | **国内旅行者** **こくないりょこうしゃ** 名國內旅遊者 | **原因** **げんいん** 名原因 | **理由** **りゆう** 名理由
魅力 **みりょく** 名魅力 | **価格** **かかく** 名價格 | **関係** **かんけい** 名關係

實力奠定

🔊 046 聽解問題3 概要理解_02 .mp3

請聆聽對話，針對題目選出適當的選項。

01 ① ②

02 ① ②

03 ① ②

04 ① ②

05 ① ②

06 ① ②

07 ① ②

08 ① ②

09 ① ②

10 ① ②

答案 詳解 p.511

實戰測驗 1 ~ 3

問題3

問題３では、問題用紙に何もいんさつされていません。この問題は、全体としてどんな内容かを聞く問題です。話の前に質問はありません。まず話を聞いてください。それから、質問とせんたくしを聞いて、１から４の中から、最もよいものを一つ選んでください。

-メモ-

※建議於下方寫下重點內容，再進行作答。

實戰測驗 1

047 聽解問題 3 概要理解 _03 .mp3

答案 詳解 p.515

實戰測驗 2

048 聽解問題 3 概要理解 _04 .mp3

答案 詳解 p.518

實戰測驗 3

049 聽解問題 3 概要理解 _05 .mp3

答案 詳解 p.522

即時應答

即時應答考的是聽完題目和三個選項後，選出適當的答覆。總題數為 10 到 12 題，題目主要會針對日常發生的狀況進行提問。每回測驗中，本大題至少會有 1 題的題目和選項使用敬語。

重點攻略

1 題目為問句時，內容包含建議對方做某事、拜託對方幫忙、確認某項事實等，請根據問句的意圖，選擇相對應的答覆，表示確認、同意或拒絕。

例 F：山田さん、土曜のバイト、私と代わってもらうわけにいかない？
山田先生，週六的打工可以麻煩你幫我代班嗎？

M：1 土曜ですか。分かりました。 週六嗎？沒問題。(〇)
2 僕、お願いしてませんけど。 我並沒有拜託你。(✕)
3 え？代わってませんけど。 什麼？並沒有代班。(✕)

2 題目為敘述句時，主要會出現表達情感的話語，包含稱讚對方、表示遺憾、安慰對方等內容，或是告知某項事實和經驗、提出意見等。請根據題目句的意圖，選擇相對應的答覆。

例 M：朝、電車に乗り遅れるところだったんだ。 早上我差點沒搭上電車。

F：間に合ってよかったね。 幸好有趕上。(〇)
乗れなかった？ 你沒搭到車嗎？(✕)
電車が遅れたね。 電車誤點了啊 (✕)

3 陷阱選項包含重複題目句中的字詞、列出應由提問者說出的話，或是時態有誤的話等，請務必確認題目的意圖，再選出正確答案。

4 該大題的聽力情境涵蓋日常生活、課程、工作等主題，建議參考《N2 必考單字文法記憶小冊》(P50)，熟記相關詞彙。

解題步驟

※ 請利用播放例題的時間，事先在空白處寫下題號 1 至 12。

Step 1 **聆聽題目，掌握其內容、意圖、和情境。**

請聽清楚題目，並確實掌握題目的內容和意圖為何，確認情境是屬於建議、稱讚、遺憾、請求、或是安慰等。

Step 2 **聆聽選項，選出最適當的答覆。**

在肯定為答案的選項標示○；確認有誤的選項標示×；不確定是否為答案的選項標示△，最後選擇打○的選項為答案。

套用解題步驟

050 聽解問題4 即時應答_01_套用解題步驟 .mp3

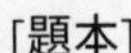

[題本]

問題4では、問題用紙に何もいんさつされていません。まず文を聞いてください。それから、それに対する返事を聞いて、1から3の中から、最もよいものを一つ選んでください。

ーメモー

1 X, X, ○

2

Step 2 **聆聽選項，選出最適當的答覆。**

針對搬動椅子的要求，回答「どこに運びましょうか（要搬去哪裡？）」最為適當，因此答案要選 3。1 當事人要求搬椅子，該選項的對象有誤；2 不符合「要求搬椅子」的情境。

[音檔]

F：この椅子、運んでくれない？

M：1　運んでくれますか。　　2　はい、運びません。

✔3　どこに運びましょうか。

Step 1 **聆聽題目，掌握其內容、意圖、和情境。**

對話情境為女生要求男生幫忙搬椅子。

[題本]

問題 4 的問題卷上不會寫有任何內容。請先聽句子，再聽對該句子所做出的回答，並從 1 至 3 的選項中選出最適合的回答。

[音檔]

F：你可以幫我搬這張椅子嗎？

M：1　可以幫忙搬嗎？　　2　是，我不搬。

3　要搬到哪裡去呢？

單字 **椅子 いす**名椅子 | **運ぶ はこぶ**動搬運

實力奠定

051 聽解問題4 即時應答_02 .mp3

請聆聽題目，並選出適當的答覆。

01 ① ②

02 ① ②

03 ① ②

04 ① ②

05 ① ②

06 ① ②

07 ① ②

08 ① ②

09 ① ②

10 ① ②

11 ① ②

12 ① ②

13 ① ②

14 ① ②

15 ① ②

16 ① ②

17 ① ②

18 ① ②

19 ① ②

20 ① ②

答案 詳解 p.525

實戰測驗 1 ~ 3

問題4

問題４では、問題用紙に何もいんさつされていません。まず文を聞いてください。それから、それに対する返事を聞いて、１から３の中から、最もよいものを一つ選んでください。

-メモ-

※建議於下方寫下重點內容，再進行作答。

實戰測驗 1	實戰測驗 2	實戰測驗 3
052 聽解問題 4 即時應答 _03 .mp3	053 聽解問題 4 即時應答 _04 .mp3	054 聽解問題 4 即時應答 _05 .mp3
1	1	1
2	2	2
3	3	3
4	4	4
5	5	5
6	6	6
7	7	7
8	8	8
9	9	9
10	10	10
11	11	11
12	12	12
答案 詳解 p.527	答案 詳解 p.530	答案 詳解 p.532

問題 5 綜合理解

綜合理解考的是聽完兩人對話後，選出其中一名說話者最終的選擇（1 題）；聽完三人對話後，選出最終決議的內容（1 題）；聆聽一段獨白與兩人對話後，選出說話者各自的選擇（2 題），總題數為 4 題。

重點攻略

1 第一題考的是聆聽店員和顧客、老師和學生、或是員工和客戶等兩人的對話後，再選出其中一名說話者最終的選擇。請仔細聆聽對話中提到的內容，選出符合說話者期望的選項。

例 女の人はどの掃除機を買うことにしましたか。女生決定購買哪款吸塵器？

2 第二題考的是聆聽家人、朋友、或是公司同事間等三人針對某項主題的討論後，選出最終決議的事宜。請仔細聆聽每個人的意見，選出三人最終達成的協議。

例 問題を解決するためにどうしますか。如何解決問題？

3 第三題考的是聆聽單人在電視、廣播、或課堂上，說明題本上四個選項的特色後，再聆聽兩個人針對該段話的對談，並選出兩人各自的選擇。建議寫下兩人在對話中提到的特色，選出符合說話者期望的選項。

例 質問 1　男の人はどこを見に行きますか。問題1 男生要去哪裡看？
質問 2　女の人はどこを見に行きますか。問題2 女生要去哪裡看？

4 該大題的聽力情境涵蓋觀光、購物、說明、介紹、討論、意見等主題，建議參考《N2 必考單字文法記憶小冊》（p50~51），熟記相關詞彙。

解題步驟

Step 1 **聆聽聽力原文，並記下重點內容。**

第一題請寫下對話中介紹的選項特色和說話者的期望；第二題請寫下說話者的意見和決議內容；第三題請寫下各選項的特色和男女各自的期望。

M：1つ目は最近出た新しい携帯電話で電話とインターネットが制限なく使えるものがあり（電話、上網無限制）ます。2つ目は1つ目と同じ最新の機種ですが、電話が1時間を超えると追加の料金（額外收費）がかかるプランです。ですが1つ目の料金プランより安くなります。（比第一種便宜）

F：へえ、そうなんですね。私、電話はあんまりしない（電話X）ので、安くしたほうがいい（便宜的）かも。じゃあこれにします。

M：第一種是最近推出的新手機，提供無限通話和上網吃到飽。第二種和第一種一樣同屬最新機種，如果通話時間超過一個小時，會收取額外費用，但是比第一種資費方案便宜。

F：啊，原來如此。我不常打電話，選便宜的可能比較好。那我要選這個。

Step 2 **請聆聽題目，根據剛才聽到的對話內容和記下的重點筆記，選出正確答案。**

第一題請選擇符合說話者期望的選項；第二題請選擇最終達成的協議；第三題請先確認問題1和問題2分別針對男生還是女生提問，再選出相符的選項。

題目　女の人はどのプランにしますか。　女生選擇哪一種方案？

選項　1　1番の料金プラン　1號資費方案

✓ 2　2番の料金プラン　2號資費方案

套用解題步驟

🔊 055 聽解問題5 綜合理解_01 套用解題步驟 .mp3

[題本]

1番、2番

問題用紙に何もいんさつされていません。まず話を聞いてください。それから、質問とせんたくしを聞いて、1から4の中から、最もよいものを一つ選んでください。

ーメモー

1

女生→網球部

① 第一：校方認可、練習次數多、參賽、男女一起

② 第二：校方認可、參賽、男女分開

③ 第三：一週練習一次、參賽X、成員多、男女一起

④ 第四：與③類似、社費便宜、男女一起

女生→參賽、分開練習

Step 1 聆聽聽力原文，並記下重點內容。

[音檔]

1番

大学の学生課で女の学生と職員が話しています。

F：あのー、このチラシの四つのテニス部について聞きたいんですが。

M：あ、そうですか。えっと、最初の二つは公認のクラブなんです。[1]一つ目のクラブは、練習日も多いですが、他の大学との試合にも大学を代表して参加します。[2]二つ目のも試合がありますが、こちらは男女のチームが別になりますね。一つ目のは一緒に練習します。

F：へえ。そうですか。

M：ええ、この[3]三つ目のは練習が週に1回ですね。大学を代表しての試合には出ませんが、メンバーは多いです。[4]四つ目のクラブも同じような感じですが部費は一番安いです。

F：あ、そうか。この二つも男女が一緒のチームなんですね。

M：はい、そうです。

F：ふうん、どうせクラブに入るなら、試合にも出たいし、試合は男女別々だから、練習も別のほうがいいかも。うん、これにします。

女(おんな)の学生(がくせい)はどのクラブに入(はい)りますか。

1　一(ひと)つ目(め)のクラブ

✓2　二(ふた)つ目(め)のクラブ

3　三(みっ)つ目(め)のクラブ

4　四(よっ)つ目(め)のクラブ

Step 2 請聆聽題目，根據剛才聽到的對話內容和記下的重點筆記，選出正確答案。

Step1 第一個社團為校方認可的社團，練習次數多、需代表學校出賽、男女一起練習；第二個社團也是校方認可的社團，雖然需代表學校出賽，但男女分開練習；第三個社團一週練習一次，雖然不用代表學校出賽，但是社團成員多，男女一起練習；第四個社團的模式與第三個社團類似，但社費最便宜，同樣是男女一起練習。

Step2 女學生想要參加比賽，並偏好男女一起練習，符合這兩項條件的是 2 二つ目のクラブ（第二個社團），故為正解。

[題本]

1、2

問題卷上沒有任何內容。請先聽對話，然後聽問題及選項，並從 1 至 4 的選項中，選出最合適的答案。

[音檔]

1

女學生和職員在大學的學生課對話。

F：那個，我想請問有關這張傳單上四個網球社的事。

M：喔，這樣啊。嗯…前面的這兩個是校方認可的社團。第一個社團練習日多，也會代表學校跟其他大學打校際比賽。第二個社團也有比賽，不過男女會分不同隊。第一個社團則是會一起練習。

F：這樣啊。

M：是的。第三個社團一週練習一次，雖然不會代表學校去參賽，不過社員很多。第四個社團也差不多是這樣，不過它的社費是最便宜的。

F：我瞭解了。這兩個社團也是男女同一隊對嗎？

M：沒錯。

F：嗯，都打算加入社團了，我也想參加比賽。比賽是男女分開的，說不定分開練習也會比較好。嗯，我打算選這個。

女學生要加入哪個社團？

1　第一個社團

2　第二個社團

3　第三個社團

4　第四個社團

單字 **学生課** がくせいか 名 學生課 | チラシ 名 傳單 | **テニス部** テニスぶ 名 網球社 | **最初** さいしょ 名 最初 | **公認** こうにん 名 公認、官方認可 | **クラブ** 名 社團 | **練習日** れんしゅうび 名 練習日 | **試合** しあい 名 比賽 | **代表** だいひょう 名 代表 | **参加** さんか 名 參加 | **男女** だんじょ 名 男女 | **チーム** 名 隊伍 | **別** べつ 名 分別 | **メンバー** 名 成員 | **部費** ぶひ 名 社費 | **どうせ** 副 反正、無論如何 | **別々だ** べつべつだ な形 個別分開的

聽解
問題5 綜合理解

[題本]

1番、2番

問題用紙に何もいんさつされていません。まず話を聞いてください。それから、質問とせんたくしを聞いて、１から４の中から、最もよいものを一つ選んでください。

ーメモー

2 家人、新遊戲

一 破例買下：不要寵壞她

一 規定時間：不要那麼嚴厲

一 成績進步？：依據考試結果OK

Step 1 聆聽聽力原文，並記下重點內容。

[音檔]

2番

家族3人が、ゲームについて話しています。

F1：ねえ、お母さん、新しいゲームが欲しいんだけど。

F2：え？ゲーム？そんなにゲームばっかりしてたら、勉強する時間がなくなるんじゃない。

F1：えー、でも、先週のテストだって、よかったでしょ。

M：じゃあ、[1]今回は特別に、買ってやってもいいかな。

F2：お父さん、[1']そんなに甘やかさないで。昨日だって、夜中まで起きてたから、今朝、寝坊してたじゃない。

F1：今朝はちょっと疲れて起きられなかっただけだって。ねえ、お父さん、いいでしょ。

M：[2]ゲームする時間を決めるんだったら、いいかもな。

F1：えー、[2']小学生じゃないんだから、そんなに厳しくしないでほしいなあ。

F2：私は勉強のことが心配なのよ。ゲームは時間が取られるから。

F1：じゃあ、[3]夏休みの前のテストの成績が上がったら、買ってもらえる？

M：そうだな。約束が守れるなら、テストの成績も上がるかもな。どうだ？

F 2：しょうがないわね。[3]テストの結果次第ね。

ゲームを買うことについて、どう決めましたか。

1　英語のテストがよかったから、すぐに買う

2　ゲームをする時間を決めてから、買う

✔3　夏休み前のテストの成績がよかったら、買う

4　勉強する約束を守ったら、買う

Step 2 請聆聽題目，根據剛才聽到的對話內容和記下的重點筆記，選出正確答案。

Step1 當中提到三個意見，第一個是這次成績考得不錯，破例買給女兒；第二個是只要規定玩遊戲的時間就行了；第三個是暑假前考試成績有進步的話，就買給女兒。爸爸打算破例買給女兒，但媽媽表示反對，勸爸爸不要太寵女兒；女兒表示自己又不是小學生，別對她那麼嚴厲，不同意規定玩遊戲的時間。

Step2 最終達成的協議為根據暑假前考試的結果，來決定是否買遊戲給女兒，因此答案要選 3 夏休み前のテストの成績がよかったら、買う（如果暑假前考試成績不錯的話就買）。

[音檔]

2

三名家人正談論遊戲相關的話題。

F1：媽媽，我想要一個新遊戲。

F2：嗯？遊戲？如果你一直玩遊戲，你就沒時間念書了不是嗎。

F1：嗯，不過我上週的考試考得不錯對吧。

M：那麼，[1] 這次我特別買給你怎麼樣？

F2：爸爸，[1] 別太寵他了，昨天也熬夜到半夜，今天早上還睡過頭不是嗎？

F1：今天早上只是因為有點累所以起不來啦！爸爸，可以買給我吧？

M：[2] 如果我們可以決定你什麼時候玩遊戲的話，也不是不行。

F1：欸！我又不是小學生，希望你們不要對我那麼嚴格啦！

F2：我是擔心你的學業，因為玩遊戲需要時間。

F1：那麼，[3] 如果我在暑假前的考試成績提升，就可以買給我嗎？

M：對欸，如果可以遵守承諾，考試成績可能也會提升。你覺得怎麼樣呢？

F2：真拿你沒辦法，那就視考試結果而定囉！

關於購買遊戲，最後的決定是什麼？

1　如果英文考試的成績很好就馬上買。

2　決定好玩遊戲的時間後就買。

3　暑假前考試成績好的話就買。

4　如果信守學習的承諾就買。

單字 **ゲーム** 名 遊戲｜**今回 こんかい** 名 這次｜**特別だ｜とくべつだ** な形 特別的｜**甘やかす あまやかす** 動 寵愛
夜中 よなか 名 半夜｜**起きる おきる** 動 起來｜**寝坊 ねぼう** 名 睡過頭｜**疲れる つかれる** 動 疲累｜**決める きめる** 動 決定
小学生 しょうがくせい 名 小學生｜**厳しい きびしい** い形 嚴格的｜**心配 しんぱい** 名 擔心｜**成績 せいせき** 名 成績
上がる あがる 動 提升｜**約束 やくそく** 名 約定｜**守る まもる** 動 保護、遵守｜**結果 けっか** 名 結果

[題本]

3番

まず話を聞いてください。それから、二つの質問を聞いて、それぞれ問題用紙の１から４の中から、最もよいものを一つ選んでください。

質問1

✔ 1　面接力アップ 實際體驗與企業的人面試

2　自己分析 可以知道自己適合什麼職業

3　企業研究 研究想進的公司是否為好公司

4　エントリーシート作成 學習撰寫履歷表的方法

Step 2 請聆聽題目，根據剛才聽到的對話內容和記下的重點筆記，選出正確答案。

Step 1 聆聽聽力原文，並記下重點內容。

[音檔]

就職活動のためのセミナーのお知らせを聞いて、男の学生と女の学生が話しています。

M1：来年度の卒業生を対象とした４つのセミナーのご案内です。一つ目は、面接力アップセミナーです。[1]実際に企業の方との面接が体験できます。二つ目は、自己分析セミナーです。[2]自分がどんな職業に向いているかを知ることができます。三つ目は、企業研究セミナーです。[3]希望している企業が本当にいい会社かどうかを研究できます。最後は、エントリーシート作成セミナーです。[4]エントリーシートの書き方を、去年入社した先輩から教えてもらえます。

F：もうこういう時期になったのね。そろそろ考えなきゃね。

M2：残業や転勤とか、会社のことをまず知りたいけどな。でも、それは、先輩に聞いたり、ネットで調べられるかもしれないな。

F：そうだね。エントリーシートの書き方もサンプルがありそうね。

M2：[남]企業の人との面接ができるセミナーって、なかなかないから、これはチャンスだな。僕は話す練習をしてみるよ。

F：そっか。[여]私は自分が選んだ職業が、自分に向いてるかどうか、まだ自信がないから、それを確認してから、面接の練習をしてみるわ。

質問１男の学生は、どのセミナーに参加しますか。

Step1 1「提升面試能力」指的是可以實際體驗與企業的人面試；2「自我分析」指的是可以知道自己適合什麼職業；3「企業研究」指的是研究想進的公司是否為好的公司；4「撰寫履歷表」指的是請教去年就業的前輩如何撰寫履歷表。對話中，男生表示很少有機會能直接與企業的人進行面試，他想利用這個機會練習口語；女生表示她對於所選職業是否適合自己沒什麼自信，所以想要進行確認。

Step2 問題 1 詢問的是男學生想參加哪一個研討會，他提及想要實際體驗面試，因此答案要選 1 面接力アップ（提升面試力）。

[題本]

3

請聆聽對話，接著聆聽兩個問題，' 分別從試題卷上的 1 到 4 之中，選出最適當的答案。

題目1

1 提升面試能力
2 自我分析
3 企業研究
4 撰寫履歷表

[音檔]

3

聽完求職研討會的須知後，男學生和女學生正在交談。

M1：以下是為明年畢業生舉辦的四場研討會的介紹。首先是面試技巧提升研討會，[1]可以實際體驗和企業進行面試。第二是自我分析研討會，[2]可以了解自己適合什麼樣的工作。第三是企業研究研討會，[3]能夠研究你想要的公司是否真的是一家好公司。最後是撰寫履歷表研討會，[4] 你可以從去年進入公司的前輩那裡學習如何填寫。

F：已經到了這個時期了，是時候該考慮一下了。

M2：我想先想了解一下公司的情況，比如加班、轉職等。但是那個部分可以問問前輩或上網查一下。

F：對啊，似乎也有履歷表的範例呢！

M2：幾乎沒有研討會是可以實際和企業面試，因此這是一個機會，我想練習如何談話。

F：原來如此，我還是不確定選擇的工作是否適合自己，所以我想確認一下，之後再練習面試。

問題 1 男學生會參加哪個研討會呢？

單字 **就職活動 しゅうしょくかつどう**名就職活動｜**セミナー**名研討會｜**お知らせ おしらせ**名公告、須知｜**来年度 らいねんど**名明年度｜**卒業生 そつぎょうせい**名畢業生｜**対象 たいしょう**名對象｜**案内 あんない**名介紹｜**面接力 めんせつりょく**名面試能力｜**アップ**名提升｜**実際に じっさいに**副實際上｜**企業 きぎょう**名企業｜**体験 たいけん**名體驗｜**自己分析 じこぶんせき**名自我分析｜**職業 しょくぎょう**名職業｜**向いている むいている** 適合｜**企業研究 きぎょうけんきゅう**名企業研究｜**希望 きぼう**名希望｜**最後 さいご**名最後｜**エントリーシート**名履歷表｜**作成 さくせい**名撰寫｜**書き方 かきかた**名寫法｜**入社 にゅうしゃ**名進公司｜**先輩 せんぱい**名前輩｜**時期 じき**名時期｜**そろそろ**副差不多｜**考える かんがえる**動考慮｜**残業 ざんぎょう**名加班｜**転勤 てんきん**名轉職｜**まず**副首先｜**ネット**名網路｜**調べる しらべる** 動調查、查詢｜**サンプル**名範本｜**なかなか**副幾乎｜**チャンス**名機會｜**選ぶ えらぶ** 動選擇｜**職業 しょくぎょう**名職業｜**自信 じしん**名自信｜**確認 かくにん**名確認｜**参加 さんか**名參加

實力奠定

🔊 056 聽解問題5 綜合理解_02.mp3

請聆聽對話，針對題目選出適當的選項。

01 ①

②

③

02 ①

②

③

03 ①

②

③

04 ①

②

③

05 質問(しつもん)1

① 中国(ちゅうごく)

② アメリカ

③ フランス

質問(しつもん)2

① 中国(ちゅうごく)

② アメリカ

③ フランス

06 質問(しつもん)1

① A 企業(きぎょう)

② B 企業(きぎょう)

③ C 企業(きぎょう)

質問(しつもん)2

① A 企業(きぎょう)

② B 企業(きぎょう)

③ C 企業(きぎょう)

答案 詳解 p.535

實戰測驗 1

057 聽解問題5 綜合理解_03.mp3

問題5

問題５では、長めの話を聞きます。この問題には練習はありません。
問題用紙にメモをとってもかまいません。

1番、2番

問題用紙に何もいんさつされていません。まず話を聞いてください。それから、質問とせんたくしを聞いて、１から４の中から、最もよいものを一つ選んでください。

-メモ-

3番

まず話を聞いてください。それから、二つの質問を聞いて、それぞれの問題用紙の1から4の中から、最もよいものを一つ選んでください。

質問 1

1 ホテルのカフェ

2 遊園地

3 川沿い

4 散歩コース

質問 2

1 ホテルのカフェ

2 遊園地

3 川沿い

4 散歩コース

答案 詳解 p.539

實戰測驗 2

058 聽解問題5 綜合理解_04.mp3

問題5

問題５では、長めの話を聞きます。この問題には練習はありません。
問題用紙にメモをとってもかまいません。

1番、2番

問題用紙に何もいんさつされていません。まず話を聞いてください。それから、質問とせんたくしを聞いて、１から４の中から、最もよいものを一つ選んでください。

-メモ-

3番

まず話を聞いてください。それから、二つの質問を聞いて、それぞれの問題用紙の1から4の中から、最もよいものを一つ選んでください。

質問1

1　参加者の人数を確認する

2　しかいをする

3　プレゼントを買う

4　チームを分ける

質問2

1　参加者の人数を確認する

2　しかいをする

3　プレゼントを買う

4　チームを分ける

答案 詳解 p.543

實戰測驗 3

059 聽解問題5 綜合理解_05.mp3

問題5

問題5では、長めの話を聞きます。この問題には練習はありません。
問題用紙にメモをとってもかまいません。

1番、2番

問題用紙に何もいんさつされていません。まず話を聞いてください。それから、質問とせんたくしを聞いて、1から4の中から、最もよいものを一つ選んでください。

-メモ-

3番

まず話を聞いてください。それから、二つの質問を聞いて、それぞれの問題用紙の1から4の中から、最もよいものを一つ選んでください。

質問1

1　かんこく語

2　料理

3　話し方

4　写真

質問2

1　かんこく語

2　料理

3　話し方

4　写真

答案 詳解 p.547

JLPT新日檢N2一本合格

Contents

主本詳解

文字・語彙

問題 1 漢字讀法

實力奠定 p.40

01 ①	02 ②	03 ④	04 ②	05 ③
06 ①	07 ④	08 ④	09 ③	10 ①
11 ②	12 ④	13 ③	14 ①	15 ③
16 ②	17 ④	18 ①	19 ③	20 ①

實戰測驗 1 p.42

1 2　　2 1　　3 3　　4 3　　5 1

問題 1　請從 1、2、3、4 的選項中，選出最符合畫底線處之語彙讀音。

01

在菲律賓的事業正持續進行中。

解析 「**継続**」的讀音為 2 **けいぞく**。請注意正確讀音為**けい**，而非濁音。

單字 **継続 けいぞく** 名 繼續 | **フィリピン** 名 菲律賓
事業 じぎょう 名 事業

02

在念書的空檔試著畫了圖。

解析 「**合間**」的讀音為 1 **あいま**。請注意「合間」為訓讀名詞，**合**（**あい**）和**間**（**ま**）皆屬訓讀。

單字 **合間 あいま** 名 空閒、餘暇時間 | **描く えがく** 動 畫圖

03

直接與房東交涉房租。

解析 「**交渉**」的讀音為 3 **こうしょう**。請注意**こう**為長音。

單字 **交渉 こうしょう** 名 交涉 | **大家 おおや** 名 房東
直接 ちょくせつ 名 直接 | **家賃 やちん** 名 房租

04

畢業論文打算探討糧食問題。

解析 「**扱う**」的讀音為 3 **あつかう**。

單字 **扱う あつかう** 動 使用、處理
卒業論文 そつぎょうろんぶん 名 畢業論文
食糧問題 しょくりょうもんだい 名 糧食問題
つもり 名 打算

05

老實說你打電話來讓我嚇了一跳。

解析 「**正直**」的讀音為 1 **しょうじき**。請注意「**直**」有兩種讀法，可以唸作**じき**或**ちょく**，寫作「**正直**」時，要唸作**じき**。

單字 **正直 ちょうじき** 副 老實說 | **驚く おどろく** 動 驚嚇

實戰測驗 2 p.43

1 3　　2 4　　3 1　　4 3　　5 2

問題 1　請從 1、2、3、4 的選項中，選出最符合畫底線處之語彙讀音。

01

所有國民在法律之下皆平等。

解析 「**平等**」的讀音為 3 **びょうどう**。請注意**びょう**為長音，**どう**為濁音。

單字 **平等だ びょうどうだ** な形 平等的 | **全て すべて** 名 所有
国民 こくみん 名 國民 | **法 ほう** 名 法律

02

我覺得沒必要煩惱腳的形狀。

解析 「**脚**」的讀音為 4 **あし**。

單字 **脚** 名 あし | **形 かたち** 名 形狀 | **悩む なやむ** 動 煩惱
必要 ひつよう 名 必要

03

隨意將音量調大調小。

解析 「**勝手**」的讀音為 1 **かって**。請注意**かっ**為促音，且正確讀

音為て，而非長音。

單字 **勝手だ かってだ** な形 擅自的 | **音量 おんりょう** 名 音量

上がる あがる 動 升高 | **下がる さがる** 動 降低

04

一進行激烈運動就會頭痛

解析 「**激しい**」的讀音為 3 **はげしい**。

單字 **激しい はげしい** い形 激烈的 | **運動 うんどう** 名 運動

頭痛 ずつう 名 頭痛

05

依公司的指示拜訪分店。

解析 「**指示**」的讀音為 2 **しじ**，請注意濁音的有無。

單字 **指示 しじ** 名 指示 | **支店 してん** 名 分店

訪問 ほうもん 名 拜訪、訪問

實戰測驗 3

p.44

1 3　2 4　3 1　4 2　5 1

問題 1　請從 1、2、3、4 的選項中，選出最符合畫底線處之語彙讀音者。

01

希望願望能實現。

解析 「**願望**」的讀為 3 **がんぼう**。請注意**がん**為濁音，**ぼう**為長音。

單字 **願望 がんぼう** 名 願望 | **現実 げんじつ** 名 現實

02

這片海的景色如畫作般美麗。

解析 「**景色**」的讀音為 4 **けしき**。請注意「**景色**」為訓讀名詞，僅唸作**けしき**。

單字 **景色 けしき** 名 風景 | **美しい うつくしい** い形 美麗的

03

下定決心在 10 年內使經濟復甦。

解析 「**固めた**」的讀音為 1 **かためた**。

單字 **固める かためる** 動 堅定、鞏固 | **以内 いない** 名 以內

経済 けいざい 名 經濟 | **回復 かいふく** 名 回復

決意 けつい 名 決心

04

請將要歸還的書放在此處。

解析 「**返却**」的讀音為 2 **へんきゃく**。請注意正確讀音為**きゃく**，而非濁音。

單字 **返却 へんきゃく** 名 歸還

05

這個化妝品不會對肌膚造成刺激。

解析 「**刺激**」的讀音為 1 **しげき**。

單字 **刺激 しげき** 名 刺激 | **化粧品 けしょうひん** 名 化妝品

肌 はだ 名 肌膚 | **与える あたえる** 動 給予

實戰測驗 4

p.45

1 4　2 3　3 4　4 1　5 4

問題 1　請從 1、2、3、4 的選項中，選出最符合畫底線處之語彙讀音者。

01

工作一整天肩膀很痛。

解析 「**肩**」的讀音為 4 **かた**。

單字 **肩 かた** 名 肩膀 | **一日中 いちにちじゅう** 名 一整天

02

今年有許多優秀人才進入公司。

解析 「**優秀**」的讀音為 3 **ゆうしゅう**。請注意**ゆう**和**しゅう**皆為長音。

單字 **優秀だ ゆうしゅうだ** な形 優秀的 | **人材 じんざい** 名 人才

入社 にゅうしゃ 名 進公司

03

因為有人舉止可疑所以叫了警察。

解析 「**怪しい**」的讀音為 4 **あやしい**。

單字 **怪しい あやしい** い形 怪異的 | **行動 こうどう** 名 行動

警察 けいさつ 名 警察

04

還不清楚狀況，先不要想得太極端比較好。

解析 「**極端**」的讀音為 1 **きょくたん**。請注意正確讀音為**たん**，而非濁音。

單字 **極端だ きょくたんだ** な形 極端的 | **考える かんがえる** 動 思考

05

互相提出契約條件。

解析 「**提示**」的讀音為4**ていじ**。請注意正確讀音為**てい**，而非濁音；じ為濁音。

單字 **提示 ていじ**名提出 | **お互いに おたがいに**副互相
契約条件 けいやくじょうけん名契約條件

問題2 漢字書寫

實力奠定 p.60

01 ②	02 ①	03 ④	04 ④	05 ③
06 ①	07 ④	08 ④	09 ①	10 ③
11 ②	12 ②	13 ②	14 ①	15 ③
16 ②	17 ①	18 ①	19 ④	20 ④

實戰測驗 1 p.62

6 1　7 3　8 4　9 2　10 4

問題2 請從1、2、3、4的選項中，選出最符合畫底線處之漢字寫法。

06

上司指出了我的態度問題。

解析 「**してき**」對應的漢字為1**指摘**。先分辨「**指**（し）」和「**示**（し）」，刪去選項3和選項4，再分辨「**摘**（てき）」和「**適**（てき）」，刪去選項2。

單字 **指摘 してき**名指出問題 | **上司 じょうし**名上司
態度 たいど名態度

07

祈求事業繁榮。

解析 「**はんえい**」對應的漢字為3**繁栄**。先分辨「**範**（はん）」和「**繁**（はん）」，刪去選項1和選項2，再分辨「**栄**（えい）」和「**営**（えい）」，刪去選項4。

單字 **繁栄 はんえい**名繁榮 | **事業 じぎょう**名事業
願う ねがう動希望、祈求

08

因為牆壁突然崩塌嚇了一跳。

解析 「**くずれて**」對應的漢字為4**崩れて**，選項2和3為不存在的詞彙。

單字 **崩れる くずれる**動崩塌 | **暴れる あばれる**動亂鬧
激しい はげしいい形激烈的 | **岸 きし**名岸邊
急に きゅうに副突然 | **壁 かべ**名牆壁 | **びっくりする**動嚇一跳

09

這個作品在公共徵件活動中被選上了。

解析 「**こうぼ**」對應的漢字為2**公募**。先分辨「**攻**（こう）」和「**公**（こう）」，刪去選項1和選項3，再分辨「**募**（ぼ）」和「**慕**（ぼ）」，刪去選項4。

單字 **公募 こうぼ**名公開募集 | **作品 さくひん**名作品
選ぶ えらぶ動選擇

10

他的表情總是很僵硬。

解析 「**かたい**」對應的漢字為4**硬い**，選項1不存在。

單字 **硬い かたい**い形僵硬的、堅硬的
軟らかい やわらかいい形柔軟的 | **柔い やわい**い形柔軟的
強い つよいい形強大的 | **表情 ひょうじょう**名表情

實戰測驗 2 p.63

6 4　7 3　8 1　9 2　10 2

問題2 請從1、2、3、4的選項中，選出最符合畫底線處之漢字寫法。

06

這件事需要考慮。

解析 「**けんとう**」對應的漢字為4**検討**。先分辨「**剣**（けん）」和「**検**（けん）」，刪去選項1和選項2，再分辨「**答**（とう）」和「**討**（とう）」，刪去選項3。

單字 **検討 けんとう**名研議 | **件 けん**名事情、事件
必要 ひつよう名必要

07

參加義工活動撿拾垃圾。

解析 「**ひろい**」對應的漢字為3**拾い**，選項2和4為不存在的詞彙。

單字 **拾い ひろい**名撿起 | **払い はらい**名支付 | **給う たまう**動給予

ボランティア活動 **ボランティアかつどう** 名 志工活動
参加 **さんか** 名 參加｜**ゴミ** 名 垃圾

08

老師教我高效率的讀書方法。

解析 「**こうりつ**」對應的漢字為 1 **効率**。先分辨「**効**（こう）」和「**郊**（こう）」，刪去選項 2 和選項 4，再分辨「**率**（りつ）」和「**卒**（そつ）」，刪去選項 3。

單字 **効率** **こうりつ** 名 效率
勉強方法 **べんきょうほうほう** 名 讀書方法

09

應該修改不公平的規則。

解析 「**あらためる**」對應的漢字為 2 **改める**，其餘選項皆為不存在的詞彙。

單字 **改める** **あらためる** 動 變更、改善｜**換える** **かえる** 動 更換
替える **かえる** 動 替換｜**更ける** **ふける** 動 夜深
不公平だ **ふこうへいだ** な形 不公平的｜**規則** **きそく** 名 規則

10

思考能使經濟復興的對策。

解析 「**ふっこう**」對應的漢字為 2 **復興**。先分辨「**複**（ふく）」和「**復**（ふく）」，刪去選項 1 和選項 4，再分辨「**興**（こう）」和「**趣**（しゅ）」，刪去選項 3。

單字 **復興** **ふっこう** 名 復興｜**経済** **けいざい** 名 經濟
対策 **たいさく** 名 對策、解決方法｜**考える** **かんがえる** 動 思考

實戰測驗 3

p.64

6 1　7 2　8 2　9 4　10 3

問題 2　請從 1、2、3、4 的選項中，選出最符合畫底線處之漢字寫法。

06

為了能舒適地慢跑而買了新的運動鞋。

解析 「**かいてき**」對應的漢字為 1 **快適**。先分辨「**快**（かい）」和「**決**（けつ）」，刪去選項 2 和選項 4，再分辨「**適**（てき）」和「**敵**（てき）」，刪去選項 3。

單字 **快適だ** **かいてきだ** な形 舒適的｜**ジョギング** 名 慢跑
行う **おこなう** 動 進行、舉辦｜**スニーカー** 名 運動鞋

07

他除了有雕刻品般的美麗容貌外，演技也很出色。

解析 「**えんぎ**」對應的漢字為 2 **演技**。先分辨「**演**（えん）」和「**寅**（いん）」，刪去選項 3 和選項 4，再分辨「**劇**（げき）」和「**技**（ぎ）」，刪去選項 1。

單字 **演技** **えんぎ** 名 演技｜**彫刻** **ちょうこく** 名 雕刻
美しい **うつくしい** い形 美麗的｜**容姿** **ようし** 名 容貌

08

減少工作時間以保障與家人相處的時間。

解析 「**へらして**」對應的漢字為 2 **減らして**，其餘選項皆為不存在的詞彙。

單字 **減らす** **へらす** 動 減少｜**縮める** **ちぢめる** 動 縮小
織る **おる** 動 編織｜**滅ぼす** **ほろぼす** 動 毀滅
勤務時間 **きんむじかん** 名 工作時間｜**確保** **かくほ** 名 確保、預留

09

警衛看見他在機場大鬧便趕了過來。

解析 「**あばれて**」對應的漢字為 4 **暴れて**。

單字 **暴れる** **あばれる** 動 亂鬧｜**乱れる** **みだれる** 動 亂
破れる **やぶれる** 動 破掉｜**汚れる** **よごれる** 動 弄髒
空港 **くうこう** 名 機場｜**警備員** **けいびいん** 名 警衛
駆け付ける **かけつける** 動 匆忙趕來

10

這個公司以重視人的經營方式聞名。

解析 「**けいえい**」對應的漢字為 3 **経営**。先分辨「**経**（けい）」和「**軽**（けい）」，刪去選項 2 和選項 4，再分辨「**栄**（えい）」和「**営**（えい）」，刪去選項 1。

單字 **経営** **けいえい** 名 經營｜**重視** **じゅうし** 名 重視
知られる **しられる** 動 為人所知

實戰測驗 4

p.65

6 2　7 1　8 2　9 3　10 4

問題 2　請從 1、2、3、4 的選項中，選出最符合畫底線處之漢字寫法。

06

在出版社工作的人的特權即是能以便宜價格購買自家公司的書。

解析 「とっけん」對應的漢字為 2 **特権**。先分辨「**特**（とく）」和「**持**（じ）」，刪去選項 3 和選項 4，再分辨「**勧**（かん）」和「**権**（けん）」，刪去選項 1。

單字 **特権 とっけん** 名 特權 | **自社 じしゃ** 名 自己公司
出版社 しゅっぱんしゃ 名 出版社

07

因為醫生建議要運動所以報名了健身房。

解析 「**すすめて**」對應的漢字為 1 **勧めて**，其餘選項皆為不存在的詞彙。

單字 **勧める すすめる** 動 建議 | **招く まねく** 動 招手
誘う さそう 動 邀請 | **請ける うける** 動 承接
運動 うんどう 名 運動 | **ジム** 名 健身房
登録 とうろく 名 登錄、註冊

08

看了最近引起熱議的電影後評論其內容。

解析 「**ひひょう**」對應的漢字為 2 **批評**。先分辨「**比**（ひ）」和「**批**（ひ）」，刪去選項 1 和選項 3，再分辨「**評**（ひょう）」和「**平**（へい）」，刪去選項 4。

單字 **批評 ひひょう** 名 批評 | **最近 さいきん** 名 最近
話題 わだい 名 話題 | **内容 ないよう** 名 內容

09

為了強化會場周邊的警備而增加警員數量。

解析 「**かためる**」對應的漢字為 3 **固める**，選項 2 和 4 為不存在的詞彙。

單字 **固める かためる** 動 加固、鞏固 | **強める つよめる** 動 強化
頑張る がんばる 動 努力 | **軟らかい やわらかい** い形 柔軟的
会場 かいじょう 名 會場 | **周辺 しゅうへん** 名 周邊、周遭
警備 けいび 名 警備 | **警察官 けいさつかん** 名 警察
数 かず 名 數量 | **増やす ふやす** 動 增加

10

聽說室外游泳池從下個月開始開放。

解析 「**かいじょう**」對應的漢字為 4 **開場**。先分辨「**問**（もん）」和「**開**（かい）」，刪去選項 1 和選項 2，再分辨「**演**（えん）」和「**場**（じょう）」，刪去選項 3。

單字 **開場 かいじょう** 名 開放 | **屋外 おくがい** 名 室外
プール 名 游泳池

問題 3 詞語構成

實力奠定

p.78

01 ①	02 ③	03 ①	04 ③	05 ①
06 ①	07 ②	08 ②	09 ④	10 ①
11 ④	12 ②	13 ③	14 ①	15 ②
16 ①	17 ①	18 ④	19 ①	20 ③

實戰測驗 1

p.80

11 4	12 2	13 4	14 4	15 1

問題 3 請從 1、2、3、4 的選項中，選出最適合填入括弧內的詞語。

11

為何日本米在寒冷地區的生產（　　）比較高呢？

解析 本題要選出適當的字詞，搭配括號前方的詞彙「**生産**（生產）」，因此答案為 4 **量**，組合成「**生産量**（生產量）」。

單字 **生産量 せいさんりょう** 名 產量 | **日本 にほん** 名 日本
米 こめ 名 米 | **地域 ちいき** 名 地區

12

要確實表達出自己的意見，可將其理由具體（　　）寫下來。

解析 本題要選出適當的字詞，搭配括號前方的詞彙「**具体**（具體）」，因此答案為 2 **的**。

單字 **具体的だ ぐたいてきだ** な形 具體的 | **意見 いけん** 名 意見
しっかり 副 確實地 | **伝える つたえる** 動 傳達、轉達
理由 りゆう 名 理由

13

在新產品發表會上，因為新產品超乎預期的（　　）性能而感到驚奇。

解析 本題要選出適當的字詞，搭配括號後方的詞彙「**性能**（性能）」，因此答案為 4 **高**，組合成「**高性能**（高性能）」。

單字 **高性能 こうせいのう** 名 高性能 | **新製品 しんせいひん** 名 新產品
発表会 はっぴょうかい 名 發表會 | **予想 よそう** 名 預期、預想
以上 いじょう 名 以上 | **おどろく** 動 驚訝、驚嚇

14

這個家具是組合（　　），所以可以用車載運回去。

解析 本題要選出適當的字詞，搭配括號前方的詞彙「**組み立て**（組合）」，因此答案為接尾詞 4 **式**，組合成「**組み立て式**（組合式）」。

單字 **組み立て式 くみたてしき** 名 組合式 ｜ **家具 かぐ** 名 家具
持ち帰る もちかえる 動 帶回家

15

雖然我認為自己可能尚有不足之處，但我很樂意（　　）這個任務。

解析 本題要選出適當的字詞，搭配括號前方的詞彙「**引く**（拉）」，因此答案為 1 **受け**，組合成複合詞「**引き受ける**（接受）」。

單字 **引き受ける ひきうける** 動 承擔、負責
至らない いたらない い形 不周到 ｜ **よろこぶ** 動 開心

實戰測驗 2

p.81

11 4　**12** 1　**13** 2　**14** 2　**15** 3

問題 3　請從 1、2、3、4 的選項中，選出最適合填入括弧內的詞語。

11

因為（　　）原因今日要請假。

解析 本題要選出適當的字詞，搭配括號後方的詞彙「**事情**（事情）」，因此答案為 4 **諸**，組合成「**諸事情**（諸多原因）」。

單字 **諸事情 しょじじょう** 名 諸多原因 ｜ **本日 ほんじつ** 名 今天
お休み おやすみ 名 休息
いただく 動 收下、受到他人恩惠（もらう之謙讓語）

12

藉由更多年輕人的力量讓商店（　　）恢復活力吧。

解析 本題要選出適當的字詞，搭配括號前方的詞彙「**商店**（商店）」，因此答案為 1 **街**，組合成「**商店街**（商店街）」。

單字 **商店街 しょうてんがい** 名 商店街、商圈
若者 わかもの 名 年輕人 ｜ **力 ちから** 名 力量

13

越是忙碌的時刻，越需要排出優先（　　）後再逐一完成工作。

解析 本題要選出適當的字詞，搭配括號前方的詞彙「**優先**（優先）」，因此答案為 2 **度**，組合成「**優先度**（優先度）」。

單字 **優先度 ゆうせんど** 名 優先度 ｜ **つける** 動 附加、加上

14

山田是第一位被任命為外務省（　　）大臣的女性。

解析 本題要選出適當的字詞，搭配括號後方的詞彙「**大臣**（大臣）」，因此答案為 2 **副**，組合成「**副大臣**（副大臣）」。

單字 **副大臣 ふくだいじん** 名 副大臣
外務省 がいむしょう 名 外務省（約等同台灣外交部）
任命 にんめい 名 任命

15

聽說那個團體的歌手是男的，不過我一直（　　）是女生在唱歌。

解析 本題要選出適當的字詞，搭配括號前方的詞彙「**思う**（想）」。括號填入**すぎる**（過度），可組合成複合詞「**思いすぎる**（想得太多）」；括號填入**あがる**（上升），可組合成複合詞「**思いあがる**（自滿）」；括號填入**こむ**（進入），可組合成複合詞「**思いこむ**（深信）」。根據整句話的意思，「**ずっと女性が歌っていると思いこんでいた**（一直深信是女生在唱歌）」最符合文意，因此答案為 3 **こんで**。

單字 **思い込む おもいこむ** 動 堅信
思いすぎる おもいすぎる 動 想太多
思いあがる おもいあがる 動 自滿 ｜ **グループ** 名 團體
歌手 かしゅ 名 歌手 ｜ **男性 だんせい** 名 男性 ｜ **ずっと** 副 一直
女性 じょせい 名 女性

實戰測驗 3

p.82

11 2　**12** 4　**13** 3　**14** 4　**15** 1

問題 3　請從 1、2、3、4 的選項中，選出最適合填入括弧內的詞語。

11

（　　）試用期間剩下 3 天就要結束了，但我還不知道之後是否要繼續做下去。

解析 本題要選出適當的字詞，搭配括號後方的詞彙「**採用**（雇用）」，因此答案為 2 **仮**，組合成「**仮採用**（臨時雇用）」。

單字 **仮採用 かりさいよう** 名 暫時雇用、試用期間
終了 しゅうりょう 名 結束 ｜ **続ける つづける** 動 持續

12

在日本，學生也會因為要還貸款或獎學（　　）而感到有壓力。

解析 本題要選出適當的字詞，搭配括號前方的詞彙「**奨学**（獎學）」，因此答案為 4 **金**，組合成「**奨学金**（獎學金）」。

單字 **奨学金 しょうがくきん**名獎學金｜**日本 にほん**名日本
借金 しゃっきん名債款｜**返済 へんさい**名還債
プレッシャー名壓力

13

我很喜歡用這款每個月都可以撕下來的（　　）透明月曆貼紙。

解析 本題要選出適當的字詞，搭配括號後方的詞彙「**透明**（透明）」，因此答案為 3 **半**，組合成「**半透明**（半透明）」。

單字 **半透明 はんとうめい**名半透明｜**ひと月 ひとつき**名一個月
はがす動撕下｜**シール**名貼紙
愛用 あいよう名愛用、經常使用

14

田中選手因為具備實力所以從（　　）年度開始就確定有出場位置。

解析 本題要選出適當的字詞，搭配括號後方的詞彙「**年度**（年度）」，因此答案為 4 **初**，組合成「**初年度**（第一年）」。

單字 **初年度 しょねんど**名第一個年度｜**選手 せんしゅ**名選手
実力 じつりょく名實力｜**ポジション**名位置
確保 かくほ名確保、預留

15

許多人從電視上看見了火箭被（　　）的樣子。

解析 本題要選出適當的字詞，搭配括號前方的詞彙「**打つ**（打）」，因此答案為 1 **上げ**，組合成複合詞「**打ち上げ**（發射）」。

單字 **打ち上げる うちあげる**動發射｜**ロケット**名火箭
姿 すがた名姿態、樣子｜**人々 ひとびと**名人們

實戰測驗 4

p.83

11 2　**12** 1　**13** 3　**14** 4　**15** 2

問題 3　請從 1、2、3、4 的選項中，選出最適合填入括弧內的詞語。

11

這次的旅行決定不住飯店而是日本（　　）的傳統旅館。

解析 本題要選出適當的字詞，搭配括號前方的詞彙「**和**（日本）」，因此答案為 2 **風**，組合成「**和風**（日式風格）」。

單字 **和風 わふう**名和風、日式風格｜**今回 こんかい**名這次
旅行 りょこう名旅行｜**日本 にほん**名日本
旅館 りょかん名旅館｜**泊まる とまる**動住宿

12

他交出的資料不夠充足，只好要求他（　　）提交。

解析 本題要選出適當的字詞，搭配括號後方的詞彙「**提出**（繳交）」，因此答案為 1 **再**，組合成「**再提出**（重新繳交）」。

單字 **再提出 さいていしゅつ**名再次提出｜**書類 しょるい**名文件
不十分だ ふじゅうぶんだな形不完備
求める もとめる動要求

13

他對支持他的加油（　　）做出了喜悅的跳躍動作。

解析 本題要選出適當的字詞，搭配括號前方的詞彙「**応援**（加油）」，因此答案為 3 **団**，組合成「**応援団**（啦啦隊）」。

單字 **応援団 おうえんだん**名加油團｜**後押し あとおし**名後援
喜び よろこび名喜悅｜**ジャンプ**名跳躍
披露する ひろうする動展示、表現

14

這個產品雖然（　　）價但具備多種功能，因此人氣很高。

解析 本題要選出適當的字詞，搭配括號後方的詞彙「**価格**（價格）」，因此答案為 4 **低**，組合成「**低価格**（低價）」。

單字 **低価格 ていかかく**名低價｜**製品 せいひん**名產品
多様だ たようだな形多樣化的｜**機能 きのう**名功能
備える そなえる動具備｜**人気 にんき**名人氣、受歡迎

15

必須要將圈出來的地方全部（　　）後才能申請。

解析 本題要選出適當的字詞，搭配括號前方的詞彙「**書く**（書寫）」，因此答案為 2 **込ま**，組合成複合詞「**書き込む**（填寫）」。

單字 **書き込む かきこむ**動寫上、填入
丸を付ける まるをつける 打上圈號｜**全部 ぜんぶ**名全部
申し込む もうしこむ動申請

問題4 前後關係

實力奠定 p.96

01 ①	02 ③	03 ③	04 ③	05 ④
06 ③	07 ①	08 ②	09 ①	10 ①
11 ④	12 ①	13 ④	14 ①	15 ③
16 ①	17 ②	18 ②	19 ④	20 ②

01

無法（　　）的成績。

1 認可、接受　　2 覺悟

3 損益　　4 反抗

單字 **成績 せいせき**名成績｜**納得 なっとく**名認可、接受
覚悟 かくご名覺悟｜**損得 そんとく**名損益
反抗 はんこう名反抗

02

體力逐漸（　　）。

1 抱持　　2 四散

3 衰退　　4 蓄積

單字 **体力 たいりょく**名體力｜**抱える かかえる**動抱
散らかす ちらかす動弄亂｜**衰える おとろえる**動衰退
蓄える たくわえる動蓄積

03

以生病為（　　）運動。

1 機會　　2 原因

3 契機　　4 根據

單字 **運動 うんどう**名運動｜**機会 きかい**名機會
原因 げんいん名原因｜**契機 けいき**名契機
根拠 こんきょ名根據

04

想（　　）的時候經常聽一首鋼琴曲。

1 衝擊　　2 精緻

3 放鬆　　4 基礎

單字 **ピアノ曲 ピアノきょく**名鋼琴曲｜**ショック**名衝擊
デリケート名精緻｜**リラックス**名放鬆｜**ベーシック**名基本

05

比賽（　　）。

1 提案　　2 持續出現

3 出版　　**4 繼續進行**

單字 **競技 きょうぎ**名競技、比賽｜**発案 はつあん**名提案
続出 ぞくしゅつ名陸續發生｜**発刊 はっかん**名出版
続行 ぞっこう名繼續進行

06

因為狀態（　　），請留意。

1 順利　　2 鎮靜、沒問題

3 不安定　　4 安全

單字 **状態 じょうたい**名狀態｜**気を付ける きをつける** 注意
順調だ じゅんちょうだな形順利的
平気だ へいきだな形鎮靜的、沒問題的
不安定だ ふあんていだな形不安定的
安全だ あんぜんだな形安全的

07

決定（　　）新武器。

1 導入　　2 指導

3 介入　　4 潛入

單字 **武器 ぶき**名武器｜**導入 どうにゅう**名引進、採用
指導 しどう名指導｜**介入 かいにゅう**名介入
潜入 せんにゅう名潛入

08

心中情緒最終（　　）了想逃跑的地步。

1 度過　　**2 到達**

3 支持　　4 膨脹

單字 **逃げる にげる**動逃跑｜**感情 かんじょう**名感情
過ごす すごす動渡過｜**行き着く いきつく**動到達
支える ささえる動支持｜**膨らむ ふくらむ**動膨脹

09

因為（　　）而打破了飯碗。

1 大意　　2 辭退

3 確保　　4 奢侈

單字 **割る わる**動打破、使破裂｜**油断 ゆだん**名大意
辞退 じたい名辭退、謝絕
確保 かくほ名確保、預留｜**贅沢 ぜいたく**名奢華

10

以（　　）打招呼。

1 盈盈微笑　　2 精疲力盡

3 適合、貼合　　4 酣睡

單字 **笑顔 えがお**名笑容｜**挨拶 あいさつ**名打招呼
にっこり副微笑貌｜**ぐったり**副精疲力盡｜**ぴったり**副完全符合
ぐっすり副酣睡

11

經濟上的（　）很大。
1 收據　　2 案件
3 簡單　　**4 損害**

單字 **経済的 けいざいてき** 名 經濟上的 | **レシート** 名 收據
ケース 名 案件 | **シンプル** 名 簡單 | **ダメージ** 名 損害

12

進行內科（　）。
1 檢查　　2 調查
3 檢修　　4 複習

單字 **内科 ないか** 名 內科 | **行う おこなう** 動 進行
検診 けんしん 名 診察 | **調査 ちょうさ** 名 調查
点検 てんけん 名 檢查 | **復習 ふくしゅう** 名 複習

13

可能性命（　）。
1 陡峭　　2 激烈
3 尖銳　　**4 危急**

單字 **生命 せいめい** 名 生命 | **険しい けわしい** い形 嚴峻的
激しい はげしい い形 激烈的 | **鋭い するどい** い形 尖銳的
危うい あやうい い形 危險的

14

（　）傳話了。
1 確實　　2 潮濕
3 鬆軟　　4 一刀斬斷

單字 **伝える つたえる** 動 傳達、轉達 | **しっかり** 副 確實地
しっとり 副 潮濕地 | **ふんわり** 副 鬆軟地 | **ばっさり** 副 一刀斬斷

15

體質可以（　）。
1 改革　　2 變更
3 改善　　4 更新

單字 **体質 たいしつ** 名 體質 | **改革 かいかく** 名 改革
変更 へんこう 名 變更 | **改善 かいぜん** 名 改善
更新 こうしん 名 更新

16

有人經常（　）別人的話。
1 擠進、插話　　2 低落
3 轉帳　　4 推延

單字 **割り込む わりこむ** 動 擠進、插話 | **落ち込む おちこむ** 動 低落
振り込む ふりこむ 動 轉帳 | **ずれ込む ずれこむ** 動 推延

17

（　）家事與帶小孩的工作。
1 指出問題　　**2 分擔**
3 持續　　4 退場

單字 **家事 かじ** 名 家事 | **育児 いくじ** 名 育兒 | **指摘 してき** 名 指出問題
分担 ぶんたん 名 分擔 | **持続 じぞく** 名 持續
退場 たいじょう 名 退場

18

建築物因地震而（　）。
1 零散　　**2 搖晃**
3 崩落　　4 焦躁不快

單字 **地震 じしん** 名 地震 | **建物 たてもの** 名 建築物
ばらばらだ な形 零散 | **ぐらぐら** 副 搖晃的樣子
がらがら 副 崩落的樣子 | **いらいら** 副 焦躁不安

19

有在國內（　）的外籍選手。
1 確認　　2 骨幹
3 普及　　**4 活躍**

單字 **国内 こくない** 名 國內
外国人選手 がいこくじんせんしゅ 名 外籍選手
確認 かくにん 名 確認 | **中堅 ちゅうけん** 名 骨幹、中堅
普及 ふきゅう 名 普及 | **活躍 かつやく** 名 活躍

20

戒指（　）好像快掉下來了。
1 痛苦　　**2 寬鬆**
3 尖銳　　4 遲鈍

單字 **指輪 ゆびわ** 名 戒指 | **落ちる おちる** 動 掉落
辛い つらい い形 痛苦的 | **緩い ゆるい** い形 寬鬆的
鋭い するどい い形 尖銳的 | **鈍い にぶい** い形 遲鈍的

實戰測驗 1

p.98

16 2　**17** 4　**18** 1　**19** 4　**20** 3
21 2　**22** 3

問題 4　請從 1、2、3、4 的選項中，選出最適合填入括弧內的詞語。

16

因為木村強烈（　）還有錯誤，所以最後再確認了一次，

結果確實有錯誤。

1　再次詢問　　**2　主張**
3　支持　　4　建議

解析 四個選項皆為動詞。括號加上其前方內容，以「**まだ間違いがあると木村さんが強く言い張る**（木村先生堅稱仍有錯誤）」最符合文意，因此答案為 2 **言い張る**。其他選項的用法為：1 **意味を問い直す**（重問意思）；3 **彼を後押しする**（贊助他）；4 **加入を勧める**（勸說加入）。

單字 **間違い まちがい**名錯誤 | **最後 さいご**名最後
もう一度 もういちど 再一次 | **確認 かくにん**名確認
確かに たしかに副確實 | **問い直す といなおす**動再次詢問
言い張る いいはる動堅稱、主張
後押しする あとおしする動給予後援
勧める すすめる動建議

17

第一次試著組裝家具，按照說明書的（　　）進行組裝，比想像中的還要簡單。

1　提出　　2　提供
3　指出錯誤　　**4　指示**

解析 四個選項皆為名詞。括號加上前後方內容，以「**説明書の指示に従って**（按照說明書的指示）」最符合文意，因此答案為 4 **指示**。其他選項的用法為：1 **金額の提示**（提示金額）；2 **サービスの提供**（提供服務）；3 **上司の指摘**（上司指點）。

單字 **家具 かぐ**名家具 | **組み立てる くみたてる**動組裝
説明書 せつめいしょ名說明書 | **順番 じゅんばん**名順序
思う おもう動想 | **簡単だ かんたんだ**な形簡單的
提示 ていじ名提出 | **提供 ていきょう**名提供
指摘 してき名指出問題 | **指示 しじ**名指示

18

小孩出生後每天都非常忙碌，（　　）變得沒有自己的時間了。

1　猛然、劇烈變化　　2　明確
3　碰巧　　4　舒暢

解析 四個選項皆為副詞。括號加上其後方內容，以「**めっきり自分の時間が持てなくなってしまった**（突然沒有了自己的時間）」最符合文意，因此答案為 1 **めっきり**。其他選項的用法為：2 **はっきり見えない**（看不清楚）；3 **ばったり出会う**（正好碰見）；4 **すっきりしない**（不痛快）。

單字 **めっきり**副猛然、劇烈變化 | **はっきり**副明確、清楚
ばったり副碰巧 | **すっきり**副舒暢

19

今年的新進員工大多是未來（　　）的年輕人，期待往後的發展。

1　希望　　2　有效
3　安全　　**4　有望**

解析 四個選項皆為な形容詞。括號加上前後方內容，以「**将来有望な若者**（大有前途的年輕人）」最符合文意，因此答案為 4 **有望**。其他選項的用法為：1 **一番確実な方法**（最可靠的方法）；2 **現在有効なカード**（目前有效的卡）；3 **安全な地域**（安全區域）。

單字 **新入社員 しんにゅうしゃいん**名新進職員
将来 しょうらい名將來 | **若者 わかもの**名年輕人
今後 こんご名今後 | **楽しみ たのしみ**名期待
確実だ かくじつだな形確實的 | **有効だ ゆうこうだ**な形有效的
安全だ あんぜんだな形安全的 | **有望だ ゆうぼうだ**な形有希望的

20

多虧全體工作人員花時間進行準備，活動正（　　）進行中。

1　合計　　2　正式
3　順利　　4　直接

解析 四個選項皆為な形容詞。括號加上其後方內容，以「**スムーズに進んでいる**（順利進行）」最符合文意，因此答案為 3 **スムーズ**。其他選項的用法為：1 **トータルな見方**（整體的看法）；2 **フォーマルな服装**（正式的服裝）；4 **ダイレクトに話す**（直接了當地說）。

單字 **スタッフ**名工作人員 | **時間をかける じかんをかける** 花時間
準備 じゅんび名準備 | **おかげ**名多虧、托…的福
イベント名活動 | **進む すすむ**名進行 | **トータルだ**な形整體的
フォーマルだな形正式的 | **スムーズだ**な形順利的
ダイレクトだな形直接的

21

印尼的新店舖開業時，舉辦了（　　）的派對。

1　昂貴　　**2　盛大**
3　大幅　　4　粗略

解析 四個選項皆為な形容詞。括號加上其後方內容，以「**盛大なパーティー**（盛大的派對）」最符合文意，因此答案為 2 **盛大な**。其他選項的用法為：1 **割高な品物**（貴重的物品）；3 **大幅な成長**（大幅增長）；4 **大まかなプラン**（粗略的計畫）。

單字 **インドネシア**名印尼 | **新店 しんみせ**名新店舖
オープン動開幕、開業 | **際 さい**名時候
開く ひらく動打開、開幕 | **割高だ わりだかだ**な形高價的
盛大だ せいだいだな形盛大的 | **大幅だ おおはばだ**な形大幅的
大まかだ おおまかだな形大致的

22

我認為沒有食物能跟經過一段時間（　　）又變硬的披薩一樣難吃。

1　放涼　　2　使冷卻
3　冷卻　　4　縮起

解析 四個選項皆為動詞。括號加上前後方內容，以「**時間がたってさめて固くなってしまったピザ**（隨時間流逝冷掉變硬的披薩）」最符合文意，因此答案為 3 **さめて**。其他選項的用法為：1 **さましておいたスープ**（冷掉的湯）；2 **ひやしておいたビール**（冰鎮啤酒）；4 **ちぢんでしまった身長**（身高縮水）。

單字 **たつ**動時間流逝 | **固い かたい**い形堅硬的
ピザ名披薩 | **さます**動放涼 | **ひやす**動使冷卻
さめる動冷卻 | **ちぢむ**動縮起

實戰測驗 2

p.99

16 2　**17** 4　**18** 1　**19** 1　**20** 1
21 3　**22** 4

問題 4　請從 1、2、3、4 的選項中，選出最適合填入括弧內的詞語。

16

這項商品在開蓋時內容物可能會（　　），還請注意。

1　掉落　　**2　溢出、灑落**
3　拿出　　4　消失

解析 四個選項皆為動詞。括號加上其前方內容，以「**中身がこぼれる**（裡頭東西溢出）」最符合文意，因此答案為 2 **こぼれる**。其他選項的用法為：1 **石を落とす**（丟石頭）；3 **船を出す**（開船）；4 **姿が消える**（消聲匿跡）。

單字 **商品 しょうひん**名商品 | **ふた**名蓋子 | **際 さい**名時候、狀況
中身 なかみ名內容物 | **注意 ちゅうい**名注意
落とす おとす動掉落 | **こぼれる**動溢出
出す だす動拿出 | **消える きえる**動消失

17

打算今天午休時去一趟銀行（　　）下個月的學費。

1　送去　　2　放入
3　申請　　**4　匯入**

解析 四個選項皆為動詞。括號加上其前方內容，以「**授業料を払い込んで**（繳交學費）」最符合文意，因此答案為 4 **払い込んで**。其他選項的用法為：1 **軍隊を送り込む**（出軍）；2 **ゴルフに入れ込む**（熱衷於高爾夫球）；3 **講演を申し込む**（申請講座）。

單字 **昼休み ひるやすみ**名午休 | **授業料 じゅぎょうりょ**名學費
送り込む おくりこむ動送去 | **入れ込む いれこむ**動放入
申し込む もうしこむ動申請 | **払い込む はらいこむ**動匯入

18

由於會場開始變得擁擠，還請貴客入座時（　　）不要留空位。

1　坐滿　　2　推
3　貼近　　4　靠近

解析 四個選項皆為動詞。括號加上前後方內容，以「**間をあけず詰めてお座りいただくように**（不要留下座位間隔，坐靠近一點）」最符合文意，因此答案為 1 **詰めて**。其他選項的用法為：2 **ボタンを押す**（按下按鈕）；3 **寄り添って歩く**（肩並肩走）；4 **夏が近づく**（夏天臨近）。

單字 **会場 かいじょう**名會場 | **混雑 こんざつ**名擁擠
お客さま おきゃくさま名客人
詰める つめる動塞滿、坐滿 | **押す おす**動推
寄り添う よりそう動貼近
近づく ちかづく動靠近

19

如果太常遲到，會被認為是（　　）的人，失去他人的信任喔。

1　散漫　　2　麻煩
3　執拗　　4　匆忙

解析 四個選項皆為形容詞。括號加上其前方內容，以「**あまり遅刻が多いとだらしない人だと思われて**（如果遲到太久，就會被認為是散漫的人）」最符合文意，因此答案為 1 **だらしない**。其他選項的用法為：2 **口がうるさくて面倒な人**（嘮叨又麻煩的人）；3 **しつこく誘う**（持續不斷邀約）；4 **毎朝あわただしい人**（每天早上匆匆忙忙的人）。

單字 **遅刻 ちこく**名遲到 | **思う おもう**動想 | **信用 しんよう**名信用
失う うしなう動失去 | **だらしない**い形散漫的
面倒だ めんどうだな形麻煩的 | **しつこい**い形執拗的
あわただしいい形匆忙的

20

去山上露營，因為幾乎沒有（　　）聲音與光亮，心情得以放鬆。

1　人工的　　2　人造的
3　災害的　　4　公害的

解析 四個選項皆為な形容詞。括號加上其後方內容，以「**人工的な音や光**（人為的聲音或光線）」最符合文意，因此答案為 1 **人工的な**。其他選項的用法為：2 **人造人間**（人造人）；3 **災害的な暑さ**（災難型酷暑）；4 **公害的な問題**（污染問題）。

單字 **キャンプ**名露營 | **音 おと**名聲音 | **光 ひかり**名光
ほとんど副幾乎 | **リラックス**名放鬆
気分 きぶん名心情 | **人工的だ じんこうてきだ**な形人工的
人造的だ じんぞうてきだな形人造的
災害的だ さいがいてきだな形災害的
公害的だ こうがいてきだな形公害的

21

我將部長要我轉達給山中先生的話（　　），沒有轉達到。

1　忘得精光　　2　清爽
3　不留神　　4　斷然

解析 四個選項皆為副詞。括號加上其後方內容，以「**うっかりしていて伝え忘れてしまった**（一不小心忘了轉達）」最符合文意，因此答案為3**うっかり**。其他選項的用法為：1**すっかり変わる**（徹底改變）；2**さっぱりした気分**（舒暢的心情）；4**きっぱりことわる**（斷然拒絕）。

單字 **部長 ぶちょう**名部長｜**伝言 でんごん**名傳話
伝え忘れる つたえわすれる動忘記轉達
すっかり副完全地｜**さっぱり**副清爽
うっかり副不留神｜**きっぱり**副斷然

22

先製作商品的（　　）再跟客戶說明應該比較好。

1　時機　　2　抱怨
3　情結　　**4　樣品**

解析 四個選項皆為名詞。括號加上其前方內容，以「**商品のサンプル**（商品樣品）」最符合文意，因此答案為4**サンプル**。其他選項的用法為：1**あいさつのタイミング**（問候的時機點）；2**顧客のクレーム**（客訴）；3**いくつかのコンプレックス**（幾種情結）。

單字 **まず**副首先｜**商品 しょうひん**名商品
お客様 おきゃくさま名客人｜**説明 せつめい**名說明
タイミング名時機｜**クレーム**名抱怨
コンプレックス名情結｜**サンプル**名樣品

實戰測驗 3

p.100

16 4　**17** 1　**18** 4　**19** 3　**20** 2
21 1　**22** 4

問題4　請從1、2、3、4的選項中，選出最適合填入括弧內的詞語。

16

最近全國的滑雪場都（　　）腳受傷的人。

1　參觀　　2　失望
3　指出問題　　**4　陸續出現**

解析 四個選項皆為名詞。括號加上其前方內容，以「**怪我する人が続出**（相繼有人受傷）」最符合文意，因此答案為4**続出**。其他選項的用法為：1**授業を参観する**（教學觀摩）；2**彼に失望する**（對他失望）；3**誤りを指摘する**（指出錯誤）。

單字 **最近 さいきん**名最近｜**全国 ぜんこく**名全國
スキー場 スキーじょう名滑雪場｜**脚 あし**名腳
怪我する けがする動受傷｜**参観 さんかん**名參觀
失望 しつぼう名失望｜**指摘 してき**名指出問題
続出 ぞくしゅつ名陸續出現

17

雖然是我很期待的電影，但因為時間太晚了所以看的時候一邊（　　）。

1　打瞌睡　　2　差一點
3　適合、貼合　　4　亂七八糟

解析 四個選項皆為副詞。括號加上前後方內容，以「**夜遅かったのでうとうとしながら見た**（因為時間很晚，看了昏昏欲睡）」最符合文意，因此答案為1**うとうと**。其他選項的用法為：2**ぎりぎり間に合った**（驚險趕上）；3**ぴったり埋まった**（正好填滿）；4**机の上がごちゃごちゃだ**（桌上一團亂）。

單字 **楽しみ たのしみ**名期待｜**遅い おそい**い形晚的
うとうと副打瞌睡｜**ぎりぎり**副差一點｜**ぴったり**副適合
ごちゃごちゃ副亂七八糟

18

因為這部電視劇是在國際間深受好評的人氣作品，所以出到了第7（　　）以上。

1　模式　　2　規則
3　印象　　**4　季**

解析 四個選項皆為名詞。括號加上其後方內容，以「**シーズンが7以上続いた**（持續七季以上）」最符合文意，因此答案為4**シーズン**。其他選項的用法為：1**パターンが見つかった**（找出模式）；2**ルールが変わった**（規則變了）；3**イメージが良くなった**（形象變好）。

單字 **ドラマ**名電視劇｜**世界中 せかいちゅう**名全世界
評判になる ひょうばんになる 大受好評
人気作 にんきさく名知名作品｜**以上 いじょう**名以上
続く つづく動持續｜**パターン**名模式｜**ルール**名規則
イメージ名印象｜**シーズン**名季

19

雖然被求婚了，但還沒有結婚的（　　）。

1　思考　　2　專注
3　覺悟　　4　大意

解析 四個選項皆為名詞。括號加上其後方內容，以「**覚悟がつかない**（尚未做好心理準備）」最符合文意，因此答案為3**覚悟**。其他選項的用法為：1**思考がまとまらない**（未整理好思緒）；2**専念できない**（無法專心）；4**油断できない**（不能掉以輕心）。

單字 **プロポーズ**名求婚｜**思考 しこう**名思考｜**専念 せんねん**名專注
覚悟 かくご名覺悟｜**油断 ゆだん**名大意

20

請以原子筆在括弧內填入（　　）的語句或數字。

1　悽慘	**2　適當**
3　有希望	4　活躍

解析 四個選項皆為な形容詞。括號加上其後方內容，以「**適当な語句**（適當的語句）」最符合文意，因此答案為 2 **適当な**。其他選項的用法為：1 **惨めな姿**（悲慘的樣子）；3 **有望な人材**（有前途的人才）；4 **活発な生活**（活躍的生活）。

單字 **ボールペン**名原子筆 | **括弧 かっこ**名括弧 | **語句 ごく**名語句
数字 すうじ名數字 | **惨めだ みじめだ**な形悽慘的
適当な てきとうだな形適當的 | **有望だ ゆうぼうだ**な形有希望的
活発だ かっぱつだな形活躍的

21

警察來到車子因為追撞車禍而變得（　　）的現場。

1　混亂四散	2　閃亮、耀眼
3　順暢	4　流利

解析 四個選項皆為副詞。括號加上其前方內容表示「**玉突き事故で車がばらばら**（連環追撞車禍導致車輛撞得七零八落）」最符合文意，因此答案為 1 **ばらばら**。其他選項的用法為：2 **加工できらきらになる**（經加工閃閃發光）；3 **答えをすらすらと書く**（從容不迫地寫下答案）；4 **英語をぺらぺらに話す**（說一口流利的英文）。

單字 **玉突き事故 たまつきじこ**名追撞意外 | **現場 げんば**名現場
警察 けいさつ名警察 | **ばらばらだ**な形混亂四散的
きらきら副閃閃發亮 | **すらすら**副順暢 | **ぺらぺらだ**な形流利的

22

因為飲食習慣（　　）吃肉類，所以做以蔬菜為主的便當來吃。

1　潛入	2　託付
3　面對	**4　偏向**

解析 四個選項皆為動詞。括號加上其前方內容，以「**食生活が肉食に偏って**（飲食習慣偏向於肉食）」最符合文意，因此答案為 4 **偏って**。其他選項的用法為：1 **海に潜る**（潛入海中）；2 **学校に預ける**（交由學校）；3 **道路に面する**（面向馬路）。

單字 **食生活 しょくせいかつ**名飲食習慣 | **肉食 にくしょく**名肉食
野菜 やさい名蔬菜 | **中心 ちゅうしん**名中心
潜る もぐる動潛入 | **預ける あずける**動託付
面する めんする動面向 | **偏る かたよる**動偏頗

實戰測驗 4

p.101

16 1	**17** 2	**18** 3	**19** 2	**20** 2
21 4	**22** 2			

問題 4　請從 1、2、3、4 的選項中，選出最適合填入括弧內的詞語。

16

那個格鬥選手雖然給人很強大的印象，不過平常是個（　　）的人。

1　溫厚	2　適度
3　順利	4　確實

解析 四個選項皆為な形容詞。括號加上其前方內容，以「**強いイメージがあるけど、普段は温厚な**（雖然給人強烈的印象，但平時很溫和）」最符合文意，因此答案為 1 **温厚な**。其他選項的用法為：2 **適度な距離**（適當的距離）；3 **順調なペース**（理想的步調）；4 **的確な指摘**（準確的指示）。

單字 **格闘技 かくとうぎ**名格鬥技 | **選手 せんしゅ**名選手
イメージ名印象、形象 | **普段 ふだん**名平常 | **タイプ**名類型
温厚だ おんこうだな形溫厚的 | **適度だ てきどだ**な形適度的
順調だ じゅんちょうだな形順利的
的確だ てきかくだな形確實的

17

中世與近世的封建制度有被明確的（　　）。

1　提出	**2　區分**
3　引用	4　反映

解析 四個選項皆為名詞。括號加上其前方內容，以「**中世と近世の封建制度は明確に区分**（中世紀和近代封建制度有明顯區別）」最符合文意，因此答案為 2 **区分**。其他選項的用法為：1 **価格を提示する**（出示價格）；3 **文を引用する**（引用文章）；4 **正確に反映する**（準確反映）。

單字 **中世 ちゅうせい**名中世紀 | **近世 きんせい**名近代
封建制度 ほうけんせいど名封建制度
明確だ めいかくだな形明確的 | **提示 ていじ**名提出
区分 くぶん名區分 | **引用 いんよう**名引用
反映 はんえい名反映

18

他對溫度的變化會產生（　　）的反應而導致頭痛等狀況。

1　冷靜	2　圓滿
3　敏感	4　濃厚

解析 四個選項皆為な形容詞。括號加上前後方內容，以「**温度変化に敏感に反応して**（對溫度變化的反應敏感）」最符合文意，因此答案為 3 **敏感に**。其他選項的用法為：1 **冷静に対応して**（冷靜應對）；2 **円満に解決して**（圓滿解決）；4 **可能性が濃厚になって**（可能性變高）。

單字 **温度 おんど**名溫度 | **変化 へんか**名變化 | **反応 はんのう**名反應
頭痛 ずつう名頭痛 | **起こす おこす**動引起
冷静だ れいせいだな形冷靜的 | **円満だ えんまんだ**な形圓滿的
敏感だ びんかんだな形敏感的 | **濃厚だ のうこうだ**な形濃厚的

19

原本清澈的河川因為昨天下的大雨而變得（　　）。

1　生鏽　　**2　混濁**

3　枯萎　　4　提高

解析 四個選項皆為動詞。括號加上其前方內容，以「**きれいだった川が濁って**（乾淨的河水變得混濁）」最符合文意，因此答案為 2 **濁って**。其他選項的用法為：1 **鉄が錆びて**（鐵生鏽）；3 **花が枯れて**（花朵枯萎）；4 **熱が上がって**（熱度上升）。

單字 **降り出す ふりだす** 動 開始下雨 | **大雨 おおあめ** 名 大雨
錆びる さびる 動 生鏽 | **濁る にごる** 動 變混濁
枯れる かれる 動 枯萎 | **上がる あがる** 動 上升

20

明明才剛種下，薰衣草的（　　）卻變黑了。

1　土地　　**2　根部**

3　基礎　　4　屋頂

解析 四個選項皆為名詞。括號加上其前方內容，以「**ラベンダーの根元**（薰衣草的根部）」最符合文意，因此答案為 2 **根元**。其他選項的用法為：1 **会社の土地**（公司的土地）；3 **工事の土台**（工程的根基）；4 **家の屋根**（房子的屋頂）。

單字 **植える うえる** 動 種植 | **ラベンダー** 名 薰衣草 | **土地 とち** 名 土地
根元 ねもと 名 根部 | **土台 どだい** 名 基礎 | **屋根 やね** 名 屋頂

21

因為生日想吃（　　）的蛋糕所以直接試著動手做了。

1　堅固、確實　　2　悠閒

3　模糊不清　　**4　鬆軟**

解析 四個選項皆為副詞。括號加上其後方內容，以「**ふんわりしたケーキ**（鬆鬆軟軟的蛋糕）」最符合文意，因此答案為 4 **ふんわり**。其他選項的用法為：1 **しっかりした意見**（明確的意見）；2 **のんびりした性格**（慢條斯理的個性）；3 **ぼんやりとした景色**（朦朧的景色）。

單字 **ケーキ** 名 蛋糕 | **直接 ちょくせつ** 副 直接 | **しっかり** 副 確實
のんびり 副 悠閒 | **ぼんやり** 副 模糊不清 | **ふんわり** 副 鬆軟

22

想從事能發揮自己的（　　）的工作，所以決定轉職。

1　傷痛　　**2　優勢**

3　鬆弛度　　4　高處

解析 四個選項皆為名詞。括號加上其後方內容，以「**強みを生かせる仕事**（能發揮長處的工作）」最符合文意，因此答案為 2 **強み**。其他選項的用法為：1 **傷みを感じる**（感到疼痛）；3 **緩みを締める**（擺脫鬆懈）；4 **高みを目指す**（瞄準高處）。

單字 **生かす いかす** 動 活用 | **就く つく** 動 就職
転職 てんしょく 名 換工作 | **決める きめる** 動 決定
痛み いたみ 名 苦痛 | **強み つよみ** 名 強項、優勢
緩み ゆるみ 名 鬆弛度 | **高み たかみ** 名 高處

問題 5 近義替換

實力奠定

p.114

01 ③	02 ②	03 ②	04 ④	05 ③
06 ③	07 ④	08 ②	09 ①	10 ②
11 ③	12 ①	13 ②	14 ③	15 ③
16 ①	17 ④	18 ④	19 ③	20 ②

實戰測驗 1

p.116

23 1	24 3	25 3	26 4	27 2

問題 5　請從 1、2、3、4 的選項中，選出與底線處詞語詞意最相近者。

23

那兩個人結婚的消息是胡說八道。

1　不是真的　　2　難以置信

3　值得祝福的消息　　4　我不喜歡

解析 **でたらめだよ**的意思為「胡說八道」，選項中可替換的是 1 **本当の話ではない**，故為正解。

單字 **でたらめ** 名 胡話 | **信じる しんじる** 動 相信
おめでたい い形 值得慶祝的 | **気に入る きにいる** 滿意、喜歡

24

感覺最近祖父的背蜷縮起來了。

1　拱起　　2　伸展

3　降低　　4　升高

解析 **縮んで**的意思為「縮短」，選項中可替換的是 3 **低くなって**，故為正解。

單字 **最近 さいきん** 名 最近 | **祖父 そふ** 名 祖父
縮む ちぢむ 動 蜷縮 | **気がする きがする** 感覺
丸い まるい い形 圓形的 | **伸びる のびる** 動 伸展
低い ひくい い形 低的 | **高い たかい** い形 高的

25

現在沒空聊天。

1　工作　　2　讀書

3　閒聊　　4　討論

解析 **おしゃべり**的意思為「閒聊」，選項中意思最相近的是 3 **雑談**，故為正解。

單字 **おしゃべり**名聊天 | **仕事 しごと**名工作 | **読書 どくしょ**名看書 **雑談 ざつだん**名閒聊 | **討論 とうろん**名討論

26

那個工作早在之前就結束了。

1 不知不覺間　2 幾乎
3 剛剛　**4 很久以前**

解析 **とっくに**的意思為「早就」，選項中可替換的是 4 **ずっと前に**，故為正解。

單字 **とっくに**副早就 | **いつのまにか** 不知不覺 | **ほとんど**副幾 **さっき**副剛剛 | **ずっと前に ずっとまえに** 很久以前

27

那個歌手的特色是低語般的歌唱方式。

1 大聲歌唱般的　**2 小聲歌唱般的**
3 正在沉睡般的　4 正在笑著一般的

解析 **ささやくような**的意思為「輕聲細語似的」，選項中可替換的是 2 **小声で歌うような**，故為正解。

單字 **歌手 かしゅ**名歌手 | **ささやく**動低語
歌い方 うたいかた名唱歌方式 | **特徴 とくちょう**名特徴
大声 おおごえ名大聲 | **歌う うたう**動唱歌
小声 こごえ名小聲 | **寝る ねる**動睡 | **笑う わらう**動笑

實戰測驗 2

p.117

23 3　**24** 1　**25** 4　**26** 4　**27** 3

問題 5　請從 1、2、3、4 的選項中，選出與底線處詞語詞意最相近者。

23

我總之先訂了房間。

1 馬上　2 下定決心
3 暫且先　4 最終

解析 **とりあえず**的意思為「總之」，選項中意思最為相近的是 3 **一応**，故為正解。

單字 **とりあえず**副總之 | **予約 よやく**名預約 | **すぐに**副馬上
思い切る おもいきる動下定決心 | **一応 いちおう**副暫且先
結局副最終

24

非常抱歉提出如此厚顏無恥的請求。

1 厚臉皮的　2 麻煩的
3 任性的　4 勉強人的

解析 **厚かましい**的意思為「厚顏無恥的」，選項中意思最相近的是 1 **ずうずうしい**，故為正解。

單字 **厚かましい あつかましい**い形厚顏無恥的
ずうずうしいい形厚臉皮的
面倒だ めんどうだな形麻煩的 | **わがままだ**な形任性的
無理だ むりだな形勉強的

25

山本是個冒失的人。

1 幽默感不足的　2 沒有勇氣的
3 自信不足的　**4 不夠細心的**

解析 **そそっかしい**的意思為「冒失的」，選項中可替換使用的是 4 **注意が足りない**，故為正解。

單字 **そそっかしい**い形冒失的 | **ユーモア**名幽默
足りない たりない 不足 | **勇気 ゆうき**名勇氣
自信 じしん名自信 | **注意 ちゅうい**名注意

26

縮減睡眠時間拼命念書。

1 無視　2 調查
3 加長　**4 減少**

解析 **けずって**的意思為「減少」，因此答案為同義的 4 **減らして**。

單字 **睡眠時間 すいみんじかん**名睡眠時間 | **けずる**動削減
一生懸命 いっしょうけんめい副努力 | **無視 むし**名無視
調査 ちょうさ名調查 | **長い ながい**い形長的
減らす へらす動減少

27

他進行了出色的擊鼓演奏。

1 奇妙的　2 生動的
3 極佳的　4 少見的

解析 **見事な**的意思為「**出色的**」，選項中意思最相近的是 3 **すばらしい**，故為正解。

單字 **ドラム**名鼓 | **見事だ みごとだ**な形出色的
演奏 えんそう名演奏 | **妙だ みょうだ**な形奇妙的
生き生き いきいき副生動的
すばらしいい形極佳的 | **めずらしい**い形少見的

實戰測驗 3

p.118

23 2　**24** 1　**25** 4　**26** 3　**27** 1

問題 5　請從 1、2、3、4 的選項中，選出與底線處詞語詞意最相近者。

23

姐姐總是會嚴謹地制定計畫。

1　目標　　**2　計畫**
3　戰略　　4　假說

解析 **プラン**的意思為「計畫」，因此答案為同義詞 2 **計画**。
單字 **きちんと**副井然有序地｜**プラン**名計畫
立てる たてる動建立｜**目標 もくひょう**名目標
計画 けいかく名計畫｜**戦略 せんりゃく**名戰略
仮説 かせつ名假說

24

店內蒐羅了新潮的家具。

1　收集　　2　並排
3　販賣　　4　裝飾

解析 **揃って**的意思為「聚集」，選項中意思最相近的是 1 **集まって**，故為正解。
單字 **店内 てんない**名店裡面｜**おしゃれだ**な形時尚的
揃う そろう動集結｜**集まる あつまる**動收集
並ぶ ならぶ動並排｜**売る うる**動販賣｜**飾る かざる**動裝飾

25

感覺狗很躁動。

1　精疲力竭　　2　悲傷
3　狀況好　　**4　無法冷靜**

解析 **そわそわしている**的意思為「坐立不安的」，選項中可替換使用的是 4 **落ちつきがない**，故為正解。
單字 **そわそわ**副躁動｜**気がする きがする**動感覺
くたびれる動精疲力盡｜**悲しむ かなしむ**動悲傷
調子 ちょうし名狀況｜**落ちつき おちつき**名冷靜

26

教授大略掃視了資料後放到桌子上。

1　眺望　　2　指
3　過目　　4　瞪視

解析 **ざっと見て**的意思為「快速瀏覽」，選項中可替換使用的是 3 **目を通して**，故為正解。
單字 **教授 きょうじゅ**名教授｜**資料 しりょう**名資料
ざっと副粗略地｜**眺める ながめる**動眺望｜**指す さす**動指
目を通す めをとおす動過目｜**にらむ**動瞪視

27

附近有卡拉 OK 所以每晚都很吵鬧。

1　吵　　2　開心
3　明亮、明快　　4　十分華麗

解析 **騒々しい**的意思為「嘈雜的」，因此答案為同義詞 1 **うるさい**。
單字 **近所 きんじょ**名附近｜**カラオケ**名卡拉 OK
騒々しい そうぞうしいい形喧鬧的｜**うるさい**い形吵鬧的
楽しい たのしいい形快樂的｜**あかるい**い形明亮的
はではでしいい形非常華麗的

實戰測驗 4

p.119

23 2　**24** 4　**25** 2　**26** 3　**27** 2

問題 5　請從 1、2、3、4 的選項中，選出與底線處詞語詞意最相近者。

23

無法違逆上司的命令。

1　批判　　**2　命令、吩咐**
3　方針　　4　指導

解析 **命令**的意思為「命令」，選項中意思最相近的是 2 **言いつけ**，故為正解。
單字 **上司 じょうし**名上司｜**命令 めいれい**名命令
逆らう さからう動違逆｜**批判 ひはん**名批判
言いつけ いいつけ名命令、吩咐｜**方針 ほうしん**名方針
指導 しどう名指導

24

誰都沒能說出明確的結論。

1　新的　　2　曖昧不明的
3　仔細的　　**4　明白的**

解析 **明確な**的意思為「明確的」，選項中意思最相近的是 4 **あきらかな**，故為正解。
單字 **明確だ めいかくだ**な形明確的｜**結論 けつろん**名結論
あたらしいい形新的｜**あいまいだ**な形曖昧不明的
こまかいい形仔細的｜**あきらかだ**な形明顯的

25

胡亂花光了錢。

1　經常　　**2　不經思考**
3　突然　　4　直接

解析 **やたらに**的意思為「胡亂地、恣意」，選項中可替換使用的是 2 **何も考えず**，故為正解。
單字 **やたらに**副胡亂地｜**つねに**副經常｜**何も なにも** 什麼也
考える かんがえる動思考｜**急に きゅうに**副突然地
直接 ちょくせつ副直接

26

即使辛苦，讓人有幹勁的工作還是比較好。

1　即使危險	2　即使困難
3　即使辛苦	4　即使忙碌

解析 **大変でも**的意思為「即使很累」，選項中意思最相近的是 3 **きつくても**，故為正解。

單字 **大変だ たいへんだ** な形 辛苦的 | **やりがい** 名 有價值、有意義
あぶない い形 危險的 | **むずかしい** い形 困難的 | **きつい** い形 辛苦的
いそがしい い形 忙碌的

27

完成了婚禮主持人的任務。

1　拒絕工作	**2　結束工作**
3　持續工作	4　增加工作

解析 **役目を果たした**的意思為「完成任務」，選項中可替換使用的是 2 **仕事を終えた**，故為正解。

單字 **結婚式 けっこんしき** 名 婚禮 | **司会 しかい** 名 主持人
役目を果たす やくめをはたす 完成任務 | **仕事 しごと** 名 工作
断る ことわる 動 拒絕 | **終える おえる** 動 完成
続ける つづける 動 繼續 | **増やす ふやす** 動 增加

問題 6 用法

實力養定 p.132

01 ①	02 ①	03 ②	04 ①	05 ①
06 ①	07 ①	08 ②	09 ②	10 ②

01

視察
① **為了重建受災處，視察地震發生的地區。**
② 請告訴我你視察原稿後的意見。

單字 **視察 しさつ** 名 視察 | **被害 ひがい** 名 受害
復旧 ふっきゅう 名 復原、重建
地震 じしん 名 地震 | **起きる おきる** 動 發生
地域 ちいき 名 地區 | **原稿 げんこう** 名 原稿 | **コメント** 名 意見

02

完結、用盡
① **在用盡力氣之前想反覆挑戰。**
② 因為忘記澆水所以花用盡了。

單字 **尽きる つきる** 動 完結、用盡 | **力 ちから** 名 力量
挑戦 ちょうせん 名 挑戰

03

反省
① 朋友在窗邊反省著什麼。
② **反思過去後再重新開始吧。**

單字 **反省 はんせい** 名 反省 | **窓側 まどがわ** 名 窗邊 | **過去 かこ** 名 過去
始める はじめる 動 開始

04

耀眼、輝煌
① **我們的隊伍得到優勝，留下輝煌成果。**
② 外面日照很強，眼睛可能會很輝煌。

單字 **輝かしい かがやかしい** い形 耀眼、輝煌 | **チーム** 名 隊伍
優勝 ゆうしょう 名 優勝、冠軍 | **結果 けっか** 名 結果
残す のこす 動 留下 | **日差し ひざし** 名 陽光

05

機敏
① **要擁有迅速的判斷力才能做出機敏的行動。**
② 聽說機敏的人容易在日常生活中感到不快。

單字 **機敏だ きびんだ** な形 機敏的 | **行動 こうどう** 名 行動
迅速だ じんそくだ な形 迅速的 | **判断力 はんだんりょく** 名 判斷力
求める もとめる 動 需求、要求 | **日常 にちじょう** 名 日常
不快感 ふかいかん 名 不快感

06

宛若
① **宛若是真實事件般認真地說夢裡的事。**
② 想說來海邊就能游泳了，身體卻宛若感到不舒服。

單字 **あたかも** 副 宛若 | **夢 ゆめ** 名 夢 | **真剣だ しんけんだ** な形 認真的
体調を崩す たいちょうをくずす 身體狀況變差

07

勞力、工夫
① **因為這個工作很費工所以不想做。**
② 因為有勞力所以準備了簡報。

單字 **手間 てま** 名 勞力、工夫 | **かかる** 動 花費
プレゼン 名 簡報（プレゼンテーション之縮略語）
準備 じゅんび 名 準備

08

實現
① 實現了努力，被大企業錄取。
② **實現了想創立自己的公司的夢想。**

單字 **かなう** 動 實現 | **努力 どりょく** 名 努力
大企業 だいきぎょう 名 大企業

合格 ごうかく 名 合格、通過考試 | **夢 ゆめ** 名 夢想

09

補充

① 簡而言之我的工作就是補充醫師的事務。

② **我做了些補充，可以再幫我看一次嗎？**

單字 **補足 ほそく** 名 補充 | **職業 しょくぎょう** 名 職業
ようするに 簡單來說 | **医師 いし** 名 醫師 | **事務 じむ** 名 事務
もう一度 もういちど 再一次

10

有所不足的

① 不能誤信不足的傳言說出那種話。

② **最近的電視節目總讓人覺得有什麼不足之處。**

單字 **物足りない ものたりない** い形 有所不足的 | **うわさ** 名 傳聞
信じる しんじる 動 相信 | **最近 さいきん** 名 最近
番組 ばんぐみ 名 節目 | **気がする きがする** 動 感覺

實戰測驗 1

p.134

28 2　**29** 4　**30** 1　**31** 3　**32** 1

問題 6　請從 1、2、3、4 的選項中，選出最適合題幹詞彙的用法。

28

一齊

1 如果可以的話，明天要不要跟我一齊去學校呢？

2 那個班級的學生在老師的示意下一齊開始解題。

3 我口非常渴，所以將那個水杯中的水一齊喝掉了。

4 新買的吸塵器就算打開開關也一齊不會動。

解析 **いっせいに**（同時）用於表示全都是相同的行為或狀態，屬於副詞，所以要先確認各選項中，該字彙與其後方的內容。正確用法為「**いっせいに問題を解き始めた**（同時開始解題）」，因此答案為 2。其他選項可改成：1 **一緒に**（**いっしょに**，一起）；3 **一気に**（**いっきに**，一口氣）；4 **一切**（**いっさい**，根本）。

單字 **いっせいに** 副 一齊 | **よろしい** い形 好的
合図 あいず 名 暗號、信號 | **解き始める ときはじめる** 動 開始解題
のどが渇く のどがかわく 口渴 | **掃除機 そうじき** 名 吸塵器
スイッチを入れる スイッチをいれる 打開開關

29

直率

1 要去公園的話，直率地沿著那條路走大概 5 分鐘就會到了。

2 那個小孩一上了小學就突然直率了起來。

3 這個考試請不要透過學校，自己直率地申請。

4 她總是能直率地說出自己的意見。

解析 **率直**（坦率）用於表示不加修飾地陳述事實，屬於形容詞，所以要先確認各選項中，該字彙與其後方的內容。正確用法為「**率直に自分の意見を述べることができる**（能夠坦率表達自己的意見）」，因此答案為 4。其他選項可改成：1 **真っ直ぐ**（**まっすぐ**，筆直地）；2 **素直**（**すなお**，溫順地）；3 **直接**（**ちょくせつ**，直接）。

單字 **率直だ そっちょくだ** な形 率直的 | **到着 とうちゃく** 名 抵達
小学校 しょうがっこう 名 小學 | **通う かよう** 動 通勤、通學
急に きゅうに 副 突然間 | **試験 しけん** 名 考試
通す とおす 動 通過 | **申し込む もうしこむ** 動 申請
意見 いけん 名 意見 | **述べる のべる** 動 陳述

30

終於

1 從早上開始天氣就一直陰陰的，終於下起了雨。

2 湛藍的天空到了傍晚終於變成了橘色。

3 就算走路前往，終於十分鐘就可以到車站喔。

4 那個孩子終於不聽家長說的話。

解析 **とうとう**（終究、終於）用於表示歷經很長一段時間後，獲得預期的結果，屬於副詞，所以要先確認各選項中，該字彙與其後方的內容。正確用法為「**とうとう雨が降ってきた**（終於下起雨來）」，因此答案為 1。其他選項可改成：2 **徐々に**（**じょじょに**，緩緩地）；3 **せいぜい**（頂多）；4 **ぜんぜん**（完全不）。

單字 **とうとう** 副 終於 | **ずっと** 副 一直 | **雨が降る あめがふる** 下雨
オレンジ色 オレンジいろ 名 橘色 | **変化 へんか** 名 變化
親 おや 名 雙親

31

收回

1 雖然週末感冒了，不過因為休假日睡得很飽，所以已經收回了。

2 知名政治家被控訴收回之罪。

3 政府收回了上個月為進行統計調查而發放的問卷。

4 那個教授為了研究收回了大量的蟲。

解析 **回収**（回收）用於表示重新拿回曾經給過的東西，屬於名詞，所以要先確認各選項中，該字彙與其前方的內容。正確用法為「**調査用紙を回収している**（正在回收調查表）」，因此答案為 3。其他選項可改成：1 **回復**（**かいふく**，恢復）；4 **収集**（**しゅうしゅう**，收集）。

單字 **回收 かいしゅう** [名]收回｜**週末 しゅうまつ** [名]週末
風邪を引く かぜをひく 感冒｜**休みの日 やすみのひ** [名]休假日
政治家 せいじか [名]政治家
罪に問われる つみにとわれる 被問罪｜**政府 せいふ** [名]政府
統計調査 とうけいちょうさ [名]統計調查
配る くばる [動]發放、發配
調査用紙 ちょうさようし [名]問卷紙｜**教授 きょうじゅ** [名]教授
研究 けんきゅう [名]研究｜**虫 むし** [名]蟲

32

傑作

1 那位導演所做出的作品有很多都被譽為傑作。
2 那間美術館的作品經調查發現並非真跡而是傑作。
3 在我住的地區裡蘋果被作為傑作販售。
4 因為他在製作這個作品的過程中逝世了，這個作品最終成了傑作。

解析 **傑作**（傑作）用於表示傑出的作品，屬於名詞，所以要先確認各選項中，該字彙與其前方的內容。正確用法為「**その監督の作った作品には、傑作と呼ばれる**（那位導演的作品被稱為傑作）」，因此答案為1。其他選項可改成：2 **偽作**（ぎさく，贗品）；4 **遺作**（いさく，遺作）。

單字 **傑作 けっさく** [名]傑作｜**監督 かんとく** [名]導演
作品 さくひん [名]作品｜**美術館 びじゅつかん** [名]美術館
調査 ちょうさ [名]調查｜**結果 けっか** [名]結果
本物 ほんもの [名]真品｜**地域 ちいき** [名]地區｜**リンゴ** [名]蘋果
制作 せいさく [名]製作｜**亡くなる なくなる** [動]死亡
結局 けっきょく [副]最終

實戰測驗 2

p.135

28 2　**29** 3　**30** 3　**31** 1　**32** 4

問題6　請從1、2、3、4的選項中，選出最適合題幹詞彙的用法。

28

匆忙、忙碌

1 我的個性很匆忙，經常會忘記東西或記錯跟他人的約。
2 今天早上很匆忙，看時鐘才發現已經過了11點。
3 突然響起物品匆忙破裂的的聲音，嚇了一跳。
4 青蛙在池中產下了數量匆忙的卵。

解析 **あわただしい**（匆忙）用於表示被很多事追趕般，一直處於忙碌的狀態，屬於形容詞，所以要先確認各選項中，該字彙與其後方的內容。正確用法為「**あわただしく時間が過ぎ**（時間匆匆流逝）」，因此答案為2。其他選項可改成：1 **そそっかしい**（冒失的）；3 **激しい**（はげしい，激烈的）；4 **おびただしい**（數量很多的）。

單字 **あわただしい** [い形]匆忙的、忙碌的｜**性格 せいかく** [名]個性
忘れ物をする わすれものをする 丟失東西｜**約束 やくそく** [名]約定
間違える まちがえる [動]弄錯｜**過ぎる すぎる** [動]超過
回る まわる [動]超過時間｜**急に きゅうに** [副]突然
割れる われる [動]破裂｜**音がする おとがする** 發出聲音
びっくりする [動]嚇一跳｜**かえる** [名]青蛙｜**産む うむ** [動]生產

29

移開

1 因為院子裡的草長長了，打算明天移開。
2 沒能移開突然飛來的球。
3 正要將因車禍而動不了的車子移開。
4 因為變暖了，所以移開了圍在脖子上的圍巾。

解析 **どける**（移開、挪開）用於表示把某個東西移到別處，屬於動詞，所以要先確認各選項中，該字彙與其前方的內容。正確用法為「**動けなくなった車をどけたところだ**（正把動彈不得的車移開）」，因此答案為3。其他選項可改成：2 **避ける**（さける，避開）；4 **外す**（はずす，摘下）。

單字 **どける** [動]移開｜**草 くさ** [名]草｜**急に きゅうに** [副]突然
ボール [名]球｜**事故 じこ** [名]意外、車禍｜**動く うごく** [動]移動
首 くび [名]脖子｜**巻く まく** [動]捲起｜**マフラー** [名]圍巾

30

初步

1 重要的是不管過了多久，都不能忘記初步。
2 從小學時期開始就決定要在暑假的初步就完成作業。
3 明明應該練習了無數次，卻犯下了初步的錯誤，因此很低落。
4 每個月初步看診時，必須向櫃台出示健保卡。

解析 **初步**（初步）用於表示剛起步或初階程度，屬於名詞，所以要先確認各選項中，該字彙與其前方的內容。正確用法為「**練習したはずなのに、初歩的なミス**（應該練習很多次了，卻犯了基本錯誤）」，因此答案為3。其他選項可改成：1 **初心**（しょしん，初衷）；2 **初日**（しょにち，第一天）；4 **初回**（しょかい，第一次）。

單字 **初歩 しょほ** [名]初步｜**どれだけ** [副]多麼、多少程度
経つ たつ [動]經過｜**小学生 しょうがくせい** [名]小學生
決める きめる [動]決定｜**練習 れんしゅう** [名]練習
ミス [名]失誤｜**落ち込む おちこむ** [動]消沉
診察 しんさつ [名]診察｜**受付 うけつけ** [名]櫃台
保険証 ほけんしょう [名]健保卡｜**必要 ひつよう** [名]必要

31

材料

1 那架飛機是以堅硬且牢固的材料製作的。
2 他從小就被認定是演員的材料，曾出演電影等作品。
3 那個選手因經常戴著口罩不露出材料而聞名。

4　隨著年輕人的數量漸漸減少，要預留優秀的材料也變得困難。

解析 **素材**（材料）用於表示製作成某樣東西的原材料，屬於名詞，所以要先確認各選項中，該字彙與其前方的內容。正確用法為「**硬くて丈夫な素材**（堅硬耐用的材料）」，因此答案為1。其他選項可改成：2 **素質**（そしつ，資質）；3 **素顔**（すがお，真實面貌）；4 **人材**（じんざい，人才）。

單字 **素材 そざい**名素材｜**硬い かたい**い形堅硬的
丈夫だ じょうぶだな形堅固的｜**用いる もちいる**動使用
幼い おさないい形年幼的｜**演技 えんぎ**名演技
認める みとめる動認可｜**選手 せんしゅ**名選手
常に つねに副經常｜**マスク**名口罩｜**若者 わかもの**名年輕人
減る へる動減少｜**優秀だ ゆうしゅうだ**な形優秀的
確保 かくほ名確保、預留

32

每天要做的事
1　我會將當天發生的事記在每天要做的事上，偶爾回去讀。
2　藝人每天要做的事充滿了謎團，我好想多知道一點。
3　每年迎接生日的時候，都覺得每天要做的事過得非常快。
4　早起後一邊曬太陽一邊做瑜珈是我每天都要做的事。

解析 **日課**（每天必做的事）用於表示每天必做或習慣的活動，屬於名詞，所以要先確認各選項中，該字彙與其前方的內容。正確用法為「**毎日の日課**（每天的例行工作）」，因此答案為4。其他選項可改成：1 **日記**（にっき，日記）；2 **日常**（にちじょう，日常）；3 **月日**（つきひ，歲月）。

單字 **日課 にっか**名每天要做的事｜**出来事 できごと**名事件
残す のこす動留下｜**たまに**副偶爾
読み直す よみなおす動重讀｜**謎 なぞ**名謎團
包む つつむ動包覆｜**芸能人 げいのうじん**名藝人
生活 せいかつ名生活｜**迎える むかえる**動迎接
経つ たつ動經過｜**感じる かんじる**動感覺
太陽を浴びる たいようをあびる 曬太陽｜**ヨガ**名瑜珈

實戰測驗 3

p.136

28 2　**29** 4　**30** 3　**31** 4　**32** 1

問題 6　請從 1、2、3、4 的選項中，選出最適合題幹詞彙的用法。

28

限定
1　不管再怎麼練習也無法提升實力，感受到了限定。
2　有個每年只有限定的人數能拿到政府許可證的勞動執照。
3　限定出適合做為服務型機器人的機器人，並討論花費。
4　因為大受歡迎，所以那個舞台劇限定要重新演出。

解析 **限定**（限定）用於表示在某數量、範圍下予以限制，屬於名詞，所以要先確認各選項中，該字彙與其前方的內容。正確用法為「**人数を限定して**（限制人數）」，因此答案為2。其他選項可改成：1 **限界**（げんかい，限度）；3 **選定**（せんてい，選定）；4 **決定**（けってい，決定）。

單字 **限定 げんてい**名限定｜**いくら**副多少、多麼
実力 じつりょく名實力｜**政府 せいふ**名政府
人数 にんずう名人數｜**許可 きょか**名許可
労働 ろうどう名勞動｜**サービスロボット**名服務型機器人
適する てきする動適合｜**コスト**名花費｜**検討 けんとう**名研議
人気 にんき名人氣｜**演劇 えんげき**名戲劇
再び ふたたび副再次｜**上演 じょうえん**名演出

29

堆積、累積
1　因為今天堆積滿了預定行程，所以沒空。
2　在雪地上只要稍微堆積油門就很容易打滑。
3　他在賽車的歷史上留下了最堆積矚目的獲勝記錄。
4　多年沒用的書桌上堆積了厚厚的灰塵。

解析 **積もる**（堆積）用於表示某事物層層累積、數量不斷增加，屬於動詞，所以要先確認各選項中，該字彙與其前方的內容。正確用法為「**ほこりが厚く積もっていた**（堆積了厚厚的灰塵）」，因此答案為4。其他選項可改成：1 **詰まる**（つまる，塞滿）；2 **踏む**（ふむ，踩踏）；3 **集める**（あつめる，收集）。

單字 **積もる つもる**動堆積、累積｜**予定 よてい**名預定行程
びっしり副密密麻麻｜**アクセル**名油門｜**強める つよめる**動加強
簡単だ かんたんだな形簡單的｜**スリップ**名打滑
モータースポーツ名賽車｜**歴史 れきし**名歷史
最も もっとも副最｜**注目 ちゅうもく**名關注、注目
勝利 しょうり名勝利｜**記録 きろく**名紀錄｜**ほこり**名灰塵
厚い あついい形厚的

30

發達
1　聽說一旦睡眠不足就會產生讓食慾發達的荷爾蒙。
2　海面正因為地球暖化而明顯的發達中。
3　人工智慧如果繼續發達下去，未來人類可能會失去容身之處。
4　能夠發達兩國的總生產量，是個有利的貿易。

解析 **発達**（發達）用於表示某事物逐漸形成完整的形狀和功能，屬於名詞，所以要先確認各選項中，該字彙與其前方的內容。正確用法為「**AI が発達し続けたら**（若人工智慧繼續發展下去）」，因此答案為3。其他選項可改成：1 **増進**（ぞうしん，增進）；2 **上昇**（じょうしょう，上升）；4 **増加**（ぞうか，增加）。

單字 **発達 はったつ**名發達｜**睡眠不足 すいみんぶそく**名睡眠不足

食欲 しょくよく 名 食慾 | ホルモン 名 荷爾蒙
温暖化 おんだんか 名 暖化 | 海面 かいめん 名 海面
明らかだ あきらかだ な形 明顯的 | 未来 みらい 名 未來
居場所 いばしょ 名 容身之處 | 両国 りょうこく 名 兩國
総生産量 そうせいさんりょう 名 總產量 | メリット 名 優點、好處
貿易 ぼうえき 名 貿易

31

好幾次
1 去年登場的新型車種銷售量居冠，並好幾次維持這個狀態。
2 隨著技術發展，好幾次檢視要不要在屋頂設置太陽能板。
3 經歷了各式各樣的事，想要好幾次回到故鄉做對社會有益的工作。
4 那個老師好幾次因為授課態度受到指責。

解析 **たびたび**（屢次）用於表示多次做某件事，屬於副詞，所以要先確認各選項中，該字彙與其後方的內容。正確用法為「**たびたび指摘されている**（屢遭指責）」，因此答案為 4。其他選項可改成：1 **しばらく**（一陣子）；2 **何度も**（なんども，多次）；3 **いつか**（有朝一日）。

單字 たびたび 副 屢次 | 登場 とうじょう 名 登場
新型 しんがた 名 新型 | 販売数 はんばいすう 名 販售量
状態 じょうたい 名 狀態 | 続く つづく 動 持續
技術 ぎじゅつ 名 技術 | 発展 はってん 名 發展 | 屋根 やね 名 屋頂
太陽光パネル たいようこうパネル 名 太陽能板
設置 せっち 名 設置 | 見直す みなおす 動 重新檢視
様々な さまざまな な形 各式各樣的 | 経験 けいけん 名 經驗
故郷 こきょう 名 故鄉 | 戻る もどる 動 返回
役に立つ やくにたつ 幫得上忙 | 態度 たいど 名 態度
指摘 してき 名 指出問題

32

維持
1 要買高級車時，除了購車的費用本身之外還必須考慮維持的費用。
2 想要維持流浪狗，不過因為丈夫非常反對而感到煩惱。
3 因為有很多野生動物，所以需要注意農作物的維持。
4 正在使用維持食品時經常使用的乾燥劑。

解析 **維持**（維持）用於表示持續保持某種狀態，屬於名詞，所以要先確認各選項中，該字彙與其前方的內容。正確用法為「**買うこと自体よりそれを維持する**（除了購買之外還有維護）」，因此答案為 1。其他選項可改成：2 **飼育**（しいく，飼養）；3 **栽培**（さいばい，栽培）；4 **保存**（ほぞん，保存）。

單字 維持 いじ 名 維持 | 高級だ こうきゅうだ な形 高級的
自体 じたい 名 自身 | 費用 ひよう 名 費用
考える かんがえる 動 思考 | 迷い犬 まよいいぬ 名 走失的狗
旦那 だんな 名 丈夫 | 嫌がる いやがる 動 厭惡
悩む なやむ 動 煩惱 | 野生 やせい 名 野生 | 作物 さくもつ 名 作物
注意 ちゅうい 名 注意 | 必要だ ひつようだ な形 必要的
食品 しょくひん 名 食品 | 使用 しよう 名 使用
乾燥剤 かんそうざい 名 乾燥劑 | 利用 りよう 名 利用

實戰測驗 4

p.137

28 3　**29** 1　**30** 1　**31** 2　**32** 4

問題 6　請從 1、2、3、4 的選項中，選出最適合題幹詞彙的用法。

28

冷靜
1 今年春天比平常更冷靜，所以花朵開花的時間推遲了。
2 這個食品先冷靜起來的話到這個月底都還能吃，很方便。
3 冷靜想想，當初那樣焦慮不安實在很愚蠢。
4 據說地球冷靜是造成恐龍滅絕的原因。

解析 **冷静**（冷靜）用於表示不受情緒影響、沉著應對，屬於形容，所以要先確認各選項中，該字彙與其後方的內容。正確用法為「**冷静に考えてみたら**（冷靜思考過後）」，因此答案為 3。其他選項可改成：2 **冷凍**（れいとう，冷凍）；4 **氷河期**（ひょうがき，冰河期）。

單字 冷静だ れいせいだ な形 冷靜的 | 通常 つうじょう 名 通常
開花 かいか 名 開花 | 遅れる おくれる 動 慢、晚
食品 しょくひん 名 食品 | いらいらする 煩躁不安
馬鹿 ばか 名 笨蛋 | 恐竜 きょうりゅう 名 恐龍
絶滅 ぜつめつ 名 滅絕 | 地球 ちきゅう 名 地球
原因 げんいん 名 原因

29

節約
1 在網路上查找下個月的歐洲旅行時節約經費的方式。
2 聽說那間公司為了節約人力，明年要裁員 2800 人。
3 這是間能節約高齡者或身心障礙者的障礙的無障礙旅館。
4 那間公司強調其虧損規模慢慢節約。

解析 **節約**（節省）用於表示有節制地使用，屬於名詞，所以要先確認各選項中，該字彙與其前方的內容。正確用法為「**旅行の経費を節約**（節省旅費）」，因此答案為 1。其他選項可改成：2 **削減**（さくげん，刪減）；3 **除去**（じょきょ，去除）；4 **縮小**（しゅくしょう，縮小）。

單字 節約 せつやく 名 節約 | ヨーロッパ 名 歐洲 | 経費 けいひ 名 經費
方法 ほうほう 名 方法 | ネット 名 網路 | 探す さがす 名 找尋、搜尋
人員 じんいん 名 人員 | リストラ 名 組織重整
高齢者 こうれいしゃ 名 年長者
障害者 しょうがいしゃ 名 身心障礙人士

不自由 **ふじゆう** 名 不自由、身心障礙 | **バリアフリー** 名 無障礙
赤字幅 **あかじはば** 名 虧損規模 | **徐々に** **じょじょに** 副 慢慢地
強調 **きょうちょう** 名 強調

30

保持
1 為了保持房間整潔一週會打掃一次。
2 學生不論如何都應該保持校規。
3 保持為避免傳染病持續擴大的組織及制度。
4 在進行方法等大致方針制定出來之前保持的狀況。

解析 **保つ**（保持）用於表示維持某種狀態，屬於動詞，所以要先確認各選項中，該字彙與其前方的內容。正確用法為「**部屋をきれいに保つため**（為保持房間的整潔）」，因此答案為1。其他選項可改成：2 **守る**（**まもる**，遵守）；3 **整う**（**ととのう**，完善）；4 **待つ**（**まつ**，等候）。

單字 **保つ** **たもつ** 動 保持 | **規則** **きそく** 名 規則
伝染病 **でんせんびょう** 名 傳染病 | **広がる** **ひろがる** 動 擴大
防ぐ **ふせぐ** 動 防止 | **組織** **そしき** 名 組織
制度 **せいど** 名 制度 | **実施方法** **じっしほうほう** 名 實施方式
大まかだ **おおまかだ** な形 大略的 | **方針** **ほうしん** 名 方針
状況 **じょうきょう** 名 狀況

31

領域
1 進行測量的領域沒有任何異常，所以我安心了。
2 這是一本介紹活躍於各個領域上的女性的書。
3 記憶可以大致領域為長期記憶與短期記憶。
4 A高中決定引進有資格考的課程作為選修領域。

解析 **分野**（領域）用於表示按一定的標準劃分出的區域，屬於名詞，所以要先確認各選項中，該字彙與其前方的內容。正確用法為「**あらゆる分野**（各個領域）」，因此答案為2。其他選項可改成：1 **部分**（**ぶぶん**，部分）；3 **区分**（**くぶん**，區分）；4 **科目**（**かもく**，科目）。

單字 **分野** **ぶんや** 名 領域 | **測定** **そくてい** 名 測量
何の **なんの** 怎樣的、什麼樣的 | **異常** **いじょう** 名 異常
安心 **あんしん** 名 安心 | **あらゆる** 副 各種 | **活躍** **かつやく** 名 活躍
女性 **じょせい** 名 女性 | **紹介** **しょうかい** 名 介紹
記憶 **きおく** 名 記憶 | **長期** **ちょうき** 名 長期 | **短期** **たんき** 名 短期
高校 **こうこう** 名 高中 | **資格試験** **しかくしけん** 名 資格考試
備える **そなえる** 動 具備 | **選択** **せんたく** 名 選擇
導入 **どうにゅう** 名 引進、導入

32

失望
1 明明沒有人卻聽見人的聲音非常失望。
2 向他坦白了一直煩惱的事，心情非常失望。
3 現在也非常感謝當初每天見面很失望的指導老師。
4 這個禮拜都很努力念書，結果成績不如預期非常失望。

解析 **がっかり**（失望）用於表示對於事情進展不如預期感到沮喪，屬於副詞，所以要先確認各選項中，該字彙與前方的內容。正確用法為「**思ったより成績が悪くてがっかりした**（成績比預期差，因而感到失望）」，因此答案為4。其他選項可改成：1 **びっくり**（嚇一跳）；2 **すっきり**（舒暢）；3 **うんざり**（厭煩）。

單字 **がっかり** 副 失落 | **ずっと** 副 一直 | **悩む** **なやむ** 動 煩惱
打ち明ける **うちあける** 動 坦率說出 | **気持ち** **きもち** 名 心情
顔を合わせる **かおをあわせる** 面對面 | **顧問** **こもん** 名 顧問
感謝 **かんしゃ** 名 感謝 | **頑張る** **がんばる** 動 努力
成績 **せいせき** 名 成績

文法

問題 7 語法形式的判斷

實力奠定

p.212

01 ①	02 ①	03 ①	04 ②	05 ①
06 ①	07 ②	08 ①	09 ②	10 ②
11 ①	12 ②	13 ②	14 ②	

01

他做（①**的**）蛋糕好吃得令人感動。

單字 **～の** 助表主詞或所有格 ｜ **ケーキ** 名蛋糕 ｜ **感動 かんどう** 名感動
～ほど 助表程度 ｜ **～との** 助表引述

02

A「你好，我是木村。」
B「我是 A 公司的田中，鈴木課長（①**在嗎（敬語）**）？」

單字 **～と申す ～ともうす** 叫～（～と言う的尊敬語）
課長 かちょう 名課長 ｜ **いらっしゃる** 動在（いる的尊敬語）
ござる 動在

03

大家都知道影印機的使用方法，所以（①**沒有必要說明**）。

單字 **コピー機 コピーき** 名影印機 ｜ **使い方 つかいかた** 名使用方式
説明 せつめい 名說明 ｜ **～までもない** 用不著～
～たほうがいい ～比較好

04

A「咦？電腦的電源打不開耶。」
B「那怎麼辦。星期天（②**又沒辦法去**）維修中心。」

單字 **パソコン** 名電腦 ｜ **電源 でんげん** 名電源
サービスセンター 名服務中心

05

（①**既然…**）約定好下次的考試要拿 100 分，就決定每天要讀書到深夜。

單字 **試験 しけん** 名考試 ｜ **約束 やくそく** 名約定
～た以上 ～たいじょう 既然～ ｜ **夜遅く よるおそく** 深夜
決める きめる 動決定 ｜ **～たあまり** 過於～

06

A 「山田，聽說你下週開始要出差。
B 「對阿。雖然不想去但是（①**被**）上司指派了也沒什麼辦法。」

單字 **出張 しゅっちょう** 名出差 ｜ **上司 じょうし** 名上司
指示 しじ 名指示 ｜ **仕方ない しかたない** 沒辦法

07

沒有空著的位置，所以（②**只能站**）在後面。

單字 **空く あく** 動空 ｜ **席 せき** 名座位
～こともない 不需要～ ｜ **～しかない** 只好～

08

小時候父母不在家時，隔壁的姊姊（①**會陪我玩（主詞為我）**）。

單字 **子供のころ こどものころ** 小時候 ｜ **遊ぶ あそぶ** 動玩
～てもらう（主詞為我）～收到對方的恩惠
～てくれる（主詞為對方）～給我恩惠

09

（②**因應…**）許多消費者的需求，決定增加販售量。

單字 **消費者 しょうひしゃ** 名消費者 ｜ **ニーズ** 名需求
～にこたえて 回應～ ｜ **販売量 はんばいりょう** 名銷售量
増やす ふやす 動增加 ｜ **～にくわえて** 加上～

10

明明努力念書了，卻因為大塞車而（②**不可能趕上**）考試時間。

單字 **一生懸命 いっしょうけんめい** 副努力地
渋滞 じゅうたい 名塞車 ｜ **ひどい** い形嚴重的
試験 しけん 名考試 ｜ **間に合う まにあう** 動趕上
～そうにない 不可能～ ｜ **～てもしかたない** 即使～也無可奈何

11

A 「請趁熱（①**享用（尊敬語）**）。」
B 「謝謝。」

單字 **冷める さめる** 動冷卻
召し上がる めしあがる 動吃（食べる之尊敬語）
いただく 動吃（食べる之謙讓語）

12

弟弟因為沒考上大學而低落，（②**作為**）姊姊卻不知道應該為他做什麼。

單字 **落ちる おちる**動掉落、沒考上 | **がっかりする** 失望
～として 作為～ | **～てあげる** 給予對方恩惠 | **～といって** 雖說～

13

明明買了孩子想要的玩具給他，孩子（②**卻**）哭了。

單字 **欲しがる ほしがる**動想要 | **おもちゃ**名玩具
かえって副反而 | **泣く なく**動哭泣
～てしまう 表示動作完結或後悔、遺憾 | **おそらく**副恐怕

14

在外面玩回來之後如果沒有好好清洗，病毒繁殖（②**可能會**）導致生病。

單字 **ウイルス**名病毒 | **繁殖 はんしょく**名繁殖
～かねない 可能會～ | **～そうもない** 不可能～

實戰測驗 1

p.214

33 1	34 3	35 1	36 2	37 4
38 3	39 1	40 2	41 2	42 2
43 4	44 3			

問題 7　請從 1、2、3、4 的選項中，選出最適合填入文中括號者。

33

我（　　）無法想像他會當上總統。

1　甚至都　　2　只有
3　僅　　4　正因為

解析 本題要根據文意，選出適當的助詞。括號後方連接「**できなかった**（沒辦法）」，表示「簡直沒辦法想像」語意最為通順，因此答案為 1 **すら**。

單字 **大統領 だいとうりょう**名總統 | **想像 そうぞう**名想像
～すら助甚至連～ | **～きり**助僅～ | **～こそ**助正因為～

34

（　　）因為社長換人而進行的組織改革，在公司員工之間流傳著各種傳言。

1　依…而定　　2　只憑…
3　有關…　　4　即使…也…

解析 本題要根據文意，選出適當的文法。四個選項皆可置於名詞「**組織改革**（組織變革）」的後方，因此得確認括號後方連接的內容「**社員の間ではいろいろなうわさが流れている**（員工間流傳著各種謠言）」。前方以「圍繞著社長更換後的組織變革」最為適當，因此答案為 3 **をめぐって**。建議一併熟記其他選項的意思。

單字 **社長 しゃちょう**名社長、總經理 | **変わる かわる**動變化
～による 因～ | **組織 そしき**名組織 | **改革 かいかく**名改革
社員 しゃいん名公司職員 | **うわさ**名傳聞
流れる ながれる動流動、傳播 | **～次第で ～しだいで** 依～而定
～だけで 只憑～ | **～をめぐって** 有關～
～にもかかわらず 儘管～

35

開始新事物之前，（　　）做不做得到，嘗試去做才是最重要的。

1　先不管…　　2　因為…
3　根據…　　4　撇去…

解析 本題要根據文意，選出適當的文法。括號前後方的內容表示「暫且不論能否做到，重點在於先去嘗試看看」語意最為通順，因此答案為 1 **はさておき**。建議一併熟記其他選項的意思。

單字 **始める はじめる**動開始 | **～かどうか** 要不要～
まず副首先 | **～てみる** 試著～ | **大切だ たいせつだ**な形重要的
～はさておき 先不管～ | **～せいで** 因為～ | **～によって** 依據～
～を抜きにしては ～をぬきにしては 撇去～

36

（　　）這台車跑得很快，馬上就故障了。

1　試著想了之後…　　**2　才想說…**
3　就算不認為…　　4　隨著想…

解析 本題要根據文意，選出適當的文法。括號前後方的內容表示「當我想著那輛車要開始奔馳時，它就壞掉了」語意最為通順，因此答案為 2 **思ったら**。建議一併熟記其他選項的意思。

單字 **勢いよく いきおいよく** 猛烈的、力度強的
走り出す はしりだす動開始跑動 | **故障 こしょう**名故障
～てしまう 表示動作完結或後悔、遺憾 | **思う おもう**動想
～てみる 試著～ | **～かと思ったら ～かとおもったら** 才想說～就～
～にしても 就算～ | **～につれて** 隨著～

37

讀了大受好評的小說，（　　）不有趣，非常失望。

1　不常…　　2　沒想到…
3　不見得…　　**4　並不太…**

解析 本題要根據文意，選出適當的副詞。括號後方連接「**おもしろくなくて**（因為不有趣）」，表示「因為不怎麼有趣」語意最為通順，因此答案為 4 **たいして**。

單字 **評判になる ひょうばんになる** 大受好評
小説 しょうせつ名小說 | **がっかりする** 失望 | **めったに**副極少

まさか副沒想到｜必ずしも かならずしも副不見得
たいして副不太

38

A 「你不覺得這個產品的發售日應該改掉嗎？」
B 「是啊。不過我一個人有點難下判斷，我會試著（　）部長。」

1 說（尊敬語）　2 來（尊敬語）
3 詢問（謙讓語）　4 收下（謙讓語）

解析 本題要根據對話內容，選出適當的敬語。根據情境，B 表示他無法獨自判斷，要詢問部長的想法，以「**部長にもうかがってみます**（我請教一下部長）」最適當，因此答案為 3 **うかがって**。此處的「**うかがう**（請教）」為「**聞く**（詢問）」的謙讓語。1 **おっしゃって**為「**言う**」的尊敬語；2 **いらっしゃって**為「**来る**」的尊敬語；4 **いただいて**為「**もらう**」的謙讓語。

單字 **商品 しょうひん**名商品｜**発売日 はつばいび**名發售日
変更 へんこう名變更｜**~た方がいい ~たほうがいい** ~比較好
~と思う ~とおもう 認為~｜**判断 はんだん**名判斷
~かねる 不能~、難以~｜**部長 ぶちょう**名部長
~てみる 試著~｜**おっしゃる**動說（言う之尊敬語）
いらっしゃる動來（来る之尊敬語）
うかがう動問（聞く之謙讓語）
いただく動收到（もらう之謙讓語）

39

（　）發燒了，今天不要去學校好好休息吧。

1 也因為…　2 無法…
3 隨著…　4 如果要…的話

解析 本題要根據文意，選出適當的文法。括號前後方的內容表示「既然都發燒了，今天別去學校，好好休息」語意最為通順，因此答案為 1 **出てきたことだし**。建議一併熟記其他選項的意思。

單字 **熱 ねつ**名發燒｜**~ことだし** 因為~｜**~ようがない** 沒辦法~
~につれて 隨著~｜**~ようものなら** 如果要~的話

40

結束一個月的出差終於回到家了，所以（　）。

1 不可能開心　**2 開心得不得了**
3 不可能開心　4 不僅是開心

解析 本題要根據文意，選出適當的文法句型。整句話表示「經過一個月的出差，我很高興終於可以回家了」語意最為通順，因此答案為 2 **うれしくてしょうがない**。建議一併熟記其他選項的意思。

單字 **出張 しゅっちょう**名出差｜**やっと**副終於
うれしいい形開心的｜**~はずがない** 不可能~
~てしょうがない 非常~｜**~わけがない** 不可能~
~ばかりではない 不只是~

41

這是難得爭取來的權利，所以（　）浪費。

1 不得不…　**2 不希望你…**
3 不可能不…　4 不…也沒關係

解析 本題要根據文意，選出適當的文法句型。整句話表示「好不容易得來的權利，希望不要白白浪費」語意最為通順，因此答案為 2 **しないでほしいものだ**。建議一併熟記其他選項的意思。

單字 **せっかく**副難得｜**得る える**動獲得｜**権利 けんり**名權力
無駄だ むだだな形白費的、浪費的
~ないではいられない 不得不~｜**~てほしい** 希望~
わけにはいかない 不可能~｜**~てもいい** 可以~

42

營收（　），只重視營收的話絕對做不好工作。

1 因為…很重要　**2 雖然重要**
3 不愧是重要　4 不只是重要

解析 本題要根據文意，選出適當的文法。整句話表示「雖然說銷量很重要，但若只看重銷量的話，終將無法做好工作」語意最為通順，因此答案為 2 **大切だとは言うものの**。建議一併熟記其他選項的意思。

單字 **売り上げ うりあげ**名銷售額｜**重視 じゅうし**名重視
決して けっして副絕對
大切だ たいせつだな形重要的｜**~だから** 因為~
~とは言うものの ~とはいうものの 雖然說~
~だけあって 真不愧是~｜**~ばかりか** 不只是~

43

他人犯的錯誤被怪罪到自己頭上，真的（　）。

1 不愧是不甘心
2 不由得感到不甘心（文法錯誤）
3 並非不甘心
4 不甘心到令人難以忍受

解析 本題要根據文意，選出適當的文法句型。整句話表示「把別人的錯誤怪到我身上，真讓人氣憤」語意最為通順，因此答案為 4 **くやしくてたまらない**。建議一併熟記其他選項的意思。

單字 **他人 たにん**名他人｜**ミス**名失誤｜**せい**名原因
くやしいい形悔恨、不甘心
~だけのことはある 不愧是~｜**~くなる** 變得~
~わけではない 並不是~｜**~てたまらない** ~得不得了

44

（　）工作（　），新的工作又陸續進來。

1 明明…有順利進行
2 在…順利進行的狀況下
3 偏偏是在…無法順利進行的時候

4　不顧…有順利進行

解析 本題要根據文意，選出適當的文法。整句話表示「只有當工作進展得不順利時，新工作才會陸續出現」語意最為通順，因此答案為 3 **進んでいないときにかぎって**。建議一併熟記其他選項的意思。

單字 **作業 さぎょう**名作業、工作｜**うまく**副好好地
次々 つぎつぎ副陸續｜**進む すすむ**動進行
～つつある 正在不斷地～｜**場合 ばあい**名場合、情況
～において 在～的狀況｜**～にかぎって** 偏偏在～
進める すすめる動進行｜**～もかまわず** 不顧～

實戰測驗 2

p.216

33 2	**34** 3	**35** 3	**36** 2	**37** 1
38 2	**39** 4	**40** 1	**41** 3	**42** 4
43 4	**44** 1			

問題 7　請從 1、2、3、4 的選項中，選出最適合填入文中括號者。

33

我也曾經深陷於美術的魅力之中，不過並沒有精通到能夠解說作品（　　）。

1　只是…　　**2　…的程度**
3　僅…　　4　為…

解析 本題要根據文意，選出適當的助詞。括號後方連接「**詳しくはない**（不精通）」，表示「沒有精通到可以解說作品的程度」語意最為通順，因此答案為 2 **ほど**。

單字 **一時 いちじ**名暫時｜**美術 びじゅつ**名美術
魅力 みりょく名魅力｜**はまる**名迷上
～たことがある ～曾經有過｜**作品 さくひん**名作品
説明 せつめい名說明｜**詳しい くわしい**い形詳細的、精通的
～だけ 只有～｜**～ほど** ～的程度｜**～しか** 僅～｜**～には** 要～

34

這個網站提供的服務是翻譯美國的報導或網誌（　　）文章後，發佈日文版的文章。

1　作為…　　2　與…相比
3　…之類的　　4　除此之外

解析 本題要根據文意，選出適當的文法。四個選項皆可置於名詞「**ブログ**（部落格）」的後方，因此得確認括號後方連接的內容「**文章を翻訳し**（翻譯文章）」。加上前方內容表示「翻譯報導或部落格等文章」最為適當，因此答案為 3 **といった**。建議一併熟記其他選項的意思。

單字 **サイト**名網站｜**アメリカ**名美國｜**記事 きじ**名報導
ブログ名部落格｜**文章 ぶんしゅう**名文章
翻訳 ほんやく名翻譯｜**日本語版 にほんごばん**名日語版
配信 はいしん名發佈｜**サービス**名服務｜**～として** 作為～
～にくらべて 與～相比｜**～といった** ～之類的
～にくわえて ～之外

35

她煩惱（　　），為滿足插班入學的條件，決定休學準備考試。

1　中途　　2　過度
3　經過…之後　　4　既然…

解析 本題要根據文意，選出適當的文法。四個選項皆可置於動詞**た**形「**悩んだ**（煩惱）」後方，因此得確認括號後方連接的內容「**休学して試験の対策をすることに決めた**（決定休學制定應考策略）」。加上前方內容表示「她經深思熟慮後，為滿足插班條件，決定休學制定應考策略」最為適當，因此答案為 3 **すえに**。建議一併熟記其他選項的意思。

單字 **悩む なやむ**動煩惱｜**編入 へんにゅう**名插班
条件 じょうけん名條件｜**満たす みたす**動滿足
休学 きゅうがく名休學｜**試験 しけん**名考試
対策をする たいさくをする 準備解決方法
決める きめる動決定｜**～とたん** ～中途
～たすえに ～之後最終｜**～たあまり** 過度～
～たいじょう 既然～

36

那個人曾作為演員被邀請參加國際電影節，與其說是偶像（　　）更接近女演員。

1　假設　　**2　不如**
3　一點也不　　4　完全

解析 本題要根據文意，選出適當的副詞。括號後方連接「**女優に近い**（更接近女演員）」，表示「與其說她是偶像，倒不如說是女演員」語意最為通順，因此答案為 2 **むしろ**。

單字 **俳優 はいゆう**名演員
国際映画祭 こくさいえいがさい名國際電影節
招待 しょうたい 招待｜**アイドル**名偶像
女優 じょゆう名女演員｜**かりに**副假設｜**むしろ**副不如
ちっとも副一點也不｜**さっぱり**副完全

37

在制定活動計畫時因為跟朋友聊天而（　　）前輩嚴厲（　　）。

1　被…斥責　　2　認為會讓…斥責
3　斥責了吧　　4　變得斥責了

解析 本題要根據文意，選出適當的文法句型。整句話表示「在制定活動計劃的過程中，跟朋友閒聊起來，所以被前輩訓斥了一番」語意最為通順，因此答案為 1 **叱られてしまった**。此處的「**叱られる**」為「**叱る**」的被動形。2 **叱らせる**為「**叱**

る」的使役形；4 **叱れる**為「**叱る**」的可能形。

單字 **活動計画 かつどうけいかく**名活動計畫｜**立てる たてる**名制定
～ている最中 ～ているさいちゅう 正在～的時候
おしゃべり名閒聊｜**先輩 せんぱい**名前輩、學長姊
うんと副非常地、程度高地｜**叱る しかる**動斥責

38

從我小時候就一直種在院子裡的松樹突然枯死了，（　　）。
1　想要遺憾　　**2　非常遺憾**
3　希望能遺憾　　4　決定要遺憾

解析 本題要根據文意，選出適當的文法句型。整句話表示「從小種在院子裡的松樹突然枯萎了，令人感到相當惋惜」語意最為通順，因此答案為 2 **残念でならなかった**。建議一併熟記其他選項的意思。

單字 **植わる うわる**動種著｜**松の木 まつのき**名松樹
急に きゅうに副突然地｜**枯れる かえる**動枯
～てほしい 希望～｜**～てならない** 非常
～（よ）うとする 要～

39

感覺受到社群軟體（　　）各式社群網站的影響，基於不正確的認知所做出的判斷變多了。
1　不論…　　2　懷著…
3　圍繞著…　　**4　以…為首**

解析 本題要根據文意，選出適當的文法。前半段表示「受 SNS 等各類社群網站的影響」語意最為通順，因此答案為 4 **はじめ**。建議一併熟記其他選項的意思。

單字 **色々だ いろいろだ**な形各式各樣的
コミュニティサイト名社群網站｜**影響 えいきょう**名影響
不正確だ ふせいかくだな形不正確的｜**認識 にんしき**名認知
～に基づく ～にもとづく 基於～｜**判断 はんだん**名判斷
気がする きがする動感覺｜**～をとわず** 不論～
～をこめて 懷著～｜**～をめぐって** 圍繞著～
～をはじめ 以～為首

40

將行李擺在那裡，（　　）會妨礙到路過的人。
1　絕對…　　2　不過是…
3　不可能…　　4　並不是…

解析 本題要根據文意，選出適當的文法句型。整句話表示「如果把行李放在那裡，肯定會妨礙路過的人」語意最為通順，因此答案為 1 **なるにちがいない**。建議一併熟記其他選項的意思。

單字 **荷物 にもつ**名行李｜**きっと**副一定｜**通る とおる**動通過
邪魔 じゃま名妨礙｜**～にちがいない** 絕對～
～にすぎない 不過是～｜**～はずがない** 不可能～
～というものではない 並不是～

41

才剛結婚還沒有買房的錢，所以（　　）。
1　也沒有試圖借錢　　2　不可能借錢
3　只能借錢　　4　並不是說借了錢

解析 本題要根據文意，選出適當的文法句型。後半段表示「沒有足夠的錢買房子，所以只能用借的」語意最為通順，因此答案為 3 **借りるしかあるまい**。建議一併熟記其他選項的意思。

單字 **～たばかりだ** 才剛～｜**足りない たりない** 不夠
借りる かりる動借｜**～（よ）うとする** 要～
～こともない 不可能～｜**～っこない** 根本不可能～
～しかあるまい 只能～｜**～わけではない** 並不是～

42

（鋼琴教室裡）
學生「這首曲子很難，我不太可能彈。」
老師「（　　）反覆練習（　　）是不會知道彈不彈得了的。」
1　試著做了…才會…　　2　如果要試著…的話
3　即使不試著…　　**4　不試著…的話**

解析 本題要根據對話內容，選出適當的文法句型。根據情境，老師告訴學生，若未經反覆練習，便無從得知自己有沒有辦法彈奏，因此答案要選 4 **みてからでないと**。建議一併熟記其他選項的意思。

單字 **ピアノ教室 ピアノきょうしつ**名鋼琴教室｜**曲 きょく**名曲子
～そうにない 不可能～｜**重ねる かさねる**動重疊
～かどうか 是否～｜**～てはじめて** ～之後才
～（よ）うものなら 要～的話｜**～（よ）うとしない** 不打算～
～てからでないと 如果不～的話

43

部門內的員工們向以「非常開心（　　）各位」打招呼的新進員工投以溫暖的目光。
1　做（尊敬語）　　2　看（謙讓語）
3　見面（尊敬語）　　**4　見到（謙讓語）**

解析 本題要根據文意，選出適當的敬語。新進員工向部門內的員工問候，以「**お目にかかれて、うれしいです**（很高興見到大家）」最適當，因此答案為 4 **お目にかかれて**。此處的「**お目にかかれる**」為「**お目にかかる**」的可能形，而「**お目にかかる**」為「**会う**」的謙讓語。1 **なさって**為「**する**」的尊敬語；2 **拝見して**為「**見る**」的謙讓語；3 **おあいになれて**為「**会う**」的尊敬語。

單字 **新人社員 しんじんしゃいん**名新職員｜**うれしい**い形開心
あいさつ名問候｜**部署内 ぶしょない**名部門內
社員 しゃいん名公司職員｜**視線 しせん**名視線
注ぐ そそぐ動傾注｜**なさる**動做（する之尊敬語）
拝見する はいけんする動看（見る之謙讓語）
おあいになる動見到（会う之尊敬語）

お目にかかる動 見到（会う之謙讓語）

44

A「我想要去看那部新電影，內容如何？」
B「雖然沒有緊張感，不過（　　）人心（　　）。」
1　有撼動…的東西　　2　有撼動…的價值
3　不見得撼動了…　　4　沒有撼動…

解析 本題要根據對話內容，選出適當的文法句型。根據情境，A詢問B對某部電影的感想，B回答「雖然缺乏緊張感，卻有打動人心之處」最為適當，因此答案為1**を動かすものがあった**。建議一併熟記其他選項的意思。

單字 **新作映画 しんさくえいが**名 新電影｜**思う おもう**動 想
緊張感 きんちょうかん名 緊張感｜**心 こころ**名 心
動かす うごかす動 使移動｜**動く うごく**動 移動、動
～ものがある 確實～｜**～がいがある** 有～的價值
～わけがない 不可能～｜**～ことはない** 不必～

實戰測驗 3

p.218

33 3	**34** 1	**35** 3	**36** 3	**37** 2
38 3	**39** 4	**40** 4	**41** 2	**42** 1
43 4	**44** 3			

問題7　請從1、2、3、4的選項中，選出最適合填入文中括號者。

33

（　　）學生時代時是感情很好的朋友，畢業後因為雙方都忙碌，甚至沒有再聯絡了。
1　因為　　2　所謂
3　明明　　4　因為

解析 本題要根據文意，選出適當的助詞。括號後方連接「**連絡すらしなくなった**（不再聯絡）」，整句話表示「本來學生時代是好朋友，畢業後彼此都很忙，便不再聯絡」語意最為通順，因此答案為3**のに**。

單字 **学生時代 がくせいじだい**名 學生時代｜**仲 なか**名 關係
卒業 そつぎょう名 畢業｜**～てから** ～之後
お互い おたがい名 互相｜**連絡 れんらく**名 聯絡
～すら助 連～｜**～ので**助 因此～｜**～とは**助 所謂～
～のに助 明明～｜**～から**助 因為～

34

這本雜誌（　　）封面很美，美到就算不讀，單純買來裝飾房間也很棒。
1　單看…就　　2　按照…
3　因為…　　4　作為…

解析 本題要根據文意，選出適當的文法。四個選項皆可置於名詞「**表紙**（封面）」的後方，因此得確認括號後方連接的內容「**素敵で**（很好看）」。整句話表示「這本雜誌的封面很好看，光是買來裝飾房間就夠了」最為適當，因此答案為1**からして**。建議一併熟記其他選項的意思。

單字 **雑誌 ざっし**名 雜誌｜**表紙 ひょうし**名 封面
素敵だ すてきだな形 極佳的｜**ただ**副 只是｜**かざる**動 裝飾
～からして 單從～來看就｜**～しだいで** 按照～
～だって 聽說～｜**～として** 作為～

35

（　　）在日本工作的外國人數增加，需要日語教育的兒童數量也在增加。
1　有關…　　2　按照…
3　伴隨著…　　4　以…為基礎

解析 本題要根據文意，選出適當的文法。四個選項皆可置於名詞「**増加**（增加）」的後方，因此得確認括號後方連接的內容「**日本語指導が必要な子どもの数も増えている**（需要日語教學的孩童數量也在增加）」。加上前方內容表示「隨著在日本工作的外國人增加，需要日語教學的孩童數量也在增加」最為適當，因此答案為3**とともに**。建議一併熟記其他選項的意思。

單字 **日本 にほん**名 日本｜**増加 ぞうか**名 增加
日本語 にほんご名 日語｜**指導 しどう**名 指導
必要だ ひつようだな形 必要的｜**数 かず**名 數量
増える ふえる動 增加｜**～について** 有關～
～に沿って ～にそって 按照～｜**～とともに** 隨著～
～をもとに 以～為基礎

36

在歐洲旅行時（　　）用了太多錢，儲蓄幾乎歸零。
1　不久後…　　2　終於…
3　無意中…　　4　只是…

解析 本題要根據文意，選出適當的副詞。括號後方連接「**お金を使いすぎてしまい**（花了太多錢）」，表示「去歐洲旅遊不小心花了太多錢」語意最為通順，因此答案為3**つい**。

單字 **ヨーロッパ旅行 ヨーロッパりょこう**名 歐洲旅行
貯金 ちょきん名 儲蓄｜**ほぼ**副 幾乎｜**状態 じょうたい**名 狀態
やがて副 不久｜**やっと**副 終於｜**つい**副 無意中｜**ただ**副 只是

37

我們的隊伍在公司內的指南書徵選展中獲得優勝，（　　）特休還獲得了機票。
1　先不論…　　**2　除了…之外**
3　不顧…　　4　因為是…

解析 本題要根據文意，選出適當的文法。四個選項皆可置於名詞

文法

「**特別有給休暇**（特別有薪休假）」的後方，因此得確認括號後方連接的內容「**航空券までもらった**（還獲得了機票）」。加上前方內容表示「我們團隊獲勝後，不僅得到了特別有薪休假，還獲得了機票」最為適當，因此答案為 2 **のみならず**。建議一併熟記其他選項的意思。

單字 **チーム** 名 隊伍 | **社内 しゃない** 名 公司內
マニュアル 名 說明書、指南書 | **公募展 こうぼてん** 名 公開徵選展
優勝 ゆうしょう 名 優勝、冠軍
特別有給休暇 とくべつゆうきゅうきゅうか 名 特休假
航空券 こうくうけん 名 機票 | **〜はさておき** 先不管〜
〜のみならず 不只是〜 | **〜もかまわず** 不顧〜
〜のことだから 因為〜

38

就算是有留過學，也不是每個人的英文會話實力都會大幅（　　）。

1　不愧是有提升　　2　也就是說會提升
3　不一定會提升　　4　絕對會提升

解析 本題要根據文意，選出適當的文法句型。整句話表示「不是每個出國留學過的人，英語會話能力都會大幅提升」語意最為通順，因此答案為 3 **伸びるとは限らない**。建議一併熟記其他選項的意思。

單字 **留学 りゅうがく** 名 留學 | **〜からといって** 雖說〜
英会話 えいかいわ 名 英語會話 | **実力 じつりょく** 名 實力
ぐんと 副 大幅改變 | **伸びる のびる** 動 增長
〜だけのことはある 不愧是〜
〜というわけだ 也就是〜
〜とは限らない 〜とはかぎらない 不一定〜
〜に決まっている 〜にきまっている 絕對〜

39

（　　）選擇讓自己做起來有幹勁的工作比較好。

1　不可能說…　　2　不是說不說…
3　說了之後再做　　**4　用不著說…**

解析 本題要根據文意，選出適當的文法句型。整句話表示「選擇讓自己有成就感的工作理所當然是件好事」語意最為通順，因此答案為 4 **言うまでもない**。建議一併熟記其他選項的意思。

單字 **やりがい** 名 有意義、有價值 | **選ぶ えらぶ** 動 選擇
〜わけがない 〜不可能 | **〜ないでもない** 也不是〜
〜てからにする 〜之後再 | **〜までもない** 用不著〜

40

（　　）百貨公司買朋友的禮物，（　　）去看在網路上看到的很喜歡的錢包。

1　去…的話…　　2　每次去…都…
3　去…碰巧…　　**4　去…順便…**

解析 本題要根據文意，選出適當的文法。整句話表示「去買朋友的禮物，也順便去看了錢包」語意最為通順，因此答案為 4 **行くついでに**。建議一併熟記其他選項的意思。

單字 **プレゼント** 名 禮物 | **ネット** 名 網路
気に入る きにいる 滿意、喜歡 | **〜たら** 〜的話
〜たびに 每次〜都〜 | **〜たところ** 〜的時候 | **〜ついでに** 順便〜

41

就算是簡單的料理，在做料理的過程中被誰盯著看的話就（　　）會趁只有自己一個人的時候先做好

1　就算說不太會緊張…　　**2　容易緊張，所以…**
3　好像不會緊張…　　4　因為打算要緊張…

解析 本題要根據文意，選出適當的文法句型。整句話表示「如果被人看到的話，往往會感到緊張，所以我會趁一個人的時候製作」語意最為通順，因此答案為 2 **緊張しがちなので**。建議一併熟記其他選項的意思。

單字 **簡単だ かんたんだ** な形 簡單的 | **過程 かてい** 名 過程
〜うちに 在〜過程中 | **緊張 きんちょう** 名 緊張
〜がたい 不容易〜 | **〜といって** 因為說〜
〜がちだ 容易會〜、傾向〜 | **〜そうにない** 不可能〜
〜（よ）うとする 打算要〜

42

（免稅店內）
客人「這裡可以免稅嗎？」
店員「是的，這裡有免稅服務。能夠（　　）您的護照嗎？」

1　看（謙讓語）　　2　出示（謙讓語）
3　看（尊敬語）　　4　拜訪（謙讓語）

解析 本題要根據對話內容，選出適當的敬語。根據情境，店員鄭重詢問顧客可否出示護照，以「**パスポートを拝見してもよろしいですか**（我可以看一下您的護照嗎？）」最合適，因此答案為 1 **拝見しても**。此處的「**拝見する**」為「**見る**」的謙讓語。2 **お目にかけても**為「**見せる**」的謙讓語；3 **ご覧になっても**為「**見る**」的尊敬語；4 **参っても**為「**来る**」的謙讓語。

單字 **免税店 めんぜいてん** 名 免稅店 | **客 きゃく** 名 客人
店員 てんいん 名 店員 | **利用 りよう** 名 利用 | **パスポート** 名 護照
拝見する はいけんする 動 看（見る之謙讓語）
お目にかける おめにかける 動 出示（見せる之謙讓語）
ご覧になる ごらんになる 動 看（見る之尊敬語）
参る まいる 動 來（来る之謙讓語）

43

回到家（　　）玄關，就因為魚腥味太強烈而將窗戶全部打開換氣。

1　一進入…　　2　沒有進入…
3　不得不進入…　　**4　進入…的瞬間**

解析 本題要根據文意，選出適當的文法句型。整句話表示「一進門就聞到一股魚腥味，趕緊打開窗戶通風」語意最為通順，

因此答案為 4 **入ったとたん**。建議一併熟記其他選項的意思。

單字 **臭い におい** 名 味道 | **酷い ひどい** い形 嚴重、強烈

慌てる あわてる 動 慌張 | **換気 かんき** 名 換氣

～たかと思うと ～たかとおもうと 一～就馬上～

～ことなく 沒有～ | **～よりほかない** 不得不～

～たとたん 一～的瞬間

44

父親即使（　　）醫師（　　），還是不打算戒菸。

1　警告　　　2　讓…警告

3　被…警告　　　4　被…強迫警告

解析 本題要根據文意，選出適當的文法。整句話表示「儘管父親被醫生提出警告，他還是不肯戒菸」語意最為通順，因此答案為 3 **注意された**。建議一併熟記其他選項的意思。此處的「**注意される**」為「**注意する**」的被動形。2 **注意させた**為「**注意する**」的使役形；3 **注意させられた**為「**注意する**」的使役被動形。

單字 **やめる** 動 放棄 | **～（よ）うとしない** 不打算要～

注意 ちゅうい 名 警告 | **～にもかかわらず** 即使～

實戰測驗 4

p.220

33 1	**34** 4	**35** 1	**36** 1	**37** 2
38 3	**39** 3	**40** 1	**41** 4	**42** 1
43 4	**44** 2			

問題 7　請從 1、2、3、4 的選項中，選出最適合填入文中括號者。

33

（學校裡）

學生「我要放棄留學夢。因為英文成績不見長進。」

老師「夢想是（　　）簡單放棄的喔。還有一年，努力看看吧。」

1　不應該　　　2　不可能…

3　絕對不會…　　　4　不是…的時候

解析 本題要根據對話內容，選出適當的文法。四個選項皆可置於動詞辭書形「**あきらめる**（放棄）」後方，因此得確認括號後方的內容「**あと１年間、がんばってみたら**（再努力一年看看）」。根據括號後方的內容，前方表示「不該輕易放棄夢想」語意最為通順，因此答案為 1 **ものではない**。建議一併熟記其他選項的意思。

單字 **留学 りゅうがく** 名 留學 | **あきらめる** 動 放棄

点数 てんすう 名 分數 | **伸びる のびる** 動 增長 | **夢 ゆめ** 名 夢想

簡単だ かんたんだ な形 簡單的 | **あと** 副 還有

がんばる 動 努力 | **～ものではない** 不應該～

～わけがない 不可能～ | **～はずがない** 絕對不會～

～どころではない 不是～的時候

34

（　　）他的存在，就沒辦法談日本電影史了。

1　因為有…　　　2　不是…的話

3　先不管…　　　**4　去掉…的話**

解析 本題要根據文意，選出適當的文法。四個選項皆可置於名詞「**存在**（存在）」的後方，因此得確認括號後方連接的內容「**語れない**（無法講述）」。整句話表示「沒有他的存在，便無法講述日本影史」最為適當，因此答案為 4 **を抜きにしては**。建議一併熟記其他選項的意思。

單字 **日本映画 にほんえいが** 名 日本電影 | **歴史 れきし** 名 歷史

存在 そんざい 名 存在 | **語る かたる** 動 說、談

～があってこそ 正因為有～ | **～でないことには** 不是～的話

～はともかく 先不管～

～を抜きにしては ～をぬきにしては 去掉～的話

35

原本長期低迷的景氣因為出口的大幅增加而逐漸（　　）。

1　持續回復　　　2　只能回復

3　難以回復　　　4　恐怕會回復

解析 本題要根據文意，選出適當的文法句型。整句話表示「由於出口大幅增加，經濟正在逐步復甦」語意最為通順，因此答案為 1 **回復しつつある**。建議一併熟記其他選項的意思。

單字 **長期化 ちょうきか** 名 長期化

景気低迷 けいきていめい 名 景氣低迷 | **輸出 ゆしゅつ** 名 出口

大幅だ おおはばだ な形 大幅的 | **増加 ぞうか** 名 增加

徐々に じょじょに 副 逐漸地 | **回復 かいふく** 名 回復

～つつある 持續～ | **～しかあるまい** 不得不～

～かねる 難以～ | **～おそれがある** 恐怕會～

36

（　　）山川有豐富的海外旅行經驗，知道各國的文化。

1　因為…（後接與前句相符的結果）

2　因為…（後接負面結果）

3　因為…（後接負面結果）

4　即使…

解析 本題要根據文意，選出適當的文法。四個選項皆可置於な形容詞語幹な「**豊富な**（豐富的）」的後方，因此得確認括號後方連接的內容「**いろいろな国の文化を知っている**（了解許多國家的文化）」。整句話表示「他有豐富的海外旅遊經驗，所以了解許多國家的文化」最為適當，因此答案為 1 **だけに**。建議一併熟記其他選項的意思。

單字 **海外 かいがい** 名 海外 | **経験 けいけん** 名 經驗

豊富だ ほうふだ な形 豐富的 | **いろいろだ** な形 各種的

文化 ぶんか 名 文化 | **～だけに** 因為～ | **～ばかりに** 因為～

～せいで 因為～ | **～ものの** 即使～

37

因為（　　）喜歡跑步，每天早上起來會到附近的公園跑步。

1　表示主詞之助詞　　**2　表示強調之意**
3　表示受詞之助詞　　4　表示同類型詞語的疊加

解析 本題要根據文意，選出適當的助詞。兩個括號前方皆連接「**好き**（喜歡）」，形容詞或動詞後方連接**で**，重複使用時可表示強調，因此答案要選 2 **で / で**。

單字 **近所 きんじょ**名附近｜**～が**助表示逆接｜**～で**助表示原因
～を助表示受詞｜**～も**助表示同類型詞語的疊加

38

（　　）接下了工作，就必須負起責任到最後，把工作完成。

1　結果…　　2　最終…
3　既然…　　4　一旦…就…

解析 本題要根據文意，選出適當的文法。選項 1 和 3 皆可置於動詞**た**形「**受けた**（接手）」的後方，因此得確認括號後方連接的內容「**完成させなければならない**（非完成不可）」。整句話表示「一旦接手了工作，就必須負責完成它」最為適當，因此答案為 3 **上は**。2「**末は**」要改成「**末に**」才能連接動詞**た**形；4「**次第**」前方要連接動詞**ます**形。

單字 **一度 ひとたび**副一旦｜**引き受ける ひきうける**動承接、肩負
最後 さいご名最後｜**責任を持つ せきにんをもつ** 負起責任
完成 かんせい名完成｜**～たあげく** 結果～
～た末に ～たすえに 最終～｜**～上は ～うえは** 既然～
～次第 ～しだい 一旦～就馬上～

39

這份文件需要家長簽名，因此（　　）與父親討論。

1　想要…　　2　不愧是…
3　必須要…　　4　不由得…

解析 本題要根據文意，選出適當的文法句型。整句話表示「這份文件需要父母的簽名，所以不得不跟父親商量」語意最為通順，因此答案為 3 **しないわけにはいかない**。建議一併熟記其他選項的意思。

單字 **書類 しょるい**名文件｜**親 おや**名雙親｜**サイン**名簽名
必要だ ひつようだな形必要的｜**相談 そうだん**名討論
～ものだ 就該～｜**～だけのことはある** 不愧是～
～ないわけにはいかない 不得不～
～ずにはいられない 不由得～

40

一旦在契約書上簽名了，訂單就（　　）了吧。

1　不能取消　　2　只能取消
3　打算要取消　　4　難以取消

解析 本題要根據文意，選出適當的文法句型。整句話表示「一旦簽訂合約，便無法取消訂單」語意最為通順，因此答案為 1 **取り消すことはできない**。建議一併熟記其他選項的意思。

單字 **契約書 けいやくしょ**名契約書｜**サイン**名簽名
～た以上 ～たいじょう 既然～｜**注文 ちゅうもん**名訂購
取り消す とりけす動取消｜**～ことができる** 可以～
～しかない 只能～｜**～（よ）うとする** 打算要～
～かねる 難以～

41

我和鈴木在派對上交換名片（　　），一次也沒見過。

1　光是…　　2　不太…
3　只有…　　**4　之後就…**

解析 本題要根據文意，選出適當的文法。四個選項皆可置於動詞**た**形「**交換した**（交換）」的後方，因此得確認括號後方連接的內容「**一度も会っていない**（從來沒見過面）」。加上前方內容表示「交換名片後，從來沒見過面」最為適當，因此答案為 4 **きり**。建議一併熟記其他選項的意思。

單字 **名刺 めいし**名名片｜**交換 こうかん**名交換｜**一度 いちど**名一次
～たばかりだ 才剛～｜**～たあまり** 過於～｜**～のみ**助只有～
～たきり ～之後就

42

他將那個作品當作（　　）自己創作的一樣在網路上發表。

1　彷彿　　2　例如
3　怎麼會…　　4　不巧

解析 本題要根據文意，選出適當的副詞。括號後方連接「**自分が作ったかのようにインターネット上に発表した**（像是自己的創作般，發表在網路上）」，整句話表示「他把那幅作品當成是自己創作般，發表在網路上」語意最為通順，因此答案為 1 **あたかも**。

單字 **作品 さくひん**名作品｜**インターネット**名網路
発表 はっぴょう名發表｜**あたかも**副宛若｜**たとえる**動比喻
まさか副怎麼會｜**あいにく**副不巧

43

這間市立圖書館的會議室，只要是 18 歲以上的市民誰都（　　），歡迎隨時提出申請。

1　請使用（尊敬語）　　2　使用（二重敬語）
3　讓我使用（謙讓語）　　**4　可以使用（尊敬語）**

解析 本題要根據文意，選出適當的敬語。整句話表示「只要是年滿 18 歲的市民都可以使用，歡迎隨時提出申請」語意最為通順，因此答案為 4 **ご利用になれます**。此處的「**ご利用になれる**」是「**ご利用になる**」的可能形，「**ご利用になる**」是「**利用する**」的尊敬表現。

單字 **市立図書館 しりつとしょかん**名市立圖書館
会議室 かいぎしつ名會議室｜**市民 しみん**名市民
申し出る もうしでる動提出、報名

44

（　　）天氣好的時候從這邊（　　）富士山，所以這個公園

被稱作「富士見台公園」。
1 一…就發現… **2 因為…可以看到…**
3 既然打算看到就… 4 因為…看到…

解析 本題要根據文意，選出適當的文法句型。整句話表示「這裡天氣好的時候看得見富士山，因此這座公園被稱作富士見台公園」語意最為通順，因此答案為 2 **が見えることから**。建議一併熟記其他選項的意思。

單字 **富士山 ふじさん** 名 富士山 | **見える みえる** 動 看得見
～たところだ 才剛剛～ | **～ことから** 因為～
～からには 既然～就～ | **～によって** 根據～

實戰測驗 5

p.222

33 2	**34** 3	**35** 2	**36** 2	**37** 1
38 2	**39** 4	**40** 3	**41** 3	**42** 2
43 4	**44** 2			

問題 7 請從 1、2、3、4 的選項中，選出最適合填入文中括號者。

33

今年新人獎的發表（　），想請去年的得獎者發表評語。
1 根據… **2 在…之際**
3 不顧… 4 隨著…

解析 本題要根據文意，選出適當的文法。四個選項皆可置於名詞「発表（宣布）」的後方，因此得確認括號後方連接的內容「**昨年の受賞者よりコメントをいただきたい**（想聽聽去年獲獎者的評論）」。加上前方內容表示「在宣布今年的新人獎時，想聽聽去年獲獎者的評論）」最為適當，因此答案為 2 **にあたり**。建議一併熟記其他選項的意思。

單字 **新人賞 しんじんしょう** 名 新人獎
受賞者 じゅしょうしゃ 名 得獎者 | **コメント** 名 評論
～と思う ～とおもう 認為～、想～ | **～によって** 根據～
～にあたり 在～之際 | **～もかまわず** 不顧～
～にしたがって 依循～

34

在（　）面試時行動電話響了，所以沒有通過。
1 接受（普通體） 2 接受（連用形）
3 接受（現在進行式） 4 接受（現在進行式連用形）

解析 本題要根據文意，選出適當的動詞形態。括號後方連接「最中」，表示括號適合填入的動詞形態為「**て形＋いる**」，因此答案為 3 **受けている**。整句話表示「在我參加面試的時候，剛好手機響起，所以最後沒能通過」。

單字 **面接試験 めんせつしけん** 名 面試
～最中 ～さいちゅう 正在～的時候
携帯電話 けいたいでんわ 名 手機 | **鳴る なる** 動 響聲
不合格 ふごうかく 名 不及格、不通過 | **受ける うける** 動 接受考試

35

A「女兒跟我說想要一個人去國外旅行。」
B「你女兒什麼都做得到，非常能幹，（　）也沒關係吧。」
1 為了她去 **2 讓她去**
3 為了我去 4 讓我去

解析 本題要根據對話內如，選出適當的文法句型。根據情境，B 表示女兒善於做任何事，是個可靠的孩子，可以讓她自己去旅行，因此答案為 2 **行かせてあげても**。此處的「**行かせてあげる**」為使役＋授受的用法，表示第二人稱同意、允許第三人稱做某項行為。

單字 **娘 むすめ** 名 女兒 | **海外旅行 かいがいりょこう** 名 國外旅行
しっかり 副 確實、身心健全

36

今年夏天缺水。蔬菜（　）也會漲價吧。
1 絕對 **2 恐怕**
3 一點也不 4 想不到

解析 本題要根據文意，選出適當的副詞。括號後方連接「**野菜が値上がりするだろう**（菜價會上漲）」，整句話表示「菜價恐怕會上漲」語意最為通順，因此答案為 2 **おそらく**。

單字 **水不足 みずぶそく** 名 缺水 | **値上がり ねあがり** 名 漲價
決して けっして 副 絕對 | **おそらく** 副 恐怕
少しも すこしも 副 一點也 | **まさか** 副 想不到

37

過去減肥了好幾次都失敗了，不過這次（　）發誓一定要成功。
1 （表示強調） 2 只有…
3 只有… 4 …的話

解析 本題要根據文意，選出適當的助詞。括號後方連接「**成功させると誓った**（發誓要成功）」，整句話表示「我曾多次減肥失敗，但我發誓這次一定要成功」語意最為通順，因此答案為 1 **こそ**。

單字 **ダイエット** 名 減肥、節食 | **失敗 しっぱい** 名 失敗
今回 こんかい 名 這次 | **成功 せいこう** 名 成功
誓う ちかう 動 發誓 | **～こそ** 助 表示加強語氣 | **～きり** 助 只有～
～しか 助 只有～ | **～なら** 助 ～的話

38

就算要我打電話，我也不知道聯絡方式，所以（　）。
1 可能會聯絡 **2 沒辦法聯絡**
3 難以聯絡 4 不可能聯絡

解析 本題要根據文意，選出適當的文法句型。整句話表示「就算要我打電話也沒辦法，因為根本不知道聯絡方式」語意最為通順，因此答案為 2 **連絡しようがない**。建議一併熟記其他選項的意思。

單字 **連絡先 れんらくさき**名聯絡方式 | **～かねない** 也許會～
～ようがない 沒辦法～ | **～がたい** 難以～ | **～える** 可能會～

39

就算說是特價（　　）只要便宜就好。品質也很重要。

1　不是…的時候　　2　不可能…
3　也就是說…　　**4　也不是…**

解析 本題要根據文意，選出適當的文法句型。整句話表示「就算有優惠，也不表示只要便宜就好，品質也很重要」語意最為通順，因此答案為 4 **というものではない**。建議一併熟記其他選項的意思。

單字 **セール**名特賣 | **ただ**副只是 | **質 しつ**名品質
～どころではない 不是～的時候 | **～はずがない** 不可能～
～というわけだ 也就是說～ | **～というものではない** 不是說～

40

她說希望我不要告訴任何人，不過我忍不住（　　）誰。

1　想讓…說話　　2　希望…說話
3　想告訴…　　4　難以告訴…

解析 本題要根據文意，選出適當的文法句型。整句話表示「雖然她叫我不要告訴任何人，但我還是忍不住想跟別人說」語意最為通順，因此答案為 3 **話したくて**。建議一併熟記其他選項的意思。

單字 **～てほしい** 希望～ | **～てたまらない** 非常～
～がたい 難以～

41

對地位高的人（　　）說出這麼失禮的話。

1　不必　　2　莫過於
3　不應該　　4　只能

解析 本題要根據文意，選出適當的文法句型。整句話表示「不應該對長輩說出那種不禮貌的話」語意最為通順，因此答案為 3 **べきではない**。建議一併熟記其他選項的意思。

單字 **目上の人 めうえのひと**名地位較高者
失礼だ しつれいだな形失禮的 | **～ことはない** 不必～
～に越したことはない ～にこしたことはない 莫過於～
～べきではない 不應該～ | **～よりほかない** 只能～

42

（在餐廳裡）
A「您點的是這份套餐對吧。飲料要（　　）什麼呢？」
B「我要咖啡。」

1　喝（謙讓語）　　2　做（尊敬語）
3　喝（尊敬語）　　4　給（尊敬語）

解析 本題要根據對話內容，選出適當的敬語。根據情境，A 鄭重向客人詢問要什麼飲料，適合使用「**お飲み物は何になさいますか**（請問您想要什麼飲料？）」，因此答案為 2 **なさいます**。此處的「**なさる**」為「**する**」的尊敬語。
1 いただきます為「飲む」的謙讓語；3 めしあがります為「飲む」的尊敬語；4 くださいます為「くれる」的尊敬語。

單字 **注文 ちゅうもん**名點餐 | **セット**名套餐
いただく動喝（飲む之謙讓語） | **なさる**動做（する之尊敬語）
めしあがる動喝（飲む之謙讓語）
くださる動給（くれる之尊敬語）

43

（　　）沒忘記，先記下讀完這本書後的感想吧。

1　到…為止　　2　…的時候
3　在…的時候　　**4　趁…之前**

解析 本題要根據文意，選出適當的文法。整句話表示「要趁還沒忘記前，把這本書的讀後感記下來」語意最為通順，因此答案為 4 **うちに**。建議一併熟記其他選項的意思。

單字 **感想 かんそう**名感想 | **メモ**名筆記 | **～までに** 到～為止
さい名時候 | **あいだ**名之間 | **～ないうちに** 還沒～之前

44

A「上次的考試結果超級慘。我乾脆放棄念書好了。」
B「（　　）一次（　　）就放棄，真不像你的作風。」

1　才失敗…的程度而已（文法錯誤）
2　才失敗…而已
3　正因為失敗…
4　既然失敗了…

解析 本題要根據文意，選出適當的文法句型。整句話表示「失敗一次就要放棄，真不像你的作風」語意最為通順，因此答案為 2 **失敗したくらいで**。建議一併熟記其他選項的意思。

單字 **この間 このあいだ** 最近 | **試験 しけん**名考試
あきらめる動放棄 | **～ほど**助表示程度 | **～くらい**助表示程度
～てこそ 正因為～ | **～た以上 ～たいじょう** 既然～

問題8 句子的組織

實力奠定

p.226

01 ①	02 ③	03 ③	04 ①	05 ②
06 ②	07 ③	08 ②	09 ①	10 ①
11 ①	12 ③	13 ③	14 ②	15 ①
16 ③	17 ②	18 ②	19 ①	20 ③

01

一個月賺一千萬元，★對我而言就如同作夢一般的事。

1 從…來看　　2 作夢

3 我

單字 **稼ぐ かせぐ**動賺錢 | **～からすると** 從～看來 | **夢 ゆめ**名夢

02

選擇職業時★先不論薪資，適不適合自己才是最重要的。

1 跟自己　　2 薪水

3 姑且不論

單字 **職業 しょくぎょう**名職業 | **選ぶ えらぶ**動選擇
向いている むいている 適合 | **～かどうか** 是否～
給料 きゅうりょう名薪水 | **～はともかく** 先不論～

03

客人漸漸減少，已經到了不得不★考慮關店的狀況了。

1 收店　　2 必須

3 考慮

單字 **客 きゃく**名客人 | **どんどん**副逐漸 | **減る へる**動減少
状況 じょうきょう名狀況 | **閉店 へいてん**名收店
～ざるをえない 不得不～ | **考える かんがえる**動思考

04

新的主題樂園★逐漸完成，因此民眾也越來越期待。

1 逐漸完成　　2 因此

3 主題樂園

單字 **人々 ひとびと**名人們 | **期待 きたい**名期待 | **どんどん**副逐漸
膨らむ ふくらむ動膨脹、增加 | **完成 かんせい**名完成
～つつある 正在持續～ | **テーマパーク**名主題樂園

05

女兒一週前★去了法國之後，都還沒有聯絡我，讓人擔心。

1 之後　　**2 去**

3 法國

單字 **娘 むすめ**名女兒 | **一週間 いっしゅうかん**名一個禮拜
連絡 れんらく名聯絡 | **心配 しんぱい**名擔心
～きり 在～之後 | **フランス**名法國

06

山田的畫作，不光是在★日本，在全亞洲售價都很高。

1 畫作　　**2 日本**

3 不只是

單字 **アジア**名亞洲 | **全域 ぜんいき**名全區 | **価格 かかく**名價格
日本 にほん名日本 | **～のみならず** 不只是～

07

她每次★吃美味的食物時，都會拍照並上傳至自己的社群網站。

1 美味的食物　　2 每次

3 吃

單字 **アップする** 上傳 | **～たびに** 每次～

08

我認為★正因為各位努力付出，才能得到這次的成果。

1 付出（努力）　　**2 正因為**

3 才能有的

單字 **今回 こんかい**名這次 | **成果 せいか**名成果
努力 どりょく名努力 | **思う おもう**動想 | **～からこそ** 正因為～

09

我雖然腦袋不好，但我★以腦袋差的方式花時間念書。

1 以…的方式　　2 腦袋不好的

3 （花費）時間

單字 **かける**動花費時間 | **～なりに** 以～的方式

10

他說：「考上志願的大學了，★開心得不得了」。

1 開心　　2 …得不得了

3 考上了

單字 **望む のぞむ**動希望 | **嬉しい うれしい** い形開心
～てしょうがない ～得不得了 | **合格 ごうかく**名合格、通過考試

11

隨著時間流逝，初戀★女友的長相也都忘了。

1 女友的　　2 連…的臉也

3 初戀的

單字 **経つ たつ**動時間經過 | **～すら** 連～ | **初恋 はつこい**名初戀

12

經濟方面，除了消費減少之外，★再加上出口越趨嚴峻，狀況不斷惡化。

1 消費的減少　　2 連出口

3 再加上

單字 **経済 けいざい**名經濟 | **厳しい きびしい** い形嚴峻
～一方だ ～いっぽうだ 持續～ | **消費 しょうひ**名消費
減少 げんしょう名減少 | **輸出 ゆしゅつ**名出口
～に加えて ～にくわえて 再加上

文法

13

對社會的發展而言，★<u>技術的</u>進步是相當重要的事。

1　對…來說　　2　發達

3　技術的

單字 **社会 しゃかい**名社會｜**発展 はってん**名發展

重要だ じゅうようだな形重要的｜**～にとって** 對～來說

発達 はったつ名發達｜**技術 ぎじゅつ**名技術

14

苦惱了很久後，最終決定★<u>主角的</u>名字就叫健太。

1　名字　　**2　主角的**

3　最終

單字 **間 あいだ**名期間｜**悩む なやむ**動煩惱

決める きめる動決定｜**主人公 しゅじんこう**名主角

～たあげく ～最終

15

在家門前貼了一張公告寫著「請★<u>不要丟</u>垃圾在這裡」。

1　不要丟　　2　請

3　垃圾

單字 **貼り紙 はりがみ**名公告｜**捨てる すてる**動丟棄｜**ゴミ**名垃圾

16

因為太忙了，所以有一本書從上禮拜起只讀★<u>到一半</u>就放著，那本書最終被放回書架了。

1　讀　　2　放著

3　到一半

單字 **結局 けっきょく**名最終｜**戻す もどす**動歸回原位

～かける ～做到一半｜**～まま** 維持～的狀態

17

要開始★<u>做</u>一件事<u>之前</u>，應該先對自己抱有信心。

1　對自己　　**2　之前**

3　開始做

單字 **自信 じしん**名自信｜**～べきだ** ～應該

～に先立って ～にさきだって 在…之前先行

始める はじめる動開始

18

從小就拼命★<u>練習</u>而得到回報，他成為了世界首屈一指的選手。

1　拼命　　**2　練習**

3　…有所回報

單字 **幼い おさない**い形幼小的｜**世界 せかい**名世界

選手 せんしゅ名選手｜**一生懸命 いっしょうけんめい**副努力地

～かいがある 有～的價值、～有了回報

19

★<u>正是</u>因為有確實的準備，才一口氣通過了審查。

1　正是　　2　因為有

3　準備

單字 **しっかり**副確實地｜**一気に いっきに**副一口氣

審査 しんさ名審查｜**パス**名通過

～だけのことはある 不愧是～、正因為～｜**準備 じゅんび**名準備

20

這間店不能用信用卡，只能★<u>用現金</u>支付，大家都沒有現金所以很苦惱。

1　不能用　　2　只能以…支付

3　用現金

單字 **カード**名卡片｜**全員 ぜんいん**名所有成員、大家

現金 げんきん名現金｜**払う はらう**動支付｜**～しかない** 只～

實戰測驗 1

p.228

45 3　**46** 4　**47** 3　**48** 1　**49** 2

問題 8　請從下列選項中選出最適合填入句中 ★ 處之選項。

45

雖然拒絕了朋友的委託很多次了，但還是★<u>敗給了</u>過度糾纏不休的朋友，最後還是接受了。

1　過度的　　2　接受

3　敗給了　　4　煩人

解析 本題沒有需連接特定詞性或文法的選項，因此要根據文意，將四個選項排列成 1 **あまりの**　4 **しつこさに**　3 **負けて**　2 **引き受けて**（一直糾纏不休，最後還是接受），答案為 3 **負けて**。

單字 **依頼 いらい**名委託｜**断る ことわる**動拒絕

～てしまう 表示動作完結或後悔、遺憾｜**あまり**副過度

引き受ける ひきうける動接受

負ける まける動輸｜**しつこさ**名煩人、執拗

46

明天下午關東地區有可能受到颱風侵襲，★<u>因此</u>取消了預定行程。

1　有…的可能性　　2　取消了預定行程

3　颱風來　　**4　因此**

解析 1 **おそれがある**要置於動詞辭書形後方，因此可以先排列出 3

台風が来る　1 **おそれがある**（擔心有颱風來）。接著根據文意，再將其他選項一併排列成 3 **台風が来る**　1 **おそれがある**　4 **ので**　2 **予定をキャンセル**（擔心有颱風來，所以取消了預定行程），答案為 4 **ので**。

單字 **関東地方 かんとうちほう** 名 關東地區
～おそれがある 有～的可能性｜**予定 よてい** 名 預定行程
キャンセル 名 取消｜**台風 たいふう** 名 颱風

47

他昨天好像完全沒睡，一坐到座位上，演唱會正準備★要開始的時候就睡著了。

1　正準備	2　的時候
3　要開始	4　演唱會

解析 1 當中的「**か**」和 3 當中的「**ないか**」，再加上 2 **のうちに**可組合成文法「**～か ... ないかのうちに**（一……就）」，因此可以先排列出 1 **始まるか**　3 **始まらないか**　2 **のうちに**（開始沒多久就）。接著根據文意，再將其他選項一併排列成 4 **コンサートが**　1 **始まるか**　3 **始まらないか**　2 **のうちに**（演唱會開始沒多久就），因此答案為 3 **始まらないか**。

單字 **全然 ぜんぜん** 副 完全｜**眠る ねむる** 動 睡
席 せき 名 座位｜**～てしまう** 表示動作完結或後悔、遺憾
～か…ないかのうちに 一～就馬上～
コンサート 名 演唱會

48

他雖然年輕卻經驗豐富，★難怪會被稱為老手。

1　難怪	2　老手
3　會	4　被稱作

解析 1 **だけの**和 3 **ことは**可搭配**ある**組合成文法「**～だけのことはある**（值得……）」，因此可以先排列出 1 **だけの**　3 **ことはある**（值得）。另外，**だけのことはある**要置於動詞普通形後方，因此可以排列出 4 **呼ばれている**　1 **だけの**　3 **ことは**（值得被稱為），接著根據文意，再將其他選項一併排列成 2 **ベテランと** 4 **呼ばれている**　1 **だけの**　3 **ことは**（稱得上是老手），因此答案為 1 **だけの**。

單字 **若い わかい** い形 年輕｜**経験 けいけん** 名 經驗
豊富だ ほうふだ な形 豐富的｜**～だけのことはある** 真不愧是～
ベテラン 名 老手

49

據說因為我們過著方便的生活，★因此而消耗了大量能源，才造成地球暖化加重。

1　能源	**2　因此**
3　消耗了	4　許多的

解析 本題沒有需連接特定詞性或文法的選項，因此要根據文意，將四個選項排列成 4 **多くの**　1 **エネルギーを**　3 **消費した**　2 **ことから**（因而消耗了大量的能源）。★置於第四格，所以答案為 2 **ことから**。

單字 **私達 わたしたち** 名 我們｜**生活 せいかつ** 名 生活
地球温暖化 ちきゅうおんだんか 名 地球暖化
進む すすむ 動 進行
言われる いわれる 據說、被說｜**エネルギー** 名 能源
消費 しょうひ 名 消耗、消費｜**多く おおく** 名 許多

實戰測驗 2　p.230

45	46	47	48	49
2	1	2	4	3

問題 8　請從下列選項中選出最適合填入句中 ★ 處之選項。

45

如果當初知道會因過勞倒下而住院。與其積極去承攬所有事情，倒不如從一開始就明確拒絕自己★認為絕對不可能做到的事情就好了。

1　不論如何都積極地	**2　認為絕對做不到的事**
3　比起接受	4　從一開始就明確拒絕

解析 本題沒有需連接特定詞性或文法的選項，因此要根據文意，將四個選項排列成 1 **なんでも積極的に**　3 **引き受けようとするより**　2 **絶対無理だと思うものは**　4 **最初からはっきり断った方が**（與其積極去承擔所有事情，倒不如從一開始就明確拒絕自己認為絕對不可能做到的事情），因此答案為 2 **絶対無理だと思うものは**。

單字 **過労 かろう** 名 過勞｜**倒れる たおれる** 動 倒下
入院 にゅういん 名 住院｜**思う おもう** 動 想
積極的だ せっきょくてきだ な形 積極的｜**絶対 ぜったい** 副 絕對
無理 むり 名 勉強、做不到｜**引き受ける ひきうける** 動 承接
はっきり 副 清楚地｜**断る ことわる** 動 拒絕
～た方がよい ～たほうがよい ～比較好

46

我們公司因順利達成★目標而舉辦了慶祝活動，在三年之內確實得到了 1000 名顧客。

1　的目標	2　確實拿下了
3　完美的達成了	4　…的

解析 本題沒有需連接特定詞性或文法的選項，因此要根據文意，將四個選項排列成 2 **確実に確保する**　4 **という**　1 **目標を**　3 **見事に達成して**（順利達成確保…的目標），因此答案為 1 **目標を**。

單字 **～に渡って ～にわたって** 表示時間或空間範圍
以上 いじょう 名 以上｜**顧客 こきゃく** 名 顧客
お祝い おいわい 名 祝賀、慶祝｜**催し もよおし** 名 活動
行う おこなう 動 舉行｜**目標 もくひょう** 名 目標
確実だ かくじつだ な形 確實地｜**確保 かくほ** 名 確保

見事だ みごとだ㊡出色的｜**達成 たっせい**㊔達成
～という ～這樣的

47

有時會因為找不到東西★而感到慌張，所以決定一個禮拜打掃一次房間以維持房間整潔。

1　物品　　**2　而感到慌亂**
3　的經驗　　4　不論如何都找不到

解析 本題沒有需連接特定詞性或文法的選項，因此要根據文意，將四個選項排列成 1 **ものが**　4 **どうしても見つからなくて**　2 **慌ててしまう**　3 **ことが**（有時會因為找不到東西而感到慌張），因此答案為 2 **慌ててしまう**。

單字 **必要だ ひつようだ**㊡必要的｜**保つ たもつ**㊍維持
慌てる あわてる㊍慌亂｜**見つかる みつかる**㊍找到

48

姊姊在外面★全心熱衷於工作，與之相反，她在家別說是家事了，根本什麼事都不打算做。

1　與其相反　　2　只
3　工作　　**4　全心熱衷於**

解析 1 **に反して**要置於名詞後方，可以先排列出 3 **仕事**　1 **に反して**（與工作相反）和 4 **夢中になるの**　1 **に反して**（與沈迷於其中相反）兩種組合。接著根據文意，再將其他選項一併排列成 3 **仕事**　2 **ばかりに**　4 **夢中になるの**　1 **に反して**（與埋首於工作相反），答案為 4 **夢中になるの**。

單字 **家事 かじ**㊔家事｜**～どころか** 別說～連～｜**まったく**㊓完全不
～（よ）うとしない 不打算做～
～に反して ～にはんして 與～相反｜**～ばかり** 只～
～に夢中になる ～にむちゅうになる 熱衷於～

49

雙親在我結婚後仍然幫忙照顧小孩，我雖然不得不★感謝他們，不過他們太寵小孩了令人困擾。

1　對父母　　2　滿懷…
3　感謝　　4　幫忙

解析 2 **せざるをえない**要置於名詞後方，可以先排列出 3 **感謝**　2 **せざるをえないが**（不得不感謝）。接著根據文意，再將其他選項一併排列成 4 **手伝ってくれる**　1 **親には**　3 **感謝**　2 **せざるをえないが**（不得不感謝父母親的幫助），因此答案為 3 **感謝**。

單字 **子育て こそだて**㊔育兒｜**甘やかす あまやかす**㊍寵溺
～せざるをえない 不得不～｜**感謝 かんしゃ**㊔感謝
手伝う てつだう㊍幫助

實戰測驗 3

p.232

45 2　**46** 3　**47** 1　**48** 4　**49** 4

問題 8　請從 1、2、3、4 的選項中，選出最適合填入文中 ★ 處者。

45

就算便宜也最好別衝動購物，先好好確認是否能★在使用期限之內使用完畢再購買比較好。

1　到期前　　**2　在…之內**
3　使用期限　　4　能否用完

解析 2 **うちに**　和　1 當中的「**ない**」可組合成文法「**～ないうちに**（在還沒……之前）」，因此可以先排列出 1 **切れない**　2 **うちに**（在到之前）。接著根據文意，再將其他選項一併排列成 3 **使用期限が**　1 **切れない**　2 **うちに**　4 **使いきれる**（能否在有效期限到之前用完），因此答案為 2 **うちに**。

單字 **～からといって** 即使說～｜**衝動買い しょうどうがい**㊔衝動購物
ちゃんと㊓確實地｜**～かどうか** 是否～
確認 かくにん㊔確認｜**～てから** ～之後
～た方がいい ～たほうがいい ～比較好
～切る ～きる㊍過期｜**～ないうちに** 在～之內
使用期限 しようきげん㊔使用期限

46

雖然這家店的強棒拉麵可調整辣度，但是如果將強烈刺激的辣味★除掉的話，我認為無法享受到其真正的美味。

1　…的話　　2　辣味
3　去掉　　4　伴隨…刺激的

解析 2 當中的「**を**」和 3 **抜きに**　加上 1 當中的「**して**」可組合成文法「**～を抜きにして**（去除掉……）」，因此可以先排列出 2 **辛味を**　3 **抜きに**　1 **しては**（去除掉辣味的話）。接著根據文意，再將其他選項一併排列成 4 **刺激を伴う**　2 **辛味を**　3 **抜きに**　1 **しては**（如果將強烈刺激的辣味除掉的話），因此答案為 3 **抜きに**。

單字 **ちゃんぽん**㊔強棒拉麵｜**辛さ からさ**㊔辣度
調節 ちょうせつ㊔調整｜**楽しむ たのしむ**㊍享受
～と思う ～とおもう 認為～｜**辛味 からみ**㊔辣味
～を抜きにして ～をぬきにして 排除～、去除
刺激 しげき㊔刺激｜**～を伴う ～をともなう** 伴隨～

47

要離開工作了 30 年的職場雖然令人無比寂寞，但另一方面★若能試著在心中描繪夫婦兩人退休後第二人生之門的開啟，便會再次充滿夢想也是事實。

1　試著在心中描繪

2 開啟第二人生的大門
3 再次充滿夢想
4 另一方面在退休後夫妻倆攜手前行

解析 本題沒有需連接特定詞性或文法的選項，因此要根據文意，將四個選項排列成 4 **一方で引退した後夫婦で歩む** 2 **第二の人生の扉を開くことを** 1 **心に描いてみると** 3 **また夢が膨らんでくるという**（但另一方面若能試著在心中描繪夫婦兩人退休後第二人生之門的開啟，便會再次充滿夢想），因此答案為 1 **心に描いてみると**。

單字 **勤める つとめる** 動 擔任職務 | **職場 しょくば** 名 職場
離れる はなれる 動 離開 | **寂しい さびしい** い形 寂寞
〜てしょうがない 非常〜 | **事実 じじつ** 名 事實
描く えがく 動 畫、描繪 | **人生 じんせい** 名 人生
扉 とびら 名 門扉 | **開く ひらく** 動 打開 | **夢 ゆめ** 名 夢
膨らむ ふくらむ 動 膨脹 | **一方 いっぽう** 名 另一方面
引退 いんたい 名 退休 | **夫婦 ふうふ** 名 夫婦 | **歩む あゆむ** 動 走

48

自尊心強的人，即便自己不完美，也能自然而然地接受★這一事實。

1 自然地　　2 完美
3 就算不…　　**4 這件事**

解析 本題沒有需連接特定詞性或文法的選項，因此要根據文意，將四個選項排列成 2 **完璧では** 3 **ないとしても** 4 **それを** 1 **自然と**（即使不完美，也自然而然地），因此答案為 4 **それを**。

單字 **自尊心 じそんしん** 名 自尊心 | **受け入れる うけいれる** 動 接納
〜ことができる 可以〜 | **自然と しぜんと** 副 自然地
完璧だ かんぺきだ な形 完美的

49

一邊活用自己的各式興趣與資質，同時★活躍於所有領域的人正不斷增加。

1 人　　2 領域中
3 所有　　**4 活躍的**

解析 本題沒有需連接特定詞性或文法的選項，因此要根據文意，將四個選項排列成 3 **あらゆる** 2 **分野で** 4 **活躍している** 1 **人が**（活躍於所有領域的人），因此答案為 4 **活躍している**。

單字 **いろんな** 各種的 | **興味 きょうみ** 名 興趣
適性 てきせい 名 適合某事的資質 | **生かす いかす** 動 活用
同時 どうじ 名 同時 | **増える ふえる** 動 增加
分野 ぶんや 名 領域 | **あらゆる** 所有、一切
活躍 かつやく 名 活躍

實戰測驗 4

p.234

45 3　**46** 2　**47** 1　**48** 2　**49** 1

問題 8　請從下列選項中選出最適合填入句中 ★ 處之選項。

45

這次的選舉我打算投給能滿足像我們這種★養育孩子的人的期待的候選人。

1 會回應　　2 期待
3 養育…的人的　　4 小孩

解析 1 **こたえる**和 2 當中的「**に**」可組合成文法「**〜にこたえる**（呼應、滿足……）」，因此可以先排列出 2 **期待に** 1 **こたえてくれる**（滿足期待）。接著根據文意，再將其他選項一併排列成 4 **子どもを** 3 **育てている人の** 2 **期待に** 1 **こたえてくれる**（滿足養育孩子的人的期待），因此答案為 3 **育てている人の**。

單字 **今度 こんど** 名 這次 | **選挙 せんきょ** 名 選舉
候補者 こうほしゃ 名 候選人 | **投票 とうひょう** 名 投票
〜つもり 打算〜 | **〜にこたえる** 回應〜 | **期待 きたい** 名 期待
育てる そだてる 動 養育

46

由於採取了不正當的會計處理方式，公司的營運狀態看起來比實際上好，★這類的事讓人難以原諒。

1 令人無法原諒　　**2 這類的事**
3 看起來更好　　4 比起實際情況

解析 本題沒有需連接特定詞性或文法的選項，因此要根據文意，將四個選項排列成 4 **実際よりも** 3 **よく見せる** 2 **なんて** 1 **許しがたい**（看起來比實際更好，這類的事讓人難以原諒），因此答案為 2 **なんて**。

單字 **不正だ ふせいだ** な形 不正當的
会計処理 かいけいしょり 名 會計處理
経営状態 けいえいじょうたい 名 經營狀態 | **許す ゆるす** 動 原諒
〜がたい 難以〜 | **〜なんて** 〜之類的 | **実際 じっさい** 名 實際

47

之前的兼職工作因為內容簡單所以我不太喜歡。現在的工作姑且先不論離家遠，就★時薪高這點而言，我非常滿意。

1 時薪高　　2 遠
3 這一點　　4 姑且先不論…

解析 4 **當中的「ともかく」**和 2 當中的「**は**」可組合成文法「**〜はともかく**（姑且不論、暫且不談……）」，因此可以先排列出 2 **遠いのは** 4 **ともかくとして**（姑且不論遙遠）。接著根據文意，再將其他選項一併排列成 2 **遠いのは** 4 **とも**

文法

かくとして　1 **時給が高い**　3 **ところが**（姑且不論遙遠，就時薪高這點來說），因此答案為 1 **時給が高い**。

單字 **アルバイト** 名 打工 ｜ **簡単だ かんたんだ** な形 簡單的
気に入る きにいる 滿意、喜歡 ｜ **時給 じきゅう** 名 時薪
～はともかく 姑且先不論～

48

雖然過著規律的生活並注意健康狀況，但昨晚開著窗戶★就直接睡覺因而感冒了。

1　開著窗戶　　2　**就睡覺了**
3　昨天晚上　　4　因為

解析 2 當中的「まま」要置於動詞た形後方，因此可以先排列出 1 **窓を開けた** 2 **まま寝た**（開著窗戶睡覺）。接著根據文意，再將其他選項一併排列成 3 **昨日の夜は** 1 **窓を開けた** 2 **まま寝た** 4 **せいで**（昨晚開著窗戶睡著的緣故），因此答案為 2 **まま寝た**。

單字 **規則正しい きそくただしい** い形 規律的 ｜ **生活 せいかつ** 名 生活
健康 けんこう 名 健康 ｜ **気を付ける きをつける** 留意
～まま 維持～的狀態 ｜ **～せいで** 因為～

49

父親每天工作都很忙。不過他說在休假日時做料理對他而言是很好的★紓壓方式。

1　**消除壓力的方式**　　2　對自己而言
3　好的　　4　處於…狀態

解析 本題沒有需連接特定詞性或文法的選項，因此要根據文意，將四個選項排列成 2 **自分にとって**　3 **よい**　1 **ストレス解消に**　4 **なっている**（對自己來說是很好的紓壓方式），因此答案為 1 **ストレス解消に**。

單字 **ストレス** 名 壓力 ｜ **解消 かいしょう** 名 消解
～にとって 對於～來說

實戰測驗 5

p.236

45 3　**46** 1　**47** 4　**48** 2　**49** 1

問題 8　請從下列選項中選出最適合填入句中 ★ 處之選項。

45

他雖然很努力又是一名優秀的學生，不過有對於他人的評價在意而不太表達★自己的意見的傾向。

1　過度　　2　無法說出
3　**自己的意見**　　4　在意

解析 1 **あまり** 要置於動詞辭書形後方，因此可以先排列出 4 **気にする** 1 **あまり**（過於在意）。接著根據文意，再將其他選項一併排列成 4 **気にする**　1 **あまり**　3 **自分の意見を**　2 **言えない**（過於在意，不會表達自己的意見），因此答案為 3 **自分の意見を**。

單字 **努力家 どりょくか** 名 努力的人 ｜ **優秀だ ゆうしゅうだ** な形 優秀的
他人 たにん 名 他人 ｜ **評価 ひょうか** 名 評價
傾向 けいこう 名 傾向 ｜ **意見 いけん** 名 意見
気にする きにする 在意

46

這個時期想說天氣漸漸暖起來，但可能出現★又變冷的狀況，因此先不要收起冬天的外套比較好。

1　**還會變冷**　　2　也會有…的狀況
3　正以為…　　4　變暖了

解析 3 **かと思うと** 要置於動詞た形後方，因此可以先排列出 4 **暖かくなってきた**　3 **かと思うと**（想說天氣漸漸暖和起來）。接著根據文意，再將其他選項一併排列成 4 **暖かくなってきた**　3 **かと思うと**　1 **また寒くなったりする**　2 **こともあるから**（想說天氣漸漸暖和起來，但有時候可能又會變冷），因此答案為 1 **また寒くなったりする**。

單字 **時期 じき** 名 時期 ｜ **やっと** 副 終於
片付ける かたづける 動 整理、收拾 ｜ **～ことがある** 有～的狀況
～かと思うと 一～就馬上

47

這本小說雖是作家花了很長的時間寫出的作品，不過在公司內部經過反覆討論，最後決定暫時不★出版該書籍。

1　暫時擱置　　2　的最後
3　反覆進行　　4　**本書的出版**

解析 2 **末に** 要置於動詞た形後方，因此可以先排列出 3 **重ねた** 2 **末に**（經過反覆）。接著根據文意，再將其他選項一併排列成　**議論を** 3 **重ねた**　2 **末に**　4 **本の出版を**　1 **見送る**（經過反覆討論，暫時不出版該書籍），因此答案為 4 **本の出版を**。

單字 **時間をかける じかんをかける** 花時間 ｜ **作家 さっか** 名 作家
小説 しょうせつ 名 小說 ｜ **社内 しゃない** 名 公司內
議論 ぎろん 名 討論 ｜ **～ことになる** 決定～
見送る みおくる 動 擱置 ｜ **～末に ～すえに** ～最終
重ねる かさねる 動 重疊、反覆 ｜ **出版 しゅっぱん** 名 出版

48

雖然本產品在開發時曾被期待能成為出色的產品，不過因為發現了可能引發重大意外的★故障問題，因此最終被延緩上市。

1　意外　　2　**故障**
3　有可能造成　　4　發現

解析 本題沒有需要連接特定詞性或文法的選項，因此要根據文意，將四個選項排列成 1 **事故を**　3 **起こしかねない**　2 **故障**　4

が見つかった（發現到可能引發意外的故障），因此答案為2 **故障**。

單字 **開発中 かいはつちゅう** 名 開發中 ｜ **商品 しょうひん** 名 商品
期待 きたい 名 期待 ｜ **重大だ じゅうだいだ** な形 重大的
結局 けっきょく 名 最終 ｜ **発売 はつばい** 名 發售
延期 えんき 名 延期 ｜ **事故 じこ** 名 意外 ｜ **故障 こしょう** 名 故障
起こす おこす 動 引起 ｜ **～かねない** 可能會～
見つかる みつかる 動 發現

49

為了方便通勤而想說要租公寓的話，★離車站近是最好的，不過這麼做又有房租過高的問題。

1　離車站近的　　2　能夠租…的話
3　…是最好不過的　　4　公寓

解析 本題沒有需連接特定詞性或文法的選項，因此要根據文意，將四個選項排列成 4 **アパートを**　2 **借るなら**　1 **駅に近い**　4 **に越したことはない**（要租公寓的話，離車站近是最好的），因此答案為 1 **駅に近い**。

單字 **通勤 つうきん** 名 通勤 ｜ **～と思う ～とおもう** 想～
家賃 やちん 名 房租 ｜ **借りる かりる** 動 租借
～に越したことはない ～にこしたことはない ～是最好不過的

問題9 文章語法

實力養成　p.242

01 ①　**02** ②　**03** ①　**04** ②　**05** ①　**06** ①

01-03

普遍認為兒童的視野比大人更狹窄。一般大人的水平視野角度約為 150 度，與其相比，6 歲左右兒童的視野大約只有大人視野的 60%左右。兒童之所以會為了撿球而突然衝出去的原因，正是因為「看不見」。[01] 讓大人嘗試使用能體驗兒童視野的道具後，[02] 人會因為超乎想像的狹窄視野而感到意外。我們可以得知，讓 [03] 正確理解孩子會「看不見」的特性，對於預防意外而言是相當重要的。

單字 **視野 しや** 名 視野 ｜ **～に比べて ～にくらべて** 與～相比
考える かんがえる 動 思考
一般的だ いっぱんてきだ な形 一般的 ｜ **左右 さゆう** 名 左右
程度 ていど 名 程度 ｜ **～に対し ～にたいし** 與～相比、與～相對
ボール 名 球 ｜ **つかむ** 動 抓 ｜ **飛び出す とびだす** 動 衝出來
原因 げんいん 名 原因 ｜ **見える みえる** 動 看得到
体験 たいけん 名 體驗 ｜ **道具 どうぐ** 名 道具
～たところ 一～就～ ｜ **想像 そうぞう** 名 想像
以上 いじょう 名 以上 ｜ **驚く おどろく** 動 驚訝
特性 とくせい 名 特性 ｜ **正しい ただしい** い形 正確的
理解 りかい 名 理解 ｜ **事故防止 じこぼうし** 名 防範意外
重要だ じゅうようだ な形 重要的

01

① **實際**
② 而且

單字 **実際に じっさいに** 副 實際 ｜ **さらに** 副 而且

02

① 聽說不多
② **據說很多**

03

① **大人**
② 兒童

04-06

我對於都會飯店抱有偏見。我總認為它們是為愛慕虛榮的客人當作國王一般服務，以賺大錢為目的的地方。 04 聽到某個總負責人說了以下的話，我對都會飯店所抱持的偏見便消失了。「我們飯店裡也有在年底與家人一起入住，只住一晚的客人。 05 是非常奢侈且龐大的花費。不過聽說這些客人一年只會入住一次，作為過去一年拼命工作的獎勵。正因為有這樣的客人存在， 06 提供最棒的服務，讓他們度過不平凡的一天。」

單字 **～に対して ～にたいして** 對～ | **偏見 へんけん** 名 偏見
見栄を張る みえをはる 追求虛榮 | **客 きゃく** 名 客人
王様 おうさま 名 國王 | **迎える むかえる** 名 迎合
大金 たいきん 名 很多錢 | **稼ぐ かせぐ** 動 賺取
総支配人 そうしはいにん 名 總負責人 | **なくなる** 動 消失
年末 ねんまつ 名 年尾 | **宿泊 しゅくはく** 名 住宿
いらっしゃる 動 存在（いる的尊敬語） | **贅沢 ぜいたく** 名 奢華
出費 しゅっぴ 名 花費
一生懸命だ いっしょうけんめいだ な形 努力的
ごほうび 名 獎賞 | **泊まる とまる** 動 住宿
～からこそ 正因如此 | **最高 さいこう** 名 最好
サービス 名 服務
非日常的だ ひにちじょうてきだ な形 不平凡的
提供 ていきょう 名 提供

04

① 因此
② **然而**

單字 **そこで** 接 因此 | **ところが** 接 然而

05

① **入住這家飯店**
② 與家人一起入住

06

① **我認為必須要**
② 並非不

實戰測驗 1

p.244

50 2 **51** 3 **52** 1 **53** 3 **54** 4

問題 9 請閱讀以下文章，根據整篇文章的內容，從選出最適合填入 50 至 54 空格內的選項。

50-54

以下是雜誌專欄

在牧場所思考的敬語之意義

我在養馬的牧場工作了一年，那是一個獨立的世界。

牧場的人們不論寒暑都在戶外照顧馬匹。馬匹的身軀龐大，不管是要梳毛、 50 ，都比照顧人類兒童更費工。馬的食量甚大，準備飼料也相當辛苦。從人類要照顧馬這點來看，馬匹所處的立場感覺比人類還要高。

51 ，牧場的人在騎馬時對馬匹相當嚴厲。偶爾會用腳踹、甚至會用鞭子鞭打。牧場裡的人說，為了保護人的安全，絕不能讓馬匹在與人相處時為所欲為。確實不管是體格多麼健壯的男性，被馬踢到還是會骨折。在馬匹與人相處時，必須經常要求馬聽話，不讓 52 為所欲為，才能避免危險。

最初在我看來，仔細地照顧馬匹，與用鞭子鞭打馬是背道而馳的行為。不過這看來正相反的兩種行為，都是兩種不同物種共同 53 時所必須做的事。馬與人並沒有誰上誰下的區分。也就是說，人跟馬是對等的。人經常會要求馬按照指令做事，也並非因為人比馬更優越。

我希望今後在與他人共事時，也能經常記起這一點。例如說，在日本社會中為了讓工作進行得更順利，必須使用敬語。不過，使用敬語就表示對方的地位比自己更高嗎？如果能意識到雙方是對等的關係，是否能更心平氣和地使用敬語呢？身為日本人的我經過了在牧場工作的這段日子， 54 如此理所當然的事情。

（註 1）むち：細長、鞭打用的道具。以竹或皮革製作，用於鞭打馬匹使其前進。
（註 2）同士：自己與對方。互相。
（註 3）対等：為相同等級。

單字 **牧場 ぼくじょう** 名 牧場 | **考える かんがえる** 動 思考
敬語 けいご 名 敬語 | **馬 うま** 名 馬
通い始める かよいはじめる 動 開始通勤、開始在某地工作
世界 せかい 名 世界 | **世話をする せわをする** 照顧
ブラシをかける 刷毛 | **人間 にんげん** 名 人類
手がかかる てがかかる 費力照料 | **えさ** 名 飼料
準備 じゅんび 名 準備 | **立場 たちば** 名 立場、地位
かなり 名 相當地 | **厳しい きびしい** い形 嚴厲
接する せっする 動 對待 | **蹴る ける** 動 踢 | **むち** 名 鞭子
打つ うつ 動 打 | **決して けっして** 副 絕對（不）
好きにする すきにする 讓人隨心所欲
安全 あんぜん 名 安全 | **守る まもる** 動 守護、保護
確か たしか 名 確實 | **男性 だんせい** 名 男性
骨 ほね 名 骨頭 | **折れる おれる** 動 折斷
常に つねに 副 經常 | **危険 きけん** 名 危險
防ぐ ふせぐ 動 防止 | **最初 さいしょ** 名 最初
丁寧だ ていねいだ な形 仔細的 | **真逆だ まぎゃくだ** な形 完全相反
見える みえる 動 看起來 | **反対 はんたい** 名 相反
同士 どうし 名 自己和對方、同伴、相似者

必要だ ひつようだ[な形]必要的
一方 いっぽう[名]另一方面｜**つまり**[副]也就是說
対等だ たいとうだ[な形]對等的｜**今後 こんご**[名]此後
思い出す おもいだす[動]想起｜**例えば たとえば**[副]例如
日本 にほん[名]日本｜**社会 しゃかい**[名]社會
物事 ものごと[名]事物｜**スムーズだ**[な形]順暢的
行う おこなう[動]進行｜**だが**[接]但是
相手 あいて[名]對方｜**意識 いしき**[名]意識
気持ち きもち[名]心情｜**～を通して ～をとおして** 透過～
当たり前だ あたりまえだ[な形]理所當然的

50

1 應該洗掉	**2 幫馬沖澡**
3 可能沖掉	4 讓馬沖澡

解析 本題要根據文意，選出適當的文法句型。空格所在的句子表示：「**シャワーで洗ってやるのも、人間の子供より手がかかる**（幫馬匹洗澡，比幫小孩子更加費力）」最符合文意，答案要選 2 **洗ってやる**。

單字 **落とす おとす**[動]洗去｜**～てやる** 給予地位較低者恩惠
流す ながす[動]洗去｜**～かねない** 可能會～
シャワーを浴びる シャワーをあびる 沖澡

51

1 而且	2 因此
3 然而	4 因為

解析 本題要根據文意，選出適當的連接詞。空格前一句話提到：「**世話をするのを見ると、馬の方が人より立場が上のようだった**（光看照料的樣子，馬匹的地位似乎比人還高）」；空格後方則連接：「**人が馬に乗るときは、かなり厳しく、馬に接していた**（當人騎馬時，相當嚴格地對待馬匹）」，空格前後為相互對比的內容，因此答案要選 3 **ところが**，表示轉折關係。

單字 **それに**[接]而且｜**だから**[接]因此
ところが[接]然而｜**なぜなら**[接]因為

52

1 馬	2 人
3 男性	4 我

解析 本題要根據文意，選出適當的字詞。空格所在的句子表示：「**人といるときは常に人の言うことを聞かせ、馬の好きにさせないことで、危険が防げるわけだ**（跟人在一起時，總是會讓馬聽人的話，不讓馬隨心所欲，才能避免危險發生）」最符合文意，答案要選 1 **馬の**。

53

1 想生存	2 一起生存
3 生存下去	4 生存（表遺憾、可惜）

解析 本題要根據文意，選出適當的文法。空格前一句話提到：「**馬の世話を丁寧にすることと、馬をむちで打つことは真逆に見えた。**（細心照料馬匹和鞭策馬匹，看起來是完全相反的概念）」。空格所在的句子表示：「**しかし、反対に見えるどちらも、違うもの同士が一緒に生きていく中で必要だからしていることだ**（但是無論對哪一方來說，正因為是不同物種間彼此共同生活，所以才有必要選擇這樣做。）」最符合文意，因此答案為 3 **生きていく**。

單字 **生きる いきる**[動]生存｜**～たい** 想要～｜**～よう** 要～
～ていく ～下去｜**～てしまう** 表示動作完結或後悔、遺憾

54

1 應該想	2 可能想過了
3 不過是想了	**4 被迫思考了**

解析 本題要根據文意，選出適當的文法句型。最後一段中，筆者表示回想在牧場的那段經歷，讓他不禁思考日本人在使用敬語時，若能帶有平等意識，彼此的感受可能會更加舒服。因此答案要選 4 **考えさせられた**。

單字 **～べきだ** ～應該｜**～かもしれない** 也許～
～にすぎない 不過是～｜**～させられる** 使役被動

實戰測驗 2

p.246

50 3　**51** 1　**52** 2　**53** 4　**54** 2

問題 9　請閱讀以下文章，根據整篇文章的內容，從各題 1、2、3、4 的選項中，選出最適合填入文中 50 至 54 空格內者。

50-54

以下為雜誌專欄。

進化中的「年節料理」

所謂的年節料理指的是新年時所吃的節慶料理。各式各樣的年節料理會被裝入稱為「重箱」的多層盒子中。這種料理歷史悠久，在江戶時代普及至一般家庭中。

[50]，為何要在新年吃年節料理呢？這是因為一般認為年節料理能帶來好運，希望吃了年節料理後能讓新的一年變得更好。例如說「鯡魚卵」是一種魚卵，因內含許多卵而帶有多子多孫，也就是祈求子孫繁多的意思在。另外黑豆發音為「マメ」，在日文中有認真、勤勉之意，因此帶有祈求能勤奮工作的意思。過去的人會為每種料理分別賦予意涵，[51]一年一度豪華的年節料理。

不過，最近的年節料理正不斷改變型態以符合人們的需求。[52]，做年節料理費工耗時、現代家庭人數

文法

比以前少，因此會剩很多食物，也因飲食習慣的改變，有很多家庭不吃年節料理等。在這樣的狀況下，出現了供應給小家庭的1～2人份的年節料理、加入烤牛肉等肉品等料理的西式年節料理，甚至是能與小狗一起享用的愛犬年節料理 53 因應嶄新需求而生的年節料理。

我認為傳統固然是應該保護的，不過依照時代與人們的變化而做出改變也並非壞事。如同人們的生活也會隨著時代的變化而改變，傳統也會與時代和人一起 54 。

（註）縁起がいい：吉利

單字 **進化 しんか** 名 進化 | **おせち** 名 年節料理
お正月 おしょうがつ 名 新年 | **お祝い おいわい** 名 慶祝
重箱 じゅうばこ 名 撞盒、層疊的盒子
積み重ねる つみかさねる 動 堆疊 | **入れ物 いれもの** 名 容器
いろんな 各種的 | **一般家庭 いっぱんかてい** 名 一般家庭
広まる ひろまる 動 擴散、傳播開來
江戸時代 えどじだい 名 江戶時代 | **歴史 れきし** 名 歷史
縁起 えんぎ 名 兆頭 | **想い おもい** 名 想法、心意
かずのこ 名 鯡魚卵 | **子孫繁栄 しそんはんえい** 名 多子多孫
すなわち 接 即是 | **子 こ** 名 孩子 | **孫 まご** 名 孫子
生まれ続ける うまれつづける 動 持續出生
願う ねがう 動 祈求 | **黒豆 くろまめ** 名 黑豆
マメ 名 勤勉（與「豆」 同音）
忠実だ ちゅうじつだ な形 忠實的 | **勤勉だ きんべんだ** な形 勤奮的
込める こめる 動 包含在內 | **むかし** 名 以前
意味をつける いみをつける 加上意義
ごちそう 名 豐盛大餐 | **～として** 作為～ | **最近 さいきん** 名 最近
ニーズ 名 需求 | **合わせる あわせる** 動 配合 | **形 かたち** 名 型態
変わる かわる 動 變化 | **～つつある** 正在持續～
手間 てま 名 功夫 | **世帯 せたい** 名 家庭 | **人数 にんずう** 名 人數
減る へる 動 減少 | **量 りょう** 名 量 | **余る あまる** 動 剩餘
食生活 しょくせいかつ 名 飲食習慣 | **変化 へんか** 名 變化
～にともない 伴隨～ | **増える ふえる** 動 增加
多様だ たようだ な形 多樣的 | **少人数 しょうにんずう** 名 少人數
～向け ～むけ 面向～、符合～的需求
ローストビーフ 名 烤牛肉 | **つめる** 動 放入
洋食風 ようしょくふう 名 西餐風格 | **愛犬 あいけん** 名 愛犬
新ただ あらただ な形 嶄新的 | **需要 じゅよう** 名 需求
応える こたえる 動 回應
登場し始める とうじょうしはじめる 動 開始出現
伝統 でんとう 名 傳統 | **守る まもる** 動 保護
時代 じだい 名 時代 | **～とともに** 與～一起
起こる おこる 動 發生 | **様子 ようす** 名 樣貌

50

1 然而	2 即使如此
3 不過（轉換話題）	4 即使如此

解析 本題要根據文意，選出適當的連接詞。空格前方解釋「**御節（おせち）**」的定義和源由，而空格後方提到：「**なぜおせちはお正月に食べられるのだろうか**（為什麼要在正月吃御節呢？）」，接著提及與御節相關的其他內容，因此答案要選3**ところで**，表示轉換話題。

單字 **ところが** 接 然而 | **それでも** 接 即使如此
ところで 接 不過（轉換話題） | **それなのに** 接 即便如此

51

1 享用	2 絕對會享用
3 不可能享用	4 就好像在享用一般

解析 本題要根據文意，選出適當的文法句型。空格所在的段落提到御節料理具有吉祥之意，並舉例當中食物隱含的意義。而後表示以前的人為食物賦予意義，享用御節料理，因此答案要選1**楽しんできたというわけだ**。

單字 **楽しむ たのしむ** 動 享受
～というわけだ 也就是說～（說明結論）
～に決まっている ～にきまっている 一定會～
～はずもない 不可能～ | **～かのようだ** 好像在～

52

1 這麼做的理由是	**2 其理由是**
3 有個理由	4 會變成這樣的理由是

解析 本題要根據文意，選出適當的連接字詞。空格前方提到：「**おせちは人々のニーズに合わせる形で変わりつつある**（御節轉變成符合人們需求的形態）」；空格後方則提及轉變的理由，表示空格填入「**その理由は**」最符合文意，答案要選2**その理由は**。

單字 **理由 りゆう** 名 理由

53

1 在…領域	2 說起…
3 根據…	**4 這樣的**

解析 本題要根據文意，選出適當的文法。空格後方連接：「**新たな需要に応えるおせち**（因應新的需求的御節）」，而空格前方提出相關例子，因此答案要選4**といった**。

單字 **～において** 在～領域 | **～といえば** 說起～
～によって 根據～ | **～といった** ～之類的

54

1 好像在變化	**2 變化（感嘆）**
3 變化比較好	4 可能會變化

解析 本題要根據文意，選出適當的文法句型。空格前一句話提到筆者認為傳統因應時代和人有所改變並非壞事，而空格所在的句子表示「**人々の生活が時代の変化にともなって変化するように、伝統も時代や人とともに変化するものだ**（正如人們的生活隨著時代變化而改變一樣，傳統也會隨著時代和

人而有所改變）」最符合文意，因此答案為 2 **変化するものだ**。

單字 **～ものだ** 表示感嘆或說明真理 | **～ほうがよい** ～比較好
～かもしれない 可能～

實戰測驗 3

p.248

50 2 **51** 1 **52** 2 **53** 4 **54** 3

問題 9 請閱讀以下文章，根據整篇文章的內容，從各題 1、2、3、4 的選項中，選出最適合填入文中 50 至 54 空格內者。

50-54

以下為雜誌專欄。

誕生於日本的即席麵

即席麵，也就是所謂的泡麵，只要加入熱水就能食用。其方便性使其自推出之後即受全世界的喜愛。泡麵誕生於 1954 年的日本。據說發明者安藤百福看見第二次世界大戰結束後，飢餓的群眾在拉麵店前大排長龍的景象，認為所有人都需要充足的食物。 50 誕生的即是泡麵。

51 價格便宜，只需要熱水即可料理的便利性是其最大的優點，不過此外仍有其他優勢。因為泡麵的個別包裝皆為一餐份量，不只方便攜帶及衛生，也非常便於存放，因此亦為相當理想的緊急備糧。 52 能讓太空人攜帶上外太空的食品。

雖然剛開始販賣時是以袋子包裝的袋裝泡麵進行販售，不過自從只要在杯中倒入熱水即可沖泡食用的杯麵登場後，杯麵即成為了主流。而後還出現了各有特色的各地拉麵口味的泡麵，以及重現名店拉麵風味的泡麵等等，泡麵在實現口味高級化的同時，也不斷在進化。除了平價及便利性之外， 53 這一點大概是讓各種客層的消費者都能接受泡麵的原因之一吧？

近年來主推現打生麵口感的泡麵獲得不少人氣。因應追求高品質商品的消費者的需求，誕生了 65 年的泡麵至今仍每天在店面中不斷推出新產品，並持續受到眾人的喜愛。此後，泡麵 54 會回應人們的期待， 54 。

（註 1）飢えた人々：肚子餓的人們
（註 2）重宝される：被視為貴重物品慎重對待

單字 **日本 にほん** 名 日本 | **即席麵 そくせきめん** 名 泡麵
いわゆる 所謂的 | **インスタントラーメン** 名 泡麵
お湯 おゆ 名 熱水 | **注ぐ そそぐ** 動 注水
便利さ べんりさ 名 便利性 | **発売 はつばい** 名 發售
～以来 ～いらい ～以來 | **全世界 ぜんせかい** 名 全世界
愛する あいする 動 愛 | **誕生 たんじょう** 名 誕生
発明者 はつめいしゃ 名 發明者
終戦後 しゅうせんご 名 戰爭結束後 | **飢える うえる** 動 飢餓
ラーメン屋 ラーメンや 名 拉麵店 | **行列 ぎょうれつ** 名 隊伍
光景 こうけい 名 景象 | **すべて** 名 全部
十分だ じゅうぶんだ な形 充足的 | **食料 しょくりょう** 名 食材
必要だ ひつようだ な形 必要的 | **思う おもう** 動 想
値段 ねだん 名 價格 | **調理 ちょうり** 名 調理
利便性 りべんせい 名 便利性 | **最大 さいだい** 名 最大
長所 ちょうしょ 名 優點 | **一食分 いっしょくぶん** 名 一餐份
包装 ほうそう 名 包裝 | **持ち運び もちはこび** 名 運送
衛生的だ えいせいてきだ な形 衛生的 | **～うえに** 除此之外
保存性 ほぞんせい 名 耐放性 | **優れる すぐれる** 動 優秀
非常食 ひじょうしょく 名 緊急糧食
重宝 ちょうほう 名 重視、珍視
宇宙飛行士 うちゅうひこうし 名 太空人
宇宙食 うちゅうしょく 名 太空食物 | **持っていく もっていく** 帶去
販売当初 はんばいとうしょ 名 發售當時 | **袋 ふくろ** 名 袋子
タイプ 名 樣式 | **登場 とうじょう** 名 登場 | **～てから** ～之後
主流 しゅりゅう 名 主流 | **やがて** 不久
特色 とくしょく 名 特色 | **豊かだ ゆたかだ** な形 豐富的
地方 ちほう 名 地區、首都或大城市以外的地區 | **味 あじ** 名 味道
生み出す うみだす 動 創造出 | **再現 さいげん** 名 重現
高級化 こうきゅうか 名 高級化 | **はかる** 動 追求
進化 しんか 名 進化 | **続ける つづける** 動 持續
手ごろだ てごろだ な形 方便的、實惠的
～にとどまらず 不只是～ | **より** 副 更加
幅広い はばひろい い形 廣泛的 | **層 そう** 名 層
受け入れる うけいれる 動 接受 | **つながる** 動 連接
近年 きんねん 名 近年 | **打つ うつ** 動 打
～たばかりの 剛～的 | **生麺 なまめん** 名 生麵，未經乾燥處理的麵
食感 しょっかん 名 口感 | **売り うり** 名 賣點
人気 にんき 名 人氣 | **集める あつめる** 動 集結
高品質 こうひんしつ 名 高品質 | **求める もとめる** 動 追求
消費者 しょうひしゃ 名 消費者 | **需要 じゅよう** 名 需求
応える こたえる 動 回應 | **形 かたち** 名 型態
たつ 動 時間經過 | **日々 ひび** 名 每天
店頭 てんとう 名 店面裡 | **期待 きたい** 名 期待

50

1 即使如此	**2 因此**
3 而且	4 或者

解析 本題要根據文意，選出適當的連接詞。空格前方提到：「**終戦後、飢えた人々がラーメン屋に行列を作って並んでいる光景をみて、すべての人に十分な食料が必要だと思ったそうだ**（戰爭結束後，當他看到飢餓的人們在拉麵店排隊等候的景象時，便認為每個人都需要充足的食物）」，談及泡麵誕生的緣由，因此空格所在的句子表示「**こうして誕生したのが即席麵だという**（泡麵就此誕生）」最符合文意，答案要選 2 **こうして**。

單字 **それでも** 接 即使如此 | **こうして** 接 就這樣 | **そのうえ** 接 而且
それとも 接 或者

51

1 除…之外	2 在…面向上
3 有關…	4 根據…

解析 本題要根據文意，選出適當的文法。空格前方提到：「**値段が安いこと**（價格便宜）；空格後方則提到：「**お湯のみで調理ができる利便性というのがその最大の長所であるが**（最大的優點是，只要熱水即可烹煮的便利性）」，因此答案要選 1 **に加えて**，補充其他相關內容。

單字 **～に加えて ～にくわえて** 除～之外 | **～において** 在～面向上
～に関して ～にかんして 有關～ | **～によって** 根據～

52

1 變成…	**2 真不愧是…**
3 被認為是…	4 即使…也無可奈何

解析 本題要根據文意，選出適當的文法句型。空格前方提及泡麵的各種優點，包含一餐份量的包裝、便於攜帶、符合衛生、保存性佳等，因此空格所在的句子表示「**宇宙飛行士が宇宙食として持っていくだけのことはある**（真不愧是適合太空人攜帶上外太空的食品）」最符合文意，答案要選 2 **だけのことはある**。

單字 **～ことになる** 變成～ | **～だけのことはある** 真不愧是～
仕方がない しかたがない 沒辦法

53

1 被做成具高級感的商品	2 做到特色化
3 不管在何處都能享用	**4 追求更好的味道**

解析 本題要根據文意，選出適當的文法句型。空格前一句話提到：「**味の高級化をはかりながら進化を続けてきた**（在努力提升味道的同時持續進步）」，而空格後方連接：「**ことがより幅広い層に受け入れられることにつながったのではないだろうか**（發展成讓更廣泛的族群所接受吧）」，因此空格所在的句子表示「**味を追求してきたことがより幅広い層に受け入れられることにつながったのではないだろうか**（對於味道的追求，或許為的是讓更廣泛的族群所接受吧）」最符合文意，答案要選 4 **味を追求してきた**。

單字 **高級感 こうきゅうかん** 名 高級感 | **商品 しょうひん** 名 商品
～にする 使成為～ | **特色化 とくしょくか** 名 特色化
楽しむ たのしむ 動 享受 | **追求 ついきゅう** 名 追求

54

1 不過是會…持續不斷進化	2 不一定會…持續不斷進化
3 一定還會…持續不斷進化	4 不可能會…持續不斷進化

解析 本題要根據文意，選出適合填入句末的文法句型。文章主要從泡麵的緣由，談到一路以來如何追求進步。以及為因應消費者的需求持續努力，因此最後以「**進化し続けるに違いない**（必定會持續發展下去）」作結最符合文意，答案要選 3 **進化し続けるに違いない**。

單字 **～にすぎない** 不過是～
～とは限らない ～とはかぎらない 不一定～
～に違いない ～にちがいない 一定～
～はずもない 不可能～

實戰測驗 4

p.250

50 2 **51** 4 **52** 3 **53** 2 **54** 2

問題 9 請閱讀以下文章，根據整篇文章的內容，從各題 1、2、3、4 的選項中，選出最適合填入文中 50 至 54 空格內者。

50-54

以下為雜誌專欄。

噪音

你聽到「噪音」一詞時，會想到什麼樣的聲音呢？噪音有各種不同種類，從在機場聽到的飛機引擎聲、街上奔馳的汽車或電車的聲音，[50] 講電話的人聲。要說哪一種噪音與我們的日常生活息息相關的話，答案非生活中的噪音莫屬。特別在公寓等集合式住宅中，有不少人會因為噪音與鄰居產生糾紛。除了人在日常生活裡產生的聲響外，鋼琴等樂器的聲音及寵物的叫聲等各式聲響也可能造成問題，越是處於空間有限的都市中，[51] 就會越多。

前幾天看見一則有趣的新聞。據說原本東京在規劃蓋一座新的幼稚園，不過卻遭到當地的居民反對。[52] 之一為，「因為小孩子的聲音太吵了」。看見這則新聞時，我對於民眾將孩子的聲音當作噪音這點感到驚訝。[53] 產生了「正因為是大都市才會經常出現噪音問題」的印象。聽說在尋找居所或公寓時，有些人除了在意住處是否靠近大馬路、附近是否有營業到深夜的店家之外，也會顧慮附近是否有幼稚園或托兒所等有許多兒童的地方。

隨著社會和都市的變化，「噪音」的定義也許也產生了改變。不過，充滿孩子的聲音及笑容的社會或都市，才會有光明的未來不是嗎？尤其日本的兒童數量正不斷地在減少。我們 [54] 再次 [54] 「噪音」的定義。

單字 **騒音 そうおん** 名 噪音 | **音 おと** 名 聲音
思い浮かべる おもいうかべる 動 想起、浮現
空港 くうこう 名 機場 | **聞こえる きこえる** 動 聽得到
エンジン 名 引擎 | **種類 しゅるい** 名 種類

様々だ さまざまだ 〔な形〕各式各樣的｜**日常 にちじょう** 〔名〕日常
深い ふかい 〔い形〕深的｜**生活 せいかつ** 〔名〕生活
～における 在～領域上｜**特に とくに** 〔副〕特別是
マンション 〔名〕公寓｜**集合住宅 しゅうごうじゅうたく** 〔名〕集合住宅
近所 きんじょ 〔名〕附近｜**トラブル** 〔名〕問題
～上で ～うえで 在～時｜**ピアノ** 〔名〕鋼琴｜**楽器 がっき** 〔名〕樂器
鳴き声 なきごえ 〔名〕叫聲｜**原因 げんいん** 〔名〕原因
～える 可以～｜**スペース** 〔名〕空間｜**限り かぎり** 〔名〕限制
都市 とし 〔名〕都市｜**先日 せんじつ** 〔名〕幾天前
東京 とうきょう 〔名〕東京｜**幼稚園 ようちえん** 〔名〕幼稚園
建設 けんせつ 〔名〕建設｜**計画 けいかく** 〔名〕計畫
立てる たてる 〔動〕建立、制定｜**地域 ちいき** 〔名〕地區
住民 じゅうみん 〔名〕住戶｜**反対 はんたい** 〔名〕反對
意見 いけん 〔名〕意見｜**思う おもう** 〔動〕想｜**おどろく** 〔動〕驚訝
起こる おこる 〔動〕發生｜**印象 いんしょう** 〔名〕印象
残る のこる 〔動〕殘留｜**探す さがす** 〔動〕找尋｜**通り とおり** 〔名〕道路
周り まわり 〔名〕周遭｜**保育園 ほいくえん** 〔名〕托兒所
環境 かんきょう 〔名〕環境｜**気にする きにする** 在意
社会 しゃかい 〔名〕社會｜**変化 へんか** 〔名〕變化｜**～につれて** 隨著～
意味 いみ 〔名〕意思｜**～かもしれない** 可能～
笑顔 えがお 〔名〕笑容｜**あふれる** 〔動〕滿溢｜**～こそ** 正是～
未来 みらい 〔名〕未來｜**数 かず** 〔名〕數量｜**～つつある** 正在持續～
～について 有關～

50

1 到…為止（空間、時間）	**2 到…為止（範圍）**
3 針對…	4 涉及…（整體範圍）

解析 本題要根據文意，選出適當的文法。空格所在的句子表示「**空港から聞こえる飛行機のエンジンの音や町を走る車や電車の音から電話で話す人の声までその種類は様々だ**（從機場傳來的飛機引擎聲響、在街上行駛的汽車、電車的聲音、還有講電話的人聲等各式各樣的種類）」最符合文意，因此答案為 2 **まで**，搭配前方的「**から**」一起使用。

單字 **～にかけて** 到～為止（空間、時間）｜**～まで** 到～為止（範圍）
～につき ～因為～｜**～にわたって** 涉及～（整體範圍）

51

1 生活的噪音	2 附近鄰居
3 聲音的種類	**4 噪音糾紛**

解析 本題要根據文意，選出適當的字詞。空格前方提到：「**マンションなどの集合住宅の場合、近所の人と音のことでトラブルになったことがある人も少なくないのではないか**（以公寓等住宅區為例，不少人曾因為噪音問題，與鄰居發生爭執）」，談及城市噪音所引發的問題，因此空格所在的句子表示「**スペースに限りがある都市であればあるほど音のトラブルは多くなるように思われる**（越是在空間有限的城市裡，噪音的困擾似乎也越多）」最符合文意，因此答案為 4 **音のトラブル**。

52

1 從其理由來看	2 以其理由而言
3 其理由	4 與其理由相較

解析 本題要根據文意，選出適當的連接字詞。空格前一句話提到：「**その地域の住民から反対する意見が出たそうだ**（據說當地居民提出了反對意見）」；而空格後方連接其理由為「**子供の声がうるさいから**（因為小孩的聲音很吵）」，因此答案要選 3 **その理由として**。

單字 **理由 りゆう** 〔名〕理由｜**～から** 〔助〕從～｜**～にしては** 就～來說
～として 作為～｜**～わりに** 與～相比

53

1 依照…	**2 隨之…**
3 因此…	4 跟著…

解析 本題要根據文意，選出適當的文法。空格前方的「**それ**」指的是「**子供の声が騒音だと思われていること**（小孩的聲音被視為是噪音）」，而空格後方連接「**都市だからこそ起こる問題**（只有在城市才會出現的問題）」，因此答案要選 **2 とともに**。

單字 **～にしたがって** 依照～｜**～とともに** 隨著～
～にともなって 伴隨著～
～につれて 跟著～

54

1 因此要…思考看看
2 不是應該…思考看看（嗎？）
3 恐怕要…思考看看（吧？）
4 不得不…思考看看

解析 本題要根據文意，選出適合填入句末的文法句型。前一段落探討小孩的聲音被視為噪音一事，最後以「**一度、騒音の意味について考えてみるべきではないか**（是否應該再次思索「噪音」的意思為何）」最符合文意，因此答案為 2 **考えてみるべきではないか**。

單字 **～というわけだ** 也就是說～｜**～べきだ** 應該～
おそれがある 恐怕會～｜**～わけにはいかない** 不能～

實戰測驗 5

p.252

50 2　**51** 4　**52** 1　**53** 2　**54** 2

問題 9　請閱讀以下文章，根據整篇文章的內容，從各題 1、2、3、4 的選項中，選出最適合填入文中 50 至 54 空格內者。

文法

50-54

以下為報紙專欄。

感受時間的方式

意識到的時候，今年也已經過了一半。感覺不久之前才剛迎接新的一年、互相祝賀「新年快樂」而已，應該有不少人都覺得時間流逝的速度很快吧。筆者也是 50 一人。20 多歲的時候比 10 多歲時更能感受到時間的流逝，30 多歲時的感受又比 20 多歲時更深刻，隨著年紀增加，時間流逝的速度彷彿逐漸變快。我覺得相當不可思議，因此 51 查了一下， 51 發現了有趣的事。

52 回想起孩提時期的生活，新學期、暑假、旅行、遠足、運動會、寒假，以及學校和家裡的活動甚多。即使每年都進行一樣的活動，據說因為孩子在一年內成長快速，所以並不會覺得每年的經驗都是一樣的。對孩子來說，每天都有接連不斷的新事件。新事件一多，新的資訊也會變多。也就是說，孩子在同樣的時間內獲得的新資訊量 53a 。這就是孩提時期感覺時間很長的原因。與其相比，就某種程度來說，大人已經結束成長了，因此活動與每天的工作都容易成為習慣，在同樣的時間內獲得的新資訊量就比較 53b 。這種兒童與大人的時間觀差別，據說被稱作「時間知覺的差異」。

小時候會因為要去遠足而期待得睡不著覺。興奮地想像各種新事件會讓時間感覺變得更長。現在成為大人之後，我們還能像兒時一般感受到時間很長嗎？如果能抱著重回孩提時代的心情，挑戰新的事情，試著享受每一天 54 。

單字 **気がつく きがつく** 注意到 | **過ぎる すぎる** 動 過
つい 副 不久 | **迎える むかえる** 動 迎接
～たばかり 剛剛才～ | **経つ たつ** 動 時間流逝
速さ はやさ 名 速度 | **感じる かんじる** 動 感覺
筆者 ひっしゃ 名 筆者 | **重ねる かさねる** 動 疊加
～につれて 隨著～ | **どんどん** 副 接連變化 | **速度 そくど** 名 速度
不思議だ ふしぎだ な形 不可思議的 | **調べる しらべる** 動 查詢
生活 せいかつ 名 生活 | **思い出す おもいだす** 動 想起
～てみる 試著～ | **新学期 しんがっき** 名 新學期
遠足 えんそく 名 遠足 | **運動会 うんどうかい** 名 運動會
行事 ぎょうじ 名 活動 | **くり返す くりかえす** 動 反覆
成長 せいちょう 名 成長 | **経験 けいけん** 名 經驗
～にとって 對～來說 | **出来事 できごと** 名 事件
連続 れんぞく 名 連續 | **情報 じょうほう** 名 資訊、情報
つまり 副 也就是說
時間あたり じかんあたり 名 每段時間、每個小時
量 りょう 名 量 | **理由 りゆう** 名 理由
～に比べて ～にくらべて 比起～
成長しきる せいちょうしきる 動 長大
習慣化 しゅうかんか 名 成為習慣 | **違い ちがい** 名 差異
楽しみ たのしみ 名 期待 | **眠る ねむる** 動 睡、入眠
わくわく 副 興奮 | **色々だ いろいろだ** な形 各式各樣的
想像 そうぞう 名 想像 | **～ことができる** 可以～
戻る もどる 動 返回 | **つもり** 名 打算 | **チャレンジ** 名 挑戰

50

1 那之中	**2 其中**
3 那樣的	4 這樣的

解析 本題要根據文意，選出適當的指示詞。空格後方連接的「**一人**（一人）」指的是前一句話「**時の経つ速さを感じる人**（感覺到時光流逝的人）」當中的一人，因此答案要選 2 **その**。

51

1 試著…的話	2 即使試著…
3 試著…的時候	**4 試著…結果**

解析 本題要根據文意，選出適當的文法。空格後方連接：「**おもしろいことが分かった**（發現了有趣的事情）」，表示發現了某個新事實，因此空格所在的句子表示「**調べてみたところ、おもしろいことが分かった**（試著調查過後，發現了有趣的事情）」最符合文意，答案要選 4 **みたところ**。

單字 **～たところ** 一～就～

52

1 舉例來說	2 而且
3 或者	4 簡單來說

解析 本題要根據文意，選出適當的連接字詞。空格前方的段落提到：「**10 代より 20 代、20 代より 30 代と、年を重ねるにつれてどんどんその速度が速くなるように感じる**（二十幾歲比十幾歲快、三十幾歲又比二十幾歲快，感覺隨著年齡增長，歲月流逝的速度越來越快）」，而空格所在的段落則以小時候的經驗為例，與大人感受到的時間流逝速度比較，因此答案要選 1 **例えば**。

單字 **例えば たとえば** 副 舉例來說 | **しかも** 接 而且 | **あるいは** 接 或者
要するに ようするに 副 簡單來說

53

1 a 少 b 多	**2 a 多 b 少**
3 a 低 b 高	4 a 高 b 低

解析 本題要根據文意，選出適當的字詞。第一個空格的前一句話提到：「**子供にとって毎日が新しい出来事の連続なのだ。新しい出来事が多いと、新しい情報も多い**（對小孩來說，每天都有新事物不斷發生，有很多新的事件、很多新的資訊）」，表示對小孩來說，「**時間あたりの新しい情報の量が多い**（每小時接觸到大量的新資訊）」。第二個空格前方針對大人提到：「**行事や毎日の仕事が習慣化しやすく**（活動或每天的工作容易成為常態）」，表示對大人來說「**時間あたりの新しい情報の量が少ない**（每小時接觸到的新資訊較少）」，因此答案要選 2a **多い** b **少ない**。

54

1　莫過於…	**2　說不定也不錯**
3　恐怕會…吧	4　絕不能…

解析 本題要根據文意，選出適合填入句末的文法句型。空格前方提到不曉得在長大成人後，能否體驗到跟小孩相同的時間感受，因此空格所在的句子表示「**もう一度子供に戻ったつもりで、何か新しいことにチャレンジして一日一日を楽しんで過ごしてみるのもいいかもしれない**（再次重返小時候的時光，挑戰一些新的事物，享受著每一天，說不定也不錯）」最符合文意，答案要選 2 **のもいいかもしれない**。

單字 **～に越したことはない ～にこしたことはない** 莫過於～
～かもしれない 說不定～｜**～おそれがある** 恐怕會～
～わけにはいかない 不能～

文法

讀解

問題10 內容理解（短篇）

實力奠定

p.260

01 ①　02 ②　03 ②　04 ①　05 ②
06 ①

01

　　我以前無法理解買很多本參考書的人。因為我認為就算只有一本參考書，只要確實讀進去就非常足夠了。**不過我後來才知道，不同參考書說明及整理的方式都不同，在閱讀多本參考書時，總能學習到多樣化的內容。**

以下何者符合作者的想法？
① **因為能學習到各式各樣的內容，所以有必要看各種參考書**
② 要為考試做準備的話，只要充分讀懂一本參考書就夠了

單字 **昔 むかし** 名 以前｜**参考書 さんこうしょ** 名 參考書
理解 りかい 名 理解｜**しっかり** 副 確實地
十分だ じゅうぶんだ な形 充分的｜**～によって 根據～**
説明 せつめい 名 說明｜**整理 せいり** 名 整理
仕方 しかた 名 方法｜**～たびに 每次～**
様々だ さまざまだ な形 各式各樣的｜**内容 ないよう** 名 內容
学ぶ まなぶ 動 學習｜**多様だ たようだ** な形 多樣的
必要 ひつよう 名 必要｜**試験 しけん** 名 考試

02

　　一邊觀賞喜歡的運動一邊在旁加油雖然也很棒，**不過試著實際從事喜歡的運動的話，能夠更深入的瞭解該項運動。**對運動的理解更深之後，應該也能更能享受觀賽及加油的樂趣。

作者為什麼認為應該直接試著從事喜歡的運動？
① 因為比起觀賽和加油，直接從事運動更有趣
② **因為能夠更詳細理解喜歡的運動**

單字 **観覧 かんらん** 名 觀看｜**応援 おうえん** 名 加油
実際 じっさい 名 實際｜**理解 りかい** 名 理解
深める ふかめる 動 加深｜**深まる ふかまる** 動 變深
より 副 更加｜**一層 いっそう** 副 更加
感じる かんじる 動 感覺｜**直接 ちょくせつ** 名 直接
詳しい くわしい い形 詳細的、知之甚詳

03

　　我家的孩子非常喜歡出門玩耍。一到週末就會一直吵著要去遊樂園玩。我問了朋友家，他說他們經常一家人一起去遊樂園玩。當然與孩子一起玩耍的時間也很重要。**不過我還是希望週末能充分休息，作為平日辛苦工作的獎勵。**

作者對於週末跟孩子一起去遊樂園的想法為何？
① 因為與孩子一起玩耍的時間很少，所以週末最好常去遊樂園玩
② **雖然去遊樂園對孩子來說很開心，不過作者在週末需要休息時間**

單字 **遊ぶ あそぶ** 動 玩｜**週末 しゅうまつ** 名 週末
遊園地 ゆうえんち 名 遊樂園｜**しつこい** い形 煩人的、執拗的
そろう 動 集結｜**頻繁だ ひんぱんだ** な形 頻繁的
もちろん 副 當然｜**重要だ じゅうようだ** な形 重要的
平日 へいじつ 名 平日｜**いっしょうけんめいだ** な形 努力的
ごほうび 名 獎勵｜**しっかり** 副 確實地
必要だ ひつようだ な形 必要的

04

共用垃圾桶撤除公告
　　事務室玄關前原本設有共用垃圾桶，不過由於垃圾分類不確實，導致出現臭味，因此預計要撤除。**此後請使用個人垃圾桶，丟垃圾時請直接將垃圾帶到一樓垃圾場丟棄。**還請各位協助。

這篇文章最重要的寫作目的為何？
① **為了告知大家準備個人垃圾桶**
② 為了拜託大家保持共用垃圾桶的整潔

單字 **共用 きょうよう** 名 共用｜**ゴミ箱 ゴミばこ** 名 垃圾桶
撤去 てっきょ 名 撤除｜**お知らせ おしらせ** 名 公告
事務室 じむしつ 名 辦公室｜**設置 せっち** 名 設置
分別 ぶんべつ 名 分類｜**しっかり** 副 確實地
臭い におい 名 臭味｜**原因 げんいん** 名 原因
予定 よてい 名 預定｜**個人用 こじんよう** 名 個人用
利用 りよう 名 使用｜**捨てる すてる** 動 丟棄｜**際 さい** 名 時候
ゴミ捨て場 ゴミすてば 名 垃圾場｜**直接 ちょくせつ** 名 直接
協力 きょうりょく 名 協助｜**準備 じゅんび** 名 準備
求める もとめる 動 要求、請求

05

吸塵器相關問題

我在一個月前購買了貴公司的吸塵器，不過不到一個禮拜就壞掉了送去修理。但是修理後不到三天，又發生故障了。我認為不斷發生故障的原因，也許是出在產品本身。**想請您確認是否能夠更換新品。**

這篇文章最重要的寫作目的為何？

① 詢問是否能夠再維修故障的產品

② 詢問是否能夠將故障的產品換成新品

單字 **掃除機 そうじき**名吸塵器 | **問い合わせ といあわせ**名詢問
貴社 きしゃ名貴公司 | **購入 こうにゅう**名購買
経つ たつ動時間經過 | **～うちに** 在～之內
壊れる こわれる動壞掉 | **修理 しゅうり**名修理
受ける うける動接受 | **故障 こしょう**名故障
相次ぐ あいつぐ動接連發生 | **理由 りゆう**名理由
製品 せいひん名產品 | **自体 じたい**名本身 | **交換 こうかん**名交換
確認 かくにん名確認

06

新產品預購資訊

4 月預計發售新產品礦物氣墊粉餅。**針對本日起至 3 月 15 日前預購者，敝公司將提供 15% 折扣優惠及贈品輕鬆收納小包。**對 3 月 16 日至正式販售前預購的消費者，則會提供 15% 折扣優惠。

有關新產品預購，以下何者正確？

① 今日起至 3 月 15 日前預購的話，就能得到 15% 折扣優惠及一個小包

② 今日起至 3 月 15 日前預購的話，只能得到 15% 折扣優惠

單字 **新製品 しんせいひん**名新產品
先行予約 せんこうよやく名提前預約
案内 あんない名指引、介紹 | **発売 はつばい**名發售
予定 よてい名預定、預計 | **割引 わりびき**名折扣
特典 とくてん名特殊贈品 | **収納 しゅうのう**名收納
楽々 らくらく副輕鬆 | **ポーチ**名小包
差し上げる さしあげる動給（あげる之謙讓語）
提供 ていきょう名提供 | **おまけ**名附加

實戰測驗 1

p.262

55 3　**56** 2　**57** 4　**58** 2　**59** 4

問題 10　請閱讀以下文章（1）至（5），並針對文章後提問，從 1、2、3、4 選項中選出最適當的回答。

55

一般認為狗從出生起算約一年半之後即會成為「成犬」。雖然依照犬種不同，小型、中型與大型犬的成長速度多少會有一點差異，不過成犬後，狗每過一年即約等同過了人類的四年。狗的成長速度與人類不同，一瞬間就會變成大人。

狗的童年期雖然很短，不過在幼犬時確實「管教」小狗是非常重要的。因為如果不好好管教，狗就會咬人，或無法與人類建立起良好的主從關係。

（註）しつけ：教導禮儀、規範及規則等

下列何者符合作者的意見？

1 不管是哪種狗的成長速度都一致。

2 狗的成長速度比人類晚一年半左右。

3 小狗出生後起算一年半內的時間，對於人與狗的關係相當重要。

4 應該在小狗出生一年半之後開始管教。

解析 本題詢問隨筆中筆者的想法。反覆出現在選項中的單字有「**犬**（狗）、**一年半**（一年半）、**生まれて**（出生）」，請在文中找出這些單字，確認筆者的想法。文章開頭寫道：「**犬が「成犬」になるのは犬が生まれてから一年半くらい**（狗在出生約一年半後變成「成犬」）」，以及第二段寫道：「**その間にしっかり「しつけ」をすることが大切です**（重要的是在此期間確實進行「禮儀教育」）」。綜合上述，答案要選 3 **犬との関わりは生まれてから一年半が重要である**（與狗之間的關係自出生起一年半內很重要）。

單字 **成犬 せいけん**名成犬
～と言われる ～といわれる 據說～
小型 こがた名小型 | **中型 ちゅうがた**名中型
大型 おおがた名大型 | **犬種 けんしゅ**名犬種
～によって 根據～ | **多少 たしょう**副多少
変わる かわる動改變 | **その後 そのあと**副那之後
人間 にんげん名人類 | **歳を重ねる としをかさねる** 年紀增長
成長 せいちょう名成長 | **あっという間 あっというま** 一瞬間
～てしまう 表示動作完結或後悔、遺憾 | **時期 じき**名時期
その間 そのあいだ 那之中 | **しっかり**副確實地
しつけ名管教 | **かみ付く かみつく**動咬住
主従関係 しゅじゅうかんけい名主從關係 | **うまく**副好好地
築く きずく動建立 | **速さ はやさ**名速度
遅い おそいい形慢的、遲的 | **関わり かかわり**名關係
重要だ じゅうようだな形重要的 | **始める はじめる**動開始
～べきだ 應該～

56

以下是某公司所發的信件內容。

各位員工

目前設置於一樓大廳的咖啡機將於本週五撤除。

雖然我們至今都提供免費的咖啡給各位員工享用，不過由於使用咖啡機的人數有減少的趨勢，對於總務部員工而言，

要為了少數使用者每天清洗咖啡機、下訂單以及進行管理變得越來越不容易。

今後還請各位員工各自購買飲料或自備飲料。

總務部

admin-jp@abc.co.jp

(註 1) 撤去する：移出該地
(註 2) 洗浄する：洗

這篇文章最主要的寫作目的為何？

1 告知員工由於總務部員工減少，難以管理咖啡機

2 告知員工由於咖啡機將撤除，下週起請員工各自準備飲料

3 因為咖啡機使用者減少，希望各位員工多加使用

4 因為咖啡機故障，希望員工各自準備飲料

解析 電子郵件屬於應用文，本題詢問撰寫該郵件的主要目的。反覆出現在選項中的單字有「**コーヒーマシン**（咖啡機）、**飲み物**（飲料）」，請在文中找出相關內容。第一段寫道：「**コーヒーマシンは今週金曜日に撤去される**（咖啡機將於本週五撤走）」，以及最後一段寫道：「**今後は各自で飲み物を購入しに行く、または持参するなどしていただけますよう、お願いいたします**（麻煩以後請自行去買飲料、或是自行攜帶）」。綜合上述，答案要選 2 **コーヒーマシンがなくなるので、来週からは飲み物を各自で用意することを知らせること**（因為下週起便沒有咖啡機，通知大家自行準備飲料）。

單字 **社員 しゃいん**名公司職員｜**各位 かくい**名各位
現在 げんざい名現在｜**ロビー**名大廳｜**設置 せっち**名設置
コーヒーマシン名咖啡機｜**撤去 てっきょ**名撤除
～ことになる 決定～｜**皆様 みなさま**名各位
無料 むりょう名免費｜**提供 ていきょう**名提供
利用者 りようしゃ名使用者｜**減少 げんしょう**名減少
傾向 けいこう名傾向｜**～ために** 為了～
総務部員 そうむぶいん名總務部員工｜**洗浄 せんじょう**名洗淨
発注 はっちゅう名下訂單｜**管理 かんり**名管理
今後 こんご名此後｜**各自 かくじ**名各自
購入 こうにゅう名購買｜**または**接或者
持参 じさん名帶來、自備｜**知らせる しらせる**動告知
用意 ようい名準備｜**～てほしい** 希望～
故障中 こしょうちゅう名故障中

57

中小學生需要智慧型手機嗎？最近人們開始思考應該讓中小學生攜帶手機到學校。其理由是因為如果地震與上學時間重疊的話，如果不帶手機，家長將無法確認孩子的安全。

不過身邊有智慧型手機，可能會使孩子無法專心上課。另外，孩子在外面玩的時間也會減少，孩子們原有的學習機會也可能被手機剝奪。因此，我不贊成應該重新檢討手機禁令。

作者如何看待中小學生的智慧型手機？

1 安全考量上，應該要讓中小學生也能帶智慧型手機到學校。

2 為了讓家長安心，應該讓中小學生帶手機到學校。

3 中小學生很難自主管控智慧型手機的使用，所以不應該帶進學校。

4 因為會減少學生參加學習活動的機會，因此中小學生不應該帶智慧型手機到學校。

解析 本題詢問隨筆中筆者的想法。反覆出現在選項中的單字有「**学校**（學校）、**スマートフォン**（智慧型手機）、**持ち込む**（帶進來）」，請在文中找出這些單字，確認筆者如何看待中小學生有智慧型手機。第一段寫道：「**最近、小中学生がスマートフォンを学校へ持ち込むことが検討**（最近在商討讓中小學生帶智慧型手機到學校）」，以及第二段中寫道：「**外遊びの時間も減り、子供達の本来の学習の機会が奪われるおそれもあります**（減少在外玩樂的時間，還可能會剝奪孩子原有的學習機會）」。綜合上述，答案要選 4 **学習活動の機会が減るので、小中学生が学校にスマートフォンを持ち込まないほうがいい**（讓學習的機會減少，因此中小學生最好不要帶智慧型手機到學校）。

單字 **小中学生 しょうちゅうがくせい**名中小學生
スマートフォン名智慧型手機｜**必要だ ひつようだ**な形有必要的
最近 さいきん名最近｜**持ち込む もちこむ**動帶進
検討 けんとう名研議｜**始める はじめる**動開始
理由 りゆう名理由｜**地震 じしん**名地震
通学 つうがく名往返學校｜**重なる かさなる**動重疊
親 おや名父母｜**安全 あんぜん**名安全｜**確認 かくにん**名確認
～ため 為了～｜**身近 みぢか**名身旁｜**集中 しゅうちゅう**名集中
～かもしれない 可能會～｜**外遊び そとあそび**名在戶外玩樂
減る へる動減少｜**本来 ほんらい**名本來
学習 がくしゅう名學習｜**機会 きかい**名機會
奪う うばう動奪取｜**～おそれがある** 恐怕會～
ですから接因此｜**規則 きそく**名規定
見直し みなおし名重新檢視｜**賛成 さんせい**名贊成
～かねる 難以～｜**～たほうがいい** ～比較好
安心 あんしん名安心｜**管理 かんり**名管理
活動 かつどう名活動

58

〒 108-0074
東京都港區高輪 1-2-3-2040
路易斯 ・ 村上 收
優惠特賣會訊息

感謝您經常使用 Mono Shoppers。

我們今年預計於 7 月 13 日（六）舉辦一年一度的貴客專屬優惠特賣會。

人氣流行服飾、首飾雜貨，以及泳裝及浴衣等皆可享最高 3 折優惠。上述品項只要購買 5 件以上，就能再獲得標價 9 折優惠。

請不要錯過這個機會。

另外，這次的貴客專屬特賣活動需持本明信片才能夠進入特賣會店面內。請特別留意。

有關這張明信片中所介紹的特賣會內容，以下何者正確？

1 特賣會中只要持會員證進入會場，即可享全品項3折優惠。

2 特賣會中只要持明信片進入會場，購買5件以上的商品就會更便宜。

3 所有人皆可進入特賣會場，只要購買5件以上的商品，即可享全品項3折優惠。

4 在特賣會場結帳台出示明信片，即可享全品項9折優惠。

解析 明信片屬於應用文，本題詢問可從明信片中得知的內容。反覆出現在選項中的單字有「**会場へ入れて**（可入場）、**7割引**（三折優惠）**5点以上**（五件以上）、**はがき**（明信片）」，請在文中找出相關內容。明信片中間寫道：「**どれでも5点以上購入されますと、表示されている値段から更に10%オフ**（若購買任一商品超過五件以上，便額外享有標示價格的九折優惠）」，以及最後一段寫道：「**セール会場となる店内への入場にはこちらのはがきが必要**（需持有該張明信片，才能進入特賣會場）」。綜合上述，答案要選2 **セールは、はがきを持参すれば会場へ入れて、5点以上買うとさらに安くなる**（只要持有明信片便能進入特賣會場，購買五件以上更為優惠）。

單字 **優待 ゆうたい**名優待｜**セール**名特賣
案内 あんない名指引、介紹｜**ショッパーズ**名購物者
お得意様 おとくいさま名老主顧｜**限定 げんてい**名限定
本年 ほんねん名今年｜**決定 けってい**名決定
人気 にんき名人氣｜**ファッション**名流行、時尚
アクセサリー名配件｜**雑貨 ざっか**名雜貨、日用品
水着 みずぎ名泳衣｜**浴衣 ゆかた**名浴衣
最大 さいだい名最大、最多｜**オフ**名折扣｜**点 てん**名品項
以上 いじょう名以上｜**購入 こうにゅう**名購買
表示 ひょうじ名標示｜**値段 ねだん**名價格
更に さらに副更加｜**ぜひ**副務必｜**機会 きかい**名機會
見逃す みのがす動錯過｜**会場 かいじょう**名會場
店内 てんない名店內｜**入場 にゅうじょう**名入場
はがき名明信片｜**必要 ひつよう**名必要｜**注意 ちゅうい**名注意
紹介 しょうかい名介紹｜**会員証 かいいんしょう**名會員證
持参 じさん名帶來｜**割引 わりびき**名折扣｜**レジ**名結帳台
全品 ぜんぴん名全品項

59

「報・連・相」指的是報告、聯絡、商量，這是身為社會人士的基本概念，能讓工作更加順利，不過卻容易被誤解為上司單方面教育部下的方法。

如果上司在犯錯時一味的指責部下，部下就會因為緊張而難以找上司商量。知道有錯誤之後，與部下一起解決問題是上司的責任。也就是說，如果不只是部下，連上司也一起執行「報・連・相」的話，就能夠建立彼此的信賴關係，讓職場環境更適宜工作。

以下何者符合作者的想法？

1 職場氛圍讓人難以開口，因此上司與部下不容易溝通。

2 職場中有信賴關係，因此上司與部下的溝通並不難。

3 「報・連・相」是上司對部下的教育方式之一。

4 「報・連・相」是部下與上司互相溝通的方式。

解析 本題詢問隨筆中筆者的想法。反覆出現在選項中的單字有「**上司**（上司）、**部下**（下屬）、**コミュニケーション**（溝通）、**ほうれんそう**（報・連・相）」，請在文中找出這些單字，確認筆者的想法。文末寫道：「**「ほうれんそう」を部下だけでなく上司からもしていけば、お互いの信頼関係が生まれ、働きやすい職場になっていくのである**（若「報・連・相」不僅由下屬來做，上司也做的話，彼此便會建立信賴關係，職場也會變得更適合工作」，因此答案為4「**ほうれんそう」は、部下と上司がお互いにするコミュニケーションの方法である**（「報・連・相」為下屬與上司彼此溝通的方式）。

單字 **ほうれんそう**名報・連・相（ほうこく（報告）、れんらく（聯絡）、そうだん（商量）之縮略語）
ほうこく名報告｜**連絡 れんらく**名聯絡
相談 そうだん名商量、諮詢｜**スムーズだ**な形順暢的
～ための 為了～的｜**社会人 しゃかいじん**名社會人士
基本 きほん名基本｜**上司 じょうし**名上司｜**部下 ぶか**名下屬
一方的だ いっぽうてきだな形單方向的｜**教育 きょういく**名教育
方法 ほうほう名方法｜**誤解 ごかい**名誤解
～がちだ 容易～、經常～｜**ミス**名失誤｜**しかる**動責罵
～ばかり 剛剛～、只～｜**緊張 きんちょう**名緊張
～てしまう 表示動作完結或後悔、遺憾
解決 かいけつ名解決｜**役目 やくめ**名職務｜**つまり**接也就是說
お互い おたがい名互相｜**信頼 しんらい**名信賴
関係 かんけい名關係｜**職場 しょくば**名職場
雰囲気 ふんいき名氣氛｜**コミュニケーション**名溝通

實戰測驗 2

p.267

55 4 **56** 1 **57** 2 **58** 2 **59** 4

問題10 請閱讀以下文章(1)至(5)，並針對文章後提問，從1、2、3、4選項中選出最符合的回答。

55

有點想遠離日常去泡溫泉。雖然有箱根、草津、別府等有名的溫泉勝地，不過這些地方離住處很遠，要住宿的話也很花錢，因此不太有辦法說去就去。遇到這種狀況，我推薦能在住家附近悠閒享受大浴池的「超級錢湯」。館內也有餐廳、能躺下休息的地方及按摩服務等。即使不特別出遠門也能夠盡興及放鬆休息。能隨興在週末或下班路上就去泡溫泉也是一大優點。

以下何者符合作者的想法？

1　有名的溫泉勝地因為能夠隨興去拜訪所以很推薦。

2　有名的溫泉勝地因為很花錢，所以不太容易去。

3　超級錢湯離公司很近，所以很方便去。

4　超級錢湯是能在家附近就享受泡湯的好地方。

解析 本題詢問隨筆中筆者的想法。反覆出現在選項中的單字有「**有名な温泉地**（知名溫泉區）、**スーパー銭湯**（超級錢湯）」，請在文中找出這些單字，確認筆者的想法。文章中間寫道：**「近い場所でゆっくりと大きなおふろに入れる「スーパー銭湯」がおすすめだ**（推薦可以就近踏入放鬆的大浴池「超級錢湯」）」，以及後半段寫道：「**わざわざ遠い所まで出かけなくても、十分楽しめるし、リフレッシュすることができる**（不用特地跑到很遠的地方，也能充分享受和充電）」。綜合上述，答案要選 4 **スーパー銭湯は近い場所で楽しめるいい場所だ**（超級錢湯是可以就近享受的好去處）。

單字 **日常 にちじょう**名日常生活｜**離れる はなれる**動離開
温泉 おんせん名溫泉｜**～ことがある** 有時～、偶爾～
箱根 はこね名箱根（地名）｜**草津 くさつ**名草津（地名）
別府 べっぷ名別府（地名）｜**温泉地 おんせんち**名溫泉勝地
宿泊 しゅくはく名住宿｜**費用 ひよう**名費用｜**なかなか**副不太
簡単だ かんたんだな形簡單的
スーパー銭湯 スーパーせんとう名超級錢湯（較高級的澡堂）
おすすめ名推薦｜**館内 かんない**名館內
横になる よこになる 躺下｜**マッサージサービス**名按摩服務
わざわざ副特地｜**十分だ じゅうぶんだ**な形充分的
リフレッシュ名恢復活力｜**週末 しゅうまつ**名周末
会社帰り かいしゃがえり名下班路上
気軽だ きがるだな形簡單的、輕鬆的

56

以下為某網路商店所發之電子郵件。

收件者：sameze@email.com
主旨：客戶點數相關通知
寄件日期：令和 2 年 4 月 18 日

我們依您在前幾天所消費之金額，提供了點數 1400 點。購物時可使用點數折抵，點數 1 點等同於 1 日圓。

另外，您所擁有的點數 5400 點中有 1200 點不論是否有購物行為，都將於下個月底 6 月 30 日失效。

現在線上商店中正陸續推出特價商品及本季新商品。請務必把握使用點數的機會，用優惠價格購入商品。

（註 1）付与する：給予
（註 2）失効：在此指變得無法使用

本封郵件最重要的寫作目的為何？

1　告知顧客上次購物有新獲得點數 1400 點。

2　告知顧客若不購物會失去點數 1200 點。

3　告知顧客在網路商店中有特價商品及新商品。

4　告知顧客可使用點數於網路商店購物。

解析 電子郵件屬於應用文，本題詢問撰寫該郵件的主要目的。反覆出現在選項中的單字有「**買い物**（購物）、**ポイント**（點數）、**オンラインショップ**（網路商店）」，請在文中找出相關內容。郵件開頭寫道：「**先日のお客様の購入金額に応じて、1,400 ポイントを付与いたしました**（根據顧客前幾天消費的金額，為您送上 1400 點）」，並在文默寫道：「**ぜひポイントをご活用ください**（請務必使用點數）」。綜合上述，答案要選 1 **前回の買い物で、新しく 1,400 ポイントがもらえたことを知らせる**（通知上次的購物獲得 1400 點）。

單字 **オンラインショップ**名網路商店｜**あて先 あてさき**名收件者
件名 けんめい名主旨｜**ポイント**名點數
令和 れいわ名令和（日本年號）｜**先日 せんじつ**名前幾天
購入 こうにゅう名購買｜**金額 きんがく**名金額
～に応じて ～におうじて 因應～｜**付与 ふよ**名給予
際 さい名時候｜**利用 りよう**名使用｜**可能 かのう**名可以
なお副另外｜**来月末 らいげつまつ**名下個月底
限り かぎり名限制｜**保有 ほゆう**名保有｜**有無 うむ**名有無
～にかかわらず 不管～｜**失効 しっこう**名失效
現在 げんざい名現在｜**値下げ商品 ねさげしょうひん**名降價商品
～に加えて ～にくわえて 除～之外
今シーズン こんシーズン名本季
新商品 しんしょうひん名新商品｜**続々 ぞくぞく**副接續地
登場 とうじょう名登場｜**お得 おとく**名划算｜**チャンス**名機會
活用 かつよう名活用、利用｜**前回 ぜんかい**名上次
知らせる しらせる動告知

57

最近也有很多小學生有自己的手機。根據調查顯示，許多家長會單純為了讓孩子跟家人聯絡而給小孩手機。不過，實際上有更多孩子是用手機來與朋友連絡以及上網。也有孩子在家長不注意時受害。專家說應該全家一起討論使用手機的規則。不過要保護孩子的安全，大概也不是那麼簡單的事吧。

作者對孩子使用手機的看法為何？

1　家人間共同討論手機使用規定的話，孩子就能安全使用手機。

2　要保護孩子避免危險不是簡單的事。

3　孩子比家長更擅長使用手機。

4　如果是以與家人聯絡為目的，提供手機就沒有問題。

解析 本題詢問隨筆中筆者的想法。反覆出現在選項中的單字有「**子ども**（孩子）、**家族**（家人）」，請在文中找出這些單字，確認筆者如何看待孩子使用手機一事。文章後半段寫道：「**携帯電話を使う際のルールを家族で話し合うことが大切だという。しかし、子どもの安全を守ることはそんなに簡単なことではないのではないか**（家人之間互相討論使用手機的規則很重要，但是，保護孩子的安全並非那麼簡單的事）」，因此答案為 2 **子どもを危険から守ることは簡単なことではない**（保護孩子免於危險並非易事）。

單字 **最近** さいきん 名 最近 | **携帯電話** けいたいでんわ 名 手機
小学生 しょうがくせい 名 小學生 | **調査** ちょうさ 名 調查
～によると 根據～ | **連絡** れんらく 名 聯絡
実際 じっさい 名 實際 | **インターネット** 名 網路
気付く きづく 動 注意 | **犯罪** はんざい 名 犯罪
被害 ひがい 名 受害 | **～こともある** 也有～的狀況
専門家 せんもんか 名 專家 | **際** さい 名 時候 | **ルール** 名 規則
話し合う はなしあう 動 對話 | **安全** あんぜん 名 安全
守る まもる 動 保護 | **簡単だ** かんたんだ な形 簡單的
危険 きけん 名 危險 | **目的** もくてき 名 目的
与える あたえる 動 給予

58

我工作的地方是一間收容沒有家長的孩子及無法與家長同住的孩子的設施。開始在這裡工作之後，我瞭解到孩子就算沒有父母，也能在親切的職員的照顧下安心生活。即使如此，這個設施並不是以一般家庭的方式養育孩子。例如澡堂很大、大家會一起在大餐廳裡吃飯等等。據說在這裡長大成人的孩子，可能會不瞭解一般家庭的規格。因此政府也在持續檢討現有制度，讓孩子不用在這樣的設施中成長，而是被領養至一般家庭中長大。

作者在這間設施中工作所理解之事為何？
1 這間設施中的孩子會像在一般家庭中的孩子一樣成長。
2 設施中有不知道一般家庭的浴池大小等狀況的孩子。
3 在設施中能像在一般家庭中一樣安心的生活。
4 制度變動後，在一般家庭中成長的孩子增加了。

解析 本題詢問隨筆中筆者在該機構工作後發現的事情。反覆出現在選項中的單字有「**施設**（機構）、**一般家庭**（一般家庭）、**子ども**（孩子）」，請在文中找出這些單字，確認筆者的發現為何。文章後半段寫道：「**お風呂が大きかったり、一斉に食堂で食事をしたりするなど、普通の家庭のサイズを知らないまま大人になること**（浴缸很大、一起在餐廳用餐等，在不曉得一般家庭浴缸尺寸的情況下長大成人）」，因此答案為 2 **一般家庭にあるお風呂などのサイズを知らない子どもがいる**（有孩子不曉得一般家庭的浴缸大小）。

單字 **生活** せいかつ 名 生活 | **施設** しせつ 名 設施
～ようになる 變得～ | **～てから** ～之後
職員 しょくいん 名 職員 | **～のもとで** 在～之下
安心 あんしん 名 安心 | **だからといって** 即使如此
一般家庭 いっぱんかてい 名 一般家庭
育つ そだつ 動 成長 | **～わけではない** 並不是～
例えば たとえば 副 舉例來說 | **一斉に** いっせいに 副 一齊
普通だ ふつうだ な形 普通的 | **サイズ** 名 尺寸
～まま 維持～的狀態 | **そのため** 因此
引き取る ひきとる 動 承接、領養 | **制度** せいど 名 制度
見直す みなおす 動 重新檢視 | **～つつある** 正在持續～
暮らす くらす 動 生活 | **増える** ふえる 動 增加

59

前幾天看到小狗打呵欠，因為很可愛想拍下來，卻沒有拍到。相機是記錄回憶不可或缺的工具，但我們不會隨時都拿著相機，偶爾也會錯過拍照的機會。不過人類能夠「記得」事物，因此不論何時何地都能毫無遺漏的記下我們感知的事。換個方式想，所有人類大概都擁有比任何相機都更高階的「心之相機」。

以下何者符合作者的想法？
1 因為有可能錯過拍照時機，所以要隨時帶著相機出門。
2 只要有相機就能隨時記錄回憶，非常方便。
3 人雖然可以記得事情，不過相機的記錄能力更厲害。
4 人能夠記得事情，擁有比任何相機更優秀的記憶能力。

解析 本題詢問隨筆中筆者的想法。反覆出現在選項中的單字有「**カメラ**（照相機）、**記録**（記錄）、**人**（人）、**覚えておくこと**（記住）」，請在文中找出這些單字，確認筆者的想法。文章中間寫道：「**人間は「覚えておく」ことができるので、いつでもどこでも感じたことを逃さずに記録できる**（人類擁有「記憶」的能力，因此隨時隨地都能記錄自己的感受不會錯過）」，以及後半段寫道：「**人は皆、どんなカメラよりもすばらしい「心のカメラ」を持っているのかもしれない**（也許每個人都擁有比任何相機都優秀的「心靈照相機」）」。綜合上述，答案要選 4 **人は覚えておくことができ、どんなカメラよりもすばらしい記録能力を持っている**（人能夠記住，擁有比任何相機都優秀的紀錄能力）。

單字 **先日** せんじつ 名 前幾天 | **あくび** 名 呵欠
間に合う まにあう 動 趕上 | **思い出** おもいで 名 回憶
記録 きろく 名 紀錄 | **道具** どうぐ 名 道具 | **欠かす** かかす 動 缺漏
～わけではない 並不是～ | **チャンス** 名 機會
逃す のがす 動 錯過 | **人間** にんげん 名 人類
考え方 かんがえかた 名 思考方式 | **すばらしい** い形 出色的
～かもしれない 可能～ | **持ち歩く** もちあるく 動 帶著走
記録能力 きろくのうりょく 名 記録能力

實戰測驗 3

p.272

55 2　**56** 4　**57** 2　**58** 3　**59** 2

問題 10　請閱讀以下文章 (1) 至 (5)，並針對文章後提問，從 1、2、3、4 選項中選出最符合的回答。

55

學生在大學裡淺而廣泛地學習各式各樣的學問。與其相對的，在研究所裡則要針對自己的研究領域做更深入的研究。因此進到研究所的話，就能提高自己的專業性。而且研究所學生所身處的環境充滿了希望能透過研究更精進自己、想做

出成果的人，因此自己也會莫名產生必須要努力的心態，全心投入研究活動中。我認為提供這樣的環境的研究所，是能使人成長的場域。

以下何者符合作者的想法？

1 研究所是提升專業性的場所，並不存在其他的目的。

2 透過讀研究所，不只能做研究，也能讓自己成長。

3 如果生活在一群努力的人之中，會覺得自己的努力不夠。

4 能夠與進行相同研究的人共同活動是研究所的優點。

解析 本題詢問隨筆中筆者的想法。反覆出現在選項中的單字有「**大学院**（研究所）、**研究**（研究）、**自分**（自己）」，請在文中找出這些單字，確認筆者的想法。文章後半段寫道：「**自分も何とかがんばらなければという気持ちが働き、研究活動に打ち込むようになります。そのような場を提供してくれる大学院は、人としての成長につながる場所だと思います**（讓我產生了自己也要好好努力的想法，開始投入到研究活動中。我認為提供這樣一個地方的研究所，是有助於人成長的地方）」，因此答案為 2 **大学院で学ぶことによって、研究だけでなく自分を成長させることもできる**（透過在研究所學習，不僅僅是研究而已，還可以自我成長）。

單字 **様々だ さまざまだ**㊔形｜**学問 がくもん**名學問
浅い あさいい形淺的｜**～に対し ～にたいし** 與～相比
大学院 だいがくいん名研究所
研究分野 けんきゅうぶんや名研究領域｜**深い ふかい**い形深的
研究 けんきゅう名研究｜**ですから**接因此
大学院に進む だいがくいんにすすむ 繼續念研究所
自ら みずから名自身｜**専門性 せんもんせい**名專業性
～を通して ～をとおして 通過～｜**さらに**副更加
成果 せいか名成果｜**囲む かこむ**動圍繞
環境 かんきょう名環境
気持ちが働く きもちがはたらく 產生～的情緒
研究活動 けんきゅうかつどう名研究活動
打ち込む うちこむ動埋頭｜**場 ば**名場所
提供 ていきょう名提供｜**成長 せいちょう**名成長
つながる動連結、相關｜**目的 もくてき**名目的
学ぶ まなぶ動學習｜**努力 どりょく**名努力
足りない たりない 不足｜**活動 かつどう**名活動

56

據說受到少子化的影響，鎮上音樂教室裡的孩子減少了，不過中老年的學生卻持續增加。孩提時期有學過鋼琴的我也期待自己能夠迅速進步，因此開始去上音樂課。不過我卻沒能像預想中那樣變得擅長彈琴。在彈奏「天鵝湖」的曲子時，我發現了一件事。以優美姿態游泳的天鵝，在水面下其實不斷拼命的在踢動足蹼。要彈奏美麗的曲子，必須反覆進行無數次的練習。只有累積努力，才能夠演奏出美麗的音樂。

有關音樂，以下何者符合作者的想法？

1 為了彈奏美麗的曲子，所有人都在看不見的地方努力著。

2 中老年的學生不太能學好鋼琴。

3 小時候曾學過的樂器長大後再彈奏會很有趣。

4 為了演奏美麗的曲子，需要不斷累積努力。

解析 本題詢問隨筆中筆者的想法。反覆出現在選項中的單字有「**美しい曲**（優美的曲子）、**努力**（努力）」，請在文中找出這些單字，確認筆者對音樂的看法。文章後半段寫道：「**美しい曲が弾けるようになるには、何度も練習を繰り返さなければならないのだ。努力の積み重ねがあってはじめて、美しい音楽になるのである**（想要彈奏出優美的曲子，必須一遍又一遍地練習才行。唯有經過不斷的努力，才能成為美妙的音樂）」，因此答案為 4 **美しい曲を演奏するためには、努力の積み重ねが必要である**（為演奏出優美的曲子，需要不斷的努力）。

單字 **少子化 しょうしか**名少子化｜**影響 えいきょう**名影響
街 まち名城鎮｜**音楽教室 おんがくきょうしつ**名音樂教室
数 かず名數量｜**減る へる**動減少
中高年 ちゅうこうねん名中高齡｜**増える ふえる**動增加
ピアノ名鋼琴｜**上達 じょうたつ**名進步
期待 きたい名期待｜**通う かよう**動固定往返｜**ところが**接然而
なかなか副不太
白鳥の湖 はくちょうのみずうみ名天鵝湖（曲名）
曲 きょく名歌曲｜**気づく きづく**動注意、意識到
美しい うつくしいい形美麗的｜**姿 すがた**名姿態
水面 すいめん名水面｜**必死だ ひっしだ**な形拼命的
動かし続ける うごかしつづける 持續動
繰り返す くりかえす動反覆｜**努力 どりょく**名努力
積み重ね つみかさね名反覆累積｜**～てはじめて** 在～之後才
楽器 がっき名樂器｜**演奏 えんそう**名演奏
必要だ ひつようだな形必要的

57

以下為某公司的內部文件。

平成 29 年 8 月 1 日
致所有社員

總務部課長

防災訓練相關請求

9 月 1 日為防災之日。請各位一起做好防颱、防震的準備。

如前幾天通知，我們會實行防災訓練。訓練開始時，請在公司內的人全數配合參加。

因此，請各位確認避難背包中之物品，如有不足品項請各部門於 8 月 10 日前統整後告知總務部。

另外有關訓練內容，請參照 7 月 25 日的信件。

以上

本文件最希望傳達之主旨為何？

1 必須做好防災訓練的準備

2 要報告不足的避難物資

3 要到總務部拿避難物資

4 請全員參加防災訓練

解析 電子郵件屬於應用文，本題詢問該封郵件最想傳達的內容為何。反覆出現在選項中的單字有「**防災訓練**（防災訓練）、**避難用の品物**（避難用物品）」，請在文中找出相關內容。第三段寫道：「**避難用リュックサックの中の品物をご確認の上、不足品がありましたら、8月10日までに各部でとりまとめ、総務部までご連絡ください**（檢查避難包內的物品後，如有缺少的東西，請各部門在8月10日前彙整，並與總部聯繫）」，因此答案為2 **避難用の品物の不足分の報告をすること**（報告缺少的避難物品）。

單字 **社内 しゃない**名公司內｜**文書 ぶんしょ**名文書、文件
平成 へいせい名平成（日本年號）｜**社員 しゃいん**名公司員工
各位 かくい名各位｜**総務部 そうむぶ**名總務部
課長 かちょう名課長｜**防災訓練 ぼうさいくんれん**名防災演習
台風 たいふう名颱風｜**地震 じしん**名地震
～に備えて ～にそなえて 為～做準備｜**準備 じゅんび**名準備
先日 せんじつ名前幾天｜**お知らせ おしらせ**名告知
～た通り ～たとおり 按照～｜**実施 じっし**名實施
訓練開始 くんれんかいし名訓練開始
全員 ぜんいん名全員｜**参加 さんか**名參加
つきましては 因此、接續前文｜**避難用 ひなんよう**名避難用
リュックサック名背包｜**品物 しなもの**名物品
確認 かくにん名確認｜**～の上 ～のうえ** 在～之後
不足品 ふそくひん名不足品項｜**とりまとめる**動統整
連絡 れんらく名聯絡｜**内容 ないよう**名內容
メール名電子郵件｜**不足分 ふそくぶん**名不足的部分
報告 ほうこく名報告｜**受け取る うけとる**動領取

58

某天我坐在博愛座上，因為眼前站著年長者而打算讓位，結果對方非但沒有感謝我，說自己還沒有那麼老，反而是兇了我一頓。如果沒有注意到有年長者持續坐在博愛座上，又偶爾會被旁人說「你還是年輕人，應該站起來」。是否要讓座是個困難的問題。因為社會上有各式各樣的人，有人被讓座會很開心，有人被讓坐則會感到不快。最好的選擇也許是如果自己還有精力的話就避免坐在博愛座上。

以下何者符合作者的想法？
1 讓座時要等周遭的人開口再讓座。
2 就算被讓座也少有人會感到感激，所以不讓座。
3 就算被讓座，也有些人不覺得開心。
4 因為要不要讓座很難判斷，所以不要坐著。

解析 本題詢問隨筆中筆者的想法。反覆出現在選項中的單字有「**席**（座位）、**譲る**（禮讓）」，請在文中找出這些單字，確認筆者的想法。文章後半段寫道：「**席を譲られたらうれしいと思う人、譲られて不快な気持ちになる人と様々だ**（有各式各樣的人，有人很開心被讓座，也有人因為被讓座而感到不愉快）」，因此答案為3 **席を譲られても、うれしいと思わない人もいる**（有些人即使被讓座也不覺得開心）。

單字 **優先席 ゆうせんせき**名博愛座
年配の人 ねんぱいのひと 年長者
席を譲る せきをゆずる 讓座｜**年寄り としより**名老人
感謝 かんしゃ名感謝｜**～どころか** 別說～甚至～
怒る おこる動生氣｜**気がつく きがつく** 注意到
若い わかいい形年輕的｜**周り まわり**名周遭
不快だ ふかいだな形不愉快的
様々だ さまざまだな形各式各樣的｜**～かもしれない** 可能～

59

以下是紅茶販賣店所寄出的電子郵件。

各位客人
非常感謝各位長期使用 Tea House。
我們將於4月1日起舉辦春季紅茶特賣會。各位會員同樣可以像平常一樣以訂價9折購買商品，另外針對活動期間內購買春季新品的會員，我們將送上可於下次購物使用的20%折價券。
期待各位光臨本店。
https://tea-house.co.jp/fair
活動詳情請見官網。

有關本封信內介紹的會員優惠，以下何者正確？
1 在紅茶特賣會期間去購物，能獲得折價券。
2 紅茶特賣會期間內也能以9折優惠購買商品。
3 紅茶特賣會期間內能以8折優惠購買商品。
4 紅茶特賣會期間內，能以7折購買新品。

解析 電子郵件屬於應用文，本題詢問會員服務的內容。反覆出現在選項中的單字有「**紅茶フェアの期間**（紅茶特賣會期間）、**割引**（折扣）」，請在文中找出相關內容。郵件中間寫道：「**紅茶フェアを開催します。会員の皆様は普段のお買い物と同様に定価の10%引きで商品をご購入いただけます**（紅茶特賣會開跑，各位會員可以像往常購物一樣，以定價九折的優惠購買商品）」，因此答案為2 **紅茶フェアの期間も、1割引きで商品が買える**（在紅茶特賣會期間，也可以享有購買商品九折的優惠）。

單字 **販売店 はんばいてん**名販售店｜**届く とどく**動送達
メール名電子郵件｜**会員 かいいん**名會員｜**各位 かくい**名各位
利用 りよう名使用｜**フェア**名市集、特賣會
開催 かいさい名舉辦｜**普段 ふだん**名平常
同様だ どうようだな形同樣的｜**定価 ていか**名定價
商品 しょうひん名商品｜**購入 こうにゅう**名購買
期間中 きかんちゅう名期間內
新商品 しんしょうひん名新商品｜**求める もとめる**動購買
次回 じかい名下次｜**使用 しよう**名使用
割引券 わりびきけん名折扣券
差し上げる さしあげる動給（あげる之謙讓語）
来店 らいてん名來店｜**詳細 しょうさい**名詳細資訊
ホームページ名官方網站
会員サービス かいいんサービス名會員優惠

內容理解（中篇）

實力奠定

p.282

01 ①　02 ②　03 ①　04 ①　05 ②
06 ①

01

潔癖症指的是病態性地恐懼不乾淨的事物，追求潔淨的症狀。雖然部分症狀是追求完美、不知變通，不過並不是所有人都有這樣的狀況。潔癖症是壓力性恐懼症的一種，生活於現代社會中的人容易發病，潔癖症也與憂鬱症有關。

根據筆者說明，「潔癖症」的主要特徵為何？
① **病態性地恐懼不乾淨的事物，追求潔淨**
② 追求完美、不知變通。

單字 **潔癖症 けっぺきしょう** 名潔癖｜**不潔だ ふけつだ** な形不潔淨的
病的だ びょうてきだ な形病態的｜**恐れる おそれる** 動恐懼
清潔さ せいけつさ 名潔淨｜**追求 ついきゅう** 名追求
症状 しょうじょう 名症狀｜**完璧 かんぺき** 名完美
求める もとめる 動追求
融通が利く ゆうずうがきく 靈活、知變通｜**ストレス** 名壓力
恐怖症 きょうふしょう 名恐懼症｜**現代 げんだい** 名現代
社会 しゃかい 名社會｜**生きる いきる** 動生存
発症 はっしょう 名發病｜**うつ病 うつびょう** 名憂鬱症
関連 かんれん 名相關

02

許多上班族會在下班回家路上去運動。運動雖然對健康有益，不過也有必須注意的地方，即運動前一定要多少進行伸展，因為激烈運動有可能會突然地刺激肌肉。**尤其上班族一整天都坐在位置上，在肌肉緊繃的狀態下突然運動的話，可能會對身體造成負擔。**

上班族運動時為什麼需要特別注意？
① 因為劇烈運動會突然地刺激肌肉
② **因為突然運動有可能過度勉強身體**

單字 **運動 うんどう** 名運動｜**会社員 かいしゃいん** 名公司職員、上班族
健康 けんこう 名健康｜**注意 ちゅうい** 名注意｜**点 てん** 名點
必ず かならず 副一定｜**ストレッチ** 名伸展
激しい はげしい い形激烈的｜**筋肉 きんにく** 名肌肉
驚く おどろく 動驚嚇｜**可能性 かのうせい** 名可能性
特に とくに 副特別是｜**一日中 いちにちじゅう** 名一整天
緊張 きんちょう 名緊張｜**状態 じょうたい** 名狀態
突然 とつぜん 副突然｜**動く うごく** 動動
負担 ふたん 副負擔｜**～かもしれない** 可能會～
急に きゅうに 副突然｜**無理 むり** 名勉強

03

調整考試難易度是一件困難的事。尤其在進行標準參照式測驗時，特別需要盡量讓考試的難易度與前一次考試不會有太多的落差。考試簡單就容易通過、考試困難就不容易通過。如果過去的考試與這次考試的難易度有所落差，就會<u>產生問題</u>，**導致考試程度難度高和難度低的合格者，無關乎其程度都取得了同樣的合格結果。**

文中所謂的<u>產生問題</u>，指的是什麼問題？
① **即使通過考試的人實力不同，也會獲得一樣的合格結果。**
② 無法通過考試的人變多。

單字 **試験 しけん** 名考試｜**難易度 なんいど** 名難易度
調整 ちょうせい 名調整｜**特に とくに** 副特別是
絶対評価 ぜったいひょうか 名標準參照式測驗
場合 ばあい 名狀況｜**比べる くらべる** 動比較｜**差 さ** 名差異
合格 ごうかく 名合格、通過考試｜**もし** 副如果
以前 いぜん 名以前｜**今回 こんかい** 名這次
合格者 ごうかくしゃ 名及格者、通過考試者
水準 すいじゅん 名水準｜**異なる ことなる** 動不同
結果 けっか 名結果｜**受け取る うけとる** 動收到
発生 はっせい 名發生

04

隨著年歲增長，我開始喜歡去書店。閱讀書籍很有趣，而且我也喜歡處於適度的人群之中。最近開始有咖啡廳進駐書店，我還可以在書店中喝到自己最愛的咖啡。在我喜歡書店的理由之中，特別重要的一點是我喜歡<u>書店的味道</u>。**所謂書店的味道並不是在書店內的人的味道，也不是咖啡的味道，而是新書的味道。**

文中所謂的<u>書店的味道</u>指的是什麼？
① **新書的味道**
② 書店內的人的味道

單字 **月日 つきひ** 名歲月｜**経つ たつ** 動時間流逝
本屋 ほんや 名書店｜**適度だ てきどだ** な形適度的
人ごみ ひとごみ 名人潮｜**最近 さいきん** 名最近
カフェ 名咖啡廳｜**特に とくに** 副尤其是｜**匂い におい** 名氣味
人々 ひとびと 名人們

05

下雨天不但必須準備雨傘，也會妨礙戶外活動的進行，所以有人不喜歡雨天。不過我喜歡下雨天。**聽著雨聲能使身心放鬆**，在窗邊看著雨天的景色，就會莫名的感覺心情變好。不過，如果是預計要外出的日子，我就不太喜歡雨了。**因為洗濕衣服很麻煩，而且要除去家中的濕氣也非常費工。**

下列何者符合作者對雨天的想法？
① 因為喜歡下著雨的景色，所以下雨天會想要出門。
② 雖然喜歡聽雨聲，不過如果衣服濕掉會感到不便。

單字 **雨の日 あめのひ**名下雨天 | **準備 じゅんび**名準備
外部活動 がいぶかつどう名戶外活動 | **妨げ さまたげ**名妨礙
嫌がる いやがる動厭惡 | **音 おと**名聲音
心身 しんしん名心靈及身體 | **安らぐ やすらぐ**動平靜
景色 けしき名景色 | **なぜか**副不知為何 | **気分 きぶん**名心情
外出 がいしゅつ名外出 | **予定 よてい**名預定
濡れる ぬれる動濕 | **面倒だ めんどうだ**な形麻煩的
湿気 しっけ名濕氣 | **取り除く とりのぞく**動去除
手間がかかる てまがかかる 費工
不便だ ふべんだな形不便的

06

我住在外國時，曾為了辦理居住登記而去當地的公務機關。我走進入口後因為不知道要怎麼走，所以試著用英文問看起來像職員的人。不過對方不會說英文，所以我沒能得到像樣的回應。就在我終於走到辦理窗口的時候，才發現窗口的承辦職員也無法用英文對話。回國後，我偶然去公務機關時看見了一個彷彿很苦惱的外國人。沒有人對那個外國人伸出手，所以我開口搭話了。**我覺得公務機關應該要有能夠說外語的職員來協助外國人才對。**

作者在這篇文章中想表達的想法為何？
① 希望公務機關內有會說外語的人幫助外國人。
② 希望大家在公務機關內能親切的幫助外國人。

單字 **住民登録 じゅうみんとうろく**名居民登錄
公共機関 こうきょうきかん名公共機關 | **訪ねる たずねる**動造訪
入口 いりぐち名入口 | **通る とおる**動通過、經過
職員 しょくいん名職員 | **見える みえる**動看起來
尋ねる たずねる動詢問 | **まともだ**な形合理的、直接的
対応 たいおう（對）應對 | **やっと**副總算
窓口 まどぐち名窗口 | **たどり着く たどりつく**動抵達
会話 かいわ名對話 | **通じる つうじる**動溝通、理解
帰国 きこく名回國 | **偶然 ぐうぜん**副偶然
様子 ようす名樣子 | **手を差し伸べる てをさしのべる** 伸出手
声をかける こえをかける 搭話 | **外国語 がいこくご**名外語
手伝う てつだう動幫助 | **助ける たすける**動幫助
親切だ しんせつだな形親切的

實戰測驗 1

p.284

60 1	**61** 4	**62** 2	**63** 2	**64** 4
65 3	**66** 1	**67** 3	**68** 2	

問題 11　請閱讀以下文章（1）至（3），並分別從 1、2、3、4 選項中，選擇最符合文章後提問的回答。

60-62

進入夏天後，傍晚有時會突然開始下起大雨。夏天傍晚的雨稱作午後雷陣雨。是夏季的風物詩之一。不過最近不管是什麼時間都可能下起大雨。[60] 這種在極狹小的範圍內，在短時間內降下數十毫米雨量的大雨，被稱做 [61] 局部大雨或游擊型豪雨。近年一到了夏天，就絕對會出現這樣的降雨。

這種雨的問題是人們極難預測降雨的時機。[61] 早上開電視看氣象預報時，如果顯示是晴天的話，大多數的人應該都不會帶傘出門吧？不過一旦遇上局部大雨，氣溫會突然下降，下起大量的雨。不知不覺間，沒有帶傘出門的人跑到屋簷處避難的景象變得不再稀奇，也很常耳聞諸如「今天天氣預報明明是晴天沒錯吧？」等等的對話。

我認為日本夏天的意象稍微出現了變化。過去能代表日本炎熱的日本夏天的象徵物，包含能消暑的刨冰、涼扇，以及打在夏季夜空上的美麗煙火等。[62] 現在夏季雨量增加，多到幾乎可以說「夏季的代表就是雨」的程度。因此，夏天出門時隨時攜帶雨傘才能比較安心吧。

（註）風物詩：只會在該季節出現的事物

單字 **突然 とつぜん**副突然地 | **夕立 ゆうだち**名午後雷陣雨
風物詩 ふうぶつし名風物詩（當季特有的事物）
最近 さいきん名最近 | **関係 かんけい**名關係
大雨 おおあめ名大雨 | **非常に ひじょうに**副非常地
範囲 はんい名範圍 | **短時間 たんじかん**名短時間 | **ミリ**名毫米
以上 いじょう名以上 | **局地的 きょくちてき**名局部的
または接或者 | **ゲリラ豪雨 ゲリラごうう**名游擊型暴雨
近年 きんねん名近幾年 | **必ず かならず**副一定
発生 はっせい名發生 | **なんといっても** 不管怎麼說
予測 よそく名預測 | **天気予報 てんきよほう**名天氣預報
マーク名記號 | **ほとんど**名大部分 | **出掛ける でかける**動出門
それなのに接即使如此 | **急に きゅうに**副突然
気温 きおん名氣溫 | **下がる さがる**動下降
大量 たいりょう名大量 | **うっかり**副不留意 | **屋根 やね**名屋頂
場所 ばしょ名地點 | **避難 ひなん**名避難 | **姿 すがた**名樣貌
めずらしいい形稀奇的 | **会話 かいわ**名對話
耳にする みみにする 聽見 | **日本 にほん**名日本
イメージ名印象 | **変化 へんか**名變化 | **～といえば** 說到～
冷やす ひやす動降溫 | **かき氷 かきごおり**名剉冰
うちわ名團扇 | **夜空 よぞら**名夜空 | **あがる**動上升

花火 はなび名煙火 | **増加 ぞうか**名增加 | **ですから**接因此
安心 あんしん名安心

60

夏天的雨有什麼樣的特徵？

1 在狹小範圍內突然短時間降下大雨。
2 雖然會在狹小的範圍內降下大雨，但不會突然下起雨。
3 雨量雖然很多，不過只會在傍晚下雨。
4 即使天氣預報是晴天，也一定會有一段時間在下雨。

解析 題目提及「**夏の雨**（夏天的雨）」，請在文中找出相關內容與其特色。第一段寫道：「**非常に狭い範囲で、短時間に、数十ミリ以上降るもの**（在非常狹窄的範圍裡，短時間內降下數十毫米以上）」，因此答案為 1 **短い時間に、狭い地域でたくさんの雨が突然降る**（短時間內，在狹窄的區域突然降下大雨）。

單字 **特徴 とくちょう**名特徵

61

作者如何說明被稱作局部大雨的降雨？

1 下大雨的日子有很多人在避難。
2 下大雨的日子一定會很冷。
3 會發生在天氣預報是晴天的日子。
4 無法只憑天氣預報判斷是否會降雨。

解析 題目提及「**局地的大雨**（局部暴雨）」，請在文中找出相關內容。第一段末寫道：「**局地的大雨、またはゲリラ豪雨と呼ばれており**（被稱為局部暴雨、或游擊式豪雨）」，以及第二段中寫道：「**天気予報を見たとき、晴れのマークがついていれば、ほとんどの人は出掛けるときに傘を持たずに家を出るでしょう。それなのに、急に気温が下がって、突然、大量の雨が降るのです**（如果看到天氣預報的標誌顯示為晴天時，大多數的人都不會帶傘出門。但是，氣溫瞬間下降，突然間下起了大雨）」。綜合上述，答案要選 4 **天気予報だけではわからない**（光靠天氣預報無從得知）。

62

文中提到日本夏天的意象稍微出現了變化，其原因為何？

1 因為氣溫年年升高
2 因為突如其來的降雨變多了
3 因為天氣預報變不準了
4 因為下雨時間變長了

解析 請仔細閱讀文中提及「**日本の夏のイメージは少し変化した**（日本夏天的形象有些許變化）」前後方的內容，找出原因為何。最後一段中寫道：「**今では、「夏といえば雨!」と言えるほど雨の量が増加しました**（現在，降雨量已增加到可以說「提到夏天就是雨」的程度）」，因此答案為 2 **突然降る雨が多くなったから**（因為突入其來的降雨變多了）。

單字 **年々 ねんねん**名年年 | **あたる**動準確、猜中

63-65

日本人是世界出了名的勤勉。不過日本人真的熱愛工作嗎？加班的時候，雖然有人是真的因為無法完成工作而加班，不過也有人是沒有工作了想回家，卻因為覺得比還在工作的同事或上司早回家很失禮，所以回不了家。另外，導致日本人必須加班的理由之一，難道不是因為很多日本人莫名認為準時下班不太好嗎？[63] 而且也確實有部分公司不會依照加班時數支付加班費。這就是所謂的「免費加班」。

另外最近 [64] 過度勞動也成了問題。近來新聞裡偶爾會爆出因為免費加班或壓力而自殺或過勞死的案例。即使必須要勉強自己去加班，許多勞動者還是不會對公司有所怨言。因為抱怨的話反而會受公司指責，可能會丟失工作。因此勞工只能逼迫自己加班。

「免費加班」的惡性慣例可能會奪去人命這點是事實。因為有許多人認知到這種狀況，不過慢慢有企業開始制訂「無加班日」等完全禁止員工加班的日子。[65] 日本人從過去就是勤奮工作的民族，不過不要一味的加班，更重視一點與家人相處的時間和屬於自己的時間，不是更好嗎？不管是企業或勞動者，都應該要更認真的重新思考加班的存在意義。

單字 **日本人 にほんじん**名日本人 | **勤勉だ きんべんだ**な形勤奮的
世界 せかい名世界 | **残業 ざんぎょう**名加班
場合 ばあい名狀況 | **同僚 どうりょう**名同事
上司 じょうし名上司 | **先に さきに**副先
失礼だ しつれいだな形失禮 | **なんとなく**副不知為何
定時 ていじ名準時 | **ぴったり**副剛剛好
～なければならない 不得不～ | **理由 りゆう**名理由
～について 對於～ | **残業代 ざんぎょうだい**名加班費
支払う しはらう動支付 | **企業 きぎょう**名企業
事実 じじつ名事實
サービス残業 サービスざんぎょう名沒有加班費的加班
最近 さいきん名最近 | **ストレス**名壓力
原因 げんいん名原因 | **自殺 じさつ**名自殺
過労死 かろうし名過勞死
～てしまう 表示動作完結或後悔、遺憾
～たり…たりする 表示多個動作的列舉 | **ケース**名案例、情況
たびたび副經常 | **報道 ほうどう**名報導
無理だ むりだな形勉強的 | **多く おおく**名許多
文句 もんく名抱怨 | **なぜならば**接因為 | **逆 ぎゃく**名相反
注意 ちゅうい名告誡 | **職を失う しょくをうしなう** 失去工作
～かねない 可能會～ | **だから**接因此 | **慣習 かんしゅう**名習慣
命 いのち名生命 | **奪う うばう**動掠奪 | **こうした** 這樣的
状況 じょうきょう名狀況 | **知られる しられる** 告知
徐々に じょじょに副慢慢地
ノー残業デー ノーざんぎょうデー名無加班日
決める きめる動決定、訂定 | **一切 いっさい**副一切
昔 むかし名過去 | **～ばかりする** 只～
あり方 ありかた名理想狀態 | **真剣だ しんけんだ**な形認真的
見直す みなおす動重新審視 | **～べきだ** 應該～

63

「免費加班」指的是什麼樣的加班？
1 與同事或上司一起開心的加班
2 不會收到加班費的加班
3 會多收到錢的加班
4 工作時不抱怨

解析 題目提及「**サービス残業**（免費加班）」，請在文中找出相關內容。第一段末寫道：「**残業時間について残業代が支払われない企業があることも事実だ。これを「サービス残業」という**（事實上，有些企業不支付加班費，這稱之為「免費加班」）」，因此答案為 2 **お金が払われない残業のこと**（未支薪的加班）。

單字 **払う はらう**動支付

64

文中有提及過度勞動也成了問題，其原因為何？
1 因為人們必須無意義的加班
2 因為無法對公司有怨言
3 因為可能丟失工作
4 因為可能會造成自殺或過勞死

解析 請仔細閱讀文中提及「**働きすぎることも問題**（過度工作也是個問題）」前後方的內容，找出原因為何。第二段畫底線處與後方寫道：「**働きすぎることも問題となっている。サービス残業やストレスが原因で自殺したり、過労死してしまったりするケースがたびたびニュースで報道されるようになった**（過度工作也是個問題。新聞中經常報導因義務加班或壓力，導致自殺、或者過勞死的案例）」，因此答案為 4 **自殺や過労死につながるから**（因為有可能導致自殺或者過勞死）。

單字 **無駄だ むだだ**な形白費的、浪費的｜**つながる**動連結、相關

65

有關加班，以下何者與作者的想法更接近？
1 因為加班不好，所以應該準時回家。
2 加班不好，所以日本人不喜歡工作。
3 雖然可以加班，不過也應該重視工作以外的事物。
4 雖然可以加班，不過公司應該確實付錢。

解析 本題詢問筆者的看法，請於文章後半段中找出關鍵字「**残業**（加班）」，確認筆者對於加班的看法。第三段中寫道：「**日本人は昔からよく働くが、残業ばかりしないで家族や自分の時間をもっと大切にしてもよいのではないだろうか**（日本人一直以來都很認真工作，但除了加班之外，應該要更加珍惜與家人和自己的時間）」，因此答案為 3 **残業もよいが、仕事以外のことも大切にするべきだ**（加班固然很好，但也要珍惜工作以外的事情）。

單字 **以外 いがい**名以外｜**きちんと**副確實地

66-68

最近有本書引起了話題。雖然這本書的內容是有關重訓，也就是能讓身體強健的肌力訓練，不過書中並不是談訓練的方式，而是描述為什麼訓練是必要的。根據本書內容所述，重訓甚至可以改變人生。[66] 實際上自從我開始重訓之後，我的生活出現了相當程度的變化。感覺不只是生活，連思考方式也改變了。因為運動身體能讓心情變得非常開朗。另外也能感受到親手打造自身體態的樂趣，以及自己會的事物慢慢增加的樂趣。

其中一個生活中的改變，就是睡眠時間。重訓讓我睡得很好。我跟澳洲的朋友說了這件事，那位朋友說他一天要睡 7 小時。因為朋友是工作相當忙碌的人，所以我問他說「睡眠不會很浪費時間嗎？」，結果被他笑了。他說「睡眠時間不足的話，決策能力也會變差吧？」。[67] 朋友說，正因為想要做好工作、過好人生，因此需要有充分的睡眠時間讓腦袋保持清醒。

[68] 運動身體的樂趣和適度睡眠。兩者乍看之下都很浪費時間，但這或許正是忙碌的現代人所需要的。

（註）決断力が鈍る：決策能力變遲鈍

單字 **最近 さいきん**名最近｜**話題 わだい**名話題
筋トレ きんトレ名肌力訓練、重訓（筋肉トレーニング的簡稱）
つまり副也就是說｜**筋肉 きんにく**名肌肉｜**トレーニング**名訓練
～に関する ～にかんする 有關～｜**仕方 しかた**名方法
必要だ ひつようだな形必要的｜**人生 じんせい**名人生
変える かえる動改變｜**可能 かのう**名可以
実際 じっさい副實際｜**始める はじめる**動開始
～てから ～之後｜**生活 せいかつ**名生活｜**かなり**副相當
考え方 かんがえかた名想法、思維｜**動かす うごかす**動運動
気持ち きもち名心情｜**自分自身 じぶんじしん**名自己
作り上げる つくりあげる動打造｜**楽しさ たのしさ**名樂趣
増える ふえる動增加｜**睡眠時間 すいみんじかん**名睡眠時間
おかげ名多虧、因前述事物而獲得好處｜**眠る ねむる**動睡
オーストラリア名澳洲｜**友人 ゆうじん**名朋友
もったいないい形可惜的、浪費的｜**笑う わらう**動笑
足りない たりない 不足｜**決断力 けつだんりょく**名決策能力
鈍る にぶる動弱化、遲鈍｜**すっきり**副清爽的模樣
十分だ じゅうぶんだな形充分的｜**～こそ** 正因為～
適度だ てきどだな形適度的｜**一見 いっけん**副乍看
無駄だ むだだな形浪費的｜**見える みえる**動看起來
現代人 げんだいじん名現代人｜**～かもしれない** 可能～

66

筆者說自己開始肌力訓練之後發生了什麼樣的變化？
1 透過運動，心情變得開朗。
2 開始注意自己的健康，生活產生改變。
3 因為一整天的生活方式改變了，所以睡眠時間增加。
4 能夠做的事變多了，變得更會工作。

讀解

解析 題目提及「**トレーニングを始めて**（開始訓練）」，請在文中找出相關內容與筆者的變化。第一段中寫道：「**私も筋トレを始めてから、生活がかなり変わった。いや、生活だけでなく、考え方も変わったと思う。体を動かしていることで、気持ちがとても明るくなったのだ**（自從開始肌力訓練後，生活產生了很大的變化。不，我認為不僅是生活，就連思考方式也產生了變化。身體動起來後，心情也跟著開朗起來）」，因此答案為 1 **運動することを通して、気持ちが明るくなった**（透過運動，心情變得開朗）。

單字 **注意 ちゅうい**名注意、留意

67

為什麼需要有充分的睡眠時間？

1 因為工作很忙的話，睡眠時間會不夠
2 因為睡眠時間如果不足就無法改變人生
3 因為充分的睡眠時間能讓腦袋順利運轉，做出各種決策
4 因為如果缺乏決定自己人生的力量，就無法做好工作

解析 題目提及「**眠る時間を十分に取ること**（充足的睡眠時間）」，請在文中找出相關內容與需要充足睡眠的理由。第二段末寫道：「**その人はいい仕事をし、いい人生にするためには、頭の中をすっきりとさせるのに十分な睡眠時間こそが必要なのだと言っていた**（他說要做好工作、過好生活，就需要充足的睡眠，才能保持頭腦清醒）」，因此答案為 3 **いろいろなことを、よく回る頭で決められるようになるから**（因為各種事情都得靠靈活運轉的頭腦決定）。

單字 **回る まわる**動轉動 | **決める きめる**動決定 | **力 ちから**名力量

68

作者在這篇文章中想講述什麼事情？

1 雖然體能訓練和充分睡眠都是必要的，但很浪費時間。
2 運動身體與充分睡眠都是非常重要的。
3 人生中需要有珍惜乍看之下很浪費的事物的時間。
4 在人生裡做自己感到有趣的事與睡眠是同等重要的。

解析 本題詢問的是本文主旨，因此請閱讀文章的後半段或全文，從中找出答題線索。第三段寫道：「**体を動かす楽しさと、適度な睡眠。一見、無駄に見えるこの二つは、忙しい現代人にこそ必要なものなのかもしれない**（活動身體的樂趣和適度的睡眠，乍看之下，這兩個毫無用處的東西，也許正是忙碌的現代人所需要的）」，而全文亦在探討運動和充足睡眠的重要性，因此答案要選 2 **体を動かすことと十分に眠ることは、非常に大切なことだ**（活動身體和充足的睡眠是非常重要的事）。

單字 **非常に ひじょうに**副非常地

實戰測驗 2

p.290

60 1	**61** 3	**62** 4	**63** 2	**64** 3
65 3	**66** 4	**67** 3	**68** 2	

問題 11　請閱讀以下文章 (1) 至 (3)，並分別從 1、2、3、4 選項中，選擇最符合文章後提問的回答。

60-62

現代有不少人都想要改變自己。市面上也有與此內容相關的書，以及教人改變自己的講座等等。

[60] 書本或講座所介紹的內容大多是需要努力達成的，[61] 不過到底有多少人能夠持續付出努力呢？我做不到。應該有很多人跟我有一樣的想法。長期持續努力很困難，也經常以失敗告終不是嗎？因為所謂的努力大多是很痛苦的事。改變自己的前提是，變化的過程都是痛苦的。

那麼應該如何改變自己呢？

[62] 想改變自己的人，首先不應該想要怎麼做才能改變自己。可能會有人想說「如果想都不想應該如何做出行動？」，不過思考只會延後變化發生的時間，沒有任何意義。我們不需要那樣的準備時間。不要為了行動而做準備，[62] 而應該一邊行動一邊做準備就好。做出行動就能感受到變化。如果能享受變化過程，就能改變自己。

（註）前提：為達到某事所需的基本條件

單字 **変える かえる**動改變 | **現代 げんだい**名現代
セミナー名研討會、培訓班 | **実施 じっし**名實施
紹介 しょうかい名介紹 | **だいたい**副大多
努力 どりょく名努力 | **必要だ ひつようだ**な形必要的
内容 ないよう名內容 | **果たして はたして**副 究竟
持続 じぞく名持續 | **無理だ むりだ**な形做不到、勉強
意見 いけん名意見 | **長続き ながつづき**名長期維持
失敗 しっぱい名失敗 | **たいてい**副大多、大致上
つらいい形痛苦的 | **変化 へんか**名變化 | **過程 かてい**名過程
前提 ぜんてい名前提 | **行動 こうどう**名行動
～かもしれない 可能～ | **先延ばし さきのばし**名拖延
あれこれ名這個那個、種種 | **恐れる おそれる**動恐懼
準備時間 じゅんびじかん名準備時間 | **出来事 できごと**名事件
成立 せいりつ名成立 | **基本 きほん**名基本
条件 じょうけん名條件

60

根據筆者所述，書本與講座介紹的內容為何？

1 要改變自己必須做出努力。
2 世上少有能夠長久持續努力的人。
3 所謂的努力本來就是痛苦的事。
4 想改變自己就必須經過痛苦的過程。

解析 題目提及「**本やセミナーで紹介される内容**（書本和研討會上介紹的內容）」，請在文中找出相關內容。第二段中寫道：「**本やセミナーで紹介されているのはだいたい、努力が必要だという内容**（書本和研討會上介紹的內容，大多都是需要付出努力）」，因此答案為 1 **自分を変えるためには努力が必要であるということ**（為改變自己，需要付出努力）。

單字 **本来 ほんらい** 副 本來｜**続く つづく** 動 持續

61

文中有提及我做不到，請問是指做不到什麼呢？

1 改變自己

2 努力

3 持續努力

4 持續變化

解析 請仔細閱讀文中提及「**私には無理だ**（對我來說不可能）」前後方的內容，找出不可能做到什麼事。畫底線處前方寫道：「**果たして努力が持続する人はいったいどのぐらいいるのだろうか**（究竟有多少人能夠持續努力呢？）」，後方連接「**私には無理だ**（對我來說不可能）」，因此答案要選 3 **努力し続けること**（持續努力）。

單字 **続ける つづける** 動 持續

62

有關改變自己的方法，以下何者符合作者的想法？

1 要改變自己最重要的是要持續努力。

2 為了改變自己付出努力雖然很痛苦，不過享受過程就好了。

3 思考要如何改變自己並做好準備非常重要。

4 想改變自己的人不要思考，馬上行動就好了。

解析 本題詢問筆者的意見，請於文章後半段中找出關鍵字「**自分を変える方法**（改變自己的方法）」，確認筆者對於改變自己的方法有何看法。第三段中寫道：「**自分を変えたいと思っている人はまず、どうやったら自分を変えられるか考えないことだ**（想要改變自己的人，不會先去想要如何改變自己）」，以及「**行動しながら準備をするといい**（採取行動的同時邊準備就行了）」。綜合上述，答案要選 4 **自分を変えたい人は考えないですぐに行動するといい**（想要改變自己的人，最好不要多想，而是直接行動）。

單字 **楽しむ たのしむ** 動 享受

63-65

誕生於非洲的人類，是如何在 3 萬 8 千～ 3 萬年前從大陸來到日本列島的呢？當時的氣溫比現在低，海平面高度似乎比現在低了 80 公尺左右，但即使如此，他們還是得渡過大海。國立科學博物館的團隊為找出他們渡海的方法，僅用將木頭中心挖空做成的船，[63] 進行了從台灣渡海到沖繩的實驗，並平安成功了。據說他們不使用地圖及時鐘，依靠太陽和星星的位置決定方向持續划行了 200 公里，幾乎花費了整整兩天，[63] [65] 此實驗證明了人類是這樣移動擴散至全世界的。

不過人類為什麼要冒著死亡的風險移動呢？雖然也可能是因為環境變得惡劣而移動，[64] 不過人類原本就抱有好奇心這點是否也是一大理由呢？海的另一邊有什麼呢？好想知道、好想去。人類是不是抱著如此強烈的情感踏向冒險的呢？此外，[65] 能實現這樣的冒險，應該也是因為人類是能齊心合作的社會性動物吧。所有成員一起貢獻力量與智慧、跨越困難達成目的。因為人類原本就具有這樣的 DNA，所以才會在人多的地方建立城鎮，並擴大城鎮。從遠古以前傳承下來的這種精神，此後大概也不會改變吧。

（註 1）くりぬく：將裡面的東西挖出，開出孔洞。

（註 2）達成する：成功達到目標或大的事物。

單字 **アフリカ** 名 非洲｜**誕生 たんじょう** 名 誕生
人類 じんるい 名 人類｜**大陸 たいりく** 名 大陸
日本列島 にほんれっとう 名 日本列島｜**当時 とうじ** 名 當時
気温 きおん 名 氣溫｜**表面 ひょうめん** 名 表面
越える こえる 動 跨越｜**方法 ほうほう** 名 方法
探る さぐる 動 探索
国立科学博物館 こくりつかがくはくぶつかん 名 國立科學博物館
チーム 名 團隊｜**くりぬく** 動 挖空｜**船 ふね** 名 船
台湾 たいわん 名 台灣｜**沖縄 おきなわ** 名 沖繩
実験 じっけん 名 實驗｜**無事だ ぶじだ** な形 平安無事的
成功 せいこう 名 成功｜**太陽 たいよう** 名 太陽｜**星 ほし** 名 星星
位置 いち 名 位置｜**頼り たより** 名 仰賴｜**方角 ほうがく** 名 方位
決める きめる 動 決定｜**こぐ** 動 划槳｜**移動 いどう** 名 移動
世界 せかい 名 世界｜**広がる ひろがる** 動 擴散
証明 しょうめい 名 證明｜**死 し** 名 死｜**危険 きけん** 名 危險
環境 かんきょう 名 環境｜**もともと** 副 原本
好奇心 こうきしん 名 好奇心｜**理由 りゆう** 名 理由
気持ち きもち 名 情感｜**冒険 ぼうけん** 名 冒險
向かう むかう 動 朝向｜**実現 じつげん** 名 實現
合わせる あわせる 動 集結｜**協力 きょうりょく** 名 協力
社会性 しゃかいせい 名 社會性｜**メンバー** 名 成員
知恵 ちえ 名 智慧｜**困難 こんなん** 名 困難｜**目的 もくてき** 名 目的
達成 たっせい 名 達成｜**元 もと** 名 根源｜**部分 ぶぶん** 名 部分
大昔 おおむかし 名 遠古｜**精神 せいしん** 名 精神
今後 こんご 名 此後｜**変わる かわる** 動 改變｜**抜く ぬく** 動 去除
穴 あな 名 孔洞｜**目標 もくひょう** 名 目標

63

透過渡海實驗可得知什麼事？

1 人類靠著單純將木頭挖空做成的船來移動

2 人類如何移動、又如何擴散至全世界

3 人類憑藉地圖與時鐘來決定方位

4 人類從沖繩到台灣需要花費將近整整兩天持續划行

解析 題目提及「**海を渡る実験**（渡海實驗）」，請在文中找出相關內容與從中發現了什麼事。第一段中間寫道：「**台湾から沖縄まで渡る実験をし**（從台灣渡海到沖繩的實驗）」，以及第一段末寫道：「**人類はこのように移動し、世界に広がったと証明できた**（得以證明人類是這樣移動並擴散至世界各地）」，因此答案為 2 **人類がどのように移動し、世界に広がったかということ**（人類如何移動及擴散至世界各地）。

64

根據作者的說法，人類移動最重要的理由為何？
1　因為想踏上可能會死掉的冒險
2　因為居住環境變差
3　因為對沒去過的地方與未知的事物抱有興趣
4　因為想知道自己是否有社會性

解析 題目提及「**人類が移動した**（人類移動的）」，請在文中找出相關內容。第二段中寫道：「**人がもともと持つ好奇心が大きな理由ではないか。海の向こうに何があるのか。知りたい、行きたいという強い気持ちが冒険へ向かわせたのではないだろうか**（最大的理由不就是人們原本就具有好奇心嗎？海的那一頭到底有些什麼？好想知道、好想過去，是不是這種強烈的心情使人踏上冒險呢？）」，因此答案為 3 **行ったことがない場所や知らないことに興味を持ったから**（因為對於未曾去過的地方和不知道的事情感興趣）。

65

根據作者的說法，人類擴散至全世界的理由為何？
1　因為人類有達成目的的智慧
2　因為人類成功跨過了建立城鎮的難關
3　因為人類具有能齊心協力的特性
4　因為人類有長期傳承下來的精神

解析 題目提及「**人類が世界中に広まった**（人類遍佈世界各地）」，請在文中找出相關內容與原因為何。第一段末寫道：「**人類はこのように移動し、世界に広がったと証明できた**（得以證明人類是這樣移動並擴散至世界各地）」，以及第二段中間寫道：「**それを実現できたのは、人が力を合わせて協力する社会性のある動物だったからだろう**（之所以能夠實現，是因為人是齊心協力合作的社會性動物吧）」。綜合上述，答案要選 3 **力を合わせて協力する性質があったから**（因為具備齊心協力合作的特性）。

單字 **性質 せいしつ**名性質

66-68

前幾天大學時期的前輩跟我說「要用一流的物品」。不只如此，他還要我「與一流的人相處」。[66] 似乎是對我用的物品與來往的對象都感到難以置信。確實我使用的都是可以用就好的東西，我對高價物品完全沒有興趣，也沒有買過名牌貨。成為社會人士後，雖然多少有了一點錢，不過我至今還是穿著像學生一般的服裝，[66] 與過去個性相合的朋友一起玩。

[67] 前輩說想用一流的物品的心情，能讓一個人往上爬。但是生活中充滿便宜但好用的物品，與好夥伴一起享受人生難道有什麼不對嗎？前輩彷彿完全沒辦法理解這樣的想法。因為我不知道被稱作一流的物品有多好，所以試著去了販售高級品的店。看起來跟我平常穿的衣服差不多的 T 恤居然要 5 萬日圓。但是我不懂這件衣服跟我平常穿的衣服有什麼差別。既然有店家在賣這樣的東西，就有人會買吧？[68] 我雖然無法理解購買這種商品的人，但也不會否定他們。人各有自己的喜好，就只是有人會喜歡這種物品而已。

世界上有人會像前輩這樣，強力勸誡他人要遵循某種生活方式。應該是因為他們對自己的生活方式有信心，所以才會說出這樣的話吧？或是因為沒有信心才這麼說的呢？

單字 **先日 せんじつ**副前幾天｜**大学時代 だいがくじだい**名大學時代
一流 いちりゅう名一流｜**そればかりか**副不只如此
注意 ちゅうい名告誡｜**持ち物 もちもの**名持有的物品
付き合う つきあう動交往、來往｜**あきれる**動愕然
たしかに副確實｜**全く まったく**副完全不
ブランド品 ブランドひん名名牌品
社会人 しゃかいじん名社會人士｜**多少 たしょう**副多少
服装 ふくそう名服裝｜**気の合う きのあう** 意氣相投
仲間 なかま名夥伴｜**気持ち きもち**名情感
向上 こうじょう名提升｜**つながる**動連結、相關
囲む かこむ動圍繞｜**楽しむ たのしむ**動享受
人生 じんせい名人生｜**考え方 かんがえかた**名思維
理解 りかい名理解｜**高級店 こうきゅうてん**名高級的店
Tシャツ名T 恤｜**否定 ひてい**名否定｜**それぞれ**副各自
好み このみ名喜好｜**世の中 よのなか**名世界上
生き方 いきかた名生活方式｜**勧める すすめる**動建議
自信 じしん名自信｜**それとも**接還是

66

文中提及難以置信，指的是對什麼事情難以置信呢？
1　作者用一流的物品、與一流的人來往
2　作者雖然想用一流的物品，卻不與一流的人來往
3　作者雖然不想用一流的物品，卻與一流的人來往
4　作者完全不想用一流的物品，也不與一流的人來往

解析 請仔細閱讀文中提及「**あきれている**（無言以對）」前後方的內容，找出什麼讓人無言以對。畫底線處的句子寫道：「**私の持ち物や付き合う人にあきれているようだ**（似乎對於我的東西和我往來的人感到無言以對）」，後方表示：「**使えれば何でもよく、高い物に全く興味がない**（用什麼東西都無所謂，對昂貴的東西完全不感興趣）」，以及同一段最後寫道：「**昔からの気の合う仲間と遊んでいる**（從以前開始就只跟合得來的人玩）」。綜合上述，答案要選 4 **筆者が一流の物を持とうとせず、一流の人とも付き合わないこと**（筆者不願意擁有一流的東西，也不願意跟一流人士往來）。

67

以下何者符合作者所認為的「前輩的想法」？

1 要瞭解一流的物品，就該去販賣一流物品的店。

2 不明白價值的人不需要使用一流的物品。

3 為了提升自己，應該要抱有想擁有一流物品的心情

4 雖然理解沒有用一流物品的人的想法，但自己卻會用

解析 本題詢問筆者的看法，請於文章中後段中找出關鍵字「**先輩の考え方**（前輩的想法）」，確認筆者對於前輩想法的看法。第二段中寫道：「**先輩は一流の物を持ちたいという気持ちがその人の向上につながると言っていた**（前輩表示渴望擁有一流的東西，有助於一個人的進步）」，因此答案為 3 **自身の向上のため、一流の物を手に入れたい気持ちを持つといい**（為提升自我，最好能渴望獲得一流的東西）。

單字 **価値 かち**名價值｜**手に入れる てにいれる** 拿到手

68

有關使用一流的物品，以下何者符合作者的想法？

1 雖然不瞭解一流物品的好，不過似乎可以提升自我，所以想試試看。

2 雖然無法理解想擁有一流物品的心情，但也不覺得是壞事。

3 對自己的生活方式有信心的人，好像會想使用一流的物品。

4 被稱作一流物品的東西和跟學生穿的衣服毫無差別，所以沒有必要。

解析 本題詢問筆者的看法，請於文章後半段中找出關鍵字「**一流の物を持つこと**（擁有一流的東西）」，確認筆者對此的看法。第三段最後寫道：「**私はそんな物を買う人のことは理解できないが、否定もしない。人にはそれぞれ好みがあり、そういう物が好きな人がいるというだけのことだ**（我沒辦法理解買那種東西的人，但也不否定他們。人各有所好，只是有人喜歡那樣的東西罷了）」，因此答案為 2 **一流の物を持ちたい気持ちはわからないが、悪いことだとは思わない**（雖然不懂渴望擁有一流的東西的心情，但並不認為是件壞事）。

單字 **試す ためす**動嘗試｜**不要だ ふようだ**な形不需要的

實戰測驗 3

p.296

60 2	**61** 2	**62** 3	**63** 3	**64** 2
65 4	**66** 2	**67** 4	**68** 1	

問題 11　請閱讀以下文章，並分別從 1、2、3、4 選項中，選擇最符合文章後提問的回答。

60-62

各位在被人稱讚時會如何回應呢？[61] 是否會無法大方收下對方的稱讚，感到害羞，並否定其內容呢？[60] 我們從小受的教育中，都說自滿是不好的行為，因此即使被稱讚，也有不少人會否定對方的稱讚。

不過你是否有注意到，這樣做其實對稱讚你的人來說是一件相當失禮的行為呢？否定對方說的話彷彿就是在說「你說的是不對的」。

那麼如果被稱讚了，應該如何回應才好呢？如果認為對方稱讚的內容是正確的，那就接受稱讚，說一句「謝謝」就好了。[62] 稱讚是送給努力的自己的禮物。如果連自己都否定了自己曾努力過、變得更厲害了的想法的話，可能會使自己失去自信。相反的，[62] 如果能率直地接受稱讚的話，讓心情變好，也會更有自信。

我認為每個人都想要被稱讚。因此在收到稱讚時，不需要否定。只要將自己開心的情緒傳達給對方就好了。

單字 **ほめる**動稱讚｜**返事 へんじ**名回覆｜**相手 あいて**名對方
そのまま 就這樣｜**受け取る うけとる**動接受
恥ずかしい はずかしいい形羞恥的｜**気持ち きもち**名心情
内容 ないよう名內容｜**否定 ひてい**名否定
～てしまう 表示動作完結或後悔、遺憾
自慢 じまん名驕傲、自滿｜**育てる そだてる**動養育
～によって 由於～｜**実は じつは** 事實上
失礼だ しつれいだな形失禮的｜**気が付く きがつく** 注意
間違う まちがう動錯誤｜**正しい ただしい**い形正確
～と思う ～とおもう 認為～｜**受け入れる うけいれる**動接受
一言 ひとこと名一句話｜**がんばる**動努力｜**プレゼント**名禮物
自信 じしん名自信｜**つながる**動連結、相關
反対だ はんたいだな形反對｜**ほめ言葉 ほめことば**名稱讚的話語
気分 きぶん名心情｜**自信がつく じしんがつく** 產生自信
必要 ひつよう名必要｜**喜ぶ よろこぶ**動開心

60

根據作者的說法，為什麼人在被稱讚時無法接受呢？

1 因為認為即使被稱讚還是不要接受比較好

2 因為成長過程中持續被教育自滿是不好的

3 因為被稱讚的話只會覺得很羞恥、不開心

4 因為全盤接受別人的意見不好

解析 題目提及「**ほめられたときにそれを受け入れられない**（被稱讚時，無法接受被稱讚）」，請在文中找出相關內容與原因為何。第一段寫道：「**子どものころから自慢するのはよくないと言われて育てられたため、ほめられても、それを否定してしまう人が少なくありません**（從小就被告知驕傲是件不好的事，所以有不少人即使被稱讚，也會選擇否認）」，因此答案為 2 **自慢がよくないことだと言われながら、育てられたから**（因為從小就被告知驕傲是件不好的事）。

單字 **うれしい**い形開心｜**他の人 ほかのひと**名其他人
意見 いけん名意見

讀解

61

文中有提到這樣做，請問是指怎麼做呢？

1 接受稱讚

2 否定稱讚

3 被稱讚之後驕傲自滿

4 被稱讚之後說「那是錯的」

解析 請仔細閱讀文中提及「**そうする**（這樣做）」前後方的內容，找出指的是做什麼。前一段寫道：「**相手の言葉をそのまま受け取ることができず、恥ずかしい気持ちになって、その内容を否定してしまうこと**（沒辦法接受對方所說的話而感到害羞，並否認對方說的內容）」，因此答案為 2 **ほめられたことを否定すること**（否認被稱讚）。

62

筆者為什麼說應該接受稱讚呢？

1 因為如果接受的話，就可以知道對方所說的是正確的

2 因為接受稱讚跟驕傲自滿是不同的

3 因為稱讚是給做得很好的自己的禮物，而且接受稱讚能讓人有自信

4 因為接受稱讚的話，給予稱讚的人會心情好

解析 題目提及「**ほめ言葉を受け入れたほうがいい**（選擇接受稱讚比較好）」，請在文中找出相關內容。第三段寫道：「**ほめられるということは、がんばった自分へのプレゼントなのです**（受到他人稱讚，是送給努力的自己的禮物）」，以及第三段末寫道：「**ほめ言葉をそのまま受け取ることでいい気分になると、自信がつきます**（直接接受稱讚，讓心情變好的話，便能增強自信心）」。綜合上述，答案要選 3 **よくできた自分へのプレゼントであり、受け取ると自信につなが　るから**（因為這是送給表現好的自己的禮物，接受的話便會產生自信心）。

63-65

我聽了同事說他向新人說明工作內容的經驗，其中有件事非常觸動我。同事是一對一的指導新人，新人一邊聽一邊非常認真地記下筆記。說明結束後，[63] 同事說「如果讀了筆記後還有不懂的地方，請隨時問我」。聽說聽了這句話，原本很緊張的新人大鬆了一口氣，說了「謝謝你」

大概誰都會說「有什麼不懂的請隨時問我」。我也經常說，而心裡也確實是這麼想。不過具體說出一句「讀了筆記之後還有不懂的地方」，對方聽起來卻會感覺截然不同。[64] 應該有很多人雖然記了筆記，不過心中還是有所不安，不確定是否真的有理解，是否能跟對方說的一樣順利完成。實際開始工作後，也可能回去看筆記還是搞不懂。在這種時候，這句話能讓人毫無負擔的提問。另外也是在稱讚認真抄筆記的人，告訴對方即使不懂也沒關係，是句能讓人安心的話語。

具體的話語能撼動人心。例如人收到具體的稱讚會很開心。不要只說「你很努力了」，[65] 即使簡單，如果能具體加上努力了什麼、是如何努力的、自己為何感到開心，話語即能觸及對方的心，不管是工作或人際關係都能更順利。而且這樣說話應該也能提升他人對自己的評價。

單字 **同僚 どうりょう** 名 同事｜**新人 しんじん** 名 新人

説明 せつめい 名 說明｜**非常に ひじょうに** 副 非常地

感心 かんしん 名 讚嘆、欽佩｜**一対一 いちたいいち** 一對一

熱心だ ねっしんだ な形 積極的、努力的

メモを取る メモをとる 記筆記｜**終える おえる** 動 結束

緊張 きんちょう 名 緊張｜**ホッとする** 鬆一口氣

～かもしれない 可能～｜**気持ちの上 きもちのうえ** 情緒上

ウソ 名 謊話｜**具体的だ ぐたいてきだ** な形 具體的

一言 ひとこと 名 一句話｜**決定的だ けっていてきだ** な形 決定性的

響き方 ひびきかた 傳達的方式｜**理解 りかい** 名 理解

～かどうか 是否～｜**～た通り ～たとおり** 按照～

不安だ ふあんだ な形 不安的｜**実際 じっさい** 副 實際

始める はじめる 動 開始｜**まじめだ** な形 認真的

評価 ひょうか 名 評價｜**安心 あんしん** 名 安心

響く ひびく 動 觸動、傳達｜**例 れい** 名 例子｜**がんばる** 動 努力

うれしい い形 開心的｜**簡単だ かんたんだ** な形 簡單的

加える くわえる 動 加上｜**人間関係 にんげんかんけい** 名 人際關係

スムーズだ な形 順遂的｜**自分自身 じぶんじしん** 名 自己

高める たかめる 動 提高｜**～はずだ** 應該～

63

文中提及新人大鬆了一口氣，是為什麼鬆了一口氣呢？

1 對說明有不懂之處隨時都可以提問

2 即使沒有做好筆記還是會給予肯定

3 雖然有寫筆記，有不懂的地方還是可以提問

4 只要有認真寫筆記，就算有錯也沒關係

解析 請仔細閱讀文中提及「**新人が本当にホッとして**（新人真的鬆了一口氣）」前後方的內容，找出讓新人鬆了一口氣的事情為何。其前方寫道：「**彼は「メモを見ても分からなかったらいつでも聞いて下さい」と言った**（他說「如果看了筆記還是不懂的話，隨時都可以問我」）」，以及畫底線處的句子寫道：「**その言葉で、緊張していた新人が本当にホッとして**（聽到這句話，緊張的新人真的鬆了一口氣）」。綜合上述，答案要選 3 **メモを取っていても、わからないときは質問できること**（即使有做筆記，不懂時仍可以提問）。

單字 **うまく** 副 好好的｜**間違う まちがう** 動 弄錯、錯誤

64

有關寫筆記，作者說了什麼？

1 之所以會用心寫筆記，是因為有太多不懂的地方，感到緊張的關係。

2 就算寫了筆記，實際開始工作後還是會出現不懂的地方。

3 有人會一邊抄筆記一邊因為不知道自己能不能做到而感到不安。

4 認真做筆記的話就能更容易提問題，所以很安心。

解析 題目提及「**メモを取ること**（做筆記）」，請在文中找出相關內容。第二段中寫道：「**メモは取ったが理解できているかどうか、聞いた通りにできるかどうか不安に思う人は多いだろう。実際、仕事を始めると、メモを見てもわからないことはある**（雖然有做筆記，還是有很多人會擔心能不能理解、能不能按照聽到的去做。實際上，一旦開始工作，有些事就算看筆記也搞不懂）」，因此答案為 2 **メモを取っても、仕事を始めるとわからないことが出てくる**（即使有做筆記，一旦開始工作，便會出現不懂的事）。

65

根據作者的說法，具體的話語有什麼樣的效果？

1　因為具體的話語在對方聽起來會完全不一樣，所以比起不具體的話語，說具體的話語會讓對方更開心。

2　因為具體的話語是在稱讚對方，所以能消除對方的緊張感，讓對方安心。

3　因為具體的話語能打動人心，所以不管是工作跟人際關係都能更順利地給予好評。

4　不管是工作或人際關係都能變得更順利，說出具體話語的人也會得到更高的評價。

解析 題目提及「**具体的な言葉**（具體的話語）」，請在文中找出相關內容和其效果。第三段中寫道：「**簡単でも具体的な一言を加えれば、その言葉は相手に響き、仕事も人間関係もスムーズになる。そしてそれは、自分自身への評価を高めることにもなるはずだ**（只要加上簡單而具體的一句話，傳達給對方，便能使工作和人際關係變得順暢。同時還能提升他人對自己的評價）」，因此答案為 4 **仕事も人間関係もスムーズになり、言った人の評価も高くなる**（工作和人際關係都會變得順暢，還能提升說話的人的評價）。

單字 **効果 こうか**名效果｜**伝わり方 つたわりかた** 表達方式

66-68

這是我去九州旅行時發生的事。我想為公司裡的人買伴手禮回去，所以去了一家店，不過卻選不太出來要買什麼。[66] 因為店裡所有的甜點都彷彿在哪裡見過，感覺是到處都有的東西。我在店裡一邊煩惱一邊來回走動，最後買了據說是最受歡迎的餅乾。

[67] 最近感覺不管去哪個城鎮旅行，都是去一樣的餐廳、一樣的便利商店、吃著一樣的東西。明明應該挑只有這塊土地上獨有的食物來吃、觀賞只有這個地方能看得到的景色才對，結果不管去哪裡都彷彿去到了一樣的地方。日本為什麼會變得如此均一化呢？

以前的日本不是這樣的。每個地區都有該地獨有的店面，販售符合當地特色的物品。不過大概是因為連鎖店在日本各地設店，讓各地擺滿一樣的招牌、一樣的商品、一樣的菜單，所以區域間的差異就變得不明顯了。

日本是很小的國家，但也是具有多種地方文化的國家。北部和南部不管是食物、景色、人們的樣子都相差甚遠。

[68] 我們不應該追求讓較偏遠的都市與大都市擁有一樣的風景，而應該更展現出那塊土地獨有的優點才對，不是嗎？

（註 1）均一化：所有事物都相同
（註 2）多様な：有各式各樣的種類

單字 **九州 きゅうしゅう**名九州｜**普段 ふだん**名平常
人達 ひとたち名人們｜**お土産 おみやげ**名伴手禮
寄る よる動順路去｜**なかなか**副不太｜**選ぶ えらぶ**動選擇
～ことができない 無法～｜**～ばかり** 只～、都是～
行ったり来たり いったりきたり 來回走動｜**悩む なやむ**動煩惱
結局 けっきょく名最終｜**人気がある にんきがある** 受歡迎
クッキー名餅乾｜**最近 さいきん**名最近
コンビニエンスストア名便利商店｜**気になる きになる** 感受到
土地 とち名土地、地區｜**景色 けしき**名景色
感じる かんじる動感受
均一化 きんいつか名均一化、趨於一致
以前 いぜん名以前｜**～てしまう** 表示動作完結或後悔、遺憾
日本 にほん名日本
地方 ちほう名相對於首都及大城市的地方自治體
～ごとに 每個～｜**地域 ちいき**名地區｜**合う あう**動適合、相合
チェーン店 チェーンてん名連鎖店｜**看板 かんばん**名招牌
メニュー名 菜單｜**違い ちがい**名差異｜**目立つ めだつ**動顯眼
地方文化 ちほうぶんか名地方文化｜**多様だ ようだ**な形多樣的
食 しょく名食物｜**風景 ふうけい**名風景｜**人々 ひとびと**名人們
様子 ようす名樣子、樣貌｜**かなり**副相當
地方都市 ちほうとし名相對於首都及大城市的地方城市
大都市 だいとし名大都市｜**求める もとめる**動追求
アピール名訴求、展現｜**～べきだ** 應該～
種類 しゅるい名種類

66

筆者在旅行時所選購的點心是什麼樣的點心？

1　在其他地方曾看過的點心

2　彷彿不管在哪裡都買得到的點心

3　那塊土地獨有的點心

4　煩惱後買了好吃的點心

解析 題目提及「**旅行で選んだお菓子**（旅行時挑選的點心）」，請在文中找出相關內容。第一段中寫道：「**どのお菓子もどこかで見たような、どこにでもあるようなものばかりだったからだ。店の中を何度も行ったり来たりしながら悩んで、結局、一番人気があると言われたクッキーを買って帰った**（因為不管是哪一款點心，都好像在哪裡看過，隨處可見的樣子。在店裡走來走去煩惱許久，最後買了一款據說是最受歡迎的餅乾回家）」，因此答案為 2 **どこででも買えるようなもの**（好像到處都買得到的東西）。

單字 **他の ほかの** 其他的

讀解

67

作者透過旅行感受到了什麼？

1　不管去哪裡都能選購只有當地獨有的東西。

2　只能購買當地獨有的物品很不方便。

3　偏遠都市有很多連鎖店，但並不顯眼。

4　不管去哪個城鎮，看到的風景都趨於相同。

解析 題目提及「**旅行で感じていること**（旅行的感受）」，請在文中找出相關內容。第二段寫道：「**最近、どこの町を旅行しても、同じレストラン、同じコンビニエンスストアで、同じものを食べているような気になる**（最近無論到哪個城鎮旅行，感覺都好像是在同家餐廳、同間超商、吃著同樣的東西）」，因此答案為 4 **どの町に行っても、同じような風景になってしまった**（無論去哪個城鎮，都是同樣的景象）。

單字 **不便だ ふべんだ** な形 不方便的

68

有關偏遠都市，以下何者符合作者的想法？

1　各地文化有許多不同之處，應該展現當地獨有的優點。

2　日本南北的文化不同，因此不能追求一致。

3　可以理解偏遠都市想追求跟大都市一樣的事物，但不應該開一樣的店。

4　日本是小國，所以不需要將每個城鎮打造成相同的城鎮。

解析 本題詢問筆者的看法，請於文章後半段中找出關鍵字「**地方都市**（地方城市）」，確認筆者對於地方城市的看法。第四段末寫道：「**地方都市は、大都市と同じ風景を求めるのではなく、その土地の持っている良さを、もっとアピールすべきではないだろうか**（地方城市不該追求像大城市一般的風景，而是應該多多展現這片土地所具備的優點才對，不是嗎？）」，因此答案為 1 **地方文化はいろいろ違うので、その土地の良さをアピールすべきだ**（各地方文化有所不同，應該要展現當地的優點）。

單字 **～てはいけない** 不能～ | **必要 ひつよう** 名 必要、需要

問題 12 綜合理解

實力奠定

p.306

01 ②　　02 ①　　03 ①　　04 ②

01

A

在中國，製作警犬的「複製犬」並進行訓練一事引起了眾人討論。據說人們製作了被認為是優秀警犬的知名警犬的複製犬，經過訓練後，讓牠執行警犬的任務。如此一來，就能省去要從許多犬隻中挑選素質優良的犬隻的流程，**因此能有效的訓練出優秀的警犬。**

B

據說最近中國有在製造「複製寵物」。可以製作複製寵物以取代年歲漸長或因病而即將死去的寵物，不過需花費近 6 百萬日圓的費用。我想，**如果購買這種寵物的話，即使一直共同生活，如同家庭的一員的寵物死去了，也能夠稍稍減少難過的情緒。**

A、B 兩篇文章都有提及的內容為何？

①　生物複製產業在進展中應該保護的事物

②　製作複製動物的有效性

單字 **中国 ちゅうごく** 名 中國 | **警察犬 けいさつけん** 名 警犬
クローン 名 複製 | **訓練 くんれん** 名 訓練
始める はじめる 動 開始 | **話題 わだい** 名 話題
優秀だ ゆうしゅうだ な形 優秀的
言われる いわれる 名 據說、被說
有名だ ゆうめいだ な形 有名的 | **活躍 かつやく** 名 活躍
多数 たすう 名 多數、許多 | **素質 そしつ** 名 素質
選ぶ えらぶ 動 選擇 | **手間を省く てまをはぶく** 省事
効果的だ こうかてきだ な形 有效的 | **育成 いくせい** 名 培育
最近 さいきん 名 最近 | **歳をとる としをとる** 上年紀
病 やまい 名 疾病 | **もうすぐ** 副 即將
息を引き取る いきをひきとる 斷氣 | **代わり かわり** 名 代替
費用 ひよう 名 費用 | **購入 こうにゅう** 名 購買
共に ともに 副 一起 | **過ごす すごす** 動 生活、度過時間
一員 いちいん 名 一員 | **悲しみ かなしみ** 名 悲傷感
減らす へらす 動 減少 | **産業 さんぎょう** 名 產業
進む すすむ 動 進展 | **守る まもる** 動 守護、遵守
有効性 ゆうこうせい 名 有效性

02

A

有個詞語叫做「過濾泡泡（同溫層）」。意指因為網路上的搜尋記錄會受到「過濾」，只顯示相似的資訊，人彷彿被包覆在「泡泡」裡一樣，**只能看到自己想看的內容。**在只選取自己認為需要的資訊閱讀的同時，周邊就會只剩下與自己擁有相同價值觀的人。最終會導致個人帶有偏頗的價值觀，因此需要特別注意。

B

我認為電視上的新聞都經過編輯，只播出他們想傳達、想讓人看到的內容，所以無法信任電視新聞。我相信的是可以即時知道現在發生的事物的推特或 instagram。另外，因為在社群網站上，**我們可以選擇只獲取必要的資訊，**因此在資訊爆炸的現代社會是相當合理的選擇。

A、B 兩篇文章都有提及的內容為何？

① **選擇性的獲取資訊**

② 電視變得不再必要

單字 **フィルター**名篩選器｜**バブル**名泡泡｜**インターネット**名網路
検索履歴 けんさくりれき名查詢紀錄｜**似る にる**動相似
情報 じょうほう名資訊｜**表示 ひょうじ**名顯示
まるで副簡直像｜**泡 あわ**名泡泡｜**必要 ひつよう**名必要、需要
アクセス名存取、連結｜**周り まわり**名周遭
価値観 かちかん名價值觀｜**結果的だ けっかてきだ**な形結果上的
偏る かたよる動偏頗｜**注意 ちゅうい**名注意
彼ら かれら名他們｜**伝える つたえる**動傳達
編集 へんしゅう名編輯｜**気がする きがする** 感覺
信じる しんじる動相信｜**信頼 しんらい**名信賴
現在 げんざい名現在｜**起きる おきる**動發生
リアルタイム名即時｜**選択的だ せんたくてきだ**な形選擇性的
手に入れる てにいれる 取得｜**あふれる**動充滿
現代社会 げんだいしゃかい名現代社會｜**かなり**副相當
合理的だ ごうりてきだな形合理的｜**得る える**動得到

03

A

在 YouTube 上發佈影片進行活動的人被稱作「YouTuber」。而「VTuber」則是指以 3D 或 2D 的角色取代真人進行活動。因為人們可以不用以自己的身分，而是使用角色在 YouTube 上活動，因此可以克服性別或身體上的障礙，**預計在未來「VTuber」的數量將會以明顯的速度增加。**

B

要成為「VTuber」有各式各樣的障礙。大部分的人以 YouTuber 的身分進行活動後就能獲得收益，因此有許多人開始接觸 Youtube。不過「VTuber」在還沒產生獲益的活動初期，就要花費大量費用製作 3D 或 2D 角色。在不保證能獲得人氣的情況下，**會冒這個險的人應該沒有那麼多吧？**

A、B 兩篇文章分別如何描述「VTuber」？

① **A 預測 VTuber 會增加，B 預測應該不會有很多人想當 VTuber。**

② A 說要成為 VTuber 需要花很多錢，B 談到 VTuber 有可以人物形象活動等許多優點。

單字 **動画 どうが**名影片｜**載せる のせる**動上傳
活動 かつどう名活動｜**または**接或者｜**キャラクター**名角色
代わり かわり名替代｜**自分自身 じぶんじしん**名自己
可能 かのう名可以｜**性別 せいべつ**名性別
身体 しんたい名身體｜**ハンディキャップ**名障礙
克服 こくふく名克服｜**数 かず**名數量｜**増える ふえる**動增加
予想 よそう名預想、預估｜**様々だ さまざまだ**な形各式各樣的
障害 しょうがい名障礙｜**大体 だいたい**名大多、大概
収益 しゅうえき名收益｜**得る える**動獲得
始める はじめる動開始｜**初期 しょき**名初期
大量 たいりょう名大量｜**費用 ひよう**名費用
人気 にんき名人氣｜**保証 ほしょう**名保證
状況 じょうきょう名狀況｜**挑戦 ちょうせん**名挑戰
長所 ちょうしょ名優點

04

A

如果問電子競技是否算真正的運動，會讓人感覺有點奇怪。說到運動，一般會想到要跑步或投球等運動身體的活動。坐在椅子上用電腦玩遊戲的樣子，看起來並不像是運動身體的行為。

B

電子競技是需要判斷力及戰略能力等的運動。選手需要依戰鬥情況瞬間且準確的進行操作，也需要與隊友溝通，達成彷彿是同一個人在操作般完美的團隊合作。當然為了獲勝，也必須從各個面向立定戰略。從精神面上來看，**我認為應該認可精神上的運動也是運動的一種。**

A、B 兩篇文章分別如何描述「電子競技」？

① A 說精神面上的運動也是運動，B 說只有肉體的運動能夠被認可為運動。

② **A 覺得要將電子競技稱作運動有種違和感，B 認為應該認可電子競技也是運動的一種。**

單字 **e スポーツ**名電子競技｜**真 しん**名真正
違和感 いわかん名不協調感、不相容感｜**感じる かんじる**動感覺
ボール名球｜**投げる なげる**動丟擲｜**動かす うごかす**動運動
思い浮かぶ おもいうかぶ動想起、浮現｜**コンピューター**名電腦
ゲーム名遊戲｜**姿 すがた**名樣態、姿態｜**身体 しんたい**名身體
運動 うんどう名運動｜**見受ける みうける**動看起來
判断力 はんだんりょく動判斷力｜**戦略 せんりゃく**名戰略、策略
必要だ ひつようだな形必要、需要｜**戦闘 せんとう**名戰鬥
状況 じょうきょう名狀況｜**対応 たいおう**名對應、應對
瞬間的だ しゅんかんてきだな形瞬間的｜**かつ**副並、同時
正確だ せいかくだな形正確的｜**操作 そうさ**名操作
チーム名隊伍、團隊｜**メンバー**名成員
話し合う はなしあう動對話｜**まるで**副簡直
チームワーク名團隊合作｜**もちろん**副當然
勝利 しょうり名勝利｜**多様だ たようだ**な形多樣的
側面 そくめん名面向｜**立てる たてる**動訂立
精神的だ せいしんてきだな形精神面上的
認める みとめる動認可、認定
肉体的だ にくたいてきだな形肉體的

實戰測驗 1

p.310

69 3　　**70** 3

問題 12　請閱讀以下 A、B 兩篇文章，並針對文章後的問題從 1、2、3、4 選項中選出最適宜的回答。

69-70

A

我認為珍惜物品是非常棒的一件事。不過，即使沒有特別喜歡買東西、過著普通的生活，物品也會無可避免地增加。例如不再穿的衣服、不太會用的碗盤等等，有許多人都因為覺得丟掉太可惜了所以就堆著。「丟棄」物品需要一點勇氣，其理由各不相同，包括覺得不捨、或對重要物品的喜愛。誇張一點地說，不管物品再怎麼小，我們都能從裡面看見自己過去的人生。

不過呼籲人們[70]下定決心整理不需要的物品、改變人生的書獲得了眾多支持。[69]整理物品即是在選擇現在的生活中真正所需的物品。也許自然而然，我們不只整理了物品，也能看清自己內心真正重要的事物。

B

現在非常流行有關整理的書籍，例如整理房間就能變幸福、養出聰明的孩子等等。這些書陸續出版，許多作者號稱整理有著各式各樣的效果。確實現今就算是用不到的物品也少有機會會丟掉。是不是真的只憑藉整理，就會發生如此厲害的變化呢？

我在去年搬家時，丟棄了一半以上的行李。按照那些書的內容所述，[69]只留下了現在需要的物品。搬家時一邊猶豫一邊決定要丟掉哪些物品的工作，跟整理房子是一樣的。當然我知道因搬家而被迫丟棄物品，和整理房間時的決策過程有程度上的差異，不過我認為決策時對物品產生的情感是相同的。[70]不過我不覺得自己的人生只憑藉整理就有所好轉。只要能感覺心情舒暢，獲得完成一件大事後的滿足感就夠了。

單字 **大事にする だいじにする** 珍惜
立派だ りっぱだ なㄒ優秀的、極佳的｜**特別 とくべつ** 副特別地
普通だ ふつうだ なㄒ普通的｜**暮らす くらす** 動生活
どうしても 副不論如何｜**増える ふえる** 動增加
食器 しょっき 名碗盤｜**捨てる すてる** 動丟棄
もったいない い形可惜的、浪費的｜**ためこむ** 動堆積、累積
未練 みれん 名留戀｜**愛着 あいちゃく** 名喜愛
理由 りゆう 名理由｜**様々だ さまざまだ** な形各式各樣的
少々 しょうしょう 副一點、些微｜**勇気 ゆうき** 名勇氣
どんなに 副怎樣地｜**大げさだ おおげさだ** な形誇張的
人生 じんせい 名人生｜**決心 けっしん** 名決心
不要だ ふようだ な形不需要的｜**片付ける かたづける** 動整理
〜てしまう 表示動作完結或後悔、遺憾｜**変える かえる** 動改變
すすめる 動建議｜**人気 にんき** 名人氣｜**生活 せいかつ** 名生活
必要だ ひつようだ な形必要的、需要的｜**選ぶ えらぶ** 動選擇
自然と しぜんと 副自然地｜**見えてくる みえてくる** 逐漸看得見
〜かもしれない 可能〜｜**幸福だ こうふくだ** な形幸福的
育つ そだつ 動成長｜**大流行 だいりゅうこう** 名非常流行
次々 つぎつぎ 副陸續｜**出版 しゅっぱん** 名出版
著者 ちょしゃ 名作者｜**効果 こうか** 名效果
語る かたる 動訴說｜**確かだ たしかだ** な形確實的
機会 きかい 名機會｜**なかなか** 副不太｜**それほど** 副那麼
すばらしい い形極佳的、極好的｜**変化 へんか** 名變化
引っ越す ひっこす 動搬家｜**荷物 にもつ** 名行李
以上 いじょう 名以上｜**処分 しょぶん** 名處理、丟掉
現在 げんざい 名現在｜**残す のこす** 動留下｜**迷う まよう** 動猶豫
決める きめる 動決定｜**作業 さぎょう** 名業務、工作
必要にせまられる ひつようにせまられる 迫於需要
決断 けつだん 名決策｜**動き うごき** 名動作｜**似る にる** 動相似
好転 こうてん 名好轉｜**スッキリ** 副　心情舒暢的樣子
終える おえる 動結束｜**満足感 まんぞくかん** 名滿足感
十分だ じゅうぶんだ な形充分的

69

A、B 兩篇文章都有提及的內容為何？
1　可以相信跟整理有關的書。
2　整理是滿足的工作。
3　整理是選擇必要的物品。
4　透過整理可以知道人生中重要的事物。

解析 本題詢問的是 A 和 B 兩篇文章都有論述的內容。反覆出現在選項中的單字為「**片付け**（整理）」，請在文中找出該單字與相關內容。文章 A 最後一段寫道：「**片付けることは、今の生活に本当に必要なものを選ぶことである**（整理指的是選擇現在生活中真正需要的東西）」；文章 B 第二段中寫道：「**現在必要なものだけを残した。時には迷いつつ、捨てる物を決める作業は、家の片付けと同じである**（只留下現在需要的東西。搬家時一邊猶豫一邊決定要丟掉那些物品的工作，跟整理房子是一樣的。）」。兩篇文章皆提到整理指的是選擇或保留需要的東西，因此答案要選 3 **片付けることは必要な物を選ぶことである**（整理指的是選擇需要的東西）。1 兩篇文章中皆未提及；2 僅出現在文章 B 中；4 僅出現在文章 A 中。

單字 **述べる のべる** 動敘述｜**信用 しんよう** 名相信
満足 まんぞく 名滿足

70

A 與 B 分別如何描述整理與人生的關係？
1　A 與 B 都認為整理不需要的物品能大幅改變人生。
2　A 與 B 都認為只是整理不需要的物品無法大幅改變人生。
3　A 認為整理能對人生產生影響，B 認為不會產生這麼大的影響。
4　A 認為整理是能回顧過去的機會，B 認為與決策的大小無關，整理不會產生大影響。

解析 題目提及「**片付けることと人生との関係**（整理與人生的關係）」，請分別找出文章 A 和 B 當中的看法。文章 A 最後一段開頭寫道：「**不要なものを片付けてしまおう、そして人生を変えよう**（整理掉不必要的東西，進而改變人生）」；文章 B 第二段末寫道：「**しかし、それだけで人生が好転するとは思わない**（然而，我不認為光憑這樣就能改善人生）」綜合上述，答案要選 3 **A は片付けることが人生に影響を与えると考え、B はそんなに大きな影響を与えたりしないと考えている**（A 認為整理對人生有所影響；B 則認為不會產生多大的影響）。

單字 **影響を与える えいきょうをあたえる** 造成影響
そんなに 副 那樣地 | **過去 かこ** 名 過去
振り返る ふりかえる 動 回頭看、回顧 | **大小 だいしょう** 名 大小

實戰測驗 2

p.312

69 1 **70** 3

問題 12 請閱讀以下 A、B 兩篇文章，並針對文章後的問題從 1、2、3、4 選項中選出最適宜的回答。

69-70

A

午餐時間是我的人生樂趣之一。因為在工作時間中，只有午餐時間的一個小時可以一個人待著。我在職場上的人際關係絕對不差，[69] 不過可以一個人休息對我來說也是提升工作效率相當重要的一件事。短暫離開工作發呆、想事情或與家人聯絡，就算時間極短，但可以自由做私人的事，能夠振奮情緒，精神面上也能安定下來。如此一來就能有效率的投入工作中。另外，精神上的安定也能與周遭的人維持良好關係。也許跟朋友一起聊天休息也很有趣，[70] 不過為了讓工作維持在更好的狀態，我需要一個人的午休時間。

B

我是兼職人員。因為領的是時薪，所以一天裡中午休息的一個小時當然是不支薪的。我認為在午休時間不管做什麼都是個人的自由。我的同事裡有個人總是會出去某處走走，不和其他人一起吃午餐。在工作上，大家對她都有好感，所有人都喜歡她。我好奇其中是否有什麼理由，所以問了前輩，前輩說她應該只是想一個人待著吧。我也可以理解，[70] 不過休息時間也是能和職場上的同事交流的好機會。聽各種話題，對公司及同事有更深入的理解，才能安心工作。就算沒有薪水，[69] 午休時間也是工作時間中非常重要的一部分。

單字 **ランチ** 名 午餐 | **楽しみ たのしみ** 名 享受
勤務時間 きんむじかん 名 工作時間 | **～ことができる** 可以～
職場 しょくば 名 職場 | **人間関係 にんげんかんけい** 名 人際關係
決して けっして 副 絕對（不） | **ひと休み ひとやすみ** 名 暫時休息
能率 のうりつ 名 效率 | **重要だ じゅうようだ** な形 重要的
離れる はなれる 動 離開 | **ぼんやり** 副 發呆的樣子
考え事 かんがえごと 名 想的事情 | **連絡 れんらく** 名 聯絡
短時間 たんじかん 名 短時間 | **プライベートだ** な形 私人的
自由だ じゆうだ な形 自由的 | **気持ち きもち** 名 心情
リフレッシュ 名 振奮精神 | **精神 せいしん** 名 精神
安定 あんてい 名 安定 | **結果 けっか** 名 結果、因此
効率的だ こうりつてきだ な形 有效率的 | **とりくむ** 動 專心致志
周囲 しゅうい 名 周圍 | **良好だ りょうこうだ** な形 良好的
つながる 動 連結、相關 | **仲間 なかま** 名 夥伴 | **おしゃべり** 名 閒聊
休憩 きゅうけい 名 休息 | **～かもしれない** 可能～
労働 ろうどう 名 勞動 | **より良い よりよい** 更好的
状態 じょうたい 名 狀態 | **継続 けいぞく** 名 繼續
パートタイム 名 兼職 | **時給 じきゅう** 名 時薪
お昼休憩 おひるきゅうけい 午休 | **もちろん** 副 當然
給与 きゅうよ 名 薪水 | **基本的だ きほんてきだ** な形 基本的
個人 こじん 名 個人 | **同僚 どうりょう** 名 同事
～に対して ～にたいして 對於～ | **感じ かんじ** 名 感覺
好く すく 動 喜歡 | **理由 りゆう** 名 理由
コミュニケーション 名 溝通 | **機会 きかい** 名 機會
安心 あんしん 名 安心

69

A、B 兩篇文章都有提及的內容為何？

1 度過休息時間的方式對工作來說很重要。
2 沒必要在不支薪的休息時間待在職場裡。
3 休息時間是做私人事務的時間。
4 用不同的方式度過休息時間，工作的效率也會改變。

解析 本題詢問的是 A 和 B 兩篇文章都有論述的內容。反覆出現在選項中的單字為「**休憩時間**（休息時間）」，請在文中找出該單字與相關內容。文章 A 開頭寫道：「**一人になってひと休みすることが、私にとって、仕事の能率を上げるためにも重要です**（對我來說，獨自休息片刻，對提高工作效率很重要）」；文章 B 最後寫道：「**お昼休憩は、仕事のためにも大事な時間である**（對於工作來說，午休也算是寶貴的時間）」。兩篇文章皆提到午休的重要性，因此答案要選 1 **休憩時間の過ごし方は、仕事をする上で重要である**（如何度過午休時間，對於工作很重要）。2 兩篇文章中皆未提及；3 和 4 僅出現在文章 A 中。

單字 **過ごし方 すごしかた** 名 度過～的方式 | **発生 はっせい** 名 發生

70

以下 A 與 B 文中對於度過休息時間的好方法的看法何者正確？

1 A 與 B 都認為午休時間應該一個人過比較好。
2 A 與 B 都想與工作上的夥伴交流。
3 A 想要一個人度過午休時間，B 認為與同事說話比較好。
4 A 認為跟同事聊天比較有趣，B 認為也可以一個人度過午休。

解析 題目提及「**いい休憩時間の過ごし方**（如何度過美好的休息時間）」，請分別找出文章 A 和 B 當中的看法。文章 A 最後寫道：「**労働をより良い状態で継続するためには、私には一人の時間が必要です**（為了以更好的狀態繼續工作，我需要獨處的時間）」；文章 B 後半段中寫道：「**休憩時間は職場の人とコミュニケーションを取る良い機会でもある**（休息時間也是上班族之間交流的好機會）」。綜合上述，答案要選 3 **A は一人で過ごしたいと考えており、B は同僚と話したほうがいいと考えている**（A 想要獨處；B 則偏好與同事聊天）。

單字 **過ごす すごす** 動 度過
仕事仲間 しごとなかま 名 職場夥伴

實戰測驗 3

p.314

69 3　**70** 4

問題 12　請閱讀以下 A、B 兩篇文章，並針對文章後的問題從 1、2、3、4 選項中選出最適宜的回答。

69-70

A

感覺高級且有許多新潮設計的滾筒式洗衣機很受歡迎。不過洗衣機的任務是將衣服洗乾淨，所以其實設計上不新潮也沒有關係。

就清洗方式來看，[69] 直立式洗衣機會使用更多的水，能確實洗去泥土等髒污，將衣服洗乾淨。在這一點上，使用水量較少的滾筒式洗衣機就需要多加注意。

另外，由於滾筒式洗衣機附有烘衣功能，因此價格上會比直立式洗衣機更高。應該有些家庭就算沒有烘衣功能也沒關係，所以要思考自己真正需要的功能。

即使如此，人們還是會被設計吸引，想選擇新潮的滾筒式洗衣機。[70] 那就要確認購買的洗衣機是否能達成洗衣機原本應該達成的洗淨衣服的功能，再做出選擇。

B

洗衣機主要有從正面放入衣服的滾筒式，以及從上方放入及取出衣服的直立式兩種，有許多人喜歡設計新潮的滾筒式洗衣機。另外，滾筒式洗衣機還附帶有烘衣功能，所以相當方便。雖然衣服本來也可以晾在外面，不過也有人因為工作等狀況沒有時間晾衣服，或受晾衣地點的環境及天氣影響，無法順利地晾衣服。這時如果有具烘衣功能的洗衣機，也能比較安心。

[69] 直立式洗衣機也有附烘衣功能的款式，不過其烘衣功能所需的電費會比滾筒式更高。所以需要經常使用烘衣功能的話，選擇滾筒式比較好。

滾筒式洗衣機雖然比較貴，不過既時尚又方便。雖然買洗衣機可能是較為高額的消費，[70] 不過應該要選擇有自己所需功能的洗衣機。

單字 **高級感 こうきゅうかん** 名 高級感 ｜ **おしゃれだ** な形 時尚的
デザイン 名 設計 ｜
ドラム式洗濯機 ドラムしきせんたくき 名 滾筒式洗衣機
人気がある にんきがある 受歡迎 ｜ **役割 やくわり** 名 職責、任務
洗濯物 せんたくもの 名 要洗的衣服 ｜ **本来 ほんらい** 名 本來
洗濯方法 せんたくほうほう 名 洗衣方式
タテ型洗濯機 タテがたせんたくき 名 直立式洗衣機
泥 どろ 名 泥土 ｜ **しっかり** 副 確實地 ｜ **落とす おとす** 動 洗去
使用 しよう 名 使用 ｜ **量 りょう** 名 量 ｜ **より** 副 比起～更
注意 ちゅうい 名 注意 ｜ **必要だ ひつようだ** な形 必要的、需要的
乾燥機能 かんそうきのう 名 烘乾機能 ｜ **ついている** 附帶有
比べる くらべる 動 比較 ｜ **値段 ねだん** 名 價格
場合 ばあい 名 情況、狀況 ｜ **機能 きのう** 名 功能 ｜ **つい** 副 無意間
目が行く めがいく 目光投向 ｜ **確認 かくにん** 名 確認
選ぶ えらぶ 動 選擇 ｜ **～べきだ** 應該～ ｜ **主に おもに** 副 主要
正面 しょうめん 名 正面 ｜ **出し入れ だしいれ** 名 放入與取出
好む このむ 動 喜歡 ｜ **干す ほす** 動 晾乾
環境 かんきょう 名 環境 ｜ **左右する さゆうする** 動 影響、左右
～こともある 也有～的情況 ｜ **安心だ あんしんだ** な形 安心的
電気代 でんきだい 名 電費 ｜ **多少 たしょう** 副 多少
～かもしれない 可能～ ｜ **性能 せいのう** 名 性能
～ほうがよい ～比較好

69

A、B 兩篇文章分別如何描述直立式洗衣機？

1　A 與 B 都說直立式洗衣機設計新潮所以很受歡迎。
2　A 與 B 都說直立式洗衣機洗淨力不太強。
3　A 說直立式的洗淨力優秀，B 說直立式洗衣機的烘衣功能電費很貴
4　A 說直立式洗衣機時尚且高級，B 說直立式洗衣機附烘衣功能很方便。

解析 題目提及「**タテ型の洗濯機**（直立式洗衣機）」，請分別找出文章 A 和 B 當中的看法。文章 A 第二段開頭寫道：「**タテ型洗濯機ならたくさんの水を使うことで泥などもしっかり落とせてきれいに洗える**（使用直立式洗衣機，能以大量的水把污漬徹底洗淨）」；文章 B 第二段開頭寫道：「**タテ型洗濯機にも乾燥機能があるものもあるが、乾燥機能の電気代はドラム式より高い**（有些直立式洗衣機同樣具備烘乾功能，但烘乾功能的電費比滾筒式洗衣機高）」。綜合上述，答案要選 3 **A は洗浄力に優れていると述べ、B は乾燥機能の電気代が高いと述べている**（A 表示擁有優良的洗淨力；B 則表示烘乾功能的電費較高）。

單字 **洗浄力 せんじょうりょく** 名 洗淨力 ｜ **優れる すぐれる** 動 優秀

70

A、B 兩篇文章分別如何描述洗衣機的選擇方式？

1　A 與 B 都說要確認是否有烘衣功能。

2　A 與 B 都說應該選價格最便宜的洗衣機。

3　A 說應該確認洗衣功能，B 說應該比較電費。

4　A 說能洗淨衣服是最重要的，B 說具備所需功能是最重要的。

解析 題目提及「**洗濯機の選び方**（挑選洗衣機的方法）」，請分別找出文章 A 和 B 當中的看法。文章 A 最後寫道：「**洗濯機の本来の役割であるきれいに洗えるかという点を確認して選ぶべきだ**（應該要先確保能否洗得乾淨再做選擇，這才是洗衣機原本的作用）」；文章 B 最後寫道：「**自分に必要な性能がついている洗濯機を選んだほうがよい**（最好挑選具備自己所需功能的洗衣機）」。綜合上述，答案要選 4 **A はきれいに洗えるかが大切だと述べ、B は必要な機能があることが大切だと述べている**（A 認為重點在於能否洗乾淨；B 則認為重點在於是否具備所需功能）。

單字 **選び方 えらびかた**名選擇方式 | **最も もっとも**副最
比較 ひかく名比較

問題 13 論點理解（長篇）

實力奠定

p.320

01 ②　02 ①　03 ①　04 ②　05 ②
06 ①

01

偶爾會有人公布喜歡的藝人、討厭的藝人之類的排名表。**這時大多數的藝人都會同時出現在喜歡和討厭兩邊的排名中。**從這個現象，我們可以看出該藝人是多麼具有個人特色。**這樣的個人特色會使大眾「喜歡」或「討厭」**。也可以說，這些藝人正是因為具有個人特色，所以才能持續以藝人的身分活動吧。

文中提到的這些人正是因為具有個人特色，所以才能持續以藝人的身分活動吧。是什麼意思？

①　如果有個性的話，就無法吸引人們「喜歡」或「討厭」等關注。

②　能否持續當藝人與人們的好惡無關，是看藝人本身是否具有「個人特色」。

單字 **タレント**名藝人 | **ランキング**名排名
発表 はっぴょう名公開、發佈 | **多数 たすう**名多數
芸能人 げいのうじん名藝人 | **両方 りょうほう**名兩邊
共に ともに副一起、共同 | **ランクイン**名排上榜單
現象 げんしょう名現象
個性的だ こせいてきだな形具個人特色的
うかがう動看出、窺看 | **個性 こせい**名個性、個人特色
つながる動連結、相關 | **続ける つづける**動繼續
関心 かんしん名關注
好き嫌い すききらい名喜好及厭惡、好惡
～に関わらず ～にかかわらず 與～無關
有無 うむ名有無、有沒有 | **決まる きまる**動決定

02

在小說的世界中，會明確的描寫角色性格，詳細到幾乎能使讀者想像出登場人物的臉的程度。許多小說家會參考周邊的人來創造登場人物，不過據說有個小說家卻被附近的奶奶說了這樣的話。**「我害怕跟老師您變得親近。因為我不知道你會在小說之中怎麼描述我。」**雖然小說中的登場人物越獨特越有趣，而讀者也期待有這樣的角色出現，不過對參考人物本人來說似乎卻並非如此。

文中提到的不過對參考人物本人來說似乎卻並非如此。是什麼意思？

①　因為不知道小說裡會如何描寫自己，所以不喜歡。

②　因為小說中登場人物的性格非常重要，所以希望描寫得更仔細一點。

單字 **小説 しょうせつ**名小說 | **世界 せかい**名世界
登場人物 とうじょうじんぶつ名登場人物
浮かぶ うかぶ動想起、浮現 | **ほど**名～的程度
キャラクター名角色 | **明確だ めいかくだ**な形明確的
描く えがく動描繪 | **小説家 しょうせつか**名小說家
周り まわり名周邊 | **参考 さんこう**名參考
近所 きんじょ名附近 | **親しい したしい**い形親近的
怖い こわいい形恐怖的 | **独特だ どくとくだ**な形獨特的
読者 どくしゃ名讀者 | **望む のぞむ**動希望、盼望
モデル名原形人物、參考人物 | **本人 ほんにん**名本人
心配 しんぱい名擔心 | **好む このむ**動喜歡
重要だ じゅうようだな形重要的
詳しい くわしいい形仔細的、詳細的

03

我初次拜訪倫敦時，因為不知道怎麼買地下鐵的票，所以請日本的 JCB 櫃台派遣導遊協助。我和來幫我的女性說了很多話。談到「西貢小姐」這部音樂劇時，她說她有在那部音樂劇中演出。我想起劇中有數名年輕女性的臨時演員，所以問她「是演誰呢」。結果她說「我演金」。我倒吸一口氣，提高音量發出了「哇」的聲音。**問她「是主角的那個金嗎？」，她輕輕點了頭。**

作者為什麼提高音量？

①　因為他原本以為是臨時演員的女性其實是主角

②　因為他見到了自己非常喜歡的音樂劇演員

單字 ロンドン 名 倫敦 ｜ 訪れる おとずれる 動 拜訪、造訪
チケット 名 票 ｜ 方法 ほうほう 名 方法 ｜ ガイド 名 導遊、引導者
手助け てだすけ 名 幫助、協助 ｜ 女性 じょせい 名 女性
ミュージカル 名 音樂劇 ｜ 出演 しゅつえん 名 參加演出
役 やく 名 角色 ｜ 若い わかい い形 年輕的
エキストラ 名 臨時演員、群眾演員 ｜ 登場 とうじょう 名 登場
思い出す おもいだす 動 想起 ｜ すると 接 然後、於是
息を飲む いきをのむ 倒吸一口氣
声を上げる こえをあげる 提高音量
主人公 しゅじんこう 名 主角 ｜ うなずく 動 點頭

04

高中二年級的時候，我和當時是社長的學長關係交惡，所以離開了籃球社。不知道是不是因為我本來就喜歡隨興出門旅行的關係，我對英文課以外的課都不感興趣，若無其事地翹了課出去找樂子。我毫無想法地走進電影院，看了「午夜牛郎」這部片。**雖然我在事前完全不知道這部片的背景，不過那時因為電影院放映的電影很少，所以就偶然看了這部片。**

作者為什麼看了「午夜牛郎」？
① 因為他喜歡英文，想看英語電影。
② 因為他偶然去了電影院。

單字 高校 こうこう 名 高中 ｜ 部長 ぶちょう 名 社團社長
先輩 せんぱい 名 學長姐 ｜ 仲 なか 名 關係
バスケット部 バスケットぶ 名 籃球社 ｜ やめる 動 放棄、退出
元々 もともと 副 原本 ｜ ふらっと 副 漫無目的地閒晃
旅立つ たびだつ 動 去旅行 ｜ 以外 いがい 名 以外
感じる かんじる 動 感覺 ｜ 何事もない なにごともない 若無其事
さぼる 動 翹課 ｜ 考える かんがえる 動 思考
真夜中 まよなか 名 半夜 ｜ カウボーイ 名 牛仔
予備知識 よびちしき 名 先備知識 ｜ たまたま 副 偶然

05

人們經常會一邊做著一件事，一邊想這件事做完之後要處理另一件事。如果只是一兩件事情還能記得起來，不過如果手邊的事被電話或信件打斷的話又會如何呢？電話和信件本身就會增加需要查詢、說明或處理的事務。只依憑記憶力記下這些代辦事項是件非常危險的事。理想上應該將代辦事項輸入事務管理軟體，**不過卻又沒有那個閒工夫。最快速且能確實留下紀錄的方式是將待辦事項寫在便利貼上，並貼在眼前電腦螢幕的下端。**做完的事就丟進垃圾桶，為接下來的代辦事項預留空間即可。

作者對便利貼有什麼樣的想法？
① 不太喜歡。因為會變成必須丟棄的垃圾。
② 在沒有空檔時是很方便的記憶方式。

單字 整理 せいり 名 整理 ｜ 考える かんがえる 動 思考
程度 ていど 名 程度 ｜ 記憶 きおく 名 記憶 ｜ メール 名 電子郵件
作業 さぎょう 名 業務、工作 ｜ 中断 ちゅうだん 名 中斷
自体 じたい 名 本身 ｜ 調査 ちょうさ 名 調查、查詢
説明 せつめい 名 說明 ｜ 処理 しょり 名 處理
増える ふえる 動 增加 ｜ 依存 いぞん 名 依賴、依靠
危険だ きけんだ な形 危險的 ｜ 理想的だ りそうてきだ な形 理想的
タスク管理 タスクかんり 名 事務管理 ｜ ソフトウェア 名 軟體
入力 にゅうりょく 名 輸入 ｜ 余裕 よゆう 名 空間、餘裕
速やかだ すみやかだ な形 快速的
確実だ かくじつだ な形 確實的 ｜ 記録 きろく 名 記錄
残す のこす 動 留下 ｜ ポストイット 名 便利貼 ｜ メモ 名 筆記
モニター 名 螢幕 ｜ 画面 がめん 名 畫面 ｜ 方法 ほうほう 名 方法
終える おえる 動 結束 ｜ ゴミ箱 ゴミばこ 名 垃圾桶
捨てる すてる 動 丟棄 ｜ 空間 くうかん 名 空間

06

我的女兒是知名舞者。她從小就開始學古典芭蕾。大約 30 年之前，我有個機會去了洛杉磯，並參觀了洛杉磯的淘兒唱片行。那時店內有販賣一位世界知名的芭蕾舞者的錄影帶。我想說這個錄影帶在日本不容易買到，因此為了女兒買了 20 支左右的錄影帶。**後來才聽老婆說，女兒看了芭蕾舞者的錄影帶後兩眼閃閃發亮。我在想，我是否就是在那時培養了她對跳舞的熱愛呢？**

作者對錄影帶有什麼樣的想法？
① 作者認為因為自己買了芭蕾舞者的錄影帶，所以女兒才成為了知名舞者。
② 舞蹈與古典芭蕾沒有關係，所以認為錄影帶對女兒沒有任何影響。

單字 娘 むすめ 名 女兒 ｜ 有名だ ゆうめいだ な形 有名的
ダンサー 名 舞者 ｜ クラシックバレエ 名 古典芭蕾
ロサンゼルス 名 洛杉磯 ｜ 機会 きかい 名 機會
タワーレコード 名 淘兒唱片行 ｜ 訪れる おとずれる 動 拜訪
世界的だ せかいてきだ な型 世界性的 ｜ バレエ 名 芭蕾
踊り手 おどりて 名 舞者 ｜ ビデオ 名 影片、錄影帶
手に入れる てにいれる 到手、買下 ｜ 輝く かがやく 動 閃閃發光
感性 かんせい 名 感性、感受性 ｜ 育てる そだてる 動 培養
関係 かんけい 名 關係 ｜ 影響 えいきょう 名 影響

實戰測驗 1

p.322

71 2　**72** 2　**73** 4

問題 13　請閱讀以下文章，並針對文章後提問，從 1、2、3、4 選項中選出最符合的回答。

71-73

有位 60 多歲的女子很開心地說自己被邀請去參加國外的結婚典禮。邀請她的新娘和那位女子是 10 多年前一起在日本的工廠中工作的同事。由於兩人排班時間不同，因此原本只是會在休息室錯身而過的關係而已，不過由於女子不忍看當時還是留學生的新娘總是吃便利商店的麵包，所以某天做了兩個便當帶去工廠。原本還擔心是否會造成對方的困擾，不過她卻意外的非常開心。從那天之後，因為做一個便當跟做兩個便當並沒有太大的差別，所以女子在自己上班時都會準備她的便當，放進對方的置物櫃裡。對方後來平安畢業，到本國的企業上班。女子說，那之後她們兩個就沒再見過了，不過她收到對方的通知，希望她一定要來參加結婚典禮。聽了這個故事，我心想「她真是個親切的人」。[71] 對這位女子來說，做兩個便當大概不是什麼太麻煩的事吧。大概也是因此她才會對突然收到的邀請很感激。不過從客觀的角度來看，這個女子真的非常親切。

[72] 美國的知名科幻作家曾說「最尊貴的行動是親切」、「愛可能會輸，但親切會獲勝」。另外還有一位科幻作家說「人有別於其他生物的特質即是親切」。有趣的是，兩人正巧都是科幻作家。科幻作品中經常出現「人類和機器人的區別為何」這樣的主題，這兩位作家大概都認為「親切」即是最極致的人性吧。所有人都能做到親切。即使不是上述這種長期的，所謂偉大的親切，我們每天也能遇到讓座等等這種小小的親切。

我認為愛也是很尊貴的，不過親切感覺更簡單一點。我們無法愛未曾謀面的人，不過即使只是瞬間擦身而過，我們也可以對人親切。看到了什麼東西卻假裝沒看到也可能是一種親切。愛多少需要能量，要當作純粹的善意可能會略顯浮誇，但我們卻能簡單的做到親切。[73] 而且重要的是，親切必須要有對象的存在才能成立。即他人的存在是必要的。兩位科幻作家在思考人性時，是不是也考慮到了人類的弱小與孤獨，因此才想到了「親切」呢？[73] 要對人親切，雖然很簡單，卻也是最具人性的一件事

(註 1) 尊い：有極高的價值
(註 2) 奇しくも：偶然、不可思議的是
(註 3) いわば：例如說、舉例來說
(註 4) 壮大な：規模大而極好的事
(註 5) 遭遇：無預期地碰見
(註 6) 通りすがり：偶然從身旁通過、擦肩而過

單字 **女性 じょせい** 名 女性 | **海外 かいがい** 名 海外
行う おこなう 動 進行 | **結婚式 けっこんしき** 名 婚禮
招待 しょうたい 名 邀請 | **うれしい** い形 開心
新婦 しんぷ 名 新娘 | **以上 いじょう** 名 以上 | **日本 にほん** 名 日本
工場 こうじょう 名 工廠 | **同僚 どうりょう** 名 同事
シフト 名 排班時間 | **ロッカー** 名 置物櫃
すれ違う すれちがう 動 錯身而過 | **関係 かんけい** 名 關係
当時 とうじ 名 當時 | **コンビニ** 名 便利商店
見かねる みかねる 動 看不下去
弁当 べんとう 名 便當 | **迷惑 めいわく** 名 麻煩、困擾
心配 しんぱい 名 擔心 | **思いのほか おもいのほか** 意料之外
喜ぶ よろこぶ 動 開心 | **以来 いらい** 名 之後
大した たいした 大的 | **違い ちがい** 名 差別
出勤 しゅっきん 名 上班 | **無事 ぶじ** 名 平安無事
卒業 そつぎょう 名 畢業 | **祖国 そこく** 名 祖國
企業 きぎょう 名 企業 | **就職 しゅうしょく** 名 就職、就業
この度 このたび 名 這次 | **ぜひ** 副 務必 | **知らせ しらせ** 名 通知
受ける うける 動 接到 | **親切だ しんせつだ** な形 親切的
おそらく 副 恐怕 | **突然の とつぜんの** 突然的
感激 かんげき 名 感激 | **客観的だ きゃっかんてきだ** な形 客觀的
アメリカ 名 美國 | **著名だ ちょめいだ** な形 知名的
作家 さっか 名 作家 | **最も もっとも** 副 最
尊い とうとい い形 尊貴的 | **愛 あい** 名 愛
負ける まける 動 輸 | **勝つ かつ** 動 獲勝
人間 にんげん 名 人類 | **区別 くべつ** 名 區別
特質 とくしつ 名 特質
奇しくも くしくも 副 不可思議地、奇怪的是
興味深い きょうみぶかい い形 有趣的 | **ロボット** 名 機器人
分ける わける 動 分別 | **テーマ** 名 主題 | **最上 さいじょう** 名 至上
考える かんがえる 動 思考 | **誰にでも だれにでも** 不管對誰
継続 けいぞく 名 繼續 | **いわば** 副 所謂
壮大だ そうだいだ な形 宏大的 | **ゆずる** 動 讓
日々 ひび 名 每天 | **遭遇 そうぐう** 名 遇到
手軽だ てがるだ な形 輕鬆的、簡單的 | **気がする きがする** 感覺
見ず知らず みずしらず 名 未曾謀面
通りすがり とおりすがり 名 擦身而過
一瞬 いっしゅん 名 一瞬間 | **可能だ かのうだ** な形 可能的
~振り ~ふり ~的樣子 | **一種 いっしゅ** 名 一種
多少 たしょう 副 多少 | **パワー** 名 力量
必要だ ひつようだ な形 必要、需要 | **善意 ぜんい** 名 善意
少々 しょうしょう 副 一點、些許
大げさだ おおげさだ な形 誇張的
感じる かんじる 動 感覺 | **容易だ よういだ** な形 容易的
重要だ じゅうようだ な形 重要的 | **対象 たいしょう** 名 對象
成り立つ なりたつ 動 成立 | **他者 たしゃ** 名 他人
存在 そんざい 名 存在 | **弱さ よわさ** 名 弱小
孤独 こどく 名 孤獨 | **含める ふくめる** 動 包含
思い至る おもいいたる 動 想到
要因 よういん 名 主因 | **最良 さいりょう** 名 最好的
価値 かち 名 價值 | **規模 きぼ** 名 規模
思いがけない おもいがけない い形 意想不到的
通る とおる 動 通過

71

文中提及客觀的角度來看，這個女子真的非常親切。是什麼意思？

1 當時是留學生的同事回到自己的國家就職
2 做兩個便當
3 邀請當時是同事的 60 多歲女子參加結婚典禮
4 告知女子自己要結婚

讀解

解析 請仔細閱讀文中提及「**客観的にみると、大変な親切である**（從客觀角度來說，是非常熱心的舉動）」前後方的內容。畫底線處前方寫道：「**本当にその女性にとっては、弁当を2つ作ることは大変なことではなかったのだろう**（對她來說，做兩個便當並非什麼大不了的事情）」，以及畫底線處整句話寫道：「**だが客観的にみると、大変な親切である**（但從客觀角度來說，是非常親切的舉動）」。綜合上述，答案要選2 **弁当を2つ作っていたこと**（做了兩個便當）。

單字 **知らせをする しらせをする** 告知

72

有關科幻作家，以下何者最符合作者的想法？

1 科幻作家描寫愛和親切是不自然的事。

2 科幻作家對於談論人類的親切有很高的興趣。

3 科幻作家會每天一邊寫小說一邊思考人性。

4 科幻作家的特質是將人類與機器人分成兩類思考。

解析 本題詢問筆者的想法，因此請在文章中間找出提及「SF 作家（科幻小說家）」之處，確認筆者對於科幻小說家的想法。第二段開頭寫道：「**アメリカの著名なSF作家は、「最も尊いのは親切」「愛は負けても親切は勝つ」と言っている。また、別のSF作家は「人間を他のものと区別している特質は親切」という。奇しくも二人ともSF作家というのが興味深い**（美國知名科幻小說家曾說過「親切是最為珍貴的舉動」、「愛情可能會失敗，親切則會獲勝」。另一位科幻小說家則說：「人類與眾不同的特質便是親切」，有趣的是，這兩人竟然都是科幻小說家）」，因此答案為2 **SF作家が人間の親切について語っているのは興味深いことだ**（科幻小說家對於談論人類的親切有很高的興趣）。

單字 **語る かたる**動說明、敘述 | **不自然だ ふしぜんだ**な形不自然的

73

作者對親切抱有什麼樣的想法？

1 雖然不容易，不過要親切待人時，必須假裝沒看見已經看見的事物。

2 人類與機器人的差異即是親切，誰都做得到。

3 人類的弱小及孤獨可以成為親切的主因，即使是一瞬間也可以做出親切的行為。

4 親切是必須要有對方的存在才能成立的行為，是最有人性的行為。

解析 本題詢問筆者的想法，因此請在文章後半段找出提及「**親切**（親切）」之處，確認筆者的想法。第三段中寫道：「**重要なことは、対象がいてはじめて成り立つということである。他者の存在が必要なのである**（重要的是要有對象才能成立，需要他人的存在才行）」以及「**親切にすることは、容易でありながら最良の人間らしさなのだ**（善待他人，是既容易又最為人性化的事）」，因此答案為4 **相手がいてはじめて成り立つ、最も人間らしい行為である**（唯有對方的存在才能成立、最為人性化的行為）。

單字 **さびしさ**名寂寞感 | **相手 あいて**名對方

實戰測驗 2

p.324

71 4　**72** 1　**73** 3

問題13　請閱讀以下文章，並針對文章後提問，從1、2、3、4選項中選出最符合的回答。

71-73

奶奶總是笑容可掬、個性開朗，不管對誰都很親切，所以我從小就最喜歡去奶奶家了。隨著我年紀漸大，我開始認為奶奶除了是個溫柔的奶奶之外，也是一位性格極佳的人，漸漸對她產生了尊敬感。

奶奶出生於一個小漁村。她的父親在她出生前兩個月就病死了，母親將還是小嬰兒的祖母託付給認識的人，到了都市去。奶奶說過好多次，代替母親養育自己長大的人非常疼愛她。她總瞇起眼睛，彷彿很懷念、很開心地說「她應該是覺得我很可憐吧」。不過，奶奶在談論丟下自己的母親後來回來見自己的往事時，看起來也非常開心。她的說話方式，讓聽故事的我也能感受到幸福。有關奶奶後來的人生，[71] 包括她過著貧困的生活，或結婚對象（即是我的爺爺）因病倒下而無法動彈的事，在我聽來都是相當辛苦的事情，不過聽了奶奶的敘述，會讓人覺得這些全都是好事。

奶奶經常說「現在是我最幸福的時候」。我認為奶奶並不是指因為過去很辛苦，所以現在比較幸福，而是因為她是個不論在什麼狀況下，都能找到其中的幸福的人。[72] 她總是能感受到事物美善的一面，並將那些部分記下來。比起被母親拋棄的記憶，她記得的是養育自己的人所給予的深厚愛情。比起丈夫動彈不得的辛酸，她認為還有發生其他各種幸運的事件。我認為奶奶並不是從誰身上學會了這種思維、也不是硬要從事物中找尋美善的一面，而是天生就有這樣的特質在。[72] 有很多人會努力讓自己正面思考、正向的過生活，奶奶的這種特質是很珍貴的才能。

[73] 人在思考自己的人生時，會自然選擇要記得的事。要將什麼事物以什麼方式記憶下來，完全是個人的自由。即使是同樣的一件事，也必然會因敘述者不同而成為不同的回憶吧。我想要像奶奶一樣，盡可能記得開心和歡樂的事。比起不快感更想記得人們的好意，比起難吃的食物更想記得美食。人們通常容易記得不好的事，我也不覺得這有什麼錯。不過不論何時何地都能發現幸福的心，不只能使自己幸福，也擁有帶給周遭的人幸福的力量。

（註）必然：絕對會發生的事

單字 **祖母 そぼ**名祖母 | **笑顔 えがお**名笑容
親切だ しんせつだな形親切的 | **成長 せいちょう**名成長

～につれ 隨著～｜**単に たんに**副單純地
一個人 いちこじん名一個人｜**すばらしい**い形極佳的、優秀的
素質 そしつ名素質、性質｜**持ち主 もちぬし**名主人、擁有者
ますます副越發｜**尊敬 そんけい**名尊敬｜**漁村 ぎょそん**名漁村
病死 びょうし名病死｜**赤ちゃん あかちゃん**名嬰兒
知人 ちじん名認識的人｜**あずける**動託付
都会 とかい名都市、都會｜**代わり かわり**名代替者、代替物
育てる そだてる動養育｜**かわいがる**動疼愛
かわいそうだな形可憐的｜**目を細める めをほそめる** 瞇起眼睛
懐かしい なつかしいい形懷念的｜**うれしい**い形開心的、喜悅的
一方 いっぽう接相反的｜**幸せだ しあわせだ**な形幸福的
気持ち きもち名心情、情感｜**語り方 かたりかた**名敘述方式
人生 じんせい名人生｜**貧乏だ びんぼうだ**な形貧窮的
生活 せいかつ名生活｜**相手 あいて**名對方｜**つまり**副也就是說
祖父 そふ名祖父｜**倒れる たおれる**動倒下
動く うごく動動｜**苦労 くろう**名艱苦
語る かたる動說明、敘述｜**全て すべて**名全部
エピソード名事件｜**昔 むかし**名過去、以前
状況 じょうきょう名狀況｜**見出す みいだす**動發現、找出
物事 ものごと名事物｜**感じる かんじる**動感覺、感受
記憶 きおく名記憶｜**捨てる すてる**動丟棄
深い ふかいい形深的｜**愛情 あいじょう**名愛情
様々だ さまざまだな形各式各樣的｜**出来事 できごと**名事件
幸運 こううん名幸運｜**～わけではない** 並不是～
無理 むり名勉強、硬是｜**探す さがす**動找尋
生まれながら うまれながら副與生俱來的
自然だ しぜんだな形自然的｜**性質 せいしつ**名性質
貴重だ きちょうだな形貴重的｜**才能 さいのう**名才能
選ぶ えらぶ動選擇｜**全く まったく**副完全｜**自由 じゆう**名自由
異なる ことなる動不同、相異｜**必然 ひつぜん**名必然
喜び よろこび名喜悅｜**不快さ ふかいさ**名不快感
好意 こうい名好意｜**普通 ふつう**副普通
間違う まちがう 動弄錯、錯誤｜**発見 はっけん**名發現
本人 ほんにん名本人｜**周囲 しゅうい**名周圍
幸福だ こうふくだな形幸福的｜**決まる きまる**動決定、一定是

71

作者認為祖母是什麼樣的人？
1 隨著作者的年紀漸長，成為了一個擁有優秀特質的人
2 認為自己被不是母親的人扶養長大很可憐的人
3 努力將辛苦的事情改變為開心的事的人
4 即使在談論辛酸的過去也能夠將其描述為好事的人

解析 本題詢問筆者的想法，因此請在文章前半段找出提及「**祖母**（奶奶）」之處，確認筆者對奶奶的想法。第二段最後寫道：「**貧乏な生活をしたことや、結婚した相手（つまり私の祖父）が、病気で倒れて動けなくなったことなど、私には大変な苦労に思えるのだが、祖母が語ると、全てが良いエピソードに思える**（比如過著貧困的生活、結婚對象（也就是我的爺爺）病倒後無法行動等等，對我來說都是非常辛苦的事，但在奶奶口中，卻成為美好的往事）」，因此答案為 4 **大変だったことでも、いい話として話すことができる人**（即使是很辛苦的事，也能當成好事說出口的人）。

單字 **努力 どりょく**名努力

72

文中提到珍貴的才能是什麼？
1 能夠找出事物美善的一面、並將其記下來的能力
2 能讓聽者感到幸福的說話方式
3 總是笑容滿面、性格開朗、對誰都很親切的個性
4 能將壞事改變為好事的想像力

解析 請仔細閱讀文中提及「**貴重な才能**（寶貴的才能）」前後方的內容。畫底線處前方寫道：「**いつでも物事の良いところを感じ、記憶しているのだ**（無論何時，總能感受並記住事物美好的一面）」，以及畫底線處整句話寫道：「**がんばってそのように考えよう、生きよう、とする人も多い中、貴重な才能だ**（也有許多人努力這樣思考並生活，這是一種寶貴的才能）」。綜合上述，答案要選 1 **物事のいいところを見つけ出し、記憶する力**（有能力找出並記住每件事美好的一面）。

單字 **見つけ出す みつけだす**動找出
話し方 はなしかた名說話方式｜**性格 せいかく**名個性
変える かえる動改變｜**想像力 そうぞうりょく**名想像力

73

作者如何看待記憶這件事？
1 要記得開心或歡喜的事而非辛苦的事，是需要才能的。
2 要變得幸福，最重要的就是要記得開心或歡喜的事件。
3 人會選擇自己要記得的東西，因此即使是相同的事件，不同人的記憶也會不同。
4 為了使周邊的人幸福，最好不要記得不好的事件。

解析 本題詢問筆者的想法，因此請在文章後半段找出提及「**記憶すること**（記住）」之處，確認筆者的想法。第四段開頭寫道：「**人は自分の人生を思う時、自然に記憶を選んでいると思う。何をどのように記憶しているかは、全く個人の自由である。同じ出来事でも人によって異なるエピソードになるのは必然であろう**（我認為人在思考自己的人生時，自然而然會選擇性記憶。想要記住什麼、以及怎麼記住，完全取決於個人。即使是同一件事情，也必定會因人而異，產生不同的解讀）」，因此答案為 3 **人は選んで記憶しているので、同じ出来事でも違うように覚えている**（人會選擇性記憶，所以即使是同一件事，也會有不同的記憶）。

單字 **辛い つらい**い形痛苦的、辛苦的
必要だ ひつようだな形必要的、需要的｜**周り まわり**名周遭

實戰測驗 3

p.326

71 2　**72** 1　**73** 4

問題 13　請閱讀以下文章，並針對文章後提問，從 1、2、3、4 選項中選出最符合的回答。

71-73

我開始從事撰寫動畫腳本的工作，才發現最近的人既無法等待，也不想等待。一話 30 分鐘的動畫節目，如果中間有插入廣告的話，必須以前半約 12 分鐘、後半約 12 分鐘的架構來思考故事。假設故事內容是「兩個好朋友吵架了」，我會預想在一集 25 分鐘左右的時間內先描寫吵架、進廣告，最後再描寫和好。不過公司卻要求在前半就寫到兩人和好的劇情，後半只要描寫兩人平常感情好的內容即可。因為製作公司認為 [71] 觀眾無法忍受要等大半集才能重修舊好的劇情。我雖然也經常聽說現在的人討厭麻煩事，但聽到觀眾無法等待 30 分鐘解決問題時，還是嚇了一跳。前年熱賣的動畫電影確實也是大概每 10 分鐘即變更一次場景及劇情。

以上的狀況不僅限於動畫。現代生活比比皆是「無法等待」、「不等待」的狀態。我們都太習慣現在這種包括網路等技術都可以進步的情況了。[72] 現代人即使只有 1 分 1 秒也想追求更快的速度，不管是事物還是資訊都不必等待就能馬上到手，不過相對的，對方也會要求我們能更迅速的做出應對。網路上的交流等就是很好的例子。不過人的情緒真的能這麼快速的做出反應嗎？當然，我不是單純在說多花時間比較好，而是現代人未免太過輕視「等待」這件事了。所謂的等待，即是思考。

例如被人邀約去吃飯時，花時間在心中感受到很開心、想參加的情緒是很重要的。另外，當對方晚回信時，我們也可以試著不要因為對方沒及時回信而感到焦躁，而是去想像對方的狀況。比起馬上對所有事物做出反應，我認為即使是簡單的小事也沒有關係，先使用自己的大腦和心，更廣闊、更深刻地探知狀況，才能形成富足的心靈。富足的心靈也能建立富足的人際關係。畢竟在建立起自己的心靈之前，我們不可能與他人的心靈相通吧？[73] 在這個時代，等待已經成為了必須要有意識地去進行的訓練，不過這對心靈來說是不可或缺的練習。不管是等待、或讓他人等待，也許都需要勇氣與相互理解。

單字 **アニメ** 名 動畫｜**シナリオ** 名 腳本
始める はじめる 動 開始｜**最近 さいきん** 名 最近
とにかく 副 不論如何｜**一話 いちわ** 名 一集
番組 ばんぐみ 名 節目｜**CM** 名 廣告
前半 ぜんはん 名 前半｜**後半 こうはん** 名 後半
構成 こうせい 名 架構｜**考える かんがえる** 動 思考
例えば たとえば 副 例如｜**ケンカ** 名 吵架｜**～とすると** 如此一來
全体 ぜんたい 名 整體｜**最後 さいご** 名 最後
仲直り なかなおり 名 和好｜**部分 ぶぶん** 名 部分
要求 ようきゅう 名 要求｜**普通に ふつうに** 普通地
仲の良い なかのよい 關係好｜**がまん** 名 忍耐
制作会社 せいさくがいしゃ 名 製作公司｜**判断 はんだん** 名 判斷
トラブル 名 問題｜**きらう** 動 討厭｜**解決 かいけつ** 名 解決
驚く おどろく 動 驚訝｜**大ヒット だいヒット** 名 大受歡迎
アニメ映画 アニメえいが 名 動畫電影
確かに たしかに 副 確實｜**場面 ばめん** 名 場面、場景
～ごとに 每～｜**変わる かわる** 動 改變
展開 てんかい 名 展開、開展｜**～に限る ～にかぎる** 限於～
現代 げんだい 名 現代｜**生活 せいかつ** 名 生活｜**すべて** 副 全部
状態 じょうたい 名 狀態｜**インターネット** 名 網路
～をはじめ 以～為首、～等等｜**技術 ぎじゅつ** 名 技術
進歩 しんぽ 名 進步｜**可能だ かのうだ** な形 可能的
状況 じょうきょう 名 狀況｜**私達 わたしたち** 名 我們
慣れる なれる 動 習慣｜**速い はやい** い形 快速的
好む このむ 動 喜歡｜**情報 じょうほう** 名 資訊
手に入る てにはいる 拿到手、取得
反対に はんたいに 相反的、相對的
相手 あいて 名 對方｜**対応 たいおう** 名 應對
交流 こうりゅう 名 交流｜**反応 はんのう** 名 反應
もちろん 副 當然｜**時間をかける じかんをかける** 花費時間
～ほうがいい ～比較好｜**単純だ たんじゅんだ** な形 單純的
あまりにも 太過｜**軽視 けいし** 名 輕視、小看
誘う さそう 動 邀請｜**うれしい** い形 開心的
動き うごき 名 動作、悸動｜**感じる かんじる** 動 感覺
メール 名 電子郵件｜**返事 へんじ** 名 回覆
いらいらする 煩躁不安｜**想像 そうぞう** 名 想像
様々だ さまざまだ な形 各式各樣的
簡単だ かんたんだ な形 簡單的｜**深い ふかい** い形 深的
取りこむ とりこむ 動 吸收、接收｜**豊かだ ゆたかだ** な形 豐富的
人間関係 にんげんかんけい 名 人際關係｜**つながる** 動 連結、相關
形成 けいせい 名 形成｜**他人 たにん** 名 他人
不可能だ ふかのうだ な形 不可能的｜**意識 いしき** 名 意識
～なければならない 不得不～｜**訓練 くんれん** 名 訓練
～にとって 對於～
必要不可欠だ ひつようふかけつだ 必要且不可或缺的
勇気 ゆうき 名 勇氣｜**理解 りかい** 名 理解
～かもしれない 可能～

71

文中為何說希望在前半就寫到兩人和好的劇情？

1　因為想描寫感情好的朋友的故事
2　因為想趕快看到吵架結束的部分
3　因為討厭衝突持續進行
4　因為每十分鐘改變一次故事主題比較好

解析 請仔細閱讀文中提及「**前半部分で仲直りまで書いてほしい**（希望在前半段就寫出和解橋段）」前後方的內容，找出原因

為何。其後方寫道：「**見る人は後半まで仲直りを待たされることががまんできない**（觀眾無法忍受要等到後半段才重修舊好的劇情）」，因此答案為 2 **ケンカが終わったのを早く見たいから**（因為想早點看到吵架結束）。

單字 **続く つづく** 動 持續 ｜ **嫌だ いやだ** な形 討厭的

72

有關技術的進步，以下何者符合作者的想法？

1 想取得的事物及資訊變得馬上就能拿到手了。

2 網路上的訊息來往變得不需要花時間了。

3 雖然適應了快速的生活，不過心情上變得來不及反應。

4 不須等待的生活讓人們變得不再思考。

解析 本題詢問筆者的想法，因此請在文章中段找出提及「**技術の進歩**（技術的進步）」之處，確認筆者的想法。第二段中寫道：「**技術の進歩が可能にしたこの状況に、私達は慣れすぎている。1 分 1 秒でも速い方が好まれ、モノも情報も待たずとも手に入るようになったが**（我們已經習慣了技術的進步化不可能為可能。哪怕是少一分一秒也好，無論是東西還是情報，不用等待就能到手）」，因此答案為 1 **ほしいモノや情報が、すぐに自分に届くようになった**（想要的東西和情報，都能迅速抵達自己的身邊）。

單字 **届く とどく** 動 傳達 ｜ **やり取り やりとり** 名 應對

73

有關等待，以下何者符合作者的想法？

1 如果在等待對方時心情很焦躁，就無法打造富足的心靈。

2 製造讓對方等待的時間，能使人際關係更豐富。

3 有意識的做出行動，能讓人學會等待。

4 等待對人的心靈來說是不可或缺的。

解析 本題詢問筆者的想法，因此請在文章後半段找出提及「**待つこと**（等待）」之處，確認筆者的想法。第三段最後寫道：「**待つということは、意識してそうしなければならない訓練のようなものであるが、心にとっては必要不可欠なことだと思う**（所謂等待，如同必須有意識進行的一種訓練，但我認為它是內心不可或缺的存在）」，因此答案為 4 **待つことは、心にとってなくてはならないことだ**（對於內心來說，等待是不可或缺的存在）。

單字 **行動 こうどう** 名 行動 ｜ **身に付く みにつく** 掌握～技術或知識
～てはならない 不能～

問題 14 信息検索

實力奠定

p.332

01 ②　02 ①　03 ②　04 ①

01

瑪麗亞打算要去上日文補習班。她只有週末晚上有時間，並且希望一天能上課 2 小時以上。學費希望在 1 萬 5 千日圓以下，老師希望是日本人。哪一個課程符合瑪麗亞的需求呢？

① A 課程

② B 課程

你好！日語教室

	A 課程	B 課程
上課時間	星期六 18:00 ～ 19:00 星期日 18:00 ～ 19:00	星期六 18:00 ～ 20:00
老師	△△老師 （日本人）	□□老師 （日本人）
學費	**1 個月 1 萬 5 千日圓**	**1 個月 1 萬 3 千日圓**

・如果無法參加週末課程，可參加平日班課程。

單字 **日本語 にほんご** 名 日文 ｜ **塾 じゅく** 名 補習班
通う かよう 動 固定往返、通學 ｜ **週末 しゅうまつ** 名 周末
以上 いじょう 名 以上 ｜ **受ける うける** 動 接受、上課
授業料 じゅぎょうりょう 名 課程費用 ｜ **以下 いか** 名 以下
日本人 にほんじん 名 日本人 ｜ **希望 きぼう** 名 希望
合う あう 動 適合、符合
授業時間 じゅぎょうじかん 名 上課時間 ｜ **参加 さんか** 名 參加
場合 ばあい 名 情況 ｜ **平日 へいじつ** 名 平日
～ことができる 可以～

02

阿健為了要運動想登錄使用體育館。他預期每天使用時間為 19 時至 22 時，想使用的設施為游泳池與網球場。他想在戶外打網球。阿健要登錄的體育館為何者呢？

① A 體育館

② B 體育館

體育館使用介紹

	A 體育館	B 體育館
設施	・游泳池 ・桌球台 ・網球場 ・足球場	・游泳池 ・網球場 ・羽球場 ・重訓室
使用時間	08:00 ～ 22:00	09:00 ～ 23:00
費用	1 個月 8 千日圓	1 個月 8 千日圓

・A 體育館可使用室內、室外兩邊的設施，B 體育館只可使用室內設施

單字 **運動 うんどう** 名 運動 ｜ **体育館 たいいくかん** 名 體育館
利用登録 りようとうろく 名 登記使用 ｜ **施設 しせつ** 名 設施
テニスコート 名 網球場 ｜ **つもり** 名 打算
屋外 おくがい 名 室外、戶外 ｜ **～と思う ～とおもう** 想～

利用案内 りようあんない名使用介紹、使用說明｜**棟 とう**名棟
卓球台 たっきゅうだい名桌球桌
サッカー場 サッカーじょう名足球場
バドミントンコート名羽毛球場｜**トレーニングルーム**名重訓室
利用時間 りようじかん名使用時間｜**料金 りょうきん**名費用
屋内 おくない名室內｜**両方 りょうほう**名兩邊、兩方
使用 しよう名使用

03

小允為了進行新產品企劃發表，要預約會議室。預計會有 25 人參加。今天是 1 月 9 日，會議將於 1 月 15 日舉行。小允應該做什麼來預約會議室呢？

① 當天前先在網路上預約後前往管理部。
② 1 月 14 日前準備好參加者的名簿前往管理部。

會議室預約說明

A 會議室：最多可容納 15 人。
(一次最多可使用 2 小時)
B 會議室：最多可容納 **30 人**。
(一次最多可使用 3 小時)
・使用日前一週以前可於網路進行預約。**使用日前 6 日內預約者請直接至管理部窗口進行預約。**
・不接受當天預約。
・預約 B 會議室者，請攜帶參加者名簿來預約。
・需使用麥克風者請事前至管理部，在借出名簿上寫上姓名後進行借用。

單字 **新製品 しんせいひん**名新產品｜**企画 きかく**名企劃
発表 はっぴょう名發表｜**会議室 かいぎしつ**名會議室
予約 よやく名預約｜**参加 さんか**名參加
予定 よてい名預計、預定｜**会議 かいぎ**名會議
行う おこなう動進行｜**案内 あんない**名介紹、說明
一回 いっかい名一次｜**最大 さいだい**名最大、最多
利用 りよう名使用｜**可能 かのう**名可能、可以
一週間 いっしゅうかん名一週｜**ネット**名網路
直接 ちょくせつ副直接｜**管理部 かんりぶ**名管理部
窓口 まどぐち名窗口｜**当日 とうじつ**名當天
場合 ばあい名狀況、情況｜**参加者 さんかしゃ**名參加者
名簿 めいぼ名名簿｜**持参 じさん**名帶來｜**マイク**名麥克風
必要だ ひつようだな形必要的、需要的｜**事前 じぜん**名事前
貸し出し かしだし名借出｜**～てから** 先～之後
借りる かりる動借入｜**準備 じゅんび**名準備

04

小張是青綠大學的學生，他現在想在圖書館借閱藥學的書籍。沒有帶學生證的小張，接下來應該怎麼做呢？

① 到 3 樓出示身分證後填寫借書申請書，即可借閱 2 本書籍。
② 到 2 樓出示身分證後填寫借書申請書，即可借閱 4 本書籍。

青綠大學圖書館使用說明

使用時間：09:00 ～ 21:00
可借閱書籍數：本校學生 5 本、一般人士 3 本
借閱期間：2 週
可延長次數：2 次
・本校學生借書時必須出示學生證。
・一般人士借書時，**請出示身分證並填寫借書申請書。**
※ 即使是本校學生，若無攜帶學生證也以相同方式處理。
・**醫學與藥學相關書籍請至 3 樓**借閱使用。

單字 **薬学 やくがく**名藥學｜**借りる かりる**動借
学生証 がくせいしょう名學生證
利用時間 りようじかん名使用時間｜**貸出 かしだし**名借出
冊数 さっすう名本數、冊數｜**在学生 ざいがくせい**名在校生
一般 いっぱん名一般｜**期間 きかん**名期間
延長 えんちょう名延長｜**回数 かいすう**名次數
必要だ ひつようだな形必要的、需要的
身分証 みぶんしょう名身分證｜**提示 ていじ**名出示
申込書 もうしこみしょ名申請書
作成 さくせい名製作、完成表單
同様だ どうようだな形相同的
医学 いがく名醫學｜**関連 かんれん**名相關｜**図書 としょ**名圖書

實戰測驗 1

p.334

74 4　**75** 4

問題 14　右頁為 A 市的成年禮邀請函。針對以下問題，請從 1、2、3、4 的選項中，選出最適合的答案。

74

塔芒決定在 1 月 14 日跟朋友碰面後一起出席成年禮活動。塔芒應該怎麼做呢？

1　上午 11 點半前往停車場等朋友。
2　下午 12 點半前往停車場等朋友。
3　上午 11 點半前往準備室等朋友。
4　下午 12 點半前往準備室等朋友。

解析 請根據題目列出的條件「**友達と会ってから 1 月 14 日の成人式に出席**（跟朋友見面後，參加 1 月 14 日的成年禮）」，確認塔芒應該要做什麼事。表格中間的框框內寫道：「**待ち合わせをなさる方は、市民会館別館 2 階のリハーサル室をご利用ください。* 正午 ~**（如有約見面的人，請至市民會館別館二樓的彩排室。* 中午～）」，因此答案要選 4 **午後 12 時**

半にリハーサル室へ行って、友達を待つ（中午 12 點半至彩排室等朋友）。

單字 **成人式 せいじんしき**名成人禮儀式｜**出席 しゅっせき**名出席
駐車場 ちゅうしゃじょう名停車場
リハーサル室 リハーサルしつ名排練室

75

席拉實在無法出席成年禮活動。他要如何拿到紀念品呢？
1 席拉的哥哥拿著邀請函前往會場出席成年禮活動。
2 在 1 月 14 日前致電市公所說明無法出席的理由。
3 1 月 16 日以後帶著邀請函去市民會館。
4 2 月底前帶著邀請函去市公所的生涯學習與運動課窗口。

解析 請根據題目列出的條件「**成人式に出席することができない**（無法參加成年禮）」，確認席拉該怎麼做才能拿到紀念品。表格最下方針對無法出席者列出相關說明，當中寫道：「**成人式に参加できない方は、本案内状をA市役所生涯学習・スポーツ課窓口（3階30番）にお持ちください**（無法參加成年禮者，請攜帶本通知至A市政府終生學習體育課窗口（3樓30號））」，以及「**2月28日（木）午後4時30分までにお越しくださいますよう**（請於2月28日（四）下午4點30分以前前來）」，因此答案要選 4 **2月末日までに、市役所の生涯学習・スポーツ課に案内状を持って行く**（請於二月底前攜帶通知單至市政府的生涯學習體育課）。

單字 **記念品 きねんひん**名紀念品
案内状 あんないじょう名通知書、邀請函
理由 りゆう名理由｜**市役所 しやくしょ**名市公所
伝える つたえる動傳達、告知｜**以降 いこう**名以後
市民会館 しみんかいかん名市民會館、市民中心
末日 まつじつ名最後一天
生涯学習 しょうがいがくしゅう名生涯學習
スポーツ課 スポーツか名運動課

74-75 成年禮邀請函

A 市成年禮活動說明

為了向將愉快迎來成年的各位 A 市市民獻上祝賀，A 市將舉辦成年禮活動。期待各位的參與。
日　　期：平成 31 年 1 月 14 日（一（國定假日）・成人之日）
受理入場：下午 1 點 15 分～
典禮開始：下午 2 點
典禮結束：下午 3 點（預計）
會　　場：Dream Hall（市民會館）大禮堂 A 市中町 1-1-1
※ 請避免開車前來。會場並無附設停車場。
※ 請勿將飲食攜入典禮會場內。
※ 市民會館並非吸菸場所，請不要吸菸。
※ 當天也會舉辦遊戲大會。

[74] 欲與親友會合者，請使用市民會館別館 2 樓的準備室。＊中午至典禮期間內，準備室將成為典禮轉播會場，參加者的家人請於此觀賞典禮進行。

主　辦：A 市／A 市教育委員會
詢問處：生涯學習與運動課
電　話：987-654-3210（專線）
早上 8 點 30 分～下午 5 點 30 分

★本邀請函亦為紀念品兌換券★
＊成年禮當天，請於到場時將本邀請函交給櫃台。邀請函可兌換紀念品。若忘記攜帶邀請函則恕難提供紀念品。
＊ [75] 無法參加成年禮者，請攜帶此邀請函前往 A 市市公所生涯學習與運動課窗口（3 樓 30 號）。可以本邀請函兌換紀念品。亦可請人代為兌換。請於 1 月 16 日（四）上午 9 點 30 分～ [75]2 月 28 日（四）下午 4 點 30 分（週末假日除外）前來兌換。

單字 **案内 あんない**名指引、介紹
晴れやかだ はれやかだな型愉快的、晴朗的
成人 せいじん名成人｜**迎える むかえる**動迎接
市民 しみん名市民｜**皆さま みなさま**名大家
祝う いわう動祝賀、慶祝｜**主催 しゅさい**名主辦
開催 かいさい名舉辦｜**参加 さんか**名參加
日時 にちじ名日期及時間｜**平成 へいせい**名平成（日本年號）
受付 うけつけ名櫃台、服務處｜**式典 しきてん**名典禮
開始 かいし名開始｜**終了 しゅうりょう**名結束
予定 よてい名預定、預計｜**会場 かいじょう**名會場
来場 らいじょう名到場
ご遠慮ください ごえんりょください 請避免～
用意 ようい名準備｜**飲食物 いんしょくぶつ** 名飲食
持ち込む もちこむ動攜入、帶進
喫煙所 きつえんじょ名抽菸區｜**当日 とうじつ**名當天
ゲーム名遊戲｜**大会 たいかい**名大會、大賽
行う おこなう動舉辦、進行
待ち合わせ まちあわせ名等待會合｜**利用 りよう**名使用
正午 しょうご名正中午｜**中継 ちゅうけい**名轉播
様子 ようす名樣貌、樣子｜**教育 きょういく**名教育
委員会 いいんかい名委員會｜**直通 ちょくつう**名直通、直達
引換券 ひきかえけん名兌換券｜**兼ねる かねる**動兼為、兼任
窓口 まどぐち名窗口｜**代理 だいり**名代理、代為進行
構わない かまわない 沒關係
祝日 しゅくじつ名國定｜**除く のぞく**動除去、排除
お越しくださる おこしくださる 請來（来てくれる之尊敬語）

 p.336

74 3　**75** 4

問題 14 右頁為針對外國人所寫的大阪市內打工徵人資訊。針對以下問題，請從 1、2、3、4 的選項中，選出最適合的答案。

74

小威是大阪中央大學的留學生。他想要找學校所在地梅田車站附近的打工。12 月有考試會很忙，所以他預計從大學進入春假後的 1 月之後開始打工。請問小威能夠做右表中哪一份工作？

1　①和②　　2　③和④
3　①和⑥　　4　②和⑥

解析 本題要確認小威先生能做的打工。題目列出的條件為：

梅田駅の近く（鄰近梅田站）：①和③離梅田站步行 10 分鐘；④和⑥離梅田站步行 2 分鐘

1 月以降に開始（從 1 月開始）：①上班日可議；②「**1 月中旬 ~**（一月中旬～）」；⑥「**1 月下旬 ~3 か月**（一月下旬起三個月）」

綜合上述，答案要選 3 ①**と**⑥（①和⑥）。

單字 **大阪 おおさか**名大阪 | **アルバイト**名打工
春休み はるやすみ名春假 | **以降 いこう**名以後
開始 かいし名開始 | **表 ひょう**名表

75

姜先生是韓國留學生。他現在星期六與星期天早上 6 點至中午 12 點在便利商店打工。因為現在的工作也漸漸上手了，希望能增加一些打工，所以決定要找其他的工作。請問姜先生可以做右表中的哪一份工作？

1　②和⑤　　2　③和④
3　⑤和⑥　　**4　③和⑤**

解析 本題要確認姜先生不能做的打工。題目列出的條件為：

(1) **カンさんは韓国人の留学生**（姜先生為韓國留學生）：除⑤不收學生之外，其餘皆可

(2) **土曜日と日曜日のみ午前 6 時から正午まで、コンビニでアルバイト**（星期六和星期日兩天的上午 6 點至中午在超商打工）：僅③與超商的打工時間重疊

綜合上述，答案要選 4 ③**と**⑤（③和⑤）。

單字 **正午 しょうご**名正中午 | **コンビニ**名便利商店
慣れてくる なれてくる 開始習慣 | **増やす ふやす**動增加

74-75　打工徵人資訊

大阪市　打工徵人

11 月 25 日公告

一週工作 2 - 4 天的工作		
	①圖書館的借書業務	②觀光導覽
時薪	1000 日圓	1200 日圓
工作地點	[74] 梅田車站徒步 10 分鐘 大阪市圖書館	櫻川車站徒步 5 分鐘 觀光導覽所
工作時間	(1) 10:00 – 16:00 (2) 14:00 – 20:00	(1) 8:00 – 15:00 (2) 14:00 – 20:00
期間	即日起～長期　起始日期可討論	1 月中旬～
特徵	排班制・需週末假日工作	排班制・需週末假日工作
條件	簡單電腦操作	會說韓語或中文者

短期工作		
	③監考	④郵局簡易作業
時薪	1100 日圓	1350 日圓～ 1700 日圓
工作地點	[74] 梅田車站徒步 10 分鐘 大阪中央大學內	[74] 梅田車站徒步 2 分鐘 梅田郵局
工作時間	[75] 9:00–16:00	21:00–6:00
期間	[75] 12 月 7 日（六）、8 日（日）兩天	12 月 15 日～ 1 月 15 日間 每週 2 ～ 4 日
特徵	當日結清費用	固定時間制、高時薪
條件	-	可於深夜工作者

長期工作		
	⑤在知名企業中的事務職	⑥數據管理、測試
時薪	1200 日圓	1000 日圓
工作地點	本町車站徒步 2 分鐘 大阪股份有限公司	[74] 梅田車站徒步 2 分鐘 資訊系統公司
工作時間	10:00–18:00	9:00–17:00 間 4 小時左右
期間	即日起～長期	[74] 1 月下旬起 3 個月
特徵	固定時間制・僅一～五	排班制・僅一～五
條件	[75] 不接受學生	簡單電腦操作

單字 **求人 きゅうじん**名徵才 | **現在 げんざい**名現在
貸出業務 かしだしぎょうむ名借書業務
観光案内 かんこうあんない名觀光導覽 | **時給 じきゅう**名時薪
勤務地 きんむち名工作地點 | **徒歩 とほ**名徒步

勤務時間 きんむじかん名工作時間｜**期間 きかん**名期間
即日 そくじつ名即日｜**長期 ちょうき**名長期
開始日 かいしび名開始日
応相談 おうそうだん名面議
中旬 ちゅうじゅん名中旬｜**特徴 とくちょう**名特徵
時間交替制 じかんこうたいせい名排班制
土日祝 どにちしゅく名星期六、日及國定假日
勤務 きんむ名工作｜**条件 じょうけん**名條件
作業 さぎょう名業務、工作｜**韓国語 かんこくご**名韓文
中国語 ちゅうごくご名中文｜**短期 たんき**名短期
試験監督 しけんかんとく名監考
軽作業 けいさぎょう名不費太多勞力的工作
給与 きゅうよ名薪水｜**即日払い そくじつばらい**名當天支付
時間固定制 じかんこていせい名固定時間制
深夜 しんや名深夜｜**大手企業 おおてきぎょう**名大企業
データ管理 データかんり名數據管理
株式会社 かぶしきがいしゃ名股份有限公司
情報システム じょうほうシステム名資訊系統
程度 ていど名程度｜**下旬 げじゅん**名下旬｜**不可 ふか**名不可

實戰測驗 3

p.338

74 1　　**75** 4

問題 14 右頁為某游泳社團官網所寫之介紹。針對以下問題，請從 1、2、3、4 的選項中，選出最適合的答案。

74

高中生小李因為不會游泳，想參加游泳課讓自己學會游泳。但是因為不知道自己能不能持續上下去，想先試上幾次看看。哪個課程能以最便宜的價格體驗呢？

1　平日上午的短期課程
2　平日下午的短期課程
3　平日的體驗課程
4　週末的體驗課程

解析 本題要確認李同學可以體驗的課程。題目列出的條件為：
(1) **高校生のリーさん**（李同學為高中生）：高中屬成人費用
(2) **何回か試してみたい**（想嘗試幾次）：春季短期班共四堂
(3) **できるだけ安く**（盡可能便宜一點）：平日上午 5500 日圓最便宜
綜合上述，答案要選 1 **平日午前の短期クラス**（平日上午短期課程）。

單字 **～ことができない** 不能～、不會～
水泳クラス すいえいクラス名游泳課
通う かよう動固定往返、上課｜**～ようになる** 變得～
考える かんがえる動思考｜**続ける つづける**動持續
～かどうか 是否～｜**試す ためす**動嘗試｜**体験 たいけん**名體驗
平日 へいじつ名平日｜**短期 たんき**名短期
週末 しゅうまつ名周末

75

這個週末崔先生想和孩子兩人一起參加體驗課程，也想使用淋浴間。孩子是高中生。請問崔先生應付多少費用？

1　3000 日圓　　2　3600 日圓
3　4100 日圓　　**4　4600 日圓**

解析 本題要確認崔先生跟小孩的費用。題目列出的條件為：
(1) **週末**（週末）
(2) **体験クラス**（體驗課程）：週末體驗課程的費用為兒童 1300 日圓；國中生 1600 日圓；成人 1800 日圓
(3) **シャワー室も利用**（使用淋浴間）：每人需額外支付 500 日圓
(4) **子どもは高校生**（小孩為高中生）：屬成人費用 1800 日圓
綜合上述，總費用為體驗課程 3600 日圓（兩人各 1800 日圓）加上淋浴間 1000 日圓（兩人各 500 日圓），因此答案要選 4 4,600 円（4600 日圓）。

單字 **今度 こんど**名這次｜**シャワー室 シャワーしつ**名淋浴間
利用 りよう名利用、使用｜**料金 りょうきん**名費用

74-75

路特游泳俱樂部

短期課程公告

路特游泳俱樂部準備了春季短期游泳課程。

您可依照自己的等級選擇初學至高級課程。如果您有興趣卻抱有一些不安感，我們也有準備體驗課程。

在各課程結束後的一週內完成辦理正式課程的入會手續者，能享有一個月學費半價優惠。請務必把握機會試試。

●春季短期課程● [74] 每週一次 60 分鐘，共 4 堂課

您可選擇適合自身等級的課程，安心地開始學習游泳。短期課程結束後，也可直接進入正式課程。

	平日（一～五）		六日	
	10點～11點	15點～16點	10點～11點	15點～16點
兒童（小學生以下）	4000日圓	4500日圓	5000日圓	4500日圓
國中生	4500日圓	5000日圓	5500日圓	5000日圓
大人 [74]（高中生以上）	[74]5500日圓	6000日圓	6500日圓	6000日圓

● [75] 體驗課程● 60 分鐘，一人限報名一次

您可實際進入游泳班進行一次體驗。課程結束後教練會給予簡單的回饋。週間每天上課時間都不同，請聯絡詢問。

	平日（一～五）	六日
兒童 （小學生以下）	0 日圓	1300 日圓
國中生	0 日圓	1600 日圓
大人 （高中生以上）	1000 日圓	[75]1800 日圓

＊若欲於 [75] 課程結束後使用淋浴間，每人需加收 500 元。

【詢問、預約】

路特游泳俱樂部

兩課程共用專線　03-1234-8301

單字 **短期教室 たんききょうしつ**名短期課程

お知らせ おしらせ名公告｜**初心者 しょしんしゃ**名初學者

上級者 じょうきゅうしゃ名高級者｜**自身 じしん**名自己

レベル名程度｜**レッスン**名課程｜**不安 ふあん**名不安

終了 しゅうりょう名結束｜**本科コース ほんかコース**名正規課程

入会 にゅうかい名入會、加入會員｜**手続き てつづき**名手續

完了 かんりょう名結束

受講料 じゅこうりょう名學費、上課費用

半額 はんがく名半價｜**機会 きかい**名機會

安心 あんしん名安心｜**始める はじめる**動開始

可能だ かのうだな形可能的、可以的｜**実際 じっさい**名實際

コーチ名教練｜**簡単だ かんたんだ**な形簡單的

アドバイス名建議｜**問い合わせる といあわせる**動提問、洽詢

～につき 每～｜**別途 べっと**名另外

必要だ ひつようだな形必要的、需要的｜**予約 よやく**名預約

受付 うけつけ名接待處、服務處｜**共通 きょうつう**名共通

聽解

問題 1 問題理解

實力奠定

p.346

01 ①	02 ②	03 ②	04 ②	05 ②
06 ②	07 ②	08 ①	09 ①	10 ②

01

[音檔]

会社で男の人と女の人が話しています。女の人はこれから何をしますか。

M：3時の会議の準備はどう?資料は準備できた?

F：あとはコピーだけすればできます。

M：部長に会議について連絡はとった?

F：まだです。すぐ連絡します。

M：いや、それは私がするから、**資料の方をお願い。**

F：**はい、わかりました。**

女の人はこれから何をしますか。

[題本]

① 会議の資料をコピーする

② 部長に連絡する

中譯 男性和女性在公司裡對話。女性接下來要做什麼?

M：3 點的會議準備得如何了?資料準備好了嗎?

F：只剩影印而已。

M：妳有聯絡部長告知會議的事嗎?

F：還沒。我馬上聯絡。

M：不用，那個我來做，**資料就麻煩妳了。**

F：**好，知道了。**

女性接下來要說什麼?

① 複印會議資料

② 聯絡部長

單字 **会議 かいぎ** 名 會議 | **準備 じゅんび** 名 準備
資料 しりょう 名 資料
部長 ぶちょう 名 部長 | **連絡をとる れんらくをとる** 取得聯繫

02

[音檔]

女の先生と留学生が話しています。留学生は何をしなければなりませんか。

F：ワンさん、交流会のスピーチ、頼んでもいいかな。**日本語サークルに入って練習すればいいと思うけど。**

M：**あ、はい。そのサークルならもう入りました。**

F：そう、よかった。交流会まであと一週間だけど応援するよ。

M：はい。時間がないので急いでしますね。

留学生は何をしなければなりませんか。

[題本]

① サークルに参加する

② 交流会のスピーチを準備する

中譯 女老師和留學生在對話。留學生必須要做什麼呢?

F：小王，交流會的演講能拜託你嗎?**我想你只要加入日語社團練習就好了。**

M：**啊，好的。我已經加入那個社團了。**

F：這樣啊，太好了。距離交流會還有一個禮拜的時間，我會為你加油的。

M：好。沒什麼時間了，我會盡快準備。

留學生必須要做什麼呢?

① 參加社團

② 準備交流會的演講

單字 **交流会 こうりゅうかい** 名 交流會 | **スピーチ** 名 演講、演說
日本語 にほんご 名 日語 | **サークル** 名 社團
応援 おうえん 名 加油 | **急ぐ いそぐ** 動 加快速度
参加 さんか 名 參加 | **準備 じゅんび** 名 準備

03

[音檔]

美術館の窓口で女の人が料金について聞いています。女の人は全部でいくら支払いますか。

M：いらっしゃいませ。何名様ですか。

F：私と子ども一人です。

聽解

M：二名様ですね。**入場料は大人2,000円、小学生以下の子どもは30％割引です。**

F：あの、この子は14歳なんですが。

M：あ、すみません。では、**大人料金になります。**

女の人は全部でいくら支払いますか。

[題本]

① 3,400円

② 4,000円

中譯 女性正在向美術館的窗口詢問費用。女性總共應該付多少錢？

M：歡迎光臨。請問有幾位？

F：我還有一個小孩。

M：兩位是嗎？**大人的入場費是 2000 日圓，小學以下的兒童有 7 折折扣。**

F：那個，小朋友是 14 歲。

M：啊，不好意思。那就**必須付大人的費用。**

女性總共應該付多少錢？

① 3400 日圓

② 4000 日圓

單字 **入場料 にゅうじょうりょう**名入場費
小学生 しょうがくせい名小學生｜**以下 いか**名以下
割引 わりびき名折扣｜**料金 りょうきん**名費用

04

[音檔]

大学で女の学生と男の学生が話しています。女の学生はこのあとまず何をしますか。

M：ボランティアの参加者募集してる？

F：はい、ホームページにお知らせを書きました。でもなかなか集まらないんですね。

M：そう…、ちょっと見せて。

F：はい、やっぱり新しく募集したほうがいいでしょうか。

M：あっ！**締め切り日が先週の月曜日になっているじゃん！**

F：えっ?!来週の月曜日までなのに…、すぐ**直します。**

女の学生はこのあとまず何をしますか。

[題本]

① ホームページのお知らせを見せる

② ホームページのお知らせを修正する

中譯 女學生和男學生在大學裡對話。女學生接下來要先做什麼？

M：妳有在招募志工服務的參加者嗎？

F：有，我把公告放到官網上了。不過招不太到人。

M：這樣啊…讓我看一下。

F：好，還是我應該重新招募比較好。

M：啊！**妳把截止日寫成上個星期一了！**

F：咦？！應該是下星期一才對…我馬上改。

女學生接下來要先做什麼？

① 給對方看官網的公告

② 修正官網的公告

單字 **ボランティア**名志工｜**参加者 さんかしゃ**名參加者
募集 ぼしゅう名募集、招募｜**ホームページ**名官方網站
お知らせ おしらせ名公告｜**なかなか**副不容易
集まる あつまる動蒐集、集結｜**やっぱり**副果然
締め切り日 しめきりび名截止日｜**直す なおす**動改正
修正 しゅうせい名修正

05

[音檔]

男の人と女の人が話しています。男の人はこのあとまず何をしなければなりませんか。

F：就職説明会ってさ、いつするか決めた？

M：まだです。そろそろ決めましょうか。

F：いつがいいかな。そうだ！前にいつがいいかアンケートしたんじゃなかった？

M：はい。10校の大学でアンケートして結果も出ました。

F：**それ提出してくれる？**ちょっと見てから日時を決めたいと思って。

男の人はこのあとまず何をしなければなりませんか。

[題本]

① 就職説明会の日時を決める

② アンケートの結果を提出する

中譯 男性和女性在對話。男性接下來必須先做什麼？

F：就業說明會有決定辦在哪天了嗎？

M：還沒，我們應該差不多要決定了吧。

F：訂在什麼時候比較好呢？對了！之前是不是有發問卷問辦在哪一天好？

M：是。我們在 10 所大學發問卷，結果也出來了。

F：**可以把結果給我嗎？**我想看一下問卷結果再決定。

男性接下來必須先做什麼？

① 決定就業說明會的日期

② 提出問卷調查的結果

單字 **就職説明会 しゅうしょくせつめいかい**名就業說明會
決める きめる動決定｜**そろそろ**副差不多｜**アンケート**名問卷
結果 けっか名結果｜**提出 ていしゅつ**名提出、提交
日時 にちじ名日期與時間

06

[音檔]

会社で女の人と男の人が話しています。男の人はこのあと何をしますか。

M：課長、明日のセミナー、日程を変えることができますか。

F：どうしたの？

M：急にクライアントが来ることになりました。

F：そうなんだ。どうしよう…。じゃ、セミナーは参加しなくていいよ。

M：ありがとうございます。**準備した資料はどうしましょうか。**

F：それは**私のメールに送っておいて。**

男の人はこのあと何をしますか。

[題本]

① 上司とセミナーに行く

② 資料をメールで送る

中譯 女性和男性在公司裡對話。男性接下來要做什麼？

M：課長，明天的研討會可以改時間嗎？

F：怎麼了？

M：突然有客戶要來。

F：原來如此。怎麼辦才好呢…。那你不用參加研討會也沒關係。

M：謝謝。**我準備好的資料要怎麼辦？**

F：**先用電子郵件寄給我吧。**

男性接下來要做什麼？

① 與上司一起參加研討會

② 以電子郵件方式寄送資料

單字 **課長 かちょう** 名 課長 ｜ **セミナー** 名 研討會
日程 にってい 名 日程 ｜ **変える かえる** 動 改變
急に きゅうに 副 突然 ｜ **クライアント** 名 客戶
参加 さんか 名 參加 ｜ **準備 じゅんび** 名 準備
資料 しりょう 名 資料 ｜ **メール** 名 電子郵件
送る おくる 動 寄送、傳送 ｜ **上司 じょうし** 名 上司

07

[音檔]

授業で教授と女の学生が話しています。女の学生はこのあと何をしなければなりませんか。

M：世界の民族はどんな特徴があるかを研究してレポートを出してください。

F：先生、私は前にそれを研究したことがあるんですが。

M：そうですか。では、**もうちょっと内容を追加して書いてください。**

F：分かりました。あの、先生。田中さんは今日欠席なんですが、伝えておきましょうか。

M：あ、いいですよ。私がメールで教えるから。

女の学生はこのあと何をしなければなりませんか。

[題本]

① レポートについて友達に伝える

② 世界の民族をもっと研究する

中譯 教授與女學生在課堂上對話。女學生接下來必須做什麼？

M：請研究世界上各民族有什麼樣的特徵，並交出報告。

F：老師，我之前有研究過這個題目了。

M：這樣啊。**那就請在報告裡再追加一些內容。**

F：我知道了。那個，老師，田中今天缺席，我要轉告他嗎？

M：啊，沒關係。我會寄信告訴他。

女學生接下來必須做什麼？

① 向朋友轉達有關報告的事

② 更深入研究世界的民族

單字 **世界 せかい** 名 世界 ｜ **民族 みんぞく** 名 民族
特徴 とくちょう 名 特徵 ｜ **研究 けんきゅう** 名 研究
レポート 名 報告 ｜ **内容 ないよう** 名 內容 ｜ **追加 ついか** 名 追加
欠席 けっせき 名 缺席 ｜ **伝える つたえる** 動 轉達
メール 名 電子郵件

8

[音檔]

バスのチケット売り場で店員と男の人が話しています。男の人は今ここでいくら払いますか。

F：いらっしゃいませ。

M：23時発の東京行き一人お願いします。

F：はい。**一般席は2,000円**、特別席は2,700円でございます。

M：一時間半しかかからないから一般席でいいかも。**一般席でお願いします。**

F：はい。あ、23時なら夜行バスですね。今週から**夜行バスは10％割引になります。**

M：そうですか。ありがとうございます。

男の人は今ここでいくら払いますか。

[題本]

① 1,800円

② 2,000円

中譯 店員與男性在巴士售票處對話。男性現在應該要付多少錢？

F：歡迎光臨。

M：我要一張 23 點發車到東京的票。

F：好的。**一般席是 2000 日圓**，特別席是 2700 日圓。

M：車程只有一個半小時而已，應該一般席就好了。**請給我一般席的票。**

F：好的。啊，如果是 23 點發車算是夜間巴士。這個禮拜開始**夜間巴士有九折優惠。**

M：這樣啊。謝謝。

男性現在應該要付多少錢？

① 1800 日圓

② 2000 日圓

單字 **東京行き とうきょうゆき** 名 往東京

一般席 いっぱんせき 名 一般席、一般座位

特別席 とくべつせき 名 特別席、特別座位 | **かかる** 動 花費

夜行バス やこうバス 名 夜行巴士、夜間巴士

割引 わりびき 名 折扣

09

[音檔]

学校で男の先輩と女の学生が話しています。女の学生はこのあとまず何をしますか。

M：吉田さん。サークル大会のクイズ、作り終わった？

F：まだです。賞品を何にするかは決めたんですが。今日買いに行きましょうか。

M：うん、ありがとう。クイズはいつまでできそう？

F：明日までにはできると思います。

M：じゃ、**クイズを今日中にやってほしい。**賞品は後で一緒に買いに行こう。

女の学生はこのあとまず何をしますか。

[題本]

① クイズを作る

② 賞品を買いに行く

中譯 學長與女學生在學校裡對話。女學生接下來應該先做什麼？

M：吉田，社團大會的考題做完了嗎？

F：還沒。但我已經決定要買什麼獎品了。我今天去買好嗎？

M：好，謝謝。考題什麼時候可以做完？

F：我想應該明天能完成。

M：**那麻煩妳今天內完成考題。**獎品我們之後一起去買吧？

女學生接下來應該先做什麼？

① 製作考題

② 去採購獎品

單字 **サークル大会 サークルたいかい** 名 社團大會

クイズ 名 考題、題目 | **作り終わる つくりおわる** 動 做完

賞品 しょうひん 名 獎品 | **決める きめる** 動 決定

10

[音檔]

部長と女の人が話しています。女の人はこのあとまず何をしなければなりませんか。

M：山田さん、新製品の企画は順調に進んでいる？

F：はい。もうちょっとで完成しそうです。

M：よかった。あ、顧客の名簿、私に送ってくれた？もらってないと思うんだけど。

F：あ、すみません。企画に集中して忘れていました。

M：いいよ。明日までに送ってほしい。**できるだけ早めに企画書を出してくれる？**

F：**はい。**分かりました。

女の人はこのあとまず何をしなければなりませんか。

[題本]

① 名簿のデータを発送する

② 新製品の企画を仕上げる

中譯 部長與女性在對話。女性接下來必須先做什麼？

M：山田小姐，新產品的企劃有順利在進行嗎？

F：有的。應該就快要完成了。

M：太好了。啊，顧客的名簿妳有傳給我嗎？我好像沒有收到。

F：啊，不好意思，我太專注於企劃就忘了傳。

M：沒關係，請在明天前傳給我。**妳能盡量早點提出企劃書嗎？**

F：**好的。**我瞭解了。

女子接下來應該先做什麼？

① 發送名簿資料

② 完成新產品的企劃

單字 **新製品 しんせいひん** 名 新產品 | **企画 きかく** 名 企劃

順調だ じゅんちょうだ な形 順利的

進む すすむ 動 進行 | **完成 かんせい** 名 完成

顧客 こきゃく 名 顧客 | **名簿 めいぼ** 名 名簿、名冊

送る おくる 動 傳送、寄送 | **集中 しゅうちゅう** 名 專注

できるだけ 副 盡可能地 | **早めに はやめに** 副 快地、早地

企画書 きかくしょ 名 企劃書 | **データ** 名 數據、資料

発送 はっそう 名 發送、傳送 | **仕上げる しあげる** 動 完成

實戰測驗 1

p.348

1 3	2 2	3 3	4 2	5 2

問題 1 請先聽問題。然後聽完對話之後，從問題卷上 1 至 4 的選項中，選出最適合的答案。

01

[音檔]

会社で、女の人と男の人が話しています。男の人はこのあと何をしますか。

F：来週の月曜から、初めての地方出張ね。準備はどう？

M：はい、だいたい終わりました。

F：名刺を忘れないようにね。

M：はい。金曜日に必ずかばんに入れて帰ります。

F：あちらでは、お客様のところへはレンタカーで移動でしょう？予約した？

M：この間支店に電話したときに、支店の車に空きがあれば使ってもいいと言ってもらったので、していないんです。

F：そう。もう来週の話だから、空きがあるかちゃんと確認したほうがいいんじゃない？使わせてもらうのが難しいようだったら、すぐにレンタカーを予約したほうがいいと思う。

M：そうですね。すぐにします。あと、パンフレットは30部送ってあるんですが、足りるでしょうか。

F：うーん。大丈夫だと思うけど、心配だったらあと5部ほど持って行ったら？

M：はい、そうします。

男の人はこのあと何をしますか。

[題本]

1 名刺をかばんに入れる

2 レンタカーを予約する

3 支店に連絡する

4 パンフレットを送る

中譯 男性和女性在公司裡對話。男性接下來要做什麼？

F：下星期一開始就是你第一次到外地出差吧？準備得如何？

M：準備大致結束了。

F：別忘了帶名片。

M：好的。我星期五一定會把名片放進包包裡帶回家。

F：你到當地是要租車去客戶那邊對吧？有預約好了嗎？

M：我前陣子打電話給分店的時候，對方說如果有沒人用的車可以給我用，所以我沒有預約租車。

F：這樣啊。下個禮拜就要出發了，是不是確實確認一下有沒有可以用的車比較好？如果對方有點難安排車子給你，最好馬上預約租車。

M：妳說的沒錯。我馬上做。另外，我寄了 30 本手冊過去，這樣夠嗎？

F：嗯…我想沒問題，不過如果你有點擔心的話可以再帶個 5 本左右過去。

M：好的，我會再帶過去。

男性接下來要做什麼？

1 將名片放入包包內

2 預約租車

3 聯絡分店

4 寄送手冊

解析 本題要從 1「把名片放進包包裡」、2「預約租車」、3「聯絡分公司」、4「寄送手冊」當中，選出男子接下來要做的事情。對話中，女子提出：**「空きがあるかちゃんと確認したほうがいいんじゃない？**（最好確認一下有沒有不會用到的車子？）」。而後男子回應：**「そうですね。すぐにします**（有道理，我馬上來確認）」，因此答案要選 3 **支店に連絡する**（聯絡分公司）。1 為週五要做的事情；2 若無法使用分公司的車子才需要租車；4 已經寄了 30 份，不需要再寄。

單字 **地方出張 ちほうしゅっちょう**名到外地出差
準備 じゅんび名準備｜**だいたい**副大致上｜**名刺 めいし**名名片
必ず かならず副一定｜**お客様 おきゃくさま**名客人、客戶
レンタカー名租車｜**移動 いどう**名移動｜**予約 よやく**名預約
この間 このあいだ名前陣子｜**支店 してん**名分店
空き あき名空、空缺｜**ちゃんと**副確實地
確認 かくにん名確認｜**パンフレット**名手冊
送る おくる動寄送、傳送｜**足りる たりる**動足夠
心配 しんぱい名擔心｜**連絡 れんらく**名聯絡

02

[音檔]

料理教室の受付で男の人と女の人が話しています。男の人は今、いくら払いますか。

M：すみません、この洋食のクラスに申し込みたいんですが…。

F：はい、ありがとうございます。洋食のクラスですね。こちらの土曜日の午前のクラスでしょうか。

M：ええ、それです。あのー、ネットで見たんですが、授業料は24,000円ですね。

F：ええ。

M：それから、材料費も別に要るんですか。

F：ええ、このクラスの材料費は一回1,000円いただいております。このクラスは6回クラスですので材料費は6,000円です。

M：そうですか。

F：来週の金曜日までにお申し込みとお支払いをいただいた方は材料費が4,000円になりますので、よろしければそれまでにお支払いください。

M：そうですか。じゃあ、来週早めに払いに来ます。

F：かしこまりました。こちらの教室は初めてでいらっしゃいますか。

M：ええ。

F：でしたら、入会金を3,000円いただくことになっておりますが、よろしいですか。

M：ええ。それは今日払っちゃってもいいですか。

F：はい、ありがとうございます。

男の人は今、いくら払いますか。

[題本]

1 1,000円

2 3,000円

3 4,000円

4 6,000円

中譯 男性與女性在料理教室的櫃台處對話。男性現在要付多少錢？

M：不好意思，我想要申請這個西式料理課程。

F：好的，謝謝您。西式料理課程對嗎？請問是這個星期六上午的課程嗎？

M：對，沒錯。那個，我在網路上有看到學費是 24000 日圓對嗎？

F：是的。

M：請問還需要另外付材料費嗎？

F：是的，本課程的材料費是一次 1000 日圓。由於本課程有 6 堂課，所以材料費總共是 6000 日圓。

M：這樣啊。

F：下星期五之前完成報名及付款的學員只需支付 4000 日元的材料費。如果方便的話，請在下星期五前完成付款。

M：這樣啊。那我下星期早點來付款。

F：好的。請問您是第一次參加這邊的課程嗎？

M：是的。

F：這樣的話，必須向您收取 3000 日圓的入會費，請問可以嗎？

M：好。這個可以今天付嗎？

F：可以，謝謝您。

男性現在要付多少錢？

1 1000 日圓

2 3000 日圓

3 4000 日圓

4 6000 日圓

解析 本題要從 1「1000 日圓」、2「3000 日圓」、3「4000 日圓」、4「6000 日圓」當中，選出男子現在要支付的金額。對話中，女子表示男子第一次來料理教室，得先支付入會費 3000 日圓。而後男子詢問：「**それは今日払っちゃってもいいですか**（那我可以今天付款嗎？）」，女子回應：「**はい**（可以）」，因此答案為 3000 日圓。

單字 **洋食 ようしょく** 名 西餐 | **申し込む もうしこむ** 動 申請 | **ネット** 名 網路 | **授業料 じゅぎょうりょう** 名 課程費用、學費 | **材料費 ざいりょうひ** 名 材料費 | **別に べつに** 副 另外 | **いただく** 動 收下、接受他人恩惠（もらう之謙讓語） | **支払い しはらい** 名 支付 | **よろしい** い形 可以的、好的 | **早め はやめ** 名 提前、早點 | **入会金 にゅうかいきん** 名 入會費

03

[音檔]

大学で女の学生と男の学生が話しています。女の学生はこのあとまず何をしますか。

F：あのね、ちょっと聞いたんだけど、この近くの幼稚園に、子どもと遊ぶボランティアをしに行ってるんだって？

M：うん、行ってるよ。

F：私もやってみたいんだけど、まだ募集してるかな？卒業したら、子どもの教育の仕事をするか、会社で働くか迷ってて。じっくり職場を見てみたいなあと思って。

M：先生たちはあと何人かボランティアに来てもらいたいって言ってたよ。

F：よかった。どうやって申し込むか教えてくれない？

M：ボランティアなんだけど、まず研修を受けないといけないんだ。子どもがけがをしたときどうするかとか、子どもとの話し方とか学ぶんだよ。その研修を受けたら、ボランティアができるんだ。

F：その研修って、どうやって申し込むの？

M：幼稚園に直接行ったらいいよ。そのときに大学で4月にもらった健康診断の結果を持って行ってね。そうしたら、すぐ申し込めるから。

F：わかった。探さなきゃ。

M：それから、いつも忙しそうだから、行く前に電話をしてから行ったほうがいいかも。

F：行く前にだね。

女の学生はこのあとまず何をしますか。

[題本]

1 研修を受ける

2 幼稚園に行く

3 健康診断の結果を探す

4 幼稚園に電話をする

中譯 女學生和男學生在大學裡對話。女學生接下來要先做什麼？

F：那個，我聽說你有在附近的幼稚園當志工，陪小朋友玩？

M：對啊。

F：我也想試試看，還有在招募志工嗎？我有點猶豫畢業後要從事兒童教育工作，還是要去公司上班，所以想好好看一

下職場環境。

M：老師們有說希望再多幾個志工喔。

F：太好了。你可以教我要怎麼申請嗎？

M：雖然說是志工，不過還是要上訓練課程才行。要學小朋友受傷時怎麼處理，還有跟小朋友說話的方式類的。只要接受訓練課程就可以成為志工了。

F：那個訓練課程要怎麼申請呢？

M：直接去幼稚園就好了。去的時候記得帶 4 月時大學給的健康檢查的結果過去。這樣的話馬上就可以申請了。

F：我知道了。我得找一下才行。

M：另外，因為幼稚園總是很忙，去之前打個電話再去可能比較好。

F：去之前對吧。

女學生接下來要先做什麼？

1　參加訓練課程

2　去幼稚園

3　找出健康檢查的報告

4　打電話給幼稚園

解析　本題要從 1「參加培訓」、2「去幼稚園」、3「找出健檢報告」、4「打電話給幼稚園」當中，選出女學生最先要做的事情。對話中，男學生提到：**「健康診断の結果を持って行ってね**（要帶健康檢查的結果過去）」。而後女學生回應：**「探さなきゃ**（我要找一下）」，因此答案要選 3 **健康診断の結果を探す**（找出健檢結果）。1 得先去幼稚園申請才能參加培訓；2 得先打電話去幼稚園確認再過去；4 得先找出健檢結果再打電話去幼稚園。

單字　**幼稚園　ようちえん** 名 幼稚園｜**遊ぶ　あそぶ** 動 玩
ボランティア 名 志工｜**募集　ぼしゅう** 名 招募
卒業　そつぎょう 名 畢業｜**教育　きょういく** 名 教育
迷う　まよう 動 猶豫、迷惘｜**じっくり** 副 確實地、充分地
職場　しょくば 名 職場｜**申し込む　もうしこむ** 動 申請
研修　けんしゅう 名 訓練課程｜**受ける　うける** 動 接受、上課
けがをする 受傷｜**話し方　はなしかた** 名 說話方式
学ぶ　まなぶ 動 學習｜**直接　ちょくせつ** 名 直接
健康診断　けんこうしんだん 名 健康檢查｜**結果　けっか** 名 結果
探す　さがす 動 找

04

[音檔]

女の人と男の人が話しています。男の人はこのあと何をしますか。

F：山田さん、ちょっと今いいですか。

M：ええ。

F：山田さんのお子さん、ピアノを習っていらっしゃいますよね。私もそろそろ子どもにピアノを習わせたいと思っているので、紹介していただけませんか。

M：ああ、いいですよ。でも、今行かせているところがちょっと遠くて不便なんですよ。迎えに行くのが大変で。今日もこれから行くんですけど、親の負担が大きくて。

F：そうなんですか。遠いのは大変ですよね。

M：それで、来月から駅前の新しい教室に行かせようかなあと思っていたんです。

F：ああ、あそこですね。私も気になっていたんです。あそこなら歩いて行けますよね。

M：入会前に無料レッスンがあるみたいなんですよ。来週、都合のいいときに一度行って、申し込んでみようと思っています。

F：いいですね。私も申し込んでみます。

M：その前にお子さんに習いたいかどうか聞いておかないと、あとで行きたくないって言うかもしれませんよ。

F：そうですね。聞いてからにします。

男の人はこのあと何をしますか。

[題本]

1 女の人にピアノ教室を紹介する

2 子どもを迎えに行く

3 無料レッスンを申し込む

4 子どもに習いたいか聞く

中譯　女性和男性在對話。男性接下來要做什麼？

F：山田先生，你現在有空嗎？

M：好。

F：你家小孩有在學鋼琴對吧？我想說也差不多該讓小朋友學鋼琴了，想問你能不能介紹鋼琴老師給我。

M：喔，可以啊。不過我現在送小孩去的地方有點遠，有點不方便喔。接小孩也很辛苦。我現在也正要去接他，對家長的負擔還滿大的。

F：這樣啊。很遠的話很辛苦吧。

M：所以我在想下個月開始要送他去車站前新開的鋼琴教室。

F：喔，那裡啊。我也有點好奇那間。那家可以走路過去對吧？

M：入會前好像有免費試聽課喔。我想說下禮拜有空的時候去申請一下。

F：不錯耶。我也來申請看看。

M：在申請前要先問孩子想不想學喔，不然他之後可能會說不想去上課。

F：說的沒錯。我先問了之後再申請。

男性接下來要做什麼？

1　將鋼琴教室介紹給女子

2　去接小孩

3　申請免費課程

4　詢問孩子是否想學

解析 本題要從 1「介紹鋼琴教室」、2「去接小孩」、3「報名免費課程」、4「詢問小孩學習意願」當中，選出男子接下來要做的事。對話中，女子要求男子介紹他的小孩正在上的鋼琴教室。而後男子表示現在上課的地方很遠，並補充道：「**迎えに行くのが大変で。今日もこれから行くんですけど**（要接送很辛苦，像今天也是現在就要過去接）」，因此答案要選 2 **子どもを迎えに行く**（去接小孩）。1 對話中提到現在上課的地方交通不便；3 為下週才要做的事；4 為女子要做的事。

單字 **お子さん おこさん**名（尊稱他人的）孩子｜**ピアノ**名鋼琴
そろそろ副差不多｜**紹介 しょうかい**名介紹
いただく動收下、接受他人恩惠（もらう之謙讓語）
不便だ ふべんだな形不方便的｜**迎える むかえる**動接送、迎接
親 おや名父母｜**負担 ふたん**名負擔｜**駅前 えきまえ**名車站前
気になる きになる 好奇、在意
入会 にゅうかい名入會、加入會員｜**無料 むりょう**名免費
レッスン名課程｜**都合がいい つごうがいい** 時間方便
申し込む もうしこむ動申請

05

[音檔]

会社で男の人と女の人が話しています。女の人はこのあとまず何をしますか。

M：ちょっと、田中さん。学生のころ、ホームページの制作会社でバイトをしてたって言ってたよね?

F：ええ、してましたよ。

M：会社のホームページを新しくしようと思っているんだけど、その会社、紹介してくれない?

F：ええ、いいですよ。

M：再来月の新しい社長の就任のタイミングで新しくしたいんだよ。

F：再来月ですか?でしたら、ちょっと難しいと思いますよ。先週、その会社の人に会ったんですが、忙しいそうで年内は新しい仕事が受けられないって言ってましたよ。

M：そうなんだ。

F：あ、知り合いにフリーで働いている人がいるんですが、その人はどうですか。大手メーカーのホームページも作成しているらしいですよ。デザインが新しくて、結構いいんです。鈴木さんっていう方なんですが。

M：じゃあ、悪いけど連絡先教えてくれない?

F：友達の知り合いですので、友達に連絡先、聞いておきますね。

M：頼むよ。連絡先わかったら教えて。私から連絡してみるから。

F：わかりました。すぐ、お伝えします。

女の人はこのあとまず何をしますか。

[題本]

1 男の人に会社を紹介する

2 鈴木さんの連絡先を聞く

3 鈴木さんに連絡する

4 男の人に連絡先を伝える

中譯 男性和女性在公司裡對話。女性接下來要先做什麼？

M：那個，田中小姐。妳說妳學生時期曾經在製作官網的公司打工過對吧？

F：對啊。

M：我想要換掉公司的官網，妳可以介紹那個公司給我嗎？

F：可以啊。

M：我希望新官網在下下個月新會長上任的時候上線。

F：下下個月嗎？我覺得可能有點難。我上禮拜有跟那間公司的人碰面，他們像很忙，說今年沒辦法再接新的工作了。

M：這樣啊。

F：喔，不過我認識一個自由接案者，委託那個人如何？他好像也有做知名製造商的官網喔。設計很新穎，還滿不錯的。他叫鈴木先生。

M：那可以麻煩妳給我聯絡方式嗎？

F：那個人是我朋友認識的人，我跟朋友問一下聯絡方式。

M：麻煩妳了。問到聯絡方式再告訴我，我這邊聯絡看看。

F：好的。我馬上告訴你。

女性接下來要先做什麼？

1　將公司介紹給男子

2　詢問鈴木先生的聯絡方式

3　聯絡鈴木先生

4　將聯絡方式告訴男子

解析 本題要從 1「介紹公司」、2「詢問鈴木的聯絡方式」、3「聯絡鈴木」、4「將聯絡方式告訴男子」當中，選出女子最先要做的事。對話中，男子麻煩女子告知鈴木的聯絡方式。而後女子回應：「**友達に連絡先、聞いておきますね**（我會向朋友詢問聯絡方式）」，因此答案為 2 **鈴木さんの連絡先を聞く**（詢問鈴木的聯絡方式）。1 當中提到公司沒有時間接新案子；3 為男子要做的事；4 為得知聯絡方式後才要做的事。

單字 **ホームページ**名官方網站
制作会社 せいさくがいしゃ名製作公司
バイト名打工、兼職｜**紹介 しょうかい**名介紹
再来月 さらいげつ名下下個月｜**社長 しゃちょう**名社長
就任 しゅうにん名上任｜**タイミング**名時間點、時機
年内 ねんない名今年內｜**受ける うける**動接受
知り合い しりあい名熟人、認識的人｜**フリー**名自由工作者

大手メーカー おおてメーカー名知名製造商
作成 さくせい名製作 | **デザイン**名設計
連絡先 れんらくさき名聯絡方式
伝える つたえる動傳達、轉達

實戰測驗 2

p.350

1 2　**2** 2　**3** 3　**4** 2　**5** 3

問題 1 請先聽問題。然後聽完對話之後，從問題卷上 1 至 4 的選項中，選出最適合的答案。

01

[音檔]

学校で男の学生と先生が話しています。月曜日の朝、学生は何をしなければなりませんか。

M：先生、台風が近づいているみたいですね。

F：ええ、日曜日の深夜、台風がこのあたりを通過する予報が出てますね。週末は、天気予報をよくチェックして、雨や風が強い時は、外に出ずに家で過ごして下さいね。

M：月曜日は、学校はいつも通りありますか。

F：状況によっては、休校になるかもしれません。授業があるかないかは、朝7時までに学校のホームページで知らせますので、必ず見るようにしてください。

M：学校からメールは来ないんですか？たしか、前の大雪の時は、メールが届いたと思うんですが…。

F：前回、メールが届かない学生がいて混乱したので、今回は送らないことにしたそうですよ。それから、大切な電話がつながりにくくなってしまうおそれがありますから、電話での問い合わせはなるべくしないようにしてくださいね。

M：はい、わかりました。

月曜日の朝、学生は何をしなければなりませんか。

[題本]

1 天気予報をチェックする
2 学校のホームページを見る
3 学校からのメールを確認する
4 学校に電話をする

中譯 男學生與老師在學校對話。星期一早上學生必須做什麼呢？

M：老師，颱風好像在接近耶。

F：對啊，氣象預報有說星期天深夜颱風會經過我們這一帶。週末要好好確認氣象預報，風雨很強的時候待在家裡不要出門喔。

M：星期一還要正常來學校嗎？

F：根據情況可能會停課。學校會在早上 7 點之前在官網公告是否要上課，一定要確認喔。

M：學校不會寄信嗎？我記得之前下大雪的時候好像有收到信…。

F：聽說因為之前有學生沒有收到信造成混亂，這次就決定不寄信了。另外也請盡量不要打電話來問，因為這樣學校可能會接不到重要的電話。

M：好，我知道了。

星期一早上學生必須做什麼呢？

1 確認天氣預報
2 查看學校官網
3 確認學校寄來的電子郵件
4 打電話給學校

解析 本題要從 1「查看天氣預報」、2「查看學校官網」、3「確認學校傳來的電子郵件」、4「打電話到學校」當中，選出學生週一上午要做的事。對話中，學生詢問是否照常上課。而後老師回答：「**授業があるかないかは、朝 7 時までに学校のホームページで知らせますので、必ず見るようにしてください**（早上七點以前會在學校官網通知是否要上課，請務必去查看）」，因此答案為 2 **学校のホームページを見る**（查看學校官網）。1 為週末要做的事；3 和 4 皆為不需要做的事。

單字 **台風 たいふう**名颱風 | **近づく ちかづく**動接近
深夜 しんや名深夜 | **あたり**名一帶、附近 | **通過 つうか**名通過
予報 よほう名預報 | **天気予報 てんきよほう**名氣象預報
チェック名確認 | **過ごす すごす**動度過
いつも通り いつもどおり 與平時相同
状況 じょうきょう名狀況 | **休校 きゅうこう**名停課
ホームページ名官方網站 | **知らせる しらせる**動告知
必ず かならず副一定、務必 | **たしか**副確實
メール名電子郵件 | **大雪 おおゆき**名大雪
届く とどく動寄達、送達 | **前回 ぜんかい**名上次
混乱 こんらん名混亂 | **今回 こんかい**名這次
送る おくる動送、寄送 | **つながる**動連接、聯繫
問い合わせ といあわせ名詢問、洽詢 | **なるべく**副盡量
確認 かくにん名確認

02

[音檔]

図書館で、男の人と受付の人が話しています。男の人はこのあとまず何をしますか。

M：すみません、借りたい本をあそこの機械で検索したら、中央図書館にあるようなんです。この図書館に取り寄せることはできますか。

F：ええ。本を検索した際に画面に出てくる「取り寄せボタン」を押して、図書館カードの番号を入力すれば、手続き完了です。3日くらいでこちらに届きます。

M：あの、図書館カードを持っていないんです…。引っ越してきたばかりなもので。

F：あ、そうでしたか。カードは、あちらのカウンターでお作りいただけます。

M：分かりました。

F：カードは市内共通ですので、カードがあれば、中央図書館で直接借りることも可能ですよ。

M：そうなんですね。じゃあ、今から中央図書館へ行こうかな。カードはあちらでも作れますよね。

F：ええ。でも、この図書館のカウンターの方が空いていると思いますよ。

M：そうですか。じゃ、こちらで済ませてから行くことにします。

男の人はこのあとまず何をしますか。

[題本]

1 カードの番号を入力する

2 図書館カードを作る

3 本を借りる

4 中央図書館へ行く

中譯 男性和櫃檯人員在圖書館內對話。男性接下來要先做什麼呢？

M：不好意思，我用那邊的機器查了我想借的書，那本書好像在中央圖書館。我可以在這間圖書館跨館借書嗎？

F：可以。在搜尋書的時候點選畫面顯示的「跨館借書按鈕」，再輸入借書證號碼就完成跨館借書手續了。書大概3天左右會送達本館。

M：那個，我沒有借書證…。我才剛搬過來。

F：啊，這樣啊。你可以到那邊的櫃檯辦理借書證。

M：我知道了。

F：借書證是市內通用的，所以只要有借書證，你也可以直接在中央圖書館借書。

M：這樣啊。那我現在直接去中央圖書館好了。那邊也可以辦借書證吧？

F：對。不過我覺得我們這間圖書館的櫃台應該會比較空喔。

M：這樣啊。那我先在這邊辦完再過去。

男性接下來要先做什麼？

1 輸入卡片號碼

2 辦借書證

3 借書

4 去中央圖書館

解析 本題要從1「輸入卡號」、2「申辦圖書借閱證」、3「借書」、4「前往中央圖書館」當中，選出男子最先要做的事。對話中，服務人員告知：「**カードは、あちらのカウンターでお作りいただけます**（可以在那邊的櫃檯申辦借閱證）」。而後男子回應：「**分かりました**（我知道了）」，因此答案為2**図書館カードを作る**（申辦圖書借閱證）。1男子沒有要輸入卡號；3和4皆為辦完借閱證後才要做的事。

單字 **借りる かりる**動借｜**機械 きかい**名 機器

検索 けんさく名查詢

中央図書館 ちゅうおうとしょかん名中央圖書館

取り寄せる とりよせる動調貨、調書｜**画面 がめん**名畫面

カード名卡片｜**入力 にゅうりょく**名輸入

手続き てつづき名手續｜**完了 かんりょう**名結束

届く とどく動送達｜**引っ越し ひっこし**名搬家

カウンター名櫃台｜**市内 しない**名市內

共通 きょうつう名共通、共用｜**直接 ちょくせつ**名直接

可能 かのう名可能、可以｜**空く あく**動空

済ます すます動完成

03

[音檔]

デパートで店員と男の人が話しています。男の人はいくら払いますか。

M：すみません。この食器はセール対象品ですか？

F：はい。こちらの商品は、ただいまセール中ですので、2つで500円引きといたしております。

M：じゃあ、同じもの4つお願いします。

F：かしこまりました。それでは、1,000円のお品物を4点でよろしいでしょうか。こちらから1,000円値引きいたします。

M：はい。クレジットカードでお願いします。

F：あ、申し訳ございません。こちら、カード払いですと値引きの対象外となります。いかがいたしましょうか。

M：あ、そうなんですか。じゃあ、現金で。

F：かしこまりました。

男の人はいくら払いますか。

[題本]

1 4,000円

2 3,500円

3 3,000円

4 1,000円

中譯 店員與男性在百貨公司裡對話。男性需要付多少錢？

M：不好意思，請問這個碗盤有包含在特價商品內嗎？

F：有的。這邊的商品現在正在特價中，購買2件折扣500日圓。

M：那請給我 4 個一樣的。

F：好的。那您是要購買 1000 日圓的商品共 4 件沒錯嗎？這邊會幫您折扣 1000 日圓。

M：好的。我要用信用卡付款。

F：啊，非常不好意思。用卡片付款的話就不適用折扣優惠了。請問這樣沒問題嗎？

M：啊，這樣啊。那我用現金。

F：好的。

男性需要付多少錢？

1　4000 日圓

2　3500 日圓

3　3000 日圓

4　1000 日圓

解析 本題要從 1「4000 日圓」、2「3500 日圓」、3「3000 日圓」、4「1000 日圓」當中，選出男子要支付的金額。對話中，店員表示：「**1,000 円のお品物を 4 点でよろしいでしょうか。こちらから 1,000 円値引きいたします**（1000 日圓的商品共四樣對吧？這邊為您提供 1000 日圓的優惠）」，因此答案要選 3 **3,000 円**（3000 日圓）。

單字 **セール** 名 特賣、特價｜**食器 しょっき** 名 碗盤
対象品 たいしょうひん 名 對象商品｜**商品 しょうひん** 名 商品
ただいま 名 現在｜**セール中 セールちゅう** 名 特價中
品物 しなもの 名 物品｜**値引き ねびき** 名 折扣
クレジットカード 名 信用卡
カード払い カードばらい 名 用卡片付錢
対象外 たいしょうがい 名 不適用｜**現金 げんきん** 名 現金

04

[音檔]

会社で、男の人と女の人が話しています。女の人はこのあとまず何をしますか。

M：今日の13時からの会議だけど、今営業部の部長から電話があって、参加者を5名追加したいって。

F：えー?5名も急に?会議室を変更しないと、全員は入れないかもしれないね…。

M：そうだよね。部長には、調整した上で、可能かどうかお返事しますって言ってあるよ。

F：じゃ、まず、大きい会議室を予約しよう。たぶん、空いている部屋があると思う。

M：資料も追加で印刷しないといけないね。データってどこだっけ。

F：あ、それは私のパソコンの中にあるよ。

M：じゃ、会議室は僕が見てくるから、資料をお願い。

F：うん、わかった。すぐできるよ。

M：予約ができたら、部長に返事をしとくね。

F：じゃ、部屋が決まったら教えて。他の参加者への会議室変更の連絡は、私がするね。参加者リストも、私のパソコンにあるから。

M：ありがとう。よろしくね。

女の人はこのあとまず何をしますか。

[題本]

1 大きい会議室を予約する

2 資料を印刷する

3 部長に返事をする

4 会議の参加者に連絡する

中譯 男性和女性在公司裡對話。女性接下來要先做什麼？

M：剛剛業務部的部長打電話來，說今天 13 點開始的會議想再追加 5 名參加者。

F：咦？突然要加 5 個人？不換間會議室的話可能會擠不下所有人…。

M：對啊。我有跟部長說，我們先調整看看再回他能不能加人。

F：那我們先預約大會議室吧。我想應該有空的房間。

M：也要加印資料才行。檔案在哪裡去了？

F：啊，在我的電腦裡。

M：那我來看會議室，資料就麻煩妳了。

F：好，我知道了。馬上就好。

M：預約到會議室之後，我就先回給部長喔。

F：那你決定好會議室跟我說。要更換會議室的事由我來聯絡其他參加者。因為參加者名單也在我電腦裡。

M：謝謝。麻煩妳了。

女性接下來要先做什麼？

1　預約大會議室

2　列印資料

3　回覆部長

4　聯絡會議參加者

解析 本題要從 1「預約大會議室」、2「列印資料」、3「回覆部長」、4「聯絡會議參加者」當中，選出女子最先要做的事。對話中，男子表示：「**資料も追加で印刷しないといけないね**（還得再多印幾份資料）」，並麻煩女子協助。而後女子回應：「**うん、わかった。すぐできるよ**（嗯，我知道了，馬上就來弄）」，因此答案為 2 **資料を印刷する**（列印資料）。1 和 3 皆為男子要做的事；4 為預約大會議室後才要做的事。

單字 **会議 かいぎ** 名 會議｜**営業部 えいぎょうぶ** 名 業務部門
部長 ぶちょう 名 部長｜**参加者 さんかしゃ** 名 參加者
追加 ついか 名 追加｜**急に きゅうに** 副 突然地
会議室 かいぎしつ 名 會議室｜**変更 へんこう** 名 變更、更換
全員 ぜんいん 名 全員｜**調整 ちょうせい** 名 調整

可能 かのう 名可能、可以 | 返事 へんじ 名答覆
予約 よやく 名預約 | たぶん 副大概 | 空く あく 動空
資料 しりょう 名資料 | 印刷 いんさつ 名列印
データ 名數據、資料 | パソコン 名個人電腦
決まる きまる 名決定 | 連絡 れんらく 名聯絡
リスト 名表單、清單

05

[音檔]

大学で女の学生と男の学生が話しています。女の学生はこのあと何をしますか。

F：先輩、実は私、クラブの新入生歓迎会の担当になったんです。先輩、去年の担当でしたよね。それで、ちょっとお話を伺いたくって。

M：ああ、いいよ。もう来月なんだね。

F：ええ。簡単な食べ物と飲み物の用意、それと私達も新入生も一緒に楽しめるゲームを準備しようと思っています。ちょっと仲良くなれるかなと思いまして。それから、1年間の活動の様子をスクリーンに映して紹介するつもりです。写真をまとめたものを見せようと思ってるんですけれど…。

M：うん、だいたいそんなのでいいと思うよ。何人来るかまだわからないから、食べ物や飲み物の用意は何日か前でいいんじゃない？

F：わかりました。

M：ゲームは今いるメンバーで一度、やってみたらいいと思うよ。時間がかかりすぎないかとか確認するといいかも。それから、活動の様子を紹介する写真は早く集めたほうがいいよ。案外、編集に時間がかかるからね。

F：それは以前、作ったのがあるので、それを使おうと思っています。

M：そうなんだ。それから、会場にする教室は予約した？

F：あ！うっかりしてました。

M：学生課に行ったら、借りられるよ。他のクラブと日にちが同じになったら借りられないから、早く行かないと。

F：あ、そうですよね。

M：あ、そうだ。いすや机も借りることを伝えておいたほうがいいよ。はっきりした数はわかってからでいいけどね。

F：そうですね。ありがとうございます。

女の学生はこのあと何をしますか。

[題本]

1 ゲームのメンバーを集める
2 写真を集めて、編集する
3 学生課で教室を予約する
4 使ういすと机の数を数える

中譯 女學生和男學生在大學裡對話。女學生接下來要做什麼？

F：學長，其實我當上社團新生歡迎會的負責人了。去年的負責人是學長你吧？我有一些問題想問。

M：喔，可以啊。下個月就是歡迎會了呢。

F：對。我想要準備簡單的食物跟飲料，還有我們可以跟新生一起玩的遊戲。想說這樣應該可以稍微變熟一點吧。接著我打算把我們一整年活動的樣子投影在螢幕上做介紹。想說將照片集結起來給大家看…。

M：嗯，我覺得大致做到這樣就可以了。因為還不知道會有幾個人參加，活動前幾天再準備食物跟飲料就好了吧？

F：我知道了。

M：我覺得遊戲的部分先讓現在的社員試玩一次會比較好。最好先確認會不會太花時間之類的。另外，早點蒐集介紹活動情況的照片比較好喔。編輯照片意外的需要花點時間。

F：那個我之前有做過一版，我想說用之前的。

M：這樣啊。然後你有預約歡迎會會場的教室了嗎？

F：啊！我忘記了。

M：去學生課就可以借了。如果跟其他社團撞期的話就沒辦法借了，所以要早點去。

F：啊，對耶。

M：喔，對了。最好也先跟他們說還有要借椅子跟桌子。可以等確定確切數量之後再說。

F：說的對。謝謝學長。

女學生接下來要做什麼？

1 召集參加遊戲的成員
2 蒐集照片後進行編輯
3 向學生事務處預約教室
4 計算要使用的椅子及桌子數量

解析 本題要從 1「召集玩遊戲的成員」、2「收集照片並編輯」、3「向學生事務處預約教室」、4「計算要使用的桌椅數量」當中，選出女學生接下來要做的事。對話中，男學生詢問：「**教室は予約した？**（有預約教室了嗎？）」。而後女生回答：「**うっかりしてました**（我忘了）」，因此答案為 3 **学生課で教室を予約する**（向學生事務處預約教室）。1、2、和 4 皆為預約完教室後才要做的事。

單字 **先輩 せんぱい** 名學長姐 | **実は じつは** 副其實 | **クラブ** 名社團
新入生歓迎会 しんにゅうせいかんげいかい 名新生歡迎會、迎新會
担当 たんとう 名負責人 | **伺う うかがう** 動詢問（聞く的謙讓語）
簡単だ かんたんだ な形簡單的 | **準備 じゅんび** 名準備
新入生 しんにゅうせい 名新生 | **楽しむ たのしむ** 動享受、盡興
ゲーム 名遊戲 | **仲良く なかよく** 感情好 | **活動 かつどう** 名活動
様子 ようす 名樣子、樣貌 | **スクリーン** 名螢幕
映す うつす 動放映、投影 | **紹介 しょうかい** 名介紹

まとめる動統整｜だいたい副幾乎、大概｜メンバー名成員
時間がかかる じかんがかかる 花時間
確認 かくにん名確認｜集める あつめる動集結、蒐集
案外 あんがい副意外地｜編集 へんしゅう名編輯
以前 いぜん名以前｜会場 かいじょう名會場
予約 よやく名預約｜うっかりする動不經意造成錯誤
学生課 がくせいか名學生事務處｜日にち ひにち名日期
借りる かりる動借｜伝える つたえる動傳達、告知
はっきり副明確地｜数 かず名數量｜数える かぞえる動計數

實戰測驗 3

p.352

1 1　**2** 3　**3** 2　**4** 3　**5** 2

問題 1 請先聽問題。然後聽完對話之後，從問題卷上 1 至 4 的選項中，選出最適合的答案。

01

[音檔]

歯医者の受付で、女の人と男の人が話しています。男の人は次にいつ歯医者へ来ますか。

F：次回のご予約はいつにしますか。できれば、来週来ていただくのがいいかと思いますが。

M：えーっと、水曜日か金曜日は空いていますか？夕方5時以降でお願いします。

F：うーん、水曜日はちょっと難しいですね。再来週なら空いているんですが…。金曜日は予約をお取りできそうです。夕方は患者さんが多いので、少しお待たせしてしまうかもしれませんが、よろしいですか。

M：そうですか。分かりました。あっ、こちらは土曜日も開いているんでしたっけ？

F：ええ。ただ、土曜日の診察は希望される方が多くて、来月までいっぱいなんです。

M：そうなんですか。それなら、やっぱり平日でいいです。

F：承知しました。

男の人は次にいつ歯医者へ来ますか。

[題本]

1 来週の金曜日
2 来週の土曜日
3 再来週の水曜日
4 来月の土曜日

中譯 男性和女性在牙醫櫃台對話。男性下次什麼時候要來看牙醫？

F：請問您下次要預約什麼時候呢？方便的話希望您下星期再回來一次。

M：嗯…星期三或星期五有空的時段嗎？請給我晚上 5 點之後的時間。

F：嗯…星期三有點難排。下下週是有空的時段…。星期五應該可以安排預約。傍晚患者比較多，可能會需要請你稍等一下，可以嗎？

M：這樣啊。我知道了。啊，這邊星期六也有開嗎？

F：有。不過有很多患者希望在星期六看診，所以下個月之前的預約都滿了。

M：這樣啊。那還是平日就好。

F：好的。

男性下次什麼時候要來看牙醫？

1　下星期五
2　下星期六
3　下下星期三
4　下個月的星期六

解析 本題要從 1「下週五」、2「下週六」、3「下下週三」、4「下個月週六」當中，選出男子預計哪一天回診。對話中，女子告知下週三時間上有困難，同時提出：「**金曜日は予約をお取りできそうです**（應該可以幫你預約週五）」，並補充週六的預約皆額滿，最快要等到下個月才行。而後男子回應：「**やっぱり平日でいいです**（那還是平日好了）」，因此答案要選 1 **来週の金曜日**（下週五）。

單字 次回 じかい名下次｜予約 よやく名預約｜空く あく動空
以降 いこう名之後｜予約をとる よやくをとる 預約
患者 かんじゃ名患者｜ただ副但是｜診察 しんさつ名診療
希望 きぼう名希望｜いっぱい副充滿、很多
それなら接這樣的話｜やっぱり副果然｜平日 へいじつ名平日
承知する しょうちする動瞭解（わかる之謙讓語）

02

[音檔]

コーヒーショップのレジで、お店の人と女の人が話しています。女の人は、このあといくら払いますか。

M：いらっしゃいませ。

F：コーヒー1つお願いします。

M：はい。450円です。

F：10パーセント引き券を持っているんですが、これ使えますか。

M：はい、ご利用いただけます。あの、こちらの割引券は、コーヒーチケットにもお使いいただけるんですが、いかがですか。

F：コーヒーチケットですか？

M：はい。10枚セットで4,000円のチケットです。もちろん、本日のご注文からお使いいただけます。

聽解

F：へー。4,000円の10パーセント引きということは、3,600円か…。コーヒー1杯360円で飲めるということですね。アイスコーヒーにも使えますか？

M：はい。アイスコーヒーは通常一杯500円ですので、さらにお得です。

F：いいですね。じゃあ、それ買います。

M：ありがとうございます。本日のご注文はコーヒーでよろしいですか。

F：はい。

女の人は、このあといくら払いますか。

[題本]

1 360円
2 450円
3 3,600円
4 4,000円

中譯 店員和女性在咖啡店的櫃檯對話。女性接下來要付多少錢？

M：歡迎光臨。

F：請給我一杯咖啡。

M：好的。450 日圓。

F：我有九折優惠券，這個可以用嗎？

M：可以使用。那個，這張優惠券也可用來購買咖啡券，您要不要考慮看看呢？

F：咖啡券？

M：是。10 張咖啡券共 4000 日圓。當然您也可用在今天點的咖啡上。

F：這樣啊。4000 日圓打九折，就是 3600 日圓…。這樣只要花 360 日圓就能喝到一杯咖啡了對吧。冰咖啡也可以用嗎？

M：可以。冰咖啡原價是一杯 500 日圓，用咖啡券會更划算。

F：很棒耶。那我要買那個。

M：謝謝您。您今天要點的只有咖啡對嗎？

F：是的。

女性接下來要付多少錢？

1　360 日圓
2　450 日圓
3　3600 日圓
4　4000 日圓

解析 本題要從 1「360 日圓」、2「450 日圓」、3「3600 日圓」、4「4000 日圓」當中，選出女子要支付的金額。對話中，女子表示她有九折優惠券，店員則建議她用來買咖啡券。而後女子回應：「**4,000 円の 10 パーセント引きということは、3,600 円か ...**（4000 日圓打九折的話，是 3600 日圓…）」，最後表示：「**いいですね。じゃあ、それ買います**（聽起來不錯，那我要買那個）」，因此答案為 3 **3,600 円**（3600 日圓）。

單字 **パーセント** 名 百分比 | **割引券 わりびきけん** 名 優惠券
利用 りよう 名 使用、利用 | **チケット** 名 票券 | **セット** 名 套組
もちろん 副 當然 | **本日 ほんじつ** 名 今天
注文 ちゅうもん 名 點餐 | **アイスコーヒー** 名 冰咖啡
通常 つうじょう 名 一般、平常 | **得 とく** 名 划算

03

[音檔]

会社で女の人と男の人が話しています。男の人はまず何をしますか。

F：金曜日の会議の準備は進んでいる？

M：はい、資料の作成は今日中に終わります。

F：そう、じゃ、できたら見せてくれる？参加者は何人になったの？

M：あ、それはまだ確定していません。でも、とりあえず第2会議室の予約をしました。

F：え？人数がわからないのに第2会議室にしたの？狭いんじゃない？

M：まだお返事をいただいていない方が数名いらっしゃって…。

F：そんなときはこちらからメールで聞いてみないと。会議室もコピーの枚数も、違ってくるよね。

M：そうですね。すぐ聞いてみます。

F：あ、それから、会議は午前も午後もあるから、人数が決まったら昼食の手配もお願いできる？

M：わかりました。

男の人はまず何をしますか。

[題本]

1 会議室を予約する
2 返事がまだの人にメールを送る
3 会議の資料をコピーする
4 昼食の用意をする

中譯 女性與男性在公司裡對話。男性要先做什麼？

F：星期五的會議開始準備了嗎？

M：正在準備中，資料會在今天之內製作完成。

F：這樣啊，那做完之後能給我看嗎？有多少人會參加？

M：啊，那個我還沒確認。不過我暫且先預訂了第 2 會議室。

F：咦？你都還不知道人數就決定訂第 2 會議室嗎？不會太小嗎？

M：還有幾位還沒有回覆要不要參加…。

F：遇到這種狀況要主動寄信詢問才行。（依照人數不同）會議室跟要列印的張數都不一樣吧。

M：您說的對。我馬上問問看。

F：喔還有，因為早上跟下午都有會議，確認人數後能麻煩你準備午餐嗎？

M：好的。

男性要先做什麼？

1　預約會議室

2　寄信給尚未回覆者

3　複印會議資料

4　準備午餐

解析 本題要從 1「預約會議室」、2「傳電子郵件給尚未回覆的人」、3「影印會議資料」、4「準備午餐」當中，選出男子最先要做的事。對話中，男子提到還有幾個人尚未回覆是否參加會議。女子表示：「**そんなときはこちらからメールで聞いてみないと**（像這種時候，你就應該發電子郵件詢問）」。而後男子回應：「**すぐ聞いてみます**（我馬上問）」，因此答案為 2 **返事がまだの人にメールを送る**（傳電子郵件給尚未回覆的人）。1 為已經完成的事；3 和 4 要等確認完人數後再做。

單字 **会議 かいぎ** 名 會議｜**準備 じゅんび** 名 準備
進む すすむ 動 進行｜**資料 しりょう** 名 資料
作成 さくせい 名 製作｜**今日中 きょうじゅう** 名 今天內
参加者 さんかしゃ 名 參加者｜**確定 かくてい** 名 確定
とりあえず 副 暫時、暫且｜**会議室 かいぎしつ** 名 會議室
予約 よやく 名 預約｜**人数 にんずう** 名 人數
返事 へんじ 名 回覆
いただく 動 收下、接受他人恩惠（もらう之謙讓語）
数名 すうめい 名 數名、幾名
いらっしゃる 動 有、在（いる之尊敬語）｜**メール** 名 電子郵件
枚数 まいすう 名 張數｜**決まる きまる** 動 決定
昼食 ちゅうしょく 名 午餐｜**手配 てはい** 名 準備
送る おくる 動 送、寄送｜**用意 ようい** 名 準備

04

[音檔]

大学で男の先生と女の学生が話しています。女の学生はこのあと資料をどのように直しますか。

M：来週、中学生の文化交流で配る資料、見たよ。

F：ありがとうございます。どこか直したほうがいいところ、ありましたか。

M：これ、マレーシアの学校の紹介をするんだよね。留学生と一緒に。

F：はい。これが1回目で、2回目にはインターネットでマレーシアとつないで、お互いに質問し合うんです。内容が難しかったですか。

M：ううん、内容はこのままでいいと思うよ。もう少し詳しく説明してもいいくらい。でも、話すときに付け加えるよね。

F：はい、そのつもりです。資料を見るより、話を聞いてほしいので。

M：ここ、写真や図を増やしたらどうかかな。学校の様子とか、写真があったほうがわかりやすいでしょう？

F：そうですね。

M：それから、2回目にする質問で、失礼にならないように気を付けたほうがいいことも入れたほうがいいんじゃない？

F：あ、それは資料にはありませんが、しようと思っていました。それぞれのグループで話して、考えてもらおうと思ってます。

M：そう、じゃ、大丈夫かな。直すのはここだけね。

女の学生はこのあと資料をどのように直しますか。

[題本]

1 内容を簡単にする

2 説明をくわしくする

3 写真や図を増やす

4 質問で気をつけることを書く

中譯 男老師和女學生在大學裡對話。女學生接下來要如何修改資料？

M：我看了妳下週要在國中生文化交流活動上發的資料。

F：謝謝老師。有什麼建議修改的部分嗎？

M：這個活動是要介紹馬來西亞的學校對吧？跟留學生一起。

F：對。這是第一場，第二場會網路連線馬來西亞，讓他們互相提問。內容太難了嗎？

M：不會，我覺得內容這樣就很好了。也可以稍微再講得仔細一點。不過妳說話的時候會再多補充內容對嗎？

F：對，我是這麼打算的。希望同學們比起看資料可以更專心聽我們說話。

M：這邊加照片或圖片如何？例如學校的外觀之類的，有照片會更好懂吧？

F：對耶。

M：另外，要不要加一點內容，讓同學們知道第二場要提問的時候要注意哪些東西才不會失禮？

F：啊，這部分資料裡沒有放，但我有打算介紹。我想分組討論，讓同學們自己想一想。

M：這樣啊，那應該沒問題了。要改的只有這邊。

女學生接下來要如何修改資料？

1　將內容改得更簡單

2　讓說明更詳細

3　增加照片與圖片

4　寫下提問時需留意的事

解析 本題要從 1「簡化內容」、2「詳細說明」、3「增加照片和圖片」、4「寫下提問時須留意的事」當中，選出女學生接下來要做的事。對話中，老師提出：「**写真や図を増やしたらどうかな**（也許可以增加一些照片和圖片）」，並表示附上照片有助理解。而後女學生回應：「**そうですね**（您說的對）」，因此答案要選 3 **写真や図を増やす**（增加照片和圖片）。1 老師表示內容維持原狀即可；2 女學生提到預計於講解時補充；4 交由各小組來做。

單字 **中学生 ちゅうがくせい**名中學生、國中生
文化交流 ぶんかこうりゅう名文化交流
配る くばる動發放、配發 | **資料 しりょう**名資料
直す なおす動修改 | **マレーシア**名馬來西亞
紹介 しょうかい名介紹 | **留学生 りゅうがくせい**名留學生
インターネット名網路 | **つなぐ**動連接、聯繫
お互いに おたがいに副相互
質問し合う しつもんしあう 相互提問 | **内容 ないよう**名內容
このまま 就這樣 | **詳しい くわしい**い形詳細的
付け加える つけくわえる動補充、添加 | **図 ず**名圖
増やす ふやす動增加 | **様子 ようす**名樣貌
失礼 しつれい名失禮、沒禮貌 | **気を付ける きをつける** 注意
それぞれ名各自 | **グループ**名組、團隊
簡単だ かんたんだな形簡單的 | **説明 せつめい**名說明

05

[音檔]

会社で女の人と男の人が話しています。男の人はこのあと何をしますか。

M：来週から始まるこの仕事ですけど、どんな準備が必要でしょうか。

F：そうね、まず、スケジュールを立てなきゃいけないんだけど。

M：あ、それは木村さんがするって言ってましたが。

F：え？木村さんには、他の仕事のスケジュールを頼んでるんだけど、そっちのことじゃない？

M：いえ、大丈夫です。確かめました。

F：そう。じゃ、いいか。誰が何を担当するかも、木村さんが決めるって？

M：あー、それは言ってませんでした。私がしましょうか。

F：そうしてくれる？それから、新商品の広告を考えなきゃね。これは、他の会社にいつも頼んでいるんだけど。

M：はい、じゃ、いつもの広告会社に相談してみます。

F：でも、その前に、広告にいくらお金が使えるか、確認しないとね。

M：えーと、誰に確認すればいいでしょうか。

F：中井さんだけど、今日は休みだったっけ。明日、私が聞いとくわ。じゃ、先に、他のことをしといてくれる？

M：わかりました。

男の人はこのあと何をしますか。

[題本]

1 スケジュールを作る
2 だれが何をするか決める
3 広告の相談をする
4 お金がいくら使えるか聞く

中譯 女性和男性在公司裡對話。男性接下來要做什麼？

M：下週要開始的這個工作需要做什麼準備呢？

F：這個嘛，首先要先訂好時程表。

M：啊，那個木村說他會做。

F：咦，我有拜託木村安排其他工作的時程，他說的不是那個嗎？

M：不是，沒問題的。我確認過了。

F：這樣啊。那就好。木村有說他也會一併決定誰要負責什麼工作嗎？

M：喔，他沒說。我來做吧？

F：可以麻煩你嗎？然後必須想新商品的廣告。這部分我們一直都是交給其他的公司處理。

M：好的，那我去詢問看看我們習慣合作的廣告公司。

F：不過在那之前要先確認廣告可以花多少錢喔。

M：嗯…要找誰確認呢？

F：要找中井，不過他今天好像休假。我明天去問他。那你可以先處理其他的部分嗎？

M：好的。

男性接下來要做什麼？

1 制定時程表
2 決定誰要做什麼
3 諮詢廣告事宜
4 詢問可以花多少錢

解析 本題要從 1「制定時程表」、2「決定誰要做什麼事」、3「諮詢廣告」、4「詢問能花多少錢」當中，選出男子接下來要做的事。對話中，女子提出：「**誰が何を担当するかも、木村さんが決めるって？**（木村也會決定誰負責什麼工作嗎？）」。而後男子回應：「**私がしましょうか**（要不要由我來做？）」，接著女子回應：「**そうしてくれる？**（能麻煩你嗎？）」，因此答案為 2 **だれが何をするか決める**（決定誰該做什麼事）。1 為木村要做的事；3 得先確認可以花多少錢；4 為女子要做的事。

單字 **準備 じゅんび**名準備 | **必要 ひつよう**名必要、需要
スケジュール名時程 | **確かめる たしかめる**動確定
担当 たんとう名負責人 | **決める きめる**動決定
新商品 しんしょうひん名新商品 | **広告 こうこく**名廣告
相談 そうだん名諮詢、商量 | **確認 かくにん**名確認

問題2 重點理解

實力奠定

p.358

01 ②	02 ②	03 ①	04 ①	05 ①
06 ②	07 ②	08 ①	09 ②	10 ①

01

[音檔]

会社で男の人と女の人が話しています。女の人はどうして早く帰らなければなりませんか。

M：えっ？もう帰りですか。

F：はい。帰ります。

M：今日、打ち上げかなんかしないんですか。プロジェクトも終わったのに。

F：それもいいですけど、また今度で。**今日は病院の予約があるので、**先に失礼しますね。

M：はい、お疲れ様でした。

女の人はどうして早く帰らなければなりませんか。

[題本]

① 打ち上げに参加したくないから

② 病院の予約があるから

中譯 男性和女性在公司裡對話。女性為什麼必須早點離開？

M：咦？妳要走了嗎？

F：對。我要離開了。

M：今天沒有慶功宴嗎？明明專案都完成了。

F：可以辦慶功宴，不過下次吧。**我今天有預約要去醫院，**要先走了。

M：好的。辛苦了。

女性為什麼必須早點離開？

① 因為不想參加慶功宴

② 因為有預約要去醫院

單字 **早く はやく**副快地、早地 | **打ち上げ うちあげ**名慶功宴
プロジェクト名專案 | **今度 こんど**名下次
予約 よやく名預約 | **先に さきに**副先 | **失礼 しつれい**名失禮
参加 さんか名參加

02

[音檔]

学校で女の学生と男の学生が話しています。男の学生が美術部を選んだ理由は何ですか。

F：どこに入るつもり？ やっぱりバスケ部にするの？

M：バスケは見るのは好きだけど、実際にやるのは嫌で。

F：そうなの。じゃ、どこにするの？

M：**美術部にしようかな。昔から絵に興味があってずっと入りたいなあと思ってたんだ。**

F：なるほど。それもいいよね。

男の学生が美術部を選んだ理由は何ですか。

[題本]

① 絵を見るのが好きだから

② 絵に興味があるから

中譯 女學生和男學生在學校對話。男學生選擇美術社的理由為何？

F：你打算加入什麼社團？要去籃球社嗎？

M：我喜歡看人打籃球，不過不喜歡自己打。

F：這樣啊。那你要去哪個社團？

M：**我在想要不要加入美術社。我從以前就對畫畫有興趣，一直想加入美術社。**

F：這樣啊。那也不錯。

男學生選擇美術社的理由為何？

① 因為喜歡看畫

② 因為對畫有興趣

單字 **美術部 びじゅつぶ**名美術社 | **選ぶ えらぶ**動選擇
やっぱり副果然 | **バスケ部 バスケぶ**名籃球社
実際に じっさいに副實際地 | **興味 きょうみ**名興趣

03

[音檔]

ロビーで男の人と女の人が話しています。二人はどうして展示会から帰ろうとしていますか。

M：どうしよう。**ここ、エレベーターがないみたい。**

F：大丈夫だよ。急に足を怪我した私のせいだから。一人で見てきて。私は先に帰るから。

M：そんなこと言わないでよ。手伝うから階段で上がろう。

F：いやいや、そこまでして見る必要はないよ。疲れてるし。

M：じゃ、私も帰る。一緒に見たかったのに、それじゃあ意味がないよ。

二人はどうして展示会から帰ろうとしていますか。

[題本]

① エレベーターがないから

② 見る必要がなくなったから

中譯 男性和女性在大廳對話。兩人為什麼打算離開展覽？

M：怎麼辦，**這邊好像沒有電梯。**

F：沒關係啦。都怪我突然腳受傷。你一個人去看吧，我先回家。

M：不要這樣說啦。我會幫妳，我們從樓梯走上去吧。

F：不用啦，沒必要特別這樣爬上去看展覽。而且我現在又很累。

M：那我也回家。我明明是想跟妳一起看，弄成這樣就毫無意義了。

兩人為什麼打算離開展覽？

① 因為沒有電梯

② 因為沒有必要看了

單字 **ロビー** 名 大廳 | **展示会 てんじかい** 名 展覽
急に きゅうに 副 突然地 | **怪我する けがする** 動 受傷
先に さきに 副 先 | **手伝う てつだう** 動 幫忙
上がる あがる 動 往上、上升 | **必要 ひつよう** 名 必要、需要
疲れる つかれる 動 疲累

04

[音檔]

お母さんと息子が話しています。息子はどうしてお父さんを待っていますか。

F：何してるの、外で。スイカでも食べる？

M：いや、今お父さんを待ってるの。今日、約束したんだ。

F：うん？何の約束？いつもの庭いじり？

M：いや。**お父さんを手伝ったら、今日は花火をしてくれるって。**

F：そう。でも、お父さんが帰ってくるのは6時過ぎだから、入って待ってて。

息子はどうしてお父さんを待っていますか。

[題本]

① 花火をする約束をしたから

② 庭の木や花に水をやる予定だから

中譯 母親和兒子在對話。兒子為什麼在等父親？

F：你在外面做什麼？要吃點西瓜什麼的嗎？

M：不用，我正在等爸爸。我今天跟他有約。

F：有約？什麼約？要像往常一樣整理院子嗎？

M：不是。**爸爸答應我如果我幫他的話，今天就會陪我玩煙火。**

F：這樣啊。不過爸爸要 6 點之後才會回家，進來裡面等吧。

兒子為什麼在等父親？

① 因為約好了要放煙火

② 因為預訂要幫院子裡的樹木花草澆水

單字 **スイカ** 名 西瓜 | **約束 やくそく** 名 約定
庭いじり にわいじり 名 整理庭院 | **手伝う てつだう** 動 幫忙
花火 はなび 名 煙火

05

[音檔]

部室で男の学生と女の学生が話しています。女の学生が桃を嫌う理由は何ですか。

M：これ、もらったんだけど、食べる？

F：ごめん、私は桃が苦手で。大丈夫。

M：えっ？なんで？アレルギーでもあるの？

F：いや、アレルギーじゃなくて、**ちょっと思い出したくない記憶があるんだ。**

M：ふうん。気になるね。今度聞かせて。

女の学生が桃を嫌う理由は何ですか。

[題本]

① 思い出したくない記憶があるから

② アレルギーがあるから

中譯 男學生和女學生在社團教室裡對話。女學生討厭桃子的理由為何？

M：我收到了這個，妳要吃嗎？

F：抱歉，我討厭吃桃子。不用了。

M：咦？為什麼？妳會過敏之類的嗎？

F：不是，不是過敏，**有一些不想回想起來的回憶。**

M：這樣啊，真令人好奇。下次告訴我是什麼事。

女學生討厭桃子的理由為何？

① 因為有不想回想起來的回憶

② 因為會過敏

單字 **部室 ぶしつ** 名 社團教室 | **桃 もも** 名 桃子
嫌う きらう 動 討厭、厭惡
苦手だ にがてだ な形 不喜歡、不擅長 | **アレルギー** 名 過敏
思い出す おもいだす 動 想起 | **記憶 きおく** 名 記憶
気になる きになる 在意、好奇 | **今度 こんど** 名 下次

06

[音檔]

学校で男の学生と女の学生が話しています。男の学生はコミュニティーセンターの何がいいと言っていますか。

M：ここのコミュニティーセンターって本当にすごいんだよ。

F：うん？いろいろな講座があるとは聞いたけど、それのこと？

M：ううん。それもそうだけど、**いろいろなイベントがあって、参加もできる。**

F：へえ、どのようなイベントなの？

M：今回はミュージカルやるみたいで、今参加者を募集してるんだ。興味があって申し込もうと思ってる。

男の学生はコミュニティーセンターの何がいいと言っていますか。

[題本]

① いろんな講座があること

② イベントに参加できること

中譯 男學生和女學生在學校裡對話。男學生說社區中心有什麼優點？

M：這邊的社區中心真的很棒喔。

F：嗯？我聽說有各式各樣的講座，你是說那個嗎？

M：不是。講座也很棒啦，**不過他們會舉辦各式各樣的活動，可以去參加。**

F：是喔，什麼樣的活動？

M：這次好像要演音樂劇，現在正在招募參加者。我很感興趣，想去申請一下。

男學生說社區中心有什麼優點？

① 有各種講座

② 可以參加活動

單字 **コミュニティーセンター** 名 社區中心

すごい い形 極好的、厲害的 ｜ **講座 こうざ** 名 講座

イベント 名 活動 ｜ **参加 さんか** 名 參加 ｜ **今回 こんかい** 名 這次

ミュージカル 名 音樂劇 ｜ **参加者 さんかしゃ** 名 參加者

募集 ぼしゅう 名 招募、募集 ｜ **興味 きょうみ** 名 興趣

申し込む もうしこむ 動 申請

07

[音檔]

大学で女の学生と男の学生が話しています。女の学生が悩んでいるのは、どんなことですか。

F：どうしよう。

M：何か問題でもあるの？

F：うん、**今度アルバイト先を変えようかなと思ってるんだけど、ちょっと遠くてね。**

M：へえ。そこか。今度引っ越しするって言ってたからそのことかと思った。

F：それはもう解決したよ。いいところ決まったし。でも、バイト先がね、遠くなるけど時給がすごく上がるから、本当にどうしたらいいか。

女の学生が悩んでいるのは、どんなことですか。

[題本]

① 引っ越しをするかどうか

② アルバイト先を変えるかどうか

中譯 女學生和男學生在大學裡對話。女學生在煩惱什麼事？

F：怎麼辦。

M：出了什麼問題嗎？

F：嗯，我接下來**想要換打工的地點，結果有點遠。**

M：這樣啊。你有說之後要搬家，我就想說是不是這件事。

F：搬家的事已經解決了喔。也找好了一個不錯的地點。不過打工的地方雖然有點遠，時薪卻高非常多，我到底該如何是好？

女學生在煩惱什麼事？

① 要不要搬家

② 要不要更換打工地點

單字 **悩む なやむ** 動 煩惱 ｜ **今度 こんど** 名 這次、下次

アルバイト先 アルバイトさき 名 打工地點

変える かえる 動 改變、變更 ｜ **引っ越し ひっこし** 名 搬家

解決 かいけつ 名 解決 ｜ **決まる きまる** 動 決定

時給 じきゅう 名 時薪 ｜ **すごく** 副 非常地、相當地

上がる あがる 動 上升

08

[音檔]

家で夫と妻が話しています。妻は鍋の味がどうだと言っていますか。

M：これ、とてもおいしいね～！

F：ありがとう。レシピは簡単だったよ。

M：ネギの甘みがとても良い。さえはあまり気に入らないの？

F：**手軽なレシピの割には素晴らしいと思うんだけど、**やっぱり深みが足りないなあと思って。

M：私は完璧だと思うけどね。ご飯おかわりしたいぐらい。

妻は鍋の味がどうだと言っていますか。

[題本]

① 手軽なレシピの割にはすばらしい

② ねぎの甘みが良くておいしい

中譯 一對夫妻在家中對話。妻子說火鍋的味道如何？

M：這個很好吃耶。

F：謝謝。做法很簡單喔。

M：青蔥的甜味很棒。妳不太喜歡嗎？

F：**我覺得以如此簡易的食譜來說已經很棒了，**但果然還是缺乏味道的層次感。

M：我覺得很完美耶。好吃到想再吃一碗飯。

妻子說火鍋的味道如何？

① 以如此簡單的食譜來說很好吃

聽解

② 蔥的甜味很棒很好吃

單字 **鍋 なべ**名火鍋 | **味 あじ**名味道 | **レシピ**名食譜
簡単だ かんたんだな形簡單的 | **ネギ**名蔥 | **甘み あまみ**名甜味
気に入る きにいる 滿意、喜歡
手軽だ てがるだな形簡單的、輕鬆的
素晴らしい すばらしいい形極好的 | **やっぱり**副果然
深み ふかみ名深度 | **足りない たりない** 不足
完璧だ かんぺきだな形完美的 | **おかわり**名添飯、續碗

09

[音檔]

会社で男の人と女の人が話しています。男の人は仕事の何がストレスだと言っていますか。

F：顔色が良くないですね。疲れたんですか。

M：そうですね、ちょっとストレスもたまっちゃったみたいです。

F：確かに、家が遠いと。通勤がやっぱり大変なんですか。

M：それは慣れているのでもう大丈夫です。ただ、**週末にも接待やら何やらで働いているのがやっぱり。**

F：営業はそういう仕事も重視されますからね。本当に大変ですね。

男の人は仕事の何がストレスだと言っていますか。

[題本]

① 通勤が大変なこと

② 週末にも接待などで働くこと

中譯 男性和女性在公司裡對話。男性說工作的哪個部分讓人感到有負擔？

F：你的臉色不太好。是累了嗎？

M：對啊，好像也累積了一些工作上的負擔。

F：你確實說過你家很遠。通勤也很累吧？

M：我已經習慣通勤了所以那倒不是問題。不過**周末還要忙著跟客戶應酬什麼的果然有點累人。**

F：因為這些工作對業務來說也很重要吧。真是辛苦了。

男性說工作的哪個部分讓人感到有負擔？

① 上班通勤很辛苦

② 週末也要忙著跟客戶應酬等等

單字 **ストレス**名壓力、負擔感 | **顔色 かおいろ**名臉色
疲れる つかれる動疲累 | **たまる**動累積
確かだ たしかだな形確實的 | **通勤 つうきん**名通勤
やっぱり副果然 | **慣れる なれる**動習慣 | **ただ**副只是
週末 しゅうまつ名周末 | **接待 せったい**名招待、款待
営業 えいぎょう名業務 | **重視 じゅうし**名重視

10

[音檔]

病院で医者と女の人が話しています。女の人はいつ手術を受けますか。

M：簡単な手術だし、早くしちゃった方がいいです。いつにしますか。

F：でも、入院が必要じゃないですか。

M：必要ないです。日帰りでできますよ。

F：じゃ、今週は金曜日に仕事があるので、来週にします。

M：来週なら月曜日に時間空いているのですが。

F：はい、大丈夫です。

女の人はいつ手術を受けますか。

[題本]

① 来週の月曜日

② 今週の金曜日

中譯 醫師和女性在醫院裡對話。女性什麼時候要接受手術？

M：這是簡單的手術，早點做完比較好。妳打算什麼時候做？

F：但我不需要住院嗎？

M：不一定要住院。當天手術完就可以回家。

F：那我這星期五有工作，下周再動手術。

M：下周的話我星期一有空。

F：好，沒問題。

女性什麼時候要接受手術？

① 下周一

② 本周五

單字 **手術 しゅじゅつ**名手術 | **受ける うける**動接受
簡単だ かんたんだな形簡單的 | **入院 にゅういん**名住院
必要だ ひつようだな形必要的、需要的
日帰り ひがえり名當天回家 | **空く あく**動空

實戰測驗 1

p.360

1 3 **2** 4 **3** 2 **4** 4 **5** 3
6 3

問題 2 請先聽問題。接著請閱讀問題卷上的選項。考試將會提供閱讀時間。之後請聽對話，從問題卷上 1 至 4 的選項中，選出最適合的答案。

01

[音檔]

テレビでアナウンサーと歌手が話しています。この歌手が水泳をする今の理由は何ですか。

M：本日は全国のコンサートに回られてお忙しい中、ようこそお越しくださいました。

F：お招きありがとうございます。

M：さて、いつお会いしてもお元気でいらっしゃいますね。何か特別なことをなさっているんですか。

F：そうですね…。特別かどうかわかりませんが、10年前から始めた水泳に今も通っております。いつまでも若くいたいと思って始めたんですよ。

M：そうなんですか。

F：最初はそういう目的で始めたんです。それから健康のために。でも、続けているうちに変わってきたんです。

M：と、おっしゃいますと？

F：プールに入っている時って、泳いだり歩いたりするだけですよね。私、普段は移動するときはスマホを見たり、まわりの人と話したりして集中して考える時間ってないんですよ。だからプールに入っている間にするんです。明日のコンサートのこととか、新曲のこととか。私の大切な時間になっています。

M：そうなんですか。では、これからも続けていかれるんですね。

F：ええ、年を取ってからも、できるだけ続けたいですね。

M：そうなんですか。私も見習わせていただきます。

この歌手が水泳をする今の理由は何ですか。

[題本]

1 いつまでも若く見られたいから

2 仕事がないときひまだから

3 一人でじっくり考えたいから

4 年を取っても健康でいたいから

中譯 電視上主播和歌手在對話。這名歌手現在游泳的原因為何？

M：謝謝妳在忙全國演唱會巡演之餘今天還特地抽空過來。

F：謝謝你們的邀請。

M：每次見到妳，妳都非常有精神呢。有什麼維持活力的特別秘訣嗎？

F：這個嘛…。我不確定特不特別，不過我從 10 年前開始至今都持續在游泳。一開始是因為想要常保青春所以才開始的。

M：這樣啊。

F：最初是因為這樣的原因開始游泳的。還有為了健康。不過游著游著我的目的改變了。

M：怎麼說？

F：進入泳池之後就只能游泳或步行了對吧？我平常在移動的時候都會看手機或跟周邊的人聊天，沒有能集中思考的時間。所以我會利用在泳池的時間思考。例如明天演唱會的事，或新歌的事之類的。這對我來說是很重要的時間。

M：原來如此。那麼妳接下來還會持續游泳吧？

F：對，即使上了年紀，還是想盡可能持續游泳。

M：這樣啊。我也要向妳學習。

這名歌手現在游泳的原因為何？

1 因為想不論何時都看起來很年輕

2 因為沒工作的時候很閒

3 因為想要一個人專心思考

4 因為即使上了年紀也想保持健康

解析 本題詢問歌手現在游泳的理由。各選項的重點為 1「想要看起來年輕」、2「沒有工作時很閒」、3「想要一個人專心思考」、4「想要維持健康」。對話中，歌手表示：「**普段は移動するときはスマホを見たり、まわりの人と話したりして集中して考える時間ってないんですよ。だからプールに入っている間にするんです**（平常跑行程的時候，我不是在看智慧型手機、就是在跟周圍的人聊天，沒有時間專心思考。正好可以趁游泳的時候做）」，因此答案為 3 **一人でじっくり考えたいから**（想一個人好好思考）。1 為開始游泳的契機；2 對話中並未提及；4 為起初游泳的目的。

單字 **アナウンサー** 名 主播｜**歌手 かしゅ** 名 歌手
水泳 すいえい 名 游泳｜**本日 ほんじつ** 名 今天
全国 ぜんこく 名 全國｜**コンサート** 名 演唱會
回る まわる 動 巡迴、來回移動｜**お越し おこし** 名 來
招く まねく 動 邀請｜**さて** 接 進入新話題使用的連接詞
いらっしゃる 動 在（いる之尊敬語）
特別だ とくべつだ な型 特別的｜**始める はじめる** 動 開始
通う かよう 動 往返、固定前往｜**いつまでも** 副 無論何時
若い わかい い形 年輕的｜**最初 さいしょ** 名 最初
目的 もくてき 名 目的｜**健康 けんこう** 名 健康
続ける つづける 動 持續｜**変わる かわる** 動 改變
おっしゃる 動 說（言う之尊敬語）｜**普段 ふだん** 名 平常
移動 いどう 名 移動｜**スマホ** 名 智慧型手機｜**まわり** 名 周遭
集中 しゅうちゅう 名 專心｜**考える かんがえる** 動 思考、考慮
だから 接 所以｜**新曲 しんきょく** 名 新歌
年を取る としをとる 變老、上了年紀｜**できるだけ** 副 盡可能
見習う みならう 動 見習、學習｜**じっくり** 副 慢慢地、仔細地

02

[音檔]

男の人と女の人が話しています。女の人は、予定通りに引っ越しができなかったのは何が問題だったと言っていますか。

M：引っ越すって言ってたけど、終わった？

聽解

F：うん。それがね、まだ同じところにいるのよ。最初、引っ越し会社が見つからなくて。ちょうど大学の卒業シーズンと入学シーズンと一緒になっちゃって。申し込むのが遅くなってしまった私が悪いんだけど、4月中旬にならないと無理だって言われたのよ。

M：じゃあ5月に引っ越すの？

F：そのつもりだったんだけど、実はその後、転勤になっちゃって。新しい勤務先が今の家からの方が近いってわかったのよ。

M：じゃあ、引っ越さなくてよくなったんだね。

F：でもね、今の家はスーパーも駅も遠いから、もう少し便利なところがいいなと思っているの。条件に合うところがなくてなかなか見つからないんだけどね。住みたいと思うところは家賃が高いところしかなくて。

M：そうなんだ。いいところが見つかるといいね。

女の人は、予定通りに引っ越しができなかったのは何が問題だったと言っていますか。

[題本]

1 引っ越しを頼む会社がなかったこと

2 うちの近くに転勤することになったこと

3 引っ越し先が便利な場所になかったこと

4 家賃が高くて条件に合わなかったこと

中譯 一名男性和一名女性在對話。女性說自己之所以沒辦法按計畫搬家的原因為何？

M：妳之前說要搬家，搬完了嗎？

F：喔，那個啊。我還住在一樣的地方喔。一開始是因為找不到搬家公司。搬家的時間剛好跟大學畢業季還有入學季重疊到。雖然是我自己太晚申請了啦，對方說要等到四月中之後才有辦法搬家。

M：那五月再搬呢？

F：我原本也是這樣打算的，不過我後來其實調職了，然後發現新的工作地點離現在的家比較近。

M：所以後來不搬家也沒差了呢。

F：不過啊，現在的家離超市跟車站都很遠，我想搬去再更方便一點的地方。不過找不太到什麼符合條件的房子。我想住的地方房租都很高。

M：這樣啊。希望妳找到適合的房子。

女性說自己之所以沒辦法按計畫搬家的原因為何？

1　沒有能委託幫忙搬家的公司

2　決定要換到離家比較近的地點工作

3　搬家的地點在一個不太方便的地方

4　房租很高不符合條件

解析 本題詢問女子無法順利搬家的理由。各選項的重點為 1「沒有可委託的搬家公司」、2「調職」、3「要搬去的地點很不方便」、4「房租太高」。對話中，女子表示：「**住みたいと思うところは家賃が高いところしかなくて**（我想住的地方房租都太高）」，因此答案為 4 **家賃が高くて条件に合わなかったこと**（房租太高，不符合條件）。1 當中提到四月中之後就可以；2 當中提到調職後，本來想搬去更方便的地方；3 對話中並未提及。

單字 **予定通り よていどおり** 按照預定計畫
引っ越し ひっこし 名 搬家｜**最初 さいしょ** 名 最初、一開始
引っ越し会社 ひっこしがいしゃ 名 搬家公司
見つかる みつかる 動 找到｜**卒業 そつぎょう** 名 畢業
シーズン 名 季節｜**入学 にゅうがく** 名 入學
申し込む もうしこむ 動 申請｜**遅い おそい** い形 晚的、遲的
中旬 ちゅうじゅん 名 中旬｜**無理 むり** 名 勉強、無法
つもり 名 打算｜**実は じつは** 副 其實｜**その後 そのあと** 副 那之後
転勤 てんきん 名 調職｜**勤務先 きんむさき** 名 工作地點
スーパー 名 超市｜**もう少し もうすこし** 副 再…一點
便利だ べんりだ な形 方便的
条件に合う じょうけんにあう 符合條件｜**家賃 やちん** 名 房租
場所 ばしょ 名 地點

03

[音檔]

女の人と男の人が話しています。男の人が小鳥を飼い始めたきっかけは何ですか。

F：小鳥を飼い始めたんだって？鈴木さんに聞いたんだけど。

M：ええ、そうなんです。一人暮らしで寂しいからずっとペットが飼いたかったんですよ。

F：ペットって普通は犬や猫なんじゃないの？

M：ええ、それが今のマンションで犬や猫は禁止されているんです。

F：そうなんだ。

M：それに、猫が大好きなんですが、アレルギーがありまして。そんな話を友達にしていたら、小鳥をすすめられたんです。小鳥は大丈夫か管理人さんに聞いたら問題ないって言われて、それで飼うことにしたんです。

F：そうなんだ。

M：おかげで毎日とても楽しくなったんです。

F：それはよかったね。でも、犬や猫と違って、コミュニケーションができないんじゃない？

M：そんなことないんですよ。私も知らなかったんですが、手に乗ってくるのでなでてやったら、すごくうれしそうにしてくれるんです。

F：意外だね。鳥なんて人に慣れないと思ってたよ。

M：それに朝はちゃんと起きて鳴き始めるので、朝、起きられないってこともなくなったんですよ。

F：そうなの？私も飼おうかな。

男の人が小鳥を飼い始めたきっかけは何ですか。

[題本]

1 管理人に犬や猫の飼育は禁止と言われたから

2 友達と話していた時にすすめられたから

3 コミュニケーションが取れるとわかったから

4 朝、早起きしたいと思っていたから

中譯 女性和男性在對話。男性開始飼養小鳥的契機為何？

F：聽說你開始養小鳥了？是鈴木跟我說的。

M：對啊。因為我一個人住很寂寞，所以一直想養寵物。

F：一般養寵物不都養狗或貓嗎？

M：嗯，因為我現在住的公寓不能養狗或貓。

F：這樣啊。

M：而且雖然我很喜歡貓，但我會過敏。我跟朋友說了這件事，他推薦我養小鳥。我問管理員能不能養小鳥，他說沒問題，所以我就決定養小鳥了。

F：原來如此。

M：因為養小鳥我每天的生活都變得很開心。

F：那太好了。不過小鳥跟狗和貓不同，沒辦法跟人溝通不是嗎？

M：沒這回事。我原本也不知道，不過如果在小鳥停在手上時撫摸牠，牠會表現出很開心的樣子喔。

F：真是意外。我還以為鳥不會親近人呢。

M：而且牠早上會準時起床鳴叫，所以我早上也不會再爬不起來了呢。

F：這樣啊？我要不要也養一隻啊？

男性開始飼養小鳥的契機為何？

1 因為管理員說禁止養狗和貓

2 因為跟朋友聊天時被朋友推薦了

3 因為知道可以跟小鳥交流

4 因為早上想早點起床

解析 本題詢問男子決定養鳥的契機。各選項的重點為 1「禁止養貓狗」、2「朋友推薦」、3「可以交流」、4「想要早起」。對話中，男子表示：「**そんな話を友達にしていたら、小鳥をすすめられたんです**（我告訴朋友這件事後，他便推薦我養小鳥）」，因此答案為 2 **友達と話していた時にすすめられたから**（跟朋友聊天時被推薦）。1 並非選擇養鳥的契機；3 和 4 皆為養了小鳥之後發現的事。

單字 **小鳥 ことり** 名 小鳥 | **飼い始める かいはじめる** 動 開始養
一人暮らし ひとりぐらし 名 一人生活
寂しい さびしい い形 孤單的、寂寞的 | **ずっと** 副 持續、一直
飼う かう 動 飼養 | **普通 ふつう** 副 普通 | **マンション** 名 公寓
禁止 きんし 名 禁止 | **アレルギー** 名 過敏 | **すすめる** 動 推薦
管理人 かんりにん 名 管理員 | **おかげ** 名 多虧～
コミュニケーション 名 溝通 | **なでる** 動 撫摸 | **すごく** 副 非常地
うれしい い形 開心的 | **意外 いがい** 名 意外
慣れる なれる 動 習慣、熟悉 | **ちゃんと** 副 確實的
起きる おきる 動 起床 | **飼育 しいく** 名 飼育
早起き はやおき 名 早起

04

[音檔]

会社で男の人と女の人が話しています。男の人は、いつ課長と会えますか。

M：あれ、今日田中課長いないの？

F：昨日、課長の話聞いてなかったの？今日から出張だって言ってたじゃない。

M：ああ、そっか。で、いつ帰ってくるか、知ってる？

F：えーと、来週の水曜日だったかな。でも必ずしも次の日から会社に来るとは限らないよ。

M：なんで？

F：お子さんの学校行事があるそうで、休暇を申請するかどうか考えていたから…。

M：そうかー、うーん。こっちの予定もあるし…。再来週にならないと会えないかな。

F：たぶんね。あ、でも月曜日は本社でミーティングって言っていたけど。

M：じゃあ、その次の日なら会えそうだな。

男の人は、いつ課長と会えますか。

[題本]

1 来週の水曜日

2 来週の木曜日

3 再来週の月曜日

4 再来週の火曜日

中譯 男性和女性在公司裡對話。男性什麼時候能見到課長呢？

M：咦，今天田中課長不在嗎？

F：你昨天沒聽課長說嗎？他不是有說他今天開始要出差？

M：喔，這樣啊。妳知道他什麼時候回來嗎？

F：嗯…好像是下星期三吧。不過他不一定回來後隔天就會來公司喔。

M：為什麼？

F：他有說他小孩的學校有活動，在考慮要不要請假。

M：這樣啊，嗯。我這邊也有其他行程…。是不是要等下下禮拜才見得到面了。

F：大概是吧。啊，不過他說他星期一要去總公司開會。

M：那應該隔天可以見得到吧。

男子什麼時候可以見到課長？

1　下周三

2　下周四

3　下下周一

4　下下周二

解析 本題詢問男子何時可以見到課長。各選項的重點為 1「下週三」、2「下週四」、3「下下週一」、4「下下週二」。對話中，男子提到也許要等到下下週才見得到課長，接著女子告知：「**月曜日は本社でミーティングって言っていたけど**（課長說過週一要去總公司開會）」。而後男子回應：「**その次の日なら会えそうだな**（那隔天應該就能見到他）」，因此答案為 4 **再来週の火曜日**（下下週二）。

單字 **課長 かちょう** 名 課長 | **出張 しゅっちょう** 名 出差
必ずしも かならずしも 副 一定 | **次の日 つぎのひ** 名 隔天
お子さん おこさん 名（尊稱他人的）孩子 | **行事 ぎょうじ** 名 活動
休暇 きゅうか 名 休假 | **申請 しんせい** 名 申請
考える かんがえる 動 思考 | **予定 よてい** 名 預定行程
再来週 さらいしゅう 名 下下周 | **たぶん** 副 大概
本社 ほんしゃ 名 總公司 | **ミーティング** 名 會議

05

[音檔]

日本の大学で男の留学生と女の学生が話しています。女の学生が就職活動で心配していることは何ですか。

M：日本の大学生は、卒業する前から就職活動をするって、本当？

F：そうだよ。３年生から活動を始める人が多いかな。

M：そうなんだ。僕も日本で就職したいと思っているんだけど、難しい話になるとわからない時もあるから、面接が心配だな。

F：パクさんの日本語は最初に会った時よりずいぶん上手になったから、3年生になる時にはきっと大丈夫だと思うよ。それより、私はお金が足りなくならないか心配だな。

M：え、なんで？

F：私は東京で就職したいと思ってるんだけど、そうすると面接の度に新幹線を使わなきゃいけないから…。

M：なるほどね。

F：今からアルバイトを増やさなきゃいけないと思うと、気が重いよ。

女の学生が就職活動で心配していることは何ですか。

[題本]

1 日本語の会話

2 面接

3 交通費

4 アルバイト

中譯 男留學生和女學生在日本的大學裡對話。女學生對於就職活動的擔憂為何？

M：聽說日本的大學生會在畢業前開始就職活動，是真的嗎？

F：是啊。應該不少人都是在三年級開始找工作。

M：這樣啊。我也想要在日本找工作，不過談話的內容太艱難的話我有時候會聽不懂，所以很擔心面試。

F：跟我們剛認識的時候比起來，你的日語已經流利很多了，等升上三年級一定沒問題的。比起這個，我比較擔心會不會錢不夠。

M：咦，為什麼？

F：我想要在東京找工作，不過這樣的話每次去面試都得搭新幹線才行…。

M：原來如此。

F：一想到從現在開始就得多打一點工，就覺得心情好沉重。

女學生對於就職活動的擔憂為何？

1　日語會話

2　面試

3　交通費

4　打工

解析 本題詢問女學生擔心找工作過程中的什麼事。各選項的重點為 1「日語會話」、2「面試」、3「交通費」、4「打工」。對話中，女學生提到每次去面試都得搭新幹線，並表示：「**私はお金が足りなくならないか心配だな**（我擔心錢可能會不夠用）」，因此答案為 3 **交通費**（交通費）。1 和 2 為男學生擔心的事；4 對話中女生提到要增加打工來賺交通費，並非找工作時擔心的事。

單字 **就職活動 しゅうしょくかつどう** 名 就職活動、就業活動
心配 しんぱい 名 擔心 | **卒業 そつぎょう** 名 畢業
始める はじめる 動 開始 | **面接 めんせつ** 名 面試
日本語 にほんご 名 日語 | **最初 さいしょ** 名 最初
ずいぶん 副 相當地、非常地 | **きっと** 副 一定
足りない たりない 不足 | **東京 とうきょう** 名 東京
度 たび 名 每次 | **新幹線 しんかんせん** 名 新幹線
アルバイト 名 打工 | **増やす ふやす** 動 增加
気が重い きがおもい 心情沉重

06

[音檔]

スーパーで店員がサービスについてアナウンスしています。今日だけあるサービスは何ですか。

M：今月は開店10周年のため、全ての商品の５％割引を行っております。さらに、本日以降カードをお作りになった方には特別割引券もお配りしております。こちらのカードは、本日からご利用いただけますので、この機会に是非ご検討ください。カードは、今週は特別に無料でお作りいただけます。また、今月は５％割引と同

時に、毎日商品1種類ずつ20％割引サービスを行っております。本日に限り、野菜が20％割引となっておりますので、この機会にお忘れなくお買い求めください。明日以降は魚全品10％割引、肉全品10％割引と対象商品が毎日変わります。ご来店をお待ちしております。

今日だけあるサービスは何ですか。

[題本]

1 全品割引になること
2 割引券がもらえること
3 野菜が割引になること
4 魚が割引になること

中譯 店員在超市內廣播特別活動。只有今天有的特別活動為何？

M：這個月是開店 10 周年，因此我們所有商品皆能享 95 折優惠。另外，針對從今天起辦會員卡的顧客，我們還會發送特別折價券。會員卡從今日起就可以使用，請務必把握機會。本周可以免費新辦會員卡。另外，在本月全商品 95 折優惠的同時，我們每天都還有特定種類商品 8 折優惠的特價活動。本日限定蔬菜品項打 8 折，請多多採購、不要錯過機會。明天起還有魚類全品項 9 折、肉類全品項 9 折等，每天折扣的商品類別各不相同。期待您的光臨。

只有今天有的特別活動為何？

1　全品項打折
2　可以獲得折扣券
3　蔬菜有打折
4　魚有打折

解析 本題詢問超市僅於今日適用的服務。各選項的重點為 1「全品項打折」、2「折扣券」、3「蔬菜有打折」、4「魚有打折」。對話中，店員表示：「**本日に限り、野菜が 20% 割引となっておりますので**（僅限今天，蔬菜享有八折優惠）」，因此答案為 3 **野菜が割引になること**（蔬菜享有優惠）。

單字 **スーパー** 名超市 | **店員 てんいん** 名店員 | **サービス** 名服務
アナウンス 名廣播、公告 | **開店 かいてん** 名開店
周年 しゅうねん 名周年 | **全て すべて** 副全部
商品 しょうひん 名商品 | **割引 わりびき** 名折扣
行う おこなう 動進行 | **さらに** 副更、而且
本日 ほんじつ 名今天 | **以降 いこう** 名之後 | **カード** 名卡片
特別 とくべつ 名特別 | **割引券 わりびきけん** 名優惠券
配る くばる 動發放、分送 | **利用 りよう** 名使用
機会 きかい 名機會 | **是非 ぜひ** 副務必 | **検討 けんとう** 名考慮
無料 むりょう 名免費 | **同時 どうじ** 名同時
種類 しゅるい 名種類 | **買い求める かいもとめる** 動購買
全品 ぜんぴん 名全部商品 | **対象 たいしょう** 名對象
変わる かわる 動變化 | **来店 らいてん** 名來店

實戰測驗 2

p.362

1 2　**2** 1　**3** 3　**4** 3　**5** 2　**6** 1

問題 2 請先聽問題。接著請閱讀問題卷上的選項。考試將會提供閱讀時間。之後請聽對話，從問題卷上 1 至 4 的選項中，選出最適合的答案。

01

[音檔]

大学で男の人と女の人が話しています。女の人がスキーサークルに関心を持ったきっかけは何ですか。

M：佐藤さんって、大学に入ってからスキーを始めたんだよね？それなのに、うまいって山田さんが言ってたよ。
F：本当？スケートをずっとやってたからかなあ。
M：スケートやってたんだ。
F：うん。でも、もうやめたの。大学に入ったころにうちの近所のスケート場がつぶれちゃって。通う人が少なくなって、経営が悪化したみたい。とても残念なんだけどね。
M：そうなんだ。それで、スキー、始めたんだ。
F：それもあるんだけど、新入生へのサークル紹介のイベント、あったよね？あの時に先輩の話を聞いて、いいなって思ったの。
M：そうなんだ。
F：友達も増えたし、先輩もやさしいし、本当に入ってよかったよ。
M：でも、お金がかかりそうだね。交通費も必要だし、道具も要るよね。
F：それが、スキーをしているいとこが、もう使わなくなったのをくれたの。
M：そうなんだ。それはよかったね。

女の人がスキーサークルに関心を持ったきっかけは何ですか。

[題本]

1 スケート場に通えなくなったこと
2 先輩の話を聞いたこと
3 友達を増やしたいと思ったこと
4 スキーの道具をもらったこと

中譯 男性和女性在大學裡對話。女性對滑雪社產生興趣的契機為何？

聽解

M：佐藤妳說妳上大學之後才開始滑雪對吧？不過山田說妳滑得很好耶。

F：真的嗎？可能是因為我過去一直有在溜冰吧。

M：原來妳之前有溜冰啊。

F：嗯。不過我已經不溜了。我上大學的時候家附近的溜冰場倒閉了。好像是因為去的人變少，導致營業狀況惡化的關係。真的很可惜。

M：原來如此，所以妳才會開始滑雪。

F：這也是原因之一，另外當時不是有新生社團說明活動嗎？我那時聽了學長姐說的話，覺得滑雪還不錯。

M：這樣啊。

F：不只交到了朋友，學長姐也很溫柔，加入滑雪社真是太好了。

M：不過感覺好像很花錢耶。要付交通費，還需要裝備。

F：我有個在滑雪的表兄弟，他把用不到的裝備送給我了。

M：這樣啊。那真是太好了。

女性對滑雪社產生興趣的契機為何？

1　無法再去溜冰場了

2　聽了前輩說的話

3　想要多交朋友

4　收到了滑雪裝備

解析 本題詢問女子對滑雪社團感興趣的契機。各選項的重點為 1「不能去溜冰場」、2「聽了前輩的話」、3「想結交更多朋友」、4「收到滑雪裝備」。對話中，女子表示：「**新入生へのサークル紹介のイベント、あったよね？あの時に先輩の話を聞いて、いいなって思ったの**（不是有向新生介紹社團的活動嗎？當時聽了前輩的介紹，感覺很不錯）」，因此答案為 2 **先輩の話を聞いたこと**（聽了前輩的話）。1 為不再溜冰的理由；3 對話中並未提到；4 為加入滑雪社團後的事。

單字 **スキー** [名] 滑雪｜**サークル** [名] 社團｜**関心 かんしん** [名] 關注、興趣
きっかけ [名] 契機｜**それなのに** [接] 即使如此
うまい [い形] 好的、優秀的｜**スケート** [名] 溜冰
ずっと [副] 一直、持續｜**やめる** [動] 放棄｜**近所 きんじょ** [名] 附近
スケート場 スケートじょう [名] 溜冰場｜**つぶれる** [動] 倒閉
通う かよう [動] 固定往返｜**経営 けいえい** [名] 經營
悪化 あっか [名] 惡化｜**残念だ ざんねんだ** [な形] 可惜的
新入生 しんにゅうせい [名] 新生｜**紹介 しょうかい** [名] 介紹
イベント [名] 活動｜**先輩 せんぱい** [名] 學長姐
増える ふえる [動] 增加｜**やさしい** [い形] 溫柔的
お金がかかる おかねがかかる 花錢
交通費 こうつうひ [名] 交通費
必要だ ひつようだ [な形] 必要的、需要的
道具 どうぐ [名] 裝備、器具｜**要る いる** [動] 需要
いとこ [名] 堂表兄弟姊妹｜**増やす ふやす** [動] 增加

02

[音檔]

テレビでアナウンサーと会社の社長が話しています。社長はどうして早く起きるようになったと言っていますか。

M：ところで最近、朝早く起きられていると伺いましたが、本当ですか。

F：ええ、私はもともと朝に弱くて、早く起きられなかったんです。それが数年前に娘が犬を飼い始めまして。

M：そうなんですか。

F：飼い始めたころは娘が毎朝散歩に連れて行っていたんですが、娘がクラブで忙しくなって、時間がなくなっちゃって。私が行かざるを得なくなっちゃったんです。

M：それは大変ですね。

F：最初は私もそう思っていたんですが、思いのほか楽しくて。

M：散歩が楽しいんですか。

F：ええ、それに、ちょっと動いてからの朝ごはんがおいしくて、おかげで朝食もちゃんととるようになって体調もよくなったんです。

M：いいことばかりですね。

F：それだけではないんです。朝は頭がすっきりするので、朝食の前に仕事のメールに返事もしているんですよ。

社長はどうして早く起きるようになったと言っていますか。

[題本]

1　娘が忙しいから

2　朝食をとるから

3　健康にいいから

4　仕事のメールをするから

中譯 主播和公司的社長在電視上對話。社長說自己為什麼開始早起呢？

M：話說我聽說您最近很早起床，是真的嗎？

F：是的。我本來是個早上愛賴床的人，沒辦法早起。不過幾年前我女兒開始養狗。

M：這樣啊。

F：剛開始養的時候，女兒會每天早上帶狗去散步。後來女兒為了社團事務變得很忙沒有時間，所以不得不改由我來帶狗去散步。

M：真是辛苦您了。

F：我一開始也是這麼想的，不過意外的很有趣。

M：散步很有趣嗎？

F：是啊，而且稍微動一動身體之後再吃早餐也覺得特別好吃，因此我也開始確實地吃早餐，身體也變好了。

M：看來早起有很多好處呢。

F：不只是這樣。因為早上大腦比較清晰，所以我還會在吃早餐前回覆工作上的郵件呢。

社長說自己為什麼開始早起呢？

1　因為女兒很忙

2　因為要吃早餐

3　因為對健康好

4　因為要處理工作上的郵件來往

解析 本題詢問社長得早起的理由。各選項的重點為 1「女兒很忙」、2「吃早餐」、3「有益健康」、4「發工作上的郵件」。對話中，社長表示：「**飼い始めたころは娘が毎朝散歩に連れて行っていたんですが、娘がクラブで忙しくなって、時間がなくなっちゃって。私が行かざるを得なくなっちゃったんです**（剛開始養的時候，我女兒每天早上都會帶牠去散步。後來女兒忙於社團活動，沒有時間，只好由我去做）」，因此答案為 1 **娘が忙しいから**（因為女兒很忙）。2 為散步後做的事；3 和 4 皆為開始早起後發生的事。

單字 **アナウンサー** 名 主播｜**社長 しゃちょう** 名 社長
起きる おきる 動 起床｜**ところで** 副 不過（表示話題轉換）
最近 さいきん 名 最近｜**伺う うかがう** 動 聽（聞く之謙讓語）
もともと 副 原本｜**数年前 すうねんまえ** 名 幾年前、數年前
飼い始める かいはじめる 動 開始飼養
連れて行く つれていく 動 帶去｜**最初 さいしょ** 名 最初
おかげ 名 多虧｜**朝食 ちょうしょく** 名 早餐｜**ちゃんと** 副 確實地
体調 たいちょう 名 身體狀況
頭がすっきりする あたまがすっきりする 腦袋明晰
メール 名 電子郵件｜**返事 へんじ** 名 回覆｜**健康 けんこう** 名 健康

03

[音檔]

女の人と男の人が話しています。女の人はどうして夏休みにどこにも行かないのですか。

M：もうすぐ夏休みだね。ぼくは北海道で自転車旅行をしようと思ってるんだ。

F：わあ、北海道を自転車で走るのね。気持ちよさそう。私は、今年の夏は旅行しないことにしたんだ。夏休みはホテルの値段も高いし、空港も観光地も混んでるしね。

M：えっ、そうなんだ。毎年旅行してるのに。

F：うーん。実をいうと、母の病気がわかって、入院して手術をしなければならないの。父も心配してて、なんだか落ち着かないんだよね。

M：ああ、それは、旅行どころじゃないね。

F：退院してからも、どのくらい母の世話をすることになるのかわからないし、予定が立てられないんだ。だから今年の夏は家族のために使おうと思って。

M：そうかあ。あまり無理しないでね。

女の人はどうして夏休みにどこにも行かないのですか。

[題本]

1　飛行機代やホテル代が高いから

2　どこに行っても混んでいるから

3　母親が入院して手術をするから

4　父親が落ち着かなくて心配だから

中譯 女性和男性在對話。女性為什麼暑假哪裡都不去呢？

M：馬上就要暑假了呢。我在考慮要去北海道騎自行車旅行。

F：哇，騎自行車遊北海道啊。聽起來超舒服的。我已經決定今年夏天不去旅行了。因為暑假飯店又很貴、機場和觀光景點又很多人。

M：咦，這樣啊？妳之前明明每年去旅行的。

F：嗯…其實我媽媽檢查發現生病了，必須要住院動手術。我爸爸也很擔心，感覺一直冷靜不下來。

M：原來如此，這個時間點不太適合旅行呢。

F：現在也還不知道出院後有哪些地方需要我來照顧，所以沒辦法訂定旅行計畫。所以今年夏天，我想要把時間奉獻給家人。

M：這樣啊。妳也不要太勉強自己喔。

女性為什麼暑假哪裡都不去呢？

1　因為機票錢與飯店費用很貴

2　因為不管去哪裡人都很多

3　因為母親要住院動手術

4　因為父親無法冷靜下來讓人擔心

解析 本題詢問女子暑假不去任何地方玩的理由。各選項的重點為 1「機票和飯店價格高」、2「到處都是人」、3「媽媽要動手術」、4「擔心爸爸」。對話中，女子表示：「**母の病気がわかって、入院して手術をしなければならないの**（我知道我母親的病必須住院動手術）」，因此答案為 3 **母親が入院して手術をするから**（因為媽媽要住院動手術）。1 和 2 並非不出去玩的真正理由；4 對話中並未提到。

單字 **もうすぐ** 副 馬上｜**北海道 ほっかいどう** 名 北海道
気持ち きもち 名 心情、情緒｜**値段 ねだん** 名 價格
空港 くうこう 名 機場｜**観光地 かんこうち** 名 觀光景點
混む こむ 動 擁擠｜**実 じつ** 名 事實｜**入院 にゅういん** 名 住院
手術 しゅじゅつ 名 手術｜**心配 しんぱい** 名 擔心
なんだか 總覺得｜**落ち着く おちつく** 動 放心、冷靜
退院 たいいん 名 出院｜**世話をする せわをする** 照顧
予定 よてい 名 預定計畫｜**だから** 接 因此｜**無理 むり** 名 勉強
飛行機代 ひこうきだい 名 機票錢
ホテル代 ホテルだい 名 住宿費｜**母親 ははおや** 名 母親
父親 ちちおや 名 父親

04

[音檔]

男の人と女の人が話しています。サービスの一番の目的は何ですか。

F：今月から、傘のシェアリングサービスが始まるんだけど、知ってる？

M：えっ、なに、それ。

F：駅の近くのお店やオフィスビルの空いているスペースに傘が用意されてて、雨が降ったら傘が借りられて、雨が止んだら近くの傘立てに返せるんだ。

M：へえ。それは便利だね。

F：突然、雨に降られると、つい、ビニール傘を買っちゃうでしょ。でも、このサービスがあると、無駄なビニール傘を買わなくてすむんだ。

M：わあ、それはいいね。売り上げが落ちているお店にもついでに買い物をしてくれる人が増えるだろうし。持ち物はなるべく少なくしたいから、助かるよ。

F：なるほどね。だけど、何と言っても、このサービスの目的は、要らなくなった傘のゴミを減らして、地球の環境を守るってことなんだ。

M：そうなんだ。雨が上がると、つい傘を忘れちゃうからなあ。一人一人ができる身近なことを考えていかなきゃいけないんだね。

サービスの一番の目的は何ですか。

[題本]

1 お店の売り上げを上げるため

2 持ち物を少しでも減らすため

3 ごみを減らして地球かんきょうを守るため

4 ビニール傘の忘れ物を少なくするため

中譯 男性和女性在對話。這個服務最重要的目的為何？

F：你知道從這個月開始會有雨傘分享服務嗎？

M：咦？那是什麼？

F：車站附近的商店或辦公大樓有空間的地方會備有雨傘，下雨的話可以借用雨傘，等雨停了再還回附近的傘架上。

M：這樣啊，那很方便呢。

F：突然下雨的話，我們下意識的反應就是去買把塑膠傘吧？不過有了這個服務，就不用再買多餘的塑膠傘了。

M：哇，這樣很棒耶。而且會有更多人去光顧店面，營業額不佳的店面應該也會因此受惠吧。我也希望自己身上帶的東西越少越好，真是幫大忙了。

F：原來如此。不過，不管怎麼說，推出這個服務的目的還是為了減少廢棄的雨傘，保護地球環境。

M：這樣啊。畢竟雨停了之後我們又容易忘了拿雨傘嘛。我們都應該思考每個人在日常生活裡能為環境做的事呢。

這個服務最重要的目的為何？

1 為了提高商店營業額

2 為了盡量減少隨身物品

3 為了減少垃圾保護地球環境

4 為了減少被弄丟的塑膠傘

解析 本題詢問服務的主要目的。各選項的重點為 1「提高商店營業額」、2「減少隨身物品」、3「減少垃圾，保護地球環境」、4「減少被弄丟的塑膠傘」。對話中，女子提到：「**何と言っても、このサービスの目的は、要らなくなった傘のゴミを減らして、地球の環境を守るってことなんだ**（不管怎麼說，該項服務的目的在於減少不必要的雨傘垃圾，保護地球環境）」，因此答案為 3 **ごみを減らして地球かんきょうを守るため**（為減少垃圾，保護地球環境）。1、2、和 4 皆為該項服務的優點，並非主要目的。

單字 **サービス** 名 服務 | **目的 もくてき** 名 目的
シェアリング 名 分享 | **オフィスビル** 名 辦公大樓
空く あく 動 空 | **スペース** 名 空間 | **用意 ようい** 名 準備
借りる かりる 動 借用 | **雨が止む あめがやむ** 雨停
傘立て かさたて 名 傘架 | **返す かえす** 動 歸位
突然 とつぜん 副 突然 | **つい** 副 無意間
ビニール傘 ビニールがさ 名 塑膠傘
無駄だ むだだ な形 白費的、浪費的
売り上げ うりあげ 名 營業額 | **ついでに** 副 順便、同時
増える ふえる 動 增加 | **持ち物 もちもの** 名 持有物
なるべく 副 盡可能 | **助かる たすかる** 動 得救、得到幫忙
だけど 接 不過 | **ゴミ** 名 垃圾 | **減らす へらす** 動 減少
地球 ちきゅう 名 地球 | **環境 かんきょう** 名 環境
守る まもる 動 守護 | **雨が上がる あめがあがる** 雨停
身近だ みぢかだ な形 身邊的、周遭的
忘れ物 わすれもの 名 遺失物

05

[音檔]

男の人と女の人が話しています。男の人が女の人に相談したのはどんなことですか。

M：横山さん。さっきは資料作成を手伝ってくれてありがとう。おかげで会議に遅れずに済んで本当に助かったよ。

F：良かったね。今度からはもっと早く準備しないとだめだよ。

M：そうだね。いつもそう思ってはいるんだけどねえ。ところで、ぜひ横山さんの意見を聞きたいことがあるんだ。

F：何？

M：学生時代の友達が結婚することになったんだけど、お祝いにどんなものを贈ればいいかな。

F：その友達は男の人？

M：いや、女の人。だから悩んじゃってるんだよね。女の人にどんなものを贈ったらいいか全然わからなくて。

F：なるほどね。そうだなあ。よく聞くのは時計とか食器とか、そういうものかなあ。

M：でも、そういうものは他の人にもらったりして、もう持っているみたいなんだ。どうしようかなあ。

F：うーん。それじゃあ、ペアのパジャマなんてどう？デパートだったらブランド物のペアのパジャマを売ってるよ。

M：それはいいね。そうしよう。だけど、一人で選ぶのは難しいなあ。横山さん、一緒に行ってくれない？

F：いいよ。いつまでに買わなきゃいけないの？

M：うーん、実は結婚式、来週なんだよね。

F：えっ！じゃあ早くしないと。遅いのは仕事だけじゃないんだね。

M：ごめん。それで、急ぐんだけど…。

F：じゃあ、今日、仕事の後に行ってみる？

M：ありがとう。

男の人が女の人に相談したのはどんなことですか？

[題本]

1 人に意見を聞く難しさ
2 友達への結婚のプレゼント
3 女の人が持っているもの
4 来週の結婚式にすること

中譯 男性和女性在對話。男性想找女性討論的事為何？

M：橫山，謝謝妳剛剛幫我製作資料。多虧有妳我才能趕在會議前完成，真是幫了大忙。

F：太好了。下次要再更提早開始準備才行喔。

M：妳說的對。雖然我每次都是這樣想的啦。話說我有一件事情很想問問妳的意見。

F：什麼？

M：我有個學生時期的朋友要結婚了，我應該送什麼祝賀禮物才好呢？

F：那個朋友是男生嗎？

M：不是，是女生。所以我才很苦惱。我完全不知道應該送女生什麼東西才好。

F：這樣啊。我想想，常聽到的好像是時鐘或碗盤之類的東西。

M：不過好像已經有其他人送她這些東西了。該怎麼辦才好？

F：嗯…這樣的話，成對的睡衣如何？百貨公司裡有在賣知名品牌的成對睡衣喔。

M：很不錯呢。就決定買這個了。不過我一個人挑實在有點難挑。能麻煩妳跟我一起去嗎？

F：可以啊。你最晚什麼時候之前要買好呢？

M：嗯…其實婚禮是在下禮拜。

F：咦！那要趕快買才行。原來你不是只有工作慢吞吞的啊。

M：抱歉。所以我實在有點急…。

F：那今天下班之後去看看如何？

M：謝謝妳。

男性想找女性討論的事為何？

1 徵求意見的難處
2 送朋友的結婚禮物
3 女子持有的物品
4 要在下週的結婚典禮上做的事

解析 本題詢問男子跟女子商量什麼事。各選項的重點為 1「徵求意見的難處」、2「送朋友的結婚禮物」、3「女生持有的物品」、4「要在下周的結婚典禮上做的事」。對話中，男子表示：「**学生時代の友達が結婚することになったんだけど、お祝いにどんなものを贈ればいいかな**（學生時期的好友要結婚了，我應該送什麼禮物恭喜他？）」，因此答案為 2 **友達への結婚のプレゼント**（送朋友的結婚禮物）。1 對話中並未提到；3 並非主要商量的事；4 對話中並未提到。

單字 **相談 そうだん**名諮詢、尋求意見｜**資料 しりょう**名資料
作成 さくせい名製作｜**手伝う てつだう**動幫助｜**おかげ**名多虧
会議 かいぎ名會議｜**遅れる おくれる**動遲、耽誤
済む すむ動結束、完成｜**助かる たすかる**動得救、得到幫忙
今度 こんど名下次｜**準備 じゅんび**名準備
ところで接不過（表示話題轉換）｜**ぜひ**副務必
意見 いけん名意見｜**学生時代 がくせいじだい**名學生時期
お祝い おいわい名祝賀、賀禮｜**贈る おくる**動贈送
悩む なやむ動苦惱｜**全然 ぜんぜん**副完全（不）
よく副經常｜**食器 しょっき**名碗盤
ペアのパジャマ名成對睡衣｜**ブランド物 ブランドもの**名名牌品
だけど接不過｜**選ぶ えらぶ**動選擇
実は じつは副其實、事實上｜**結婚式 けっこんしき**名結婚典禮

06

[音檔]

男の人と女の人が話しています。女の人はどうして飲み会を欠席しますか。

F：山下君。急で悪いんだけど、今夜の飲み会欠席させてもらえないかな。

M：え？大丈夫だと思いますけど、どうしたんですか？

F：実は娘の保育園から、熱を出したからすぐに迎えに来てほしいって連絡があったの。今日は夫に頼んでいたんだけど、まだ仕事が終わらないみたいで。

M：それは心配ですね。飲み会どころじゃないですよね。

F：そんなに高い熱ではないらしいんだけど、早退させてもらって、今から迎えに行かなきゃならなくて。

M：分かりました。大丈夫ですよ。娘さん、早く元気にな

聽解

るといいですね。

F：ありがとう。急なキャンセルでごめんね。実は私もまだ仕事が残っているから、うちに持って帰ってやらなきゃならないんだ。

M：それは大変ですね。何か手伝えることがあったら言ってください。

F：どうもありがとう。それじゃあ悪いんだけど、ひとつだけお願いしてもいい？

M：いいですよ。僕は今日、あまり忙しくないですから。

F：この資料をまとめてリストにしておいてもらえる？

M：分かりました。やっておきますから、早く迎えに行ってあげてください。

F：本当にありがとう。すごく助かるよ。じゃあ、よろしくお願いします。

女の人はどうして飲み会を欠席しますか。

[題本]

1 娘が病気だから

2 夫が早退したから

3 仕事が終わらないから

4 家で資料をまとめるから

中譯 男性和女性在對話。女性為什麼不參加聚餐呢？

F：山下，這麼突然真的很抱歉，我今天晚上可以不出席聚餐嗎？

M：咦？我想應該沒問題，怎麼了嗎？

F：其實剛剛我女兒的托兒所打電話過來，說女兒發燒了要我們馬上過去接。我本來今天是拜託我先生去的，不過他工作好像還沒結束。

M：真是讓人擔心呢。妳應該也沒心情參加聚餐吧。

F：雖然好像不是發高燒，不過托兒園還是讓我女兒早退了，我得現在去接她才行。

M：我知道了。沒有問題。希望妳女兒早點恢復健康。

F：謝謝。不好意思突然說不參加。其實我也還有工作沒做完，所以得帶回家去做。

M：真是辛苦妳了，有什麼我能幫忙的地方請跟我說。

F：謝謝你。那真的很不好意思，可以拜託你一件事嗎？

M：可以啊。我今天沒有很忙。

F：可以請你把這些資料整理成表單嗎？

M：我知道了。我先來處理，妳趕快去接小孩吧。

F：非常謝謝你。真是幫大忙了。那就麻煩你了。

女性為什麼不參加聚餐呢？

1 因為女兒生病了

2 因為丈夫早退

3 因為工作尚未完成

4 因為要在家裡整理資料

解析 本題詢問女子不參加聚餐的理由。各選項的重點為 1「女兒生病」、2「老公提前下班」、3「工作尚未完成」、4「在家整理資料」。對話中，女子表示：「**娘の保育園から、熱を出したからすぐに迎えに来てほしいって連絡があったの**（我女兒的托兒所通知我她發燒了，要我馬上去接她）」，因此答案為 1 **娘が病気だから**（因為女兒生病了）。2 先生尚未完成工作；3 主因為女兒生病；4 為女子拜託男子做的事。

單字 **飲み会 のみかい** 名 飲酒會、聚餐 | **欠席 けっせき** 名 缺席
急だ きゅうだ な形 突然的 | **悪い わるい** い形 抱歉的
実は じつは 副 其實 | **保育園 ほいくえん** 名 托兒所
熱を出す ねつをだす 發燒
迎えに来る むかえにくる 動 來迎接、來接送
連絡 れんらく 名 聯絡 | **心配 しんぱい** 名 擔心
早退 そうたい 名 早退
元気になる げんきになる 變得有精神、變得健康
キャンセル 名 取消 | **残る のこる** 動 殘留、剩下
手伝う てつだう 動 幫忙 | **資料 しりょう** 名 資料
まとめる 動 統整 | **リスト** 名 列表
迎えに行く むかえにいく 去迎接、去接送
助かる たすかる 動 得救、得到幫忙

實戰測驗 3

p.364

1 4　**2** 2　**3** 3　**4** 1　**5** 4
6 2

問題 2 請先聽問題。接著請閱讀問題卷上的選項。考試將會提供閱讀時間。之後請聽對話，從問題卷上 1 至 4 的選項中，選出最適合的答案。

01

[音檔]

大学で女の学生と男の学生が話しています。男の学生が教授に会いに行く目的は何ですか。

F：あ、太田君、みんなと昼ごはん食べに行かない？

M：これから山中教授の研究室に行くんだ。

F：どうしたの？何かあった？

M：うん。来月、グループでの研究発表があるんだけどさ。

F：ああ、あの太田君がリーダーをしてるやつ？内容、困ってたんだっけ。

M：それもそうなんだけど、他の授業の課題も多くて、リーダーなんてとてもできそうにないと思ってるんだ。

F：そうなの？でも山中教授も太田君に期待してるんじゃない？

M：そういわれると頑張らなきゃいけないかなとも思うんだけど。ちょっと無理そうだから、リーダーをほかの人に変えてもらえないか相談してみようと思うんだ。

F：そうなんだ。せっかくだから、頑張ってやってみたらいいんじゃないかと思うけど、本当に無理そうなら相談してみたほうがいいかもね。

M：うん。とにかく会ってお願いしてみるよ。

男の学生が教授に会いに行く目的は何ですか。

[題本]

1 研究発表の内容を問うため
2 授業の課題を減らしてもらうため
3 研究発表のリーダーになるため
4 研究発表のリーダーを変えてもらうため

中譯 女學生和男學生在大學裡對話。男學生去見教授的目的為何？

F：啊，太田，你要不要跟大家一起去吃午餐？

M：我正要去山中教授的辦公室。

F：怎麼了？發生什麼事了嗎？

M：嗯。下禮拜有小組的研究發表。

F：啊，是你當組長的那個發表嗎？你是不是說內容讓人很頭痛？

M：那也是一個問題，另外我其他課的作業也太多了，感覺好像真的沒辦法當組長。

F：這樣啊？不過山中教授不是也很期待你的表現嗎？

M：聽到教授這樣說我也覺得應該好好努力。不過好像真的顧不過來，我想跟他討論看看是不是能換人當組長。

F：原來如此。我本來想說難得有這次機會，努力看看應該不錯，不過如果真的太勉強的話還是跟教授討論一下比較好。

M：嗯。總之我先去見教授，拜託他看看。

男學生去見教授的目的為何？

1 為了詢問研究發表的內容
2 為了請教授減少課程的作業
3 為了要當研究發表的組長
4 為了請教授更換研究發表的組長

解析 本題詢問男學生去見教授的目的。各選項的重點為 1「詢問研究報告的內容」、2「減少課堂作業」、3「當研究報告的組長」、4「請教授更換研究報告的組長」。對話中，男子表示：「**リーダーをほかの人に変えてもらえないか相談してみようと思うんだ**（我想跟他商量，能否改由其他人當組長）」，因此答案為 4 **研究発表のリーダーを変えてもらうため**（為了請教授更換研究報告的組長）。1 對話中並未提到；2 為下定決心去找教授的理由；3 是想當發表組組長。

單字 **教授 きょうじゅ** 名 教授｜**目的 もくてき** 名 目的
研究室 けんきゅうしつ 名 研究室｜**グループ** 名 小組
研究発表 けんきゅうはっぴょう 名 研究發表
リーダー 名 組長、領導者｜**内容 ないよう** 名 內容
課題 かだい 名 作業、任務｜**期待 きたい** 名 期待
頑張る がんばる 動 努力｜**無理だ むりだ** な形 勉強的、難以達成的
変える かえる 動 改變、更換｜**相談 そうだん** 名 尋求意見、諮詢
せっかく 副 難得｜**とにかく** 副 總之、無論如何
願う ねがう 動 拜託、祈願｜**問う とう** 動 詢問
減らす へらす 動 減少

02

[音檔]

会社で男の人と女の人が話しています。女の人は企画書の何が問題だと言っていますか。

F：木下君。この企画書、初めて書いたわりにはなかなかよくできていたわよ。

M：ありがとうございます。

F：だけど、ちょっと気になるところもあるのよね。

M：何か問題がありましたか？

F：うん。商品説明のところなんだけど。

M：説明が足りませんでしたか？

F：ううん。逆に、このタイミングではちょっと細かすぎるんじゃないかな。

M：え？そうですか？

F：うん。まだ最初の企画の段階だから、商品の詳しい説明より、開発の目的について詳しく書いたほうがイメージしやすいと思うの。

M：なるほど。わかりました。もう一度書き直してみます。

F：なかなか面白い企画だと思うから、がんばってね。

女の人は企画書の何が問題だと言っていますか。

[題本]

1 商品の説明が足りないこと
2 商品の説明が細かすぎること
3 目的が書かれていないこと
4 目的がくわしく書いてあること

中譯 男性和女性在公司裡對話。女性說企畫書有什麼問題？

F：木下，以你第一次寫企畫書來說，這個企畫書做得非常不錯耶。

M：謝謝。

F：不過也有一些地方讓人有點在意。

M：是哪裡有問題嗎？

F：嗯，這個商品說明的部分啊…。

聽解

M：說明寫得不夠嗎？

F：不是，反而是在這個時間點寫得有點太仔細了吧。

M：咦？是這樣喔？

F：嗯。現在還在最開始的企畫階段，所以比起商品本身的詳細說明，應該仔細描述開發的目的會讓人比較容易想像。

M：原來是這樣。我知道了。我重寫一次看看。

F：我覺得這個企畫相當有趣，加油啊。

女性說企畫書有什麼問題？

1 商品說明不足

2 商品說明過於詳細

3 沒有寫目的

4 目的寫得很詳細

解析 本題詢問女子認為企劃書有什麼問題。各選項的重點為 1「商品說明不足」、2「商品說明過於詳細」、3「沒有寫目的」、4「目的寫得很詳細」。對話中，男子詢問女子商品描述是否不夠充分。而後女子回應：「**このタイミングではちょっと細かすぎるんじゃないかな**（以這個時間點來說，有點太過詳細了）」，因此答案為 2 **商品の説明が細かすぎること**（商品描述過於詳細）。1 問題在於太過詳細；對話中並未提到問題出在 3 和 4。

單字 **企画書 きかくしょ** 名 企畫書｜**なかなか** 副 相當、非常
だけど 接 不過｜**気になる きになる** 在意、介意
商品説明 しょうひんせつめい 名 商品說明
足りる たりる 動 足夠｜**逆だ ぎゃくだ** な形 相反的
タイミング 名 時間點｜**細かい こまかい** い形 詳細的
最初 さいしょ 名 最初｜**企画 きかく** 名 企畫
段階 だんかい 名 階段｜**詳しい くわしい** い形 詳細的
開発 かいはつ 名 開發｜**目的 もくてき** 名 目的｜**イメージ** 名 想像
書き直す かきなおす 動 重寫、修正寫過的內容｜**がんばる** 動 努力

03

[音檔]

女の人と男の人が話しています。男の人はどうして転職しようと思っていますか。

M：実は今、転職を考えてるんだ。

F：え?どうしたの?今の仕事つまらないの?

M：いや。そういうわけじゃないんだけど…。

F：じゃあ、お給料の問題?

M：いや、それも特に不満はないんだけどね。

F：それじゃあ、何が問題なの?

M：うん。両親も年を取ってきたし、心配だからもう少し近くに住みたいなあと思ってるんだよね。

F：そうなんだ。それはご両親も喜ぶと思うけど、せっかくのキャリアを捨てるのは残念じゃない?

M：それで悩んでたんだけど、今までの経験を生かせる仕事が見つかりそうなんだ。

F：そうなの?

M：うん。その上、給料が今までより少し上がりそうなんだ。だから思い切って転職しようと思ってるんだ。

F：へー、すごいね。いい仕事が見つかりそうでよかったね。それで、もう申し込んだの?

M：うん。来週、面接に行くことになってるんだ。

F：そう。じゃあ、ご両親のためにも面接頑張ってね。

M：うん。ありがとう。

男の人はどうして転職しようと思っていますか。

[題本]

1 今の仕事がつまらないから

2 今の給料に不満があるから

3 両親の近くに住みたいから

4 経験を生かせる仕事がしたいから

中譯 女性和男性在對話。男性為什麼想要換工作呢？

M：其實我現在在考慮換工作。

F：咦？怎麼了？現在的工作很無聊嗎？

M：不是啦，不是那個問題…。

F：那是薪水的問題？

M：不是，我對薪水也沒有特別不滿。

F：那是什麼問題呢？

M：嗯，因為我爸媽年紀都大了我有點擔心，想住在離他們更近一點的地方。

F：原來如此。我覺得你爸媽應該會很開心，不過要捨棄難得的工作不會有點可惜嗎？

M：這也是我猶豫的點，不過我好像找到了能活用我過去的經驗的工作。

F：是喔？

M：嗯，而且薪水好像還能比之前更高一點。所以我才想說要下定決心換工作。

F：哇，好棒喔。能找到好工作的話就太好了。那你有應徵了嗎？

M：嗯，我下禮拜要去面試。

F：這樣啊。那為了你的父母，面試要加油喔。

M：嗯，謝謝妳。

男性為什麼想要換工作呢？

1 因為現在的工作很無趣

2 因為對現在的薪水不滿

3 因為想住得離父母近一點

4 因為想從事能善用經驗的工作

解析 本題詢問男子想離職的理由。各選項的重點為 1「現在的工作很無趣」、2「不滿意現在的薪資」、3「想住得離父母近一點」、4「想從事能善用經驗的工作」。對話中，男子表示：

「両親も年を取ってきたし、心配だからもう少し近くに住みたいなあと思ってるんだよね（父母都上了年紀，因為擔心他們，想住在離他們近一點的地方）」，因此答案為 3 **両親の近くに住みたいから**（因為想住得離父母近一點）。1 並未覺得現在的工作無趣；2 並未對新資感到不滿；4 為離職後想做的事。

單字 **転職 てんしょく** 名 轉職、換工作｜**実は じつは** 副 其實
考える かんがえる 動 思考｜**給料 きゅうりょう** 名 薪水
特に とくに 副 特別地｜**不満 ふまん** 名 不滿
年を取る としをとる 上年紀、年歲增長｜**心配 しんぱい** 名 擔心
喜ぶ よろこぶ 動 開心｜**せっかく** 副 難得
キャリア 名 職業、職歷｜**捨てる すてる** 動 丟棄
残念だ ざんねんだ な形 可惜的｜**悩む なやむ** 動 煩惱、猶豫
経験 けいけん 名 經驗｜**生かす いかす** 動 活用
見つかる みつかる 動 找到｜**その上 そのうえ** 接 而且
上がる あがる 動 上升｜**だから** 接 因此
思い切る おもいきる 動 下定決心｜**すごい** い形 厲害的
申し込む もうしこむ 動 申請｜**面接 めんせつ** 名 面試

04

[音檔]

女の人と男の人が話しています。男の人はどうして引っ越さなければなりませんか。

F：近藤さん、今度引っ越すんだって?

M：そうなんだよ。急に引っ越さなきゃいけなくなっちゃったんだけど、いいところがなかなか見つからなくて困ってるんだ。

F：へえ、どうして急に?

M：アパートの前の道を広くするらしくて、アパートを壊すって言われちゃってさ。

F：えー、大変だね。

M：せっかくだから、今よりも駅に近くて便利なところがいいと思ってるんだけど、いい条件の部屋がなかなか見つからないんだよな。

F：そういうところはなかなか空きが出ないものね。今は引っ越す人が少ない時期だし、大変だね。

M：そうなんだよ。実はウサギを飼ってるからペットもオッケーのところじゃないとだめだし。できれば今より広くて、新しいほうがいいし。ベランダも広いほうがいいなあ。

F：そんなこと言ってたらなかなか見つからないよ。何かをあきらめないと難しいんじゃない?

M：やっぱりそうかな…。

男の人はどうして引っ越さなければなりませんか。

[題本]

1 アパートがこわされるから
2 今のアパートは駅から遠いから
3 ウサギをかっているから
4 もっと広くて新しいところがいいから

中譯 女性和男性在對話。男性為什麼必須搬家呢？

F：近藤，聽說你之後要搬家？

M：對啊。突然要搬家，害我很苦惱找不到什麼好地方。

F：咦？為什麼突然要搬？

M：我公寓前面的道路好像要拓寬，他們說公寓要拆掉。

F：這樣啊，真是辛苦你了。

M：我本來想說趁這次機會，找個離車站更近的地點，不過真的找不太到條件好的房間。

F：畢竟這種條件好的地方比較難會空出來吧。現在這個時間搬家的人又比較少，要找房子不太容易呢。

M：就是說啊。而且我其實有養兔子，所以必須要找可以養寵物的地方。可以的話，也希望能比現在的房間更寬更新。也希望有個寬廣的陽台。

F：你開這麼多條件的話不好找喔。不放寬一些條件的話應該很難找到住處吧？

M：我也覺得⋯。

男性為什麼必須搬家呢？

1 因為公寓要被拆掉了
2 因為現在的公寓離車站很遠
3 因為有養兔子
4 因為想住更寬敞更新的地方

解析 本題詢問男子必須搬家的理由。各選項的重點為 1「公寓要被拆除」、2「公寓離車站很遠」、3「有養兔子」、4「偏好更寬敞更新的地方」。對話中，男子表示：「**アパートを壊すって言われちゃってさ**（聽說要打掉公寓）」，因此答案為 1 **アパートがこわされるから**（因為公寓要被拆除）。2 對話中並未提到；3 僅提到現在有養兔子，與搬家無關；4 為理想的房子條件。

單字 **引っ越す ひっこす** 動 搬家｜**今度 こんど** 名 下次
急に きゅうに 副 突然地｜**なかなか** 副 不容易
見つかる みつかる 動 找到｜**壊す こわす** 動 破壞、拆除
せっかく 副 難得｜**条件 じょうけん** 名 條件｜**空き あき** 名 空
時期 じき 名 時期｜**ウサギ** 名 兔子｜**飼う かう** 動 飼養
オッケー 名 可以、沒問題｜**ベランダ** 名 陽台
あきらめる 動 放棄｜**やっぱり** 副 果然

05

[音檔]

ラジオでアナウンサーが男の人にインタビューしています。男の人は何が心配だと言っていますか。

聽解

F：地震などの災害が起きた時のために、何か準備されていますか。

M：なかなか完璧な準備はできませんが、お水とか簡単な災害用バッグは準備していますよ。

F：そうですか。では、実際に災害が起きた時は、慌てずに行動できそうですか。

M：いやあ。たぶん慌ててしまうんじゃないかと思いますよ。一応、準備はしてるけど、今までちゃんと考えたことはなかったなあ。そう考えると、いろいろと不安になっちゃいますね。もっといろいろなものを準備しておくべきかもしれません。

F：なるほど。ところで、ハザードマップで避難経路などは確認されていますか。

M：あ、それは確認していないです。そういえば、うちの近くには大きな川があるので、洪水になることも考えられますね。最近引っ越したばかりなので、どこが危ないところかまだ確認していませんでした。どの道を使ってどこに避難すればいいか全然わかりませんね。なんだか急に心配になってきました。

F：そうですか。すぐに確認が必要ですね。

M：そう思います。うちに帰ったらチェックします。

男の人は何が心配だと言っていますか。

[題本]

1 さいがいへの準備が足りないこと

2 さいがいの時にあわててしまうこと

3 こうずいが起きること

4 逃げる道順と場所を知らないこと

中譯 電台中主持人正在訪問男性。男性說他擔心的是什麼？

F：你平常有因應地震等災害發生的情況做什麼準備嗎？

M：雖然我沒有做非常完善的準備，不過我有準備水還有簡單的防災包。

F：這樣啊。那實際發生災難時，你覺得自己能不慌不忙的行動嗎？

M：不覺得。我覺得我應該會很慌忙。雖然是有做準備，不過我之前好像沒有認真想過這件事。這麼一想，覺得好像有很多讓人不安的地方。我好像應該再做其他準備才對。

F：這樣啊。那你有看過災害預測圖，確認過避難路線嗎？

M：喔，我沒有看過。這麼說來，我家附近有一條很大的河，也可能會發生洪水呢。我最近剛搬家，所以還沒有確認哪裡是危險的區域。我完全不知道應該走哪條路去哪裡避難比較好。莫名突然開始擔心起來了。

F：這樣啊。要趕快確認一下呢。

M：我也覺得。回家之後就馬上確認。

男性說他擔心的是什麼？

1 因應災害的準備不足

2 災害發生時會很慌亂

3 發生洪水

4 不知道逃生路線和地點

解析 本題詢問男子擔心的事情。各選項的重點為 1「因應災害的準備不足」、2「災難發生時會很慌張」、3「發生水災」、4「不知道逃生路線和地點」。對話中，男子表示：「**どの道を使ってどこに避難すればいいか全然わかりませんね。なんだか急に心配になってきました**（我完全不曉得該走哪條路、該去哪裡避難。不知怎麼突然擔心了起來）」，因此答案為 4 **逃げる道順と場所を知らないこと**（不知道逃生路線和地點）。1 提到有準備避難包，並未表示沒有做好充分的準備；2 僅提到可能會感到慌張，但還是有做好準備；3 擔心的是不知道該去哪裡避難。

單字 **アナウンサー** 名主播、主持人 ｜ **インタビュー** 名訪談
心配 しんぱい 名擔心 ｜ **地震 じしん** 名地震
災害 さいがい 名災害 ｜ **起きる おきる** 動發生
準備 じゅんび 名準備 ｜ **なかなか** 副相當、非常
完璧だ かんぺきだ な形完美的、完整的
簡単だ かんたんだ な形簡單的
災害用バッグ さいがいようバッグ 名防災包
実際 じっさい 副實際上 ｜ **慌てる あわてる** 動慌張、恐慌
行動 こうどう 名行動 ｜ **たぶん** 副大概
一応 いちおう 副暫且、大致 ｜ **ちゃんと** 副確實地、好好地
考える かんがえる 動思考 ｜ **不安 ふあん** 名不安
ところで 接不過（表示話題轉換） ｜ **ハザードマップ** 名災害預測圖
避難経路 ひなんけいろ 名避難路線 ｜ **確認 かくにん** 名確認
洪水 こうずい 名洪水 ｜ **最近 さいきん** 名最近
引っ越す ひっこす 動搬家 ｜ **全然 ぜんぜん** 副完全（不）
なんだか 副總覺得 ｜ **急に きゅうに** 副突然地
チェック 名檢查、確認 ｜ **足りない たりない** 不足
逃げる にげる 動逃跑 ｜ **道順 みちじゅん** 名路線
場所 ばしょ 名地點

06

[音檔]

電気店で店員がカメラの説明をしています。このカメラの一番の特徴は何ですか。

M：こちらのカメラは、この春に発売したばかりの最新型です。今までのものと比べて、よりきれいな写真が撮れますし、小さくなって重さも軽くなっていますので持ち運びにとても便利です。何より、ほかのものと違う点は、カメラがある場所がわかるGPS機能が付いていることです。写真を撮った場所を記録しておくことができますし、もしも、失くしてしまったり、盗まれてしまった時でもこの機能を使って探すことができます。旅行な

どの大切な思い出の写真を失くしてしまって悲しい思いをしたというお客様の声をもとに作られました。また今までと同じく、タッチペンでの書き込みや、そのほかのいろいろな編集もできます。より安心して楽しくお使いいただける商品となっております。

このカメラの一番の特徴は何ですか。

[題本]

1 ほかのカメラよりきれいな写真がとれる
2 場所がわかる機能が付いている
3 小さくて軽く、持ち運びがしやすい
4 写真をいろいろと編集できる

中譯 家電用品店裡，店員正在介紹相機。這款相機最大的特點為何？

M：這台相機是今年春天剛推出的最新款。它能拍出比之前的相機更漂亮的照片，而且因為體積小重量輕，所以很方便攜帶。它跟其他相機相比最特別的是，它具有能顯示相機位置的 GPS 功能。既可以記錄下拍照的地點，萬一弄丟或被偷走的時候，也可以利用這個 GPS 功能找回相機。有客人因為遺失了旅遊回憶等有重要回憶的照片而感到非常難過，這台相機就是為此設計的。另外它也和之前的相機一樣，能用觸控筆在上面寫字或進行其他各式編輯。這是一款能讓人用得更安心、更快樂的相機。

這款相機最大的特點為何？

1 能拍出比其他相機更好看的照片
2 具備定位功能
3 體積小重量輕、方便攜帶
4 能夠對照片做各種編輯

解析 本題詢問相機最大的特色為何。各選項的重點為 1「拍出更漂亮的照片」、2「具備定位功能」、3「輕巧便於攜帶」、4「有多種編輯照片的方式」。對話中，男子提到：「**何より、ほかのものと違う点は、カメラがある場所がわかる GPS 機能が付いていることです**（最重要的是，有別於其他相機，它具備 GPS 功能，可顯示相機的所在位置）」，因此答案為 2 **場所がわかる機能が付いている**（具備定位功能）。1、3、4 為相機具備的基本功能。

單字 **電気店 でんきてん** 名 家電用品店｜**店員 てんいん** 名 店員
説明 せつめい 名 說明｜**特徴 とくちょう** 名 特徵
発売 はつばい 名 發售｜**最新型 さいしんがた** 名 最新型
比べる くらべる 動 比較｜**より** 副 比起｜**重さ おもさ** 名 重量
持ち運ぶ もちはこぶ 動 攜帶｜**何より なにより** 副 比其他都更…
場所 ばしょ 名 地點｜**機能 きのう** 名 功能｜**記録 きろく** 名 記錄
もしも 副 如果｜**失くす なくす** 動 遺失｜**盗む ぬすむ** 動 偷竊
探す さがす 動 找｜**思い出 おもいで** 名 回憶
悲しい かなしい い形 難過的｜**同じく おなじく** 副 一樣地、相同地
タッチペン 名 觸控筆｜**書き込み かきこみ** 動 寫上、寫入
編集 へんしゅう 名 編輯｜**安心 あんしん** 名 安心
商品 しょうひん 名 商品

問題3 概要理解

實力奠定

p.370

01 ①	02 ①	03 ①	04 ①	05 ②
06 ①	07 ②	08 ②	09 ②	10 ①

01

[音檔]

インタビューで男の人が話しています。

M：ドイツから来ました。電車で東京のいろいろなところに行きましたね。**駅の入り口に、エレベーターの場所や行き方を書いた看板などがもっと必要ではないかと思いました。**エレベーターがたくさんあるわけではないので、車椅子を使っている人のために、エレベーターがすぐ見つけられるよう、整備した方がいいと思います。

男の人は何について話していますか。

① 駅に案内の看板が少ないこと
② 駅にエレベーターが少ないこと

中譯 男性在訪談中說話。

M：我從德國來的。我搭電車去了東京的很多地方。我覺得車站入口應該需要設置更多有標示電梯位置和路線的指示板等等。因為車站裡並沒有很多電梯，所以應該要讓標示更完善，讓使用輪椅的人可以快速找到電梯的位置。

男性在談論的主題是什麼？

① 車站的導覽指示板很少
② 車站的電梯很少

單字 **ドイツ** 名 德國｜**東京 とうきょう** 名 東京｜**場所 ばしょ** 名 地點
行き方 いきかた 名 前往方式｜**看板 かんばん** 名 招牌、告示板
必要だ ひつようだ な形 必要的｜**車椅子 くるまいす** 名 輪椅
見つける みつける 動 找到｜**整備 せいび** 名 齊備
案内 あんない 名 引導、導覽

02

[音檔]

ラジオで女の人が話しています。

F：**今タピオカは結構人気がありますね。**紅茶などに入れて飲むとおいしいです。元々タピオカが好きだったので、そういう飲み物を売っている店が増えてきていることが嬉しいです。台湾で初めてタピオカを食べてみたんですが、その時は**日本でこんなにもたくさんの人がタピオカを楽しむようになるとは**思ってもなかったです。

女の人は何について話していますか。

① タピオカが流行していること

② タピオカをおいしく食べる方法

中譯 女性在廣播節目中說話。

F：**現在珍珠相當受歡迎呢。**加入紅茶等飲料中也非常美味。我本來就很喜歡珍珠，所以很開心看到販賣這些飲品的店家變得越來越多。我是在台灣第一次吃到珍珠的，那時我完全沒想到日本會像現在這樣有這麼多人喜歡珍珠產品。

女性在談論的主題是什麼？

① 珍珠蔚為流行一事

② 美味地享用珍珠的方法

單字 **タピオカ** 名 珍珠 ｜ **人気 にんき** 名 人氣
元々 もともと 副 原本、本來 ｜ **増える ふえる** 動 增加
嬉しい うれしい い形 開心地 ｜ **台湾 たいわん** 名 台灣
楽しむ たのしむ 動 享受 ｜ **流行 りゅうこう** 名 流行
方法 ほうほう 名 方法

03

[音檔]

商店街で男の人が話しています。

M：皆さん、1ヵ月後にラグビーのワールドカップが**開催**されることはご存知ですよね。ここはスタジアムと一番近い商店街です。今回の試合のために、観客はもちろん、外国から関係者もたくさん訪れて来るそうなので、**一緒にお客さんを迎える準備をするのはどうでしょうか**。たとえば、大会のマークが描いてある旗を用意して飾っておくとかですね。

男の人は何について話していますか。

① ラグビーのワールドカップの準備

② ラグビーの人気が高い理由

中譯 男性在商圈裡說話。

M：各位知道**一個月後會舉行橄欖球世界盃比賽**吧？這個商圈是離體育館最近的商圈。這次比賽不只會有觀眾前來，聽說也有許多國外的相關人士會到場。所以**大家要不要一起為了迎接客人做準備呢？**例如準備畫有比賽標誌的旗子作為裝飾等等。

男性在談論的主題是什麼？

① 為了橄欖球世界盃做的準備

② 橄欖球受歡迎的理由

單字 **ラグビー** 名 橄欖球 ｜ **ワールドカップ** 名 世界盃
開催 かいさい 名 舉行
ご存知だ ごぞんじだ 知道（知る之尊敬語）
スタジアム 名 體育館 ｜ **商店街 しょうてんがい** 名 商圈、商店街
今回 こんかい 名 這次 ｜ **試合 しあい** 名 比賽
観客 かんきゃく 名 觀眾 ｜ **もちろん** 副 當然
関係者 かんけいしゃ 名 相關人士 ｜ **訪れる おとずれる** 動 拜訪
迎える むかえる 動 迎接、歡迎 ｜ **準備 じゅんび** 名 準備
たとえば 副 舉例來說 ｜ **大会 たいかい** 名 大會 ｜ **マーク** 名 標誌
描く かく 動 描繪、畫 ｜ **旗 はた** 名 旗幟 ｜ **用意 ようい** 名 準備
飾る かざる 動 裝飾 ｜ **人気 にんき** 名 人氣 ｜ **理由 りゆう** 名 理由

04

[音檔]

空港で女の人が話しています。

F：これは、韓国語で「北海道へようこそ」と書いてある幕です。この幕を持ち、メロンゼリーなどを渡して韓国から飛行機で着いた人を迎えるというイベントです。このイベントを実施するのは、**今韓国から北海道に入ってくる飛行機が少なくなったためです。その分、観光客も減ってきました。**このイベントで、一人でも多くの観光客が安心して北海道に来てほしいです。

女の人は今の北海道はどうだと言っていますか。

① 観光客が減って困っている

② 観光客が多くて安心だ

中譯 女性在機場裡說話。

F：這個布條上面寫有韓語的「歡迎來到北海道」。本活動是要拿著這個布條迎接從韓國坐飛機前來的旅客，並送上哈密瓜果凍等禮物。之所以會舉辦這個活動，是因為**現在從韓國飛往北海道的飛機變少了。**觀光客數量也隨之減少。希望能藉由這個活動，能盡可能讓更多觀光客安心地來北海道。

女性說現在的北海道有什麼狀況？

① 因為觀光客減少很苦惱

② 因為觀光客很多而安心

單字 **韓国語 かんこくご** 名 韓語 ｜ **北海道 ほっかいどう** 名 北海道
幕 まく 名 布簾、布條 ｜ **メロンゼリー** 名 哈密瓜果凍
韓国 かんこく 名 韓國 ｜ **迎える むかえる** 動 迎接
イベント 名 活動 ｜ **実施 じっし** 名 實行
観光客 かんこうきゃく 名 觀光客 ｜ **減る へる** 動 減少
安心 あんしん 名 安心

05

[音檔]

研究所で男の人が話しています。

M：これから3週間、**海の深い所がどのくらい汚れているかについて調べていきます**。海がプラスチックのゴミで汚れている問題はよく知られていますが、**まだ海の深いところがどうなのかについては、よく分かっていませんでした**。そこで、今回は特に深さ1,200mから9,200mまでの海の底を調べることになりました。

男の人は海の深いところがどうだと言っていますか。

① プラスチックのゴミでとても汚れている

② 研究が進んでいなくてまだよく分かっていない

中譯 男性在研究所內說話。

M：未來三個禮拜，**我們要調查海底深處被汙染的程度**。大家都很清楚海洋被塑膠垃圾污染的問題，但我們卻**還不是很清楚海底深處的汙染狀況是如何**。因此，我們這次要特別研究深度在 1200 公尺至 9200 公尺的深海地帶。

男性說海底深處有什麼狀況？

① 受到嚴重的塑膠垃圾汙染

② 未曾進行研究，還不是很清楚

單字 **深い ふかい** い形 深的 ｜ **汚れる よごれる** 動 汙染、弄髒
調べる しらべる 動 調查 ｜ **プラスチック** 名 塑膠
ゴミ 名 垃圾 ｜ **知られる しられる** 動 為～所知 ｜ **そこで** 接 因此
今回 こんかい 名 這次 ｜ **特に とくに** 副 特別 ｜ **底 そこ** 名 底部
研究 けんきゅう 名 研究 ｜ **進む すすむ** 動 進行

06

[音檔]

食堂で男の人と女の人が話しています。

F：**6時10分までとは本当にぎりぎりだね。**

M：そうだよね。6時に会社を出たら、走らなきゃいけないし。

F：**せめて6時20分までにしてほしいな。**

M：ビールが半額っていうハッピーアワー自体はすごくいいんだけど、どうしてこんなに早く終わるんだよ。

F：そうね。この近所にこういう値段のビールってないから。本当にハッピーアワーだね。

女の人はハッピーアワーについてどう思っていますか。

① 終わる時間を延長してほしい

② ビールの値段を半額にしてほしい

中譯 餐廳裡男性和女性在對話。

F：**只到 6 點 10 分為止，時間真的很緊迫呢。**

M：對啊。6 點離開公司的話，必須用跑的才行。

F：**真希望至少能延長到 6 點 20 分。**

M：啤酒半價這樣的 happy hour 促銷本身是很棒啦，不過為什麼要這麼早結束呢？

F：對啊。這附近沒有能用這個價格喝到啤酒的地方。還真的是 Happy Hour 呢。

女性對於 Happy Hour 有什麼想法？

① 希望能延長結束時間

② 希望啤酒價格可以調為半價

單字 **ぎりぎり** 副 限度、極限 ｜ **せめて** 副 至少 ｜ **ビール** 名 啤酒
半額 はんがく 名 半價 ｜ **ハッピーアワー** 名 Happy Hour
自体 じたい 名 本身 ｜ **すごく** 副 非常 ｜ **近所 きんじょ** 名 附近
値段 ねだん 名 價格 ｜ **延長 えんちょう** 名 延長

07

[音檔]

会社で女の人と男の人が話しています。

M：あの先輩をオリエンテーションで見かけるとは。

F：誰のこと？もしかして田中先輩？

M：そうだよ。噂はたくさん聞いたけど、実際に見るのは初めてだよ。

F：すごく厳しくて怖い先輩らしいよ。

M：でも、**私は仕事が完璧な面は見習いたいよ。**

F：性格は別としてね。

男の人は先輩についてどう思っていますか。

① 厳しくて怖いと思う

② 仕事は完璧な人だと思う

中譯 女性和男性在公司裡對話。

M：我真沒想到會在新人訓練看到那位前輩。

F：你在說誰？該不會是田中前輩？

M：對啊。雖然聽過很多他的傳聞，不過我還是第一次看到他本人。

F：他好像是個很嚴厲很恐怖的前輩。

M：不過**我想要學習他工作很完美的一面。**

F：先不看性格的部分對吧？

男性對於前輩有什麼想法？

① 覺得他很嚴厲很恐怖

② 覺得他是工作上很完美的人

單字 **先輩 せんぱい** 名 前輩
オリエンテーション 名 新人介紹、新人訓練
見かける みかける 動 看見 ｜ **もしかして** 難道
噂 うわさ 名 傳言 ｜ **実際に じっさいに** 副 實際上
すごく 副 非常 ｜ **厳しい きびしい** い形 嚴厲的
怖い こわい い形 恐怖的 ｜ **完璧だ かんぺきだ** な形 完美的

見習う みならう動學習、仿效 | **性格 せいかく**名個性
別 べつ名別、另外

08

[音檔]
同窓会で男の人と女の人が話しています。

F：私は今、普通の会社員。事務の。
M：そうなんだ。高校のとき、よく絵を描いてたから、そういう仕事につくだろうと思ってた。
F：確かに絵を描くのは好きだったね。
M：今は好きじゃないの？全然描いてない？
F：好きじゃないとは言えないね。ただ、**自信がなくなってる。**今も描けるかどうか。

女の人は絵を描くことについてどう思っていますか。
① 絵を描くのが好きだったが今は好きではない
② 絵を描くことに自信がなくなっている

中譯 男性和女性在同學會上對話。

F：我現在是個普通的上班族，做行政業務。
M：這樣啊。妳在高中的時候經常畫畫，我還以為妳會從事相關的工作。
F：我以前確實喜歡畫畫。
M：現在不喜歡了嗎？完全沒有在畫了？
F：也不是說不喜歡。只是**失去自信了。**不知道現在還畫不畫得出來。

女性對於畫畫有什麼想法？
① 雖然以前喜歡畫畫但現在不喜歡
② 對畫畫失去了自信

單字 **普通 ふつう**名普通 | **会社員 かいしゃいん**名公司職員
事務 じむ名事務 | **高校 こうこう**名高中 | **描く かく**動畫畫
仕事につく しごとにつく 就職
確かだ たしかだな形確實的 | **全然 ぜんぜん**副完全（不）
ただ副只是 | **自信 じしん**名自信、信心

09

[音檔]
街で女の人と男の人が話しています。

M：あの、すみません。3時のイルカツアーに参加される方ですよね？
F：はい、そうですけど。
M：本当に申し訳ありませんが、**天気が急に悪くなってしまいまして中止になりました。**
F：えっ、そうですか。少し暗くなったなとは思ってましたが。
M：こっちはまだ大丈夫なんですが、海の方は風が強くなりまして危ないんです。では、**あちらでキャンセル手続きをしておりますので、ご案内いたします。**

男の人は何をしに来ましたか。
① ツアーの参加者を募集するため
② ツアーが中止されたことを知らせるため

中譯 女性和男性在路上對話。

M：那個，不好意思，請問是要參加 3 點的賞豚行程的客人嗎？
F：是的。
M：非常不好意思，**因為天氣突然變差，這個行程取消了。**
F：咦，這樣啊。我也覺得天色好像有點變暗了。
M：這邊天氣還好，不過海上風很強，非常危險。**那邊在辦理取消手續，我帶妳過去。**

男性過來的目的為何？
① 為了募集旅遊行程的參加者
② 為了告知旅遊行程取消了

單字 **イルカツアー** 名賞豚行程 | **参加 さんか**名參加
急に きゅうに副突然地 | **中止 ちゅうし**名中止
キャンセル名取消 | **手続き てつづき**名手續
案内 あんない名導覽、說明 | **参加者 さんかしゃ**名參加者
募集 ぼしゅう名募集、招募 | **知らせる しらせる**動告知

10

[音檔]
体育館で男の人と女の人が話しています。

F：お久しぶり。本当に会いたかった。最近どう？練習は。
M：試合があるから、皆頑張ってるよ。はるかはどう？就活はうまくいってる？
F：うん。東京の出版社に就職したの。それで、**皆に挨拶でもしようと思って。**
M：それはよかったね。あっちでちょっとだけ待ってて。皆呼んでくるから。

女の人は何をしに来ましたか。
① サークルの皆に挨拶するため
② 就活をするため

中譯 男性和女性在體育館內對話。

F：好久不見。我真的很想你。最近練習如何？
M：因為有比賽所以大家都很努力練習。妳呢？找工作順利嗎？
F：嗯。我找到了東京的出版社的工作。所以，**我也想跟大家打個招呼。**
M：太好了。妳在那邊等我一下，我叫大家過來。

女性此行的目的為何？

① **為了向社團全員打招呼**

② 為了找工作

單字 **最近 さいきん** 名 最近｜**試合 しあい** 名 比賽
頑張る がんばる 動 努力
就活 しゅうかつ 名 就業活動、找工作（就職活動之縮略語）
うまくいく 順利進行｜**東京 とうきょう** 名 東京
出版社 しゅっぱんしゃ 名 出版社
就職 しゅうしょく 名 就職、就業｜**挨拶 あいさつ** 名 問候
サークル 名 社團

實戰測驗 1

p.371

1 2　**2** 2　**3** 2　**4** 3　**5** 4

問題 3 試題卷上不會寫有任何內容。本題將針對對話整體內容進行提問。對話前不會提供問題。請先聽對話，再聽問題及選項，並從 1 至 4 的選項中選出最適合的答案。

1

[音檔]

テレビで女の人が話しています。

F：近年、町中に野生の動物が現れるという事件がたくさん起きています。特に問題となっているのがクマです。クマは例年、山に食べ物が少なくなる夏に山を下りてくることが多いのですが、ここ数年は食べ物があるはずの秋になっても、現れることがあります。これはクマの食べ物である木の実がたくさんできる年とあまりできない年があることが原因です。また、山の近くに住んでいた人々が村を離れることで過疎化が起こったことも原因の一つです。以前は、人が住む場所と、クマが住む場所は離れていました。その間には、人によって管理されていた場所があったのですが、現在、若い人がいなくなり、管理する人が減ったことで、クマがそこに入ってきました。つまり、クマの住む場所が人の町に近くなったのです。町に現れたクマは人や農業に被害を与えるため、有害な動物として扱われますが、クマの行動は社会や経済の問題と深く関わっているのです。

女の人は何について話していますか。

1 クマの山での食事の変化
2 クマが人の場所に現れる理由
3 クマが社会に与える影響
4 クマと経済の関係

中譯 女性在電視裡說話。

F：近年來城鎮中出現野生動物的事件頻傳。其中尤其會造成問題的是熊。往年熊較常在山中食物缺乏的夏季下山，不過近幾年即使到了應該有食物的秋季，還是會有熊出沒。這是因為熊平常食用的果實在有些年份會盛產，有些年份則較少結果。另外一個原因是，住在山區附近的人們逐漸搬離村落，造成人口過少的狀況。過去人類居住的地方和熊居住的地方是分開的。人與熊的棲地間會有由人類負責管理的區域。不過現在年輕人口外移，負責管理的人也減少，熊隻就會闖入這些區域。出現在城鎮裡的熊會對人類及農業造成危害，因此會被視為有害動物處理，不過熊的行動其實與人類社會與經濟問題有密不可分的關係。

女性在談論的主題為何？

1 熊在山上的攝食習慣變化
2 熊出現在人所居住的地點的理由
3 熊對社會造成的影響
4 熊與經濟的關係

解析 情境說明中僅提及一名女子，因此預計會針對該段話的主題或此人的中心思想出題。女子提及：「**野生の動物が現れるという事件**（出現野生動物的事件）」、「**木の実がたくさんできる年とあまりできない年があることが原因**（原因在於樹木有些年的結果很多，有些年則不太結果）」、以及「**過疎化が起こったことも原因**（人口過少也是原因之一）」。而本題詢問的是女子談論的內容為何，因此答案要選 2 **クマが人の場所に現れる理由**（熊出現在人居住的地方的理由）。

單字 **近年 きんねん** 名 近年｜**町中 まちなか** 名 城鎮中
野生 やせい 名 野生｜**現れる あらわれる** 動 出現
事件 じけん 名 事件｜**起きる おきる** 動 發生
特に とくに 副 尤其、特別｜**クマ** 名 熊｜**例年 れいねん** 名 往年
下りる おりる 動 下山｜**数年 すうねん** 名 數年
木の実 きのみ 名 樹木所結的果實｜**原因 げんいん** 名 原因
離れる はなれる 動 遠離、離開｜**過疎化 かそか** 名 人口過少
以前 いぜん 名 以前｜**場所 ばしょ** 名 地點
その間 そのあいだ 那之間｜**管理 かんり** 名 管理
現在 げんざい 名 現在｜**若い人 わかいひと** 名 年輕人
減る へる 動 減少｜**つまり** 接 也就是說｜**農業 のうぎょう** 名 農業
被害 ひがい 名 受害、受災｜**与える あたえる** 動 給予
有害 ゆうがい 名 有害｜**扱う あつかう** 動 對待、處理
行動 こうどう 名 行動｜**社会 しゃかい** 名 社會
経済 けいざい 名 經濟｜**深い ふかい** い形 深的
関わる かかわる 動 相關｜**食事 しょくじ** 名 飲食
変化 へんか 名 變化｜**影響 えいきょう** 名 影響
関係 かんけい 名 關係

2

[音檔]

ラジオで男の人が話しています。

M：最近、若い母親が赤ちゃんと電車に乗るときに、ベビーカーを使っていますよね。大都市だと電車も混んでいますので、ベビーカーのまま電車に乗ると迷惑だと感じる人も多いようです。しかし、ベビーカーをたたまない理由はたくさんあります。一番の理由は、荷物が多いことです。ベビーカーをたたむと、赤ちゃんを抱っこしなければいけません。そして、そこにベビーカーを持たなければなりません。その他にかばんも持っています。この状態で混んでいる電車の中で立つのは非常に難しいです。だから、たたみたくても、たためないんです。皆さん、赤ちゃんを連れたお母さんにどうか席を譲ってあげてください。そうすれば、ベビーカーをたたむことも容易になりますし、場所を取って申し訳ないと思うお母さんが少なくなります。しかし本当は、ベビーカーをそのまま使うことを許す社会になってほしいと思っています。

男の人は何について話していますか。

1 電車でベビーカーを使うことの良さ
2 電車内でベビーカーを使う理由
3 母親が申し訳ないと思う理由
4 電車内で席を譲る方法

中譯 男性在廣播節目中說話。

M：最近年輕媽媽帶嬰兒搭電車的時候會使用嬰兒車對吧？大都市裡的電車也相當擁擠，所以好像有不少人覺得，直接把嬰兒車推上電車會造成麻煩。不過其實這些媽媽之所以不將嬰兒車摺疊起來，是有許多原因的。其中最重要的原因是因為行李太多了。如果把嬰兒車折疊起來，媽媽就必須抱著小孩。但她們另外還提著包包。要在這種狀態下站立在擁擠的電車裡是非常困難的一件事。因此即使她們想把嬰兒車折疊起來，也沒辦法做到。請各位務必讓座給帶著嬰兒的媽媽。只要讓座，就能讓她們更容易折疊起嬰兒車，也就不會有那麼多媽媽因為佔用大家的空間感到不好意思了。不過我其實是希望，這個社會能夠成為就算媽媽直接帶著嬰兒車上電車，眾人也能夠體諒的社會。

男性在談論的主題為何？

1 在電車內使用嬰兒車的好處
2 在電車內使用嬰兒車的理由
3 媽媽感到不好意思的理由
4 在電車內讓座的方法

解析 情境說明中僅提及一名男子，因此預計會針對該段話的主題或此人的中心思想出題。男子提到：「**電車に乗るときに、ベビーカーを使っていますよね**（搭電車的時候，會用到嬰兒車）」、「**一番の理由は、荷物が多いことです**（最主要的原因在於有很多行李）」、以及「**この状態で混んでいる電車の中で立つのは非常に難しいです**（在這種狀態下，很難在擁擠的電車上站立）」。而本題詢問的是男子談論的內容為何，因此答案要選2**電車内でベビーカーを使う理由**（在電車上使用嬰兒車的理由）。

單字 **最近 さいきん** 名 最近 | **若い わかい** い形 年輕的
母親 ははおや 名 母親 | **赤ちゃん あかちゃん** 名 嬰兒
ベビーカー 名 嬰兒車 | **大都市 だいとし** 名 大都市
混む こむ 動 擁擠 | **迷惑 めいわく** 名 困擾、麻煩
感じる かんじる 動 感覺 | **たたむ** 動 折疊
理由 りゆう 名 理由 | **荷物 にもつ** 名 行李 | **抱っこ だっこ** 名 抱
他に ほかに 副 其他 | **状態 じょうたい** 名 狀態
非常に ひじょうに 副 非常 | **だから** 接 因此
連れる つれる 動 帶著 | **どうか** 副 懇請
席を譲る せきをゆずる 讓座 | **容易だ よういだ** な形 容易的
場所を取る ばしょをとる 佔空間 | **そのまま** 維持原樣
許す ゆるす 動 原諒、許可 | **社会 しゃかい** 名 社會
方法 ほうほう 名 方法

3

[音檔]

学校で先生が学生達に話しています。

M：えー、授業に入る前に話しておくことがあります。まず、出席ですが、この授業は15回です。どうしても出席できないときは、事前に連絡をすること。また、いかなる理由でも3回以上休んだ場合は、最後のテストが受けられません。毎年、お願いに来る学生がいますが、例外は認めませんので、注意してください。えー、それから、毎回事前に宿題として、読んでおくところを伝えておきますので、読んでいるものとして授業を進めます。必ず目を通しておいてください。7回目が終わったところで、レポート提出もあります。いずれにしても、まず出席しないことには成績が付けられません。よろしくお願いします。

先生は何について話していますか。

1 学生が休むときの注意
2 学生が守らなければいけないこと
3 テストと宿題の方法
4 この授業の成績の付け方

中譯 老師在學校裡對學生說話。

M：在開始上課之前我有些事想跟各位說。首先是出席的部分，這門課總共有 15 堂課。如果遇到真的無法出席的狀況，請提前跟我聯絡。另外無論什麼理由，只要缺席 3 次以上，就不能參加期末考試。每年都有學生來拜託我，不過我不會允許任何例外，請同學務必注意。嗯…接下來，我每次上課前都會告訴各位要事前預習的作業內容，所以

我在上課時會以各位已經看過內容為前提進行授課。請務必要先閱讀過預習內容。第 7 堂課結束時也要請各位交報告。不論如何，只要沒有出席我就沒辦法給分數。麻煩各位了。

老師在談論的主題為何？

1　學生請假時的注意事項

2　學生應該遵守的規則

3　考試及作業的進行方式

4　這堂課打成績的方式

解析　情境說明中僅提及一位老師，因此預計會針對該段話的主題或此人的中心思想出題。老師告知：「**出席できないときは、事前に連絡をすること**（無法出席時，請事先聯絡）」、「**必ず目を通しておいてください**（請務必要先瀏覽）」、以及「**レポート提出もあります**（還要繳交報告）」。而本題詢問的是老師談論的內容為何，因此答案要選 2 **学生が守らなければいけないこと**（學生應該遵守的事情）。

單字　**まず** 副首先｜**出席　しゅっせき** 名出席
どうしても 副無論如何｜**事前　じぜん** 名事前
連絡　れんらく 名聯絡｜**いかなる** 什麼樣的｜**理由　りゆう** 名理由
以上　いじょう 名以上｜**場合　ばあい** 名情況
最後　さいご 名最後｜**テストを受ける　テストをうける** 參加考試
例外　れいがい 名例外｜**認める　みとめる** 動認可、承認
注意　ちゅうい 名注意、留意｜**毎回　まいかい** 名每次
伝える　つたえる 動傳達、告知｜**進める　すすめる** 動進行
必ず　かならず 副一定｜**目を通す　めをとおす** 過目
レポート 名報告｜**提出　ていしゅつ** 名提出、提交
いずれにしても 不論如何
成績を付ける　せいせきをつける 打成績
守る　まもる 動遵守｜**方法　ほうほう** 名方法

4

[音檔]

会社の会議で女の人が話しています。

F：現在、多くの企業が導入している男性の育児休暇ですが、ご存知の通り、昨年から当社でも導入しました。しかし、昨年1年間で休暇を取った社員は3名だけでした。そこでこの制度について社内の男性社員にアンケートを実施した結果がこちらです。休暇を取らない理由として一番多かったのは、休暇が終わった後に仕事についていけるか不安だということでした。これは、育児休暇を取った女性社員が、休暇を取る前とは違う仕事をしたり、社内のシステムが変わることで苦労したりするのを見ているからだと思います。本当の問題点はここにあるのです。つまり、男性に休暇をもっと取ってもらうためには、女性の働く環境を変えなければいけないということがわかります。今後は休暇後のことについて、もっと考えるべきです。

女の人は何について話していますか。

1　男性の育児休暇の取り方

2　女性が育児休暇を取らない理由

3　育児休暇を取ることの問題点

4　育児休暇を取った社員の働き方

中譯　女性在公司會議上說話。

F：現在有許多企業開始導入男性育嬰假制度，各位都知道，我們公司去年開始也導入了。不過，去年一整年內請育嬰假的員工只有 3 名。這邊是我們針對這個制度，向公司內的男性員工進行問卷調查的結果。不請育嬰假的理由中，佔最多數的是因為擔心休完假回來無法跟上工作進度。我想這是因為這些男性員工看到，請育嬰假的女性員工在復職後做的是與請假前不同的工作，或因公司內部體制改變而感到苦惱的狀況。也就是說，要提升男性請假的比例，就必須要改變女性的工作環境。我們往後應該更進一步思考請假結束之後的相關制度。

女性在談論的主題為何？

1　男性請育嬰假的方式

2　女性不請育嬰假的理由

3　請育嬰假的問題點

4　請育嬰假的員工的工作方法

解析　情境說明中僅提及一名女子，因此預計會針對該段話的主題或此人的中心思想出題。女子提到：「**男性の育児休暇**（男性的育嬰假）」、「**休暇を取らない理由として一番多かったのは、休暇が終わった後に仕事についていけるか不安**（之所以不請假，最常見的理由是擔心休假結束後，能否跟得上工作）」、以及「**休暇を取る前とは違う仕事をしたり、社内のシステムが変わることで苦労**（像是從事與休假前不同的工作、或是因公司內部制度更改所苦）」。而本題詢問的是女子談論的內容為何，因此答案要選 3 **育児休暇を取ることの問題点**（休育嬰假的問題）。

單字　**現在　げんざい** 名現在｜**企業　きぎょう** 名企業
導入　どうにゅう 名導入、採用｜**男性　だんせい** 名男性
育児休暇　いくじきゅうか 名育嬰假
ご存じの通り　ごぞんじのとおり 如你所知
当社　とうしゃ 名本公司｜**休暇を取る　きゅうかをとる** 請假
社員　しゃいん 名職員｜**制度　せいど** 名制度
社内　しゃない 名公司內｜**アンケート** 名問卷調查
実施　じっし 名實施、實行｜**結果　けっか** 名結果
理由　りゆう 名理由｜**ついていく** 跟上
不安だ　ふあんだ な形不安的｜**女性　じょせい** 名女性
システム 名系統、體制｜**変わる　かわる** 動改變
苦労　くろう 名辛苦、痛苦｜**考える　かんがえる** 動思考

問題点 もんだいてん 名 問題點 ｜ **つまり** 接 也就是說
環境 かんきょう 名 環境 ｜ **変える かえる** 動 改變
今後 こんご 名 今後

5

[音檔]

レポーターが会社員の男の人に、昼食について聞いています。

F：こんにちは。テレビのインタビューですが、昼食はもうお済みですか。

M：ええ、午前中に取引先に行く用事があったので、終わってからこの近くで食べました。12時前に店に入ったので、空いていてよかったです。

F：そうですか。何を食べたか、教えていただけますか。

M：ここを真っ直ぐ行ったところに、いい和食の店があるんですよ。今日はそこで煮魚の定食を食べました。小さい店なんですが、新鮮な魚を使っていて、好みの味なんです。一緒に出てくる野菜も、農家から直接買っているとかで本当に野菜らしい味がして。今日も春の野菜の味が最高だったなあ。おすすめですよ。ちょっと値段が高めですけど。

F：そうなんですか。

M：月に1回ぐらいならいいかな、と。妻には内緒ね。

男の人は昼食で行った店についてどう言っていますか。

1 少し高いので、一人で行った
2 店が狭いので、入りにくかった
3 次は妻と一緒に行きたい
4 料理がとてもおいしかった

中譯 記者正向男性上班族詢問有關午餐的問題。

F：你好。這是電視台的訪問，請問你吃過午餐了嗎？

M：吃過了，我早上有事要前往客戶公司，因此結束後就在這附近吃了午餐。我是12點之前進到店裡的，店內很空真是太好了。

F：這樣啊。你可以告訴我們你吃了什麼嗎？

M：這邊往前直行有一家很棒的日式料理店。我今天在那邊吃了醬煮魚套餐。雖然是間小店，不過他們用的魚很新鮮，是我喜歡的味道。套餐附的青菜好像也是直接向農夫購買的，有真正的蔬菜的味道。今天春季蔬菜的味道也超級好吃。非常推薦喔。雖然價格有點貴啦。

F：是這樣啊。

M：我覺得一個月吃一次還可以。請不要告訴我老婆。

有關午餐吃的店家，男性說了什麼內容？

1 因為有點貴所以是一個人去的
2 因為店面很小，所以不容易進去
3 下次想跟妻子一起去吃
4 料理非常美味

解析 情境說明中提及有一名女記者和一名男子，因此預計會針對第二個提及的人（男子）的想法、或行為目的出題。對話中，男子回應：「**いい和食の店があるんですよ**（有一家不錯的日本料理店）」、「**新鮮な魚を使っていて、好みの味なんです**（使用新鮮的魚，是我偏好的味道）」、以及「**今日も春の野菜の味が最高だったなあ。おすすめですよ**（今天的春天蔬菜味道也很棒，真心向您推薦）」。而本題詢問的是男子針對他午餐去的餐廳說了什麼，因此答案要選4 **料理がとてもおいしかった**（食物非常好吃）。

單字 **インタビュー** 名 採訪、訪談 ｜ **昼食 ちゅうしょく** 名 午餐
済む すむ 動 完成、結束 ｜ **午前中 ごぜんちゅう** 名 上午
取引先 とりひきさき 名 客戶、有交易往來的公司
用事 ようじ 名 要做的事、事情 ｜ **空く すく** 動 空
真っ直ぐ まっすぐ 副 筆直地
和食の店 わしょくのみせ 名 日本料理店 ｜ **煮魚 にざかな** 名 醬煮魚
定食 ていしょく 名 套餐 ｜ **新鮮だ しんせんだ** な形 新鮮的
好み このみ 名 喜好、嗜好 ｜ **農家 のうか** 名 農夫、農家
直接 ちょくせつ 名 直接 ｜ **味がする あじがする** 有…的味道
最高だ さいこうだ な形 最棒的 ｜ **おすすめ** 名 推薦
値段 ねだん 名 價格 ｜ **高めだ たかめだ** な形 比較貴
月 つき 名 月 ｜ **妻 つま** 名 妻子 ｜ **内緒 ないしょ** 名 保密

實戰測驗 2

p.371

1 2	**2** 3	**3** 4	**4** 3	**5** 1

問題3試題卷上不會寫有任何內容。本題將針對對話整體內容進行提問。對話前不會提供問題。請先聽對話，再聽問題及選項，並從1至4的選項中選出最適合的答案。

01

[音檔]

講演会で女の人が話しています。

F：私はウェブサイトのデザインを仕事にしているのですが、最近、自分のデザインについてブログで説明することが多くなりました。デザインのことや仕事の情報などを文章にしています。そして、私と同じように自分の気持ちや考えを文章にして、インターネットを通じて発信するデザイナーが増えています。これはとてもいいことで、言葉にすることで「なんとなくこちらのほうがいい」というようなあいまいな部分が少なくなり、資料を書く時だけでなく、お客様に言葉で説明する時にも、わかりやすい話し方に変化していくのです。考え

を文章化することは、仕事の面でもとてもいいトレーニングなのです。

女の人は何について話していますか。

1 ブログで書いている内容
2 **文章を書くことのいい点**
3 文章のトレーニング方法
4 あいまいな話し方にしない方法

中譯 女性在發表演講。

F：我從事的是網站設計的工作。最近開始，我經常在部落格上介紹自己的設計。我會把設計與工作相關的資訊寫成文章。接著，有越來越多設計師開始跟我一樣將自己的心情和想法寫成文章發表在網路上。這是一件非常好的事，因為當我用文字描述工作後，一些「總覺得這樣比較好」之類模擬兩可的部分變少了。而且不只是在寫資料的時候如此，連向客戶口頭說明時，我的說話方式也變得清楚好懂。將想法寫成文章，對於工作來說也是一個相當有用的練習。

女性在談論的主題為何？

1 部落格裡寫的內容
2 **寫文章的好處**
3 訓練寫作的方法
4 避免曖昧不明的說話方式的方法

解析 情境說明中僅提及一名女子，因此預計會針對該段話的主題或此人的中心思想出題。女子提到：「**デザインのことや仕事の情報などを文章にしています**（把有關設計和工作的資訊寫成文章）」、「**あいまいな部分が少なくなり**（模稜兩可的部分減少）」、「**お客様に言葉で説明する時にも、わかりやすい話し方に変化**（向客戶解說時，也能轉換成淺顯易懂的說話方式）」、以及「**考えを文章化することは、仕事の面でもとてもいいトレーニング**（把想法寫成文字，在工作方面也是種很好的訓練）」。而本題詢問的是女子談論的內容為何，因此答案要選 2 **文章を書くことのいい点**（寫作的好處）。

單字 **ウェブサイト**图網站 | **デザイン**图設計
最近 さいきん副最近 | **ブログ**图部落格 | **説明 せつめい**图說明
情報 じょうほう图資訊 | **文章 ぶんしょう**图文章
気持ち きもち图情緒、心情 | **考え かんがえ**图想法
インターネット图網路 | **発信 はっしん**图傳達訊息
デザイナー图設計師 | **増える ふえる**動增加
なんとなく副不知為何、總覺得 | **あいまいだ**な形曖昧不明的
部分 ぶぶん图部分 | **資料 しりょう**图資料
お客様 おきゃくさま图客戶、客人
話し方 はなしかた图說話方式 | **変化 へんか**图變化
文章化 ぶんしょうか图文章化、寫成文章
トレーニング图訓練 | **内容 ないよう**图內容
方法 ほうほう图方法

02

[音檔]

テレビで男の人が話しています。

M：子供というのは、本来虫に興味があるものです。小さくて動くもの、きれいな羽を持っているもの。男の子でも女の子でも、虫に興味を持つのは自然なことです。虫の写真が表紙のノートを、気持ち悪いから売らないでほしいという人がいますが、これはとんでもないことです。子供たちが好きなものを、気持ち悪いなんて言わないでください。これは虫だけの話ではありません。子供が興味を持ったものをよくないと否定すると子供の成長を止めてしまいます。科学や社会についての好奇心をつぶしてしまいます。どうか子供の周りにいる大人達は、子供の気持ちを見守ってあげてください。

男の人が伝えたいことは何ですか。

1 子供は虫が好きだということ
2 虫の写真がついたノートを売ってほしいということ
3 **子供の好きなものを否定しないでほしいということ**
4 大人は子供を見守る義務があるということ

中譯 男性在電視裡說話。

M：小朋友本來就會對蟲子有興趣。像小小的會動的蟲子、有漂亮翅膀的蟲子。不管是男孩或女孩，對蟲感興趣是很自然的事。有人覺得以蟲子的照片作為封面的筆記本很噁心，所以請求商家不要販售，這是一件相當荒唐的事。請各位不要說孩子們喜歡的東西噁心。不只是蟲子，如果否定了孩子感興趣的事物，說這些東西不好，會中斷孩子的成長。這是在摧毀孩子對科學及社會的好奇心。請孩子身邊的大人們好好守護孩子們的情感。

男性想表達的內容為何？

1 小孩喜歡蟲子
2 希望商家販賣有蟲子的照片的筆記本
3 **希望眾人不要否定孩子喜歡的事物**
4 大人有守護孩子的義務

解析 情境說明中僅提及一名男子，因此預計會針對該段話的主題或此人的中心思想出題。男子提到：「**子供というのは、本来虫に興味があるものです**（孩子本來就會對昆蟲感興趣）」、「**子供たちが好きなものを、気持ち悪いなんて言わないでください**（對於孩子喜歡的東西，請不要說很噁心之類的話）」、以及「**否定すると子供の成長を止めてしまいます**（如果否定孩子，便會阻止他的成長）」。而本題詢問的是男子想傳達的內容為何，因此答案要選 3 **子供の好きなものを否定しないでほしいということ**（建議不要否定孩子喜歡的東西）。

聽解

單字 **本来 ほんらい** 名 本來 | **虫 むし** 名 蟲子 | **興味 きょうみ** 名 興趣
動く うごく 動 動 | **羽 はね** 名 羽毛、翅膀
自然だ しぜんだ な形 自然的 | **表紙 ひょうし** 名 封面
気持ち きもち 名 心情 | **とんでもない** 荒謬 | **否定 ひてい** 名 否定
成長 せいちょう 名 成長 | **止める とめる** 動 停下、中止
科学 かがく 名 科學 | **社会 しゃかい** 名 社會
好奇心 こうきしん 名 好奇心 | **つぶす** 名 碾碎、弄壞
どうか 副 懇請 | **周り まわり** 名 周遭
見守る みまもる 動 守護 | **義務 ぎむ** 名 義務

03

[音檔]

女の学生が授業で調査の結果を発表しています。

F：私は今回まず、インターネットの使用について興味を持ちました。これは、政府が調べたデータですが、現在13歳から59歳までの年齢では、90％以上の人々がインターネットを使っています。しかし、注目すべきはここです。インターネットを使うときに、何を使っているかです。日本ではほとんどの人がスマートフォンを使っていて、パソコンを使っている人は約７割。13歳から19歳ですと半分程度です。これは、他の先進国と大きく違う点です。そこで私は、学生達を対象に、いつからパソコンを使うようになったのか、アンケートを行いました。予想通り、大学に入ってからと答えた人が６割を超えていました。レポートを書く必要があるため、大学で使用するという人が多く、自分のパソコンを持っている人もおよそ６割です。また、スマートフォンがあれば困らないと考えている人が多いこともわかりました。

女の学生は何の調査を行ったと言っていますか。

1 インターネットを使うときに使う物
2 スマートフォンを使う人の割合
3 パソコンを持っている人の数
4 パソコンを使い始めた時期

中譯 女學生在課堂上發表調查的結果。

F：首先，這次我對網路的使用狀況有點興趣。這是政府的調查資料，現在 13 歲至 59 歲的年齡層中，有 90%以上的人都有使用網路。不過這裡有一個重點。就是這些人在使用網路的時候，是使用什麼上網的。日本大部分的人都有使用智慧型手機，使用電腦的人大約有 7 成。如果只看 13 歲至 19 歲的年齡層的話，大概是佔一半左右。這是日本與其他先進國家相比一個很大的差異點。所以我以學生為調查對象進行問卷調查，詢問大家是從什麼時候開始使用電腦的。結果跟我預期的相同，回答上大學之後才開始用電腦的人數佔了 6 成以上。很多人都說因為要寫報告，所以上大學後會用電腦。擁有自己的電腦的人也差不多是 6 成左右。另外，也有許多人認為只要有智慧型手機就可以了。

女學生說自己進行了什麼調查？

1 上網時所使用的工具
2 使用智慧型手機的人的比例
3 擁有電腦的人數
4 開始使用電腦的時期

解析 情境說明中僅提及一名女學生，因此預計會針對該段話的主題或此人的中心思想出題。女學生表示：「**いつからパソコンを使うようになったのか、アンケートを行いました**（針對從什麼時候開始使用電腦，我做了一項問卷調查）」。而本題詢問的是女學生做的調查為何，因此答案要選 4 **パソコンを使い始めた時期**（開始使用電腦的時間）。

單字 **今回 こんかい** 名 這次 | **まず** 副 首先 | **インターネット** 名 網路
使用 しよう 名 使用 | **興味 きょうみ** 名 興趣 | **政府 せいふ** 名 政府
調べる しらべる 動 調查 | **データ** 名 數據
現在 げんざい 名 現在 | **年齢 ねんれい** 名 年齡
以上 いじょう 名 以上 | **注目 ちゅうもく** 名 注目、關注
日本 にほん 名 日本 | **ほとんど** 副 大部分
スマートフォン 名 智慧型手機 | **パソコン** 名 個人電腦
割り わり 名 比例、十分之一 | **程度 ていど** 名 左右、程度
先進国 せんしんこく 名 先進國家 | **対象 たいしょう** 名 對象
アンケート 名 問卷調查 | **行う おこなう** 動 進行
予想通り よそうどおり 如同預測 | **超える こえる** 動 超過
レポート 名 報告 | **必要 ひつよう** 名 必要
およそ 副 大概 | **考える かんがえる** 動 思考
割合 わりあい 名 比例 | **時期 じき** 名 時期
使い始める つかいはじめる 動 開始使用

04

[音檔]

会社で女の人と男の人が話しています。

M：小林さん、お客さんからチョコレートもらったんだけど、食べませんか。

F：ありがとう。いただきます。お客さんって、午前中に来ていた方？

M：そう。今度新しい工場を作るらしくて。

F：へー、それで挨拶に来たの？

M：うん、それもあるけど、工場で使う機械のことで相談されたんだ。悪いけど、小林さん、資料を作るの、手伝ってくれない？

F：その会社に説明しに行くの？

M：うん、あさって。機械のことは小林さんが一番よく知っているから、教えてほしいんだ。

F：仕方ないなあ。チョコレート食べちゃったし。手伝うわ。

男の人は何をしに来ましたか。

1 チョコレートを食べるため

2 挨拶をするため

3 手伝いを頼むため

4 機械の相談をするため

中譯 女性和男性在公司裡對話。

M：小林，客戶送我巧克力，妳要吃嗎？

F：謝謝。我不客氣了。你說的客戶是早上來的那位嗎？

M：對啊。他們好像接下來要蓋新工廠。

F：這樣啊。然後他是來打招呼的？

M：嗯…有一部分是，另外他想來詢問在工廠裡使用的機器的事。不好意思，可以麻煩妳幫我製作資料嗎？

F：你要去那個公司做介紹嗎？

M：對，後天要去。妳最清楚機器相關的事了，我想請妳教教我。

F：真拿你沒辦法。我都吃了你的巧克力了。我會幫你的。

男性前來的目的為何？

1 為了吃巧克力

2 為了打招呼

3 為了請求協助

4 為了討論機器的事

解析 情境說明中提及有一名女子和一名男子，因此預計會針對第二個提及的人（男子）的想法、或行為目的出題。對話中，男子表示：**「資料を作るの、手伝ってくれない？**（能幫我製作資料嗎？）」。而本題詢問的是男子來做什麼，因此答案要選 3 **手伝いを頼むため**（為尋求幫助）。

單字 **お客さん おきゃくさん** 名 客戶、客人｜**チョコレート** 名 巧克力
午前中 ごぜんちゅう 名 上午｜**今度 こんど** 名 這次、下次
工場 こうじょう 名 工廠｜**挨拶 あいさつ** 名 打招呼、問候
機械 きかい 名 機器｜**相談 そうだん** 名 諮詢、商量
資料 しりょう 名 資料｜**手伝う てつだう** 動 幫忙、協助
説明 せつめい 名 說明｜**仕方ない しかたない** い形 沒辦法
手伝い てつだい 名 協助

05

[音檔]

ラジオで女の人がインタビューを受けています。

M：今年は多くのテレビドラマや映画にご出演なさっていましたが、この1年で、印象に残っている作品は何でしょうか。

F：どの作品も楽しくお仕事をさせていただきましたが、中でも『青空』というテレビドラマが印象深いですね。初めてテレビドラマで主役をいただいて、半年間、全力で取り組みました。ドラマの中では歌を歌うシーンもあったので、歌の練習もたくさんしましたし、充実した半年間でした。このドラマに出たことをきっかけに、その後映画のお仕事をたくさんもらうようになって、とても忙しい1年だったと思います。少し忙しすぎて、自分の時間が取れなかったので、来年はもう少し仕事を減らして、ダンスのトレーニングをしたいと思っています。

この女の人は、今年はどうだったと言っていますか。

1 テレビドラマに出て、仕事が増えた

2 テレビドラマに出つつ、映画の仕事をした

3 テレビドラマに1年出て、充実していた

4 テレビドラマや映画に出てから、歌を歌った

中譯 女性在廣播節目裡接受訪問。

M：您今年有參演許多電視劇和電影，請問您這一年來印象最深刻的電影是什麼呢？

F：雖然每一個作品都讓我工作得很開心，不過其中《青空》這部電視劇讓我印象很深刻。這是我第一次接下電視劇的主角，我在半年的期間內全心全力的投入其中。電視劇裡也有唱歌的場面，所以我也很努力練習唱歌，那半年真的很充實。後來我也因演出這部電視劇，接到了許多電影的工作機會，這一年非常的忙碌。因為有點太忙了，沒能擁有自己的時間，所以我在想明年要稍微再減少一些工作，花時間練習舞蹈。

這名女性形容今年如何？

1 參演電視劇，工作增加了

2 一邊參演電視劇，一邊進行電影的工作

3 花了一年拍電視劇，非常充實

4 參演電視劇跟電影後唱歌

解析 情境說明中僅提及一名女子，因此預計會針對該段話的主題或此人的中心思想出題。女子表示：**「このドラマに出たことをきっかけに、その後映画のお仕事をたくさんもらうようになって、とても忙しい1年だったと思います**（參演這部電視劇後，接到了很多電影作品，我覺得今年是非常忙碌的一年）」。而本題詢問的是女子對於今年的感想，因此答案要選 1 **テレビドラマに出て、仕事が増えた**（演出電視劇後，工作量增加）。

單字 **テレビドラマ** 名 電視劇｜**出演 しゅつえん** 名 參演
なさる 動 做（する之尊敬語）｜**印象 いんしょう** 名 印象
残る のこる 動 殘留、留下｜**作品 さくひん** 名 作品
させていただく 做（する之謙讓表現）
印象深い いんしょうぶかい 印象深刻

聽解

主役 しゅやく名主角、主演 | **半年間 はんとしかん**名半年期間
全力 ぜんりょく名全力 | **取り組む とりくむ**動投入、努力
シーン名場景 | **充実 じゅうじつ**名充實 | **きっかけ**名契機
その後 そのご副那之後
時間を取る じかんをとる 爭取時間、挪出時間
減らす へらす動減少 | **ダンス**名舞
トレーニング名訓練、練習 | **増える ふえる**動增加

實戰測驗 3

p.371

1 1　**2** 1　**3** 4　**4** 1　**5** 2

問題 3 的試題卷上不會寫有任何內容。本題將針對對話整體內容進行提問。對話前不會提供問題。請先聽對話，再聽問題及選項，並從 1 至 4 的選項中選出最適合的答案。

01

[音檔]

テレビでアナウンサーが話しています。

F：今は昔よりも人や文化の行き来が増えたことで、いろんな国のものが国内に入ってきやすくなりました。そのため、最近ではほかの国で流行しているものが日本でも一気に流行するという現象が起こっています。少し前だと、アサイーというフルーツが若い女性たちの間で美容に良いと評判になりました。特に今年は台湾のタピオカや、韓国のチーズドックなど、持ち歩いて食べるのに適したものが人気となりました。

アナウンサーは何について話していますか。

1 外国の食べ物が流行する理由
2 今流行している食べ物
3 美容にいい食べ物
4 歩きながら食べられる食べ物

中譯 主持人在電視上說話。

F：比起過去，現今人與文化的往來增加了，因此各國的事物都變得更容易進入國內。所以最近有一個現象，即是在其他國家流行的事物也會同步在日本流行起來。不久之前，一種名叫巴西莓的水果因為能養顏美容而在年輕女性間大受好評。另外今年特別流行適合邊走邊吃的食物，例如今年台灣的珍珠以及韓國的起司炸熱狗等。

主持人在談論的主題為何？

1　外國的食物成為流行的原因
2　現在流行的食物
3　有益於養顏美容的食物
4　能夠邊走邊吃的食物

解析 情境說明中僅提及一名主播，因此預計會針對該段話的主題或此人的中心思想出題。主播提到：「**いろんな国のものが国内に入ってきやすくなりました**（各國的東西越來越容易進到國內）」、以及「**そのため、最近ではほかの国で流行しているものが日本でも一気に流行するという現象が起こっています**（因此，最近在其他國家流行的東西，也迅速在日本流行起來）」。而本題詢問的是主播談論的內容為何，因此答案要選 1 **外国の食べ物が流行する理由**（流行外國食物的理由）。

單字 **昔 むかし**名以前 | **文化 ぶんか** 名文化 | **行き来 いきき**名往來
増える ふえる動增加 | **国内 こくない**名國內 | **そのため**接因此
最近 さいきん名最近 | **流行 りゅうこう**名流行
日本 にほん名日本 | **一気に いっきに**副同時、一齊
現象 げんしょう名現象 | **起こる おこる**動發生
アサイー名巴西莓 | **フルーツ**名水果 | **若い わかい**い形年輕的
女性 じょせい名女性 | **美容 びよう**名美容
評判になる ひょうばんになる 大受好評 | **特に とくに**副特別是
台湾 たいわん名台灣 | **タピオカ**名珍珠 | **韓国 かんこく**名韓國
チーズドック名起司熱狗棒 | **持ち歩く もちあるく**動帶著走
適する てきする動適合 | **人気 にんき**名人氣
理由 りゆう名理由

02

[音檔]

講演会で男の人が話しています。

M：現在、仕事や家事、友人との付き合いなど、皆さん、忙しい毎日を送っているでしょう。自由な時間がないと思っているのではないでしょうか。そこで大切なのが時間管理です。時間管理というとスケジュールを作ってその通りに生活することだと考える人もいて、そんな面倒なことはしたくない、仕事じゃないんだからという声もありますが、人生の中でやりたいことを本当に実現するためには、これこそが鍵なのです。時間管理を身に付けると、必ず自由な時間が作れるようになります。すべきことがはっきりとわかるので、無駄な行動が少なくなるからです。様々な時間管理の方法がありますが、必ずご自分に合った方法があるはずです。

男の人は何について話していますか。

1 時間管理を勧める理由
2 やりたいことをする人生
3 無駄な行動が多い原因
4 自分に合った方法の探し方

中譯 男性在演講。

M：我想各位現在每一天都過著忙碌的生活吧。要忙工作、家

事、跟朋友社交等等。各位是否覺得自己沒有自由時間呢？這時最重要的即是時間管理。提到時間管理，有些人想到的應該是建立行事曆，並按照行事曆過生活。也有些人會因為這麼做很麻煩而不想如此生活，認為生活又不是工作。而這正是時間管理的關鍵。只要養成時間管理的習慣，一定能挪出自由時間。這是因為該做的事都非常明確，因此能夠減少不必要的行動。時間管理的方法有很多種，我想其中一定會有符合你自己的方式。

男性在談論的主題為何？

1　推薦時間管理的理由

2　做自己想做的事的人生

3　有很多不必要的行動的原因

4　尋找適合自己的方式的方法

解析 情境說明中僅提及一名男子，因此預計會針對該段話的主題或此人的中心思想出題。男子提出：「**大切なのが時間管理**（重要的是時間管理）」、以及「**時間管理を身に付けると、必ず自由な時間が作れるようになります。すべきことがはっきりとわかるので、無駄な行動が少なくなるからです**（一旦學會了時間管理，一定能騰出自由的時間。因為你明確知道該做什麼，便能減少不必要的行動）」。而本題詢問的是男子談論的內容為何，因此答案要選 1 **時間管理を勧め理由**（推薦時間管理的理由）。

單字 **現在 げんざい**名現在｜**家事 かじ**名家事｜**友人 ゆうじん**名朋友
付き合い つきあい名交往、往來｜**送る おくる**動送、度過
自由だ じゆうだな形自由的｜**そこで**接因此
時間管理 じかんかんり名時間管理
スケジュール名行程表、日程表
生活 せいかつ名生活｜**考える かんがえる**動思考
面倒だ めんどうだな形麻煩的｜**人生 じんせい**名人生
実現 じつげん名實現｜**鍵 かぎ**名關鍵、鑰匙
身に付ける みにつける 習得技術、養成習慣
必ず かならず副一定｜**はっきり**副清楚地
無駄だ むだだな形徒勞的｜**行動 こうどう**名行動
様々だ さまざまだな形各式各樣的｜**方法 ほうほう**名方法
合う あう動適合｜**勧める すすめる**動推薦
原因 げんいん名原因｜**探す さがす**動尋找

03

[音檔]

テレビで男の人がインタビューに答えています。

F：いよいよ明日がオープンですね。

M：はい。最初は資金が集まらなくて苦労しましたが、アイデアには自信があったので、何とか実現したいという思いで頑張ってきました。映画の世界を体験できるレストランということで、料理はもとより、照明や音楽にもこだわっています。照明は、劇場や映画館のデザインが専門のデザイナーにお願いし、週末には、プロのバンドによる映画音楽の演奏も予定しています。年齢や性別を問わず、多くの方にお越しいただきたいです。

男の人は何について話していますか。

1 明日公開の映画

2 映画館のデザイン

3 バンドのコンサート

4 新しいレストラン

中譯 男性在電視上接受訪問。

F：明天終於就是開幕日了呢。

M：對。一開始募集不到資金非常辛苦，不過我對自己的想法有信心，所以我抱著想用盡方法實現它的心態持續付出努力。這是一家能夠體驗電影世界的餐廳，料理不用說，我們對照明和音樂都有一定的堅持。照明是請專門設計劇場和電影院照明的設計師設計的，周末也預計會安排專業樂團來演奏電影音樂。不論年齡或性別，希望能有很多人光臨。

男性談論的主題為何？

1　明天要上映的電影

2　電影院的設計

3　樂團的演奏會

4　新餐廳

解析 情境說明中僅提及一名男子，因此預計會針對該段話的主題或此人的中心思想出題。男子表示：「**映画の世界を体験できるレストランということで、料理はもとより、照明や音楽にもこだわっています**（作為一家能體驗電影世界的餐廳，我們不僅注重餐點，連燈光和音樂都很講究）」。而本題詢問的是男子談論的內容為何，因此答案要選 4 **新しいレストラン**（新的餐廳）。

單字 **いよいよ**副終於｜**オープン**名開幕｜**最初 さいしょ**名最初
資金 しきん名資金｜**集まる あつまる**動募集、集結
苦労 くろう名辛苦｜**アイデア**名想法、主意
自信 じしん名自信、信心｜**実現 じつげん**名實現
思い おもい名想法｜**頑張る がんばる**動努力
世界 せかい名世界｜**体験 たいけん**名體驗
もとより副當然、不用說｜**照明 しょうめい**名照明
こだわる動堅持、執著｜**劇場 げきじょう**名劇場
映画館 えいがかん名電影院｜**デザイン**名設計
専門 せんもん名專門、專長｜**デザイナー**名設計師
プロ名專家｜**バンド**名樂團
映画音楽 えいがおんがく名電影音樂｜**演奏 えんそう**名演奏
予定 よてい名預定、預計｜**年齢 ねんれい**名年齡
性別 せいべつ名性別
お越しいただく おこしいただく 光臨（来てもらう之謙讓語）
公開 こうかい名公開｜**コンサート**名演唱會

聽解

04

[音檔]

ラジオで医者が話しています。

F：風邪の予防といえば、手洗いとうがいを思い浮かべる人が多いと思いますが、実は、しっかりと睡眠をとることも、風邪を防ぐのに効果的なんですよ。睡眠不足が続くと、体が元々持っている力が弱くなってしまうんです。加えて、食事を三食しっかりと取ることも重要です。細かい栄養バランスを気にするよりも、毎日決まった時間に食べるようにしてください。つまり、基本的な生活習慣を身に付けることが大切なんですね。

医者は何について話していますか。

1 **風邪の予防方法**

2 手洗いとうがいの効果

3 睡眠不足の原因

4 食事の重要性

中譯 醫師在廣播節目中說話。

F：提到預防感冒，我想有很多人會聯想到洗手和漱口，不過其實充足睡眠也能有效的預防感冒喔。因為長期的睡眠不足會導致身體原有的力量漸漸變弱。此外，每天確實吃三餐也很重要。比起去細細計較營養是否均衡，請各位更注重每天在固定的時間吃飯。也就是說，養成基本生活習慣是很重要的。

醫師所談論的主題為何？

1　預防感冒的方法

2　洗手和漱口的效果

3　睡眠不足的原因

4　吃飯的重要性

解析 情境說明中僅提及一位醫生，因此預計會針對該段話的主題或此人的中心思想出題。醫生提出：「**風邪の予防といえば**（談到預防感冒）」、「**実は、しっかりと睡眠をとることも、風邪を防ぐのに効果的**（其實好好睡上一覺，便能有效預防感冒）」、以及「**食事を三食しっかりと取ることも重要**（三餐按時吃飯也很重要）」。而本題詢問的是醫生談論的內容為何，因此答案要選 1 **風邪の予防方法**（預防感冒的方法）。

單字 **予防 よぼう** 名 預防 | **手洗い てあらい** 名 洗手 | **うがい** 名 漱口
思い浮かべる おもいうかべる 動 想起 | **実は じつは** 副 其實
しっかり 副 確實地 | **睡眠をとる すいみんをとる** 睡覺
防ぐ ふせぐ 動 防止、預防 | **効果的だ こうかてきだ** な形 有效的
睡眠不足 すいみんぶそく 名 睡眠不足 | **続く つづく** 動 持續
元々 もともと 副 原本 | **加える くわえる** 動 加上
三食 さんしょく 名 三餐 | **重要だ じゅうようだ** な形 重要的
細かい こまかい い形 仔細的、瑣碎的
栄養バランス えいようバランス 名 營養均衡
気にする きにする 在意 | **決まる きまる** 動 決定、規定
つまり 副 也就是說 | **基本的だ きほんてきだ** な形 基本的
生活習慣 せいかつしゅうかん 名 生活習慣
身に付ける みにつける 養成習慣 | **方法 ほうほう** 名 方法
効果 こうか 名 效果 | **原因 げんいん** 名 原因
重要性 じゅうようせい 名 重要性

05

[音檔]

ラジオで女の人が話しています。

F：私達の企業では、お客様の声を商品に反映させることを大切にしています。数か月前のことですが、素材はいいが、もう少しおしゃれなデザインの服を作ってくれないかという意見が届いたんです。私達の売っている服は、シンプルなデザインと素材の良さを大切にした商品で、長く使ってほしいものが多いのですが、そうなるとどうしても、流行に合わせたデザインの服は作れないと考えていました。しかし、私達はシンプルで美しい服にこだわり過ぎていたのではないかと、反省したんです。そこで今回、新しいデザイナーを迎えて、挑戦したのが、来週オープンする店の服です。意見をくださった方にも、満足していただけるのではと思っております。

女の人は何について話していますか。

1 企業が大切にしている素材の良さ

2 **流行に合う服を売ることにした理由**

3 新しい店で売る服のデザイナー

4 お客様を満足させるためにすること

中譯 女性在廣播節目中說話。

F：我們企業相當重視將客人的意見反映在商品上一事。幾個月前，有個客人提出意見說我們的材質很好，但希望我們做出更時尚的衣服。我們所販賣的是注重簡潔設計與優良材質的衣服，大部分都是希望客人能久穿的產品。在這樣的前提下，我們過去都認為自己難以做出符合流行時尚的設計。不過我們做出了反省，反思自己是不是太執著於做出簡潔美麗的衣服。因此下周要開幕的新店舖所販售的，即是這次我們請來新的設計師挑戰做出的產品。我想這些衣服也能滿足當初給我們這個意見的客人。

女性所談論的主題為何？

1　企業重視的優良材質

2　決定販賣符合潮流的衣服的理由

3　要在新店舖販賣的衣服的設計師

4　為了滿足客人所做的事

解析 情境說明中僅提及一名女子，因此預計會針對該段話的主題或此人的中心思想出題。女子表示：「**もう少しおしゃれなデザインの服を作ってくれないかという意見**（有人提出能否做出設計更為時髦的衣服的意見）」、以及「**私達はシンプルで美しい服にこだわり過ぎていたのではないかと、反省したんです**（我反省了一下，過往我們是否太過執著於簡約美麗的衣服）」。而本題詢問的是女子談論的內容為何，因此答案要選 2 **流行に合う服を売ることにした理由**（決定販售符合潮流的衣服）。

單字 **企業 きぎょう** 名 企業 | **お客様 おきゃくさま** 名 客人
商品 しょうひん 名 商品 | **反映 はんえい** 名 反映
数か月 すうかげつ 名 數月、幾個月 | **素材 そざい** 名 材料
おしゃれだ な形 時尚的 | **デザイン** 名 設計 | **意見 いけん** 名 意見
届く とどく 動 傳達到 | **シンプルだ** な形 簡單的
流行 りゅうこう 名 流行 | **合わせる あわせる** 動 配合
考える かんがえる 動 思考 | **美しい うつくしい** い形 美麗的
こだわる 動 堅持、執著 | **反省 はんせい** 名 反省 | **そこで** 接 因此
今回 こんかい 名 這次 | **デザイナー** 名 設計師
迎える むかえる 動 聘請 | **挑戦 ちょうせん** 名 挑戰
オープン 名 開幕 | **満足 まんぞく** 名 滿足 | **理由 りゆう** 名 理由

問題 4 即時應答

實力奠定

p.374

01 ②	02 ①	03 ①	04 ②	05 ①
06 ②	07 ②	08 ①	09 ①	10 ②
11 ①	12 ①	13 ②	14 ①	15 ②
16 ①	17 ①	18 ②	19 ②	20 ②

01

F：ねえ、久しぶりの休みだし、散歩でも行こうか？
① そう、散歩して疲れたよね。
② うん、いいよ。どこに行く？

中譯 F：欸，難得的休假要不要去散個步啊？
① 對啊，散完步有點累呢。
② 嗯，好啊。要去哪裡？

單字 **久しぶり ひさしぶり** 名 相隔許久 | **疲れる つかれる** 動 疲累

02

F：田中君、明日の当番、代わってもらえるかな？
① 別に、かまいませんけど。
② えっ、代わってませんけど。

中譯 F：田中，明天你能代我的班嗎？
① 可以啊！沒什麼問題。
② 咦，我沒有代班喔。

單字 **当番 とうばん** 名 值班、值勤 | **代わる かわる** 動 代替、代理
別に べつに 副 特別、另外 | **かまわない** 沒關係

03

F：社長、今月の売り上げ目標を達成しました。
① そっか、みんな頑張ったな。
② ふうん、来月には必ず目標を超えましょう。

中譯 F：社長，我們達成這個月的營業額目標了。
① 這樣啊，大家很努力呢。
② 嗯，下個月一定要超過目標。

單字 **社長 しゃちょう** 名 社長 | **売り上げ うりあげ** 名 營業額
目標 もくひょう 名 目標 | **達成 たっせい** 名 達成
頑張る がんばる 動 努力 | **必ず かならず** 副 務必
超える こえる 動 超過

04

M：佐藤さんはまじめだよね。
① そう、あなた性格悪いんだよ。
② ええ、これを見たら確かにそうだね。

中譯 M：佐藤先生是個很認真的人呢。
① 對啊，你個性很差。
② 對，這樣看來確實沒錯。

單字 **まじめだ** な形 認真的 | **性格 せいかく** 名 個性
確かに たしかに 副 確實

05

F：これ、誕生日プレゼントにもらったんだ。きれいでしょ。
① ほんと。キラキラしてるね。
② わあ、プレゼントありがとう。

中譯 F：這是我收到的生日禮物。很美吧？
① 真的很美。閃閃發亮的。
② 哇，謝謝妳的禮物。

單字 **プレゼント** 名 禮物 | **ほんと** 名 真的（ほんとう的縮略語）
キラキラ 副 閃閃發亮

06

M：あっ、ここ間違っちゃった。どうしよう。
① 助かったね。
② えっ、どこ間違えた？

中譯 M：啊，這裡錯了。該怎麼辦？
① 幫大忙了。
② 咦？哪裡錯了？

單字 **間違う まちがう** 動 搞錯 | **助かる たすかる** 動 得救、得到幫忙

07

F：大丈夫だよ、時間内に全部解けたから。

① へえ、じゃ問題を解いてくれる？

② じゃあ、結果を待つだけだね。

中譯 F：別擔心，我在時限內全部解完了。

① 這樣啊，那妳能幫我解題嗎？

② 那就靜待結果囉。

單字 **時間内 じかんない** 名 時間內 | **解く とく** 動 解開
結果 けっか 名 結果

08

M：山田君、長い時間、準備したようだね。

① ええ、なかなかかかりました。

② あまり練習してませんからね。

中譯 M：山田好像準備了很長一段時間呢。

① 嗯，花了滿多時間的。

② 因為他沒怎麼在練習嘛。

單字 **準備 じゅんび** 名 準備 | **なかなか** 副 相當、非常
かかる 動 花時間

09

M：あと一歩のところだったのに。

① 大丈夫。もう一度やってみよう。

② もう一歩だけ進もう。

中譯 M：明明就只差一步了。

① 沒關係，我們再試一次吧。

② 再往前走一步吧。

單字 **あと** 副 剩下 | **一歩 いっぽ** 名 一步 | **進む すすむ** 動 前進、進行

10

M：先生は研究室にいらっしゃるかどうか分かりますか。

① 明日は来ないつもりです。

② お休みだと伺ってます。

中譯 M：妳知道老師在不在研究室裡嗎？

① 明天不打算來。

② 我聽說他休假。

單字 **研究室 けんきゅうしつ** 名 研究室
いらっしゃる 動 在（いる之尊敬語） | **つもり** 名 打算
伺う うかがう 動 聽（聞く之謙讓語）

11

F：まあ、おいしい。料理、お上手ですね。

① ありがとうございます。自信作ですよ。

② はい、おいしいはずです。

中譯 F：好好吃。你很擅長做料理耶。

① 謝謝。這是我的得意之作。

② 是，應該是好吃的。

單字 **自信作 じしんさく** 名 自信之作、得意之作

12

F：一度負けたことで落ち込まないで。まだほかにも試合があるでしょ？

① うん、残りの試合でも頑張らなくちゃ。

② えっ、一度しか落ちなかった？

中譯 F：不要只因為輸了一次就氣餒。還有其他的比賽不是嗎？

① 對，剩下的比賽也要努力才行。

② 咦？妳只掉落過一次嗎？

單字 **負ける まける** 動 輸 | **落ち込む おちこむ** 動 消沉、心情低落
試合 しあい 動 比賽 | **残り のこり** 名 剩餘的事物
頑張る がんばる 動 努力 | **落ちる おちる** 動 掉落

13

F：ここ、緩いからもう少し引っ張ってくれる？

① 私、引っ張ってませんけど。

② はい、これくらいですか。

中譯 F：這邊有點鬆，能再拉緊一點嗎？

① 我沒有拉。

② 好，這樣可以嗎？

單字 **緩い ゆるい** い形 鬆的、寬鬆的 | **引っ張る ひっぱる** 動 拉

14

F：先生、あした事務室に伺ってもよろしいでしょうか。

① えっと、2時以降なら。

② うん。聞いてもいいよ。

中譯 F：老師，明天可以去您的辦公室嗎？

① 嗯…2 點之後的話可以。

② 好，妳可以問。

單字 **事務室 じむしつ** 名 辦公室
伺う うかがう 動 拜訪（おとずれる之謙讓語）
よろしい い形 好的 | **以降 いこう** 名 之後

15

M：部長、インクがもう一個しか残ってませんけど。

① うん、まだあってよかったね。

② じゃ、注文しといて。

中譯 M：部長，墨水只剩最後一個了。

① 嗯，還有就太好了。

② 那請先幫我下訂單

單字 **部長 ぶちょう** 名部長 ｜ **インク** 名墨水 ｜ **残る のこる** 動剩下

注文 ちゅうもん 動訂貨、訂購

16

M：昨日の報告書、ここだけ直したら送ってもいいよ。

① はい、書き直して送ります。

② はい、ここだけ送りますね。

中譯 M：昨天的報告只要修改這邊就可以送出了。

① 好，我修改後送出。

② 好，只送出這邊對吧。

單字 **報告書 ほうこくしょ** 名報告 ｜ **直す なおす** 動修正

送る おくる 動送出 ｜ **書き直す かきなおす** 動重寫、改寫

17

F：志望してた大学、不合格だって。ぜったい行きたかったのに。

① 落ち込まないで、一生懸命したんでしょ。

② ああ、行きたくなかったのに。

中譯 F：我沒考上想上的大學。我原本還想說一定要去唸的。

① 不要氣餒，妳也已經很努力了，不是嗎？

② 對啊，妳明明不想去

單字 **志望 しぼう** 名志願 ｜ **不合格 ふごうかく** 名不合格、不及格

ぜったい 名一定、絕對 ｜ **落ち込む おちこむ** 動消沉、低落

一生懸命 いっしょうけんめい 副努力地

18

F：山田さん、髪切ったせいか、雰囲気が変わった気がしない？

① 切ったせいでさっぱり見えませんか。

② ほんと。切ってさっぱりですね。

中譯 F：不知道是不是因為剪頭髮的關係，你不覺得山田的氣質都變了嗎？

① 因為剪了頭髮所以完全看不到嗎？

② 說得沒錯。剪頭髮之後變清爽了。

單字 **髪 かみ** 名頭髮 ｜ **雰囲気 ふんいき** 名氣氛、氛圍

変わる かわる 動改變 ｜ **気がする きがする** 感覺

さっぱり 副清爽、完全地

19

M：もう、こんな時間。今日中にできないかも。

① 今日、できなければよかったのに。

② いや、私が手伝うからやってみよう。

中譯 M：已經這個時間了。今天內可能做不完。

① 今天如果做得到的話就好了。

② 不，我會幫忙的，一起做看看吧。

單字 **今日中 きょうじゅう** 名今天內 ｜ **手伝う てつだう** 動幫忙

20

M：ちょっと目につかないね、ここをもっと大きくしなきゃ。

① はい、もっと目を大きくしてみます。

② はい、文字を直してみます。

中譯 M：有點不顯眼呢。這邊要再大一點。

① 好，我把眼睛變大一點看看。

② 好，我修改文字看看。

單字 **目につく めにつく** 顯眼 ｜ **文字 もじ** 名文字

直す なおす 動修改

實戰測驗 1

p.375

1 1	**2** 2	**3** 3	**4** 1	**5** 3
6 2	**7** 1	**8** 3	**9** 3	**10** 1
11 2	**12** 3			

問題 4 的問題卷上不會寫有任何內容。請先聽句子，再聽對該句子所做出的回答，並從 1 至 3 的選項中選出最適合的回答。

1

[音檔]

M：すみません、今日は慌ただしくて、資料をまとめるどころじゃありませんでした。

F：1 じゃあ、明日できそう？

2 それなら、会議室があいていたのに。

3 まとめた資料、送ってくれた？

中譯 M：不好意思，今天太忙碌了，沒時間整理資料。

F：**1　那你明天可以做嗎？**

2　如果是這樣的話，會議室明明空著啊。

3　你整理的資料有寄給我了嗎？

解析 本題情境中，男生表示今天過於忙碌，沒空整理資料。

1（○）反問「那明天能完成嗎？」，故為適當的答覆。

2（×）不符合「太忙沒空整理資料」的情境。

3（×）不符合「還沒整理好資料」的情境。

單字 **慌ただしい あわただしい** い形 慌忙的

資料 しりょう 名 資料 ｜ **まとめる** 動 整理

それなら 接 那樣的話 ｜ **会議室 かいぎしつ** 名 會議室

送る おくる 動 寄送、傳送

2

[音檔]

M：駅前のあのラーメン屋さん、味はよかったよ。値段はともかく。

F：1 安くて、おいしい店でよかったね。

2 じゃあ、お金があるときに行こうかな。

3 佐藤さんはおいしいって言ってたよ。

中譯 M： 車站前的那間拉麵店很好吃喔。先不論價錢的話。

F：1 這間店又便宜又好吃真是太好了。

2 那我有錢的時候去吃好了。

3 佐藤說很好吃喔。

解析 本題情境中，男生分享車站前的拉麵店味道不錯，但價格不便宜。

1（×）不符合「價格不便宜」的情境。

2（◯）回答「等有錢的時候再去」，故為適當的答覆。

3（×）無關「男生分享拉麵店味道不錯」的情境。

單字 **駅前 えきまえ** 名 車站前

ラーメン屋さん ラーメンやさん 名 拉麵店

値段 ねだん 名 價格 ｜ **ともかく** 副 暫且不談

3

[音檔]

F：佐藤さん、一体いつになったら返事をくれるのかしら。

M：1 いつでもいいって言ってたよ。

2 今回はいつもよりはやかったですよね。

3 あの人、いつも遅れるよね。

中譯 F：佐藤到底什麼時候會回覆我呢？

M：1 他每次都說好。

2 這次比以往都還要快呢。

3 那個人總是很慢耶。

解析 本題情境中，女生抱怨佐藤遲遲未回覆一事。

1（×）重複使用「**いつ**」，為陷阱選項。

2（×）不符合「尚未回覆」的情境。

3（◯）回應「他總是很慢才回」，故為適當的答覆。

單字 **返事 へんじ** 名 回信、回覆 ｜ **いつでも** 副 總是

今回 こんかい 名 這次 ｜ **遅れる おくれる** 動 遲、晚

4

[音檔]

M：出張で人がいないから、私が行くしかないな。

F：**1 そうですね。よろしくお願いします。**

2 でしたら、誰も行けませんよね。

3 では、出張に行かなくてもいいということですね。

中譯 M：大家都因為出差不在，只能由我去了。

F：**1 對啊。麻煩你了。**

2 這樣的話，誰都沒辦法去對吧？

3 那也就是說不用出差也沒關係了吧？

解析 本題情境中，男生告訴女生只有自己能去出差。

1（◯）回答「這樣啊，那麻煩你了」，故為適當的回應。

2（×）不符合「只有男生能去出差」的情境。

3（×）不符合「只有男生能去出差」的情境。

單字 **出張 しゅっちょう** 名 出差 ｜ **でしたら** 接 這樣的話

5

[音檔]

M：新製品が売れるかどうかはこの広告次第だからなあ。

F：1 わかりました。そのようにいたします。

2 はい、よく売れてよかったです。

3 そうですね。では、少しここを修正しましょうか。

中譯 M：新產品賣得好不好就看這支廣告了。

F：1 我知道了。我會這麼做的。

2 是啊，賣得很好真是太好了。

3 對啊。那這邊要不要稍微修正一下？

解析 本題情境中，男生表示該廣告關係到新商品能否熱賣。

1（×）男生並未提出要求或是作法。

2（×）新商品尚未開賣，時間點有誤。

3（◯）回答「要再稍作修改嗎？」，故為適當的答覆。

單字 **新製品 しんせいひん** 名 新產品

売れる うれる 動 賣得好 ｜ **広告 こうこく** 名 廣告

いたす 動 做（する之謙讓語） ｜ **修正 しゅうせい** 名 修正

6

[音檔]

F：山田さん、さすが留学してただけのことはありますね。

M：1 はい、一度行ってみたいと思っています。

2 いいえ、まだまだですよ。

3 大学のとき、したことがありますよ。

中譯 F：山田你真不愧是有留學過呢。

M：1 對啊，我想去一次看看。

2 沒這回事，我還有很多不足之處。

3 大學的時候有留學過喔。

解析 本題情境中，女生稱讚男生不愧是有去留學過的人。

1（×）不符合「男生已經去留學過」的狀況。

2（◯）回答「不，我還差得遠呢」，故為適當的答覆。

3（×）不符合被女方稱讚的情境。

單字 **さすが** 副 不愧是｜**留学 りゅうがく** 名 留學

まだまだ 副 還不行、還有不足

7

[音檔]

M：今日の物理の授業、さっぱりだったよ。

F：**1 本当に難しかったね。**

2 たしかに最近、学生が増えたよね。

3 そうだね。わかりやすかったよね。

中譯 M：今天的物理課我真的完全聽不懂。

F：**1 真的很難。**

2 確實最近學生變多了呢。

3 對啊。很容易懂耶。

解析 本題情境中，男生表示自己完全聽不懂今天的物理課。

1（◯）回答「真的好難啊」，故為適當的答覆。

2（×）提到「**学生**（學生）」，僅與題目句的「**授業**（課程）」有所關聯。

3（×）不符合「完全聽不懂」的情境。

單字 **物理 ぶつり** 名 物理｜**さっぱり** 副 完全（不）

たしかに 副 確實｜**最近 さいきん** 名 最近

増える ふえる 動 增加

8

[音檔]

M：今日、うっかりバイトに遅刻するところだったよ。

F：1 じゃあ、明日はバイトに行かないの？

2 遅れて来たから、大変だったのよ。

3 間に合ってよかったね。

中譯 M：我今天打工一個不小心差點遲到了。

F：1 那你明天不去打工嗎？

2 因為遲到了，所以狀況很糟糕。

3 幸好有趕上。

解析 本題情境中，男生表示今天打工差點遲到。

1（×）重複使用「**バイト**」，為陷阱選項。

2（×）不符合「並未遲到」的情境。

3（◯）回答「幸好有趕上」，故為適當的答覆。

單字 **うっかり** 副 不留神｜**バイト** 名 打工｜**遅刻 ちこく** 名 遲到

遅れる おくれる 動 遲到、晚｜**間に合う まにあう** 趕上

9

[音檔]

F：部長を探しているの？会議の最中よ。

M：1 もう終わったんですか。早いですね。

2 よかったです。会議の前に話してきます。

3 そうなんですか。では、あとにします。

中譯 F：你在找部長嗎？他正在開會喔。

M：1 已經結束了嗎？好快喔。

2 太好了。我在會議前跟他講個話。

3 這樣啊。那我等等再找他。

解析 本題情境中，女生告知部長正在開會一事。

1（×）不符合「部長正在開會」的情境。

2（×）不符合「部長正在開會」的情境。

3（◯）回答「那我等等再找他」，故為適當的答覆。

單字 **部長 ぶちょう** 名 部長｜**探す さがす** 動 尋找

会議 かいぎ 名 會議｜**最中 さいちゅう** 名 正在～

あとにする 推遲、等等再～

10

[音檔]

F：社員を2、3人、雇わないわけにはいかないですね。

M：**1 そうかなあ、雇わなくても大丈夫だよ。**

2 いや、雇わないといけないと思っているんだ。

3 うん、雇う人が決まってよかったね。

中譯 F：我們好像必須要聘用兩、三個職員才行。

M：**1 是嗎？就算不聘用也沒關係喔。**

2 不對，我覺得必須要聘用才行。

3 嗯，確定好要雇用的人真是太好了。

解析 本題情境中，女生提出要再雇用幾名員工的建議。

1（◯）回答「是嗎？不僱用也沒關係」，故為適當的答覆。

2（×）不符合「女生建議雇用員工」的情境。

3（×）女生尚未雇用員工。

單字 **社員 しゃいん** 名 公司職員｜**雇う やとう** 動 雇用、聘用

決まる きまる 動 決定

11

[音檔]

F：お客様のところに行って、直接謝るに越したことはないよ。

M：1 そうですね。お客様のミスですから。

2 わかりました。午後、行ってきます。

3 はい、メールで謝っておきます。

中譯 F：直接去客人那邊向對方道歉是最好的。

M：1 說的沒錯，因為是客人的失誤嘛。

2 我知道了，我下午就過去。

3 好，我先透過電子郵件道歉。

解析 本題情境中，女生建議男生直接向客人道歉。

1（×）不符合「男生被要求去向客人道歉」的情境。

聽解

2（○）回答「我知道了，我下午去一趟」，故為適當的答覆。

3（×）不符合「男生被要求直接跟客人道歉」的情境。

單字 **お客様 おきゃくさま**名客人 | **直接 ちょくせつ**名直接

謝る あやまる動道歉 | **ミス**名失誤 | **メール**名電子郵件

12

[音檔]

M：山田さんのお子さんに会ったら、いきなり泣き出しちゃって…。

F：1 本当によく話す子だよね。

2 うん、よく出しているよね。

3 それは大変だったね。

中譯 M：我一見到山田的小孩，對方就突然哭出來了…。

F：1 他真的是很愛說話的孩子對吧。

2 嗯，很常拿出來呢。

3 那真是糟糕。

解析 本題情境中，男生表示他見到山田的小孩，但小孩卻突然哭了起來。

1（×）提到「子（孩子）」，僅與「**お子さん**（子女）」有所關聯。

2（×）重複使用「**出す**」，為陷阱選項。

3（○）回答「那還真是糟糕」，故為適當的答覆。

單字 **お子さん おこさん**名（別人的）小孩 | **いきなり**副突然

泣き出す なきだす動開始哭、哭出來

實戰測驗 2

p.375

1 1	**2** 2	**3** 1	**4** 3	**5** 1
6 3	**7** 3	**8** 2	**9** 1	**10** 3
11 2	**12** 1			

問題 4，問題卷上不會寫有任何內容。請先聽句子，再聽對該句子所做出的回答，並從 1 至 3 的選項中選出最適合的回答。

1

[音檔]

M：もう3時過ぎなのに、田中さん、まだ来ないね。

F：**1 一体いつになったら、来るんだろうね。**

2 ちょうど着いたところだよ。

3 そうか、私もだよ。

中譯 M：明明已經超過三點了，田中還是沒有來呢。

F：**1 他到底什麼時候會來啊？**

2 他正好到了喔。

3 這樣啊？我也是。

解析 本題情境中，男生抱怨田中還沒來。

1（○）女生附和男生的話，回應「他到底什麼時候才要來？」，故為適當的答覆。

2（×）不符合「田中還沒來」的情境。

3（×）女生已經到現場。

單字 **過ぎる すぎる**動超過

2

[音檔]

M：ちょっと、こっちを手伝ってくれない？

F：1 すみません。残りはこれだけです。

2 すみません。手が空いたら、すぐ行きます。

3 はい、私が行きました。

中譯 M：妳可以幫我一下嗎？

F：1 不好意思，只剩下這個。

2 不好意思。我一有空就馬上過去。

3 對，我去過了。

解析 本題情境中，男生請求女生的幫助。

1（×）不符合「請女生幫忙」的情境。

2（○）回答「等我放下手上的東西就過去」，故為適當的答覆。

3（×）不符合「尚未幫男生」的情境。

單字 **手伝う てつだう**動幫忙 | **残り のこり**名剩餘的事物

手が空く てがあく 閒下來

3

[音檔]

M：山田さん、今日は虫の居所が悪そうだね。ちょっといらいらしてるよ。

F：**1 昨日、部長に怒られたらしいよ。**

2 どこにいるかよく探したの？

3 病院に行ったほうがいいと思うよ。

中譯 M：山田今天感覺心情很差耶。好像有點煩躁。

F：**1 他好像昨天被部長罵了。**

2 你有好好找過在哪裡嗎？

3 我覺得去醫院比較好。

解析 本題情境中，男生表示山田今天看起來心情不太好。

1（○）回答「聽說他昨天被部長罵了一頓」，故為適當的答覆。

2（×）使用「**どこ**」，僅與題目句「**所（どころ）**」的發音相似。

3（×）不符合「山田看起來心情不太好」的情境。

單字 **虫の居所が悪い むしのいどころがわるい** 心情不好

いらいらする動急躁不快 | **部長 ぶちょう**名部長

怒られる おこられる動被罵｜**探す さがす**動找

4

[音檔]

M：せっかく誘ってもらったけど、来週の週末はどうしても仕事を休むわけにはいかないんだ。

F：1 それは良くないと思うよ。

2 えっ、わざわざ行くつもり？

3 そっか。じゃ、また今度ね。

中譯 M：雖然妳特地邀請我，不過我下週末真的沒辦法請假。

F：1　我覺得那樣不好。

2　咦？你打算特地過去嗎？

3　這樣啊。那我們下次再約。

解析 本題情境中，男生表示下週週末得工作，婉拒女方的邀約。

1（×）不符合「因為有事婉拒女方邀約」的情境。

2（×）不符合「沒辦法去」的情境。

3（○）回答「那下次吧」，故為適當的答覆。

單字 **せっかく**副難得｜**誘う さそう**動邀請

週末 しゅうまつ名周末｜**どうしても**副無論如何

わざわざ副特地｜**今度 こんど**名下次

5

[音檔]

M：今回の仕事はお客さんがなかなか満足してくれなかったから、手間がかかったよ。

F：1 それは大変でしたね。

2 いくらかかったんですか。

3 それで暇だったんですね。

中譯 M：這次工作很難滿足客戶的需求，費了很多功夫。

F：1　那真是辛苦你了。

2　花了多少錢？

3　所以你才很閒啊。

解析 本題情境中，男生表示這次的工作女方花了很多心力。

1（○）回答「確實是很辛苦」，故為適當的答覆。

2（×）重複使用「**かかった**」，為陷阱選項。

3（×）不符合「女方花費很多心力」的情境。

單字 **今回 こんかい**名這次｜**お客さん おきゃくさん**名客人

なかなか副不容易｜**満足 まんぞく**名滿足

手間がかかる てまがかかる 費工

かかる動花費｜**暇だ ひまだ**な形空閒的

6

[音檔]

M：すみません。あの、鈴木教授いらっしゃいますか。

F：1 はい、おじゃまします。

2 いいえ、おっしゃいませんでした。

3 ああ、先ほど帰られたところなんです。

中譯 M：不好意思。那個…鈴木教授在嗎？

F：1　好的，打擾了。

2　不是，他沒有說。

3　啊，他剛剛回去了。

解析 本題情境中，男生詢問鈴木教授在嗎。

1（×）回答「打擾了」，為男生該說的話。

2（×）不符合「詢問教授在嗎」的情境。

3（○）回答「他剛回去」，故為適當的答覆。

單字 **教授 きょうじゅ**名教授｜**いらっしゃる**動在（いる之尊敬語）

おっしゃる動說（言う之尊敬語）｜**先ほど さきほど**副剛剛

7

[音檔]

M：あ！ごめん、ちょっと一旦、家に戻るね。

F：1 わかった。また明日。

2 私も行っていい？

3 じゃあ、先に行っているね。

中譯 M：啊！不好意思，我暫時回家一趟喔。

F：1　我知道了。明天見。

2　我也可以去嗎？

3　那你先去吧。

解析 本題情境中，男生表示他等等就會回家。

1（×）不符合「男生等等回家就會見到女方」的情境。

2（×）不符合「男生等等就會回家」的情境。

3（○）回答「那我先回去」，故為適當的答覆。

單字 **一旦 いったん**副一次 、暫時｜**戻る もどる**動返回

先に さきに副先

8

[音檔]

M：新しい机を買いたいんだけど、安ければいいというものではないよね。

F：1 そうだね。安いほうがいいね。

2 うん。使いやすさのほうが大事だよ。

3 え、そんなに安いの？

中譯 M：我想買新的書桌，但也不是便宜就好對吧？

F：1　對啊，便宜的比較好。

2　嗯，好不好用比較重要。

3　咦？有這麼便宜？

解析 本題情境中，男生提出書桌不是只要便宜就好的想法。

1（×）不符合「男生認為不是只要便宜就好」的情境。

2（○）回答「對，好用更重要」，故為適當的答覆。

3（×）重複使用「**安い（やすい）**」，為陷阱選項。

單字 **大事だ だいじだ** な形 重要的

9

[音檔]

M：まだ10月なのに、今年そちらではもう雪が降ったそうですね。

F：1 **ええ。めったにないことなんですが。**

2 はい。万が一降ったら、大変ですよ。

3 今さらですけどね。

中譯 M：明明才十月，聽說妳那邊今年已經下雪了啊。

F：**1 對啊，這很罕見。**

2 對啊，如果下雪的話會很麻煩喔。

3 雖然是到現在才下雪。

解析 本題情境中，男生向女方確認她那邊是否已經下雪了。

1（○）回答「對，雖然很罕見就是了」，故為適當的答覆。

2（×）不符合「已經下雪了」的情境。

3（×）不符合「才十月就已經下雪」的情境。

單字 **めったに** 副 難得、罕見 | **万が一 まんがいち** 副 萬一

今さら いまさら 副 如今、現在才

10

[音檔]

M：昨日、会社から家に帰る途中でインタビューを受けたんだ。

F：1 あれ、家でしなかったの？

2 痛くなかった？

3 **えっ、テレビ番組の？**

中譯 M：我昨天從公司回家的路上被採訪了。

F：1 咦？你沒有在家做嗎？

2 不痛嗎？

3 咦？是電視節目嗎？

解析 本題情境中，男生表示昨天在回家路上接受了採訪。

1（×）重複使用「**家（いえ）**」，為陷阱選項。

2（×）不符合「接受了採訪」的情境。

3（○）回答「是電視節目嗎？」，故為適當的答覆。

單字 **途中 とちゅう** 名 途中 | **インタビュー** 名 訪問

受ける うける 動 接受

テレビ番組 テレビばんぐみ 名 電視節目

11

[音檔]

M：細かいことはさておき、とりあえず作業を始めましょうか。

F：1 私の荷物はどこに置いたらいいですか。

2 **それでは、田中さんを呼んできますね。**

3 細かいことは、私もわからないです。

中譯 M：先不管細節了，我們先開始工作吧。

F：1 我的行李要放在哪裡才好？

2 那我去叫田中過來。

3 細節部分我也不懂。

解析 本題情境中，男生提議先動工再說。

1（×）把題目句的「**おき**」改成「**置いたら（おいたら）**」，為陷阱選項。

2（○）回答「那我叫田中過來」，故為適當的答覆。

3（×）重複使用「**細かい**」，為陷阱選項。

單字 **細かい こまかい** い形 仔細的 、詳細的

とりあえず 副 首先、暫且 | **作業 さぎょう** 名 作業、工作

始める はじめる 動 開始 | **荷物 にもつ** 名 行李

12

[音檔]

M：会社を辞めるのに、佐藤先輩にあいさつをしないわけにはいかないよね。

F：1 **そうだね。お世話になったからね。**

2 忙しいから、しかたがないよ。

3 先輩に伝えておくよ。

中譯 M：妳都要辭職了，一定得跟佐藤前輩打聲招呼吧。

F：**1 對啊，畢竟他之前很照顧我。**

2 因為很忙所以沒辦法。

3 我先跟前輩說喔。

解析 本題情境中，男生提到自己要離職，打算知會前輩一聲。

1（○）回答「是啊，過去受到他的照顧」，故為適當的答覆。

2（×）不符合「打算知會前輩一聲」的情境。

3（×）不符合「打算親自通知前輩」的情境。

單字 **辞める やめる** 動 辭職 | **先輩 せんぱい** 名 前輩

あいさつ 名 問候 | **お世話になる おせわになる** 受他人照顧

しかたない い形 沒辦法 | **伝える つたえる** 動 傳達、轉達

實戰測驗 3

p.375

1 2	**2** 1	**3** 3	**4** 2	**5** 2
6 3	**7** 3	**8** 1	**9** 2	**10** 1
11 2	**12** 3			

問題 4，問題卷上不會寫有任何內容。請先聽句子，再聽對該句子所做出的回答，並從 1 至 3 的選項中選出最適合的回答。

01

[音檔]

M：先生、明日台風が来るって聞いたんですが、学校は休みにならないんですか？

F：1　えっ、台風は来ないんですか。

2　今のところはまだわかりませんね。

3　台風に気をつけてくださいね。

中譯 M：老師，聽說明天會有颱風，學校不會停課嗎？

F：1　什麼？颱風不會來嗎？

2　現在還不知道。

3　要小心颱風喔。

解析 本題情境中，男生提到明天有颱風要來，向女老師確認學校是否會放假。

1（×）不符合「明天颱風要來」的情境。

2（○）回答「現在還不知道」，故為適當的答覆。

3（×）不符合「詢問是否放颱風假」的情境。

單字 **台風 たいふう** 名 颱風 ｜ **気をつける きをつける** 注意、留意

02

[音檔]

F：忘年会にいいなって思っていたあの店、もっと早く予約するべきでした。

M：1　別に他の店でもいいんじゃない？

2　やった。ずっと行きたかったんだ。

3　じゃあ、私が予約しなくてもいいんですね。

中譯 F：之前想說很適合辦年末聚會的那家店，我應該要提早預約才對的。

M：1　去其他店也沒關係吧？

2　太好了，我一直很想去。

3　那我不用預約也沒關係囉？

解析 本題情境中，女生對於沒訂到想訂的餐廳感到惋惜。

1（○）回答「可以改訂別間店？」，故為適當的答覆。

2（×）不符合「未訂位成功」的情境。

3（×）不符合「未訂位成功」的情境。

單字 **忘年会 ぼうねんかい** 名 年末聚會、尾牙 ｜ **予約 よやく** 名 預約

別に べつに 副 並不～

03

[音檔]

M：昨日のレストラン、高いだけあってサービスも料理も最高だったね。

F：1　たしかにあまり高くなかったね。

2　うん、もう行かないほうがいいよね。

3　今まで行ったなかで、一番いい店だったね。

中譯 M：昨天的餐廳很貴，但服務跟料理也都有符合價位該有的品質呢。

F：1　確實不怎麼貴呢。

2　嗯，最好不要再去了。

3　這是我至今去過的店裡最棒的一家店。

解析 本題情境中，男生表示餐廳價格高，但服務和餐點都有符合一定的水準。

1（×）不符合「餐廳價格偏高」的情境。

2（×）不符合「男生稱讚餐廳」的情境。

3（○）回答「至今為止去過最好的店」，故為適當的答覆。

單字 **サービス** 名 服務 ｜ **最高だ さいこうだ** な形 最棒的、最好的

たしかに 副 確實

04

[音檔]

F：メールを送る前に確認したんですが、うっかりしていました。

M：1　ありがとう。頼んでよかったよ。

2　今度からもっと注意しないと。

3　確認していないって、どういうこと？

中譯 F：我寄信前有確認，不過還是不小心漏掉了。

M：1　謝謝。拜託妳真是對的選擇。

2　下次要再注意一點。

3　妳說沒有確認是什麼意思？

解析 本題情境中，女生表示發郵件之前有確認過，但還是不小心出錯了。

1（×）不符合「不小心出錯」的情境。

2（○）回答「下次要再注意一點」，故為適當的答覆。

3（×）不符合「有確認過郵件」的情境。

單字 **メール** 名 電子郵件 ｜ **送る おくる** 動 寄送 ｜ **確認 かくにん** 名 確認

うっかり 副 不留神、不小心 ｜ **今度 こんど** 名 下次

注意 ちゅうい 名 注意

05

[音檔]

M：今できなくても、いずれ上手になるから、そんなに心配しなくていいよ。

F：1　どちらも上達するんですね。

2　上達できたらいいんですけど。

3　そんなに上手じゃないですよ。

中譯 M：就算現在不會做，總有一天會變得擅長，不用那麼擔心啦。

F：1　不管是哪一邊都會進步呢。

2　如果能進步就好了。

3　我沒那麼厲害啦。

解析 本題情境中，男生鼓勵女生總有一天得心應手。

1（×）使用「**上達**（進步）」，僅與題目句的「**上手だ**（擅長）」有所關聯。

2（○）回答「希望我能進步」，故為適當的答覆。

3（×）不符合「鼓勵女生會擅長」的情境。

單字 **いずれ**副總有一天｜**心配 しんぱい**名擔心

上達 じょうたつ名進步

06

[音檔]

F：鈴木さん、今日の試合は鈴木さんを抜きにしては勝てなかったよ。

M：1 鈴木さんがいたら、勝てたかな。

2 本当は負けたくなかったんだけどね。

3 そんなことないよ。みんな頑張ったからだよ。

中譯 F：鈴木，今天比賽如果沒有你就贏不了了。

M：1 如果鈴木在的話是不是就會贏了呢。

2 我其實很不想輸。

3 沒這回事。是因為大家都很努力才贏的。

解析 本題情境中，女生稱讚多虧有男生才能贏得比賽。

1（×）不符合「多虧有鈴木才贏得比賽」的情境。

2（×）不符合「贏得比賽」的情境。

3（○）回答「沒這回事啦，是因為大家都很努力」，故為適當的答覆。

單字 **試合 しあい**名比賽｜**勝つ かつ**動獲勝｜**負ける まける**動輸

頑張る がんばる動努力

07

[音檔]

M：来週火曜日から出張だから、その前に打ち合わせをしたいんだけど。

F：1 火曜日なら時間がありますよ。

2 いいえ。出張にはいきませんよ。

3 私はいつでも大丈夫ですよ。

中譯 M：我下星期二開始要出差，所以希望在那之前開會。

F：1 星期二的話我有時間。

2 不，我不會出差。

3 我什麼時間都可以喔。

解析 本題情境中，男生表示自己下週二要出差，他想在出差前討論。

1（×）不符合「下週二前討論」的情境。

2（×）要出差的人是男生，而非女生。

3（○）回答「隨時都可以」，故為適當的答覆。

單字 **出張 しゅっちょう**名出差

打ち合わせ うちあわせ名商量、會議

08

[音檔]

F：昨日、変な服を着させられてる犬がいて思わず笑っちゃった。

M：1 へえ。どんな服だったの?

2 そんな犬は見てないよ。

3 犬が笑うわけないよ。

中譯 F：我昨天看到被主人穿了奇怪衣服的狗就忍不住笑了出來。

M：1 是喔？是什麼樣的衣服？

2 我沒有看到那樣的狗。

3 狗才不會笑呢。

解析 本題情境中，女生告訴男生她昨天看到穿著奇特的小狗，不小心笑了出來。

1（○）反問女生「是什麼樣的衣服？」，故為適當的答覆。

2（×）女生才是看到小狗的人，主詞有誤。

3（×）小狗並沒有笑，主詞有誤。

單字 **思わず おもわず**副不由自主｜**笑う わらう**動笑

09

[音檔]

M：今年は雨が多いだろうって、昨日のニュースで言ってたよ。

F：1 そうだね。雨が多かったね。

2 えー。旅行の時には降らないでほしいな。

3 さあ。どう言ってたか聞いてないよ。

中譯 M：昨天新聞說今年應該會下很多雨。

F：1 對啊，下了很多雨。

2 是喔。希望旅行的時候不會下雨。

3 不知道耶。我沒有聽它是怎麼說的。

解析 本題情境中，男生轉述新聞報導說今年會很常下雨。

1（×）時態有誤，題目句為預測今年的狀況。

2（○）回答「希望去旅行的時候不要下雨」，故為適當的答覆。

3（×）主詞有誤，聽到報導內容的人是男生。

單字 **ニュース**名新聞

10

[音檔]

F：健康のためにウォーキングを始めたら、よく眠れるようになったよ。

M：1 ふうん、毎日歩いてるの?

2 いや、ウォーキングはしてないよ。

3 でも、あまり好きじゃないなあ。

中譯 F：我為了身體健康開始健走之後，就變得很好睡了。

M：**1　這樣啊，妳每天都在走嗎？**

2　沒有，我沒有在健走喔。

3　不過我不太喜歡耶。

解析 本題情境中，女生表示她開始健走後，睡眠狀況變好。

1（○）男生反問女生「每天都健走嗎？」，故為適當的答覆。

2（×）主詞有誤，健走的人為女生，而非男生。

3（×）不符合「開始健走後，睡眠狀況變好」的情境。

單字 **健康 けんこう**名健康｜**ウォーキング**名走路、健走

眠る ねむる動睡

11

[音檔]

M：それ、ゴルフの雑誌だね。田中さんはゴルフをするの？

F：1 はい。あまり見たことがありません。

2 ええ。でも上手ではないんです。

3 いいえ。この雑誌じゃないんです。

中譯 M：那是高爾夫球的雜誌吧？田中妳打高爾夫球嗎？

F：1　是，我沒怎麼看過。

2　是，不過我沒有很厲害。

3　不是，不是這本雜誌。

解析 本題情境中，男生詢問田中小姐是否有在打高爾夫球。

1（×）題目句並非詢問是否有看過高爾夫球。

2（○）回答「有，但不太擅長」，故為適當的答覆。

3（×）題目句並未針對雜誌提問。

單字 **ゴルフ**名高爾夫｜**雑誌 ざっし**名雜誌

12

[音檔]

F：部長、3時にお約束のお客様がいらっしゃいました。

M：1 たぶん3時ごろに来ると思うよ。

2 そうだね。昨日来ると言っていたよ。

3 それじゃあ、会議室にご案内して。

中譯 F：部長，跟您約3點的客人來了。

M：1　我想他應該3點左右會來。

2　對呢。他昨天說會來。

3　那請帶他到會議室。

解析 本題情境中，女生告知部長有預約的客人來訪。

1（×）不符合「當前有客人來訪」的情境。

2（×）不符合「當前有客人來訪」的情境。

3（○）回答「帶他到會議室」，故為適當的答覆。

單字 **部長 ぶちょう**名部長｜**約束 やくそく**名約定

いらっしゃる動來（来る之尊敬語）

会議室 かいぎしつ名會議室｜**案内 あんない**名導覽、引導

綜合理解

實力奠定

p.384

01 ③　**02** ①　**03** ①　**04** ③

05 問題1 ②, **問題2** ③　**06 問題1** ③, **問題2** ②

01

[音檔]

おもちゃ屋で女の人と店員が話しています。

F：子どもの誕生日のプレゼントを探しているんですけど。

M：女の子でしたら、この人形はどうですか。いろんな服が着せられて人気です。男の子でしたら、ロボットがおすすめです。新製品で今男の子たちに一番人気です。

F：あ、うちの子は男の子です。でも、ロボットはもう家に十分あるしどうしよう…。

M：でしたら、ミニカーはどうですか。お子様が車に興味があったら喜ばれるおもちゃだと思います。

F：そうですか。でも**前からずっと新しいロボットが欲しいって言ってたし…、家にたくさんあるけどこれにします。**

女の人はどのおもちゃを買いますか。

① 人形

② ミニカー

③ ロボット

中譯 女性與店員在玩具店裡對話。

F：我在找要給小孩的生日禮物。

M：如果是女孩的話，這個娃娃如何呢？它可以穿各式各樣的衣服，很受歡迎。如果是男孩子的話，我推薦機器人。這是新產品，是最受現在的小男孩歡迎的玩具。

F：啊，我們家的是男孩子。不過家裡已經有很多機器人了，怎麼辦才好…。

M：這樣的話，玩具車如何呢？我想如果您兒子對車子有興趣的話，應該會喜歡這個。

F：這樣啊。不過**他之前就一直說想要新的機器人…，雖然家裡有很多個了，我還是決定買這個。**

女性要買什麼玩具呢？

① 娃娃

② 玩具車

③ 機器人

單字 **おもちゃ屋 おもちゃや**名玩具店｜**店員 てんいん**名店員

プレゼント名禮物｜**探す さがす**動找

人形 にんぎょう名娃娃、人偶｜**いろんな** 各式各樣的

着せる きせる動 讓…穿 | **人気 にんき**名 人氣
ロボット名 機器人 | **おすすめ**名 推薦
新製品 しんせいひん名 新產品 | **十分 じゅうぶん**副 充分地
ミニカー名 玩具車、迷你車 | **お子様 おこさま**名（別人的）小孩
興味 きょうみ名 興趣 | **喜ぶ よろこぶ**動 開心
ずっと副 持續、一直

02

[音檔]

学校で男の学生と女の学生が話しています。

M：夏休みのボランティア僕も参加したい。どんなのがあるか教えてもらえる?

F：まずは保育活動。**保育園に行って子供と一緒に遊んだり子供の世話をしたりする。可愛い子供に会えるいい機会だと思うんだ。**次は環境保存。他の学校の生徒たちと近くの川辺に行ってゴミを拾うよ。一緒に話しながら拾っているといつの間にか友達にもなれるし。

M：いいな。僕は人を手伝うボランティアにも興味があるけど、そういうのはないの?

F：機能指導っていう活動があるよ。体が不自由な人に箸の使い方とか、字の書き方などいろんなことを教える活動だよ。でも今、週末にこれと似ている活動に参加しているでしょ?

M：それもそうだね。**新しい経験もしてみたいし、僕はやっぱり人の世話をするのが好きだからこれにする!**

男の学生はどのボランティアを選びましたか。

① **保育活動**
② 環境保存
③ 機能指導

中譯 男學生和女學生在學校裡對話。

M：我也想要參加暑假的志工活動。妳能告訴我有什麼樣的活動嗎？

F：首先是幼保活動。**是去托兒所跟孩子一起玩，和照顧孩子之類的。我認為是能接觸到可愛的小朋友的好機會。**接著是環境保護。是跟其他學校的學生一起去附近的河邊撿垃圾喔。一邊聊天一邊撿垃圾，不知不覺就會變成好朋友了。

M：真不錯。我對能幫助人的志工活動也有興趣，有這種的嗎？

F：有一個叫做身體機能指導的活動喔。這個活動是教身體不方便的人如何使用筷子或如何寫字等等各式各樣的事。不過你這個周末要參加一個跟這個很類似的活動對吧？

M：說的也是呢。**而且我也想嘗試新的體驗。我果然還是喜歡照顧別人，所以我要選這個！**

男學生選了什麼志工活動？

① **幼保活動**
② 環境保護
③ 身體機能指導

單字 **ボランティア**名 志工活動 | **参加 さんか**名 參加
保育活動 ほいくかつどう名 幼保活動
保育園 ほいくえん名 托兒所 | **遊ぶ あそぶ**動 玩
世話をする せわをする 照顧 | **機会 きかい**名 機會
環境保存 かんきょうほぞん名 保護環境
川辺 かわべ名 川邊、河邊 | **ゴミ**名 垃圾 | **拾う ひろう**動 撿拾
いつの間にか いつのまにか副 不知不覺
手伝う てつだう動 幫忙 | **興味 きょうみ**名 興趣
機能指導 きのうしどう 身體機能指導
不自由だ ふじゆうだな形 不自由的、受到束縛的
使い方 つかいかた名 使用方法 | **字 じ**名 字
書き方 かきかた名 寫字方法 | **週末 しゅうまつ**名 周末
似る にる動 相似、像 | **経験 けいけん**名 經驗 | **やっぱり**副 果然

03

[音檔]

会社の会議で三人が、社員食堂の問題について話しています。

M1：お昼時間に社員食堂が大変混雑していてご飯を食べられない社員もけっこういるらしい。長い時間待たされて食べる時間が足りなくなって急いで食べたせいで消化不良になったという社員もいるって。

F：**食事時間を変更したらどうでしょうか。**部署別に違う時間帯に食べたら混雑しないと思います。例えば管理部が12時に食堂に入って、営業部は12時15分に入る方式です。

M2：お昼時間を30分延長するのはどうですか。食事時間を1時間30分にすれば時間は余裕があると思います。

F：そうすれば退勤時間も30分遅くなるから賛成しない社員が多いかもしれません。臨時食堂を作る方法もあります。食堂が2箇所あると待つ時間も短くなりますし。

M1：食堂を作る場所がないんじゃない?費用もたくさんかかるし。まあ、**やっぱり食事時間を変えた方が費用もかからないし、反対する社員が少ないと思うからそうしよう。**

社員食堂の問題を解決するためにどうすることにしましたか。

① **食事時間を変更する**
② お昼時間を30分延長する
③ 臨時食堂を作る

中譯 公司會議中，三人正在談論員工餐廳的問題。

M1：因為午餐時間員工餐廳人非常多，好像有不少員工吃不到

午餐。聽說也有員工等了很久，用餐時間不夠，結果吃得太趕導致消化不良。

F：**變更用餐時間如何呢？**不同部門在不同時間段吃午餐的話，應該就不會人擠人了。例如管理部 12 點進餐廳，業務部 12 點 15 分進餐廳。

M2：將午休時間延長 30 分鐘如何？將用餐時間延長至 1 個半小時的話，時間應該很充足。

F：這樣的話下班時間也會晚 30 分鐘，可能有很多員工不會贊成。另外也有一個方法是設置臨時餐廳。有兩個餐廳的話，也可以縮短等待時間。

M1：但公司沒有設置餐廳的空間吧？而且也會花許多費用。嗯，果然還是改變用餐時間的方式既不花錢，又感覺不會有很多員工反對，我們就這麼做吧。

為了解決員工餐廳的問題，三人決定怎麼做？

① 改變用餐時間

② 將午休時間延長 30 分鐘

③ 設置臨時餐廳

單字 **会議 かいぎ** 名 會議｜**社員食堂 しゃいんしょくどう** 名 員工餐廳
昼時間 ひるじかん 名 午休時間｜**大変 たいへん** 副 非常
混雑 こんざつ 名 擁擠｜**けっこう** 副 相當
足りない たりない 不足｜**急ぐ いそぐ** 動 加快、匆忙
消化不良 しょうかふりょう 名 消化不良
食事時間 しょくじじかん 名 用餐時間｜**変更 へんこう** 名 變更
部署別 ぶしょべつ 名 依部門分別
時間帯 じかんたい 名 時間帶、時間段
例えば たとえば 副 例如｜**管理部 かんりぶ** 名 管理部
営業部 えいぎょうぶ 名 業務部｜**方式 ほうしき** 名 方式
延長 えんちょう 名 延長｜**余裕 よゆう** 名 餘裕
退勤時間 たいきんじかん 名 下班時間｜**遅い おそい** い形 晚的
賛成 さんせい 名 贊成｜**臨時食堂 りんじしょくどう** 名 臨時餐廳
方法 ほうほう 名 方法｜**費用 ひよう** 名 費用
かかる 動 花費｜**やっぱり** 副 果然｜**変える かえる** 動 改變
反対 はんたい 名 反對｜**解決 かいけつ** 名 解決

04

[音檔]

店で社長と店員二人が、店の問題について話しています。

F1：広告の効果で店がますます人気になってきてうれしいけど、店が小さくて外で並ぶお客さんが多くなるから困るよ。

M：予約制にしたほうがいいと思います。そうすれば外で待つ人もいなくなるでしょう。

F2：でも、お年寄りは予約することが難しくてできないかもしれません。メニューの種類を少なくするのはどうですか。社長が料理を作る時間が短くなって、待つ時間も短くなりますし。

M：しかし、今のメニューは全部人気で何をなくせばいいか難しいです。あ、今店のとなりに何もないんじゃないですか。**店をもっと広くすればどうですか。費用はたくさんかかってもお客さんを外に待たせる問題は解決できます。**

F1：しょうがないわね。これからお客さんがもっと増えそうだから**お金がかかってもそうしたほうがいいね。**

社長はどうすることに決めましたか。

① 予約制にする

② メニューの種類を少なくする

③ 店を拡張する

中譯 社長與兩名店員在店裡討論這家店的問題。

F1：雖然我很樂見我們的店因為廣告效益開始受到歡迎，但因為店面很小，很多客人在外面排隊是個問題。

M：我認為改成預約制比較好。這樣的話也不會有人在外面排隊了吧。

F2：不過老年人可能會因為預約手續很複雜而無法預約。減少菜單品項如何呢？這樣社長做料理的時間會變短，也可以縮短等待時間。

M：不過現在菜單上所有品項都很受歡迎，很難決定要刪掉哪個。啊，現在我們店隔壁不是什麼都沒有嗎？**擴大店面怎麼樣？雖然會花很多錢，不過可以解決讓客人在外面等的問題。**

F1：也沒辦法了。往後客人應該會持續增加，**就算會花錢，還是這樣做比較好。**

社長決定怎麼做？

① 改成預約制

② 減少菜單上的品項

③ 擴張店面

單字 **社長 しゃちょう** 名 社長｜**店員 てんいん** 名 店員
広告 こうこく 名 廣告｜**効果 こうか** 名 效果
ますます 副 越發、越來越｜**人気になる にんきになる** 變得受歡迎
うれしい い形 開心｜**お客さん おきゃくさん** 名 客人
予約制 よやくせい 名 預約制｜**お年寄り おとしより** 名 老年人
メニュー 名 菜單｜**種類 しゅるい** 名 種類｜**費用 ひよう** 名 費用
かかる 動 花費｜**解決 かいけつ** 名 解決｜**しょうがない** 沒辦法
増える ふえる 動 增加｜**決める きめる** 動 決定
拡張 かくちょう 名 擴張

05

[音檔]

会社で部長が海外研修について話しています。

M1：えー、では海外研修の紹介を始めます。今年は三つの国への研修を準備しました。一番目は中国です。

聽解

二週間北京の貿易会社で研修を受けます。研修以外の時間は博物館を見学したり、中国の文化遺産を観光することができます。二番目はアメリカです。三週間教育会社で毎日8時間ぐらい研修を受けます。研修時間が長くて観光する時間は少ないですが、英語クラスに参加して英語を学べる機会があります。三番目はフランスです。研修期間は一週間だけで短いですが、フランスの高級ホテルで泊まれますし、伝統があるワイン工場でワインを作ったりする体験もできます。

F：へえー、今年はどっちも楽しそうだから迷っちゃう。どこに行くか決めた？

M2：僕はやっぱり**長い時間海外で過ごしたい**からここにする。

F：じゃ、**私は短くてもいいところで泊まりたい**し、楽しい体験もしたいからここにする。

質問１男の人はどの国へ行くことにしましたか。

質問２女の人はどの国へ行くことにしましたか。

質問１

① 中国

② アメリカ

③ フランス

質問２

① 中国

② アメリカ

③ フランス

中譯 部長在公司內談論海外研習的事。

M1: 接下來我要進行海外研習的介紹。今年公司準備了三個國家的研習。第一個是中國，要到北京的貿易公司接受兩個星期的研習。研習之外的時間可以參觀博物館，或到中國的文化遺產進行觀光。第二個是美國，要在從事教育事業的公司接受每天八小時左右，共為時三個星期的研習。雖然研習時間長，觀光時間比較少，不過有參加英文班學習英文的機會。第三個是法國。研習時間很短，只有一個禮拜，不過既可以住法國的高級旅館，也可以到傳統紅酒工廠體驗製作紅酒。

F：這樣啊，今年三個地點都好像很好玩，好猶豫。你決定要去哪裡了嗎？

M2: 我想要**長時間在海外生活**，所以決定要去這裡。

F：那**雖然時間很短，我還是想住在好地方，**也想做有趣的體驗，所以我決定選這裡。

問題 1 男性決定要去哪個國家？

問題 2 女性決定要去哪個國家？

問題 1

① 中國

② 美國

③ 法國

問題 2

① 中國

② 美國

③ 法國

單字 **海外研修 かいがいけんしゅう** 名 海外研習

紹介 しょうかい 名 介紹 | **始める はじめる** 動 開始

準備 じゅんび 名 準備 | **中国 ちゅうごく** 名 中國

北京 ぺきん 名 北京 | **貿易会社 ぼうえきがいしゃ** 名 貿易公司

研修 けんしゅう 名 研習 | **受ける うける** 動 接受、上課

以外 いがい 名 以外 | **博物館 はくぶつかん** 名 博物館

見学 けんがく 名 參觀 | **文化遺産 ぶんかいさん** 名 文化遺產

観光 かんこう 名 觀光 | **アメリカ** 名 美國

教育会社 きょういくがいしゃ 名 從事教育業的公司

参加 さんか 名 參加 | **学ぶ まなぶ** 動 學習 | **機会 きかい** 名 機會

フランス 名 法國 | **期間 きかん** 名 期間 | **高級 こうきゅう** 名 高級

泊まる とまる 動 住宿 | **伝統 でんとう** 名 傳統

ワイン 名 紅酒 | **工場 こうじょう** 名 工廠 | **体験 たいけん** 名 體驗

迷う まよう 動 猶豫 | **決める きめる** 動 決定

やっぱり 副 果然 | **過す すごす** 動 度過

06

[音檔]

大学で教授が企業訪問プログラムの紹介をしています。

F1：みなさんの就職活動の役に立つため、企業訪問プログラムを準備しました。一番目はA企業です。知らない人がいないほど有名な大企業ですね。こんな大きい企業を運営しているシステムが学べます。二番目はB企業です。５年前に作られた企業ですが、すでに中堅企業になったところです。この５年間どうやって成長してきたのかを教えてもらえる機会があります。三番目はC企業です。みなさん、聞いたことがあるでしょう。社員30人の小さい中小企業ですが、どうしてこんなに有名で人気があるのか気になりませんか。訪問してその秘訣を勉強しましょう。

M：企業について詳しく知らなかったけどこんな機会があっていいね。どこの企業に行ってみようかな。

F2：一緒にこの企業に申し込まない？前から興味を持っていた企業だよ。**小さい規模の会社でも有名になった理由は何か知りたくてたまらない。**

M：そっちも面白そうだけど、僕はやっぱりこっちにする。**速く成長した方法とこれからも成長の可能性があるかをみたいから。**

質問1 女の人はどの企業を訪問しますか。

質問2 男の人はどの企業を訪問しますか。

質問1

① A 企業

② B 企業

③ C 企業

質問2

① A 企業

② B 企業

③ C 企業

中譯 教授在大學裡介紹企業參訪計畫內容。

F1：為了幫助各位就業，我們準備了企業參訪計畫。第一個企業是 A 企業，這間是無人不知的知名大企業。活動中可以學習規模如此龐大的企業的運作體系。第二間是 B 企業。這是五年前成立的企業，不過現在已經發展為中堅企業了。各位會有機會學習到 B 企業這五年來是如何成長起來的。第三間是 C 企業。各位都有聽過吧？各位不會好奇 C 企業明明只是間員工人數只有 30 人的中小型企業，為什麼會這麼有名嗎？在參訪過程中學習他們的秘訣吧。

M：我雖然對這些企業瞭解的不是很深，不過有這個機會真不錯。要去哪個企業才好呢？

F2：要不要一起申請這間企業？這是我之前就很感興趣的企業。**我真的非常想知道小規模公司卻有高知名度的原因到底是什麼。**

M：那間也感覺很有趣，不過我還是要選這個。**我想去看他們迅速成長的方法，還有未來是否還有成長的可能性。**

問題 1 女性要參訪哪一間企業？

問題 2 男性要參訪哪一間企業？

問題 1

① A 企業

② B 企業

③ C 企業

問題 2

① A 企業

② B 企業

③ C 企業

單字 **教授 きょうじゅ** 名 教授 | **企業訪問 きぎょうほうもん** 名 企業參訪
プログラム 名 計畫、方案 | **紹介 しょうかい** 名 介紹
就職活動 しゅうしょくかつどう 名 就業活動
役に立つ やくにたつ 幫上忙、有用 | **準備 じゅんび** 名 準備
有名だ ゆうめいだ な形 有名的 | **大企業 だいきぎょう** 名 大企業
運営 うんえい 名 營運 | **システム** 名 系統、體系
学ぶ まなぶ 動 學習 | **中堅企業 ちゅうけんきぎょう** 名 中堅企業
すでに 副 已經 | **成長 せいちょう** 名 成長 | **機会 きかい** 名 機會
中小企業 ちゅうしょうきぎょう 名 中小型企業
人気がある にんきがある 受歡迎 | **気になる きになる** 好奇 訪問
ほうもん 名 拜訪、參訪 | **秘訣 ひけつ** 名 秘訣
詳しい くわしい い形 詳細的 | **申し込む もうしこむ** 動 申請
興味を持つ きょうみをもつ 抱有興趣 | **規模 きぼ** 名 規模
理由 りゆう 名 理由 | **たまらない** 無法忍受 | **やっぱり** 副 果然
方法 ほうほう 名 方法 | **可能性 かのうせい** 名 可能性

實戰測驗 1

p.386

1 4　**2** 4　**3 第1小題** 1, **第2小題** 3

問題卷上沒有任何內容。請先聽對話，然後聽問題及選項，並從 1 至 4 的選項中，選出最合適的答案。

第 1、2 題

問題卷上沒有任何內容。請先聽對話，然後聽問題及選項，並從 1 至 4 的選項中，選出最合適的答案。

1

[音檔]

旅行会社のカウンターで、女の人と係の男の人が話しています。

F：すみません。夏休みに日本からあまり遠くないところに旅行したいと思っているんですが、どこにするか迷っていて。夫と二人で行くんですが。

M：夏休みですか。何日ぐらいのご予定ですか。

F：4日くらいです。

M：わかりました。いくつかご案内しますね。まず、シンガポール。こちらは4日間でお1人様7万4千8百円です。ホテルと飛行機のセットで、1回市内観光とランチが付いています。それ以外のお食事は、ご自分でのご用意になります。それから、こちらのグアムは4日間で4万円ちょうどです。海の近くのホテルで、ショッピングモールもあります。

F：どちらも海の近くでいいですね。でも、1人4万を超えると予算オーバーなんです。

M：では、こちらはいかがでしょうか。サイパン3日間のプランで2万9千8百円と大変お得なプランです。これは、食事はついておりませんが、朝食付きのホテルでし

聽解

たら、3日間で3万4千8百円のこれをお勧めします。

F：朝食付きのホテルのほうが楽ですよね。これ、いいかも。あ、昨日、夫と台湾もいいかなって話していたんですが、お勧めのツアーがありますか。

M：台湾ですと、4日間3万6千円のプランがあります。このホテルは食事が付いていないのですが、朝食付きのホテルですと、こちらの4万2千円のプランはいかがでしょうか。

F：食事を付けると高くなるんですね。でも、ちょっと予算を超えちゃうけど、せっかくだから4日間行けるこちらにしようかな。

女の人は夏休みにどこへ行きますか。

1 シンガポール

2 グアム

3 サイパン

4 台湾

中譯 女性和男性旅行社員工在旅行社的櫃台對話。

F：不好意思。我暑假想要去離日本不會太遠的地方旅行，不過我有點猶豫要選哪一個。我要跟我老公兩個人一起去。

M：暑假是嗎？您預計要去幾天呢？

F：四天左右。

M：我知道了。我介紹幾個地點給您。首先是新加坡。這邊四天的話一個人是七萬四千八百日圓。內含機加酒套票和一次的市內觀光及午餐行程。這之外的餐點要請兩位自理。另外，這邊的關島四天剛好是四萬日圓。住在離海很近的飯店，也有購物商場。

F：兩個地方都離海很近，很棒耶。不過超過一個人四萬日圓的話就有點超出預算了。

M：那這個如何呢？塞班島三天的行程只要兩萬九千八百日圓，非常划算。這個方案沒有附三餐，如果選有附早餐的飯店的話，三天是三萬四千八百日圓，我很推薦這個。

F：有附早餐的飯店比較方便呢。這個或許不錯。昨天我跟我老公也有談到台灣也不賴，你有推薦的旅遊行程嗎？

M：台灣的話，有四天三萬六千日圓的方案。這個飯店沒有附三餐。如果要有附早餐的飯店的話，這個方案是四萬兩千日圓，您覺得如何？

F：有附早餐就會變貴呢。不過，雖然有點超出預算，難得要出去旅遊，還是選可以去四天的這個好了。

女性暑假要去哪裡？

1 新加坡

2 關島

3 塞班島

4 台灣

解析 請仔細聆聽對話中針對各選項提及的內容與女生最終的選擇，並快速寫下重點筆記。

〈筆記〉女生→暑假、跟先生兩人、4天左右、一人4萬日圓

①新加坡：4天、7萬4千日圓、機加酒行程、含一次市區觀光和午餐、其餘餐食自理→超過預算

②關島：4天、剛好4萬日圓、臨海飯店、購物中心→不含早餐

③塞班島：3天、2萬9千8百日圓、餐食X、飯店含早餐3天3萬4千8百日圓→偏好含早餐

④台灣：4天3萬6千日圓、餐食X／飯店含早餐4萬2千日圓

女生→雖然有點超出預算，但是想要去玩4天

本題詢問女生暑假想去哪裡，女生表示雖然有點超出預算，但她想要去玩四天，因此答案要選4 **台湾**（台灣）。

單字 **旅行会社 りょこうがいしゃ** 名 旅行社 | **カウンター** 名 櫃台
係 かかり 名 負責人 | **日本 にほん** 名 日本
迷う まよう 動 猶豫不決 | **夫 おっと** 名 丈夫
予定 よてい 名 預計、預定 | **案内 あんない** 名 導覽、說明
まず 副 首先 | **シンガポール** 名 新加坡 | **セット** 名 套組
市内 しない 名 市內 | **観光 かんこう** 名 觀光 | **ランチ** 名 午餐
付く つく 動 附上、附帶 | **以外 いがい** 名 以外
食事 しょくじ 名 餐食 | **用意 ようい** 名 準備 | **グアム** 名 關島
ショッピングモール 名 購物中心 | **超える こえる** 動 超過
予算 よさん 名 預算 | **オーバー** 名 超過 | **サイパン** 名 塞班島
プラン 名 行程、方案 | **得だ とくだ** な形 划算的
朝食 ちょうしょく 名 早餐 | **お勧め おすすめ** 名 推薦
楽だ らくだ な形 輕鬆的 | **台湾 たいわん** 名 台灣
ツアー 名 旅遊行程 | **せっかく** 副 難得

2

[音檔]

会社で三人が打ち合わせをしています。

F：来月、アメリカからいらっしゃる取引先との接待、どうしましょうか。最終的な計画書をそろそろ提出しなくちゃいけませんよね。

M1：そうなんだよ。朝の9時に羽田空港で先方の皆さんをお出迎えして、タクシーで移動。お昼はバイキング形式のレストランで食事をしてから浅草に案内するっていう予定でいいかな。

M2：それなんですが、昼食後に直接浅草に行くと、少し時間が余りそうじゃないですか？ちょっとパンフレットを持ってきたので、レストランの後にどこかもう一ケ所、観光できるところを探しましょう。

M1：おお、そうか。了解。もう一ケ所行けるなら先方も喜ぶね。んー、どれもこれも魅力的で選び難いけど。お土産屋に寄るのはどうかな。

F：お土産屋は最後の日にしたほうがいいと思います。この美術館なんかはどうですかね。

M1：んー、時間がとれるといっても、1時間くらいだから、美術館だとちょっと慌ただしくなりかねないんじゃないかな。

M2：だったら、えーと。あっ。40分のバスツアーというのがありますよ。これはどうでしょう。

M1：へー、バス乗り場が東京駅なら移動もスムーズで問題ないかも。

F：じゃあ、それで計画書、作り直してみます。

レストランの後にどこへ行くことにしましたか。

1 浅草

2 お土産屋

3 美術館

4 東京駅

中譯 三個人在公司裡開會。

F：下個月該如何接待從美國來的合作夥伴呢？我們差不多要提出最終的計畫書了吧。

M1: 對啊。早上9點在羽田機場迎接對方，坐計程車移動。午餐在自助餐式的餐廳用餐後，帶他們去淺草，這樣的規劃可以嗎？

M2: 關於這個規劃，午餐之後如果直接去淺草的話，是不是會多出一點時間啊？我帶了旅遊手冊來，我們再找一個吃完飯後可以去觀光的地方吧。

M1: 喔，這樣啊。我瞭解了。如果還能再參觀一個地方的話，對方應該也會很開心吧。嗯…每個景點都很有魅力，好難選喔。要不要順路去伴手禮店呢？

F：我覺得伴手禮店排在最後一天比較好。這個美術館之類的如何呢？

M1: 嗯…雖然說有多時間，不過也只有一個小時左右，去美術館是不是可能會有點太趕？

M2: 這樣的話，我想一下。啊，有40分鐘的公車遊覽行程。這個如何？

M1: 嗯，上車地點在東京車站的話，移動上也很順暢，應該沒問題。

F：那我修改一下計畫書。

三人決定用餐後去哪裡？

1 淺草

2 伴手禮店

3 美術館

4 東京車站

解析 請仔細聆聽後半段對話中三人最終達成的協議，並快速寫下重點筆記。

（筆記）招待客戶、午餐後的空檔要去哪裡？

－淺草：最終目的地

－伴手禮店？：最後一天

－美術館？：時間上太趕

－巴士導覽？：在東京車站搭車，路線很順　→決定選這個

本題詢問決定餐廳之後要去哪裡，因此答案要選4 **東京駅**（東京車站）。

單字 **アメリカ** 名 美國 | **いらっしゃる** 動 來（来る之尊敬語）

取引先 とりひきさき 名 合作夥伴、往來夥伴

接待 せったい 名 接待 | **最終的だ さいしゅうてきだ** な形 最終的

計画書 けいかくしょ 名 計畫書 | **そろそろ** 副 就要、即將

提出 ていしゅつ 名 提交 | **羽田空港 はねだくうこう** 名 羽田機場

先方 せんぽう 名 對方 | **出迎える でむかえる** 動 迎接

移動 いどう 名 移動 | **お昼 おひる** 名 午餐 | **バイキング** 名 自助餐

形式 けいしき 名 形式 | **食事 しょくじ** 名 餐食

浅草 あさくさ 名 淺草 | **案内 あんない** 名 導覽、引導

予定 よてい 名 預計、預定 | **直接 ちょくせつ** 名 直接

余る あまる 動 剩餘 | **パンフレット** 名 手冊

観光 かんこう 名 觀光 | **探す さがす** 動 尋找

了解 りょうかい 名 瞭解、理解 | **喜ぶ よろこぶ** 動 開心

魅力 みりょく 名 魅力 | **選ぶ えらぶ** 動 選擇

お土産屋 おみやげや 名 紀念品店、伴手禮店

寄る よる 動 順路去 | **最後 さいご** 名 最後

美術館 びじゅつかん 名 美術館

時間を取る じかんをとる 撥出時間

慌ただしい あわただしい い形 匆忙的

バス乗り場 バスのりば 名 公車站

東京駅 とうきょうえき 名 東京車站 | **スムーズだ** な形 順暢的

作り直す つくりなおす 動 重新製作、修改

3題

請先聽對話，然後聽兩個問題，並分別從問題卷上1至4的選項中，選擇最合適的答案。

3

[音檔]

桜の名所の情報を聞いて、男の人と女の人が話しています。

F1：いよいよ桜の開花も近づいてきましたので、人気の桜の名所を4か所、ご紹介します。まず、東京都内で最も大きい公園の桜が見下ろせるホテルのカフェです。満開の桜を見ながら、ピンク色のケーキとお茶で、ゆっくりお過ごしください。次に、親子で楽しめる遊園地でのお花見です。地上30メートルまで上がる乗り物から見える桜は、遊園地でしか見られません。次に、人気の川沿いの夜桜はいかがでしょうか。いろいろな居酒屋があって、デートにもおすすめです。最後に、会社帰りに一人でも行ける散歩コ

聽解

ースです。ここでは、ジョギングも楽しむことができます。桜の開花情報と天気も確認してくださいね。

F2：今年のお花見はどこがいいかしら。

M：いろいろあって迷うけど、春になったら、絶対に行きたいよね。

F2：彼氏と夜桜デートに行きたいんだけど、お互い忙しくてね。

M：僕も春は仕事が忙しいから、一人でふらっと行くのも気楽でいいなぁ。

F2：そうね。この散歩コース、会社からも近いしね。

M：遊園地の乗り物からの桜も見てみたいけど、休みが取れそうにないな。

F2：私は一日なら、お休み取れるから、たまには、平日のティータイムに母を誘ってみるわ。

M：そっか。親孝行だな。僕は、やっぱり、忙しいけど、同僚と人気の夜桜を見ながら、お酒を飲んで、盛り上がろうっと。デートじゃなくて、残念だけどね。

質問1女の人は、どこでお花見をしますか。

質問2男の人は、どこでお花見をしますか。

[題本]

質問1

1 ホテルのカフェ

2 遊園地

3 川沿い

4 散歩コース

質問2

1 ホテルのカフェ

2 遊園地

3 川沿い

4 散歩コース

中譯 聽了賞櫻景點的資訊之後，男性和女性在對話。

F1：櫻花終於也快要開了，向大家介紹四個受歡迎的賞櫻景點。首先要介紹的是能夠俯瞰東京都內最大公園裡的櫻花的飯店咖啡廳。一邊看著盛放的櫻花，一邊悠閒地享用粉紅色的蛋糕和茶吧。接著是在親子能夠同樂的遊樂園中賞花。只有在遊樂園裡，才能在爬升至距離地面30公尺高空的遊樂設施上賞櫻。接下來，知名的河畔夜櫻如何呢？河岸有許多居酒屋，也非常適合約會。最後是可以一個人在下班回家路上散步賞櫻的路線。這裡也可以慢跑。請大家要確認櫻花的開花資訊和天氣狀況喔。

F2：今年要去哪裡賞櫻才好？

M：選項很多讓人好難選，不過春天到了之後，一定會想去賞櫻，對吧？

F2：我想跟男朋友一起去賞夜櫻約會，不過我們兩個都很忙。

M：我春天工作也很忙，一個人隨興地去賞櫻的話輕鬆自在，也還不錯呢。

F2：對啊，而且這個散步路線離公司也很近。

M：我也想在遊樂園的遊樂設施上賞櫻看看，不過不可能休到假。

F2：我應該能休一天假，偶爾邀請我媽平日去喝下午茶好了。

M：這樣啊，妳真是孝順。我的話，雖然很忙，不過還是打算跟同事一起去邊賞有名的夜櫻一邊喝酒盡興一下。雖然有點可惜不是去約會。

問題1 女性要在哪裡賞花呢？

問題2 男性要在哪裡賞花呢？

問題1

1 飯店的咖啡廳

2 遊樂園

3 河邊

4 散步路線

問題2

1 飯店的咖啡廳

2 遊樂園

3 河邊

4 散步路線

解析 請仔細聆聽獨白中針對各選項提及的內容，並快速寫下重點筆記。接著聆聽對話，確認兩人各自的選擇為何。

〈筆記〉四處賞櫻知名景點

① 飯店咖啡廳：最大的櫻花公園、蛋糕和茶

② 遊樂園：父母帶小孩一起、遊樂設施

③ 河畔：人氣、賞夜櫻、居酒屋、約會景點

④ 散步路線：回家路上、獨自、慢跑

女生→跟媽媽吃下午茶

男生→喝酒、賞夜櫻

問題1詢問女生選擇的賞花地點。女生表示想請媽媽跟她一起享受下午茶時光，因此答案要選1 **ホテルのカフェ**（飯店咖啡廳）。

問題2詢問男生選擇的賞花地點。男生表示打算找同事一起喝酒賞夜櫻，因此答案要選3 **川沿い**（河畔）。

單字 **桜 さくら**名櫻花｜**名所 めいしょ**名名景點

情報 じょうほう名資訊、情報

いよいよ副終於｜**開花 かいか**名開花｜**近づく ちかづく**動接近

人気 にんき名人氣｜**紹介 しょうかい**名介紹｜**まず**副首先

東京都内 とうきょうとない名東京都內｜**最も もっとも**副最

見下ろす みおろす動俯瞰｜**カフェ**名咖啡廳

満開 まんかい名盛開｜**ピンク色 ピンクいろ**名粉紅色

ケーキ名蛋糕｜**過ごす すごす**動度過

親子 おやこ 名 親子｜楽しむ たのしむ 動 享受
遊園地 ゆうえんち 名 遊樂園｜花見 はなみ 名 賞花
地上 ちじょう 名 地上｜上がる あがる 動 上升
乗り物 のりもの 名 遊樂設施｜見える みえる 動 看得見
川沿い かわぞい 名 河岸｜夜桜 よざくら 名 夜晚的櫻花
居酒屋 いざかや 名 居酒屋｜デート 名 約會
おすすめ 名 推薦｜最後 さいご 名 最後
会社帰り かいしゃがえり 下班路上｜コース 名 路線
ジョギング 名 慢跑｜確認 かくにん 名 確認
迷う まよう 動 猶豫｜絶対 ぜったい 副 絕對
彼氏 かれし 名 男朋友｜お互い おたがい 名 互相、雙方
ふらっと 副 突然地、無目的地
気楽だ きらくだ な形 輕鬆地、無顧慮地
休みを取る やすみをとる 請假｜たまに 副 偶爾
平日 へいじつ 名 平日｜ティータイム 午茶時間
誘う さそう 動 邀請｜親孝行 おやこうこう 名 孝親、孝順
やっぱり 副 果然｜同僚 どうりょう 名 同事
盛り上がる もりあがる 動 炒熱氣氛
残念だ ざんねんだ な形 可惜的

實戰測驗 2

p.388

1 1　**2** 4　**3 第1小題** 3, **第2小題** 4

問題 5 需要聆聽較長的對話。本題沒有範例題。可於問題卷上做筆記。

第 1、2 題

問題卷上沒有任何內容。請先聽對話，然後聽問題及選項，並從 1 至 4 的選項中，選出最合適的答案。

01

[音檔]

電気店で男の店員と女の客が話しています。

F：すみません。リビングルームのエアコンを買い替えようと思ってるんですが。

M：いらっしゃいませ。リビングのエアコンでしたら、一番売れているのはこちらです。湿度の調節ができるのは、こちらのメーカーのみとなっております。

F：えっ、そうなんですか。知りませんでした。暖房のときにも調節できるんですか。

M：もちろんです。乾燥しやすい冬も快適ですよ。

F：暖房をつけると、乾燥して困ってたんですが、これだとその心配もなさそうですね。でもこれ、結構高いですね。

M：そうですか。こちらはどうでしょうか。フィルターの汚れを自動的にお掃除してくれるので、人気があります。

F：わあ、それも助かりますね。

M：あと、リビングルームはご家族で過ごす時間が長いので、電気代が安くなるこちらの製品もよく売れていますよ。

F：なるほど。電気代は節約したいと思いますけど、うちは主人と二人だけですから、使うのが夜と休みの日だけなんですよ。

M：それから、標準的な機能ですが、一番手頃なお値段のこちらのタイプは残りがわずかとなっております。

F：うーん。値段は安いに越したことはないんですけど、あんまり安いのはちょっと。エアコンは長く使うものですから。それに、掃除は主人がしてくれるので、冬のことも考えてこれにします。

女の人はどのエアコンを選びますか。

1 湿度が調節できるもの
2 自動的にお掃除をするもの
3 電気代が安くなるもの
4 エアコンの価格が一番安いもの

中譯 男店員和女客人在家電用品店裡對話。

F：不好意思，我想要把我家客廳的空調換新。

M：歡迎光臨。如果是客廳空調的話，這一款是最熱賣的。只有這一家製造商的冷氣能調節濕度。

F：這樣啊，我都不知道。開暖氣的時候也可以調節嗎？

M：當然。在容易乾燥的冬天也可以很舒適喔。

F：開暖氣的話，空氣就會變得很乾，讓人困擾，如果買這台的話感覺就不用擔心了。不過這台滿貴的耶。

M：這樣嗎？那這台如何呢？它可以自動清潔濾網髒污，很受歡迎。

F：哇，這也很方便耶。

M：另外，因為一般家庭在客廳的時間很長，這台空調因為能節省電費，所以也賣得很好。

F：原來如此。我是有想要節省電費，不過我家只有我跟我先生兩個人而已，只會在晚上還有休假日開空調。

M：那麼，這款雖然只有標準功能，不過價格是最實惠的，只剩下沒幾台了。

F：嗯。雖然價格便宜是最重要的，不過太便宜又有點不好。畢竟空調是要久用的東西。另外，我老公會幫我清潔空調，所以考慮到冬天使用狀況，我還是決定買這台。

女性買了哪台空調

1 可以調節濕度的空調
2 可以自動清潔的空調

3　可以節省電費的空調

4　價格最便宜的空調

解析 請仔細聆聽對話中針對各選項提及的內容與女生最終的選擇，並快速寫下重點筆記。

〈筆記〉女生→打算買冷氣

①1：控制濕度、開暖氣可調濕度、冬天舒適　→偏貴

②2：自動清潔濾網→有幫助

③3：電費便宜→只會在晚上、假日開冷氣

④4：標準功能、價格合理、尚有庫存→不喜歡太便宜的

女生→長期使用、先生負責清理、考量到冬天

本題詢問女生選擇哪一款冷氣，她表示希望在冬天也能感到舒適，因此答案要選 1 **湿度が調節できるもの**（能控制濕度的冷氣）。

單字 **電気店 でんきてん**名家電用品店｜**リビングルーム**名客廳
エアコン名空調｜**買い換える かいかえる**動買新的來換
売れる うれる動賣得好｜**湿度 しつど**名濕度
調節 ちょうせつ名調節｜**メーカー**名製造商
暖房 だんぼう名暖氣｜**もちろん**副當然｜**乾燥 かんそう**名乾燥
快適だ かいてきだな形舒適的｜**心配 しんぱい**名擔心
フィルター名濾網｜**汚れ よごれ**名髒污
自動的だ じどうてきだな形自動的｜**人気 にんき**名人氣
助かる たすかる動得救、有幫助｜**過ごす すごす**動度過
電気代 でんきだい名電費｜**製品 せいひん**名產品
節約 せつやく名節約｜**主人 しゅじん**名丈夫
標準的だ ひょうじゅんてきだな形標準的｜**機能 きのう**名功能
手頃だ てごろだな形適合、實惠的｜**値段 ねだん**名價格
タイプ名種類、款式｜**残り のこり**名剩餘的事物
わずか副極少｜**価格 かかく**名價格

02

[音檔]

大学で学生3人が大学祭について話しています。

M1：コンテストや店、ステージの出し物も決まったね。これからはどうやって人を集めるか考えないといけないな。去年は大学の近所の人の参加が少なかったから、今年はそこに力を入れたいんだよ。

M2：そうなんですか。ここに来たら楽しいイベントがあるというのがわかると、地域の方も大勢来てくれると思うんですが。

F：子どもたちも楽しめるものがあるといいですよね。

M1：そうなんだよ。せっかく近くに大学があるんだから、遊びに来てほしいよね。

M2：子ども用の出し物がないから、何か子ども向けのイベントをするのはどうですか。子ども用の演劇とか。

F：それ、いいと思う。演劇部の人にお願いできないかな。先輩、どうですか？

M1：ステージで何をするかもう決めたって言ってたから、今から変えてもらうのはちょっと難しいかな。練習もしてるみたいだし。あ、そうだ。案内の紙なんだけど、近所に配るといいよね。家のポストに入れたり、駅前で配ったり。

M2：それは毎年やっていますよ。それに、地元の新聞にも少し記事を載せてもらうことになってます。

M1：ああ、そういえば去年も載せてもらったね。

F：クラブやサークルの店で使える割引券を配るのはどうですか。

M1：そうだなあ…。でも、この地域の人だけに割引するってわけにはいかないなあ。

F：じゃあ、ステージで子どもたちに何かやってもらったらどうですか。演劇とか歌とか。そうすれば、その家族の方も見に来るんじゃないですか。

M2：いいかもしれないね。でも先輩、ステージの時間、ありますか。

M1：それぐらいなら、なんとかなると思うよ。そんなに長い時間じゃないよね。

F：じゃあ、早速大学の事務の人と相談して、近くの幼稚園の方と話ができるか聞いてみます。

地域の人の参加を増やすために、新しく何を提案しますか。

1 子ども用の演劇をする
2 近所に案内状を配る
3 店で使える割引券を配る
4 **子どもたちにステージ発表をしてもらう**

中譯 三名學生在大學裡討論大學校慶。

M1：比賽、商店跟舞台上的表演也都決定好了。接下來必須思考要怎麼吸引人過來。去年大學附近的住戶中來參加的人數不多，今年我想要把宣傳主力放在那裡。

M2：這樣啊。我想如果當地住戶知道來這邊會有有趣的活動的話，應該會有很多人過來吧。

F：可以準備一些小朋友也能享受的活動。

M1：說得對。這些人就住在大學就在附近，希望他們都能來玩。

M2：我們沒有為兒童準備的表演，要不要作一些為兒童設計的活動呢？兒童話劇之類的。

F：我覺得這個主意不錯。不知道能不能拜託戲劇社的人。前輩你覺得呢？

M1：他們有說過舞台表演已經決定要表演什麼了，現在再請他們改應該有點難。戲劇社好像也已經在練習了。啊，對了。在附近發一些宣傳單應該不錯。投入附近住家的信箱，或在車站前發放之類的。

M2: 那個每年都有發喔。而且也有請當地的報紙幫我們刊登一點報導。

M1: 啊，這麼一說去年也有請他們刊登呢。

F：發放可以在社團店面使用的折價券如何？

M1: 這樣啊…。不過好像也不能只讓附近住戶享受折扣。

F：那請小朋友在舞台上做些什麼表演如何？演戲或唱歌之類的。這樣的話家長就會來看表演了不是嗎？

M2: 這好像不錯。不過學長，我們還有舞台時間嗎？

M1: 我想這點時間應該能想辦法空出來的。也不需要太長的時間對吧？

F：那我馬上去問學校事務人員，看能不能找附近幼稚園的人討論。

三人為了提升當地住戶的參加人數所提出的新提案為何？

1　表演給兒童看的話劇

2　在附近發宣傳單

3　發放能在店面使用的折價券

4　請兒童在舞台上做表演

解析 請仔細聆聽後半段對話中三人最終達成的協議，並快速寫下重點筆記。

〈筆記〉大學校慶，如何吸引人潮？

－為孩子表演：舞台有原本計畫好的用途、否決

－發放邀請通知：已經在做

－發放優惠券：優惠僅限該地區的人 X

－讓孩子做些什麼：感覺家人也願意前來觀賞、可短時間使用舞台→願意商量看看

本題詢問為提升當地人的參與度，決定要做什麼。因此答案要選 4 **子どもたちにステージ発表をしてもらう**（讓孩子們登上舞台表演）。

單字 **大学祭 だいがくさい**名大學校慶｜**コンテスト**名比賽、競賽

ステージ名舞台｜**出し物 だしもの**名表演節目

決まる きまる動決定｜**集める あつめる**動集結

考える かんがえる動思考｜**近所 きんじょ**名附近

参加 さんか名參加｜**力を入れる ちからをいれる** 致力於

イベント名活動｜**地域 ちいき**名地區

楽しむ たのしむ動享受｜**せっかく**副難得

演劇 えんげき名舞台劇｜**案内 あんない**名說明、導覽

配る くばる動發放｜**ポスト**名信箱｜**地元 じもと**名當地

記事 きじ名報導｜**載せる のせる**動刊載

クラブ名社團、同好會｜**サークル**名社團

割引券 わりびきけん名折價券

割引する わりびきする動折價｜**早速 さっそく**副立刻

事務の人 じむのひと名事務人員、行政人員

相談 そうだん名諮詢｜**幼稚園 ようちえん**名幼稚園

増やす ふやす動增加｜**提案 ていあん**名提案

案内状 あんないじょう名邀請函、宣傳單

発表 はっぴょう名發表

3 題

請先聽對話，然後聽兩個問題，並分別從問題卷上 1 至 4 的選項中，選擇最合適的答案。

03

[音檔]

会社でボーリング大会の説明を聞いて、社員が話しています。

M1：今年のボーリング大会担当の皆様、今日はお集まりいただきまして、ありがとうございます。今年も社員の皆さんが楽しめるように力を合わせて頑張りたいと思っています。では担当を決めたいと思います。お手元の資料をご覧ください。まず、メールで社員全員の人数の確認をしてくださる方。ちょっと人数が多いので大変ですが、よろしくお願いします。その方にはボーリング場と食事会の場所の予約もしていただきます。毎年決まった会場で行っていますので、連絡するだけです。ただ、毎年、当日急に参加ができなくなる人がいますので、当日もお店との連絡をお願いします。それから、司会をしてくださる方。ボーリング大会だけでなく、そのあとの食事会のときもお願いします。次に、参加者全員にプレゼントがありますので、こちらを買い物してくださる方。荷物が多いので車で行かれるといいですね。それから、人数が決まってからですが、チーム分けをしてくださる方。1 チーム 4 人で、違う部の人と組んでいただくのが理想的です。では、担当のご希望を伺いますので、どれか一つお選びください。

F：どれにする？

M2：そうだなあ。実は当日参加できないかもしれないんだ。家族の用事で。だから、チーム分けにしようかな。

F：そうなんだ。でも、チーム分けって、当日も変更があるかもしれないから、できないんじゃない？プレゼントを買うってのもあるよ。

M2：それもそうだな。でも、運転ができないんだよな。

F：そんなの誰かに運転を頼むとか、軽い物をプレゼントにするとか、買ったところから送ってもらうとか、方法なんていくらでもあるじゃない。

M2：たしかにそうだね。じゃあ、そうするよ。高橋さんはどうするの？

F：そうねえ。メールのやり取り、大変そうだよね。

M2：高橋さんは話がおもしろいから、司会をしたら？絶対いいと思うよ。

F：実はみんなの前で話すのがとても苦手で。それ以外だ

ったら何でもいいんだけど。

M2: あ、あそこで山田さんが参加者の人数確認をするって言ってるよ。

F: じゃあ、残りはこれとこれかあ。やっぱり苦手なのはやめて、こっちにする。

質問1 男の人はどの担当を希望しますか。

質問2 女の人はどの担当を希望しますか。

[題本]

質問1

1 参加者の人数を確認する

2 しかいをする

3 プレゼントを買う

4 チームを分ける

質問2

1 参加者の人数を確認する

2 しかいをする

3 プレゼントを買う

4 チームを分ける

中譯 聽完保齡球大賽的說明之後，職員在公司裡對話。

M1: 今年保齡球大賽的各位負責人，謝謝大家今天到場。希望大家今年也能同心協力付出努力，讓全體員工都能玩得開心。那我們來決定負責項目。請各位看手邊的資料。首先是要用電子郵件確認全體員工參加人數的人。人數有點多會很辛苦，要麻煩這位負責人了。這個人也要負責預約保齡球館和餐會的地點。由於每年都在固定的會場舉行，所以只需要聯絡就可以了。不過每年都會有人突然不能參加，所以當天也要請負責人跟店家聯絡。另外是負責主持的人。不只是保齡球大賽，那之後的餐會也要請這位主持人負責主持。接下來，因為所有參加者都會有禮物，所以需要買禮物的人。因為東西會很多，所以最好是能開車去。還有，雖然要等人數確認後才會進行，但是我們需要負責分組的人。一組四個人，理想上要由不同部門的人組成。接下來我會詢問各位的志願，請選擇一個負責項目。

F：你要選哪個？

M2: 這個嘛。其實我當天可能不能參加，因為家裡有事。所以我在想要負責分組。

F：這樣啊。不過分組當天可能也會需要變動，你應該沒辦法負責吧？也有負責買禮物的選項喔。

M2: 說的也是。可是我不會開車。

F：那就拜託誰幫忙開車，或選比較輕的禮物，或請店家寄送，有很多種解決方法啊。

M2: 確實沒錯。那我就選這個。高橋妳要選哪個？

F：這個嘛，信件往來感覺好像很麻煩。

M2: 妳說話很有趣，要不要當主持人？我覺得一定很適合妳。

F：其實我很不擅長在眾人面前說話。除此之外其他的負責項目我都可以。

M2: 啊，那邊山田說他要負責統計參加人數。

F：那剩下的就是這個跟這個了。我還是不要選自己不擅長的，選這個好了。

問題1 男性希望負責什麼？

問題2 女性希望負責什麼？

問題1

1 確認參加者人數

2 當主持人

3 買禮物

4 分組

問題2

1 確認參加者人數

2 當主持人

3 買禮物

4 分組

解析 請仔細聆聽獨白中針對各選項提及的內容，並快速寫下重點筆記。接著聆聽對話，確認兩人各自的選擇為何。

〈筆記〉保齡球大賽、4種負責項目

①確認參加人數：郵件確認、辛苦、預約保齡球館和用餐地點、當天也要聯絡

②主持：在保齡球館和用餐時負責主持

③買禮物：東西很多，需要開車去載

④分組：確認完參加人數後，一組4人

男生→當天參加X、分組X、開車X、買禮物

女生→發郵件很累、不善於在大眾面前說話

→其他人想負責確認參加人數

問題1詢問男生選擇的負責項目。本來男生表示自己不會開車，但在聽完女生建議可以買輕一點的東西、或是要求店家幫忙寄送等方法後，決定負責買禮物。因此答案要選3 **プレゼントを買う**（買禮物）。

問題2詢問女生選擇的負責項目。男生負責買禮物、山田負責確認參加人數，所以剩下兩個可負責的項目。女生表示自己不擅長在大眾面前說話，要選擇負責另外一個項目，因此答案要選4 **チームを分ける**（分組）。

單字 **ボーリング**名保齡球｜**大会 たいかい**名大賽

説明 せつめい名說明｜**社員 しゃいん**名公司職員

担当 たんとう名負責、負責人｜**集まる あつまる**動聚集

楽しむ たのしむ動享受

力を合わせる ちからをあわせる動齊心協力

頑張る がんばる動努力｜**手元 てもと**名手邊

資料 しりょう名資料｜**メール**名電子郵件

全員 ぜんいん名全員｜**人数 にんずう**名人數

確認 かくにん 名 確認
ボーリング場 ボーリングじょう 名 保齡球館
食事会 しょくじかい 名 餐會 | **場所** ばしょ 名 地點
予約 よやく 名 預約 | **決まる** きまる 動 決定
会場 かいじょう 名 會場 | **連絡** れんらく 名 聯絡
当日 とうじつ 名 當天 | **急に** きゅうに 副 突然
参加 さんか 名 参加 | **司会** しかい 名 主持人
参加者 さんかしゃ 名 參加者 | **プレゼント** 名 禮物
荷物 にもつ 名 行李 | **チーム分け** チームわけ 名 分組
組む くむ 動 組合、編組 | **理想的だ** りそうてきだ な形 理想的
希望 きぼう 名 希望 | **伺う** うかがう 動 問（聞く之謙讓語）
選ぶ えらぶ 動 選擇 | **実は** じつは 副 其實
用事 ようじ 動 要做的事、事情 | **だから** 接 所以
変更 へんこう 名 變更 | **運転** うんてん 名 開車
送る おくる 動 送、寄送 | **方法** ほうほう 名 方法
たしかに 副 確實地 | **やり取り** やりとり 名 往來
絶対 ぜったい 副 絕對
苦手だ にがてだ な形 不擅長的、不喜歡的 | **以外** いがい 名 以外
残り のこり 名 剩餘的事物 | **やっぱり** 副 果然

實戰測驗 3

p.390

1 3 **2** 2 **3** **第1小題** 3, **第2小題** 1

問題 5 需要聆聽較長的對話。本題沒有範例題。可於問題卷上做筆記。

第 1、2 題

問題卷上沒有任何內容。請先聽對話，然後聽問題及選項，並從 1 至 4 的選項中，選出最合適的答案。

1

[音檔]

音楽大学の学生課で、男の学生と職員が話しています。

M：すみません、来月の大学の音楽祭で演奏をする予定なんですが、練習できる場所って、借りることができますか。

F：ええ、予約すれば使えますよ。どんな部屋がご希望ですか。人数は?

M：えーと、4人なんで、あまり広くなくても大丈夫です。できれば夕方から、毎日使えるとこがいいんですが。

F：うーん、毎日だと使えるところが限られるんですが。まず1号館のピアノ練習室。ここは部屋にピアノがありますが、4人ならギリギリ入れると思います。少し狭いですけど、この隣の建物で、移動が楽ですよ。それから、3号館のピアノ練習室。ここもピアノがある部屋ですが、1号館より少し広いです。ああ、でも、使えるのは月曜から水曜と、土曜だけですね。

M：土曜日はみんなが集まらなくて、練習できないんですよ。バイトがあるとかで。週3日じゃ少ないですねえ。

F：そうですか。あとは7号館の練習室。ここは広くて使いやすいんですが、今月、何日かもう予約が入っていて、使えない日がありますね。えーと、全部で4日かな。あとは、ああ、こちらはどうでしょう。12号館。大学の端のほうなので、ちょっとここからは離れているんですが。

M：12号館は行ったことないかも。

F：ここは授業ではあまり使ってないんですが、きれいな部屋ですよ。個人練習で使う人が多いですね。毎週予約が入っていますが、1回ごとに部屋が変わってもいいのなら、静かで、お勧めです。

M：うーん、でも、授業の後にここまで行くのは大変かなあ。重い楽器の人もいるし、毎回部屋が違うのも、ちょっと…。じゃ、使えない日は、別の方法を考えることにして、この広い部屋で予約をお願いします。

男の学生はどの部屋を選びましたか。

1 1号館
2 3号館
3 7号館
4 12号館

中譯 男學生和職員在音樂大學的學生課對話。

M：不好意思，我們預計在下個月大學的音樂祭活動上表演，想請問可以借用能練習的空間嗎？

F：可以啊，只要預約就可以使用了。你想要什麼樣的房間呢？人數是？

M：嗯…四個人，不用很大沒關係。可能的話，希望是每天傍晚之後都可以借用的空間。

F：嗯，每天都要用的話能夠借的房間不多。首先是 1 號館的鋼琴練習室。這個房間裡有鋼琴，四個人的話應該勉強能塞得下。雖然有點小，不過 1 號館就在隔壁棟，移動上很方便。另外是 3 號館的鋼琴練習室。這間也是有鋼琴的房間，比 1 號館更大一點。啊，不過只有星期一到星期三，還有星期六可以用。

M：我們星期六不會聚在一起，沒辦法練習。大家要打工什麼的。一個禮拜三天有點太少了。

F：這樣啊。另外還有 7 號館的練習室。這裡空間很大，很方便使用。不過這個月有幾天已經被預訂了，所以有幾天

是不能用的。我看看，總共有四天。然後…啊，這個如何呢？ 12 號館。不過它在學校的邊緣，離這邊有點遠。

M：我可能沒去過 12 號館。

F：這裡雖然上課比較少用到，不過房間很乾淨喔。很多人會在這邊做個人練習。雖然每個禮拜都有人預約，不過如果你們能接受每次都換房間的話，這裡很安靜，我滿推薦的。

M：嗯…不過上完課之後過去這裡有點麻煩呢。另外有些人的樂器比較重，每次房間都不一樣的話有點…。那不能用的那幾天我們會再想其他方法，請幫我預約這個大房間。

男學生選了哪個房間？

1　1 號館

2　2 號館

3　7 號館

4　12 號館

解析 請仔細聆聽對話中針對各選項提及的內容與男學生最終的選擇，並快速寫下重點筆記。

〈筆記〉男學生→練習場地、4人、不用很寬敞、每天傍晚後使用

①1號館：有鋼琴、有點窄、隔壁棟，走過去很快

②3號館：有鋼琴、空間比1號館大、僅限一三六使用→六X，一週3次太少

③7號館：空間寬敞、使用方便、這個月約有4天不能使用

④12號館：距離最遠、每次都要換教室、安靜、推薦→太遠不方便

男學生→不能使用的天數再找其他辦法、預約寬敞的教室

本題詢問男學生選擇哪一間教室。他表示雖然有四天沒辦法使用，但他偏好寬敞的空間，因此答案要選 3　**7 号館**（7 號館）。

單字 **音楽大学 おんがくだいがく** 名 音樂大學

学生課 がくせいか 名 學生課｜**職員 しょくいん** 名 職員

音楽祭 おんがくさい 名 音樂祭｜**演奏 えんそう** 名 演奏

予定 よてい 名 預定、預計｜**練習 れんしゅう** 名 練習

場所 ばしょ 名 地點｜**借りる かりる** 動 借｜**予約 よやく** 名 預約

希望 きぼう 名 希望｜**人数 にんずう** 名 人數｜**限る かぎる** 動 限制

まず 副 首先｜**ピアノ** 名 鋼琴｜**練習室 れんしゅうしつ** 名 練習室

ギリギリ 副 限度、勉強｜**移動 いどう** 名 移動

楽だ らくだ な形 輕鬆的、簡便的｜**集まる あつまる** 動 集合

バイト 名 打工｜**端 はし** 名 邊緣｜**離れる はなれる** 動 遠離、距離

個人練習 こじんれんしゅう 名 個人練習｜**勧め すすめ** 名 推薦

楽器 がっき 名 樂器｜**別 べつ** 名 別的｜**方法 ほうほう** 名 方法

2

[音檔]

会社で社員３人が、新商品の問題点について話しています。

F：これ、今度の新商品のサンプルなんだけど、どう思う？一番の問題はやっぱりコストなんだ。ちょっと高くなっちゃって。

M1：お、なかなかいい感じに仕上がってるね。一回目のサンプルでこれだけイメージに近いものができることはなかなかないよね。

M2：コストかあ。あまりイメージは変えたくないし、質も下げたくないよねえ。

M1：そうだなあ。一番コストがかかっているのは性能面だよね。あまり使わない機能を思い切って一つ減らすのはどうかな。

F：そういうわけにはいかないんじゃない？全然使わないわけではないし、たくさん機能があることがセールスポイントでもあるんだし。

M1：なるほど。そうだよなあ。

M2：箱のデザインをもっとシンプルなものにしたらどうかな。使う色を少し減らしたら？

F：あ、そうだね。そうすればコストは抑えられるね。他にはない？

M1：それなら、商品の形も少しだけシンプルにしてもいいんじゃないかな。すごく個性的な形にしているからその分コストもかかってるよね？それを少し見直したらどうかな。

F：なるほど。でもこれ、いい形なんだけどなあ。素材の面はどう？もう少し安い材料を使うという方法もあると思うけど。

M2：でも、あまり安いものを使うと壊れやすくなるし、せっかく性能が良くてもそれじゃ意味がないんじゃない？

M1：そうだね。僕もそう思うよ。

F：じゃあ、デザインの見直しをしてからもう一度コストを計算してみようか。形についてはこのままでってことにしようよ。

新商品のコストを減らすためにどうすることにしましたか。

1 機能を一つ減らす

2 箱の色を減らす

3 形をシンプルにする

4 もう少し安い材料にする

中譯 三名職員在公司裡討論新商品的問題點。

F：這是這次新商品的樣品，大家覺得如何？最大的問題果然還是成本。有點太高了。

M1：喔，做出來的結果還不錯耶。第一次的打樣很少能做到這麼接近意象的耶。

M2: 成本啊…，既不想改變意象，也不想降低品質呢。

M1: 對啊，最耗費成本的部分是性能面吧？乾脆果斷刪掉一個不太會用到的功能如何？

F：這樣不行吧？又不是完全不會用到，而且具備多功能也是它的賣點。

M：原來如此。說的也是。

M2: 把盒子的設計再改得簡單一點如何？稍微減少使用的顏色怎麼樣？

F：啊，對耶。這樣就可以壓低成本了。其他還有嗎？

M1: 那也可以稍微簡化商品的外形吧？就是因為外形這麼有特色，所以才要花費相應的成本吧？重新調整一下外形如何？

F：這樣啊。不過這個外形很不錯耶。素材面呢？我想也可以用稍微便宜一點的材料。

M2: 不過，如果用太便宜的材料會變得容易損壞，就算性能好，容易損壞的話就沒有意義了吧？

M1: 說的沒錯。我也這麼覺得。

F：那重新調整設計之後再計算一次成本看看好了。外形還是維持這樣吧。

為了壓低新商品的成本，三人決定怎麼做？

1 減少一個功能

2 減少盒子的顏色

3 簡化外形

4 使用更便宜一點的材料

解析 請仔細聆聽後半段對話中三人最終達成的協議，並快速寫下重點筆記。

〈筆記〉如何降低新產品的成本？

－減少功能：不行Ｘ、賣點

－簡化設計減少顏色的使用：可降低成本→重新決定設計

－簡化商品外形？：維持原狀比較好

－便宜的材料？：很容易損耗、即使功能好也失去意義

本題詢問為他們決定做什麼來降低新產品的成本，因此答案要選 2 **箱の色を減らす**（減少箱子的顏色）。

單字 **社員 しゃいん** 名 公司職員 ｜ **新商品 しんしょうひん** 名 新商品
問題点 もんだいてん 名 問題點 ｜ **サンプル** 名 樣品
やっぱり 副 果然 ｜ **コスト** 名 成本 ｜ **なかなか** 副 非常、相當
感じ かんじ 名 感覺 ｜ **仕上がる しあがる** 動 完成
これだけ 副 這種程度 ｜ **イメージ** 名 意象 ｜ **変える かえる** 動 改變
質 しつ 名 品質 ｜ **下げる さげる** 動 降低 ｜ **かかる** 動 花費
性能 せいのう 名 性能 ｜ **機能 きのう** 名 功能
思い切って おもいきって 下定決心 ｜ **減らす へらす** 動 減少
全然 ぜんぜん 副 完全（不） ｜ **セールスポイント** 名 賣點
デザイン 名 設計 ｜ **シンプルだ** な形 簡單的
抑える おさえる 動 壓低 ｜ **それなら** 接 這樣的話
商品 しょうひん 名 商品 ｜ **個性的だ こせいてきだ** な形 有特色的
見直す みなおす 動 重新檢視 ｜ **素材 そざい** 名 材料
材料 ざいりょう 名 材料 ｜ **方法 ほうほう** 名 方法
壊れやすい こわれやすい 容易損壞 ｜ **せっかく** 副 好不容易、難得
計算 けいさん 名 計算 ｜ **このまま** 名 維持原樣

3題

請先聽對話，然後聽兩個問題，並分別從問題卷上 1 至 4 的選項中，選擇最合適的答案。

3

[音檔]

市民センターで女の人が、講座の案内をしています。

F1: 今月から始まる講座を紹介します。まず、韓国語教室。こちらは今まで勉強したことがない方を対象としています。旅行したときに簡単な韓国語を使えるようになることが目標です。次に、家庭料理。基本的な家庭料理を作れるように、料理の基本を学びましょう。それから、話し方教室。これは他の人の前で自信を持って話せるように、自己紹介や、スピーチなどの練習をします。講師はアナウンサーをしている方です。四つ目は写真です。今、ケータイで写真を撮ることが増えていますが、上手な撮り方のコツをつかむことができる講座です。

M：どれもおもしろそうだなあ。どれか受講してみようよ。

F2: そうだね、どれにしよう。料理って、得意なんだっけ。

M：ああ、ぼくは、料理はいいかな。これはどうかな。講師がアナウンサーだって。

F2: 人の前で話すこと、多いよね。

M：うん、仕事でも使うしね。韓国語もおもしろそうだけど、やっぱりこっちにするよ。

F2: そっか。私は写真がいいかなって思ってたんだけど、今度の夏休みに旅行するから、写真はあとにして、こっちにする。

質問 1 男の人はどれを選びましたか。

質問 2 女の人はどれを選びましたか。

[題本]

質問 1

1 かんこく語

2 料理

3 話し方

4 写真

質問 2

1 かんこく語

2 料理(りょうり)
3 話し方(はなしかた)
4 写真(しゃしん)

中譯 一名女性在市民中心介紹講座內容。

F1：向各位介紹這個月開始的講座。首先是韓語課。這門課是為從來沒有學過韓語的人設計的。課程目標是在旅行時能夠使用簡單的韓語。接著是家常菜。一起學習料理的基礎，以做出基本的家常菜吧。接下來是語言表達課程。這堂課是要練習自我介紹和演說等，讓學員能在他人面前有自信的說話。講師是主播。第四個課程是拍照。現在越來越常有人用手機拍照，這個講座能讓學員掌握拍出好照片的秘訣。

M：每個講座都好像很有趣耶。我選一個上好了。

F2：對啊，要選哪個好呢？你是不是說你很擅長做料理？

M：嗯，我應該不會選料理了。這個如何？她說講師是主播耶。

F2：需要在很多人面前說話的場合很多呢。

M：對啊，而且工作上也用得到。雖然韓語感覺也很有趣，但我還是選這個。

F2：這樣啊。雖然我覺得拍照滿不錯的，不過因為我今年夏天要去旅行，拍照先擺後面，我選這個好了。

問題 1 男性選了哪個講座？

問題 2 女性選了哪個講座？

問題 1

1 韓語

2 料理

3 語言表達

4 照片

問題 2

1 韓語

2 料理

3 語言表達

4 照片

解析 請仔細聆聽獨白中針對各選項提及的內容，並快速寫下重點筆記。接著聆聽對話，確認兩人各自的選擇為何。

〈筆記〉活動中心 4 種課程

①韓文：從未學過的人、旅行用簡單韓文

②烹飪：教授如何做出家庭料理

③語言表達：培養說話的自信、自我介紹、演講練習、講師為主播

④拍照：學習拍好照片的技巧

男生→講師是主播、很常需要在人面前說話、能用於工作上

女生→這次要去旅行、下次再選拍照課

問題 1 詢問男生選擇的課程。男生表示課程講師為主播，且他很常需要在人面前說話，又可以應用在工作上，因此答案要選 3 **話し方**（語言表達）。

問題 2 詢問女生選擇的課程。女生表示今年暑假要去旅行，所以答案要選 1 **かんこく語**（韓文）。

單字 **市民センター しみんセンター** 名 市民中心 | **講座 こうざ** 名 講座
案内 あんない 名 說明、導覽
韓国語教室 かんこくごきょうしつ 名 韓語課程
対象 たいしょう 名 對象 | **簡単だ かんたんだ** な形 簡單的
目標 もくひょう 名 目標 | **家庭料理 かていりょうり** 名 家常菜
基本的だ きほんてきだ な形 基本的 | **学ぶ まなぶ** 動 學習
話し方教室 はなしかたきょうしつ 名 語言表達課程
自信を持つ じしんをもつ 抱持自信
自己紹介 じこしょうかい 名 自我介紹 | **スピーチ** 名 演說
練習 れんしゅう 名 練習 | **講師 こうし** 名 講師
アナウンサー 名 主播 | **ケータイ** 名 手機 | **増える ふえる** 動 增加
コツをつかむ 掌握訣竅 | **受講 じゅこう** 名 上課、聽課
得意だ とくいだ な形 擅長的 | **やっぱり** 副 果然

JLPT 新日檢 N2 一本合格 /Hackers Academia 著 ; 吳羽柔，劉建池，關亭薇，陳靖婷譯 . -- 二版 . -- 臺北市 : 日月文化出版股份有限公司，2024.10
面 ; 公分 . -- (EZ Japan 檢定 ; 47)
ISBN 978-626-7516-28-7 (平裝)
1.CST: 日語 2.CST: 能力測驗
803.189 113011179

EZ Japan 檢定／47

JLPT新日檢N2一本合格全新修訂版

（附全書音檔 MP3+ 模擬試題暨詳解 4 回 + 單字文法記憶小冊）

作　　者：Hackers Academia
翻　　譯：吳羽柔、劉建池、關亭薇、陳靖婷
編　　輯：尹筱嵐、林詩恩、高幸玉
校　　對：林詩恩、葉雯婷、黃立萍、高幸玉
封面設計：簡單瑛設
內頁排版：簡單瑛設
行銷企劃：張爾芸

發 行 人：洪祺祥
副總經理：洪偉傑
副總編輯：曹仲堯
法律顧問：建大法律事務所
財務顧問：高威會計師事務所

出　　版：日月文化出版股份有限公司
製　　作：EZ 叢書館
地　　址：臺北市信義路三段 151 號 8 樓
電　　話：(02) 2708-5509
傳　　真：(02) 2708-6157
客服信箱：service@heliopolis.com.tw
網　　址：www.heliopolis.com.tw
郵撥帳號：19716071 日月文化出版股份有限公司

總 經 銷：聯合發行股份有限公司
電　　話：(02) 2917-8022
傳　　真：(02) 2915-7212

印　　刷：禹利電子分色有限公司
初　　版：2022 年 10 月
二版 1 刷：2024 年 10 月
定　　價：750 元
I S B N：978-626-7516-28-7